*But only love can say,
try again or walk away.*

女仆
女王
小女人

杜书妍 著

中国广播影视出版社

目录

第一章　说谎者联盟	1
第二章　以爱的名义	22
第三章　警察叔叔好	41
第四章　我爱你爸爸	61
第五章　谎言尽带黄金甲	76
第六章　他的她的他	90
第七章　到处都是难伺候的老祖宗	111
第八章　人之大欲	126
第九章　残缺之月	139
第十章　每天都有人伤了别人的心	145
第十一章　有所舍，无所得	148
第十二章　我的盛大混乱婚礼	153
第十三章　情场如战场	159
第十四章　亲爱的，我好像出轨了	164
第十五章　马有失蹄，人有背运	171
第十六章　一个主人，一群奴才	177
第十七章　失去的总是要失去	197
第十八章　养家的小女人	206
第十九章　同谋者	226
第二十章　咫尺天涯	229

第二十一章	冤家宜解不宜结	232
第二十二章	谁在爱着我，我在爱着谁	238
第二十三章	心里的虫子	247
第二十四章	舌长三寸	254
第二十五章	坟墓里流着最悲伤的泪	273
第二十六章	灵魂之畔	293
第二十七章	爱你爱到杀死你	312
第二十八章	记忆是首放肆的歌	332
第二十九章	疯魔之爱	354
第三十章	完美，完美	379

第一章

说谎者联盟

这个世界的生活并不是那么容易,钟可依总是这么想着,是的啊,早上好不容易才能从被窝里爬出来,爬出来还要穿衣服,好不容易穿完了衣服还要刷牙洗脸拉臭臭,然后为什么啊为什么?为什么我就不能不刷牙就去吃饭呢?为什么我就不能不洗脸就去上班呢?对了,为什么我就不能不上班呢?

其实钟可依一直特别奇怪,为什么人一定要上班呢?混吃等死不行吗?每次这样问,钟可依老妈就会一个大耳刮子甩过来,当然了,老妈只是假装甩甩,她舍不得真的打她的大宝贝。但是她会停了钟可依的信用卡,她有钱,但仍旧希望女儿有一份工作,不能整天在家里混着,不过停了信用卡估计比一天甩一个大耳刮子还让钟可依难受。钟可依的小日子其实挺滋润的,只要她听老妈的话。经济基础决定上层建筑,钟可依之所以这么没志气,就是因为她赚的少,靠老妈养活,她二十四岁了,身材苗条、五官清丽,但是胸无大志。但钟可依最喜欢挂在嘴边的话就是,大志有什么用?大胸就行了。

可惜她也没大胸。所以这个姑娘喜欢自称小女人,也不是没道理哦。是的,钟可依是个立志做小女人的女人,这年头,有这种理想的女人,其实也不多。有志向的姑娘们,想的是修身养性、治国、齐家、平天下;没志向的小三们,想的是怎么钓个金龟婿在宝马车上哭。而钟可依,这辈子只要能做她爱的那个大男人的小女人,就已经此生无憾了。

然而她爱的那个大男人,其实也只是自以为。钟可依的男朋友叫做林思宽,听上去是个很男人的名字,实际上当然也不是娘炮,但是他很——自以为。自以为是谈不上,只不过是自以为是个顶天立地的男子汉,上要对得起

天，下要对得起地，中间要对得起他的各种穷亲戚。

还好他父母早亡。

咳，这话说的，真不厚道。

但是钟可依她老娘就是这么说的。钟可依的老娘叫做梅秋灵，很美的名字，人也很美。五十岁了，还是很美，美得就像是要滴出水来，身材也是婀娜多姿，以至于整天嫌弃钟可依。钟可依不是不美，是另一种味道，需要眼神好才能看出来，刚好她的男朋友林思宽就是那个眼神好万里挑一的男人。

他们两个十五年前就认识了。那时候他们两个都是八岁多，思宽略大，当时思宽的父母亲是进城打工的民工，思宽在打工子弟学校读书，而八岁的可依住在一个高端小区，明明千山万水，他们还是认识了。当时可依的妈在一家国企做行政总监，负责组织员工活动去打工子弟学校献爱心做公益，梅秋灵喜欢男孩，很意外地居然跟生性沉默的思宽很投缘。说起来也是搞笑，梅秋灵这人性格强势又龟毛，十分挑剔，她带着几个公司员工去思宽的学校送公司资助的大批教学用品，这种工作内容她居然穿了十厘米的高跟鞋和精致的职业套装，结果捐赠仪式上她要上台的时候高跟鞋卡在了木质台阶上的缝隙里，她上也不得下也不得，众目睽睽下形势十分尴尬，同去的几个同事一直嫌她烦，正在旁边乐不可支，谁也不想去解围。幸好在第一排观礼的思宽看到了这一幕，善良的他没有多想，立刻跑过去用了吃奶的力气帮助梅秋灵把高跟鞋拔了出来。

梅秋灵非常感激，但是来不及感谢就匆匆上台了，等到捐赠仪式结束梅秋灵才看到思宽的手指因为帮她被刮了一个大口子。

梅秋灵深感抱歉，她决定资助这个贫穷的男孩子读书，当然了人家父母说不需要资助，他们也养得起。但是梅秋灵心直口快说你们那也叫读书啊，我得给你们家思宽请英语口语老师，不然以后上了大学别人都是素质教育一张嘴就是伦敦腔，可你们家思宽说的那是周口店英语啊。

话很难听，但是她确实是个热心肠，梅秋灵强行带着思宽去补习英语了，那天上完课还把思宽带到家里吃饭，因为她听思宽说，每天晚上都没有人做饭给他吃，因为他的爸妈要工作，他就自己随便煮点面。于是梅秋灵就很难过，就把思宽带回家吃饭，并且表示以后会常常带他回家吃饭。由此可见，梅秋灵虽然性格讨人嫌，但却是个非常非常善良的女人。

就是这样可依第一次见到了思宽。那一天，小小的两个人儿，坐在长长的餐桌两头，四目相视，说不上敌意，眼睛里却满是不解和陌生。

第一章
说谎者联盟

背景声则是厨房里可依父母的争吵声。梅秋灵的声音有种不怒自威的气场，她有强迫症，对生活细节总是有要求，还以离婚相威胁。她总认为，绝对的服从就意味着真正的爱。她的男人从不跟她争辩这些。梅秋灵很得意，觉得自己赢了，可她那时候不知道，其实沉默，是最不好的兆头。

那时候可依已经很习惯父母亲的争吵了，她以为那就是正常的生活。此时此刻她对父母亲的争吵一点也不在意，打扮得像个公主的她更关注的是眼前这个衣着干净，但很明显是个穷鬼的小男孩。

思宽在公主的注视下，表情不由得很紧张，他习惯性地紧紧抿着嘴唇。原来从那时候起，他就注定做不了大男人啊。

公主发威了，她看着他，态度居高临下地问他："你叫什么？"

屌丝老老实实回答："林思宽。"

公主咄咄逼人："你来我们家干吗？"

屌丝眼神惶恐："我——我吃——吃饭。"

这时梅秋灵端着一盘菜走进了餐厅，忽然公主可依"哇"的一声干号起来，奔过去抱住了梅秋灵。

"妈，妈，你是不是不要我了？你是不是要这个什么林思宽给你当儿子？我知道你喜欢男孩！你没空生了，可是你就是喜欢男孩！"

梅秋灵可没什么好话。

"哭什么哭？哥哥只是来吃个饭，他爸爸妈妈很忙，没时间照顾他，你要好好对哥哥，把你的玩具拿给哥哥玩好不好？"

"不——"

"不什么不？给你个大耳刮子你就老实了。"

梅秋灵很强势，可依顿时止住了哭泣，她带着戒备地看看一脸紧张的思宽，终于还是点点头。

似乎表面和谐了，不过两人之间也并没有什么好感，但两人之所以打破僵局却是因为思宽英雄救美。那一天，天气很好，两人在小区里玩，可依正在兴致勃勃地玩一个复杂的拼图，而思宽不说话，就在旁边看着可依。

可依一直沉浸在拼图的游戏里，一句话也不说，思宽也一样。这时候有个胖子来搅局，你看，胖子就是这么惹人讨厌，从小时候起就是这样了。

这个小胖子凑过来，毫不客气地说："我也要玩。"

大小姐可依看也不看他:"哪凉快哪待着去!"

小胖子只好悻悻地走了,思宽看着独自玩泥巴的可依,仍旧抿着嘴唇不说话。五官精致的英俊小男孩这样抿着嘴巴沉默着,其实很性感的,你知道吗。

很快可依就把那个复杂的拼图拼好了,这时候那个小胖子坏笑着走过来,突然一脚踢毁了可依的拼图,可依愣住了。忽然思宽扑过去开始扭打小胖子,小胖子被吓到了,失去了抵抗力,被思宽牢牢按在了身底下。

这时候一个老爷爷从远处跑了过来,大声呵斥思宽。

"哪来的野小子?你爸妈呢!你有没有家教?再不放手我报警了!警察会把你抓起来,到时候你就死定啦!"

老爷爷就要抓住思宽,思宽吓傻了,这时可依拉起思宽的手就跑了起来。

多年以后他们仍然记得,年少的她拉着他的手在草地上奔跑,她终于累得躺倒在草地上,他也累得气喘吁吁地趴在草地上,但是仍旧紧抿嘴唇,神色惊恐。看着他的呆样,她很开心地笑了,一直表情紧张的他看着她的笑容,终于也笑了。电视剧里常常说,从小遇到他,从此爱上她,也许那是真的。

那一天思宽就爱上可依了,那时候他还不知道什么叫漂亮什么叫美什么叫女人味,但他已经知道了什么叫一生一世。

可恨的是搅局的人终究还是出场了,那个人叫耿家泰,不晓得是不是眼瞎,似乎见到可依第一眼就爱上了她。他很帅气,三十六岁,穿着得当,品位不俗,但笑容里有丝丝坏意,让他显得神秘,诱惑,而且性感。

那天他约了一个朋友吃饭,在一个 Shopping Mall 里面,他路过了一家餐厅的时候,却突然明白了什么叫一见误终生。

他看到她的那一刻就好像雷击一样,顿时愣住了,停在了原地。他看到的正是正在餐厅门口排队等座位的钟可依,她修长清瘦,有点木讷、天然呆的样子,她虽衣着简单,但价值不菲,她随意地挎着名牌挎包,就好像挎了个菜市场买菜的袋子一样,果然是放荡不羁型人才,很是不拘一格的站姿。

此刻她正一脸假笑看着自己旁边的一男一女,男的是她像儿时一样眉头微蹙五官精致眼神晶亮嘴唇性感的男朋友林思宽,那个女的只有十八岁,长相明媚饱满、身材玲珑浮凸,正紧紧靠在思宽身上。

但是可依不能生气。因为那个女人是思宽的姑姑林杏秀。但可依并不知道,不是思宽奶奶天赋异禀,八十岁还能有个十八岁的女儿,事实上这个女儿是思宽奶奶十八年前在地里面捡回来的弃婴。她刚过十八岁生日,不知前途去往何方,

第一章
说谎者联盟

因此被送到思宽这里来放大假,刚来没有半个月,但是已经快要把可依气死。

老天啊,是姑姑啊,不是小三,能不能不要靠得那么近啊!如果可依知道杏秀跟思宽没有血缘关系,不知道她是会气死还是要把思宽打死。幸好可依此刻还不知道,她还勉强能对这个身材玲珑的小女孩保持微笑。

如果微笑是一种谎言,那么钟可依就是个最烂的说谎者,因为她皮笑肉不笑,眼神里都快要喷出火来了。那个死姑姑,哦,不是,那个杏秀姑姑梳着马尾,穿着简单的热裤和紧身白色T恤,好身材一览无余,大长腿灿灿发光。然后她还说冷,废话,谁穿内裤出来逛街都冷。

林杏秀试图靠近思宽。

"思宽,我冷。"

林杏秀讲话有点乡下口音,跟人的靓丽外表形成鲜明对比。

林思宽急忙怪空调。

"什么空调,真冷!"

钟可依识时务地补刀:"冷不能怪空调,怪只能怪那些设计师,不把内裤做长点!"

林杏秀即刻给予有力回击:"可依,穿长点的,我又热,可能火力壮吧,谁让我年轻呢!可依你年轻的时候,也很容易热吧?"

可依脸上的笑容僵住了,林思宽赶紧帮忙解释:"可依现在一样火力壮,因为可依永远十八!对,杏秀小姑,我帮你去车里拿外套,你和可依在这儿排队。"

林杏秀看了一眼可依脸上的笑容,她有点害怕跟可依单独相处,忙不迭地跟上思宽的脚步。

"思宽,我跟你一起去,你找不到。"

"那你动作快点,别耽误了见静雨,可依第一次见她,不要留下不好的印象!可依,你在这排队吧,辛苦了。"

思宽拽着杏秀赶紧走了,两个人走远了,私下嘀咕着。

"思宽,你怎么还不坦白你的小秘密?你打算骗她骗到什么时候?万一她知道你骗她,你不是死路一条?"

"小点声!"

林思宽很紧张。

思宽的忐忑是有道理的,显然可依很不喜欢男朋友这个莫名其妙的亲戚杏秀,杏秀跟思宽是没有血缘关系的,而且她又那么漂亮年轻,他们感情极好,从小杏秀就像树懒一样长在思宽身上似的,所以思宽完全不敢告诉可依这件事,可这个举动就如同埋了一个巨型炸弹,让未来岌岌可危。

可依目送思宽跟杏秀走远,那一男一女从后面看去更像一对情侣,可依越想越生气,表情上也就显现出来,她是个藏不住事情的姑娘,一切都挂在脸上。她转回身来接着排队,却差点撞上旁边的人,不知何时一个男人站在了可依旁边,那正是耿家泰。

可依被吓了一跳,她退后几步,一脸戒备,很显然耿家泰觉得她很有趣,耿家泰的脸上浮现一丝笑容。

耿家泰开玩笑的样子:"他们两个好像杨过跟小龙女啊。"

可依被点到痛处,立刻怒了。

"你想死啊!"

"抱歉我唐突了,你好,我叫耿家泰,这是我的名片。"

可依却很警惕。

"你插队!"

"你收下我名片我就不插队。"

耿家泰让开一步,让可依站到自己前面去。可依迟疑地收下了名片。

"给我名片干吗?"

"想认识你。"

可依看看名片。

"黄易广告中心客户总监?什么鬼?黄色小网站?"

耿家泰石化了。这个傻女人啊。

"是国内排名前五的网站啊。"

"哦,还真是那个黄易啊。"

可依看看名片,又看看耿家泰,脸上仍然有警惕的表情。

"你平白无故冒出来想干吗?"

"我刚才不小心听到了你们的话,看来家庭关系很复杂啊,我不介意听你吐槽。"

"你还是离我远点。"

可依走远一点,不理他了。她陷入了回忆。她有些不安,因为她说了好长好长的一个谎。

她的妈妈梅秋灵其实并不同意她跟思宽在一起,她可以资助他读书,但是他不可以介入她的家庭。事实上她只资助了四年,思宽父母发生车祸同时遇难了,思宽被爷爷奶奶接回了乡下,从此后她再没见过思宽,再见面的时候,他已经成

第一章
说谎者联盟

了自己女儿的男朋友。

可想而知,梅秋灵是多么多么的生气,她用非常直接的语言数落可依。她希望他们分手。因为林思宽跟可依很显然是两个阶层的人,她甚至怀疑林思宽这臭小子从八岁起就已经起了坏心。

但是可依坚持他们是二十岁那年再次相遇才产生感情的。

可是在心里,也许那一切,真的缘起于八岁的时候,越小的时候越单纯,也就越珍贵。可依心中的他,善良、厚道、体贴、积极、乐观、努力、聪明,而梅秋灵心中的林思宽却是一个苦苦挣扎于维生的农村少年,他不可能有匹配女儿的精神生活。

然而可依也不觉得自己有什么精神生活,无非吃吃吃、喝喝喝、睡睡睡而已。梅秋灵气死了,不过林思宽在她看来,确实有个优点,就是父母双亡。这意味着女儿未来可以没有琐碎的家庭关系纠纷问题。不过那是因为梅秋灵误会林思宽是个独生子。

她之所以误会,是因为可依说谎了,她隐瞒了林思宽姐姐以及小姑姑的存在。因为这两个人的存在会毁了母亲心中思宽唯一的优点。她怎么敢说思宽家里有一个这么来头莫名其妙的姑姑林杏秀,岁数小得可以做他小三,而且思宽还有一个远在日本的姐姐林静雨,岁数大得可以当他老妈。

天呢,这到底是作的什么孽啊!

可依就这么站在耿家泰面前做出各种扼腕叹息的表情回忆着过去,而耿家泰就一脸绅士笑容地一直看着可依。

"你表情好多啊,我都能看出你的心理活动。"

钟可依这才意识到耿家泰并没有走。

"你还在这儿啊?那你能不能看出我今天早上吃了韭菜煎饺?"

"看不出来,但是闻到了。"

钟可依顿时哭笑不得。

而不远处,林杏秀腰上系着运动外套回来了,她远远地看到了聊天的可依和耿家泰。林杏秀眼睛都快亮了,她特别喜欢帅哥,整天看偶像剧,一天到晚做春梦,幻想着各种爱情故事发生在自己身上。

"那个跟可依说话的男人是谁?好帅!跟偶像剧男主角似的!"

林思宽一愣:"你没听过人面兽心这句话吗?"

林杏秀答非所问:"那是可依的朋友吧?他们看上去好开心哦!"

林思宽皱着眉头看着从天而降的大帅哥耿家泰。

林杏秀则边说话边把系在腰上的运动服解了下来，故意挺胸拗造型，她低头审视自己的傲人身材，一副跃跃欲试的表情。

林思宽很无奈："把衣服穿好！奶奶说了让我管着你！对了，不许跟过来！"

林杏秀很不悦，却还是停住脚步。她虽然辈分很高，但终究还是个孩子。

那边厢排队的可依跟耿家泰聊得很畅快，等位的可依拿起菜单琢磨着。

"等会儿来个红烧肥肠。"

"注意卫生。不然会生病。"

"你怎么跟我妈似的？"

耿家泰却笑了："你怎么这么可爱？"

"天地良心，哪可爱了？"

"真高兴认识你。"

耿家泰跟在可依身后，忽然就被一个身影挡住了，那自然是及时赶回来的林思宽。

"请问你是哪位？"

可依回过头来，看到林思宽紧张的神色，不由得有些得意。

"思宽，这是我一个朋友，他是黄易广告中心客户总监，国内排名前五的黄色小网站，哦，不是不是，不是黄色小网站，总之他很厉害的！"

耿家泰满头黑线："你好，我叫耿家泰。"

"你好，我是可依的未婚夫林思宽。"

两个男人握了握手，思宽故意强调了未婚夫几个字，耿家泰也故意回应。

"未婚夫？没戴戒指啊？"

可依挥挥手："戴了！"

"哎呀，好小，没看见。呵呵。"

耿家泰这一次也是蛮贱的，难道他真的认为可依是他的真爱吗？只是见了一面而已？他是老男人发花痴了吗？

不过林思宽也不是好欺负的。

"大约老花眼吧。"

耿家泰有点尴尬，钟可依忍不住哈哈笑起来，然后觉得又不对，于是假装咳嗽，结果呛到了自己，看上去很是搞笑。

林思宽神色严肃："耿先生，可依和我已经认识二十年，相恋八年，可我竟然没见过你，真是不巧。"

第十一章
说谎者联盟

耿家泰这才知道了可依的名字。

"可依,嗯,真好听,其实我们也是刚刚——"

可依掩饰起来:"好了,老耿同志!你还有事,赶紧走吧,有机会再聊!咱们的位子快到了,快进去吧,Bye!"

可依好不容易有机会让思宽吃醋,她才不想这么快就让思宽放心,她催促着林思宽和林杏秀离开了,耿家泰不好再继续搭话,只好示意告别。

林思宽、可依、林杏秀三人坐在了餐桌旁,透过落地玻璃窗可以看见他们。可是耿家泰却在角落里远远地观察着可依,他若有所思,掏出手机,偷偷给可依拍了张照片。其实他在跟踪可依。

耿家泰的目的让人狐疑,但是此时此刻可依还有更大的烦恼要去面对。那就是她心爱的老公除了不怕冷的姑姑,还有一个大姐,他们现在等待的,也是这位大姐。大姐已经旅居日本多年,很辛苦,很独立。

好吧,辛苦独立什么都是美德,但是我也不想认识你。可依喜欢自由自在的生活,思宽却总是惦记这个,惦记那个。他担心不学无术的小姑姑以后养不活自己,还担心女博士大姐找不到对象没有孩子老无所依。可依就是想一个人好好生活而已,放下所有的羁绊就那么难吗,我们在这世上都是赤条条来去,为什么就不可以只为了自己生活呢?

思宽说过,他羡慕可依,但是他做不到。活着的意义是什么?不就是吃吃喝喝开开心心地跟心爱的人一起混吃等死吗?为什么还要管那些亲戚是死是活呢?每次可依这样跟思宽耍赖皮,思宽就会不说话,就会紧紧抿着嘴唇,就会变成那个性感安静的男子。

好吧好吧,你赢了。可依认输了,乖乖地来见这位大姐,据说大姐辞职了准备回国工作,就是因为她回国了,杏秀才会被送到思宽这里来,思宽给他们租了一个房子,可依心中暗暗庆幸,还好这两个女人打搅不到自己的正常生活,所以她打算假装跟他们和平共处。

不过她刚刚回国的那天可依睡过头了,没有去接人,这俩女人第一次就是这么不和谐,于是思宽就想创造机会再见面。第二次准备见面之前可依看美剧彻夜通宵,放了大姐鸽子,所以,其实,可依真的希望可以永远不要见大姐。

不过那是不可能的。

可依看着食谱,对红烧肥肠很感兴趣,口水都快流出来。这时候思宽拽了拽她,可依懵懵懂懂地抬头,看见了那个照片里已经看了好多次的女人。她叫林静雨,很好看，跟她弟弟一样好看，眉头微蹙、万般愁绪、紧紧抿着嘴唇，神情都是一样，惶恐又迷人。因为她心里有个巨大的秘密，有一幅满地鲜血的画面总是萦绕她的心头，她不能告诉任何人。所以她总是眼神慌乱又局促，让容貌标致的她我见犹怜，可依在那一瞬间都有点爱上她，但很快可依就反应过来，那是因为自己喜欢思宽。

林静雨表情严肃："饭店的肥肠洗不干净，如果你喜欢，我可以回家去做给你吃。"

"我现在就想吃啊，做人最快乐的就是想吃的时候能吃到啊。"

林静雨冷冷地："我是为了你好。"

气氛有些尴尬，思宽急忙打圆场。

"姐，这家店很有名，可依特意挑了这家店，想要让你尝尝鲜。"

"我们自家人，没必要出来破费，我给你们做些家常菜就好了。"

"姐你回国后一直睡眠不好，还是多休息才好，不要不小心犯了神经衰弱的老毛病。"

"嗯。"

可依突然多嘴："多吃点肥肠，补充蛋白质，对神经衰弱有好处哦。"

林静雨没说话，面对可依，她有种无话可说的感觉。

林思宽岔开话题："姐，刚才去面试得怎么样？"

"还好。"

林静雨总是皱着眉头，旁人总是不知道该跟她说什么，总之是个让人有点别扭的大龄单身女青年，可依暗忖这么大年纪了还是一个人估计是有点变态吧。

他们这顿饭吃得很安静，可依默默地吃着肥肠，而静雨也默默地吃着。可依大约是觉得气氛有些诡异，于是主动夹了菜给静雨，不过她夹的是一筷子肥肠。

林静雨皱了皱眉头，然后硬着头皮把肥肠吃了下去。可依终于放心地笑了，在她的世界里，吃肥肠的人就是自己人，原来肥肠还有和平大使的功效啊。可依笑得傻乎乎的，神情里却有一丝期待，静雨看出了她的心思，于是也勉强笑了笑。她的笑容跟她的人一样，清淡、文雅、遥远、禁欲、带点神秘。

他们吃饭的时候，耿家泰一直在角落里透过玻璃窗观察着可依，他看着她，眼睛不肯移开分厘。

耿家泰这一天匆匆结束了跟朋友的聚会，之后就一直跟踪着可依，他跟着他们去了停车场，确定了他们的车牌，然后找到自己的车开过来等在角落里。

思宽开了一辆很便宜的经济型小车，停在一个很逼仄的位置。可依、杏秀跟

第一章
说谎者联盟

静雨站在停车位外等着他把车开出来。静雨似乎陷入了沉思，这时候有人拍了她一下，吓得林静雨惊声尖叫。

那人却是可依，可依和林思宽面面相觑，有点愣住了。路人也纷纷驻足察看。林静雨连续大叫了三声，终于停住叫声，她瞪着大眼睛看着可依等人，有点不知所措，明显一副受到惊吓的神经质表情。可依一脸假笑试图安慰静雨表示歉意，静雨也报以一脸假笑，她笑容很僵硬，而眼神中，却藏着重重心事。

当时思宽想着一定要打听清楚，他还太年轻，他不知道，如果有人对你说了谎，最好永远不要揭穿，因为谎言下面，很可能是赤裸裸的伤痕。

思宽开车带着生命中重要的几个女人回家，而一辆豪车正在跟踪着他，车里正是耿家泰。不过开车的林思宽并没有注意，他正担心可依发现自己说的谎，可依却还是发现思宽将车开向了相反的方向，原来思宽为了静雨、杏秀，偷偷改租了一幢三室两厅的房子，这让可依大为光火。难道静雨、杏秀还打算跟他们在一起长住了吗？

在此之前可依骗老妈梅秋灵，说思宽是个父母双亡、无牵无挂的独生子，因此梅秋灵才勉强同意婚事，可依还没想好怎么跟梅秋灵解释林家大小俩妞的事情，更要命的是刚刚接静雨下了飞机，可依妈妈梅秋灵就打来电话，让可依带着自己和设计师去思宽租的房子量尺寸准备装修。

可依完全不知道该怎么办，她只好回自己家去阻止老妈去思宽以前租的那个破房子。

很快到了梅秋灵家小区门口，思宽停了车，可依下了车，思宽开车走了。而思宽停车的时候，跟踪可依的耿家泰靠边停车，鬼鬼祟祟跟着可依。忽然可依停住脚步：

"你为什么跟踪我？"

耿家泰一时紧张抬头看天空："哦——月色不错。"

太阳好大好大。

可是，车里的思宽通过后视镜看到了耿家泰。此刻小区门口，可依正警惕地瞪着耿家泰。

钟可依很警惕："这光天化日的，你想怎么样？"

耿家泰急忙解释："我不是那个意思，我只是看你很眼熟。"

"大爷，求你了，你还能再老套一点吗？"

"真的，你长得特像一个人。"

"好了，跟你没什么好说的，我走了，你要是再跟着我，我可正当防卫了！"

可依怒气冲冲地走了，耿家泰又悄悄跟上，怎料可依突然回头，耿家泰只好停下，可依继续走，耿家泰又跟上，可依索性一边怒视耿家泰一边倒着走，走着走着可依就被台阶绊倒了。就在可依马上向后摔倒的一刻，耿家泰几步冲上来拦腰抱住了可依。

可依吓得愣住了："果然还能再老套一点！"

"你没事吧？"

"腰快断了。"

"你这腰硬得跟板凳似的！还敢摆这个姿势？不断才怪！"

可依不由很不好意思。忽然可依发现思宽、静雨、杏秀三人站在他们旁边，愣愣地看着耿家泰抱着可依。可依大惊，急忙挣脱开耿家泰。

众人面面相觑。

林思宽神色充满怀疑："可依，这是怎么回事？"

可依觉得自己跳进黄河也洗不清："哎，我死了算了。"

林静雨上来帮弟弟出头了："可依，这样不太好吧？"

可依忽然很生气，"思宽，你信不信我？你要是信我，我就不解释了"，可依看看静雨杏秀，"跟别人，我也犯不着解释，对吧？"

林静雨却咄咄逼人："可依，该解释的，还是应该解释清楚。"

可依赌气地："我解释不清楚，反正我没错。"

林静雨更加生气了："怎么可以这么说话？你好好说清楚到底怎么回事，难道我们还会不相信你吗？"

可依也怒了："说不清楚就是说不清楚，不说清楚就是不说清楚！我为什么要跟你解释啊？你让我解释我就解释啊？总之我就是没错，林思宽，你到底信不信我？"

林静雨完全对这个弟媳失去耐心："怎么可以这样？"

可依和静雨都盯着思宽，希望他支持自己。

林思宽愣了愣："可依，我信你。"

钟可依舒坦了："好吧，既然你信了我，那我就告诉你实话，我真的只是不小心差点摔倒了，所以老耿才扑上来抱住我。老天爷在上，我要是说半句谎话就劈死我！"

林杏秀添油加醋："扑过来抱住？偶像剧里多少狗男女都是这么开始的！"

可依气愤极了："你怎么说话呢这是？"

可依忽然想起什么："行了行了，你们快走吧，我得赶紧回家阻止我妈带着设计师去你家，就是你打算娶我的那个破房子。"

林思宽很奇怪："为什么要阻止梅阿姨？"

第一章
说谎者联盟

可依她老妈还以为林思宽是父母双亡的凤凰男,看到这么多妞儿,不是要炸毛?

可依也是无可奈何:"因为我妈不知道你有——哎,算了,你们快走吧。老耿,你也快走吧。"

耿家泰很是不舍:"不走行吗?"

可依气死:"不行!不过——刚才谢谢你。"

耿家泰笑容甜美:"是我应该做的。"

耿家泰气得思宽直翻白眼。而静雨则瞪着可依,她很不满。可依装作没看见静雨的眼神,可依匆忙走了,剩下思宽姐弟三人瞪着耿家泰。

耿家泰觉得还是应该解释一下:"真的是误会。"

林思宽当然不信:"怎么这么巧?餐厅就遇见你,这儿又遇见你?"

耿家泰不置可否:"你跟我有缘呗。回头见。"

耿家泰上了自己的车,思宽等人也只好上车走了。思宽驱车而去,他不知道,坐在自己车里的耿家泰想了想,开车跟上了他。这个男人到底怀着什么目的呢?只是为了爱吗?

耿家泰是个极富雄性魅力的男人,他跟林思宽不一样,思宽的眼睛如同一汪清水,整个人干净明朗,就像一缕阳光。耿家泰总是玩世不恭的样子好像毒品,碰上他可能会死,但是却永远惦记他。

可依走得太急,耿家泰无法跟踪她,只好跟踪思宽。思宽住在一个陈旧的小区,耿家泰就一直悄悄盯着。

林思宽是一点也没有发现,他忙着照顾令他头大的女人们,他带着姑姑姐姐进了租住的民房,结果一进门林静雨就很不满,因为房间很混乱,到处是纸箱。林思宽、林杏秀已经将林静雨的行李拖了进来。倒时差的林静雨则累得躺倒在沙发上,不过她一直皱紧眉头看着乱糟糟的房间,让思宽很紧张。

可依和静雨、杏秀初见就相处得不和睦,静雨有洁癖,行事皆准则,还有些神经质。而可依稀里糊涂、不拘小节,这让双方相见的开局并不美好,而且静雨还觉得可依太娇贵,跟出身坎坷的弟弟并不相配,而且静雨还误会可依跟耿家泰之间有隐情。但为了思宽,她决定尝试着接受对方,她甚至打算慢慢改变可依的各种小毛病,不过她真是很傻很天真啊。

林静雨琢磨着这些,环视着思宽租的房间,手指连续三下不停地敲击着手边的行李箱。她自己并不知道她已经犯上了强迫症。林静雨是个有很多秘密的人,她的眼睛像是惊慌失措的小鹿,不知不觉泄漏了她心底的秘密。

可依哪里意识到林静雨这个可怕对手的算盘，此刻她到了自己的家，母亲梅秋灵正要出门去思宽以前租住的地方，设计师约好在那里等她。她有钱，想买房子送给思宽可依做婚房，思宽拒绝，可她不忍心女儿住在破出租房里，决定出钱装修那个小破房子。

但可依不敢让如此凶猛的梅秋灵突然知道林家大小妞儿的存在，她想舒缓着告诉母亲这个"噩耗"，为了阻止兴致勃勃的母亲梅秋灵去思宽家，她谎称看见父亲跟一个年轻女人在一起，可依鼓动梅秋灵跟自己去父亲工作的医院"捉奸"。梅秋灵果然怒气冲冲中计了，因为她还爱着前夫，当初赌气离婚，只不过是爱面子，她相信他们还会在一起。母女俩急匆匆赶去医院。

可依顾不得那么多了，先跟老娘扯回谎再说吧。如果此刻让老娘跟思宽那一大家子女人见面，那才是人间惨剧啊，婚也别结了，等着做一辈子老姑娘吧。

梅秋灵不知女儿小心思，她全部身心都在假想敌身上，此刻简直是恶狠狠："我倒要看看到底是何方神圣，竟敢挖我梅秋灵的墙角！"

钟可依是随口胡诌，老天爷却真的给梅秋灵的老公安排了一个冤家，此刻那个冤家汗流满面正在收拾房间。

那人正是林静雨，她的故事就要发生了，但此刻她毫不知情，仍在孜孜不倦地擦拭家具，每一样东西她都要擦三遍，这个强迫症一直跟她过不去。

而她名义上的姑姑林杏秀把两条光溜溜的大长腿翘在茶几上，正在聚精会神地拿着手机看书。

林静雨把林杏秀的腿抬起来，擦擦下面的茶几，林杏秀则把全副精力放在书本上，一直头也不抬。静雨实在看不过去杏秀整天看言情小说，她嫌弃杏秀没有理想，可是杏秀也毫不示弱，她觉得自己的日子比苦哈哈的女博士静雨强多了。两人闹得不太开心，林杏秀怒气冲冲地回了自己的房间。林静雨很难过，忽然她肚子一阵抽痛，急忙冲进了洗手间。

而林杏秀换了件CHANEL的T恤，从自己房间出来，T恤被刻意剪短了，露出肚脐，她背着双肩背出门去了。

可怜的林静雨食物中毒，却无人相陪，她只好独自去了附近的医院，面色苍白地坐在急诊室的椅子上候诊。旁边人头攒动。林静雨看上去很紧张，她又在连续三下敲击椅子了。她紧张的时候就会这样木头木脑，像是一个机器人。她正给思宽打电话。

第一章
说谎者联盟

"思宽,你什么时候过来?我这上吐下泻的,吐得任督二脉都快通了!嗯,嗯吃了什么?没什么特别的,不过我觉得可能因为我吃了你媳妇儿给我夹的肥肠。"

"姐,你别担心,可依的父亲就在这家医院工作,等会儿我让他帮你介绍个好医生。我公司有点事情耽误了,很快就到医院了,你等我。"

林静雨挂断了电话,她脸色很难看。忽然林静雨忍不住"哇"的一声吐在了地上。

那个中年女护士长立刻怒了:"你有没有公德?你有没有素质?你懂不懂你影响了别人?你哪来的你?你以为这是你们老家那些脏乱差的医院啊?"

林静雨不知该如何辩解:"我是留学回来的博士,但我从小——"

护士长得理不让人:"你们这些海归,总以为自己高人一等,不就是跑到鸟不拉屎的地方念几年书嘛!真以为自己成了一等公民了?"

林静雨非常生气:"人与人生而平等,你不要以为你在大城市生活,就可以随意辱骂弱势群体,中国的形象就是被你们这些更年期妇女给破坏了!"

护士长愤怒了:"我更年期?我更年期?我更年期?"

她好像复读机一样,大约真的是更年期了。

而林静雨说话的时候不自觉地用一只手的手指在另一只手背上连敲三下,然后停一停再继续敲。她表情紧张,不过护士长更夸张,护士长被气得捂住心脏,连续喘着粗气。她脸色苍白,好像犯了心脏病似的。

林静雨有点害怕,远远地她看见两个穿制服的保安赶了过来。忽然两个保安变成了两个穿着日本警服的警察。其实是林静雨眼前出现了幻象,林静雨吓得转身就跑,人群拥挤,林静雨看到一条走廊就跑了进去。走廊里空无一人,林静雨慌不择路,看着一间空屋,于是奔了进去,锁上了门。

这是个普通的医生办公室,有两张办公桌相对着,旁边有一个布帘隔出的小空间,里面有张检查用的诊查床。惊魂未定的林静雨终于平静下来。忽然她听见门口有钥匙开门的声音,林静雨慌慌张张地躲到了布帘后。林静雨不知所措,忽然就被人裹在帘子里按倒在地。静雨只感到一片黑暗。

那是个男人的声音:"快来人!有人藏在这儿!"

林静雨更加惊慌:"我自首!我不是故意的!我没杀人!"

忽然来人把包在林静雨头上的布揭开,林静雨看见了一个儒雅的中年男医生,他眉目分明,眼神清澈,他穿着白色大褂,看上去很值得信任。他的胸前挂着名牌:"钟亦仁主任医师"。

一时间金风玉露相逢了,他们四目相视,保持着怪异的姿势僵持着。

钟亦仁医生打破僵局:"你想干吗?"

林静雨被钟亦仁压倒在地上,动弹不得,她略有些害羞:"你想干吗?"

"这是我办公室!"

林静雨回过神来,眼珠乱转,不知怎么解释,忽然她灵机一动。

"我心好疼!好疼!好疼!"

林静雨学着护士长心脏病发的样子,假装昏了过去,钟亦仁吓到了,他探探林静雨的呼吸,感觉不到,急忙开始按压心脏做心肺复苏。林静雨被按到敏感部位,她挣扎着想要起来,一睁眼却看到刚才外面的几个保安和护士都涌了进来,他们担心地看着钟亦仁抢救,静雨赶紧又昏了过去。

林静雨不知所措,钟亦仁接连不断的心脏按压让林静雨不敢动弹,他的唇贴上了她的唇做人工呼吸,她有些心笙荡漾,她已单身多年,而钟亦仁又是如此令人动心。

护士小声嘀咕:"我要是也有心脏病就好了。"

另一个钟医生的崇拜者不由怨怒:"死女人,肯定是装的!"

很显然钟医生在医院里很受欢迎啊。

钟亦仁忽然对着两人大喊:"准备急救车!必须马上把她送去心脏科急救!"

护士们急忙出去了,听见议论的林静雨更加不敢动弹了。钟亦仁仍旧没有停止抢救。

保安问道:"钟医生,没希望了吧?"

钟亦仁继续心脏按压:"再不行就气管插管,还可以插上人工心肺机体外循环,生命宝贵,不到最后一刻绝不能放弃!"

林静雨被插管这种字眼吓到了,她突然睁开了眼睛,抓住了钟亦仁的双手,吓了钟亦仁一跳。

林静雨很紧张:"我活了!我不用插管!"

"真的?"

林静雨更加紧张,她不知如何解释,手指开始不停地连续三下敲击钟亦仁的手。钟亦仁注意到了这一点。

林静雨神色慌张:"我真的真的一点事情都没有!"

林静雨挣脱钟亦仁,手忙脚乱地爬起来,奔到了门口,她忽然停住了脚步。

"钟医生,谢谢你!"

"这是我应该做的,你不能走,你还没有脱离危险——"

林静雨却已经跑了。

钟亦仁追到门口:"你还得去看精神科医生,你可能有强迫症——"

第一章
说谎者联盟

人已不见了,钟亦仁还在门口望着伊人远去的方向。其实他有点喜欢她吧,她可怜惊恐的眼睛让他难以忘却,感情的事就是这样谁也说不准,有时候王八看绿豆,有时候一眼定终生。

冥冥中应该是有感应的,此刻梅秋灵神色犹豫地站在医院电梯口纠结,匆忙赶来捉奸的她害怕了。旁边的可依很奇怪,梅秋灵却黯然神伤,她害怕的是,前夫跟什么年轻女人在一起的事情成了真,而他和她,竟然真的分开了。

可依揽住母亲的肩膀,一直昂首挺胸的梅秋灵伏在女儿肩头,哭了。其实不管是否有那一张离婚证,她都永远爱他,而他却好像已经早一步离开了,梅秋灵一直在说谎,骗自己不爱他,赌着气跟他离了婚,人生就是这样一个谎言连着一个谎言,说着说着,可能就成了真,虽然说谎的人,早已经忘记了最初说谎的原因。然而那个他并不知道她当初赌气是在说谎,他以为她讨厌自己,而自己只好放下了她。

这一刻,钟亦仁在诊查床下发现了林静雨的iPhone手机。他看到手机屏幕上静雨的照片,脸上忍不住浮现出一丝笑意。他不自觉流露了对未来的期待,这时候钟亦仁的朋友王医生进来拿东西,他穿着白色大褂,他是神经外科的医生。

王医生:"老钟,把你的手机充电器借我用用。"

王医生看见了钟亦仁手中的手机照片,忍不住笑话起来:"这是你的新女朋友?你好大胆子,哈哈,你怎么面对你那位正牌太太啊?"

"别瞎说,这是一个患者落下的。"

王医生一脸看好戏的表情:"那你怎么笑得那么暧昧?"

钟亦仁尴尬了:"我这是抽筋呢,昨天没睡好。"

"正牌太太"梅秋灵此刻眼神木讷、眼睛红肿,坐在副驾驶,她不知道生活已经起了巨变,但是她已经感应到了某种悲催的命运。他不属于她了,永远。

她的傻女儿可依完全没感受到老娘的悲催,此刻坐在司机位置,正在研究梅秋灵的车。

"老娘啊,好久不开你的豪车,竟然忘记怎么开了,跟思宽待久了,我这档次啊,一不小心就下去了!"

这时候梅秋灵的手机响了。那是一条微信,来自于林思宽,内容是:"阿姨,静雨姐从日本回来,姑姑也从老家来了,今天我们全家想请您吃个晚饭,您方便吗?"

梅秋灵很惊讶:"可依,思宽不是独生子吗?"

可依一愣,不敢抬头:"是是是,当然是。"

梅秋灵皱起了眉头。她盯着微信,其中"姐姐姑姑"几个字十分扎眼。

思宽的不着调小姑姑林杏秀刚刚在一家酒店面试失败,她垂头丧气地走出电梯间,坐在大堂沙发上,拿着手机聊起了微信,微信提示音不断响起。她仍旧穿着那套气质独特的热裤、T恤。她的长腿太长了,让人侧目,她这个样子,很快有人搭讪,当然是个男人。他极尽恭维,她也不是傻子,爱答不理,不过她抬头看了看他,愣住了,因为这个男人正是她最喜欢的那一类型,他就像那个叫耿家泰的男人一样,身材纤瘦颀长,面貌俊秀,笑容魅惑,动作优雅。

男人说自己叫五岳,他把电话随手写在了一张纸巾上,递给了林杏秀。林杏秀神色警惕,但是她收下了纸巾,因为他颜值很高,虽然看上去是个贱人。

五岳微笑着离开了,林杏秀看他远去。这时她手机微信提示音响了,她看了一眼。手机显示"大风"发来的微信信息。

大风是杏秀在老家一起长大的远房亲戚,愣头愣脑的,前几年跟着表叔进城打工做装修工人,这次杏秀到了这里,立刻联系了这个老朋友。

这时刚刚下班的他赶到酒店门口等着她,他灰头土脸、身材壮硕,正在喷泉边站着,他二十岁左右,身材高大,穿着脏兮兮的牛仔裤和T恤,凸显出发达的肌肉。不远处的林杏秀看到他就奔了过来。

她跟他吐槽面试的不易,她今天面试了两个工作,一个前台接待,居然要大专毕业才行;一个酒店礼仪,嫌她讲话有口音。她表示很生气,对了,她还告诉他说,他老妈不让她跟他在一起玩,而且这几天她要忙着面试继续找工作,她正处于事业上升期,让他别没事就来找自己。

林大风不太懂她为什么要自谋生路,她说因为静雨说她没有理想,他就帮她说静雨读书太多麻烦太多。可是杏秀又不乐意了,她可以吐槽自己家里人,但是她不愿意别人数落自己的亲人。

杏秀闷闷不乐,她苦恼于各种事,她很担忧该怎么跟可依相处,她希望静雨能够看得起自己,她希望自食其力不要依靠家人,但是她没有本事。大风完全不懂得她的烦恼,他就那么听着她发泄怨气,她怎样他都喜欢,从小到大。

不过可依却不喜欢这个小妖精,现在她误以为杏秀是亲姑姑,不然每天看见杏秀亲密挽着思宽手臂的样子,她一定会砍人的,而此刻她只是郁闷而已。这天晚上,陪老妈捉奸不成的她来到思宽跟林家姐儿们租住的房子里,趴在沙发背上发呆,她看看厨房忙碌的静雨,又看看旁边看电视的杏秀。可依很郁闷。她觉得思宽不再属于自己了。

第一章
说谎者联盟

房间收拾得焕然一新,林杏秀上半身搭着一件外套,情绪低落、姿势不雅地把腿翘在茶几上,正在看电视。林杏秀看的是古装偶像剧。屏幕里男女主正在谈恋爱,可依一脸不屑和不耐烦。她喜欢美剧,不由自主觉得杏秀弱智,虽然她自己也未见得多聪明,无非因为出身优裕接触的东西不一样,而比杏秀见识广博。

这时林思宽悄悄拽着可依到角落里去,可依就势坐在餐桌上。

"可依,我想跟你聊聊。"

可依没精打采:"聊聊聊。"

"可依,我姐对我来说特别重要,当年她出国读书,省吃俭用打工,供我一直读完法学硕士,我爸妈去世得早,对我来说,我尊敬她,就像尊敬母亲一样,所以,我恳求你对她也一样尊敬。"

可依爱答不理:"好好好。"

"我姐今天食物中毒,很大可能因为你给她夹的肥肠,静雨饮食清淡,为了给你面子勉强吃了,所以以后这方面咱们得注意点——"

可依有点生气:"什么呀?这也能赖到我头上?"

这时林静雨端着一盘热气腾腾的菜从厨房走出来了。她看见可依,不由脸色一变。

"可依,你怎么可以坐在桌子上?桌子是吃饭用的,椅子才是让人坐的,你这样让别人怎么吃饭?"

可依不忿了:"杏秀还把脚伸到茶几上呢!"

沙发上林杏秀闻言急忙把茶几上的双脚收了回来,林静雨回头去看,自然没有抓到她。

林杏秀站起来:"小可依,你别冤枉好人!"

可依突然发现林杏秀穿着很异样:"这是我的衣服!你怎么能把我的衣服剪短了呢?"

"小可依,我有的露啊?你能露什么?"

可依看看自己的平板身材,又看看林杏秀的前凸后翘,不由得很是气馁,但她很快反应过来。

"这不是重点!林思宽!你们林家人,真是欺人太甚!"

林杏秀很奇怪:"小可依,我怎么欺负你了?"

林静雨也帮腔:"可依,你这样说话就不对了。"

钟可依简直勃然大怒:"我怎么不对了?怎么不对了?杏秀你来了十几天,你要什么,我就让思宽给你买什么!结果你居然私自把我的衣服剪烂了?那是CHANEL知道不知道?还有你,林静雨,我,我好心好意给你夹肥肠,结果你对我爱搭不理,

还冤枉我害你食物中毒？林思宽，你说，我到底怎么不对了？怎么不对了？"

林静雨也是毫不退让："可依，你做的事情就都对吗？你跟今天那个老耿，到底是什么关系？"

"你怀疑我？林思宽都不敢怀疑我，你居然怀疑我？"

就在剑拔弩张之时，门铃响了。林思宽跑过去开门，门外站着的人却是梅秋灵。

林思宽很是尴尬地介绍梅秋灵："这是可依的妈妈梅阿姨"，然后介绍静雨、杏秀，"这是我姐姐静雨，这是我姑姑杏秀。"

静雨好好地打了个招呼，但是梅秋灵冷着脸："林思宽，你跟姐姐和姑姑住在一起，为什么不早点告诉我？你这孩子，我以为你虽然穷，但是你的品质是好的，也是个独生子，家庭关系简单负累小，我才放心把可依托付给你，把没想到你居然说谎？"

林思宽一头雾水："但是可依说您早就知道我们家的情况。"

可依不知所措，拎着包包就跑了出去。

梅秋灵看看静雨杏秀："思宽，我想和你单独谈谈。"

静雨杏秀互相看看，两人识趣地溜进了静雨的房间。

这时候，耿家泰坐在车里，正在思宽家楼下不远处发呆，他已经在可依家的小区等了许久，没有佳人行踪，于是来这里继续等，忽然他看见了表情愤怒的可依从楼里奔了出来。

耿家泰急忙下车追了过去。

可依愣了："你在这儿干吗？"

耿家泰也一愣："我——我也没想到会遇见你。你去哪？我送你。"

"我真的不用你送，我到马路上打车，Bye！"

可依独自走远，手机响了。

林思宽的声音："可依，你在哪儿啊？"

可依故意赌气地："我呀，我跟老耿在一起。"

"老耿是谁？"

可依得意了："耿家泰呀，你今天见过的！"

可依走远了，耿家泰远远看着她，他想跟着她，但是她不时回头盯着自己摆手，示意他不要跟上去。尽管她故意用他气思宽，但她并不想跟他扯上什么关系，因为她此生希望永远忠于最美好的爱情。

第一章
说谎者联盟

不过美好爱情还要经过女王的允许,梅秋灵正坐在沙发上,女王般审视着站在旁边的林思宽。

"阿姨,我家里真的再没有其他人了,我父母亲也真的早就去世了,我和可依真的不是有意要骗您,请您一定要原谅我们。"

此刻林静雨把耳朵贴在房门上偷听,她闻言皱起了眉头,因为她知道林思宽说谎了。而杏秀坐在床上若有所思。

"思宽的婚事是不是吹了?你是不是不喜欢他媳妇?"

林静雨很不满:"我喜不喜欢她是另一回事,你怎么能随便穿别人的衣服呢?你小时候我怎么教育你的?还有,你怎么能总是穿这么紧的衣服和这么短的裤子?你太让我失望了!"

林杏秀很难过,不说话了。林静雨继续贴在房门上偷听。

林杏秀突然很动容:"静雨,思宽和你走高智商、高学历路线,他是法学硕士、执照律师,你是物理学博士、金融学硕士,你们都那么出色,我从小就崇拜你们,喜欢你们,我希望变成你们那样的人,我好希望跟你们是真正的亲人。可好可惜,咱们没有血缘关系,我没有遗传到你们的智商,我没什么优点,只有外表这么一点点值得炫耀的地方,我这么辛苦地减肥,我穿那些有一点赘肉就塞不进去的衣服,是因为我希望别人看见我的身材、我的脸,他们能夸奖我,他们会发出惊叹,我甚至希望他们嫉妒我,而不是总说我没文化没头脑,就算人家说我胸大无脑,至少我也有个优点,你能明白吗?我只是希望自己不要太差劲,我希望能跟你们两个是真的一家人。"

林静雨愣住了,她走过来抱住了杏秀。

杏秀怔住了,而林静雨哽咽了:"不是那样的,我一点也不好,我说谎了,我害了一个人,杏秀,这世上,我只相信你,我只能告诉你。"

林杏秀很吃惊地看着林静雨,静雨神色焦虑,心事重重。

谎言就是如此贯穿着人的一生,说谎的人,也许只是为了掩盖真相,也许只是迫于强权,也许只是为了让爱人嫉妒。但是,也许有些谎言更重要的意义在于,它能够保护我们最心爱的人。

静雨杏秀坐在床上,林静雨满面泪水,伏在林杏秀的腿上。林杏秀轻轻抚摸着静雨的头发。

"静雨,你能跟我说真话吗?"

林静雨又开始紧张地连续三下敲击床沿了。

她很坚定:"不。"

第一章

以爱的名义

　　人从赤条条的婴儿时代开始，就有许多人围观，直到死去那一刻，仍旧被人看好戏，但是不要以为人生很热闹，其实，从生到死陪着你的，只有孤独。

　　这一生，你害怕什么，不害怕什么，终归都不要紧，因为最终你会一无所有。然而这世间，真的最终犹如白茫茫大地一样吗？

　　夜深人静的时候，林杏秀对着电脑看古装偶像剧，屏幕中女主角昏迷了，代入感超强的林杏秀哭得满脸鼻涕泪水，连连拍着桌子。

　　手机振动，显示"林大风"来电，林杏秀看了一眼，没有接听，她正忙着号啕大哭。他不懂她，但是他爱她，可是她，已经在另一个世界里。

　　身份不同，但是境遇相同，此刻林思宽正在可依闺房楼下徘徊，那是个高档小区，也跟林思宽的世界很远，十楼只有一盏灯还亮着，那正是可依的闺房。林思宽看上去很惆怅，他有点不知所措。因为有些孤独，源自互不理解，他们原本不在一个世界，他们不懂得对方，他们以为爱可以克服这一切困难，但是那都是自欺欺人罢了。

　　林思宽在一个粗糙的世界长大，而钟可依是个从小弹钢琴的大小姐，他们所思所想，完全不同。他要负责任照顾家人，而她要自由自在过一生，他想保护她，让她永远在温室里，可他首先要让自己强大，然而她却不等他。

　　因为她根本就不明白这一切，世界在她眼里是个游乐场，有的人来到这世上就是游戏一场，而有的人则是一场旧梦，所以她怎么可能懂得他呢？可依正躺在床上看着钢琴发呆，思宽发来短信"对不起,都是我和我家人的错"。

　　可依看了看，没有回复短信，可依甩开手机，她很难过，为了自己的形

第二章
以爱的名义

单影只。所以她的孤独,根本就是自找的。

但是林静雨的孤独,却是因为不能说的秘密。这天深夜,林静雨表情凝重,在楼下溜达。她在等人,不时地张望着。忽然她笑了。为了对抗孤独的可怕,人们求助于爱。她也不例外。她看到了她等的人,那正是之前她邂逅的男医生钟亦仁,他已经换上了平常的西装,看上去更加儒雅英挺。

她抑制不住脸上的笑容,迎向了他。

"钟医生,太感谢了!这么晚还把手机给我送来。"

"静雨你好,你别客气。其实,我有件事,不知该不该讲?"

"你说。"

"你的强迫症很严重,不积极治疗的话,会对精神状态产生不好的影响。"

"我不是本地人,在这个城市人生地不熟的。况且刚刚回国,一时间很忙乱。"

"我可以帮你介绍个心理医生。"

"谢谢。"

她有些感动,就在此时,忽然黑暗中有人窜了出来。那是个持刀的蒙面男人。

林静雨惊呼一声,钟亦仁本能地挡在了林静雨前面,然后他胆战心惊地主动把钱包扔在地上。

"钱包拿去,不要伤人,最好,把卡留下。"

他的声音有些颤抖,英雄不是那么好做的。

节俭的林静雨立刻阻挡:"那怎么行?你的钱也不是大风刮来的!"

劫匪却同样瑟瑟发抖:"闭嘴!五百就够了。"

林静雨厉害得很:"五百不是钱啊?"

斯文的钟亦仁有些胆怯:"别跟他计较!安全最重要!"他对着劫匪:"多拿点,别客气。"

劫匪虚张声势:"别废话!快点!"

钟亦仁哆哆嗦嗦地捡起钱包拿出五百元递过去。劫匪伸手接钱,不小心分了神。林静雨突然大喊起来。

"有警察!"

劫匪吓得转身就跑,他笨手笨脚,这一转身一不小心被自己绊倒了,他的刀正好划到了自己的大腿,顿时血流如注。劫匪吓得瘫倒在地。

看到有人受伤,钟亦仁立刻变了勇士,他本能反应地扑过去,吓得劫匪连声求饶。

"大爷，我这是头一回啊，你放了我吧，我保证不再犯了！都是因为我那黑心老板欠我工钱不还，我饿得要死，没有办法，我才打个劫啊！"

"别说话，你可能伤到了大动脉，必须马上去医院！"

钟亦仁一边说一边摘下皮带，在劫匪伤口上方扎紧，同时吩咐静雨："快打电话叫救护车。"

愣住的林静雨急忙打电话，在等电话接通时，林静雨一直注视着忙碌的钟亦仁。忙于救人的钟亦仁看上去令她信任。

不过接下来的一幕略显搞笑，破坏了钟亦仁难得的英雄气概。医院里，钟亦仁浑身是血，拎着裤子，和林静雨并肩从医院走廊走过。因为他的裤腰带不是给劫匪止血了吗？当时哪想到此刻在佳人面前拎着裤子的尴尬啊。

林静雨有些不好意思地道歉："对不起，我喊警察来了，就是想吓吓他。你的钱也是辛辛苦苦赚来的，怎么能就这么便宜了一个坏人？"

"大家都不容易，互相理解吧。"

"你们做医生的，人真好！"

"人的生命宝贵，医生的小闪失，可能就会害死病人，就会破坏一个家庭，所以我们必须时刻谨慎。"

那个瞬间，林静雨被打动了。爱情这东西，源于一眼之缘，可是能够得以升华，却是因为对彼此灵魂深处的信赖，他的好，让她无法自拔。她很感谢命运，她这个年纪，还能遇到这样好的人。

林静雨不由有些动情："钟医生，能认识你，我真的很高兴，你是医生，我不瞒你，我患上强迫症，是因为我曾经有段非常艰难的日子，那些困难，那些不好的往事，让我夜夜难眠，让我以为我这一辈子，只能活在惶恐不安中。直到刚才，看见你去救一个想要伤害你的人的时候，我突然觉得，也许我是有救的，因为这世上有你这样的人，愿意为了毫不相干的人，而奋不顾身。"

钟亦仁笑了，他们四目相视，能明显看出他们对彼此有好感。他正要说话，忽然他的手机响了，钟亦仁看了看，神色一变，他接通了手机，声音却低了下去。

"我今天加班，还没回家，在医院，嗯，嗯，一个人，就我一个人。什么？我骗你干吗？我能跟谁在一起？"

钟亦仁挂断电话，跟林静雨笑笑，看上去有点尴尬，就好像做了错事一样。

林静雨不由有些奇怪。一个人，就我一个人，为什么要说这句话，对方是谁？为什么钟医生要解释自己的行踪？林静雨很聪明，她瞬间明白，这通对话可能意味着对方不是单身。

第二章
以爱的名义

钟亦仁却没再跟林静雨解释是谁来电。也许他觉得不需要跟自己解释,也许他不想解释,不想告诉自己他并非单身。前者意味着他跟自己没有可能,后者意味着他不值得信任。林静雨沉默了。

钟亦仁继续刚才的话题,问道:"你刚才说的那些不好的往事,那些困难,我能帮你什么忙吗?"

林静雨苦笑着,摇了摇头。又非良缘,她早已习惯,只是为什么这一次如此不舍?大约因为他太好吧。

感情上颇不顺利的林静雨皱着眉头回到自家小区,正碰上思宽郁闷地坐在楼下长椅上,原来可依一整天不接思宽电话,思宽道歉无门,正在惆怅。静雨不由对小姐脾气的可依更加不满,但是思宽希望姐姐看在自己的面子上,尽力把可依当作亲人,因为他们的爸妈不在人世很多年了,他除了姐姐,没有任何人可以依靠。

思宽很难过,语气中甚至有一丝哀求,让静雨也很动容。她只好勉强同意了弟弟的要求,还建议思宽玩点儿浪漫去跟可依道歉,当然静雨并没有什么可操作性意见,以她如此之老处女的性格,哪里懂什么叫浪漫。

不过静雨的好心并没有换来好报,这一整夜可依瞪着双眼,辗转反侧,都在回想跟林静雨以及林杏秀的争执,到底怎么样才能摆脱思宽生命中这两个女人呢?可依想不通,以至于整夜未睡。

她是个衣食无忧的姑娘,每天混混日子看看电视打打游戏,时间就过去了,她不知道她心爱的思宽因为跟她出现问题的缘故影响了白天的工作,被迫通宵加班弥补修改合同。她却仍旧以为,他不够爱自己。为此可依气愤得一宿未眠。天亮了,可依还得上班,只好没精打采地爬了起来。

可依是一家市属少年宫的钢琴老师,闲适舒坦。她从小学钢琴,成绩不好,能力很弱,音乐系专科毕业,老妈花钱找关系安排了工作,每周上三次课,其余时间放羊,往常都很自由,最近因为换了新领导抓考勤,每天上午要打卡,这让散漫惯了的可依很想辞职。但是老妈说托了人,突然辞职会没面子,也显得可依太懒了,逼着可依忍一忍。

这天她有课,却因为失眠连连打着呵欠,她正在给一个学生上课,学生在弹《月光》,可依坐在学生身边,听着听着,却睡着了,不小心趴在了钢琴上,砸出了巨大声响,吓得可依惊醒过来。

学生叫铭铭,是个看上去有点神经质的小男孩,他一脸淡定地指责可依。可依开玩笑地扬起了手掌。

"女人很暴力的,你知道吗?"

"老师,等会儿我妈一定会跟你领导投诉你。"

"你别唬我了。"

"我妈一直都在门口监视着,她想看看她交的讲课费值不值。"

"有必要吗?"

"她是全职主妇,很闲的。"

可依回头一看,发现有个女人正拿着手机对她拍摄。那正是铭铭妈妈。

铭铭妈有些不爽:"可依老师,我观察你很久了,你上课动不动就打瞌睡,我拍到你上课睡觉不是一次两次了!我花大价钱送我儿子来,可不是看你表演睡美人的!就你们单位这个教学质量,我只要往媒体一曝光,你就死定了。"

可依有些不屑:"骗谁呢?"

"我表弟的朋友的同学,是著名网站黄易广告中心客户总监。实话告诉你,我早就把你上课睡觉的视频和照片发给他了,这两天你就要见报了,你要走红了,你知不知道?现在媒体曝光谁,谁就倒霉,像你们这样不负责任的老师,像你们这种得过且过的事业单位,就是需要让大众和媒体来管管!"

可依突然有些担忧,"黄易?客户总监?怎么这么耳熟?"忽然可依恍然大悟,"老耿!"

这天下班后回到家里,可依拿着耿家泰的名片,一脸纠结,拿着电话犹豫着要不要拨打。忽然她被什么东西吓到。原来窗外漫天烟火。

可依大为吃惊,于是急忙探头向窗外看。果然正是林思宽放的烟火,他正站在焰火不远处,抱着一大束玫瑰花,傻愣愣地站着。

旁边好多人看笑话。

可依急忙奔到楼下。林思宽一脸尴尬地举着玫瑰,不知说什么才好。可依抢过玫瑰,左右瞪着看热闹的人们。

"别看了别看了,没看过玩浪漫啊?"

可依拽着林思宽跑到了暗处,有些尴尬:"搞这么高调,你想选总统啊?"

林思宽很真诚:"可依,对不起,对不起",他一时语塞,"嗯,嗯,我什么甜言蜜语都不会说,但是,你能明白我吗?"

可依感动了:"我——都明白。我也好想你。思宽,我喜欢你,喜欢你的样子,喜欢你看上去像个孩子一样的眼睛,喜欢跟你在一起的每时每刻,我喜欢你的所有一切,求求你,不要再伤害我。"

第二章
以爱的名义

她爱他,爱这种感情本身的单纯与美好。

林思宽也很动容:"好,对不起,都怪我。"

他爱她,也爱如此至真至善付出真情的自己。为了这么美好的她跟自己,他决定付出一切。

两人忍不住紧紧相拥。

"可依,有什么问题,我们一定能慢慢解决。"

"你平时总是上班加班,我想见你一面好难。现在你又跟家里人住在一起,感觉你都不是我的了。"

"那怎么办啊?"

"要不——我们现在就结婚吧。"

"啥?"

林思宽惊得瞠目结舌。

"你不是应该说我愿意吗?"

"可依,没想到你还是对我这样好,我以为你不要我了,至少会过很久才原谅我。"

"那你答应不答应?"

"当然当然!我一辈子都在做这个梦。"

而梅秋灵回答得更利索:"除非我死了!"

可依家的客厅里,梅秋灵女皇般坐在沙发上,可依和林思宽老老实实地站在旁边,像两个小太监。

可依仍旧争辩:"结婚是我的自由,是受法律保护的。"

"我就是法!我说不行就不行!"

"您老本来不是答应了我跟思宽的婚事吗?"

"那时候因为你们撒了谎,我误以为思宽家里没有任何负担,所以愿意把你托付给他,现在你看看他家里那么多闲杂人等,另外不知道是不是有什么其他瞒着你的事,你还愿意嫁过去?"

"愿意啊。"

"哎,你傻,你妈不傻,好了这事就这样吧,太晚了我要休息了,思宽你回家吧,以后也不用再来了。"

林思宽走到门口,却又停住了脚步。

"阿姨,请您原谅我的鲁莽,但是我还是要感谢您一直以来对我的信任,我永远不会忘记小时候我爸爸妈妈不在身边,是因为您的关心,让我明白,我并不是完全被这个世界拒绝,让我知道我在世上并不孤独。老天眷顾,让我能够在成年后来到可依身边,让我们两个能够毫无障碍地在一起,请您相信我,我一定会珍惜可依,因为,我爱可依。这世上人再多,但只有跟她在一起,我才不会感到孤独。"

可依惊讶地喊起来:"思宽,你今天徐志摩附体了?"

林思宽就要离开了,梅秋灵却有些动容。她想到了自己年少的时候,那时她跟心爱的人也是一穷二白,可依现在至少还有自己留给她的那些财产。思宽也不是个贪图自己家钱财的人,他努力上进又帅气,为什么就不能给他机会呢?梅秋灵心软了。

"好吧,你们可以继续交往,但是结婚的事情我还要继续考察。"

可依转转眼珠,问了一连串问题:"没问题!写保证书吗?按手印不?交押金不?需要担保不?"

气得梅秋灵瞪了可依一眼。梅秋灵懒得理可依,继续教育林思宽:"从今以后你们两个要建立小家庭了,要跟家人保持距离,我不会掺和你们的事,也请你告诉你的家里人,给你们自由。"

林思宽一脸严肃地想了想,最后点点头:"好。"

不过林思宽回家后思来想去也没敢跟家里的女人们说实话,他觉得没有必要把保持距离这种话挂在嘴上,更何况他认为梅秋灵所说的距离只是物理上的距离,很容易做到。他决定慢慢来,谁料到竟然给未来埋下了定时炸弹。

而林杏秀也给大家埋了一颗。原来她无聊时候瘫在沙发上看微博上的八卦,意外发现之前在酒店邂逅的那个五岳是个小有名气的海归画家,当时他给她留了电话,她忍不住去跟他联系了,两人有的没的扯了一宿,很快他就约着她见面吃饭。其实五岳不是特别有魅力的那种男人,过于猴急了,有些不上档次的感觉,以至于有些喜感,但是想到他的俊脸,林杏秀并不介意跟他继续接触。

这天晚上,可依为了表示友好,请杏秀、静雨吃饭,可依很有诚意。

"大姐,嗯——小姑姑,今天我请你们吃饭是为了给你们赔不是,之前咱们有点误会,希望你能原谅。"

林杏秀忙着跟五岳发微信,头也不抬地客套着:"小可依你不用见外啦。"

林静雨倒是真心觉得没必要这样见外:"可依你太客气了,在这么好的餐厅,

第二章
以爱的名义

太破费了。"

"小钱,刷我妈给的信用卡就好,别担心。"

可依下定决心要跟思宽的家人好好相处,但是她说出来的话多少会让林静雨有些不适应。林静雨从小到大靠自己,完全不能理解可依这种伸手要钱的习惯。

"可依,咱们真的应该好好沟通一下,你的家庭背景跟我们很不一样,如果沟通不到位,很多事情也许未来都会出现麻烦,我觉得你应该早点自立,不要再花妈妈的钱。"

"我妈都不介意,大姐你介意什么?咱们先吃好喝好,其他的事情慢慢谈。"

可依指着菜谱,跟服务员布置任务。

"大姐,宫保鸡丁、糖醋里脊你想吃哪个?"

"嗯,宫保鸡丁吧。"

可依对着服务员:"来个糖醋里脊。"

静雨不由哭笑不得。

林杏秀忽然插嘴:"别让我听见肉菜的名字,我减肥,我只吃蔬菜,你再说我会崩溃的。"

"嗯,好吧,我还要这个狮子头、这个葱烧海参,再来个砂锅肥肠吧!再来条多宝鱼,必须红烧啊!我请你们吃饭,一定要吃得好一点哈哈。"

林杏秀气得捂着耳朵。

"这日子没法过了。"

林思宽急忙宽慰:"别闹,吃点,再不吃就饿死了,可依也是为了你好。"

忽然杏秀收到一条微信,她看了看,即刻跳了起来,是五岳找她出去吃饭。

"你们吃吧,我约了一个朋友。"

林静雨很纳闷:"你有什么朋友啊?你才来这个城市几天?"

林杏秀撒谎了,她隐瞒了五岳的存在:"嗯,大风是我朋友啊,他就在这儿打工,他生病了,我去看他。"

林思宽插嘴道:"奶奶说了,让我严格监督你,不让你和大风来往。"

"他都快病死了,哥你怎么这么心狠?你就是看不起大风没钱没文凭!我和大风是好朋友,难道我不应该在朋友需要的时候照顾他吗?难道没钱的朋友就不是朋友吗?"

林思宽一时语塞。林杏秀忽然亲了他一下。可依被吓了一跳,不由皱紧眉头。那个画面让她非常非常生气。

林杏秀继续发嗲:"思宽你最好了,求你了求你了。"

林思宽一愣,林杏秀已经奔了出去。

可依很不爽:"她亲你不合适吧?"

"她是长辈,从小跟我比较亲。"

"那她这么做也不对啊。"

可依的醋意在她自己看来都没有来由,毕竟她仍旧以为杏秀是思宽的亲姑姑,思宽跟静雨也没有把可依的醋意放在心里,多可笑啊,他们也一直把杏秀当作真正的亲人,他们都没有料到这件事会在日后成为一个导火索。

而林杏秀也正走进了一场漩涡里去,那个五岳约她在一家西餐厅见面,五岳又贱又骚又花,只是眉眼俊秀,不然一眼就能看出他是个人渣。这个与往日不同的环境里,他的样子让林杏秀有些失神,这是她渴望的一个世界,俊男美女,五光十色,流光溢彩,纸醉金迷。

林杏秀恍惚了,五岳却迷醉于她的美艳,他上下打量着她美丽的身体,装作不经意地揽住杏秀的肩膀,杏秀急忙躲远点,五岳又靠过来,杏秀索性坐到五岳对面去。两人就像是打太极一样,场面很是搞笑。他们不知道有人已经拍下了他们的照片,仍旧在闲扯淡。

"我奶奶说,油腔滑调的男人不能信。"

"那你还主动联系我?"

"我不是没见过名人吗?快跟我说说,像你这样的知名画家,也认识很多明星吗?"

"你喜欢谁?我帮你引荐一下。"

"我喜欢李宇春。我是玉米哎!你也是吗?我看你挺有玉米范儿的!"

五岳很无奈,忽然他神色一变,微微抬手挡住了自己的脸。

"怎么了?你躲谁呢?有什么八卦吗?我最喜欢八卦了,嘿嘿。"

"悄悄告诉你,我在躲狗仔。"

"你有那么红吗?你以为你是小四呀!"

五岳忽然一惊:"没,没,顶多韩寒,你看那边——"

林杏秀回头看看,什么也没看到,她回过头来,五岳居然不见了。林杏秀大为惊讶,不知发生了什么事情。

五岳事件就好像做场梦一样。从那天晚上起,五岳消失了。发微信也不回,林杏秀只好当这人是个凭空出现的男鬼,假装自己碰上了一个来无影去无踪的黄鼠狼大仙。

林杏秀应聘去了一家中餐厅,做领位小姐,她站在门口,一脸僵硬笑容,穿

第二章
以爱的名义

着紧身旗袍，身材玲珑有致。可她一直晃晃荡荡的，一副站不住的样子，她腿长身材好个子高挑，而且穷，所以并没有穿过高跟鞋。

这一天过得并不顺利，因为服务态度不好，她被大堂经理教训了一通，回到家里她就跟思宽吐槽想要辞职，她美而且懒，注定不能自食其力。思宽觉得她年纪还小，不必养活自己，所以立刻答应她，自己可以养她。

林杏秀很兴奋，回赠了大侄子香吻一个，可依看在眼里，快要气死，但是他们是亲戚，好像这飞醋吃很没道理，她觉得哪里不对劲却又说不上来，于是跟老妈抱怨，梅秋灵立刻微信过来表示打算替她想办法出气。

可依不由窃喜，她突然觉得老妈似乎同意了自己的婚事，于是得寸进尺，直到十二点她给老妈发了微信："老妈今天我太累了，睡在思宽这儿了，明天上班方便。我保证不跟思宽睡一起，就算我想，他姐也监视我们对不对啊哈哈。"

然后可依就关机了。她可真是找死啊。

其实可依跟思宽真的只是住在一个房间里而已，他做完了三百个俯卧撑以后搂着她同床而眠，他想跟她时刻在一起，但是又不想违逆她妈妈的意愿，因此就只好劳累自己了。

可依的心思仍旧是个小女孩，她依偎在他怀里东拉西扯，想让他不要给自己增添更多负担，去承担杏秀的生活。不过这个时候说这些多么煞风景啊。但是可依就是这样想到哪儿说到哪儿，破坏了所有的美好气氛。

思宽沉默了，很快因为俯卧撑累个半死的思宽睡着了，而可依却又想起了一件事，她偷瞄看思宽睡了，于是翻出了手机通讯录中耿家泰的电话，她犹豫着，还是给他发了个短信："老耿，你好，我是钟可依，咱们在之前偶然认识的，你硬塞给我一张名片，有事麻烦你，不知你什么时候方便见个面？"

可依这个人就是这样拎不清，她永远分不清什么时候该坦诚什么时候该负责，她总是想到什么做什么，完全不考虑别人的感受，她认为自己没有恶意，然而多少人都是这样自以为，让事情朝着难堪的方向发展着。这一夜林思宽并不知道可依给那个他很在意的男人发了短信，他睡得很踏实，大清早，思宽房间，他搂着可依，两人还在沉睡中。忽然有人连续按门铃，思宽晕乎乎地爬起来，跑出去开门。

林思宽奔出了卧室，趴在客厅大门上的猫眼看了一下，忽然大吃一惊。这时静雨也出来了，静雨正要开门，却被林思宽拦住了，林静雨不明所以。只见林思宽急忙奔回卧室，抱了一条被子，扔在沙发上，然后才去开门。门外来人正是梅秋灵，林静雨顿时明白了。梅秋灵是来打探思宽跟可依是否同居一室的。

梅秋灵提着大包小包，居然还提着两瓶橄榄油。

林思宽有些心虚："阿姨，这么早？"

梅秋灵上下打量着思宽，又环视客厅，她看见了沙发上的被子和沙发垫子。

"思宽，你不用枕头的？这样对身体可不好，沙发垫子太软了，不能用来当枕头，小心把脑袋睡扁了。"

林思宽一阵假笑："呵呵呵，阿姨您真会开玩笑。"

"梅阿姨，您人来就好了，还拿什么东西？"

"我怕你们吃得不好，所以我赶紧送来一些进口的食物，一分钱一分货，保证对身体好。可依呢？这孩子，居然敢不经我允许就夜不归宿？不怕我停她信用卡吗？"

林静雨看不下去了："梅阿姨，我也在劝可依早点学会独立。毕竟她也不小了，很快要组建自己的家庭，不能总是依赖长辈。"

梅秋灵又不乐意了："我的女儿啊，我想养到什么时候都可以。对了，说真心话，静雨啊，你叫我阿姨，我还真有点不习惯。"

"怎么了？"

"可能因为思宽跟我说，是你省吃俭用供他读完了硕士，你对他来说，不像姐姐，更像是妈妈，所以让我觉得你跟我是平辈似的，总觉得咱们俩应该是亲家母才对！你多大年纪来着？"

"三十五。"

"三十五？真看不出啊！"

梅秋灵的话有双重理解，她的表情却惊讶得有点过了头。梅秋灵是个保养得精致奢华的女人，让朴素的林静雨神色有些尴尬，但是并没有发作。总之啊，梅秋灵说话难听，真是名不虚传。

这时候可依从思宽房间出来了。

"老妈你这一大早就来了。"

梅秋灵冷着脸："我允许你夜不归宿了吗？"

"我手机没电了。"

"甭给我瞎扯理由。"

梅秋灵不由分说进了林思宽卧室，她左右看看，试图发现什么痕迹，却没有所得，思宽、可依一脸忐忑地跟在她身后。

"可依这孩子真浪费，一个人占两个枕头，害得思宽在客厅用沙发垫子凑合。"

"阿姨，没事，我有个地儿就能睡着，没那么多讲究。"

梅秋灵假装帮可依叠被子，继续探查敌情，林思宽表情很不悦，但还得忍着。

第二章
以爱的名义

"阿姨,您别忙活了,等会儿我来收拾。"

"结婚前,你们还是应该保持距离,年轻人总待在一块儿,火大,对身体不好。"

这时梅秋灵看见了可依的背包旁边是一把钥匙,她灵机一动,背对思宽跟可依,迅速把钥匙藏了起来。

林思宽有些奇怪:"阿姨,你干吗呢?"

"我?嗯,我就是研究下可依这个新买的包,这得一万多块吧,肯定不是你给她买的!你哪有那个闲钱,付房租还不够呢!这肯定是可依刷信用卡买的,回头还不是我这个老妈帮她还账!哎,当妈真不容易。你捡了个大便宜,你哪会懂我想什么!"

梅秋灵一张利嘴害得林思宽满脸尴尬,却又无话反驳。梅秋灵就是这样无时无刻地渗透在思宽跟可依的生活里,她完全不觉得自己有什么不对之处,因为她觉得自己只是个爱女儿的妈妈罢了。她不喜欢思宽和他的家庭,觉得他白捡了个大便宜,然而女儿爱他,自己又能怎么办呢?只能尽力保护女儿吧。

同样,如果不是因为爱可依,林思宽真的想永远不见梅秋灵,但是他不知道,这天还要被迫见另一个他一辈子不想见的人。此刻他在一家餐厅门口焦急等待。

远处可依气喘吁吁地跑过来。

"可依,你看到我的门钥匙了吗?找不到了。"

"没有啊。"

可依忽然煽情地抱住思宽:"我爱你。"

林思宽疑惑地摸摸可依额头:"你这是闹的哪一出啊?"

"思宽,我以后再也不跟你生气了,再也不说难听话刺激你大姐了,我也再不催着你给杏秀找工作了,我明白,她还小,你想让她多读点书,对不?"

林思宽很欣喜:"可依,谢谢你。"

"思宽,是我应该谢谢你的大度,谢谢原谅我的小肚鸡肠。"

"你谢就谢吧,我心领了,咱们也不能天天出来腐败,咱们回家吃,我给你做红烧肉。咱不还得攒房子首付吗?"

"我不是请你吃饭,我是请一个朋友。"

"谁呀?"

"老耿。"

林思宽先是表情疑惑,然后他的表情僵住了。

"请他吃饭你叫我作陪?"

"我没叫你作陪,我就请他一个人。"

林思宽更生气:"你想气死我是不?"

"我是想,我请他吃饭,吸引住他的注意力,然后你呢,悄悄地把他的笔记本电脑偷出来。"

"我可是个律师,虽然是小律师,那也是懂法的,你这是——你这是谋害亲夫啊!"

"不用你犯罪,你就偷偷看看他笔记本里,到底有没有我的照片和视频,有就悄悄删了,然后再悄悄地把笔记本还回去。"

可依自顾自手舞足蹈地表演着行动计划,没注意到林思宽的脸色变得很难看。

"可依,你到底瞒着我做了什么?"

"你瞎说什么呢?你太看不起人了!我不过就是给学生上课的时候睡着了,被学生家长拍了照片和视频,投诉到媒体的熟人那里,谁知道老天爷那么爱我,她那个七拐八拐找到的熟人,居然是老耿!"

"这世上怎么会有那么巧的事情?咱们好好跟他说不行吗?"

"万一他是个死钻牛角尖的老愤青,死活不同意怎么办?听说这两天就要见报了,我的死期就要到了!你愿意帮就帮,不愿意我就自己来,大不了我就来个美人计,反正我看他对我还挺不错。搞不好,一不小心,失了什么的,比如什么身啊什么心的,那也是我命苦啊,哎!"

可依装腔作势装可怜的样子让林思宽无言以对,这时可依突然看见耿家泰从远处走来了。

"你说的事情乱七八糟的,我觉得不一定就是他收到了投诉啊。"

"赶紧藏起来,目标出现!"

林思宽来不及多想,只好忙不迭地躲到暗处。

这场鸿门宴就这么莫名其妙地开始了,显然可依刻意选择了这个地方。此处装修豪华,但是灯光幽暗,桌子上只有几只蜡烛照明。可依和耿家泰相处甚欢,可依娇笑连连,不时捂着小嘴,装作羞涩的样子,还不时装作不小心用脚碰碰耿家泰的脚,或者假装不小心用手轻拂耿家泰的手。

坐在不远处的林思宽气得直翻白眼,却无可奈何,只好把巨大的菜单竖在桌子上,挡着自己的脸偷窥。终于耿家泰起身去了洗手间。可依手脚麻利地拿出了耿家泰随手放在地上的公文包中的笔记本。旁边的服务员忍不住侧目而视。

没人注意到可依在拿笔记本时,把桌布掀起来,又放下去的那一刻,桌布已

第二章
以爱的名义

经被蜡烛微微地点着了。可依慌张地跟服务员解释。

"刚才那个是我男朋友，我怀疑他出轨，我这是查查他的动向。"

可依随手把笔记本递给了旁边接应的林思宽。服务员继续盯着可依。可依急忙指指林思宽。

"我男朋友就是跟他女朋友出轨，我让他好好查查。我们俩都是可怜的伤心人啊，哎！"

服务员一副看好戏的表情，林思宽尴尬地溜到了暗处。这时耿家泰回来了，他坐在座位上，可依急忙故作风情地轻撩头发，堆满娇笑。耿家泰很是关切地看着可依。

"你最好去医院看看。"

"怎么了？"

"今天你的嘴角总是时不时抽筋，上次我见你的时候，你还没这毛病呢，这可不是什么好事，早点看看早安心。"

可依气得直翻白眼。

"你看，你看，你还时不时翻白眼，快去医院看看吧，听话。"

可依只好堆满一脸假笑应付他。

而洗手间隔间内，林思宽确实没忍住看了耿家泰的电脑，他原本不想看，但是他随便输入了耿家泰名字拼音作为开机密码就打开了电脑，思宽实在太想知道这个男人的底细了，他忍不住窥探了别人的隐私，他发现桌面上有个叫"照片"的文件夹，打开后里面有两个文件夹，一个标题是"编年"，另一个却是"失踪的女孩们"。

林思宽好奇地打开了"失踪的女孩们"文件夹，林思宽大惊失色，因为他一眼就看到了可依在餐厅等位的照片，而且那分明是一张偷拍的照片，照片名字叫做"我的她"。

"失踪的女孩们"文件夹里除了可依的照片，还有一个文件夹，叫做"从前"。林思宽打开了"从前"文件夹，看到了几个女孩的照片，照片名字就是女孩的名字，分别是"李寒青、梁秋光、陈娟、林雅清、罗韵梅"。

林思宽不知该如何处理，外面却传来可依的叫喊声。

"救命啊！"

林思宽急忙关上电脑奔了出去。

原来是之前可依不小心点燃的桌布已经火势不小，可依吓得跳了起来，激动中，可依把桌上酒杯中的酒泼在了火上，顿时燃起了熊熊大火。所有人都手足无措，耿家泰挡住可依，望着火势，这个从小到大在温室中长大的知识分子，同样紧张得不知如何是好，只有林思宽还算机警，他回身到角落放下笔记本电脑，拿出灭火器，几下就解除了火势。

耿家泰一直在保护着可依，可依吓得花容失色，满脸泪水，她面对着耿家泰不知说什么，这时在耿家泰背后的林思宽给可依使个眼色，可依这才反应过来，急忙扑进耿家泰的怀中，扳着耿家泰的脖子，不让他回头看，假装号啕大哭起来。

思宽急忙把笔记本塞进了耿家泰的公文包。

耿家泰有些奇怪："刚才救火的男人好像你的男朋友。"

可依急忙掩饰："难道他跟踪我？"

耿家泰回头看看，林思宽已经没了踪影。他回过头来，发现为了火势着急的可依满脸泪痕，耿家泰很是怜惜，轻轻拂去了她脸上的泪水。可依一怔，耿家泰意识到自己的唐突，急忙放下手。他们彼此相互注视的眼神，却再也不像陌生人。

窗外暗处的思宽看到了这一幕，他愣住了。

直到深夜，林思宽都无法入睡，他躺在床上，搂着沉睡的可依，却一直瞪着天花板。他很在意耿家泰的存在，那个男人看上去拥有金钱、地位、阅历等一切，还拥有自己并不具备的——心机，思宽感到了强烈的危机。

这天可依为了安抚嫉妒心爆炸的思宽，又违逆了老妈的意思留宿于此，她听到他辗转反侧，于是半睡半醒地爬起来，果然发现思宽还没入睡，可依也感到了思宽的担忧，她告诉他自己跟耿家泰连普通朋友都谈不上，思宽于是跟她讲了那些失踪女孩照片的事情，可依却不以为然，她思前想后，觉得可能真的只是耿家泰眼瞎暗恋自己吧，但她对他无意，只是觉得他不是坏人而已，如果思宽很介意，可依保证以后会跟耿家泰保持距离。

但是思宽仍旧无法放心，两个人的情绪其实是很别扭的，可依不由笑话思宽的敏感，她不想继续这个话题了，正好她渴了，于是出了卧室门去喝水，思宽欲言又止，他有些不高兴，可依已经出门去了。

不过可依却发现一个人影正在客厅里游荡，她定睛一看，那人正是林静雨。

"大姐，你也口渴啊？"

静雨却毫无反应，像个僵尸一样向着可依的方向走来。等到可依反应过来，静雨已经冲到可依面前，掐住了可依的脖子，静雨眼睛无神，颇让人觉得恐怖。

第二章
以爱的名义

林静雨大叫着:"放了我!放了我!"

"放手!我是可依啊,大姐!"

林思宽闻声跑了出来,不由大惊失色,他赶紧拽开了静雨。静雨终于醒了过来。这时杏秀也从自己的房间跑了出来。

林静雨莫名其妙:"怎么了?"

思宽很诧异:"大姐,你梦游了,差点伤害了可依。"

"对不起,可依,我不是故意的。"

林静雨神色焦虑,看上去很可怜。

钟可依也很是郁闷:"大姐,你这是病,得治,你是不是在日本有什么不开心,你刚才不停地说放了我放了我,你让谁放了你?"

林静雨迟疑地摇摇头。

"只是个噩梦。"

林思宽也无计可施:"大姐,你早点休息吧,明天我带你去医院看看,对了,杏秀,你怎么这么晚还没睡?"

林思宽这时才发现杏秀房门打开,电脑仍在运行,显然杏秀还没睡,她书桌上有很多零食袋子,而电脑里居然是个男人的视频,那个男人正是五岳,他朝着这边张望着。杏秀和五岳正在网上视频聊天。

视频里的五岳很是担心:"杏秀,出什么事了?你没事吧?"

林杏秀的秘密被发现了,她急忙奔过去合上了电脑。林静雨跟思宽都怒了,大半夜的一个小姑娘跟那样一个看上去就不是正经人的老男人视频,显然不是什么好事情,思宽拿走了杏秀的电脑和手机,并且是以为杏秀考虑的名义。

杏秀很生气,但是又能怎么样呢?只能摔门发泄。惹得思宽跟静雨更生气,但是可依并不觉得深夜视频聊天有什么要紧,某种程度上,可依跟杏秀是有些相似的,她们都大而化小、稀里糊涂,对很多细节不以为然,这也是天性谨慎的静雨跟思宽所不能接受的。可依的风凉话惹了静雨,而可依因为刚才被梦游的静雨掐了脖子也同样不爽,思宽急忙拽走了可依,剩下静雨在客厅生闷气。

他们都不知道危险已经逼近了,这时候梅秋灵悄悄进了林思宽家单元楼的楼门。可依和思宽不知道梅秋灵已经近在咫尺,他们回到自己卧室中,可依仍旧不情不愿。可依一顿埋怨,她觉得杏秀根本就不会有什么出息,早点嫁人也不是坏事,思宽却因此对可依有了些许不满。

"可依,我只是想让我小姑姑不要浪费青春,能够继续上学,能够学会谋生之道，让她这一生能够不仰仗别人的脸色活着，难道就这么一点卑微的要求，你都不允许吗？"

"我是话糙理不糙，以杏秀的家境、能力和长相，她根本没什么可能在学业上有所成就，她唯一有可能有成就的，就是通过找一个好男人，在家庭上有所成就。"

"你前几天不还说她得学会自立吗？"

"我让她学会自立，没说不让她谈恋爱，也没说让你帮她决定一切，更没说让你花钱供她读书啊！"

"说来说去，你就是舍不得钱。"

可依愤怒了："林思宽！你跟我谈钱？你好意思跟我谈钱？真是笑话！你给我出去，你知不知道你这样说，让我有多难过？出去出去出去！"

可依气愤地把林思宽推出房门，还扔给他一床被子和一个枕头。此刻梅秋灵用偷偷配的钥匙正在开门。而林思宽抱着被子枕头站在客厅中发呆。门静静地被推开了，林思宽一惊，进门的人却是蹑手蹑脚的梅秋灵。

梅秋灵悄悄地关上了门，身后站着的人却是林思宽。

"阿姨！"

梅秋灵一愣，很不好意思，慌忙掩饰，她一边掩饰一边窥视着沙发，果然看到一床被子和枕头放在沙发上，她终于安心了。

"我这半夜睡不着，就跑来看看可依。她这突然一走，让我的心空的啊，难受！思宽，你知不知道人间什么最让人放不下？是母爱啊！"

可依闻声出来了。

"妈，你哪来的钥匙？"

梅秋灵愣住了，她很尴尬。

"妈走了，妈看你一眼就知足了，别住在一起啊。"

探查到两人并没有同居，梅秋灵总算放心了，她转身要走，思宽喊住她。

"阿姨，钥匙。"

"我哪来的钥匙，你真会说笑话，哈哈哈。"

"那您怎么进来的？"

"哦。"

梅秋灵尴尬地把钥匙放在茶几上，出门去了。

林思宽和可依四目相视。

林思宽冷冷地："只不过是以爱的名义，行窥探隐私之实而已。"

第二章
以 爱 的 名 义

"你不是吗？杏秀难道需要你帮她选择吗？难道你对我，不也是以爱的名义而已吗？"

可依看着林思宽，眼睛中充满悲伤。可依进了卧室，剩下林思宽一人在客厅里独自难过。

天刚亮，可依就从思宽家里离开了，她神色不悦，看上去很不开心。是这样的，爱的力量给予人们生存的勇气，爱应该很美好，可是，有些力量，只不过是以爱的名义。如果控制不住这种力量，带来的，却是无法弥补的伤害。

可依走的时候，林静雨站在窗口发呆，有无数心事，忽然她看见楼下的可依走远了，静雨走到卧室门口，跟思宽探头说话。

林静雨很奇怪："思宽，可依这么早就走了，她要去哪儿？她——"

但她欲言又止。

"大姐，你说什么？没听清。"

"没什么。"

静雨关上了卧室房门。静雨希望思宽跟可依就此分开，可依有钱，但思宽不需要她的钱，思宽需要的是理解，他们之间的问题远远比爱多许多，静雨希望他们就这么散了吧，趁着大家还年轻，趁着还有机会选择更适合自己的生活，不要勉强自己去碰壁了。她忘了，自己也在以爱的名义，帮弟弟做出了也许并不是他想要的选择。

而静雨自己的心里也有很多愁肠，隔天她一个人去公园散步，似有无数心事。这时她的手机响了，来电正是"钟医生"。

林静雨面色大喜。

"静雨我已经帮你约好心理医生了，等会儿我把她电话发给你。你的强迫症必须得治，你不要不放在心上。"

林静雨很感动："钟医生，谢谢你。"

忽然手机显示对方邀约"Facetime"视频通话。林静雨吓了一跳，她急忙整理下自己的仪表，然后羞涩地接通了Facetime，钟亦仁出现在静雨的手机屏幕中。

屏幕中的钟亦仁很惊诧："哟，这怎么出来个人头？"

"不是你要求Facetime的吗？"

"你说话我有点听不懂。"

"你是不是不小心碰到Facetime键了？"

"我打算用免提功能跟你通话呢，是不是按错了？Facetime是什么呀？"

"就是视频通话啊——"

忽然林静雨看见一个年轻女人的背影从钟亦仁身后闪了过去。

林静雨愣住了:"你不是一个人啊?"

"不是呀!怎么了?"

林静雨黯然地:"就这样吧,谢谢你,钟医生,我还有事,回头再聊。"

林静雨很难过,他果然不是一个人了。

而电话被挂断的钟亦仁有点奇怪。

"闺女啊,什么是 Facetime 啊?"

一个年轻女孩正在冰箱前面瞎翻。她转过身来,掏出了一大桶冰激凌,那正是可依。原来静雨邂逅并爱上的男医生钟亦仁,正是可依的父亲。

"Facetime 就是视频通话啊!爸,你这冰箱里怎么一点垃圾食品都没有啊?就这冰激凌还是我上次拿来的,过期了吗?"

"垃圾食品对身体不好,你还年轻,感觉不到三高的危害。"

"你怎么跟思宽大姐似的?奇了怪了!"

可依抱着一桶冰激凌瘫倒在沙发上,钟亦仁一脸无奈。他们都不知道,一段孽缘已经开始了。

第三章

警察叔叔好

　　林杏秀穿着简单的T恤和紧身牛仔裤、背着书包，正在校园中走过。她身边跟着眉头紧皱的林静雨。远处却有人正在偷拍林杏秀的照片。林杏秀和林静雨并不知情。林静雨忙着一直碎碎念，林杏秀闷着头不说话。静雨送杏秀来学日语，她想让她继续读书，想帮她申请出国读大学。不过杏秀觉得她只是因为学历低的自己会让静雨没面子而已。

　　林静雨一时无言以对。也许真的被杏秀说中了自己的潜意识吗？她看着杏秀，杏秀非常漂亮，身材凹凸有致，被她的紧身衣进一步强调了女性的特征，她走在路上，众人侧目。

　　静雨简直不知道这么多年，乡下的爷爷奶奶是如何保护了这个美成罪恶的女孩。静雨觉得这个世界，到处都是针对杏秀的陷阱，而自己根本无力保护她。自己能做的又有多少？杏秀已经十八岁，性格不受控制，自以为聪明，过度的美丽，对贫穷而不够聪明的她来说，就如同一个有钱人，把所有珠宝挂在脖子上走夜路，被人看见，都是风波。林静雨感到了无能为力，她目送杏秀进了教学楼。

　　教室里，学生们三三两两坐在一起交头接耳，林杏秀走了进来，姣好的面目和高挑的身材吸引了众人的目光，林杏秀找到一个位置坐了下来。穿着不菲热爱奢侈品的女同学们对杏秀侧目而视、议论纷纷，林杏秀终究要面对这一切，她不知道她们讨论的是什么，但她知道因为自己没有她们拥有的东西，甚至是不懂她们的对话，就足以招来一场嘲讽。但她忘了，她就算披着麻袋，站在这些女孩旁边，她也足以做个女王。

于是她们故意用她没有的东西去刺激她。林杏秀意识到了恶意，开始不自在起来。尽管人是不情愿的，但人必须面对的，永远是其他的人。女生们笑嘻嘻地看着林杏秀，她们并不是恶毒，只是虚荣，那只不过是人们保护自己的一种方法，有力的方法。虚荣是一种虚假的骄傲，可少了虚荣，生活会少了很多乐趣，总之，没事虚荣一下，生活会更精彩。

可依也抱着同样信念，此刻她正在父亲钟亦仁家中诉苦。她很生思宽的气，因为他居然为了他那个小妖精一样的小姑姑说她不舍得花钱？老天爷有眼！她钟可依这辈子不舍得花钱过吗？

她老爸深有体会："那是，你跟钱有仇，不花出去难受。"

老爸再怎么冷嘲热讽，可依也只敢跟老爸抱怨，她可不敢告诉老妈自己跟思宽产生了矛盾，当初她信誓旦旦跟老妈说，她跟林思宽此生相爱永不渝，被老妈知道自己在婆家混得这么惨，不是丢死人吗？死要面子活受罪！可是有钱难买她乐意啊！可依瘫在老爸家里的沙发上一副伤心伤肺的样子，她也有着小小的虚荣，虽然难过，但也不能失了面子，所以一定要硬撑下去。

不过她老爸不会这么由着她，他想让她乖一点，如果选了思宽就好好地跟他过日子，不要整天耍脾气，当然可依才不会同意呢，虽然钟亦仁拿女儿没办法，但是他可以找来她老妈，很快梅秋灵就赶到了。可依很生父亲的气，觉得他是个叛徒。她还没来得及发小姐脾气，梅秋灵就因为她夜不归宿发飙了，可依也不示弱，一句软话不肯说，她还生气梅秋灵偷了思宽家钥匙的事，实在是让她太没面子，母女俩你一言我一语，气得梅秋灵想揍她，却又不舍得，于是就揍钟亦仁出气，这个罗圈架打成了一团乱麻，可依突然夺门而出、扬长而去，女儿大了不由人，梅秋灵非常伤心，她瘫坐在沙发上，眼中露出了伤感。

钟亦仁欲言又止，并没有劝说她什么。他已经习惯了，习惯了她的倔强、泼辣、言不由衷，也习惯了不理她。

可依跑去愁眉苦脸地和她的闺蜜施黛娇诉苦。人如其名，施黛娇很漂亮，却外号"师太"，因为她是个绯闻绝缘体，因为她太聪明、太八婆、太厉害、太智慧，中文系毕业的她成了一个微信公众号作家，很能赚钱，也就更看不起男人。所以可依一诉苦，善于归纳分析的大作家师太立刻总结道：

"你们家就是一出女人戏呀，感觉各种人物类型都齐全了，你大姑姐是女仆，服务性人格，终生都在为家人奉献，完全忘记了自身存在的价值，以至于低到了

第二章
警察叔叔好

最低的尘埃里去。你老妈是女王，典型控制狂型人格，从爱人、家人到同事、朋友，工作到生活，无时无刻不想掌控全局，你跟你那个小姑姑呢，都是小女人，这日子真的是要热闹死了！"

"我是小女人我承认，可是我跟那个小姑姑不一样吧？"可依很奇怪。

"她是拜金派，渴望有个男人圈养她，你是琼瑶派，一辈子有爱情就够了。不过还不都是小女人吗！"

"那你呢？"

"我是干物女。不求爱情不求物质，只求每天宅死，看我的小说电视电影打游戏就是最美好的人生了。"

"真的吗？那你赚那么多钱干吗？"

"我也不想呀。"师太很傲娇。

"臭不要脸的。"

"好吧，有一点吧。"

"哎，我要是像你一样，自己有钱就好了。"可依突然很羡慕。"我就可以买个房子跟思宽结婚了。我妈就不会说我嫁个穷小子了。"

"那不还是嫁个穷小子嘛！要我说你搬到我家里来得了，咱俩每天看看《权力的游戏》，比你跟家里那些女人们混战有意思多了。"

"我看不懂你那个《维斯特洛寡妇屯》，老外都长得太像了！"可依一点志气也没有，她看不懂就决定放弃了，一点也不想着去努力一下，记住那些看上去差不多的老外。从小到大就是这样放弃了很多有意思的事，好像只有爱情才是她唯一能够持之以恒的东西，大约因为爱情这件事情不太费力气吧。她还太年轻，她不知道更多的荆棘在等着她。

此刻她的心里都是思宽，她很纠结，她想回去找思宽，但是思宽没有来哀求她和好，因此她害怕静雨跟杏秀笑话自己软弱，但她还是忍不住想跟思宽和好。

但是可依想多了，静雨根本没空笑话可依，她正在等着杏秀下课，她看上去仍旧心事重重。像可依这种女孩子，根本就不懂静雨这种从小到大到年华不在，一直为了生计、为了家里人而奔波的人的心情。

而林杏秀却借着同学Rebecca的手机给五岳打了个电话，她问他CHANEL贵吗？这个名字她从同学们口中听到，好像很贵的样子，她知道很贵，她只是暗示他，至少在潜意识里。

打完电话跟五岳约好了见面的地方，林杏秀悄悄从教学楼的后门溜了。Rebecca看她远去，神色中有几分怀疑。她跟可依是一个世界的人，当然她会对林杏秀抱有一种本能的不理解，在她看来，林杏秀一定会用身体去换自己想要的东西，现在没有，不代表以后不会，只是时间问题，林杏秀的美貌对她自己来说，就好像口袋中有好多好多钱，不会忍住不花的，所以Rebecca对林杏秀，有一种天然的鄙视。而此刻林杏秀打了个神秘电话，然后就要走后门，明显有逃跑企图，似乎去又幽会某人，这所有行为都验证了Rebecca对林杏秀的预判，那就是林杏秀是个时刻准备傍大款的女人。

　　这也是静雨一直担心的，杏秀不够聪明、又懒而且美艳，综合各方面考虑，一切都会朝着最坏的方向发展，这一天等到教学楼门外的静雨意识到杏秀已经逃跑的时候，后者已经百无聊赖地在约好的购物中心门口等五岳。

　　橱窗里，塑料模特身着曳地长裙。橱窗外，林杏秀看着长裙出神，忽然她被什么发亮的东西闪了一下眼睛，她定睛一看，橱窗上映出一个男人正在对着她拍照。那个人看到她看着自己，恶狠狠地瞪了她一眼。

　　林杏秀一惊，回头看见远处那个男人恶狠狠地看着她。林杏秀左右看看，门口处没什么人，她很害怕，急忙向购物中心里面走去。

　　这时候五岳的车到了，司机把车停在马路边，五岳走了过来，他没有看到林杏秀。五岳拎着一个很大的CHANEL手提袋，他很懂杏秀的意思，毕竟这种事他做过很多次，早已经轻车熟路。

　　五岳没看到杏秀，购物中心门外，五岳看着手表，等得越来越焦急。而林杏秀在购物中心内的店铺间穿梭，她感到身后一直有人跟踪着她，不管怎么躲避，她都能看到身后那个恶狠狠的男人。独自躲避坏人的杏秀不由害怕起来，她看见一家店铺正在装修，于是躲了进去，藏到一堆塑料模特中间。林杏秀在暗处的杂物中屏气凝神，看到那个跟踪自己的中年男人跟着她进来了，男人长得很凶，两人近在咫尺，男人几乎与林杏秀擦肩而过，林杏秀胆战心惊。

　　幸好光线不好，那男人四处探查，居然没有看见林杏秀，就这样离开了。林杏秀大惊失色，瘫软在地。

　　购物中心门外，五岳还在等待杏秀，但是他着急离开，一时半会儿又联系不上杏秀，只好就这么走了。他刚上车离开了，杏秀就出来了，她四处张望，这时候人多了起来，她没看到五岳，杏秀很失望。

　　逃跑的杏秀无处可去，只好回到家中，她坐在沙发上，情绪低落。思宽静雨站在旁边，他们想要教训她。林思宽几次张口想说话，却不知道说什么。还是静雨打破了僵局，不过她并没有再次发脾气教训杏秀。

第二章
警察叔叔好

"杏秀,别害怕了,没事,以后别乱跑了。现在社会这么乱,人心这么难测,你一个那么漂亮的女孩儿,独自在外面实在是不安全!"

林杏秀皱着眉头不说话。

"你们俩也别生气了,咱们是一家人,能有什么解不开的矛盾呢?你现在能明白了吧?思宽和我做的一切,都是为了你好!"

林杏秀捂着胸口,一副不舒服的样子。

静雨很担忧:"怎么了?"

"胸闷。"

"咱们出去散散步。"

林杏秀点点头,林思宽走在前面。林杏秀想了想,伸手挽住了思宽的臂弯,思宽看了看杏秀,明白她在向自己示好,姑侄俩终于冰释前嫌了。

此时天色已晚,小区的树荫下,静雨杏秀思宽三人正在散步。林杏秀亲昵地挽着思宽的手臂。林静雨想起了可依,她提醒他也许应该和好了,但是思宽不敢去,他非常害怕梅秋灵的毒舌,不知该如何面对,静雨得知可依的父母早已经离婚了,她突然感叹,单亲家庭的小孩,确实不好相处。

静雨另有所指,然而听者却有心,树荫暗处,可依听见了这一切,她看见林杏秀挽着思宽,更加不悦,转身悄悄离开了。可依原本打算回来找思宽和好,可她看见了三人出来散步,就想暗中听听他们说什么,果然听到了关于自己的坏话,于是很生气地离开了,因此错过了后面的话。

接下来思宽再度表达了自己对于可依的坚定,而静雨意识到可依的重要性,她虽不认同可依,但表示还是希望思宽跟可依继续磨合。

可依没有听到这些后续,她在小区里犹豫地溜达着,离思宽他们越来越远了。昏暗的路灯下,可依却觉得身后有人,她向着那处亮光走去,却没有人影。忽然有个东西窜了出来,吓得可依尖叫起来,来人却是思宽。可依终于止住了叫声。

"可依,你回来了!太好了!"

"我回来收拾东西!"

"别瞎说,我今天去你家接你了,可你不在家,让我着急死了!"

"你不会打电话的?"

"我——我怕你不接我电话。"

"怕?怕你不会试试啊?再接再厉不懂啊?屡败屡战没学过啊?"

"咱们回家吧。可依,都是我的错!求你原谅我!"

"我回去收拾东西!"

"好好好,收拾完了就住下来,走吧。"

可依佯装愤怒:"想得美!"

可依不情不愿地被思宽轻轻拥抱着回去了。可依是很好哄的女孩,只要思宽表现出绝对的低三下四,她就相信他对自己的在乎,相信自己在他心中的独一无二。思宽也了解可依的心思,所以他们总是能在争执过后很快和好,只不过他们还没有遇到更大的惊涛骇浪,终有一天,他们将面对分崩离析的可怕。

此刻甜蜜的他们并不知道,之前暗处里观察可依的人正是耿家泰。耿家泰若有所思地看着可依远去的背影。其实他一直在跟踪她。

思宽跟可依没有注意到耿家泰,他们回到家中,这时候林静雨正在孜孜不倦地擦厨房,她把每个调料瓶都擦得干干净净,擦完后仔细观察一番,又用脸颊蹭蹭瓶子,确定上面已经没有油腻了才放心。忽然静雨听到声音,她探头看。是可依跟思宽回来了。

静雨皱起了眉头。但她想了想,还是出来了。她决定还是跟可依示好,之前可依突然离开,有些日用的东西遗落,静雨已经帮忙收好,此时静雨匆忙邀功,可依却很不痛快,她喜欢东西乱糟糟的感觉,更不喜欢别人动自己的东西,静雨言谈话语间似乎觉得可依很懒的样子,可依就更不爽了。

一时间双方都有些尴尬。思宽急忙把可依拽回自己房间,剩下静雨一脸怒意。静雨觉得自己好心跟可依挽回关系,对方却完全不领情,以后看来是不能再跟可依多相处了。静雨兀自生闷气,杏秀却跑过来跟她讲了一件大事,让静雨不得不暂时放下跟可依的别扭。

原来杏秀突然意识到也许今天跟踪她的人,是为了静雨的秘密,之前静雨梦游,大叫着:"放了我,放了我,"着实吓到了杏秀,所以杏秀觉得静雨跟自己隐瞒的事情,一定很严重,她觉得静雨在国外一定是发生了什么意外的事,才会突然跑回国。杏秀很担忧,建议静雨报警。可是静雨一言不发,静雨拒绝的态度让杏秀更加忧虑事态的发展。

而卧室里的可依跟思宽却听到了杏秀和静雨的对话。可依很惊讶,觉得静雨在国外一定是做了不好的事情才跑回来,她逼着思宽去追问,思宽为了安抚可依,只好答应去问个清楚。可依继续吐槽静雨,如此古怪,又有那么多秘密,怪不得

第二章
警察叔叔好

成了老姑婆,思宽听了,很伤心,他制止了可依。

"可依,别说了,我不想在背后说静雨的闲话。我跟你说过,大姐对我来说,就像妈妈一样,我求你,别总是说她。就当是为了我,你就忍一下,行吗?"

可依不说话了。可依只是不懂得为别人考虑,但她不是坏人,她懂得别人的苦衷,她也愿意学着帮助别人,思宽总是为旁人考虑,总是照料着旁人,可依想起来,当年自己之所以爱上思宽,正是因为他是这样美好的一个人,所以可依决定再也不要让思宽伤心。

思宽感受到了可依的善意,他禁不住抱住可依。

"我就知道,全世界,你对我最好了。"

"比你大姐对你还好?"

"嗯,大姐虽然好,但那是不一样的。也许是因为代沟?我不知道,我其实不了解她,她也不了解我,但亲人不需要互相了解,只要我懂得尊重她、以后能报答她就够了。可正是因为在亲人之间我们找不到了解,所以我们才用尽全部力量,在这茫茫人海间寻找一个了解自己的爱人,不是吗?"

可依愣了愣。

"没想到我跟你之间,还有这么多嘻嘻绕,不过我可没想那么多,反正我就喜欢你,我就是相信你,你可不能对不起我!不然我会恨死你!"

"我知道,我知道,不要离开我,可依,我不能没有你。"

思宽动情地抱住可依,可依神色总算和缓起来,她也紧紧抱住他。

"思宽,我也是,求你,不要离开我。"

思宽更加用力地抱住了她,多么幸运,单纯善良不沾杂尘的两个人,因缘际会拥有了最纯洁的爱,不为金钱、欲望、索求、地位或者回报,他们只是深爱着彼此,祈祷着此生不会分离。多好的故事,然而却只是故事的开端,后面该如何呢?故事还很长,他们还不懂这世界的纷繁复杂,如果有离合聚散,也不能怪他们啊。

此刻他们还不知道未来的故事,可依就那么抱着思宽,突然有种白首不分离的强烈期待。

"思宽,要不我今晚还是留在你这儿吧,回去我妈就对我东挑西拣的。"

"我怕阿姨揍你。"

"到时候再说。我现在关机,哈哈。"

第二天一早,客厅被收拾得一尘不染,窗明几净,布艺沙发也被整理得异常平整。虽然是租住的房子,但是林静雨仍旧保持了整洁干净的习惯。

可依和思宽从自己的卧室中跑出来。可依要迟到了,她单位刚来了新领导上午要打卡,让她精神非常紧张。

林静雨急忙把做好的两个三明治分别装进保鲜袋中,又把咖啡倒进了保温杯。林静雨边忙活边叮嘱沙发上穿鞋的可依:"可依,到门口穿鞋,门口不是放了专门坐着穿鞋的椅子吗?"

可依没说话,穿上鞋子就奔出门去。林静雨把三明治和咖啡塞给思宽,林思宽跟林静雨挥手告别,急忙跟着可依出门去了。林静雨看看被可依弄乱的沙发,很是郁闷,于是走过来再次将沙发整理得平平整整。

上班的路上,林思宽开着他的小破车,可依坐在副驾驶上狼吞虎咽地吃着三明治。她知道静雨在试图跟自己和谐相处,但是却仍旧忍不住出言讽刺。

"你大姐事儿真多!哪像个凤凰女啊?根本就是贾府的——保姆啊!"

"吃人的嘴软,可你怎么还是说话这么难听?"

"天地良心!我一点恶意都没有!说真的,这三明治真好吃,你大姐也真是个好女人,可是我和她真的是性格不合!这是老天注定,不是我不努力!要不咱们搬出去吧——让我爸妈给咱们买一套房子。"

"我没有爸妈可以依靠,我只能靠自己。"

"你是不是怕住在我们家的房子,损了你的小面子?你是不是怕我爸妈看不起你?真虚荣!"

林思宽没言语。

"别瞎想了,又不是万恶的旧社会!"

"你能理解我吗?你刷阿姨的信用卡买个包,她还整天念叨,你要是让她买房,这辈子咱们俩还能自由吗?"

一直不停地吃着三明治的可依看着林思宽认真的样子,不再继续争辩。

"一分钱难倒英雄汉哦,哎!"

林思宽看上去心事重重。

"对了,你大姐去治病了吗?赶紧催她啊,我可不想又被她半夜掐脖子,我又不是周黑鸭!"

"嗯,她去了,我说陪她去,可她说不想耽误我工作。"

"你大姐这么贤良淑德,到底为什么嫁不出去呢?奇怪!肯定有古怪,哼!"

果然被可依猜中了,静雨确实隐瞒了很多。医院里,看完心理医生的林静

第二章
警察叔叔好

雨情绪低落地从一间办公室走出来,钟亦仁正在等她。两人一边聊一边沿着走廊走过。

"钟医生,这么巧?"

"我正好有点时间,就特意过来看看你,你跟医生聊得怎么样?"

"谢谢你帮我介绍的心理医生,可是看来我的病,并不是聊几次天就能好转的。我最近一直失眠,她建议我去看精神科,她怀疑我已经患上了抑郁症。"

"那我再帮你介绍一个精神科的医生。"

"萍水相逢,不麻烦你了。"

"不麻烦,抑郁症必须得药物治疗,不可能自行痊愈。"

"真的不用了。"

"你不要再拒绝了,任由抑郁症发展,会造成不可挽回的错误。"

林静雨突然激动了:"就算我自杀了,跟你又有什么关系?我不需要你关心我。"

钟亦仁一愣。

林静雨意识到自己的失态,急忙道歉。她心里介怀他并不是单身,心中对两人的无法进展有怨气,不自觉地表现出来,这让她很惊慌。

"钟医生,对不起,我不是故意发脾气的。我这两天跟家里人有点不愉快。"

"没关系,我能理解,抑郁症病人比其他人更需要家人的关心,如果有什么误会,你要让你的先生多理解你。"

"我还没结婚,我只是跟家人有些误会,让我很难过。"

"如果——你有什么心结,可以跟我聊聊。"

他确定她单身,不由有些小庆幸。林静雨却有些伤感,她停住了脚步。

"有些事也不是三言两语说清楚的。我这一辈子,几乎都是为了家人而活。"

"他们有自己的人生,你也应该有自己的人生。"

"十一年前,我二十四岁时,我在城里打工的父母在返乡的路上出了车祸,双双离开了我们,从此以后,我觉得我就成了家人的依靠,所以我的一切努力都是为了他们,我从来没想过,等到他们有了自己的生活,我竟然不知道自己还能做什么。"

她很难过,而他有点感动。

"我明白,人的一生,有许多艰难,其实人很容易就会被虚无感击败,也许只有付出,才能让人找到存在感。"

"钟医生,谢谢你。"

他们四目相对,彼此看出了对方的好感。林静雨忽然想起了什么,她皱起了眉头。其实她想起了无意中视频时候他家中一闪而过的那个年轻女人,他还说他

不是一个人。她不想破坏别人的感情，所以她只能放下。

"怎么了？"

林静雨摇摇头，又恢复了一脸忧郁的神色。

这天夜里，静雨在床上辗转反侧，无法入睡，忽然她爬了起来。也是这一天夜里，可依又违逆老妈住在了思宽这里，她正在沉睡中，忽然有什么奇怪的动静响起，可依醒了，睁开双眼，她发现房间内的洗手间中露出了一丝灯光。这个房子三室两厅，思宽跟可依的房间里有一个洗手间。可依急忙推推思宽。思宽稀里糊涂地醒了过来。可依指指洗手间灯光，思宽也很奇怪，两人爬起来，小心翼翼地向洗手间走去。

他们推开洗手间的房门，里面的人却是正在奋力刷马桶的林静雨。林静雨听见动静，回身看看两人，很是尴尬。可依的脸色很难看。

静雨这一次太过了，于是思宽决定跟静雨谈谈，客厅里，林静雨坐在沙发上低着头不说话，思宽站在旁边跟她谈话。

"大姐，你这样很不对，跟可依妈妈偷拿钥匙的行为是一样不对的，你知道吗？"

"我知道我不对，可我就是忍不住，我怕再犯梦游的毛病，夜里总是不敢睡，一来二去的，就落下了失眠的毛病，我实在睡不着，就爬起来做卫生，所有的房间都打扫过了，只剩下你们房里的洗手间，我在你们卧室门口想了半天，我听你们都睡了，我还是没忍住，就偷偷进去了，我以为神不知鬼不觉的，没想到会影响你们休息。"

"明天我陪你去医院，让医生给你开点药吧。"

不知何时可依站在卧室门口看着他们，她忍不住出言讥讽。

"我看是心病吧，哪有药能治心病？"

思宽看了可依一眼，示意她别多事，可依讨个没趣，回身进了卧室。

不过这晚的纠葛却害得可依次日早上起不来，林思宽醒了过来，他推推旁边的可依。可依不肯起床，纵然新领导在严抓考勤，但是刚好这天领导出差，可依决定赖床在家，还把责任推到静雨头上，认为是静雨昨晚胡闹导致自己失眠，思宽不好再说什么，只好任由可依昏睡。

思宽决定帮可依设个闹钟，用可依手机设置闹钟的思宽却发现，可依手机显

第二章
警察叔叔好

示了四个未接来电,正是"老耿"的来电。思宽没说什么,他不想为了吃醋跟好不容易和好的可依争执,不过他看上去却有些不安。

可依这天睡够了以后匆匆赶到单位,教室里有学生正在练琴,可依蹑手蹑脚地从走廊走过,有三两学生正在走廊通过。忽然有个人挡住了可依的去路。

可依以为是学生:"乖,别挡路,老师迟到了,得悄悄溜进去!"

来人没有让开,可依抬头一看,不由大为吃惊。

"秦主任,早啊,您不是今天出差吗?"

秦主任四十多岁,梳着地中海发型,看上去颇为亲切。

"我倒是想!钟可依,你过来!"

秦主任转身进了自己办公室,可依只好跟上。办公室里,秦主任把手机扔在了桌子上,可依定睛一看,上面正是微博爆料,里面内容是她挥着巴掌恐吓学生铭铭的照片,照片下面一行大字:"事业单位浑水摸鱼,教师素质亟待提高"。

"艾玛,照片还是流出来了!我就是跟他闹着玩呢!"

"那我也跟你闹着玩好不好?你收拾收拾东西回家吧,我们这所小寺庙,留不住你这个大小姐!"

"主任您别逗我玩了,我哪是大小姐,我就是一个可怜的小老师,是那些地主婆一样的学生家长冤枉我!他们根本没有证据!"

可依忽然想起了自己的罪证,急忙把微博关上。

"这世界太乱套啊太乱套,主任,你不能相信你看到的一切!"

"你不要再狡辩了!从我到这个单位就任以来,我就三令五申,严肃考勤!我们要改革,我们要奋进,要改变社会对我们这种事业单位的印象,我们少儿艺术中心是充满活力的、具有竞争力的单位,不是人员冗余、人浮于事的社会包袱!可你是怎么执行我的命令的?你三番五次迟到,每次都赌咒发誓一定改正,结果呢?今天上午你又翘班了吧?我们这样有竞争力的单位不需要你这样的老师,你的存在只能拖了我们这样有竞争力的单位的后腿!"

可依听得有点晕:"还有前后腿?一个人不只有两条腿吗?"

秦主任被插科打诨思维混乱的可依气死了。

"好,好,您慢走,不送!"

"哼,您别客气!"

可依也很生气,于是愤怒地离开了。她习惯了随心所欲,这份工作突然从闲散变成打卡已经让她不满意很久了。

不过可依不想回自己的家面对老妈,她去了思宽的家,她躺在沙发上,一脸郁闷。这时她收到一条来自"老妈"的微信:我在思宽家门口,你不回信我就开门进来了。可依郁闷地把头埋在沙发垫子底下。

果然,梅秋灵开门进来了。

"你居然复制了钥匙?你就不怕撞上我大姑子在家,跟你大闹三百回合?"

"我在楼下仔细观察过了,厨房、卧室都没动静,肯定就你一个人在家。"

可依从垫子下面探头出来很是奇怪。

"老妈你不用上班吗?你不大小也是个国企行政总裁吗?不是号称管着几百员工吗?难道你也跟我一样,被——"

可依吞下了剩下的话。

"跟您老人家一样被开除了是吧?"

"哪听来的流言蜚语?我是辞职的,我要创业,我要做老板,才不去做什么小老师了呢!"

"少嘴硬了,秦主任给我打电话了。"

梅秋灵消息灵通,瞬间就知道了一切,她想让女儿去跟领导认个错,但是任性的可依坚决拒绝,她没有养活自己的忧虑,怎么可能低头呢?

梅秋灵看着女儿,很无可奈何。从小到大,可依都是这样任性,梅秋灵是个纸老虎,虚张声势,该管的不管,不该管的非要管,最终管不了就会撒手不管,金钱上又有求必应,也因此造成了可依如此不负责任的态度,事已至此,梅秋灵尽管表面上声势吓人,实际上对可依完全是没有办法。

娇纵的可依完全没有为失业感到惊恐,她仍旧忙着跟老妈八卦,她怀疑静雨很可能是个被日本人给腐化的女间谍。当然她只是胡乱猜测,哪有什么证据。

此刻,神色焦虑的静雨背着一个单肩包,她东张西望,她在等杏秀,但是也在找寻那个之前跟踪杏秀的男人。杏秀很快出来,向静雨走去,忽然杏秀愣住了。

"静雨,你看,就是那个人跟踪我。"

林静雨顺着杏秀的视线看过去,果然看见一个人影一闪不见了。

"静雨,咱们报警吧。"

"不,你听我的。"

杏秀有些不知所措,静雨却很坚定的神色。

过了一会儿,杏秀孤身走在小巷中,她不时回头看,却没看见有人,可后面

第二章
警察叔叔好

确实有人在跟踪她。那是个凶悍的大汉,他一直暗中窥视着林杏秀的身影,他正要跟上前去,忽然一阵痉挛,昏倒在地上。原来是林静雨在他身后悄悄用电击枪电晕了他。林静雨计划着用这样的方式抓到跟踪者。

不料有路人看见了这一幕,急忙拨打了110,静雨和杏秀并不知道有人报警。林杏秀奔了过来,踢了那个跟踪的大汉一脚,只见大汉口吐白沫,很是可怜。

"不是他。"

林杏秀很奇怪:"不是谁?"

"杏秀,咱们走。"

"咱们报警吧,好可怕!"

"不行,我不知道这个人是谁,不能轻易报警。"

"就是因为不知道他是谁,所以才要报警啊。"

"我自己的问题自己解决。"

忽然有男人说话:"要相信人民警察。"

原来静雨杏秀正争执的时候,已经有警察赶到了,来人三十岁出头,孔武有力,很是精神。

杏秀惊喜:"警察叔叔救命!"

静雨却更加担忧的表情。被电晕的跟踪者清醒过来,他晕乎乎地拽着警察叔叔的裤脚。

"叔叔,叔叔,救命,救命。"

跟踪者与帅警察比起来分明就是年老许多,搞得警察叔叔很无奈。

很快,派出所办公室内,帅警察叔叔开始调解纠纷,办公桌对面坐的是跟踪的大汉、静雨、杏秀。

"你们各执一词,跟踪者你说她袭击你,林静雨你说不关我的事,报案的目击者说是你,从背后袭击了跟踪者,可林杏秀,你又说是跟踪者跟踪你,好吧,那么我们就分别来录下口供,根据细节判断,看看到底是谁在说谎。"

林静雨强作淡定:"不用麻烦了,我们自己解决。"

"你以为派出所是你家啊?你有钥匙啊?"

"你说话怎么那么难听?我可以投诉你,你知道吗?"

"就算你投诉我,我也得先把事情问清楚。"

于是帅警察分头问询,果然问出了奇怪事。

跟踪者信誓旦旦:"警察同志,我说的都是真话,是那个小姑娘不学好,给人家有钱人做小三,人家的大奶受不了这份窝囊气,打算离婚,于是雇了我拍摄奸夫淫妇私会的照片,为离婚做准备呢!"

"证人呢?"

很快证人就出现在了派出所办公室,那是一个气质端庄大方、非常有气场的女人,她坐在帅警察办公桌对面,神色很是不悦。她正是那位神奇的大奶,她叫宁书萍。

"他说的确实没错。这些照片都是偷拍的,这是我们的结婚证。"

宁书萍递上资料,帅警察仔细地查看,原来宁书萍的丈夫正是五岳。而照片里是五岳和林杏秀餐厅里相视而笑的照片、牵手奔跑的照片、四目相视的特写照片等等,看上去很暧昧。原来之前一直跟踪五岳拍摄并且跟踪林杏秀的人,并不是所谓的狗仔,而是这个女人雇佣的私家侦探。

"私事我们管不了,但是你们不应该威胁他人安全。"

"那你们为什么不管管他们伤害我的心?"

宁书萍是个文艺女青年,说话很文艺范儿、很煽情,字正腔圆,好像播音专业毕业的一样。

帅警察有些疑惑:"我好像在哪见过你。"

宁书萍表情有点尴尬。

"宁书萍!你是晚间新闻女主播!你结婚了?我记得看过一期你的采访,你在里面明明说过,你是不婚主义者,这辈子也绝不会要孩子,我肯定没记错!"

"警察先生,请尊重我的隐私。我今天来作证,也实在是不得已,请您理解。"

帅警察不好再说什么。宁书萍忽然一愣,她看到林杏秀从门口进来了。

林杏秀并不知道危险降临:"警察叔叔,我录完口供了,另外一个警察叔叔说我可以走了,我就跟你说了嘛,我绝对没问题!"

宁书萍很是不屑:"小小年纪,撒起谎来,脸不变色心不跳!"

"大姨,你是哪位?我哪碍着您了?"

宁书萍很生气:"我是大姨?我是大姨?"

"我说错话了?难道我得叫你——大姨妈?"

"你妈没教过你怎么好好说话吗?"

这时静雨也进了门,她不明白发生了什么,于是质问宁书萍。

"你怎么能欺负小孩子?"

宁书萍更加生气,突然激动地把桌上的照片和结婚证扔在了杏秀身上。

"看看你做的丑事!"

第二章
警察叔叔好

杏秀捡起来一看，不由得愣在当场。静雨也很惊讶。

宁书萍继续发飙："看看你教出来的好孩子，看看她是怎么破坏别人家庭的？你好好看看，到底是她欺负我？还是我欺负她？"

林静雨很气愤："杏秀，你到底做了什么？"

林杏秀看着照片，又羞又急，终于夺门而出，静雨急忙跟了上去。帅警察看完这幕好戏，忽然想起了什么，他快步追出去。

"林静雨，你的包忘拿了！"

走廊里，人已经不见了。

经过这次混乱，林静雨的病情更严重了，她又去看精神科医生，完全不能静下心来，黄医生跟她聊天，可她发现医生的办公桌上有一盆绿萝，有几片很大的叶子黄了，林静雨眉头紧皱，一直盯着那几片黄叶子。

这时静雨电话响了，来电显示"苏警官"。静雨接通电话，双方约好在医院对面咖啡厅见面。

医生一边问诊一边在病历本上写着诊断。她得知静雨失眠断断续续有一年了，她询问是否一年前发生过刺激性事件，但是静雨立刻否认。医生怀疑更年期，让三十五岁的静雨很是尴尬，医生说这很正常，叮嘱她按时服用治疗失眠的药物，静雨答应了，她转身想走，却有件心事未了，还是折了回来。

"我回去一定好好吃药，您就让我完成这件心事吧。"

医生正在纳闷，林静雨已经伸手把绿萝的几片黄叶子摘了下来，绿萝全都是绿色的叶子了。黄医生很无奈。林静雨心事一了，总算露出一丝笑意，踏踏实实地离开了。

诊室门外，钟亦仁正坐在椅子上等静雨，他正在略带紧张地整理仪表，忽然静雨就出来了，搞得他有点狼狈。

"谢谢你陪我看医生，我家里人本想陪我来的，可他们今天太忙了，各自都有事情，实在抽不出时间，我不想耽误他们，真是不好意思，麻烦你一次又一次。"

"刚好我有时间。对了，现在到了吃饭时间，你中午有事吗？没事一起吃个饭。"其实他筹划已久，但是装作不经意的样子邀请她，他确定了她单身，因此想不动声色地开始追求。

"钟医生，我一直想请您吃顿饭表示感谢，可是我今天中午在附近约了人。真不好意思。"

"没关系。"

可是很快钟亦仁就发现了问题,医院对面,钟亦仁买了一杯咖啡从咖啡厅里面走出来,突然他停住了脚步,他看见在露天的座位上,林静雨正背对着他在跟一个男人聊天。

钟亦仁想打招呼,却犹豫了,跟静雨聊天的男人很帅气,正是那个静雨之前短兵相接过的帅警察,他就是打电话的苏警官。苏警官和静雨似乎聊得很开心,苏警官笑了起来,钟亦仁看见这一幕,悄悄离开了。他以为那是她的爱人,所以自己还是消失吧。

其实苏警官和静雨聊的却只是八卦。

"刚才有个男人盯着你看。"

林静雨回头看看:"哪有?"

"就是那个。"

林静雨仔细辨别背影:"好像是钟医生。"

"你男朋友?"

"别开玩笑。是个朋友,很好的朋友。"

"他很深情地看着你,不像是普通朋友。"

"别开玩笑了,他说了,他不是一个人,他已经有伴侣了。"

"这年头,结了婚的都能离婚,更何况移情别恋。"

"做警察的,观察能力都这么强吗?"

"干一行,爱一行。"

他学着疯狂赛车里的电影台词。

"电影里说这台词的是两个笨贼,你这么说,很影响你的光辉形象。"

"你在日本也看国产电影?"

"您怎么知道我在日本?"

"我看了你的问询记录。"

"其实,您打电话让我去拿书包,我却主动约您见面,只是想问问,那个雇人跟踪我妹妹的女人,说的都是真的吗?"

"看上去像是真的,却不一定是真的。"

"您的意思是?"

"有些话,句句都是真相,但是具体到每个人身上,却都有各自的原因和苦衷,所以不能片面地判断一件事情是真是假。"

林静雨想了想:"苏警官,谢谢您。"

"客气。"

第二章
警察叔叔好

苏警官笑了,他是个不笑的时候很严肃,笑起来的时候很灿烂的男人。静雨很感激苏警官,可他们没什么可能,林静雨的心里没有太多空间,已经分了一部分给钟医生,没有地方了,好可惜,不然他们也许很合适。

跟苏警官聊完,静雨想通了很多,她决定对杏秀放宽松一些,不再逼问她,等静雨回到家,发现杏秀很难过,静雨急忙安慰瘫在沙发上的杏秀。

"别难过了,我想明白了,这件事情不能完全怪你,你的事情我也不会告诉思宽的,就当作咱们的小秘密,好不好?要不,姐陪你去看明星,你喜欢那个叫什么来着?信春哥,得永生,对不?"

杏秀不说话。林静雨讨个没趣。

"你喜欢那个五岳?"

杏秀还是不说话。

"你现在还不到谈恋爱的年纪。"

"那我到了你那个岁数再谈恋爱啊?谁跟我谈吗?"

林静雨一愣,不由伤感起来:"我现在的情况,也只能耽误别人。"

林杏秀语出伤人,不由有些歉意,静雨的电话响了起来。静雨一看是来电显示是"钟医生",脸上浮现一丝笑容。

林静雨接通了电话:"嗯,嗯,嗯,好的。"

林静雨挂断了电话,林杏秀看她一脸春风化雨的样子,不由很是无奈。

"你这还不是谈恋爱?简直就是非诚勿扰现场直播!你手里要是有个灯,那你还不得点爆了啊?"

林静雨尽量克制喜悦:"我出去一下,马上回来。"

静雨从楼里跑出来,没注意到楼下不远处有个人正在徘徊,那正是杏秀的朋友林大风。大风看上去满面愁容,他正在拨打杏秀的电话,可是电话中传出"你拨打的电话已关机"。因为杏秀的手机被思宽收缴了,他们已经很久没有联系。

大风望着楼上,思宽家住在三楼。大风神色很忧虑。静雨一点也没注意到大风,而是向着小区外面跑去。林静雨看到钟亦仁把车停在小区门口,正拎着几个袋子,站在车外等着她。静雨奔了过去。原来他听说抑郁症患者要多吃香蕉和巧克力,急忙买了送给她。

林静雨有点感动:"钟医生,真不知道怎么感谢你!对了,我今天在医院附近那家咖啡厅看见你了。"

"我也看见你了,那是你的新男朋友?"

"不是,他是一个警察,我把书包落在派出所了。"

"怎么回事?"

"哎,说来话长,误会一场。"

"他主动给你送书包,也许是在追求你,你们俩看上去很般配。"

"怎么会?你当初不也主动给我送过手机?"

钟亦仁没再说话,他觉得他们说的话有点不太对劲。两人无语了,他们四目相对,彼此明白了对方的心意,一时间既尴尬又暧昧。突然之间,窗户纸就捅破了,让他们完全难以继续任何话题。

"静雨,真不好意思,这么大岁数了,还说这些。"

"可上次跟你打电话的时候,你不是说,你不是一个人吗?"

钟亦仁一愣:"我确实不是一个人,那天我女儿在我家啊!"

"女儿?"

"我已经离异很多年了。"

林静雨没再说什么,她原本应该高兴的,却叹了口气。

"怎么了静雨?"

"没什么,只是觉得,为什么人生不能只做一个简单的选择,然后从此好好地活下去?"

"你不想我再来看你?"

"我——我不知道,你呢?"

"我当然想来看你,但我尊重你的选择。"

"我,我不是不想,我是不能,我怕耽误你,对不起,请你原谅我。"

静雨跑了回去,钟亦仁很担忧。他跟她之间,不仅仅是单身男女的纠葛,还因为她有太多的秘密,她怕耽误他,害了他。静雨跑回楼里,她仍旧没看到,大风正在楼下,神情焦虑地看着杏秀家的窗户。

这天夜里,大风悄悄地从林家客厅窗口爬了进来,他环顾左右,决定藏在沙发后面。他打了杏秀电话许久,一直找不到她。

不多时,一个女人从厨房抱着一碗泡面走到客厅,那却是可依,今天她来找思宽,思宽加班,她没看到他,于是决定留宿在这里等他,可依要气死老妈了,但是腿长在她自己身上,老妈几次威胁停掉信用卡,但是可依心里有数,感觉到了老妈极限,她就立刻跑回家。她已经摸准了老妈的脾气。

第二章
警察叔叔好

可依打开客厅的日光灯，坐在沙发前开始吃泡面。这时候静雨从自己的房间出来了。

"可依，你饿了？晚饭的时候你不肯吃饭，我就猜到你晚上要吃夜宵，别吃了，泡面对身体不好，我给你做夜宵。你最近经常留宿在这儿，万一饿坏了身体，你妈妈要怪我们的。正好等会儿思宽回来，你们俩一起吃夜宵。听话，你看你吃得到处都是，把茶几和沙发都弄脏了。"

可依终于忍不下去了，她可不是什么好脾气的姑娘。

"你有完没完？你想想你做的都是什么事？是，你确实是好人，但你有没有考虑过别人的感受？你知不知道，都是你害得我被开除了？实话告诉你，我忍你很久了！"

林静雨惊愕了："我只害你失眠一两次，可你迟到次数那么多，不能都算到我头上吧？"

这时候杏秀从房间里出来了，藏在暗处的大风想喊她，却又不敢。

"你们别吵了别吵了。"

"我怎么吵了？分明就是你们俩欺负人！挑挑挑挑挑，你怎么不挑剔你小姑姑啊？你都快把我挑死啦！"

这时大门被一脚踢开了，门外站着三个荷枪实弹的警察。可依静雨杏秀都愣住了。

可依冲着静雨大叫："你快说，你到底做了什么？你这个日本女间谍！你是不是背叛了国家？"

警察甲制止了发飙的可依："邻居报警，说有窃贼从窗户爬进你们家了。"

这时大风从角落里举着双手站了起来。

林大风很可怜："我只是来看看杏秀，她电脑手机都被家长没收了。我联系不上她。"

一行人被带到了派出所，却又碰到了老熟人，那个帅气的警察苏警官坐在办公桌前，对面是可依、静雨、杏秀以及低眉顺眼的林大风。

苏警官笑眯眯地："真是无巧不成书，挺有意思的。"

林静雨很无奈："苏警官，我们这儿属于家庭内部矛盾，让我们回家解决吧。"

"好吧——"

苏警官话音未落，林思宽赶到了。

"可依，有什么事情，至于闹到派出所吗？"

可依怒了："你凭什么一见面就教训我？你知道发生了什么事情吗？你怎么就知道一定是我的错？"

可依气愤地离开了。静雨杏秀面面相觑，不知如何解释，思宽看到林大风，更加茫然，根本不知发生了什么。

林静雨无奈至极："我真的不知道该怎么解释！"

苏警官忍不住打趣："你们家可以拍一个电视连续剧了，至少三十集！"

派出所门口，可依气不过，终于给思宽发了微信：分手吧！

思宽立刻追来电话。他想到了之前看到的可依手机中那么多的耿家泰未接来电。在这种时候，人会分外敏感。

林思宽带了一丝质问的语气："是不是为了耿家泰？"

"林思宽，我告诉过你，我跟耿家泰完全没可能，原来你一点也不相信我。"

可依回了家，就见梅秋灵正在客厅里发呆。

"妈你怎么了？"

"对不起，可依，妈去给你们秦主任送了礼，想让他在你工作的事情上网开一面，可是这次涉及在媒体上产生了不好的影响，他无论如何不肯答应。"

梅秋灵看上去很着急，这让原本很难过的可依很感动。她走过去抱住了母亲。原来永远对自己好的人，只有老妈。

"妈，谢谢你。"

"傻孩子，跟妈不需要说这些文明用语。"

"妈，我能问问你吗？你为什么明明不喜欢林家人，却还是答应让我试着跟林思宽交往呢？"

"你们俩啊，要是真的结婚了，早晚要离婚的，妈之所以暂时同意，就是想让你体会下门不当户不对的感觉，免得以后真的离婚，落下二婚头的名声，妈就是——妈就是怕你以后失了面子啊！"

可依忽然有些感动："妈，谢谢你。"

可依紧紧地抱住了母亲。

这一刻，载着静雨、杏秀回家的思宽坐在车上沉默不语，他很生气。他们的汽车驶过窗外的巨幅 CHANEL 广告，林杏秀忍不住趴在橱窗上回头看。广告越来越远，却看上去越来越清晰。

是的，虚荣，让母亲与女儿误解了彼此，让男人任由妒火蒙蔽了自己的双眼，让女人误会了物质的含义虚荣也许是人生的阴影，可是没有谁能否认，虚荣能够让一个平凡人，激发出不为自身所知的巨大潜能。

第四章

我爱你爸爸

可依成了一个无业家里蹲,思宽以为她已经移情别恋耿家泰,她却觉得思宽应该要死要活求自己复合,于是就整天横躺在沙发上,一副寻死觅活的表情。这时她手机来电,显示"老耿",可依想接,但是考虑了一下还是挂断了电话。可依只是用耿家泰去气气思宽,她不想真的搞些花边新闻出来。

可是耿家泰随即发来微信,他看了她渎职的报道,觉得应该是个误会,想约她见面聊聊,可依并不想见他,见了无端多了许多麻烦,原本思宽就为了这个老耿吃醋,这个时候见老耿那可是添乱,于是随口回复心很烦,不想见。但是耿家泰回复的很奇怪:"回首向来萧瑟处,也无风雨也无晴。"

他大概只是劝她以后这一切就好了,可依看得一脸迷茫,她不是很有内涵的女孩,这种文绉绉的对白不适合她。她随手把手机丢开,决定不想了。她继续没精打采。

梅秋灵端着水果从厨房中走过来。即使在自己家中,她依旧身着套装,打扮精致。

"宝贝,吃点水果,不就是失恋吗?又不是失身!"

正在起身接水果的可依正琢磨着老耿发的诗,她搞不清楚他到底什么意思,就没搭理老妈,梅秋灵有些奇怪,忽然她好像明白了什么,受了打击的她双眼发直,端着水果走开了,害得可依扑了个空。

可依发现梅秋灵坐在了餐厅处,一动不动。可依忐忑地跟了过去,发现沉默的梅秋灵手中竟然拿着水果刀。可依大惊,急忙夺下刀。

"妈,没这个必要吧?没有没有真的没有!你要实在不解气,你就把

我——浸猪笼吧！反正我也没什么可解释的！"

梅秋灵并没有再说什么，只是忽然清泪长流。可依很无奈，只好恶狠狠地削苹果出气。可依递给梅秋灵一个削得七扭八歪的苹果，可依自己看着也觉得难看，有点不好意思。梅秋灵看看那个难看的苹果，气得一把推开可依的手。

可依对老妈无奈得很："您就凑合吃吧。"

梅秋灵："你都这样了，我还吃个屁啊？"

可依莫名其妙："我哪样了？"

梅秋灵："你——你——到底有没有呢？"

可依："什么有没有啊？"

梅秋灵："你——你还跟我装糊涂？哎，我不活了！"

梅秋灵捶胸顿足哭丧脸大声叹气，好像是她自己失了身一样，看上去好笑又可怜。可依却完全不知道发生了什么。她并不知道在老妈的心里，她已经生是林家的人，死是林家的鬼了。

林思宽哪里晓得他这一次的危机，很可能就这么阴差阳错地混过去了，他一整天都在忙碌中郁闷，晚上时候他加班回来，已是深夜，他开门进屋，林静雨正在客厅中正襟危坐，灯黑着。

"思宽，咱们得谈谈。"

林思宽吓了一跳。

"怎么不开灯？"

"省电。"

林思宽很无奈地打开灯。

"大姐，你失眠好点吗？"

"本来好点了，可为了你和可依的事，我最近又开始失眠了。"

"你以前不是反对我和可依在一起吗？现在如你所愿。"

"思宽，经过短暂的相处，我觉得可依是个好人，除了人懒、嘴毒、邋遢、不思进取、不求上进、胸无大志、稀里糊涂、出口伤人、不经大脑、性子急躁，也没什么缺点。"

好吧，好吧，假装你就是来劝和的吧。

"大姐，我不是不想去接可依回来，我是不敢面对她妈妈，上次为了哄她回来，焰火我都放过了，徐志摩也附体了，这次我实在没招数了。"

"我们林家要以德服人。姐支持你！"

第四章
我爱你爸爸

"那你跟我一起去，我实在害怕可依妈妈。"

林静雨吓得一愣，她也怕啊。

"姐从精神上支持你！去吧！"

林思宽很气馁。

林静雨继续安抚："思宽，乖！等你把可依哄好了，姐请可依爸爸妈妈吃饭，咱们两家人坐下来，好好谈谈你们的婚礼、房子等问题。姐在国外工作的时候攒了一点钱，姐可以资助你付房子首付。"

"大姐，我不能再用你的钱了，没有你，就没有现在的我，我真的不知道该如何感谢你！我怎么能再要你辛辛苦苦攒下的积蓄呢？"

"你要是真的想感谢我，就赶紧把可依接回来。刚开始的时候姐不喜欢可依，可相处下来，姐发现你不能没有她，姐不想你们小两口就这么因为误会分开了。"

思宽点点头，他很感激姐姐，接着他问了问她工作方面的事情，以及她为何放弃国外的工作，在国内完全没有衔接好新工作的情况下，匆匆忙忙就回国了。但是静雨很明显不想回答这个问题，她应付几句就回房间了。这让思宽很奇怪。

林思宽一时也想不通姐姐出了什么事，他着急面对的问题是把可依给哄回来，他其实不敢直接面对梅秋灵，于是决定曲线救国。他去找未来岳父大人钟亦仁求助。这位领导一直很喜欢思宽，所以硬着头皮带着思宽到梅秋灵家劝可依和好。

原本可依是不会轻易就原谅思宽的，而梅秋灵也愤怒地瞪着上门来的林思宽，这家伙明明说好照顾可依一生一世，却动不动就惹可依生气，梅秋灵对这个臭小子彻底无奈，她不由怒目而视，其凌厉的气势吓得思宽心虚起来，就在此时梅秋灵想起了什么，她表情顿时大变。原来此刻对她来说，林思宽已经是实质上的女婿，她无法容忍可依此时与思宽分手。

梅秋灵突然笑得满脸开花："哟，思宽呀，你来接可依回去呀？快进来坐！这就是你自己家，你客气什么呀？看着可依闹什么闹？你都是林家的人了，你还想闹出什么牡丹花来？"

可依看着梅秋灵表情十八变，明白了她的意思。到底该怎么接老娘的这个招儿呢？长久以来可依一直苦恼于如何让梅秋灵心甘情愿接受思宽，却没想到原来生米煮成熟饭这一招是最灵的，早知如此当初就直接生米煮煮算了，也省得浪费思宽做了那么多的俯卧撑发泄多余精力，浪费了大好春光呢。可惜偏偏此刻自己又在跟思宽赌气，所以到底应该跟不跟老娘说实话呢？可依纠结了。

没想到梅秋灵开始劝和了，她开始劝可依原谅思宽，劝可依学会退让，这点燃了可依的怒火，她吃软不吃硬，想要让她服软，不如杀了她快一点。可依继续赌气，说什么不肯原谅思宽，梅秋灵怒了，将可依一顿臭骂，惹急了可依，可依拿出了杀手锏。

"妈，你可别怪我狗急跳墙，你要是逼急了我，我可告诉我爸，你曾经把他的——"

梅秋灵闻言大惊："你这孩子，什么毛病？怎么能把自己比成狗呢？你想住就住下来，错过思宽这么好的男孩子，你老成老姑婆我可管不了！"

旁边观战的钟亦仁一脸奇怪。可依则很是得意，但是一直不知所措的林思宽却急了，他扑通一声单膝跪在地上。

"可依，不要离开我，我真的不能没有你，只有你才能让我感到，我是真真正正活着的，其他的一切，不管是事业有成就，还是赚什么大钱，都没有意义。只有满头白发的时候，我们都走不动路了，牙齿也都掉光了，可是你还牵着我的手，跟我说，让我做饭给你吃，我才算没白活这辈子。求求你，别离开我。我送的戒指你还戴着呢，以前你已经答应过我了，抱歉都是我不好，以后再给你买个大的吧，我一定努力。"

可依仍旧不说话，思宽只好继续加筹码。

"可依，我发誓，再也不惹你生气，再惹你生气，我就——我就生儿子没屁眼！"

可依有些心动："这个，这个，你不是早就求过婚了吗？"

"当时不正式，没有跪地。可依，你答应了？"

"我不是早就答应了吗？戒指都没摘。"

林思宽激动地抱住可依："谢谢，谢谢，谢谢你，可依。"

可依在父母面前很尴尬："咳，你跟我客气啥啊，咱俩谁跟谁啊？"

两个家伙又和好了，梅秋灵总算松了一口气，可是钟亦仁却怀疑地看着梅秋灵。因为刚才母女俩的对话间显示，似乎可依抓到了梅秋灵的某个把柄。

钟亦仁小声地："你们娘俩是不是有事瞒着我？"

梅秋灵："你想吃馒头？没有！"

梅秋灵顾左右而言他，钟亦仁更是一脸怀疑。

可依又回去尝试跟林家人和平共处了，虽然上次报警的误会闹得很尴尬，但静雨却主动示好，她一直想请可依爸爸妈妈吃饭，可是不巧被可依思宽数次闹分手给耽误了，可依此刻也想跟她好好相处，于是欣然答应。

不过可依心中是有些为难的，她知道老爸一直在避免跟老妈相处，一旦相处两人也是矛盾不断，梅秋灵总是主动挑衅，钟亦仁却只会一味避让甚至是避而不

第四章
我爱你爸爸

见,所以让可依对这次亲家间的聚会很担忧,于是跑来跟老爸打个招呼,正好钟亦仁心中有疑问,于是追问可依到底抓住了梅秋灵什么把柄。可依当然不肯说,这个大料可是她要挟老妈的杀手锏,绝对不能就这么轻易放弃。

钟亦仁心中有疑问,他知道可依的小盘算,他琢磨着到底母女俩在隐瞒着什么,毕竟姜是老的辣,钟亦仁决定等待时机。

而可依完全没料到危险逼近,除此之外她又出了个昏招,原来失业无处可去的可依跑去思宽家等着思宽下班,却接到了一通打给静雨的电话,原来是派出所来电,原本这通电话是打给静雨才对,可是静雨在面试没接电话,警察就打电话到了思宽家中座机,不巧正好被可依这个八婆给接到了。

代替林静雨接了警方电话的可依却有了自己的心思。她约好跟闺蜜逛婚纱店,于是顺便跟闺蜜施黛娇八卦此事。原来杏秀跟五岳私下来往,被正房宁书萍雇了私家侦探跟踪拍了照片,结果阴差阳错把这事闹到了派出所,宁书萍发飙将照片丢在警察蜀黍办公室,警察蜀黍好心,想把那些略显暧昧的照片还给杏秀家人,而可依这个八婆,现在正为了思宽试图跟静雨杏秀和好,此时为了讨好杏秀,她决定不惊动静雨思宽,悄悄把那些照片拿回来还给杏秀处理。

可是伟大的闺蜜师太大人觉得她还可以做得更谄媚,师太打算出招帮可依和杏秀整治整治那个臭不要脸的贱男人五岳。可依是有些呆呆的,但是作家师太联想力却十分丰富,她听了可依吐槽,立刻用编故事的脑子想出了一个办法。

首先就要去看裸男,那个半裸肌肉邋遢男正扛着他的巨大工具箱走过来,他的汗珠从年轻光滑的背脊上流下,让他的肌肤分外惹眼,那正是工作中的林大风。

入户门处施黛娇和可依两个欧巴桑大婶看得傻眼。师太瞬间决定,放弃那些所谓的都市优质男了,姐姐又漂亮又有钱又有本事,凭什么跟他们那群孱弱四眼田鸡装傻卖萌啊?她得找一个让自己看着舒心的!

可依立刻损她:"色字头上一把刀,我们有多少老同志就是过不了这一关,才晚节不保啊,切记切记!"

"小弟刀下死,做鬼也风流!姐乐意!"

师太已经是铁了心姐弟恋,不过这时候林大风已经走到了可依和施黛娇身边,两个女人挡了他的去路。

林大风头也不抬:"阿姨阿姨!小心小心!"

两个欧巴桑不由得十分气馁。

"大风你好,我是杏秀的——杏秀的亲戚,你跟我见过的啊。我是从杏秀大侄子思宽手机里找到林表叔的电话号码,问了他才找到这儿的!"

"哦——小可依，我想起来了，咱们那天在派出所见过，我真的不是故意的，你到这儿找我是要跟我叔算账吗？是我叔把我带来城里打工的，他就是个瓦工，他一点也不知道我整天想什么！公安局也不能因为我犯了事就抓我叔不是？我真不是故意爬你们家窗户的。"

"这个，我来找你，不是说那事，我是，嗯，怎么说呢，嗯——"

施黛娇打断她："林大风小朋友，我们是想问你，你想找你情敌报仇不？我保证不告诉你叔。"

林大风一愣。他中招了。

师太是个天生当编剧的料，什么林大风，什么五岳，对她来说，都是手到擒来。这一天五岳住的小区，五岳开着自己的豪车正拿着成功人士的腔调耍帅，忽然"砰"的一声，原来他被追尾了。五岳大怒，下车准备骂人。后面的车上却下来一个娇滴滴的女人，那正是装腔作势的施黛娇。

"对不起，对不起，对不起，人家不是故意的嘛！哎哟，你不是——你不是那个著名的帅哥大画家——五岳吗？好帅啊！我太幸福了！我怎么这么走运？五岳老师，您快给我签个名，我见到个名人容易吗我？"

五岳不由有些得意："签哪啊？"

"签大腿上！"

施黛娇撩起长裙，露出了些许雪白的大腿，看得五岳又惊又喜。

"这不好吧？"

他故作矜持，不过还是掏出笔签上了自己的名字。

"我把电话也签上了，记得打给我。"

"我定好了房间再打给你吧。"

五岳有些娇羞："哈哈哈哈哈，这个，这个，恭敬不如从命，好吧。"

都是老江湖。

其后师太找了个咖啡馆精神分裂一般给五岳的隐婚老婆打电话，可依在一旁忍住笑看好戏。

"喂，请问是宁书萍老师吗？您别管我从哪儿得到您的电话了，我有个关于知名画家五岳的猛料要报给您！我是您的一个狂热粉丝，我是一个酒店前台，我看到五岳和一个美女开房，我想来想去，这个猛料只有报给您我才放心啊！只有您这么敬业的新闻人，才会如实地把这个猛料报给广大群众啊！听说五岳已经结婚了！嗯，嗯嗯，他们那天临走前又开了一间房，今天下午两点就会来，地址是四季酒店，706房间！"

第四章
我爱你爸爸

很快，传说中的酒店房门外，五岳在门口确定是否地址准确，他左右看看，敲了敲门。门开了，里面是围着浴巾、香肩尽露的施黛娇。

"Honey，你好准时。吃饭了吗？"

"有你我怎么会饿呢？"

五岳一边调笑着一边进了房门。五岳一进门就要扑到施黛娇身上，施黛娇娇笑着东躲西藏，最后一闪，五岳刚好扑进了浴室。五岳看见洗手间里摆满蜡烛，准备好了泡泡浴，浴缸里有好多玫瑰花瓣。

五岳惊喜："哟，宝贝，你这是准备鸳鸯浴呀？"

"我的小岳岳啊，你好有情趣，你猜对了。你先冲个凉，然后泡在泡泡里等我，有神秘惊喜哦！"

五岳脱衣准备洗澡，发现施黛娇没有离开的意思。

"看看看——看得人家怪不好意思的！"

"没发现你还这么含蓄，好吧！"

施黛娇随手关上了浴室门。五岳兀自得意洋洋地哼着歌洗起了澡，很是骚情。很快五岳洗完了，他泡在了浴缸里，大声喊起了施黛娇。泡泡遮住了他的大部分身体。

"宝贝！宝贝！我已经洗得香喷喷的啦！就等着你来享用啦！"

五岳并不知道，房间里，林大风已经被施黛娇放了进来。施黛娇让脖子上挂着相机的大风等在浴室门外，示意大风稍等一会儿。然后师太娇笑着飘进了浴室。

"Honey，你好猴急啊！"

"惊喜呢？惊喜呢？"

"马上就来。"

师太背对五岳，解开了浴巾，五岳大喜，施黛娇马上就要转过来，五岳大为期待地等着，就在一刹那，林大风踢门进来，一顿猛拍。五岳第一反应是站起来，但是突然发现露点了，匆忙间拿起了两瓣玫瑰花挡住了两点，又泡在了水中，看上去很是可怜。

林大风拍完了，面对着裸男一个，他很有些尴尬，施黛娇急忙给他使眼色，林大风这才反应过来。

林大风演技浮夸："好你个小白脸，竟敢——竟敢勾引我媳妇？"

五岳大惊失色："这位弟弟，哥哥我错了，哥哥有眼无珠，实在看不出你有姐弟恋——"

五岳打量着施黛娇和林大风，又觉得不对。

"哦,不,隔代恋的癖好!"

施黛娇气得翻个白眼。

五岳继续讨好林大风:"咱们交个朋友,哥哥我什么都没来得及做呢!"

施黛娇适时地假哭起来:"好你个小岳岳,你吃完不认账!枉我对你一片真心,就这么被你当作了驴肝肺,我——我——我不活了!"

施黛娇呜呜呜地哭着跑出去,路过林大风的时候,还忍不住扮了个鬼脸。

林大风忍住笑意:"好你个小白脸,竟敢骗我媳妇的感情?"

林大风作势要打人,裸男五岳慌乱中无法反抗,彻底无计可施。

"哥哥是斯文人,弟弟你不要动手动脚,这样影响不好,咱们坐下来,好好聊聊人生,聊聊理想,你想要什么,哥哥可以帮你。"

"我就要我媳妇!"

很快五岳被林大风用随身携带的绳子绑了起来,并绑在了房间内的一张椅子上,林大风还算厚道,给他下半身披上条浴巾。

"弟弟啊,哥哥这下半身,直接在椅子上蹭来蹭去的,这样对身体不好,哥哥怕。"

"你有痔疮啊?"

五岳连连摇头。

"那你怕什么呀?"

"哥哥怕着凉,病从口入,这人的身体下方,不也有个口儿吗?受不得寒!"

林大风被他气得无奈,不再理他,大风用笔在五岳身上写了两个字,五岳痒得难受,连连告饶。

"弟弟,弟弟,你不要占哥哥便宜,你让哥哥以后怎么做人呢!"

"我要是占了你便宜我才没法做人呢!"

林大风写完了,很是满意。五岳低头一看,不由一愣,原来林大风写了"强夫"两个大字。

"强夫?什么意思?你喜欢看机器猫?"

林大风恍然大悟:"我想了半天还是想错了!"

林大风大笔一挥,把"强"字划掉,写上了"奸"字。

五岳气得差点昏死过去。

"弟弟啊弟弟,你知道你媳妇为什么起了二心吗?文化知识才是泡妞妙计啊!你小学毕业了吗?二年级?三年级?"

"我上了初中一年级呢!就是我在学校的时候从来没学过这个词!谁跟你似

第四章
我爱你爸爸

的?什么坏事都是天生就懂!"

"哥哥给你补课好不好?你放了哥哥,哥哥教你怎么把媳妇追回来。"

"流氓!你说,你仗着你有文化,到底骗了多少女孩?"

"那不是骗,那是情趣。"

"情趣你妹!告诉你个秘密,这是一种洗不掉的水性笔,够情趣吧?拜拜!"

林大风挥挥手离开了。

就在上述一团热闹发生的时候,可依正在同一家酒店大堂里请杏秀喝咖啡。可依一直看着大堂门口。

"小可依,咱们今天出来到底是干吗?"

"就是想跟你培养下感情。"

忽然可依看到了宁书萍进门来,宁书萍急匆匆地去了电梯间。

林杏秀并没有注意到:"小可依,其实你虽然说话不太好听,不过我却很喜欢你的性格,你挺有意思的,但是咱们有代沟啊,要是你年轻的时候跟我认识,咱们肯定是好朋友,可是现在不是你年轻的时候了。"

可依一把拽起杏秀向电梯奔去。

"我带你见个老朋友。"

"谁呀?"

"五岳。"

一直嬉皮笑脸的林杏秀愣住了。

酒店房门虚掩着,五岳老婆宁书萍赶到,轻轻推门,就进来了。她看到半裸的五岳被绑在椅子上的丑态,身上还写着乱七八糟的字眼,顿时愣住了。

五岳看到了宁书萍,只好演起戏来。

"老婆大人,我是被陷害的!你知道,我是个名人,有坏人想勒索我!"

"坏人?你难道不是跟林杏秀开房吗?难道你又有别的小四小五小六了?"

五岳故意装傻:"林杏秀?我真的不知道林杏秀是谁,这世界上所有的女人,对我来说都是没有生命的物体,只有你对我来说,是个活生生的女人,因为只有跟你在一起,我才能感觉到,我的一切思考都能够有回应,而我们的交流,是那样的不费力气。你知道吗?跟其他女人在一起,比如那个什么林杏秀,我就感觉跟鸡同鸭讲似的,我还得跟他们解释好多人生道理,我还得指引她们的人生方向。只有你,书萍,你是我生命的指引者,是你让我感觉到,人生还有更高远、更值

得追求的精神世界。"

五岳说得很动情,宁书萍有点辨不清真假。

"让我想想。"

宁书萍黯然地走了。

酒店房门大敞着,走廊里的林杏秀和可依听到了宁书萍和五岳的对话,林杏秀很难过,可依挡住杏秀,出门来的宁书萍没看见杏秀。杏秀看着宁书萍独自离开后,向五岳的房间走去。可依急忙跟上。林杏秀却停住脚步。

"让我们单独说几句话。"

可依只好停下,林杏秀随手关上了房门。

被绑在椅子上的五岳很是颓丧,看到林杏秀进门更让他倒抽一口冷气。

"哎哟喂!今个儿真是出门没看黄历!"

"你刚才跟你老婆说的都是真心话?"

五岳装起了傻:"我说什么了?杏秀,我被坏人勒索,我不肯答应他们的条件,所以被坏人下了迷药,一直在胡言乱语,我说什么了?杏秀,请你相信我,我今天一直都昏昏沉沉的,好像活在地狱里一样,但是就在刚才看到你的一刹那,我突然就回到了人世间,我本已对这个肮脏的世界失去了信心,但是看到你单纯美好的样子,看到你这么充满活力的年轻人,我突然觉得,生命又重新有了意义。"

林杏秀怀疑地看着五岳的俊脸,其实已经有些动摇。

"你能帮我解开吗?书萍不肯相信我,因为我和她的感情已经无法挽回,我知道,你一定会相信我。"

他开始装腔作势。

"哎哟,勒得太紧,喘不上气。"

善良的杏秀只好帮五岳解开了绳索,她不知道天下有好多好多贱人。

"是什么样的坏人绑了你?"

"是个浑身肌肉、邋里邋遢、大字不识的二十岁农民工。"

"咱们报警吧?"

"算了,我看他也是误入歧途,就饶了他吧,希望他能早日走上正途。"

"你的心眼还挺好的。"

这时五岳的双手可以活动了,他轻轻地揽住了杏秀,他力道很轻,像是对待一个朋友一样,杏秀没有推开他。

"杏秀,谢谢你,我这一生一世,从没有这么真诚地感谢过别人。"

林杏秀推开五岳,他却直视她的眼睛,那一瞬间,他的眼神很清澈、很真挚,

第四章
我爱你爸爸

让他看起来并不是那么可恶，林杏秀有些恍惚了。可事实上这个人太可恶了，让人恨不得冲进故事里砍死他。

这时候可依却敲起了门。

"杏秀，咱们走！别跟这个贱人废话！"

林杏秀急忙推开五岳，奔了出去。五岳看她离去，表情很复杂，经过这次折腾，他也对自己的浪荡生活感到了厌倦。

五岳回了家，继续哄老婆，他不是不爱她，他只是不甘于平淡的生活。这天他老老实实给宁书萍按摩。

"宝贝，我这按摩手法销魂不销魂？"

宁书萍没反应，似乎进入了梦乡。五岳悄悄离开，宁书萍喊住了他。

"跟小三约会去？"

"不是不是，跟一个会展商约好了谈谈今年画展的事。"

宁书萍闭着眼没言语，五岳悄悄溜了出去。宁书萍突然睁开了眼睛。她只是在跟他虚与委蛇，她要看看他到底打着什么鬼主意。

这件事情虽然很难看，却在一定程度上缓和了可依跟杏秀的关系，可依帮助杏秀隐瞒了此事，静雨跟思宽都不知道杏秀竟然发生了这么多变故，可依以为杏秀从此学会了什么是该走的路，但她只是误以为，因为杏秀学会了骗她。

杏秀仍旧私下跟五岳见面，她不甘心，她好奇，她喜欢五岳的甜言蜜语，她想进入五岳的世界，即使他看上去如此不可信任。就在这天晚上五岳骗着老婆，从家里赶过来见杏秀。他们约在杏秀家楼下见面，却并不知道角落里有个人正在徘徊，那正是常在这里徘徊的林大风，林大风看到两人，不由一愣，第一反应是藏了起来。

林杏秀看着五岳，觉得熟悉，却又完全不认识他："你又来找我干吗？"

"我想你啊，想得难过，好难过。"

林杏秀没说话。

"你想我吗？"

林杏秀还是没回答。

"我知道你想我，我知道你想不明白我们之间的关系，真爱就是这样的，模糊不清、让人沉醉，不要用世俗的标准衡量我们的关系。听人说，如果你同时爱上了两个人，那第二个一定是真爱，因为如果第一个是真爱，你一定不会爱上第二个。"

他巧舌如簧、满嘴谎话，忽然五岳愣住了，原来他看到了藏在暗处的林大风。林大风正在为了杏秀与五岳的事情低头伤心，并不知道自己被发现了。五岳很害怕大风，匆忙闪人了。

"杏秀，我今天来，就是想跟你说刚才那句话，希望你能明白我的真心，我先走了，我给你时间，好好想想我们的关系。杏秀，我想跟你说——"

"说吧。"

五岳脱口而出："我爱你。"

五岳却对于自己的话有些惊讶。他原本也没想说这些的，但是他谎话说多了，忍不住就说了出来。

五岳捂住嘴："什么情况？"

杏秀同样有些发愣，这还是第一次有人跟她说这样的话，可是她却本能地无法相信，但是这其中，又是否有些事情是她所眷恋的呢。五岳实在害怕林大风过来揍他，只好匆匆走了。

杏秀独自发呆，忽然一个女人窜到她面前，原来那正是跟踪而来的宁书萍。

"我就知道你们两个狗男女今天这是要约会呢，老远的我就看见五岳的车了，他人呢！"

杏秀很冷漠："大婶，你这样有必要吗？成年人不是应该好聚好散吗？他真的要走，你这样不顾体面地留他，就能留得住吗？没意思，真的没意思。"

原本怒气冲冲的宁书萍愣住了。

"我也觉得没意思。"

而角落里的林大风，看着林杏秀那陌生的样子，黯然神伤地离开了。这场混战，受伤的人很多，只有五岳一个，沉浸在其中，得到了妻不如偷的乐趣。而林杏秀却对这个世界有了更多的认识，原来，这个世界里，有好多事情，好难看，明明你喜欢我，我喜欢你，你开心，我快乐，就好了嘛，为什么中间掺杂了那么多让人恶心的情感？可是这些恶意里面，又是否有自己真正在意的东西呢？可依原本想让林杏秀见识世界的丑恶，却没想到给林杏秀打开了潘多拉的盒子，这是可依始料未及的。

可依最近很忙，忙着跟杏秀静雨搞好关系，还要忙着为双方家庭的聚会做准备，可依想着为了世界和平，最好先安抚好老爸老妈，单亲家庭的孩子不容易啊。

可依在老爸家中烧了一桌子菜，厨房差点爆炸，而桌上的菜都是各种烧糊了的颜色。可依和父母亲坐在餐桌旁一家人闲唠嗑，她拜托两位不要亲家见面时候

第四章
我爱你爸爸

一言不合吵翻天,就在这时候可依接到了大风的电话,大风告诉她说杏秀又跟五岳来往了。可依一时之间感到难以接受,她没想到杏秀这姑娘居然说一套做一套,居然这样拼命拦也拦不住她当小三,可依不由得很生气。

嘴碎的梅秋灵忍不住附和,顺手吐槽了静雨,估计可依的大姑姐那么大年纪不结婚,说不定也当过小三。

钟亦仁有些听不下去:"说话不要这么不好听,人生有很多种可能性,不要用自己的标准衡量别人的选择,也许人家有苦衷,不要妄自揣测。"

梅秋灵怒了:"好你个钟亦仁!你打心眼里就是个没有正确价值观的臭男人!你们男人是不是就恨不得三妻四妾左拥右抱?当初你刚离婚就搞出个什么瑾仪,看你们两个人哦,眉来眼去,花前月下,有一天你送她回家,那个恋恋不舍!"

"你怎么知道我送她回家?"

"我亲眼看到的呗,我大半夜的跟着你那个瑾仪,跟了好多天,就是想看看你们两个是怎么——"

梅秋灵忽然愣住了,而钟亦仁也明白了一切。原来多年前的事情果然事出有因!

钟亦仁愤怒了:"原来是你在我们医院贴了各种大字报,诬陷我们在她未离婚时期就相好,原来是你非法闯进我家乱翻证据,原来跟踪她、害得她精神衰弱、害得我差点辞职的人,竟然就是你!梅秋灵,你太让我失望了!"

"不是我,是——是我们。"

可依吓得想躲起来,哪里来得及。

"原来你们娘俩瞒着我的就是这件事!可依啊可依,从小我就教育你,不要像你妈妈那样蛮不讲理,可是你呢?哎,你们,太让我失望了!"

钟亦仁离开了,剩下母女俩面面相觑。

这件事是母女俩的秘密,瞒了好些年,终于爆了出来,果然掀起了轩然大波。

"老妈哎,你说你何苦拖我下水?你留着我这个活口,好歹还有个内线不是?"

"我——我——我好害怕。"

"哟,您还怕我爸啊?为什么啊?"

梅秋灵神情低落:"那是因为,也许,我还爱着你爸。"

"我早看出来了。"

梅秋灵很难过,可依很无奈,只好将母亲揽入怀中,轻拍她的肩膀,等待她的情绪平复。

可依还有另一件事要处理,那就是林杏秀的小三事件,她想来想去还是告诉了思宽,她害怕以后林杏秀肚子大了她被当作同案犯。这天林杏秀正在自己房中玩手机,她好不容易拿了回来,自然珍惜。林思宽冷着脸进来,收走了杏秀的手机和电脑。林杏秀追出来,发现可依站在客厅里。

"小可依,小可依,你快跟思宽说说情。"

林思宽冷着脸:"跟可依说没用,你的事情可依都告诉我了!你再敢见那个什么五岳,我就打断你的腿!"

林杏秀紧紧抱住思宽:"我错了,我再也不敢了。"

俩人抱在一起,可依气得想挠墙。林思宽看了一眼满脸泪水的林杏秀,不由得心软了。

"乖,听话,我是为了你好。你还小,不懂人心叵测。"

林杏秀点点头,却背着思宽恨恨地瞪了一眼可依,可依看得心惊胆战,林杏秀脸上的恶意却突然没了。可依看不透杏秀,可依很担忧,她们虽然关系不好,但她方才的样子带着以前可依没有见过的恨。

可依要面对的麻烦太多了,除了杏秀对她的恨意,她一直担忧的双方亲家见面聚会看来真的要泡汤了,自从上次老爸对她们母女发飙以后,他就关机失踪了,梅秋灵去了医院找钟亦仁,居然听说他休假了,看来他是真的生气了。

梅秋灵在钟亦仁家中沙发上等着钟亦仁,等到睡着了,他也没有回来,她的脸上挂着泪痕。

而钟亦仁搬到了弟弟家的别墅中,此时此刻,他坐在庭院中,看着明月,若有所思。他下定决心要展开新生活了。

次日,林静雨又去看了心理医生,她从黄医生房门出来。想要离开,却被一个人堵住去路,她抬头一看,那人竟是钟亦仁。

林静雨很高兴:"好巧。"

"特意来等你的。"

"上次见面以后,我以为没有以后了,我以为你再也不会来找我了。你——好吗?"

"我不好,很不好。静雨,我很想你。我从没想过,到我这个年纪,竟然还会有这样脆弱的时候。"

他很动情。

"我——我很感动,但我真的不知道该说什么,因为觉得这个时候,不管说什么,都像是言情小说里的台词。"

"我们找个地方聊聊?"

第四章
我爱你爸爸

　　林静雨想了想，她表情略有些忧愁。终于，静雨点点头，转身一刹那，钟亦仁很绅士地、自然而然地揽住了静雨的纤腰，静雨一愣，并没有拒绝，微微依偎着他。两人并肩离开，背影渐渐远去了。

　　这天，他们去了钟亦仁暂居的小院里相聚，钟亦仁做了很丰盛的晚餐，林静雨饶有兴致地正在品尝，他们看着彼此，感到很温馨。这时候房中的电话响了，打断了他们的情绪，钟亦仁进去接电话了。

　　那是可依来电，可依知道老爸躲到了这儿。

　　"老爸啊，我就知道，你跑去我叔叔家的那个小别墅疗伤去了，每次我妈伤害你，你都跑到那里去！你说你怎么这么脆弱啊！嗯，嗯，你放心，我没告诉我妈，这是咱爷俩的小秘密，我就是想问问你，你什么时候有空，吃我大姐请的那顿饭啊？我们俩婚期都快到了，你们亲家之间还没见过面呢！虽然你跟我妈生气了，但这亲家的饭还得吃不是？嗯，嗯，行，明晚，那就这么订了，不见不散！"

　　钟亦仁挂断电话出来，急忙跟静雨解释。

　　"是我女儿的电话，约我和她妈妈明天晚上跟她大姑姐吃饭，说来也挺巧的，我女婿也姓林。"

　　这时林静雨电话响了，是可依来电。林静雨接通电话。

　　"大姐呀，我跟我爸妈约好了，明天晚上咱们一起吃饭，没问题吧？"

　　林静雨忽然明白了什么，她愣住了。

第五章

谎言尽带黄金甲

别墅庭院中,静雨愣在那里的时候,钟亦仁拿了一瓶红酒出来。静雨急忙挂断了电话。

钟亦仁很奇怪:"怎么了?"

"信号不好。"

静雨悄悄关了机,钟亦仁没再追问。片刻,静雨似乎突然明白了什么,她瞬间决定推迟跟亲家的见面,是因为她意识到很可能眼前这个男人跟自己有着某种亲戚的关系,她旁敲侧击,终于确定,弟弟思宽就是对方未来的女婿。静雨心中百转千回,但是她什么也没说,只是默默喝光了杯中酒,不管他说什么,她只是微笑,苦笑,伤感地笑,但他们四目相视,就像一对沉醉在爱河中的男女。实际上呢,真相总是极其残酷,真相却很少以它原本面目存在,而是披着一层华丽的外衣,让人们误以为,原来生活很美好,原来爱情如蜜糖。

他一直温柔地笑着看她,而看着他那值得信赖、毫无心机的微笑,她忽然下定决心,她站起身来,与他告辞。

钟亦仁却挽留:"没关系,再聊一会儿。"

"《黄帝内经》里说,九点就要睡了,你现在不比那些年轻人,要早睡早起,好好保护自己的身体。"

静雨本是表示关心的无心之语,钟亦仁却突然为了自己的年纪有些尴尬。

静雨虽然放弃了这份无法掌握却又让人迷恋的感情,但是由于她拒绝了跟亲家的见面,让好好先生思宽大发雷霆,由于跟可依的感情正处于危机中,思宽非常担忧因为静雨无端不配合导致他们之间又出现其他问题,难免态度

第五章
谎言尽带黄金甲

有些焦躁，可静雨就是一言不发，不肯解释，而思宽对于姐姐的莫名其妙更是无法理解，他忍不住质问姐姐自己对于姐姐的怀疑，之前他无意中接到了姐姐在日本朋友的电话，于是询问了姐姐在日本的情况，据说没有人知道她为何放弃一切突然回国。

静雨还是坚持因为思念家乡的缘故，两人闹得不欢而散，而可依也因为静雨的出尔反尔一肚子气，所以把气撒在了思宽身上，她忍不住拿分手相威胁，这对她来说不过是家常便饭，这一次思宽却非常害怕。

可依发飙的时候，思宽一直愣愣地看着可依，可依这陌生的样子让思宽感到了害怕。

"不要离开我，你说什么我都听你的。"

可依也没想到思宽答应得这么痛快，她不知下面该说什么台词了，只好继续发飙。其实她一直在等这个机会，因为她想让爱面子的思宽接受自己老爸老妈的赞助买个房子，这一次思宽看来不得不答应了

思宽果然就范了，在旁人看来，老丈人、老丈母娘买好了房子，自己出个人就行了，这事情可能是祖坟冒了蓝烟。但是思宽不这么想，思宽很坚定地相信经济基础决定上层建筑，如果拿了人家的用了人家的，一定会没了尊严。

他想的一点没错，爹有妈有，不如怀揣自有。但是这一次他真的没办法了，他不想失去可依，他恨自己没有足够的能力给她未来，为了留住她，他只好放弃了原则，他以为她才是最重要的，但是他还年轻，他不知道无限制地退让，只会让自己最终失去一切。

当然年老的人会更早的失去一切，钟亦仁为了年纪缘故略有自卑，因此跑到健身房累个半死，还是感觉不到年轻的力量。不过老帮菜还是想办法请到了佳人，西餐厅的烛光里，两个人看着彼此，都有些伤感。

钟亦仁不想再含糊其辞了："你是故意躲着不见我？"

静雨故意掩饰："怎么会？对了，你不是说今天有一件很重要的事情跟我说吗？是什么事情？"

钟亦仁决定实话实说："第一次见到你时，我以为你是个心脏病人，当时我怕你死了，吓得浑身直冒冷汗，一瞬间想到用各种可能的方法救你的命。结果你突然醒过来了，当时我知道我被骗了，但是我特别高兴，因为你没事，你不会死。"

静雨愧疚地抱歉："那次真对不起，我不是故意的。"

"没关系，我不介意。第二次见到你时，你一直愁眉不展，看上去有很多心

事，你告诉我，你有很多不开心的往事。也许生活是不公平的，它带给很多人创伤，但是你仍旧那么善良，你帮助我救了那个不小心刺伤自己的劫匪，如果我们不救他，也许他会大量失血而死。"

"救了他的人，是你，善良的人，也是你。"

"后来我介绍你去看了心理医生，慢慢地，你告诉我一些你的故事，我突然生出心有戚戚焉的感觉，我们都是失去了生命中一段时光的人，那段时光本来应该很美好，却因为种种原因而与我们擦肩而过。当我得知你父母早亡，而你为了你的家人付出了自己的青春的时候，我更意识到，你是如此善良，甚至可以说，你是如此伟大。"

"这都是命运的安排，我只是选择了逆流而上。"

其实静雨心里很激动，她知道自己为什么爱上他了，他完全懂得她，而且欣赏她最引以为傲却从不对外表露的那一部分，这让她对他充满感激，以至于想要生死相许。可是她一点也不敢表达，她已经为家人付出这么多，在她灵魂深处，为了家人她愿意付出一切，包括自己的幸福。她早已经付出过，所以这一次她几乎是本能地就放弃了自己的需求，选择了弟弟的未来，并且她深以为正确，完全没有想过这对她自己是多么的残忍。可她表面上仍然波澜不惊的样子。

他只好继续倾诉："因为我有过一段不幸福、不平静、充满争吵、责备、怨愤的婚姻，所以当我遇到你，当我和你安静地彼此倾诉生活的不容易，当我意识到我对你的感情，当我感觉到你的一些回应的时候，我以为我们两个，能够开始一段岁月安好、相互理解、懂得珍惜的生活。可是我忘了，你还年轻，你还有漫长的人生路，需要去经历、去感受、去拥有、去舍得，而不是跟我这个已知天命的老人，过着没有起伏的平淡生活。对不起，我无法陪你走完剩下的人生路，我希望你能知道，我很遗憾、很难过，但是我仍然对你的未来充满祝福。"

"其实，我还有很多话没有跟你说。因为我不想编出一个华丽的谎言，去掩盖并不美好的真相。"

"如果你不想说，我不会问你。我知道，你做的任何事，都不是为了你自己。"

静雨伤感地叹了口气："人和人之间，真的不能说交心的话。"

"怎么了？"

"交了心，有的人就长在了心里，想再把他拿出去，心也就碎了。"

静雨哭了。

这天晚上，为了等加班回来的思宽，可依又混在林家，她正在沙发上东倒西

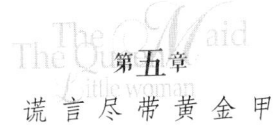

第五章
谎言尽带黄金甲

歪地看电视，静雨眼睛红肿，推门进来了。

可依很好奇："大姐，你失恋了？这是跟哪个花花大少恋上了？男人没一个好东西！"

静雨心虚了："你不认识的。"

静雨匆匆回自己房间了，可依一脸奇怪，她琢磨着："跟你谈恋爱的不是耿大爷就是大爷，我哪会认识？难道是——做小三了？啧啧，人不可貌相啊，长得这是前胸贴后背的，也能拆散别人家庭？真是萝卜青菜各有所爱。"

可依不想再去关注静雨的问题，本质上她是个自私的女孩，她不愿意考虑别人的问题，她目前只顾着自己的房子，可是她每次跟思宽提到用自己爸妈的钱，思宽都会皱着眉头，表情非常沉重，原因很简单，他没有钱买房。他一点也不怪可依，可依不在乎自己家出钱买房，可是他在乎，他恨自己的在乎，但他没法不在乎。

次日思宽跑去上司办公室谈判涨工资，思宽的上司是个二十八九岁的女人，她叫夏天，是这家律师事务所的合伙人律师，思宽是她的下属。夏天很精致漂亮，一身职业装扮，看上去很能干的样子，实际上她也很聪明，她小学中学一直在跳级，本科、硕博连读非常顺利，年纪轻轻就成了合伙人，让年纪相仿的思宽既钦佩又有压力。这一次因为不合规矩，她认为思宽加薪的要求是无法通过审批的，不过她仍旧答应去帮忙争取。

她还鼓励了他："人和人的命运不同，不能横向比较。人要跟不同时期的自己纵向比较，只要有进步，就值得欣喜。"

思宽感激地笑了。

思宽是个笑起来极为灿烂阳光的男人，夏天看着他，眼神中充满欣赏。是的，她为什么不喜欢他呢，思宽这样的男人有什么不值得喜欢的呢？帅气、俊朗、憨厚、善良、能干、聪明，只不过没有钱，但是他努力、上进、负责任，怎么会得不到幸福呢？她不需要他有钱，钱可以赚，这么好的人到哪里去找呢？

夏天这样好，思宽却从未想过她对自己的喜欢，但是可依就注意到了，因为可依这辈子碰到的女人，聪明的没她可爱，可爱的没她苗条，苗条的没她嘴皮子溜，嘴皮子溜的没她学习好，学习好的不漂亮，漂亮的又没她有钱，只有那个夏天，她居然要什么有什么！居然还前凸后翘！她想气死人啊？

不过思宽安慰她："有一样东西你有她没有！"

"什么？"

"英俊帅气、伟岸潇洒、知书达理、善解人意的老公啊，哈哈哈。"

可依不知道该说什么，她生气，但是又不知道为何生气。不过很快她就遇到了更让她生气的事,毕竟林家还有那位姑奶奶一样的人物杵着呢。

原来静雨听杏秀说了思宽准备买房子的事情。思宽很生气:"我就知道她那天在我们房门外偷听!这个八婆!"

静雨一本正经安慰弟弟:"别生气,她这也是信息传播的一种方式,有利于咱们沟通。姐想过了,你刚工作没两年,不可能有多少积蓄,现在国内这房价,不是你能负担得起的,姐在日本的时候攒了一点钱,本来打算自己买房的,后来出了些事情耽误了,没买成。姐不着急用钱,姐把钱借给你。先别告诉可依,她现在还有点生我的气,估计她不肯要。"

思宽很感动,比起老丈母娘的钱,他更愿意接受姐姐的赞助。之前他还抱怨过姐姐拒绝亲家见面的事情,此刻他更加不好意思,但是静雨完全不跟弟弟计较,只是一门心思让弟弟把账号发过来,思宽却很纠结。

这天晚些时候,思宽决定跟姐姐谈谈,静雨房门外,思宽犹豫着,他正想敲门,忽然听到静雨正在跟国外的朋友通话,声音有些大。

"齐洁,你是我最好的朋友我才这么信任你,我的事你绝对不能告诉思宽他们,我求求你,他们要是知道,我就完了——"

思宽一愣,急忙把耳朵贴在房门上,却什么也听不到了。

卧室内,静雨正焦虑地打着电话。她并不知道弟弟已经开始怀疑自己,她沉浸在焦虑中。

静雨需要焦虑的麻烦实在太多了,第二天一早,焦虑的静雨正在准备早餐。杏秀提出来要搬出去住,原来她想要独立,当然静雨拒绝了她,想要独立这种鬼话连杏秀自己都不相信吧。

谁知杏秀真的跑去看房了,但是一个30平方米左右的开间,装修简陋,洗手间很脏,一个月就要三千块,这是杏秀全部的零花钱,是的,她还在拿零花钱,因为她根本不具备养活自己的本事,都在花家里人的钱。从某个层面上,她跟可依才是灵魂伴侣,只不过可依的零花钱是三万块而已。但她们同样没有自由,只不过当时她们还不介意。

就在杏秀纠结独立如此痛苦的时候,天杀的五岳联系她了,上一次她得知他是有妇之夫所以断绝了联系,并且被杏秀家里人隔绝,但是五岳好就好在懂得顺水推舟,他立刻承诺帮助杏秀独立。杏秀当然不会立刻答应,她只是懒,并不是傻,电视剧看了那么多,她知道这一步迈出去,就没有回头路了。

思宽心里对此有担忧,特意换了杏秀的电话号码,但是他一转身,杏秀就跟五岳联系上了,他带着她在这个繁华的城市兜风,她觉得自己正在一点点走进那

第五章
谎言尽带黄金甲

样的生活里面去。

他带她去看帮忙租住的酒店公寓，她仍旧嘴硬要赚钱还给他，他特意租了很贵的酒店，她怎么还得起，可是住惯了这样的地方，真的就回不去了。不过刚好两人进了电梯的时候，旁边一个很猥琐的老男人抱着一个漂亮的女人亲得火热。老男人看不见女人的脸，杏秀却能看见，很明显，女人正翻着白眼。这一幕让杏秀很恶心。她突然觉得这一切都有点恶心，当五岳找门卡开门的时候，杏秀偷偷跑了。

回到家中，杏秀仍然想着方才的一切，直到静雨回来，一脸心事的杏秀正四仰八叉地躺在自己的床上，吓得静雨急忙帮她放好双腿。可是两人东拉西扯，静雨完全没懂杏秀的心思，杏秀很清楚五岳并不是好人，但是他的钱，他的颜值，他的甜言蜜语，都让她迷糊了，是否原本就该游戏人间？静雨这样谨言慎行、克己复礼一辈子的老处女，永远无法懂得杏秀。她只会告诫不要走错路，可是在杏秀的心里，已经渐渐不再觉得五岳是一条错的路。萍水相逢、各取所需、一别两宽、各自欢喜，为什么不行呢？可是周围的一切都告诉杏秀这就是不行，杏秀心里很乱。

静雨看出了杏秀的难处，却猜不透到底哪里不对了，她没料到，这天晚上又出了个别的大麻烦，原来趁着她不在，思宽悄悄进了她卧室房门，把一个录音笔打开放在了暗处。他很纠结，想拿走，但是又犹豫地放下，忽然静雨推门进来了。

静雨一愣："你在我房间干吗？"

思宽急忙掩饰："我来找你呀，结果你不在。"

"我正好想找你，咱们上次说到先借你一笔钱付首付，刚说到跟你要银行账号，可依就进来了。你账号多少，你要是不说我就转到你以前常用的那个账户里了，就这样了，别跟我争了。对了，姐想好了，姐有点事情，处理好了，就约可依爸妈见面。"

静雨随手把思宽推出了房门，思宽很是纠结的表情，他怀疑姐姐，想用这样的办法去验证姐姐没有问题，但他又害怕发现了问题，他甚至没有告诉可依。

第二天上午，可依过来玩，正好遇到打扮好的静雨匆匆出门了。

"大姐，谈恋爱啦？搞对象最重要的是人品，朝三暮四的男人不可信啊！"

因为自己爱上了准弟媳的老爸，让静雨很尴尬："呵呵呵，这是说什么呢？你可真爱开玩笑。"

静雨急忙走了，可依看见杏秀也打扮好出门了。

"杏秀，你这是打算勾搭谁啊？不会又是那个五岳吧？你想气死思宽啊？"

杏秀很心虚，不过仍旧嘴硬："放心吧，思宽就是死也是被你气死。"

杏秀也匆匆走了，可依很是奇怪。这时思宽从自己房间出来，并没有搭理可依，他看见静雨房间没人，正要进去拿录音笔。

"我告诉你啊，她俩都鬼鬼祟祟，我看啊，非奸即盗，你就等着瞧好吧。"

思宽并不上心的样子："嗯，知道了。"

思宽似乎没兴致跟她说话，而是进了静雨房间，可依很奇怪这一家人今天是怎么了。静雨房间内，思宽找到了他藏的录音笔。他一脸担忧。

可依在外面大叫着"干吗呢？快过来给我按摩！"

"哦，好的。"

可依没有看透思宽的心思，却看透了杏秀，匆匆离开的杏秀其实去了那个酒店公寓，她等在房间门口，而五岳从电梯间奔过来，他早就把房卡拿在手中了。

"这回不会找不到房卡了，从家里出来的时候就找好了，嘿嘿，杏秀，你等我很久了吗？我那儿正忙着呢，最近我的自传就要上市了，我正处于事业关键时期，正参加宣传会议呢，可我一接到你电话就奔过来了！我那个助理，跟在我后面追了半天问我干吗去，我也没理他。现在对我来说只有你最重要了。"

五岳啰里吧嗦，杏秀却没说什么，跟着五岳进了房门。五岳一进门就试图动手动脚，杏秀却制止了他。

"能借我手机用用吗？我手机没电了，我要给我家里人打个电话，不然她看我不回家，要到处找我了。"

"杏秀，哥哥我很着急啊。"

"就打一个电话，不然我家里人说不定上门来砸你场子。搞不好报警把你抓起来！"

五岳只好把手机递给了杏秀。杏秀跑到了阳台上。不过，杏秀并没有拨打静雨的电话，而是拨打了五岳手机中"老婆"的电话，电话接通了，里面传出宁书萍的声音。原来她想了半天，还是对五岳害自己无端端成了小三而生气。

"你想不想知道一些关于你老公的秘密？如果想知道，你就别出声，好好听着。"

对方没做声。

杏秀把手机接通 Facetime 视频通话，并且锁住手机屏幕，装在了随身带的包里。杏秀向着五岳挥挥手，五岳已经脱下了上衣，露出了光洁的小身板。心急如焚的五岳立刻跑到阳台上。他一把搂住了杏秀。他们并不知道，楼下暗处已经有人拍下了他们搂搂抱抱的亲热照片。

五岳央求杏秀："咱们快点进屋去吧。"

"我喜欢听你说好听的话，你先给我说几句吧，不然我没心情。"

第五章
谎言尽带黄金甲

"杏秀,我爱你这句肉麻话我都说过了,这辈子我就在跟我老婆求婚时说过这句话。进去吧,进去吧。"

"那你一辈子能爱几个人呢?"

"我爱你,此时此刻只爱你。其实人只活一秒钟,过了这一秒,上一秒便没有了意义。"

"那你以前跟你老婆说过的那些承诺呢?"

"那是上万万秒钟之前的事情,我都忘了,我觉得我老了以后一定会得老年痴呆症,所以更要享受当下的一切!进去吧,进去吧,哥哥带你出来玩,不是谈人生谈理想的。"

"那你找我出来干吗?"

"杏秀,人生苦短,得开心处且开心,能逍遥时自逍遥。咱们玩点好玩的,嘿嘿。"

"你老婆会很难过的。"

"过去的就让它过去吧。想留不能留才最寂寞,想忘忘不了才最动情。"

杏秀掏出了手机,五岳看到了手机屏幕中宁书萍的脸,她很平静,但是眼神中充满伤感。

五岳大惊失色:"老婆,我在这儿写剧本呢!我让杏秀帮我润色下台词。我打算画而优则导,从此跨界当导演,走王家卫路线,他不是拍过《时间的灰烬》吗?我打算写一个《时间的灰机》。我这台词很有王家卫的范儿吧?上一秒,下一秒,一万万秒——"

宁书萍面无表情:"说真的,你真应该去写剧本,你的台词写得挺好的。"

"多谢老婆大人,回头我命令投资方必须让你做女主角,要不然我就罢写!不,我得封笔,对,为了你,我愿意封笔,别说为了你我封笔了,你是风儿我是沙也行啊——"

"就这样吧。"

五岳谄笑着:"就这样?不生气了?"

宁书萍冷笑了一声:"没有意义。"

宁书萍挂断了电话。五岳怨妇般地瞪着杏秀。五岳确实是个好脾气的人,即使如此,他仍然没有爆发。

"你脾气真好。"

"你以为我不会打你?"

"没有,我知道你不会。"

"我不会打你，但我会别的。"

杏秀没再说什么，她有点害怕。五岳却转身走了。

"其实我有一点喜欢你。"

五岳满头黑线："你有病吧？"

"像现在这样，我就对你死心了。"

五岳愣了愣，没说很忙，转身走了。

"你干吗去？"

"我去求我老婆复合。你要不要搭个顺风车？"

杏秀跟上来："其实你除了生活作风问题、除了喜欢胡说八道、除了说谎话没边儿，没别的缺点。"

他什么也没说，他生她的气了，他很少生气，多数时间嬉皮笑脸，但是这一次他真的生气，他觉得这个游戏没意思了，他骗了她，她也骗了他，这并不重要，但在他兴致勃勃的时候，她却逼着他想起了责任，这比兜头一盆冷水还让人心烦。

另外一个女人也被可依给猜透了，原来方才也神秘离开的静雨真的去找了自己爱上的男人，她去那间别墅找了钟亦仁。不过静雨只是来跟他告别的，见面后，静雨一直没说什么，她做好了一桌子的家常菜。

"说好了做给你吃的，不能食言。"其实不过是给自己个机会再见他一次了，假装骗自己是最后一次，再相见，他们就是亲家了，那时候，再说什么都是错。

钟亦仁尝了一口："真好！希望以后还有机会。"

"就算有机会，也不知道是什么样的机会。真不好意思，上次我们分开的时候，我太不争气了，我居然哭了。我只是想，如果真的要告别的话，我们还是笑着告别吧，不然下次我们再见面，我会无法面对你。"

"何出此言？"

静雨愣住了，她好想说，我是你女婿的姐姐啊！可是她不敢。

"我，我，我有句话我实在说不出口，有酒吗？也许喝多了，我就敢说了。"

一转眼，喝光了一瓶红酒。

"你想跟我说什么？"

静雨一脸纠结："我想说——再来一瓶。"

又一转眼，桌子上已有了两个空的红酒瓶。钟亦仁晕乎乎地指着吊灯：今天月色不错。

"嗯，还是说不出口，还有酒吗？"

第五章
谎言尽带黄金甲

再一转眼,桌子上已有了三个空的红酒瓶。静雨和钟亦仁都明显喝醉了,钟亦仁甚至一反往常的儒雅,打起了酒嗝。

"你——不是有话——跟我说吗?"

静雨再也掩饰不住伤心:"说什么?我要说什么?过去有很多不好的事,我都不知该从何说起!我回家了,我再不回家,就要被我爸妈骂了!对了我爸妈已经死了,那我也得回家啊,不然太不成体统了。"

静雨晃晃荡荡地向门口走去。钟亦仁急忙跟上去。

"我——送你。"

钟亦仁却根本站不住,他这样猛地站起来,一下没忍住吐了出来,把静雨的衣服和自己的衣服都弄脏了。

钟亦仁好尴尬:"对不——起对——不起——我帮你洗。"

"不用不用,洗手间呢?我自己洗。"

钟亦仁随手一指,静雨晃晃荡荡地就走进了一个房间。

"那不是洗手间。"钟亦仁步履蹒跚地追过去。

钟亦仁追进了一间卧室,灯光大亮,却没有发现静雨,酒醉的他很奇怪,可他实在晕得厉害。

"好困!"

钟亦仁脱下了上衣和裤子,钻进了床上的被子里,自言自语:"这——床真好!我那老弟——可真会生——活!好——滑好——软啊!"

其实被子里早已有个人,正是醉晕过去、并且衣衫褪去的静雨。钟亦仁正好趴在了静雨身上,他们面对面相拥而卧。

静雨完全不知发生了什么:"别动!我在洗澡呢!离我远点!"

可钟亦仁已经趴在静雨身上睡着了。静雨推了几下推不动,也晕乎乎地进入了梦乡。两个坦诚相待的人并不知道他们错过了怎样的良辰美景。

而这时候思宽躲在自己房间的洗手间,偷听他原本藏在静雨房间的录音笔的录音,他皱着眉,根本听不清楚。只是隐约听见了静雨在说"别告诉思宽,不知道警察相不相信我。"

听得思宽满头雾水,门外却有人敲门,正是可依。

"就咱们两人用这个洗手间,你锁什么门啊?你还怕我偷窥你啊?你跟我装什么纯情啊?你什么骚包样我没见过啊?"

"我谈工作呢?"

"是那个夏天吗?真讨厌!"

"你小点声。"

可依咚咚咚地跺着地板走开了。思宽急忙把录音笔藏起来。

那厢,静雨还不知道自己的秘密就要泄漏了。天亮了,相拥而眠的钟亦仁和静雨仍旧保持睡着时候的姿势,钟亦仁首先睁开了眼睛,他不由大惊。可还没由得他反应过来,静雨似乎要醒过来。吓得钟亦仁急忙闭眼装睡。醒过来的静雨看到此状大惊失色,这时候钟亦仁装模作样像是要醒过来,吓得静雨急忙闭上了双眼。装样子的钟亦仁哪里料到,静雨又闭上了眼睛,他一脸无奈,只好直视着她。半响,装睡的静雨终于假装迷迷糊糊地醒了过来,还装作半梦半醒的样子,钟亦仁早知她在演,不由看好戏地看她说什么。

静雨装模作样:"你醒得好早!"

"你也不晚。"

"昨天——咱们——"

"应该——我不知道——不应该——想不起来。"

"你怎么可能不记得?"

钟亦仁也惊讶:"你怎么可能不记得?"

"你怪我?"

"怎么会?静雨,我会负责任的!——如果我真的做了我忘了我做了的那件事的话!"

静雨听得晕乎乎的:"嗯——你——挺沉的——"

钟亦仁急忙爬起来,两人都想站起来,却手麻脚麻双双瘫倒在床上,静雨赶紧抱着被子遮羞。

钟亦仁很奇怪:"我怎么手脚抽筋?"

"我怎么浑身发麻?好像昨晚被人折腾了一宿!"

她突然羞涩起来,如果发生了什么,自己怎么会真的不记得?但是为什么没有穿衣服呢?

"我只记得,昨天你说喝点酒,因为,你要跟我说句话,是什么话?"

静雨想起了想说的事情,她原本想告诉他自己是他未来女婿的姐姐,所以他们两人没有未来,可是现状如此,该如何收场,她不由一脸懊恼。

静雨很郁闷:"乱了乱了都乱了。"

钟亦仁不知道具体情况,只好揽住静雨的肩膀安慰她。

第五章
谎言尽带黄金甲

"静雨，天塌下来有我呢！"

"要是天塌下来就好了！"

静雨回家就闷在卧室里，却有人敲门，表情惆怅的静雨起身开门，门外正是思宽。静雨看到思宽，想到自己跟钟亦仁的事情，不由很是尴尬。

"大姐，我仔细想过了，我不能用你的钱买房，你攒点钱不容易，我把你给我的八十万都转回你的账户了，你别跟我争了。之前惹你不高兴，质疑你为什么取消与可依父母亲见面，还跟齐洁打听你的私事，都是我不对。我知道，你做任何事，都是为了我。姐，求你了，以后不要再为了我活着了。我只求你一件事，就是好好对自己，从此以后，你做的任何事情，请全部都为你自己考虑！"

静雨有些激动："思宽，是我不对，都是我不对！我——"

"怎么可能是你不对？没有你的付出，怎么会有我的今天？我怎么可能长成一个能够独立的人？姐，我绝不能用你的钱买房。你早点休息。我走了。"

静雨还想劝两句，思宽已经走了。静雨对弟弟感到很抱歉，她一脸歉意。

思宽虽然没要姐姐的钱，却还是硬着头皮去了售楼中心接待处，售楼小姐正在计算思宽和可依的首付款。

可依小声嘀咕着："哎妈呀，这个破地方，还要四万八？我在这儿都算异地购房了吧。"

"您二位看中的那套房子七十平方米，单价四万八，您二位是第一次买房，优惠后首付三成大约是 100 万，按揭三十年，贷款 240 万左右，月供大约一万二。您不知道多少人排号等着买我们这儿的房子！您能通过朋友得到购房资格真是太幸运了！今天签了合同，交了定金，您二位从此就有自己的小家了！"

思宽拽了拽可依的衣角，示意角落里说话，可依装作看不到："在哪儿交钱啊？"

懂事的售楼小姐回避了。

思宽劝慰："可依，咱们没那么多钱。"

"我前几天看过你银行账户了，原来你藏了那么多私房钱！回去我就跟你算账！你那个工作原来这么高收入啊？我还以为只有老头子律师才能赚那么多钱呢！没想到我还找了个金龟婿，嘿嘿。对了，你这个账户用了十年了吧？从上大学就开始用这个，哈哈，反正我也知道密码，不跟你客气了，就这么定了！"

那是大姐之前给思宽的钱，现在思宽已经还回去了，所以这时候哪来的钱啊，思宽随口胡编："我把卡给丢了，已经申请挂失了！现在账户已经冻结了，今天没法用那张卡交钱！"

"好你个思宽，你——你——你——我这心脏病哦，都快被你气得发作了。"

思宽拉着可依向门外走去:"我明天到银行拿上新卡,就来付定金。"

可依还想奔回来付款,无奈思宽已经把她连拉带抱推了出去。

次日可依平躺在思宽的床上高举着iPad看美剧,思宽加班回来了。

"下班了?一直在这儿等着你,你昨天说今天拿了新的银行卡就去交首付的,去了吗?不去我可跟你翻脸啊!"

"我去了,那套房子已经卖了,现在卖房子就跟卖大白菜似的!咱们再去别的地方看看吧。"

可依气得转过身去。

"干吗呢?"

"翻脸呢!把脸翻过去了,你别烦我。"

思宽搂住了可依的腰。可依没反抗,不一会儿,可依转回身来。

"怎么了?"

可依气鼓鼓地:"换一边脸翻翻!"

两人正抱在一起,忽然有人敲门,两人还没反应过来,杏秀已经进来了。可依大为不悦。

"小可依,我有句话不得不告诉你,我终于知道,你做的一切都是为了我好,而五岳大爷,确实不是个好大爷。我想跟你道歉。"

"咦?你好像早就跟我说过,你知道我都是为了你好。"

"那是骗你的,今天我是真心的。"

可依无奈地:"好吧,退下吧。"

杏秀却爬到两人的床上,拿起了可依的iPad,一副自来熟的样子。

"小可依,你最近看什么美剧呢?我告诉你,所有的美剧加起来都没有《步步惊心》好看。我觉得这世界第一好看的电视剧就是《步步惊心》,第二好看的就是《步步惊心二》!美剧老无聊啦!比如那个什么《生活大爆炸》吧,怎么会有那么丑的演员啊?我当不上演员就是因为太漂亮了吧?"

可依和思宽面面相觑,根本对爬上床来的杏秀无计可施。

杏秀此刻并不知道,自己要成为一个名人了,一间办公室里,墙上贴着微博公众号海报,微博号叫做《八卦如食粮》杂志。

电脑前,有一个男人背对镜头,他正在翻看电脑里的照片。照片正是杏秀和五岳在阳台上的连拍。

男人新建了文档,在首行输入标题:"知名女主播宁书萍男友、海归画家五岳深夜幽会未成年少女——拿什么拯救你,我的艺术家?"

第五章
谎言尽带黄金甲

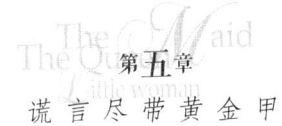

他一张张照片播放,因为角度问题,画面看上去很香艳。这个男人知道人们最想看什么,人们永不愿意直视真相,他们更愿意看见真相奇形怪状的外衣,可真相的外衣并非他人给予,其实是人们自己,早已给真相做好外衣,不过是按照人们心中所希望的模样。

可是就算知道了真相,你愿意相信吗?不,你不信他,你便失去了他。

买房的事情并没有像思宽误以为的那样了结。过了几天,加班回来的思宽在楼下打了个电话。

"老三,拜托你了,像我在邮件中跟你说的一样,帮我打听下,静雨是不是遇到了什么麻烦事?她的朋友都不知情,或者她们知情也不肯告诉我,我很担心静雨,我在日本没别的朋友,我只能拜托你了!"

其实可依正在他们卧室的窗口看着思宽。之后思宽悄悄进了卧室,可依站在窗户那儿,可依的眼神很冷漠,像看着陌生人,吓得思宽也一愣。

可依冷冷地质问:"你刚才跟谁打电话呢?"

"跟我同事说工作呢?你还没睡啊?"

可依抢过了手机,上面显示最新拨出电话是"老三"。

"老三不是你大学室友吗?他不是在日本吗?这不是他日本家里的电话吗?"

"我——工作有来往。"

"你现在真是谎话专业户,果然是当律师的。"

"你误会我了——"

"我来测试一下你的专业。今天那个售楼小姐跟我打电话了,她说你根本就没去付定金。那套房子也根本就没卖!我查了你的账户,上面只剩了二十万,你现在打算怎么给我把这个谎话编圆了?"

"我——可依——我错了。"

"你再跪下啊!你跪啊!"

思宽迟疑地单膝跪下了:"我再求一次婚?好像求了好几次了。"

"无聊。"

"不无聊。"

"我是说我无聊。"

思宽讨好地:"你怎么会无聊呢?"

"我又要跟你分手了,怎么会不无聊呢?"

第六章

他的她的他

最近梅秋灵一直在拨打钟亦仁的电话。可是一直不通,自从钟亦仁发现自己曾冤枉了他跟他的女同事有一腿,梅秋灵就再也找不到钟亦仁了。他甚至为此休假了。

这一天,电话里再次传出秘书台的女声:"请问您留给机主的留言是——"

梅秋灵怒了:"你叫他再不出现就去死!"

爱情比死亡冷酷,恶语比善行轻松,失去比拥有容易,嫉妒比羡慕强大,可是如果一切反过来,这世界将会少了许多故事。

可依跟思宽吵架第二天,夜深了,思宽加班回来,推开卧室门,打开灯,已经人去楼空,衣橱打开,可依的一侧已拿空了。她原本总是把自己的东西放在他家,因为总想着制造夜不归宿的机会。现在都没有了。

思宽忽然一愣。原来他看见了书桌上落下了一张名片,居然是耿家泰的。他瞬间就想到了这个人,他好嫉妒。

思宽跑去耿家泰工作的地方找他了,他在停车场暗中偷窥,思宽觉得,可依一定跟这个家伙有来往,他曾经看到过可依手机中的通讯记录,他们确实通过电话,他非常生气,可他不想显得小气,时至今日,已经无所谓面子问题了。

思宽最终还是没有去跟耿家泰摊牌,实在是有些难看,不过他觉得自己很难哄好可依,于是跑去找钟亦仁求助。

别墅庭院里,钟亦仁和思宽讨论思宽的婚姻问题。钟亦仁只是故意屏蔽了前妻而已,其他人他还是接见的。

第六章

他的她的他

"叔叔,我和可依的问题就是这些,我承认都是我不好,可请您相信我对可依的感情,可依是我的一切——"

"你上次不是赌咒发誓,再惹可依生气就生儿子没屁眼吗?你这可是用我外孙子的屁眼在冒险啊!你真是太不应该了!"

"我不是故意的,那天晚上我就想告诉可依,我其实没去付房款首付,可是还没等我承认错误她就发现了!"

"你也太不小心了,亏你还是法律工作者!主动承认跟被动发现,那犯罪性质能一样吗?一个是防卫过当,一个是故意杀人。你这罪过可是大了!我救不了你。"

思宽眼圈红了:"叔叔,我自小失去父母,当初梅阿姨不同意可依和我在一起,是叔叔您用尽了各种手段才说服阿姨。我记得您当初让我故意在大雨中站在楼下,苦等阿姨回家求她同意我和可依在一起,您故意戳破阿姨汽车轮胎,让我及时出现帮她换轮胎,您还扮作蒙面劫匪打劫阿姨,让我假装不顾性命救她,您还——"

钟亦仁有点不好意思:"哎,区区小事,不足挂齿。"

思宽动容地:"叔叔您对我恩重如山,我永远都记得您的恩情,就算可依这次不肯原谅我,您在我心中,也永远都像父亲一样。"

钟亦仁也有些感动。

"叔叔,我不会说话——"

"你这还不会说话啊?那你要是会说话,连特朗普也得把女儿嫁给你!"

"那您答应帮我了?这次您要是不帮我,我真的不敢面对可依,我更不敢面对梅阿姨。"

"你以为我敢啊?你以为我躲到我弟弟这个房子来,我是躲谁呢?"

尽管很害怕,思宽还是主动去找了可依跟丈母娘。吵架了,男人要主动低头,这是宇宙最强真理。

梅家客厅,梅秋灵和可依母女用一模一样的姿势抱着手臂太后似的坐在沙发上。思宽像个小太监站在旁边。

"你自己说说你俩最近闹了多少次分手?你这样吵架有意思吗?"

可依嘴硬:"头可断,血可流!吵架的传统不能丢!"

"我让你坐下了吗?"

可依看看母亲的严肃表情,只好不情不愿地站起来:"我才不愿意坐着呢,我怕得痔疮!"

"思宽,我给你申辩的机会!你说,明明你跟可依说好,一个人去付房子首付,可你为什么没去？"

"阿姨，我的钱不够付首付。"

"骗子，你有一百万存款呢！"

"其中八十万都是静雨的。"

"不行！不能用你大姐的钱！拿人的手短，吃人的嘴软。"

思宽赔着笑："阿姨说的是。"

"阿姨帮你们买房。"

思宽表情一僵。

"阿姨一分钱都不要你的，房产证写阿姨的名字就是了，所有权归我，使用权归你们小两口。"

可依仍旧嘴硬："谁跟他是小两口？"

"听你这意思，你是真的不想跟思宽在一起了？可依，古人云，一女不嫁二夫，古人又云，寡妇被人碰了胳膊要砍掉，古人还云——"

"你到底是不是我妈？难道他是你亲儿子不成？我要是跟他分了，你认识他是谁呀？"

梅秋灵表情犹豫了："可依，就算分手也别闹得跟仇人似的，买卖不成仁义在。"

思宽一直不时看着手表："咱们——能听听叔叔的意思吗？"

梅秋灵奇怪："哪个叔叔？"

"可依的爸爸，您的——"

"是他啊，思宽，看来你还是不了解阿姨，什么时候我梅秋灵做事，需要经过他钟亦仁的同意了？真是笑话！况且，医院不是说他最近休假去了吗？"

这时有人按门铃。

"叔叔到了！"

思宽奔到门口打开大门的门禁。

梅秋灵清清嗓子，挺直了脊背，神色略微有些紧张。

可依略带嘲笑地："你不打算梳洗打扮、焚香沐浴、换件穿了相当于没穿的性感吊带裙迎接我爸了？"

梅秋灵气得瞪了可依一眼，她急忙整整头发和衣服，还装作不经意的样子。

很快，钟亦仁上楼来了，思宽打开门，门外站着一脸忐忑的钟亦仁。

钟亦仁有些后悔："思宽，要不，我还是走吧！"

"你想走哪儿去？"

第六章
他的她的他

不知何时,梅秋灵已经来到了玄关处,可依跟在她身后,一脸三八表情。

"你怎么不接我电话?你到底什么意思?上次你在我家摔门就走了,难不成还得我跟你道歉?"

"上次咱们俩生气,是因为你和可依骗了我一件事,而这件事就是当初你们两个联手造谣生事、跟踪恐吓、胡乱编排我和我那个根本没有变成真正女朋友的瑾仪,所以我才生气地离开!我还要澄清,以我这样儒雅大度的人,就算再怎么生气,也万万不可能摔你的门,那实在是有失体统,你们俩应该懂我。"

梅秋灵强词夺理:"我怎么可能懂你那颗永远当自己十八的少年心呢?还女朋友?还瑾仪?你拍琼瑶电影啊?"

钟亦仁左右看看:"小点声,影响不好。"

"快让我爸进来吧,动不动就闹得跟离婚大战似的!你们俩早离婚了,别在那儿闹得跟真的似的!"

钟亦仁进了玄关处,关上门。

"我不进去了,我就在这儿跟可依说句话。"

梅秋灵嘴硬:"谁稀罕你进来?"

"可依,思宽都跟我承认错误了,他确实不对,但是罪不至死,你们买房的事情,如果不想让我和你妈插手,咱们就从长计议,慢慢商量,我和你妈忙碌半辈子,虽不能大富大贵,但也略有盈余,你们的房子不是非买不可。可依,我今天就跟你说一句话,你要是打定主意跟思宽分手,你今天就别跟他回去,我和你妈在这儿给你做个见证。你要是舍得,从此以后,你们两个就当作前世孽缘,今生已断,近在咫尺,也是远在天涯。"

可依愣住了:"原来,有些事情,想一想都会害怕。"

思宽很奇怪:"什么事情?"

"就是我爸说的那些孽缘已断、咫尺天涯什么的,吓死人了!"

钟亦仁教育可依:"那就不许再跟思宽赌气跟他和好吧。"

可依其实也很无奈:"讨厌,上辈子欠了他的。"

可依心里是不情愿的,但却又放不下,这份感情越来越多不痛快,但是她又能怎么样呢?现实的琐碎太磨人了,可依好烦。不过剩下他们两人的时候,思宽主动缴械了。

"可依,等会儿我们去把首付交了,就是你相中的那套。嗯,我姐的钱,我想好了,我就先借来用用,以后我会按照利息还她。我听说我们今年年终奖会很不错。所以我不会占用大姐的钱太长时间。"

可依没回话。

"我想好了,房产证写你的名字。"

可依依旧没答话。她不知道该说什么,她并不在意这些,她在意的是再也不想要眼前的生活,可是该怎么做呢?

"对了,你的衣服不一起拿回去?"

"我根本就没拿回家来。"

"那咱们的衣橱怎么空了?"

"那不是吓唬你吗?我把衣服藏在另一个橱子里了。你这家伙不见血不知道害怕!"

她从未真心想离开他。那时候他们两个是真的好,她什么也不懂,她只想着每天开开心心地过下去,不要想未来,不要想责任。

"那书桌上那张耿家泰名片呢?"

"废话,当然是我故意放在那儿吓唬你的!你不是一直嫉妒老耿嘛!"

"可依,你吓死我了!吓得我这心呢,都疼死了!"

"不疼不做记!"

"疼死小的了。"

可依却忽然正色道:"思宽,我是不能离开你的,我不知道我为什么这么爱你,你以后,不要再骗我。"

思宽有些忐忑:"我不会骗你的,我怕的是,你骗我。"

可依神色一变,一巴掌打过去,思宽哎哟一声。

可依嘻嘻哈哈地:"骗你什么?骗你的人啊?"

"你要对人家负责任。"

"负你妹!我要抛弃你就抛弃你,我要蹂躏你就蹂躏你,你以为你还有的挑啊?"

可依嬉皮笑脸,思宽却有些担忧。

思宽知道他们俩的关系其实并不像从前一样了,已经掺杂了一些柴米油盐,而他的能力却无法解决这些困境。他借了大姐的钱,根本不是他愿意的,可是现实却又逼得他不得不妥协,进退两难,这就是他的现状,但他不能告诉可依,因为在可依看来,这些根本不是问题。她家里有钱,她想用随时可以,她不理解思宽对自己家资助的拒绝,她不知道那事关尊严。

本来状况混乱,结果又出了新问题,这天他路过静雨房间,忽然静雨探头出来。

"听杏秀说你们又去看房子了?"

第六章
他的她的他

"嗯,可是当时相中的那套已经没有了,可依说再到处看看。大姐,我收到你转我账号的钱了,谢谢你。"

"一家人客气什么。记得房产证写你俩的名字。"

思宽一愣,没说话。拿人的手短,报应就这么来了。他刚刚说好房产证写可依的名字,现在该怎么办呢?

静雨反应过来,她很生气:"你让我怎么说你!你以为结婚是两个人过家家呢?你说说从我回来你们俩闹了几次分手了?要是买了房子到你们俩再闹分手可怎么办?交首付的时候我跟你一起去,你不好意思跟可依说,我来跟她说!"

思宽想要争辩,静雨却关上了门。思宽很无奈。

思宽一直琢磨着这件事,直到洗完澡出来,他裸着上身,用浴巾擦拭着头发,刚好可依跑到他房间上网,于是他故意在可依面前晃来晃去。他最近患得患失,正在拼命寻找存在感。

可依正在玩电脑,表情有点神神秘秘,一点也没注意到思宽。

"可依,我——嗯——你看看我。"

可依看了一眼:"看什么看?我怕长针眼!"

思宽故意发嗲:"宝贝,你以前不是最喜欢看人家了吗?"

"看几千遍了,不会审美疲劳呀?"

可依继续低头忙活,思宽凑了过来。

"宝贝,干吗呢?"

可依却突然关闭电脑里微信聊天的窗口,表情有点惶恐不安。思宽却看见了跟可依聊天的人的名字,正是老耿。思宽一愣。

"我找工作呢,不想让你看见。"

思宽没再追问老耿的事情:"你想找什么工作?"

"我发现如果我去当琴行的钢琴老师,收入很不错哎!咱们现在要背房贷了,不比以前,我也要为了咱们的未来努力啊,我当钢琴老师的话,比以前在那个事业单位强多了!事业单位好是好,就是我那个地中海发型的领导常年处于更年期。"

"你找你那个朋友耿家泰帮忙介绍工作?"

"那倒不是,找他是为了帮师太打听些广告方面的问题,师太不是自己有个微信公众号吗?有几个广告客户,师太不知道怎么谈,就让我问问老耿,她说老耿在业内很厉害的。"

"你能不能不要跟耿家泰接触?我上次不是跟你说过吗?耿家泰电脑里有很

多失踪女孩的照片,他还偷拍了你的照片,我打听过了,他名声不好,有过许多女朋友,像他这种类型的人,只谈恋爱不结婚,根本没一个好东西,除了流氓,就是花花公子!"

"流氓和花花公子有什么区别呀?"

"流氓扑倒女人,花花公子被女人扑倒。"

可依很惊讶:"谁告诉你这些花花肠子的?你居然学坏了!"

思宽忐忑地:"是——夏天。"

"这个死女人,自己找不到好男人,就把我家的好男人给教坏了,我诅咒她八十才遇到这辈子真爱!"

"那我诅咒耿家泰八十才能结婚。"

"好啦,别诅咒人家啦,我跟他也没啥来往,你这个小身材,保持得不错啊!"

"谢主隆恩!"

"要不?主子今晚宠幸你?"

"回主子,您家老佛爷还没发话呢!不合法。"

"你这个人呢,就是教条主义!难不成你还等我们家老佛爷把你洗洗干净裹在被子里抬到主子这儿来?"

思宽故作娇态:"说什么呢?人家都不好意思了。"

思宽装作不懂风情继续穿衣,可依则看上去若有所思,她心里对那个钢琴老师很上心,她明白思宽不肯要自己家的支援,其实她也不想要思宽姐姐的支援,她想尽快还钱给她。可依很努力找到了一份钢琴老师的工作,这个工作对她来说,并不难,前提是她愿意假装做个勤快的人。她假装了,所以得到了工作。

而跟她为了师太施黛娇的事情略有来往的耿家泰,三言两语就套出了她的新动向。他跟她表达过喜欢的意思,她没什么回应,以为就是拒绝了,但他是老江湖,他懂得寻找机会。

这天耿家泰假装偶遇接上了下课的可依,顺道送她回了家。可依一向开老妈的豪车,只有那一天没开,就被耿家泰撞见了,可见他是有意的。他本想约她吃饭,她拒绝了,车上闲聊几句,知道他也安好,就好了。

他开车驶进思宽住的小区:"你现在跟男朋友同居了?你就住在这儿了?"

"也不算是啦,就是每天到这里来,等着他下班,一起吃完饭,他就送我回家,但是偶尔啦、个别时间啦、稍微有时候啦,我会夜不归宿一下的。"

"不曾暗度陈仓吧?"

"你怎么知道?"

第六章
他的她的他

耿家泰笑而不语。

"这都能猜到,你可真厉害。"

可依非常简单,有一就是一,自己二就二,这让耿家泰非常喜欢她。这时他们远远地就看见思宽家楼下聚集了好些人,而杏秀此时正挂在窗户外面上闹自杀。杏秀穿着她的招牌热裤,两条大长腿在阳光下熠熠生辉。

耿家泰看得神情紧张,而可依却又好气又好笑。

"那是你男朋友的小姑姑吧,你不紧张?"

"她平常不小心蹭破块皮,都恨不得跑去医院打针破伤风。想让她跳楼?只有一种可能,就是从外面往里面跳。"

耿家泰已经停好车,静雨正站在楼下劝杏秀下来:"杏秀,你赶紧给我爬进去,再不爬进去,你可别怪我手下不留情!"

"这个男的是谁?"杏秀很好奇。

"哪个男的?"静雨更好奇。

"小可依旁边那个,对了,你叫——耿家泰!"

耿家泰一直对自己的外表很自信,她记得自己在他看来很正常,于是顺口回应:"你好,你真聪明,简直过目不忘!"

"人家年轻嘛!大爷,你年轻的时候也很聪明吧?"

作为大爷的耿家泰不由得有些尴尬。

"别难过,野百合都有春天,大爷们更会有春天!"

看热闹的路人很着急:"到底还跳不跳啊?"

"再不跳我们就散了?"

"不跳你早说啊!瞎胡闹!"

"耽误我们宝贵时间!"

路人都散去了,杏秀有点不服气:"谁说我不跳啊?我这儿酝酿感情呢!再等等,再等等!"

"赶紧给我回屋去!你想把我气死不是?你再不回去我可爬上来了!"

杏秀无奈,只好讪讪地想要爬回去,忽然她愣住了。她发现自己离自己窗口已经有一段距离。

杏秀声音发抖:"我——我——我不敢动了。"

静雨恳求地看了一眼耿家泰。耿家泰只好答应帮忙。可依对行事夸张的杏秀很不满,她没说什么,表情却挂在脸上,杏秀也看见了。

很快,耿家泰从窗户外面把杏秀抱了进来,杏秀神色焦虑,紧紧搂住耿家泰的脖子。

静雨有些担心:"杏秀,怎么样?有什么感觉?"

"有种入洞房的感觉。"

静雨气得无奈,耿家泰更是哭笑不得,急忙放下了杏秀。

静雨很生气:"你有病啊?不就是让你学英语吗?你有意见不会说啊?你没事闲的你跳什么楼啊?"

可依帮腔:"就是。"

耿家泰急忙劝解:"教育孩子不能用这种简单粗暴的方式,要循循善诱、因势利导。"

静雨抱怨:"我哪有时间?我这份工作来之不易,我那个女上司把我一个头当成两个用,我整天忙得团团乱转——"

耿家泰真的只是好心而已:"我来帮你吧,这是我的名片。"

可依讽刺道:"你真喜欢撒名片啊。"

耿家泰也觉得有些不好:"要不我收回来。"

杏秀已经收了过去。

耿家泰只好继续帮忙:"你有什么问题,随时给我打电话,我可以帮你解决,听说你在学英语,我英语很好,有不懂的地方可以随时问我。我小时候的理想是做老师,可惜命运安排我从事了广告行业,不过我依旧喜欢帮人答疑解惑。"

杏秀喜笑颜开:"好的啊,放心我一定打给你。"

静雨很感激:"耿先生不好意思以前对你还有点误会,你人太好了,让我们不知该如何报答。"

"别这么客气,叫我家泰就可以了,或者叫我老耿也行,可依喜欢这么叫我,刚开始不适应,后来觉得挺好玩。"

静雨很奇怪:"家泰,你和可依是很好的朋友?你们认识很久了?"

可依否定:"也谈不上。"

耿家泰解释道:"我们认识没多久,只不过分外投缘。我很相信缘分,命运早就把一切安排好了,我们普通人的一生,只不过是按部就班。"

可依觉得话有点太多了:"好了,老耿你不是说还有事吗?我送你。"

可依送耿家泰走了,杏秀仍旧若有所思。

静雨奇怪:"干吗呢?"

杏秀一本正经:"我在思考。"

"哎哟,你那个豆腐做的脑子什么时候有了思考的功能了?"

第六章
他的她的他

"我在想,这个老耿,跟小可依的关系,不一般呢!"

静雨原本就担心这两个人给弟弟难堪,此刻不由更是一脸担忧。

可依不知道林家人都在怀疑她跟耿家泰的关系,她按部就班继续上课,这天她正在琴行中给学生上课,学生是个小女孩,弹的是《梦中的婚礼》。

"老师,这个曲子叫什么来着?"

"《梦中的婚礼》,跟你说了多少次了?你是不是应该去测下记忆力?是不是有什么问题?你这孩子,问题总是特别多!"

"老师,你结婚了吗?"

"你话怎么这么多?"

"老师,我就想多了解了解你。"

"我没结婚,不过我有个很帅很帅的未婚夫。"

"我喜欢帅哥耶!"

"好好弹琴,喜欢什么帅哥呀!小小年纪,玩物丧志!"

可依哈欠连天、没精打采,忽然她看到门口有人,她以为是学生家长,于是急忙打起精神装模作样。

可依小声地:"快看看,是不是你妈?"

小女孩看了一眼:"不是,是个帅哥耶!"

可依急忙再偷瞄,却发现那人正是笑眯眯的耿家泰,可依立刻恢复了懒洋洋的样子。小女孩在教室中练琴,可依则跑出来与耿家泰打招呼。

耿家泰关心道:"新工作怎么样?"

"凑合吧。对了,老耿,你不要总来我工作的地方啊。"

"我在附近见客户,看看你是否有空一起吃饭。"

"没空啊,这种事打个电话就好了。"

"过来的话,可以见你一眼。"

可依有些不自然:"别说这些了,再说这些以后连朋友都没的做了。你快走吧,等下思宽就来接我,他好像有点在意我跟你接触,还是别惹他了。"

"他嫉妒,他知道我是有机会的,对吗?"

"啥?"

这时可依的学生探头探脑地在教室窗户上看他们,可依急忙挥别耿家泰。

"我得回去上课了,免得跟上次似的,被学生家长投诉到媒体。你说媒体怎么回事?这世界有那么多的不平事,什么贪官奸商的一坨又一坨,为什么你们非得跟我一个小老师过不去？"

可依急匆匆进门去了，耿家泰却还在看着她的背影。

教室里，小女孩立刻表达了羡慕。

"老师，他好帅啊。"

"早审美疲劳了！赶紧弹琴！"

耿家泰确实很帅，可依忍不住回头看了一眼，他却仍看着自己，可依急忙转回头来。她不想惹思宽生气，尽管心里头却想再看看那个另一个他。

而在思宽工作地方的地下停车场里，他正在发动他的手动挡小破车，他表情很焦急，发动机轰隆隆的响。夏天也下班了，经过他的停车位。

"轰这么大声油门干吗？你现在这表情，跟动画片里那个只会干着急的极速蜗牛一模一样。别轰了，再轰也轰不成法拉利！"

"别逗我了，我急着去接可依，她马上下课了。"

"你急什么？她还能跑了？"

"别瞎说！可依可是个好姑娘！"

"我什么也没说呀，人说怕什么来什么，你这么紧张，难道可依有状况？"

思宽尴尬了："哈哈哈，你真会说笑话！回头见！"

思宽总算发动了破车，急匆匆地走了。夏天不由若有所思。她想下手，然而那失了尊严。她很纠结，但是又能怎么办呢，老天爷给她安排好了一切，却只是忘记了姻缘，她不能奢求太多，这是做人的本分。

思宽终于赶到乐琴行外，他在门口等可依，可依奔了出来，却又奔了进去。

"等我一会儿，忘带手机了！"

思宽兀自苦等，正好有个学生家长带着孩子出来了。那正是跟可依上钢琴课的小女孩，她很八卦的样子。

"你也在追求我老师呀？可我老师已经有个好帅好帅的未婚夫了。"

思宽奇怪地："你见过你老师的未婚夫吗？"

"见过呀，就是那个什么老耿！虽然我老师说她已经对未婚夫审美疲劳了，但是他们两个真的很般配，虽然你也不错，但凡事总有个先来后到吧？你就别惦记我老师了！叔叔，天涯何处无芳草！"

思宽愣在当场。小女孩已经被妈妈带走了。小女孩误会了耿家泰是可依的未婚夫而已，思宽却觉得可依真的对自己审美疲劳了。

过了两天，可依晚上下班回了思宽的家，客厅中却一片漆黑，可依正在诧异，

第六章
他的 她的 他

忽然有人点燃了蜡烛,原来思宽准备了烛光晚餐。

"哟呵,你想干吗?你不是在加班才对吗?几乎每天都是我等你下班,今天你居然先回来了?无事献殷勤,准没安好心!快说!你这是安的什么心?"

"咱们在一起这么多年了,我怕你对我审美疲劳,所以就玩个小小的浪漫!我给大姐和杏秀买了电影票,早早就把她们处理好了。"

"切,你没听人说,小夫妻打架,床头打床尾和吗?有床就行了,烛光晚餐没用!"

"主人你太不懂情趣了,来来来,奴才给你斟上酒,三两杯下肚,咱们掏心掏肺地诉诉衷肠,你就能明白奴才对你的心了。"

可依撇撇嘴:"你直接把心剖出来给我看吧,我看你中间的肠子干吗?哪来这么好的红酒?"

"你家钟叔叔给我的,他说他不能再喝酒了,他说什么,嗯,对,喝了酒容易冲动。"

"一把岁数了,冲动了又能怎样?难不成还酒后失身啊?"

可依坐在桌前,喝起了红酒。

"两口酒下肚,愈发觉得你这家伙美色诱人呢!"

"奴才只怕,有朝一日,你对奴才——审美疲劳。"

可依抚摸着思宽的脸蛋:哈哈哈,不会的,你的美色嘛,暂时还是很新鲜的,放心吧。

很快,可依搀扶着晕乎乎的思宽进了卧室。

"你这家伙才喝了两杯,怎么就醉得好像拍《红高粱》似的?"

"我是——酒不醉人——人自醉!"

可依把思宽放倒在床上,可依想离开,思宽却抱住了可依。

"干吗?"

"怕你离开我。"

"要是想离开你,我早就离开了,难道你以为我钟可依没人追吗?我虽然没胸没屁股,但是这两年那些同性恋设计师就喜欢我这样的模特,所以现在流行中性美,其实我可是很抢手的,你可别小瞧我!"

思宽闻言更是紧紧抱住了可依,可依本来不耐烦,忽然眼珠一转,于是她给了思宽回应,两人拥在了一起,他们互相轻啄脸颊,春光渐渐旖旎起来。

这一夜良辰美景无限。

那一天醒过来,他们都有些不好意思,他紧紧抱住她,但是却没多说什么,因为也实在不好说什么,看着对方,就足够了。思宽很抱歉,不过也没卵用,但他觉得这是个错误,他决定坚持到结婚后再继续。可依觉得他自欺欺人,不过对她来说,暂时也没什么需求。师太笑话他俩,但可依不着急,她觉得很快就要买房结婚独立了,不用急。

可依很努力工作,这天下班去了思宽家,却赫然发现耿家泰正坐在餐桌旁给杏秀补习英语,而静雨正在厨房忙碌。

耿家泰笑着打招呼:"可依你回来了,我今天刚好有时间,所以顺便过来帮杏秀补习英语。"

"什么情况?静雨是女博士,有必要请你给杏秀补习英语吗?"

"静雨给我补习一个小时,我得跟她吵架吵六十分钟,她就知道指责恐吓!而这位帅爆了的耿老师,却崇尚天性自然,他懂得顺着我的性子教我学习,比如,Suck是骂人的话,而Sock是袜子,Suck第二个字母是U,就是你的意思,Suck you自然是骂你娘的意思,而Sock第二个字母是O,就是个圈圈,袜子不就是个两个圈圈吗?你看,这崇尚自然的教育方法多适合我,让我一下子就记住了两个单词。"

可依听得哭笑不得。这时静雨从厨房探身出来。

静雨:"可依回来了呀!今天思宽加班,就咱们四个吃晚饭,洗洗手,准备开动吧。"

可依颇有深意地看着静雨和耿家泰:"难不成我们家要有喜事临门了?"

这时候思宽却回来了。他进门看到耿家泰,不由大为吃惊。

"你来干吗?"

静雨劝解:"思宽,你怎么这么无礼?家泰是可依的朋友,也是我的朋友,更是杏秀的良师益友。"

思宽却打开了门:我们家不欢迎你!耿先生,请回吧!

"我自问没做错什么,不至于受到如此冷遇!"

"那你电脑里的照片是怎么回事——",思宽自知语失,急忙转移话题:"你是不是偷拍了可依的照片?"

耿家泰怀疑地:"只是——想拍张照当作来电显示提醒照片,我——那时候刚认识可依,我怕对不上她的名字和长相。"

静雨有些生气:"思宽,你这样太不对了,你怎么能这样对待客人?"

可依更气:"思宽,你怎么能这样不给我朋友面子?"

思宽不依不饶:"你们不必多说,耿先生,人与人之间交朋友要讲究缘分。"

第六章
他的她的他

耿家泰不卑不亢:"这也是我常说的。"

思宽冷冷地:"我和你就是没缘分。你就算勉强,那也很没意思。"

耿家泰见状,只好起身离开:"既然如此,那我告辞了。可依、静雨、杏秀,咱们有缘再见。"

两个西装革履的男人擦肩而过,两人明里暗里都在比较,他们故意挺胸抬头,试图压下对方的气势,他们恶狠狠地四目对视,表情中都带着敌意。此时似乎只适合碟中谍的配乐了。耿家泰离开了,思宽重重地关上了门。

三个女人面面相觑,她们第一次见到思宽用这样的强硬态度待人,都很是惊愕。

杏秀惊呼:"我从没见过我大侄子这么男人哎!"

"虚长你快二十岁,姐也没见过。"

可依却不爽了:"思宽你有必要吗?你不知道对大姐来说,遇到一个外形、年龄、工作、谈吐、为人处事都合适的单身男人,比养一只恐龙当宠物还难吗?你不知道你这一闹,闹走了大姐的好姻缘吗?你不知道刚才老耿和大姐眉来眼去的,就差拜天地了吗?"

静雨有点尴尬:"这个,这个,绝对没有,可依你看走眼了。"

"不可能!老耿跟大姐就是绝配——"

思宽据理力争:"我——我是为了大姐好,我让朋友打听过了,耿家泰的风评根本就不好,他喜欢换衣服,更喜欢换女朋友,他换女朋友就像换衣服,对待女朋友还不如对待衣服。我都是为了你们好。"

可依更加生气:"你什么朋友跟你说的呀?不就是那个嫁不出去的夏天嘛!她要是认识好男人,至于得打你主意吗?你甭说什么都是为了我们好,什么是好什么是坏,我和大姐自己知道,我们能分清谁是好人谁是坏人!我告诉你,我就认准老耿这个姐夫了!思宽,你要是不跟老耿道歉,我跟你没完!"

可依雄赳赳起气昂昂地走了。

静雨很是尴尬:"思宽,我跟家泰,绝对什么事情都没有。"

杏秀很奇怪:"不可能,你最近活脱脱一副失恋相,跟电视剧里演的一点都不差,就好像那个什么若曦离不开四五六七八九阿哥似的!你准是——恋爱了!不是跟老耿,你还能跟谁爱上?难道是——"

静雨急忙打岔:"别胡说!我忙工作都快忙死了。"忽然静雨干呕了一声。

杏秀更惊讶了:"大姐,难道你有了?"

静雨不由一愣,她也吓坏了。

第二天，静雨去了医院天台见钟亦仁。

"静雨，你约我见面有什么事？"

"有些事我一定得告诉你，我一直不敢见你，是怕控制不住自己的情绪，我想如果我们在你工作的地方见面的话，可能更适合我们现在的情况，在这儿谈话有助于我们保持距离。"

"好的。"

他们四目相视，却不约而同地想起了他们共度的那个夜晚。一时间他们意乱情迷，他们再次接吻了。半晌，静雨终于清醒过来，她还是什么也没敢说，她慌乱地跑出去。而钟亦仁仍旧陶醉其中。

原本说好来谈怀孕的事情，却又成了这个样子，事情真的是越来越混乱了。

可依并不知道老爸的浪漫事，这时候，她正在给上次认错了耿家泰的小女孩上课，思宽探头探脑地在门口出现了，可依看见思宽，急忙奔了出来。

"你来干吗？我不是跟你说了吗？你不跟老耿道歉就别来烦我。"

"可依，求你了，我要是跟他道歉我也太没面子了。道歉事小，失节事大！"

"甭扯这些没用的，你要是不听我的，我可——我可——回娘家了！"

"反正回去还得回来。"

"好你个林思宽，你吃定我了是不是？我告诉你，我跟你没完！"

"没完最好了，我就想跟你没完。"

"好你个思宽，你这个嘴巴是越来越贫了，你——"

忽然有个中年女人来到他们旁边。那是可依公司的经理。

"钟可依，你怎么又溜出来闲扯？试用期还没过，我已经抓到你四五次了！"

"吴总，真对不起。"

"不用对不起我，是我对不起你，钟老师，我们这个小公司，养不起你这样的大小姐，请您另谋高就吧！"

"这话怎么这么耳熟？"

"等会儿去财务那儿把工资结了，咱们好聚好散,祝你未来找到一个闲得发霉、赚得巨多、同事勤快、领导眼瞎的工作，只有那样的工作才适合您这个大小姐。"

吴总走了，可依对思宽充满怨气："都怪你！"

"我只跟你闲聊过这一次，不能怪我。最多怪我四分之一。"

"怪你怪你就怪你！"可依非常生气。

回家的路上，思宽开着车，可依看着窗外，两人各有各的惆怅事。

第六章
他的她的他

"可依——"

"闭嘴!"

"我只是担心你——"

"我不想听。"

"我觉得耿家泰在骗你。我听人家说,他这个人道德水平不行,有过好几次勾引良家妇女的不良记录。就算谈恋爱也总是主动分手,分手时还号称自己单身主义、不婚主义,说什么不想耽误别人结婚的机会。我看就是以单身主义之名,行欺骗良家妇女之实!"

"人家人家,不就是你的夏天跟你说的吗?她怎么说话那么难听?什么道德水平不行?老耿哪儿不好了?因为整天穿得油头粉面的,所以他这个人外表确实跟普通人有距离感,但是你跟他相处下来,肯定会有那种什么木什么光的感觉!暮光之城?木头发光,好像不是!"

"如沐春光!"

"对,就是如沐春光。不信你问你大姐,要不你问杏秀。"

"好他个耿家泰!居然把我全家的女人都哄得服服帖帖!是可忍,孰不可忍!我跟他拼了!"

"你跟他拼什么啊?两个都是小鸡身材,你们拼胸肌吧,比谁更小,说实话,胜负还确实不一定呢!"

"你偏心!没理由我胸肌比他小。他岁数比我大不少呢,胸肌都萎缩了吧?"

"要不我看看去?"

"你想气死我不是?"

"就是想气死你!"

可依不再理思宽,思宽很无奈,却无计可施。

但是耿家泰在他们家无孔不入。这天,静雨正在电脑前工作,却忍不住不停干呕,让她很是惊恐。这时杏秀推门进来了。

"你是不是有了?孩子爹是谁?"

静雨做作地:"哈哈哈,别开玩笑。"

杏秀坐在静雨旁边:"你别装了,电视里都是这么演的。他是不是有夫之妇?"

"不是不是不是,但是,我不是他最重要的人。"

"那你得主动争取啊!"

"我不会。"静雨却心动了,她以为自己怀孕了,在这样的情况下,她是不是有理由去争取钟亦仁了呢?

"我教你啊!你最缺什么你知不知道?情趣啊!"

静雨一脸茫然,忍不住又干呕了一声。

"几个月了?"

静雨尴尬地:"怎么可能?我又不是圣母玛利亚!"

杏秀:"少骗我这无知少女了!不可能是耿家泰啊,你不会喜欢那种人。我喜欢的人,你一定不可能喜欢的。"

"你不能喜欢他啊,一点也不相配。"

杏秀敷衍着:"哦,哦。"

杏秀喜欢耿家泰,她喜欢五岳、耿家泰这样事业有成的男人,不是因为钱,而是因为生活的优裕,他们会有种气定神闲、一切尽在掌握中的气度,不像思宽那样,总是有种惶恐不安,但杏秀不知道,那只是因为他还年轻。

杏秀悄悄跟耿家泰有着联系,这天林大风如平时一样在杏秀窗下徘徊,他想她,可她不太在乎他。他没有办法,忽然他看见杏秀跑了出来,林大风表情紧张,只好藏在了暗处。这时一辆车中走下来一个男人,那人正是耿家泰,他递给杏秀一摞英语书。从林大风的角度看去,耿家泰与杏秀相谈甚欢,林大风看得一脸纠结。

林大风不想再看了,他蹲在墙角,苦闷地面壁。忽然他感到身边有人,不由本能地跳了起来,扭住了来人的胳膊,来人却是耿家泰。

耿家泰挣扎着:"别!别!别!别!别这样!我不是坏人。"

"你想干吗?"

"我看你在杏秀窗下徘徊很久了,我也看到你一见到杏秀出来就躲了起来,杏秀跟我说过你,你是不是叫林大风?你还爬进过她家窗户?"

这时候已经回去的杏秀从楼上窗口看见了林大风和耿家泰,她急忙出门来。而这边林大风犹豫地放开了耿家泰,耿家泰又使用上了招牌动作,递上了他的名片。

"大风,你好,这是我的名片。"

林大风接过了名片:"真是赶不尽杀不绝啊!"

"什么赶不尽杀不绝?"

"杏秀身边的男人。"

"你误会了,我喜欢的人是她家的可依。"

"那你不是挖墙脚?"

"结了婚的还能离婚,何况可依还没结婚,我是不会放弃的。"

耿家泰并不知道,杏秀已经走了过来,她这时听到了耿家泰的话,杏秀急忙

第六章
他 的 她 的 他

缩在暗处。她明白耿家泰确实喜欢自己的侄媳妇。

林大风警惕地看着耿家泰："你这样很不道德！你离可依姐跟杏秀远点！"

"辈分有点乱啊。你放心，我和杏秀只是忘年之交，我不忍见她被家人逼迫，学习那些自己不喜欢的东西，所以才尽可能地帮助她。我也可以帮助你，你有什么需要帮忙的，可以跟我说，我知道，你是一个跟着叔叔进城打工的青年瓦工，其实我有个同事正想围绕你这样的年轻人做一期专题报道，内容将会关于你们的所思所想、人生经历、未来理想——"

"啥理想哟！讲笑话呢你？"

"你要是现在不愿意跟我谈，我可以等，或者我们可以慢慢地相互了解，等到熟悉以后再谈。"

"算了吧，万一谈出感情来就不好了。我走了，再见。"

林大风快步离开了，耿家泰讨个没趣，只好也离开了。藏在暗处偷听的杏秀却陷入了沉思。她琢磨着如何告诉静雨此事，原来耿家泰真的在计划着挖思宽墙角啊。

不过杏秀首先要做的是鼓励静雨去争取心上人。静雨都快为爱情抑郁了，谁都能看出来，只有她自己还在装模作样。

卧室里，静雨穿着兔女郎的性感服装，她头上还带着兔耳朵，衣着清凉，显得她身材纤瘦、分外动人。可她表情十分忐忑不安。而杏秀正在旁边整理一个很大的纸箱子。

"杏秀，这就是你教我的主动争取自己的幸福？这样是不是太前卫了？"

"千金难买老来俏嘛！"

静雨很是无奈。

"行了，你可以钻到这个箱子里了，我约好的快递员马上就要到了，我给了他小费，保证把你送到我那未来侄女婿家门口。你们俩就等着上演一出罗密欧与朱丽叶吧！泰坦尼克里面的杰克和露丝也可以，不过千万别演掉进水里那一幕，要演就演躲在仓库的汽车里那一幕吧，儿童不宜，不说了，嘿嘿嘿。"

"我还没想好跟他的关系。"

"你想他不？"

静雨点点头。

"很想很想？"

静雨更是连连点头。

"电视里说了，今朝有酒今朝醉，你想那么多干吗？快点快点，他看到你这样肯定晕了，肯定把你放在心中第一位，其他什么亲情友情爱情基情奸情，肯定就都成了浮云了！你赶紧把他搞定，要不然我大侄孙子就没爹了！"

杏秀摸摸静雨的肚子，而静雨表情纠结地被杏秀塞进了纸箱。

"他最近回了自己家，不住在别墅那里了，地址没错吧。"

"没错没错，艾玛，还有两套房。不错。"

很快，钟亦仁在自己家门口接收快递，他很奇怪地看着已经被快递员送到门口的箱子，但还是签收下来。

"在楼下等您半天了，您不回来我不敢走啊！"

"知道这是从哪儿寄来的吗？"

"没注意，可能是有人给您的惊喜吧！"

"没封箱啊？"

"怕憋着——"

快递员自知语失，急忙闭嘴，钟亦仁一副不知所以的表情。快递员匆匆离开了。箱子里的静雨已经憋得快要晕过去。她听到钟亦仁走近了箱子，不由大为紧张。就在此时静雨听见了另一个人的脚步声。

"你怎么来了？"

"我怎么就不能来？"那是梅秋灵的声音。

来人正是梅秋灵，她一副气势汹汹、理直气壮的表情。

真是不巧啊。

"我就来看看，你是不是又搞出了什么瑾仪什么仪紧什么女朋友什么男朋友的？你多大岁数了，你怎么就好意思的？"

"我实在受不了你了，咱们离婚时就说好了，从此各走各路，各顾各人，前尘往事，只当是黄粱旧梦。过往云烟，也都是明日黄花。"

"谁跟你说好了？我早忘了当时怎么说的了！"

"那你到底是什么意思？你是要复婚？还是要求和？"

"你——你想得美！我就是——就是不想让你过得太自在了！我得监督着你！"

"你——你——你真是不可理喻！"

钟亦仁甩手走了，留下梅秋灵一个人在门外对着大箱子无言以对。梅秋灵很难过，她打通了可依电话："可依，我不知道我怎么了，我又跟你爸吵架了，嗯，嗯，我不是故意的，我其实是想过来跟他商量下给你买房子的事情，嗯，嗯，我也不知道怎么了，一见到他就忍不住数落他。我——我不想这样啊！可依，也许古人

第六章

他的她的他

说的真没错,嗯,嗯,就是——破镜难圆啊!"

梅秋灵忍不住抽泣起来。

箱子里的静雨已经憋得快要昏过去。

梅秋灵自怨自艾:"我这是怎么了?哎!"

梅秋灵一时赌气,重重地踢了地上的箱子几脚。箱子里的静雨被踢得差点叫出声来。梅秋灵终于发现了端倪,她停住哭声,悄悄靠近纸箱。箱子里的静雨不由屏气凝神、等待时机。就在梅秋灵把头靠近箱子的那一刻,静雨猛地窜了出来。梅秋灵一不留神竟然被撞晕了。静雨迅速溜走了,晕乎乎的梅秋灵只看到了 穿着兔女郎服装的一个模糊背影。

杏秀接回了静雨,思宽家中客厅,杏秀鬼鬼祟祟地推开门从外面进来,静雨跟在她后面,披着一件风衣迅速溜进了自己卧室。可依正好也进门,不由感到很是奇怪。

"大姐,你风衣里面是不是没穿衣服啊?楼下老远就看见你了,今天周末休息,你跑哪儿风流快活去了?难道是——跟老耿约会去了?"

静雨尴尬地:"瞎说什么呢?可依你眼神不行呀,你得去配个眼镜。"

"小可依,你老花眼了吧?"

可依被杏秀气得一脸无奈,静雨已经溜进了自己房间。杏秀也跟了过去。静雨紧张地关上了房门,仍旧惊魂未定。

"怎么样?"

"差点出人命!"

"你说说你们两个老人家,怎么就不悠着点?你们以为你们十八啊?有些活动已经不适合你们了!你们不能玩杂技呀,电影里那都是骗人的,听说要是学《色戒》里面的姿势,非得骨折了不可!你们两个老人家,就玩点传统的吧!"

"没法跟你解释。"

"算了算了,闺房秘事我就不多问了。可我突然想到个事情,那天我亲耳听到老耿跟别人说,他喜欢小可依,而且看上去他有足够的把握打败我亲爱的思宽!我看小可依也挺喜欢他,你说咱们该怎么办?"

静雨不由皱紧了眉头。

可依在思宽家等他下班一直到了夜里，她正平躺在床上高举着iPad看美剧，傻呵呵地笑得没心没肺。这时候思宽进来了，他似乎有心事。

"加班到现在啊？一直在等你。"

"可依，大姐说，杏秀亲耳听到耿家泰说他喜欢你，他还说他有足够的把握打败我。"

可依忽然怒了："林思宽，你有完没完？她们俩有完没完？"

"跟他们没关系，是我自己，我很生气，不是生你的气，我气我自己，为什么控制不住自己的嫉妒和怒意？"

可依看着思宽："我曾经以为我永远不会离开你，因为只是想想我的世界没有你，我的心就会疼得要死，可是现在你就在我面前，我却突然明白了，什么叫做——那个什么一只尺外就是什么天涯。"

思宽难过地看着可依，不知该说什么。而可依摔了iPad走了，她再也不想理他。

人们都以为嫉妒是一种恶毒的情绪，其实，嫉妒只不过是一个人对另一个人，最大的认可。而吃醋，也许只不过是一个人对另一个人，最刻骨的爱。

宗

第七章

到处都是难伺候的老祖宗

　　静雨新找的工作是投资公司分析师，她有着很好的教育背景，但是急于拿薪水尽快稳定下来，所以实际上这个职位低于她的履历，另外她的数学基础很好，也因此她很胜任这份工作，以至于她的上级的上级Luke反而喜欢直接跟她交流，这也导致她的上级万美华有些郁闷，并且感受到了危机。万美华表面上没有任何表示，但她是个很假的女人，凭借这个本事在这世界上立足，也足以对付静雨这种大白兔。当然大白兔甚至还没有感觉到这是个危机。

　　静雨回到家中，路过思宽房间，可以看见可依正在打电话。静雨与可依微笑打招呼。可依看见静雨，也报以皮笑肉不笑，然后站起来关上了房门。静雨一脸怀疑，她很不安，忍不住贴在房门上偷听，当然什么也听不到。这时静雨又干呕了一下，她更纠结了。

　　可依正跟思宽冷战，当然对静雨没有好脸色，但是她不想告诉自己老妈，真是进退两难，这个节骨眼上，闺蜜师太不但不出好主意，还建议她用老耿刺激思宽，分清孰轻孰重，让思宽尽快跟家里人划清界限。而杏秀跟静雨并不知道可依对她们的看法如此深，但是静雨真的很担心可依跟耿家泰的关系，不过她完全无奈，她想帮忙买房，可是弟弟根本不接受，眼看着准弟媳就要被撬走，于是在杏秀的忽悠下决定搬出老祖宗救驾。

　　老祖宗就是传说中的林奶奶。她闺名婉儿，年方八十，外形和善，笑容甜美。她跟爷爷赵齐家一生幸福，哪里知道小辈的痛苦，二老到了思宽家以后，就一直在发狗粮不时互相喂饭，林家思宽、静雨、杏秀早已习惯，他们埋头吃饭，只有可依好似五雷轰顶一般看着林爷爷和林奶奶秀甜蜜。

111

"可依，你工作那么忙，还记得邀请我们两个老头老太太到城里来住住。谢谢你！"

可依尴尬地："奶奶你太客气了，您二老也让我长了不少见识。"

林奶奶笑对："你别担心，我们就住几天。"

可依皮笑肉不笑："哎呀，好不容易来一次，多住一阵子吧。"

"其实确实打算多住一阵子。"

"什么？"

"你别担心，小雨说，她已经看好房子了，过几天她就带着杏秀搬出去，到时候我和你爷爷就会搬到她们那儿去住。"

其实这也是静雨下定决心接来爷爷奶奶对原因，她能独立养活老人家和杏秀，决定不再麻烦弟弟。

可依皮笑肉不笑："呵呵呵，她们说搬出去这事也说了一阵子了，终于成真了。真不容易！这效率，跟英国人修高铁的速度有一拼，跟咱们国情不太适合嘛！咱们中国人，还是要讲究速战速决！争取十年赶上外国人一百年，时间不等人呢！"

"但是我有个担心——"林奶奶突然大惊失色："哎呀！你怎么这么不小心？"

可依一脸担忧，不知发生了什么事情。只见林奶奶温柔地擦去林爷爷不小心沾到脸上的饭粒，然后放进了自己嘴里。

"不要浪费。粒粒皆辛苦，农民不容易。"

"婉儿你真好。不光对我好，对所有人都好。"

可依被爷爷奶奶的温存惊得瞠目结舌。

"那个，嗯，奶奶啊，你和爷爷感情真好。"

"可依，你可真会看，这你都能看出来。"

"我瞎啊？我看不出来？不对，我就是瞎了我都能看出来！您二老这感情太浓郁了！闻都能闻出来！"

"这就叫缘分，我和你爷爷，因为媒妁之言、父母之命，十八岁那年认识了对方，从那时起，我们就从没分开过。你们年轻人也不能太过心急，你们要珍惜，不能过于求成，不然你们体会不到人间真情的美好。"

"什么叫急于求成？"

"这次来我和你爷爷住静雨的房间，静雨杏秀住杏秀的房间，可依住自己的房间，思宽住客厅，没错吧？不过我听说以前可依你自己住一个房间，静雨、杏秀各住一个房间，思宽住客厅？"

静雨帮忙掩饰："没错！"

第七章
到处都是难伺候的老祖宗

可依却有些不好意思,毕竟已经暗度了陈仓:"哦,哦,我不常来,偶尔来,来了思宽就睡客厅。"

林奶奶自说自话:"这很好,我刚才想说我担心的就是这件事。只有这样保持距离,你们在结婚那天,才能体会到什么叫做金风玉露一相逢,便胜却人间无数,才能体会到什么叫良辰美景奈何天,赏心乐事谁家院,才能体会——"

可依略带讽刺地:"奶奶您懂真多!您是博士啊?"

"多看中央台,胜过读博士。再说了,奶奶小时候念过私塾,那就相当于你们现在的大学毕业生,搞不好比他们认的字还多!世风日下啊!"

林爷爷帮腔道:"我们老林家想当年娶个媳妇都是十里八乡最有文化的!我们老林家当年那也是地主豪门——"

可依仍旧略带讽刺:"那是!想当年嘛!那是多少年前啊?爷爷,您家还是豪门?我这个媳妇怎么一点都不知道?"

林奶奶有些不满意:"可依,你随便打断长辈说话,这个习惯可不好,不过咱们可以慢慢改,人生坎坷路漫漫,幸好奶奶来相伴。"

可依不爽了,于是瞪着思宽:"思宽,思宽,思宽。"

思宽装傻:"说什么呢?说什么呢?奶奶做菜太好吃了,我光顾着吃了,都没听见你们说什么。"

杏秀搭话:"我妈说,你们俩要饿到半死,才能明白什么叫做吃饱的幸福!话说回来,我妈说,小可依你岁数挺大了,饿坏了可就不好了!说到饿,谁能有我懂,哎!"

杏秀用筷子戳着眼前的蔬菜沙拉,一副吃不下去的样子。

"杏秀,吃点肉,不吃肉会变笨。"

"这两天又胖了,正在减肥,减下去再吃。"

"什么毛病!你得养成好习惯,你这样折腾下去,早晚有一点变成腰和屁股一样大的胖子,就像你妈现在一样,从远处看,她根本就是个会走路的水缸!"

林奶奶很瘦,可依听到她这样说不由得一愣,她打量着奶奶的腰和屁股,奶奶明明很瘦,可依很纳闷,杏秀也是一愣。

"妈你胡说什么?我不想听。"

林奶奶却忽然很严厉:"刚才咱们说到哪了?对了,说到可依,你不要忘记了女人的本分,要多学学做家务,既能减肥,还能锻炼身体,更能感受生活的乐趣。"又转头对着静雨、杏秀,表情很温柔:"静雨,你要多注意休息,你看你都累得这么瘦了,杏秀,你也是,你看你瘦的,胸都小了。看看可依,小了可不好看。"

可依很奇怪地看着奶奶，不知发生了什么。林爷爷拍了拍林奶奶的头，一脸心疼的表情："婉儿婉儿，我在这儿呢，别害怕。"

林奶奶好像明白过来，她有点难过担心的表情："我又发病了？齐家，我好害怕。"

静雨很担忧："奶奶的病还不见好？一直坚持吃药吗？"

林爷爷严厉地对静雨："老年痴呆症怎么可能好？"

林爷爷转身温柔地对林奶奶："婉儿，你的病情还很轻微，大部分时间你不是都很清醒吗？婉儿，你别害怕，就算你都忘了，我还帮你记得我们的一切。"

林奶奶很感动，而林家三姐弟也很动容。只有可依一副不可思议的表情，看着爷爷奶奶秀恩爱。

转天可依就跑去跟闺蜜师太吐槽你侬我侬的爷爷奶奶，她觉得她跟思宽之间的问题越来越多了，可是师太却又出了馊主意，让她一定要用老耿刺激思宽重视她。

另一边静雨却仍旧叮嘱弟弟买房一定要写他一个人的名字，因为静雨很担心可依会跟耿家泰跑了。毕竟首付都是姐姐出的，思宽不乐意但也不好当面拒绝，所以就一直拖着，房价就越来越离谱。思宽虚与委蛇应付姐姐，可是姐姐对耿家泰的担心也是他的担心。

可依这个二傻子却还打算故意用耿家泰刺激思宽，她假装打电话，表示谢谢老耿介绍给自己的工作，思宽一脸惊慌失措，可依不由很是得意。

不过耿家泰在林家人的生活中捣的乱可不止这些。他居然帮杏秀作了补习班的作业。杏秀得意地告诉了同学Rebecca，结果一转身Rebecca就跟教英语的女老师告密了。杏秀并不知道危险已经逼近了她。

而思宽家中，可依的日子也是岌岌可危。这一天吃饭后，餐桌上杯盘狼藉，一家人吃过饭，思宽、静雨习惯性地收拾碗筷，可依和杏秀两个小祖宗站起来扬长而去。

林奶奶严厉地看着可依："我不是跟你说了吗？女人要多做家务。"

"我在自己家里都不做家务！"

静雨劝架："可依，别顶撞奶奶！"

林奶奶不依不饶："我跟你说多少次了！男人最重要的是打拼事业养家糊口，女人最重要的是照顾好自己的男人和孩子。"

"我也是有事业的人！我很忙的！"

静雨奇怪地："可依，你最近不是失业吗？忙什么呢？"

第七章
到处都是难伺候的老祖宗

"我——我——我找到新工作了!"

静雨更奇怪了:"我听思宽说,不是新工作也没了吗?又找到新的了?这次可要坚持住啊!"

"我这次一定要坚持下去,我一定做出个人模狗样的给你们瞧瞧看!总之,我绝不是只会做家务、围着锅台转的女人!"

林奶奶很是不满:"可依你这么不听话,你这样怎么能做好我们林家的媳妇儿?"

"那杏秀怎么就能不做家务呢?"

杏秀已经瘫倒在沙发上看电视。

杏秀辩解:"小可依别扯上我呀,我是无辜的,我从来没针对过你呀!"

林奶奶一边说一边收拾碗筷。可是收拾完了却又把碗筷分开,她真的有些糊涂了:"说了又不听,听了又不信,信了又不做,你说这日子可怎么过?"

林爷爷抱住林奶奶,好声安慰起来:"婉儿乖,婉儿乖,做噩梦了,别当真。"

林奶奶渐渐清醒:"怎么了?怎么了?"

可依看着稀里糊涂的林奶奶,完全不知如何应付。

这天晚上,可依正在思宽卧室中弹钢琴,梅秋灵渐渐接受了女儿要嫁人的事实,买了一台新的钢琴送过来。思宽陶醉地站在一旁看着可依。

可依不太爽:"干吗?"

"亲,你好美!"

"美是有一点点美啦,但是本姑娘现在不接客!你边上待着去吧。"

"亲,我不出声,我就看着你。"

"看我干吗?"

"因为我想把你牢牢地印在我心里,就算我遗传了奶奶的老年痴呆症,我这辈子有过你,也是没有遗憾了。"

"林思宽,你也被奶奶的肉麻病毒传染了?"

"这叫遗传,不叫传染,还记得那个烛光晚餐的晚上吗?我做菜来你吃菜,我喝酒来你划拳,我晕倒来你瞎摸,我——"

思宽动情地靠近可依,一时间他们沉醉在对方的注视中。正情动间,忽然有人推门进来,正是林奶奶。思宽立刻恢复一本正经的神态,他装模作样地翻着可依放在钢琴上的谱子。

"可依啊,你这里应该这样弹。"

可依小声地:"谱子拿反了。"

思宽尴尬地:"五线谱这个东西真是有趣,正反看都差不多嘛!我走了,我

还有工作,你好好练琴。"

林奶奶很严肃:"思宽,没事别总往可依房间跑,影响不好!可依,我炖了鲫鱼汤给你喝,鲫鱼汤可是个好东西,下奶!"

思宽被赶走了,可依无奈:"奶奶,人家还没结婚呢。"

"人生,当未雨绸缪!"

可依拍马屁:"奶奶,你太有文化了!未雨愁谋?什么意思?没下雨就发愁怎么耍阴谋?"

"傻孩子,未雨绸缪就是下雨前准备好伞的意思!我这都是从新闻联播里面看来的,你们年轻人要多看新闻联播,有助于提高你们的文化素质!你看看杏秀,整天看《快乐大本营》,看得成了傻不拉叽的小傻子。我就纳闷了,哪里好笑了?几个奇形怪状的小年轻在那里跳来跳去的,一个瘦子,一个胖子,一个不说话的,一个娘娘们们,一个妖里妖气,拍《西游记》呢?"

可依讨好地:"奶奶您真是观察入微,看来一切都逃不过您的法眼!"

林奶奶忽然很悲伤:"那倒也不是,想当年,杏秀的妈妈就住在我家隔壁,我怎么就没发现,她竟然怀孕了!"

可依震惊了:"谁?"

林奶奶:"就是杏秀的妈妈啊,她不要杏秀了。"

可依认真地琢磨着:"杏秀的妈妈,不就是思宽的奶奶您吗?思宽不是您的孙子吗?好乱啊!"

林奶奶自说自话:"想当初,我怎么就一点也没发现,杏秀妈跟村里那个结了婚的龟孙子张剑军好上了,那个龟孙子除了长得好,哪有一丁点儿优点?长得好有什么用?二十年后还不都是脑满肠肥的胖子吗?杏秀妈怀孕那年才二十,她跟静雨一边大啊!她就是不肯好好学习,才会落个这样的下场,看看静雨,就是因为自己聪明,人又努力,才能有现在这样自尊自爱自强的生活。话说回来,都一样年纪,快四十了,杏秀妈虽现在嫁得也不好,但至少她还有杏秀,我的静雨,却是孤孤单单一个人,这人生,总是很难十全十美啊。"

可依大惊失色:"奶奶,您是说,杏秀不是您生的。"

"对啊,她是隔壁大姑娘生的,生了以后不敢养,自己妈又死得早,只好送给我,其实我们村里的人都知道。"

"原来杏秀跟思宽一点血缘关系都没有!"

林奶奶忽然表情一变:"我刚才跟你说什么了?我不记得了。"

可依一时之间不知如何面对此事。她无话可说,也不知道如何说,原本跟她

第七章
到处都是难伺候的老祖宗

无关,可是杏秀动不动就搂着思宽啃,一想到他们没有血缘关系,可依的心都碎了。

这天晚上为了观察敌情,可依留宿在此,客厅里,思宽戴着耳机坐在沙发上抱着笔记本工作,杏秀正在看电视剧傻笑。杏秀把两条长腿翘在思宽身上。思宽一副习以为常的表情。可依正从卧室门缝里偷窥着杏秀与思宽,可依很生气。

很快可依把思宽喊进了卧室,可依留宿在此,就是为了跟思宽发脾气,思宽一脸诚惶诚恐。

"你这个臭骗子!杏秀根本就不是你的姑姑!杏秀她妈未婚先孕生下了她!她妈根本不是你奶奶!杏秀根本就跟你没有血缘关系。"

"可依小点声,这又不是什么好事,老家很多人都知道,只是我们全家人,装作别人不知道。其实,我也不想告诉你的。"

"所以你就让我像个傻子一样,整天看着杏秀扑到你身上抱着你、亲着你、占着你?"

"你胡说什么呢?杏秀是我的姑姑,就算没有血缘关系,她也是我的亲人。"

"她不是你姑啊!你妹啊!"

"他也不是我妹!"

这时候杏秀就在思宽房门外,看电视的把这些争吵听得清清楚楚,又或者可依就是故意让杏秀听到了一切,杏秀愣了愣,走开了。

卧室里的思宽有点生气,这时林奶奶敲门。

"思宽,可依,你们俩吵架了?太晚了,可依要休息了,思宽你快出来。"

思宽答应了,回头还得小声相劝。

"可依,我出去了,别惹奶奶生气,她年龄大了,身体不好,求你了。"

善良的可依不好再说什么,任由思宽出去了,但是她看上去很伤心。她突然干呕了几声,不过并没有太在意。

另一个干呕的女人上班时间也在干呕,不过还是得拼命工作。她的上级万美华却仍旧找她麻烦。万美华强迫静雨在估值报告中补充同行业大型国企的收入数据分析,并在此基础上调整下她的数学模型。静雨觉得自己刚回国人脉不够,万美华仍旧强行布置这个任务。

她就是故意为难静雨,她还拜托在日本的朋友帮忙调查静雨是否是被原公司开除,不然怎么屈尊给自己做手下,她早就看出静雨的能力和经历都强于自己,但是很显然静雨匆忙就回国了,以至于国内的工作没有打点好,导致急需工资的她才接受了这份不是那么匹配她的工作,一般以静雨这样的资质和经历,不会轻

易变动工作，除非有猎头高薪挖人或者个人生活的变动。她一个大龄单身女青年能有什么变动呢？万美华怀疑静雨在个人生活上有所隐瞒，很可能是某种丑闻，如果能够毁掉她在日本的生活，那么也足以毁掉她现在的生活，万美华如果把她的分析能力用在工作上，也就不用这么费心排除异己了。

　　静雨被上司强行委派的工作折腾得头大，这一天还有个人也为了工作头大，那就是吹了牛的可依，她不是吹了牛这次一定要自力更生吗，可是她真的找不到工作，只好接受了耿家泰的帮助。耿家泰给可依介绍的学生叫做苏西菁儿，她是个身强力壮的10岁小女孩，此刻正在满地打滚，她的妈妈无奈地看着这一幕。可依看看苏西菁儿的粗胳膊粗腿，自认不如。

　　"算了算了，别强迫她了，咱俩加起来也打不过她，我走了。"

　　苏妈妈着急了："钟老师，你不能就这样放弃我的孩子啊！我已经给她换了五个老师了！我实在受不了了！钟老师，你不能放弃啊！"

　　可依已经走到门口，忽然想起了自己在林家人面前的豪言壮语，她下定了决心："我这次一定要坚持下去，我一定做出个人模狗样的给你们瞧瞧看！总之，我绝不是只会做家务、围着锅台转的女人！"

　　可依想到这里，还是下定决心坚持下去。这一天很辛苦，可依回家后，却仍是不舒坦。她和杏秀正在餐桌前等着开饭，林爷爷林奶奶正在厨房忙活。可依打量着杏秀，杏秀有点躲避可依的目光。

　　"小可依你怎么不去厨房帮忙？"

　　"你怎么不去帮忙？"

　　"咱俩又不是一个身份，你是小可依，我是你的长辈，你身为孙媳妇，要在太婆婆面前表现一下勤劳勇敢，我这个长辈，就把勤劳勇敢的机会让给你吧！就让我吃亏做个懒鬼来衬托你这个好媳妇吧！"

　　"哼，孙女？你不是隔壁大姑娘生的吗？"

　　杏秀闻言面色有变，忽然可依一阵干呕。

　　"小可依，你不会也怀孕了吧？"

　　这时候正好奶奶端着菜进来了，林奶奶听到了，不由一脸担忧。

　　可依掩饰着："胡说八道什么？我上哪怀孕去？难道我自产自销啊？什么叫也怀孕了？还有谁怀孕了？难道是——"

　　杏秀也掩饰着："我哪说也怀孕了？小可依你真是岁数大了，记忆力不行，听力也不行，哎，岁月催人老啊！"

　　林奶奶没听出什么端倪，满意地回厨房去了。可依和杏秀各怀鬼胎地看看彼

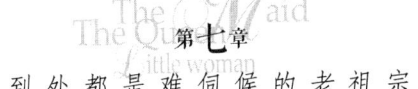

第七章
到处都是难伺候的老祖宗

此,她们都不相信对方。但是可依真的有些害怕,她对思宽有气不想跟他讨论这件事,于是隔天偷偷买了试纸,她在洗手间偷偷用试纸验孕,发现自己怀孕了,她不由大惊失色,忽然腹中一阵恶心,她顿时吐得天昏地暗。这时有人敲门,正是杏秀。

"小可依,你怎么了?你是不是吐了?"

可依拼命忍住恶心,强撑着喊出几个字:"我拉肚子,你要不要进来看看?"

"小可依你太客气了,好东西你还是自己留着吧。"

可依听着杏秀远去,终于忍不住继续干呕。

可依吐完了打电话给思宽,却无人接听,她只好愁眉苦脸地去上课,却不小心惹了小祖宗,小祖宗立刻想到了办法整治她。

"老师,我给你准备了一个礼物,感谢你对我的帮助,可是快递送到楼下小区门口的保安那里了,咱们一起去拿上来好吗?"

"客气什么?等会儿让你妈妈拿过来不行吗?"

"是我的心意,不是我妈的心意,要是她拿给你就显不出我这份礼物的珍贵了。"

可依觉得奇怪,却只好答应。

苏西菁儿家楼下入户门处,入户门是玻璃的,可以看见外面的小区,外面很清静,天色很不好。可依和苏西菁儿向门口走去,可依走在前面按下开门按钮后走了出去。就在可依出去的一瞬间,苏西菁儿关上了玻璃门。

可依大为吃惊:"你这是闹哪样呢?"

"我跟你闹着玩呀!"

"这有什么好玩的?你都多大了?搁在非洲你都能嫁人了。快点开门,你不是要去拿快递吗?"

"我骗你的,其实,我就想看看你被雨淋的样子。"

"哪来的雨呀?"

"天气预报里说今天有大到暴雨,就算不下雨,看看你着急的样子也挺好玩的。"

"我着什么急啊?"

"你钱包呢?你手机呢?你车钥匙呢?都在我家呢!我会给你吗?你猜?"

可依一愣:"你哪儿是祖国八九点钟太阳啊,你根本就是 731 黑太阳啊!"

就在这时忽然大雨滂沱,可依来不及躲,瞬间成了落汤鸡。

"可依老师,看来你上辈子没积德啊!哈哈,拜拜!"

苏西菁儿大笑着回去了。剩下可依望着天空目瞪口呆。雨越来越大,可依表情越来越难过,已经分不清她的脸上是泪水还是雨水。忽然有人在她头上撑起了一把伞。可依抬头看,那人却是耿家泰。看见他,可依却更觉得委屈,可依哭得更凶了。

"下雨了你怎么不知道躲呢?"

"你怎么来了?"

"我就是想来看看你上课上得怎么样?那个小孩的爸爸跟我是好朋友,我跟那个小孩接触过,真是个让人头疼的小屁孩,我担心你不适应,所以提前问了你上课的时间,特意过来看看你和那个小屁孩相处得怎么样!"

可依抽泣着:"她不是小屁孩,她是老妖精!"

忽然可依打了个喷嚏,唾沫溅了耿家泰一身。

"都怪你!介绍个这么恐怖的学生给我!她的功力都快赶上《咒怨》里的鬼小孩了!"

可依越说越气,一边说一边捶起了耿家泰。耿家泰哭笑不得,只好任由她泄愤,可依却喷嚏连连不断,狼狈不堪。

可依抽泣着:"好冷。我怎么这么倒霉啊!我上辈子作孽了我?"

耿家泰突然抱住了可依:"还冷吗?可依,别哭了,看到你哭,我好难受。"

可依愣住了。她却没有挣扎出他的怀抱,而是呜呜地哭起来。

大雨滂沱,耿家泰送了可依回去,她不想回自己家,因为一定会被老妈质问红肿的眼睛,而思宽家里,至少自己还可以耍脾气。耿家泰的汽车停在小区门口,可依走了下来,耿家泰急忙追下车来送伞。

可依哭得眼睛红肿:"你把伞给我你就没有了。"

耿家泰开玩笑:"拿着!没有你,我的心都没了,还要伞干吗?"

可依接过伞:"你别逗我玩了。"

耿家泰突然很严肃:"我没逗你玩。"

耿家泰忽然又抱住了可依,可依一愣,没有反抗。他们不知道,不远处的出租车中,有一个正惊诧地看着他们,那正是静雨。

而耿家泰抱着可依,他眼神中有很多不舍:"我不知道你还愿不愿意再见我,但我知道你现在过得很不开心,如果你想见我,我随时都可以陪着你。"

可依挣脱开他:"你对我这么好干吗?我都没对你好过。"

"我也说不清楚,刚认识你的时候,我也没想过会这样,也许这只是自然而然,也许就像电影里说的,世间所有的相遇,都是久别重逢。"

第七章
到处都是难伺候的老祖宗

"电影里的话你也信？电影里还说蜘蛛侠是被蜘蛛咬出来的超能力，绿灯侠点个灯笼就能上太空，变形金刚还靠伊利牛奶补充能量呢！"

耿家泰笑了："排比句说得这么溜，我看你是不难过了！快回去吧，外面冷。"

可依犹豫地走了，而耿家泰就站在雨中看着她远去。出租车中的静雨看着两人惜别的一幕，不由很是气愤。静雨非常纠结该怎么告诉弟弟这件事，她真的很害怕让弟弟伤心。

但是静雨还有很重要的事情要处理，她第二天得赶去医院检查自己干呕的问题。钟亦仁正在一间办公室门口等静雨，静雨远远看见他，立刻绽放笑容跑了过来。

"钟医生，谢谢你帮我找了那么多国企的收入数据，要是靠我自己，根本不可能搜集到这么多。我那个刁钻的上级也只好表示很满意，我上级的上级Luke就更满意了，因为他根本没指望我一个人就能把估值报告做得这么快这么好，平时都是一个部门里几个同事合作才能这么快完成。"

"静雨，你别客气，我也是拜托我弟弟帮忙的。最近身体还是不舒服啊？"

静雨有点害羞："嗯。一直不停干呕、头晕、恶心，各种症状齐全，验孕纸却显示没有怀孕。"

"可能怀孕时间太短，有时候验孕纸测不出来。"

静雨愈发害羞："嘘，小点声。"

钟亦仁小声地："我都安排好了，提前跟我一个大学同学打了招呼，她是妇产科大夫，咱们悄悄地去检查，不会有人发现的。"

这时候有个小护士路过，热情而崇拜地跟钟亦仁打招呼："哟，钟医生，您在妇产科这儿干吗呢？哟，这是您的女朋友呀？哟，您怎么这么不小心呀？还是都在您计划中？"

钟亦仁尴尬地："计划，计划。"

"恭喜您老来得子！您这是先上车后补票啊！您别跟我您连票都不打算补了？您可真是时尚啊！"

钟亦仁尴尬笑笑送小护士远去，静雨更是羞得不知如何是好。

"你放心，我会负责的！"

"钟医生——"

"叫我亦仁。"

"嗯，亦仁，我仔细想过了，也许这个孩子，是上天给我的旨意，他想让我忘记过去不好的一切，重新开始新的生活。我想和你在一起，即使我会伤害别人。虽然我觉得，那并不算是伤害，因为他们彼此既不合适，有些人也不懂得珍惜。

就算在一起，这世上也不过是添了对怨侣罢了。"

"我听不太懂。我未娶，你未嫁，我们怎么会伤害别人？"

"有一天你会懂的，到那时你不要怪我，求求你！就算是为了我们的孩子。"

静雨眼中含泪，钟亦仁于心不忍。

"不管发生了什么事，我保证，我绝不怪你。我一定要给我们的孩子一个完整的家庭，让他好好地成长，如果是男孩，我就教他打篮球，如果是女孩，就让我女儿教她弹钢琴。"

静雨表情怪怪的："嗯，我还是喜欢男孩。"

"好，那就生男孩，我们一定要好好地抚养他，让他做一个幸福快乐的孩子。"

静雨憧憬地点点头，他牵着她的手，两人都是一脸幸福的表情。

可事实并不是他们以为的那样，妇产科医生办公桌旁，中年女医生正在跟静雨和钟亦仁谈话。中年女医生姓傅，她是钟亦仁的大学同学。

"各项指标显示，你绝对没怀孕！"

"不可能，我已经恶心、干呕了好多天了。"

"有可能是你太想怀孕了，因此身体机能受到了影响。我可以理解，你们这个年纪，如果没有孩子，关系可能会不太稳定，但是老钟啊，人不能不向年纪投降，毕竟岁数到了，有些事情就别强求了。你不是有个女儿可依了吗？人生哪能十全十美？该是你的绝对跑不了，不该是你的，就是生个孩子也留不住啊！"

傅医生话有所指地看着静雨，静雨很不好意思。

钟亦仁尴尬地："老傅啊，毕业这么多年了，你说话还是读书那时候的风格，一天到晚的真心话大冒险。"

"老钟啊，我还不都是为了你好，看在老同学的份上我才跟你说真话，你要是真有了孩子，被你家老严知道了，她还能饶得了你？估计就算你们家可依未婚先孕，都比不上你这老蚌生珠让梅秋灵生气！哎哟不好意思，我没说你啊静雨，我说的是老钟这个老蚌！"

钟亦仁和静雨都对这个大嘴巴医生很无奈的表情。

傅医生很担忧："你们俩到底打算怎么面对梅秋灵呀？我看你们俩这恋爱谈得比七仙女和董永还难！"

钟亦仁和静雨面面相觑，都很为难的表情。

静雨回到家中，却无处倾诉愁肠，她和思宽晚饭后洗碗，杏秀正在看电视，可依没精打采地瘫在沙发上，爷爷奶奶正要出门。可依看两个老人家出门去了，悄悄来到厨房，示意思宽出来。思宽不知何事，于是跟着可依进了卧室，可依关

第七章
到处都是难伺候的老祖宗

上了房门。

"其实我根本就不想理你。可我没办法。"可依不由自主摸摸肚子。

"可依,你别生我气了,我都忘记咱们俩生过气了。"

"你忘了,我可没忘。"

"说真的,上次你是为什么生我气的?"

"为了你那个宝贝姑姑不是你亲姑姑。"

"哦,对了,你就别多想了,她是我奶奶收养的,但我百分之一万地当她是亲姑姑。"

就在这时候,思宽手机响了:"我去接个电话?可能是单位同事,可能有工作。"

"肯定是你那个夏天。"

思宽讨好地笑着跑出去了。可依从卧室门中,可以看见客厅中的思宽接通电话,忽然大惊失色,他说了几句,挂断了电话,对着沙发上懒成一团的杏秀吼了起来。

可依立刻提起三八兴致,急忙跑出来看热闹。思宽正厉声指责杏秀,杏秀不知所措的表情。

"你说说你怎么这么不争气!你知不知道我送你去学英语花了多少钱?你怎么就这么不上进?你知不知道我为了你还惹了可依跟我生气?"

"惹她生气怎么了?就她最金贵?就她是公主?就她惹不得?凭什么呀!"

可依有点莫名其妙:"这怎么跟我较上劲了?"

静雨闻声赶过来:"怎么了?"

"杏秀的英语老师打电话跟我告状,她说杏秀所有的作业都是一个姓耿的大爷帮忙做的!你说,那个姓耿的,是不是就是耿家泰?我告诉过你们多少遍,那个姓耿的不是好东西!你们说说,你们几个女人,是不是引狼入室?女流之辈,就只知道看表面功夫,那个姓耿的,根本就是以高帅富的身份,做欺世盗名的行为!我朋友早就说过,那个姓耿的,勾搭过不知多少良家妇女,你们几个怎么就这么不长心啊!"

可依一听耿家泰的名字,匆匆溜回了卧室,静雨注意到了这一幕。杏秀不知如何辩解,她一溜烟跑进了自己卧室,把房门锁了起来。

思宽怒了:"你有本事就一辈子躲在里面!"

这一团混乱后的夜里,一个小小的身影从思宽家的窗户里面爬了下来,她踩着邻居家放空调的小阳台和窗户栅栏,慢慢爬到了地面上。那正是背着行囊离家出走的杏秀。

公交站牌旁，寒风中杏秀背着书包瑟瑟发抖，有两个流氓路过，他们嘻嘻笑着，马上就要晃倒杏秀身边。这时候一辆汽车停在杏秀旁边，杏秀大喜，立刻跳上了车，车里面正是耿家泰。

杏秀怯生生地哀求耿家泰："耿大爷，求求你千万别告诉思宽跟静雨，你知道的，他们就像法西斯一样强迫我学习，我——我要民主，我要自由。求你了！你要是不帮我，我就死定了！"

耿家泰想了想："过了这晚再说吧，明天我好好跟你家里人谈谈，他们不应该这样对你。"

此刻林家已经是一锅粥。客厅里，林爷爷瘫倒在沙发上，而林奶奶满地乱转。而旁边的可依也是一副不舒服的样子。她不时干呕几声。

林奶奶很难过："静雨、思宽，快去找找杏秀，这么晚了，她一个女孩子，实在太危险了！快点去，别耽误了，奶奶要急死了。"

可依劝慰："奶奶，大姐和思宽早就出去找了。"

"是吗？老头子，你也快去找找看。"

林爷爷看上去很虚弱，他勉强爬起来。

可依劝道："爷爷，您千万别出去了，您要是出了什么事情可怎么办啊！"

林奶奶大怒："你什么意思？你是谁呀？你管得着我们林家的人吗？是呀，杏秀离家出走了你当然不心疼了，杏秀跟你有什么关系呀？"

可依也怒了："奶奶，你怎么能这么说话？"

"谁是你奶奶？我可不认识你是谁！你快点出去！出去！我们家不欢迎你！"

可依很生气："好好好，你们林家人，永远都把我当外人。杏秀根本就不是思宽的亲姑姑，可是你们所有人都瞒着我！"

林爷爷劝架："可依，你奶奶可能得老年痴呆症了，你别跟她计较！"

可依不依不饶："谁知道真的假的？整天借着犯病骂我！我怎么从来没见她骂过静雨杏秀思宽他们？爷爷，都是你把她惯的！你这就是助纣为虐！"

这时候静雨思宽推门进来，思宽听见可依跟爷爷奶奶吵架，不由大为生气。

"可依，你怎么能用这种语气跟爷爷说话？事情都这样了你还添乱！"

"你听清楚前因后果了吗？你怎么永远都偏向你们家人？你们家杏秀丢了关我什么事？"

静雨生气了："要不是你把耿家泰招引到我们家来，会发生这样的事吗？"

"老耿跟这事有什么关系？怎么又扯上他了？他又不是坏人！"

第七章
到处都是难伺候的老祖宗

静雨质问道:"你怎么这么维护他?你们俩到底什么关系?"

可依一愣,她心中纠结郁闷,腹中胎儿又让她备受折磨,她一阵呕心,干呕几声,什么都吐不出来,她非常难过的表情,忽然便昏倒在地。思宽大惊,急忙扑过去。

思宽急了:"快叫救护车!"

就在这时可依醒了过来,她又难受又气愤,跟跟跄跄爬起来冲进了卧室锁上了门。

思宽敲门:"咱们得去医院!"

思宽拼命敲门,自然无人应他。思宽悲伤异常。他敲了很久,她也不理他,思宽坐在可依房门外,他很难过。

"可依,别生我的气,求你了。难道过去的一切你都忘了吗?"

可依也靠着门坐在地板上,她一夜未眠,表情憔悴。天亮了。思宽仍旧瘫坐在可依房门外。

"可依,对不起。"

静雨不舍地看着思宽。

他们就要散了吧?是这样的,信任很难建立,也许需要患难与共的感情,也许需要山盟海誓的誓言,可摧毁信任却极其简单,只需要轻轻的一个——欺骗。

第八章

人之大欲

　　杏秀被耿家泰安排在了一个酒店里，这是一个标准间，杏秀躺在床上和衣而卧，耿家泰坐在旁边的沙发上闭着眼睛小睡，而杏秀牵着耿家泰的衣角。她是故意的，她期待发生点什么，但是她很害怕。可是他已经过了那样的年纪，他觉得自己要保护她，这个小女孩不懂未来的可怕与复杂，但是他懂。

　　而杏秀心中对耿家泰，却有无穷对幻想，错综复杂的男女关系，就是这样给了人们活下去的动力，饮食男女，人之大欲，剪不断、理还乱，因为，一个人一旦懂得了爱，她就会变成一个骗子。

　　昨天一整夜，可依都把自己锁在思宽的卧室里，她很想出去，但是又不想这样认输，她觉得她在思宽家里应该就是天才对，所有人都应该让着她，怎么可以为了杏秀的事来教训她呢？更何况她原本就没错。

　　一整夜过去，可依收拾好了自己留在思宽家的行李，把订婚戒指从手指上褪下来，放在了梳妆台上，她陷入思索。这时候她肚子饿得咕咕咕叫起来，声音很夸张。她想出去吃饭，但是那样不就是示弱了吗？但是可依仍旧舍不得思宽，又戴上了戒指。

　　可依心里很纠结，只好蜷缩在床上，她捂着肚子。

　　这时思宽敲门："可依，我和大姐出去找杏秀了，我把早餐放在门口了，求你了，吃点吧。"

　　就在这时候，可依却干呕起来，呕着呕着，可依哭了。她讨厌所有这一切，为什么她就不能只跟思宽好好地生活呢？为什么这世界上有那么多本该

第八章
人 之 大 欲

不重要却总是干扰她生活的亲戚呢?

她那个讨厌的亲戚杏秀此刻仍旧在酒店房间里装睡,杏秀偷瞄了一眼旁边熟睡的耿家泰,一整夜她都牵着他的衣角,她只是个少女,思来想去,此时此刻还是卖萌比较好。她看着合眼小憩的耿家泰,眼神很复杂。这时候他动了动,她急忙装睡。

醒来的耿家泰想要移开杏秀牵着自己衣服的手,杏秀却假装醒了过来,做出可怜的表情。

杏秀哀求起来:"耿大爷,你别走,我害怕。"

"我送你回家吧,出来冷静了一夜,他们应该足够害怕了,你也该回去了。"

"求你了,别告诉他们,我要是再回到那个家里面,我真的活不下去了,我真的不是个学习的料,可他们却以为我以后会变成希拉里。"

杏秀夸张地哭起来,耿家泰无计可施。

"这也不是什么大事,何至于闹到离家出走?"

"你不懂啊,我——我——其实——呜呜呜。"

"你先别哭了,我今天公司有事情,我得赶过去开会。"

杏秀突然止住哭声:"那你带着我吧,我保证,我老老实实地待着。我不敢待在酒店,我忍不住不想那个酒店诡异失踪女孩的新闻,好吓人。"

耿家泰皱着眉头。

杏秀继续哀求:"耿大爷,你给我点时间,让我好好想想。你现在让我回家,就好像把我送进火坑一样,你忍心把我送进火坑吗?你忍心让我从此过上不见天日的生活吗?你忍心看着他们那些狠心人对我辣手摧花吗?"

"你这话怎么听着有点不对劲呢?你都是从哪儿学的?"

"电视剧呀。"

杏秀一脸无奈,耿家泰一脸无奈。鸡同鸭讲就是他们两个吧。

耿家泰不得已带着杏秀去公司开会,林大风却跑来找杏秀,杏秀当然不愿意见他,此刻她一门心思都在耿家泰心上,耿家泰不知道杏秀醉翁之意不在酒而是在自己,于是应付走了大风。不想强迫杏秀。

而拼命寻找杏秀的林家人却发现了另一桩要命的事情,原来杏秀跟五岳之前在酒店阳台相拥的画面被人拍下来上了微博热搜,知名画家跟未成年少女恋爱的噱头很惊悚,实际上不过是博人眼球,这是五岳的经纪人也就是他的姐姐Lisa为了提高五岳知名度所想出来的昏招,她受人蛊惑,觉得没新闻不如坏新闻,她调查过杏秀发现她还未成年,但是已经满了十四岁,炒作一下也没什么要紧。一根筋的五岳完全不能理解，他很生气，逼着姐姐去澄清，可是他的姐姐当然只是口头应付他。

这一则消息也被耿家泰知道了，耿家泰立刻安慰当事人杏秀。

"别怕，我会想办法帮你解决这件事。"

"真没想到我还挺上镜的！"

面对这个二货，耿家泰只好哭笑不得。

不过发生了这种事，杏秀更不敢回家了。耿家泰只好答应她暂时收留她，还告诉她自己去帮她跟家里人谈谈。

杏秀却不以为然："我觉得你谈不出什么来，因为思宽很不喜欢你。"

"他不喜欢我？为了可依？"

"当然啦！耿大爷，你眼神是不是不好呀？你这样的人，怎么会喜欢小可依那样的？你不是应该整天泡在夜店里跟那些大胸妹子眉来眼去吗？要不就是跟那些智商二百五的精英女白领双宿双栖吗？到底为什么呀？"

"为什么？怎么会有为什么？大风喜欢你，你觉得是为了什么？"

"为了我漂亮呗！"

耿家泰摇摇头："有一天你会明白为什么。"

"什么时候？"

"当你失去他的时候。"

杏秀有些不明所以，不再接话了。

在耿家泰面前，杏秀觉得自己第一次束手无策，她接触过的男人不多，从同学、老师、短暂打工的男同事，到五岳，每一个都对她因为惊艳而网开一面，林大风也是从小对她言听计从，只有耿家泰，完全把自己当作小女孩，如果说是因为他见过太多美女，那么五岳呢，也是睡遍五湖四海的家伙，同样对自己要死要活想要滚床单。所以杏秀想不明白，到底耿家泰为什么眼中没有自己。

这天耿家泰带着杏秀回到家里，给杏秀准备了晚餐，耿家泰一边做，林杏秀一边偷吃，耿家泰还不时得把杏秀偷吃的手打开。

林杏秀掐掐腰上的肉："还好这两天偏瘦，我可以多吃点。"

"等会儿吃完晚饭，我就送你回家，你今天必须回去，不然我跟你家里人没办法交代！"

"我不会跟他们出卖你的。"

"我有什么好出卖的？我可没做什么坏事！"

"那可不一定，说不定你一时把持不住自己呢！"

第八章
人之大欲

"我又不是十八岁！我都两个十八了！"

"那你是不是不举了？"

"你怎么懂那么多？"

"这算懂得多吗？是常识吧？岁月不饶人呢！耿大爷，说真的，你发际线挺高的，很容易谢顶的！"

耿家泰吓得急忙摸摸头顶的头发。

两人有一搭无一搭地瞎聊，晚餐开始了，耿家泰其实也有意跟杏秀打探一些内幕。

"杏秀，你们家里，现在关系和睦吗？"

"你不就想问思宽跟小可依有没有分手的可能吗？实话告诉你，我也不知道。"

"他们感情不和？还是恋爱太久，感情淡了？"

"因为，小可依好像很不喜欢我们家的人，当然了，她喜欢思宽，可是思宽又不是石头缝里蹦出来的。"

"为什么不喜欢你家里人？发生了什么事？"

"其实耿大爷你不懂女人，女人之间，一个眼神、一个动作、一个语气词，都能发生一场战争，对了，还得加上我妈，我妈是女人中的女人，一个顶俩吧。你说我们家乱不乱？我是不是说了什么不该说的？你有什么目的？"

"我能有什么目的呀？快点吃，吃完我送你回去。"

林杏秀忽然又是一副愁云惨雾的表情。

"耿大爷，你不懂我，真的，其实我有很多伤心事。"

"伤心什么？伤心为什么全世界的男人没有全部爱上你？"

"不是，其实我不是不喜欢小可依，我只是，嫉妒她。"

"嫉妒她？嫉妒她三围一样大啊？"

"我嫉妒她，是因为，思宽和你竟然都那样喜欢她，思宽是我最崇拜的男人，他又帅又聪明又孝顺又勤快又顾家，却对小可依言听计从。你呢，俊朗、儒雅、善良、包容、有教养、有事业，就像是从言情小说里走出来的，竟对我那个洗衣板一样的小可依一见钟情？而她的父母亲，虽然彼此之间合不来，却都把她当作公主一样捧着她！其实你知道吗？我之所以离家出走，是因为小可依知道了我的一个秘密，让我从此不愿意再见到她。"

"秘密？"

"也算不得什么秘密，我老家的人都知道。其实我不是思宽跟静雨的亲姑姑，我爸妈没有结婚就生了我，我爸不着调，我亲妈不想嫁，隔壁的好心人也就是我养母收留了我，后来我很小的时候，我亲妈嫁到外地了，我爸后来娶了别人，他老婆特别凶，所以我爸根本不敢跟我说话。你听懂了吗？其实我根本就不应该来到这个世界。本来我以为，没人在我面前提这件事情，这件事情就不存在，可是小可依，竟然知道了这个秘密。从我知道她知道的那一刻起，我就不想见到她。我怕她心里在想，原来我是个，孽种。"

"可依是个善良的人，她不会这样想的。"

杏秀很难过，趴在餐桌上不再说话了。

"我真的不想见她，永远不想。"

耿家泰似乎下了决心的样子："杏秀，我明天准备了一个活动，到时如果一切顺利，你就可以回家了。"

"什么顺利？"

"明天你就知道了。"

耿家泰第二天悄悄通知了可依来见自己，他说有要事。可依决定带上思宽跟静雨，她跟思宽矛盾很尖锐，这个时候不能再因为耿家泰的缘故起争执了。

林思宽驾车带着静雨、可依赶赴聚会的地方。静雨神色不宁。她和思宽都是一脸菜色，可依脸色也并不好看。

林静雨很担忧："思宽，咱们这时候真的不应该来见耿家泰，杏秀还没有消息，你让我怎么可能安下心过来呢？再说你们三个的事情，我掺和什么？"

林思宽黯然地："既然可依说她想来，那么我们就陪她过来。"

可依有些不爽："我不是跟你们说了吗？是老耿说有要事找我，他还说，不管你们想要的是什么，今天都一定会有惊喜。我猜，杏秀在他那儿。"

林静雨很诧异："怎么可能？"

可依解释道："杏秀认识的男人里，可能只有老耿一个，还没拜倒在她的超短裤下吧。杏秀怎么会甘心呢？"

林静雨很不满意："可依你这样说话我觉得不好，杏秀本性单纯，她只是希望能获得大家的关注。"

可依继续讽刺："是呀，她这一离家出走，不管是你、思宽、大风、还是老耿，还有爷爷奶奶，甚至包括我，哪个不担心、不紧张她呢？她不是立刻如愿以偿了吗？"

林静雨生气了："思宽，你说句话！你听不见我们说什么吗？"

林思宽疲惫不堪："我没什么好说的。"

第八章
人之大欲

他们见面的地方是个很特别的露天餐厅，很幽静的地方。

看见可依等人，耿家泰迎了过来，杏秀正在餐桌旁边纠结要不要吃甜点，她放下又拿起来，拿起来，又放下，却被林静雨抓个正着。

林静雨扑过去："林杏秀！你——你——真是让可依给说中了！"

"耿大爷，你说请我吃下午茶，没说静雨也来啊？你怎么能骗我呢？"

但是林静雨已经牢牢按住杏秀。

耿家泰解释："我料到他们都会跟着可依一起来，我正想把你交给他们，我是为了你好。"

林杏秀非常生气。不过还有更让人生气的。

耿家泰很坦然："今天各位都在，太好了，我明人不做暗事，也希望给我跟可依的所有一切都是明明白白地告诉你们。"

耿家泰忽然单膝跪下，送上了一枚硕大的钻戒。包括可依思宽在内的所有人都愣住了。耿家泰安排好的工作人员忽然放飞了气球，撒起了漫天的玫瑰花瓣，并放起焰火和音乐。背景音乐放的是 Johnny Mathis 的 *Wonderful Wonderful*。

耿家泰开始了表白："可依，我知道你有婚约在身，但我更知道你很不快乐，感谢杏秀，让我知道原来你在林家是这样不受欢迎，是杏秀的话让我坚定决心，一定要把你从那样的生活中拯救出来。我要让你知道，爱情是两个人幸福地生活在一起，不是单方面一味地退让，而思宽一直以来都在要求你做出这样的牺牲。你放心，我送你钻戒，并不是要你答应我的求婚，我只是想借此给你一个承诺，我答应你，永远不会让你难过。我名下的房子跟车都属于你，我知道你也不在乎这些，但是它们表达了我的诚意。可依，相信我，我一定会让你像公主一样快乐！你听见了吗？我对你的感情，就像这歌里唱的一样——"

可依晕乎乎地："我英文很烂，听不懂。"

耿家泰有些动情："歌里说的是，这世上纵有美好万千，但若缺少你的陪伴，一切只如过眼云烟。可依，流年似水，繁华落尽，只有你，想让我执子之手，与子偕老，可依，我们白首到老，一生一世，好不好？"

可依看着耿家泰，她很震惊，不知该说什么，却还是不由自主说出来。

"林思宽，这些话，原本不是应该你对我说的吗？"

可依哭了，思宽愣在当场。但表现最明显的却是林杏秀。

林杏秀伤心欲绝指着耿家泰："原来你一直都在利用我！"

林杏秀痛心至极，激动地跑了出去。静雨急忙跟上，思宽也本能地追了出去。可依喊了思宽的名字，思宽在门口停了一下，还是追了出去。

可依终于忍不住了，孕期荷尔蒙让她情绪崩溃，她呜呜地大哭起来。耿家泰拥住了可依，可依推开他，捂住脸继续大哭。耿家泰再次搂住可依，哭得浑身发软的可依推不开他，终于把头埋在他的怀中，继续大声哭泣。

那首歌仍在空气中播放着，歌声中，耿家泰像哄孩子一样拍着可依的头，任由她发泄情绪。

就这样林杏秀受了伤，她最在意可依拥有的那些她无法拥有，却又受了耿家泰的重创。她回了家，除了上厕所，整天趴在自己的床上一动不动。

林静雨、爷爷奶奶轮番安慰。

林奶奶最懂杏秀："杏秀哟，你别吓唬妈，你快吃点东西。"

林静雨急忙帮腔："杏秀，吃点东西好吗？你这样让我很担心，我保证绝不教训你，你吃点东西好不好？"

林杏秀一副痛不欲生的表情，不过内心狂念：再坚持一会儿，再坚持一会儿，等她保证绝不逼我学英语，等她保证绝对不因为五岳的那个烂照片骂我，我就跟她说话，可是，哎哟，好饿！

林爷爷开始骂人："都怪思宽跟静雨，要不是你们两个逼着杏秀学什么鹰语、猫语的，杏秀至于得离家出走吗？我就不信了，不学那个什么鸟语就活不下去了？杏秀你别难过了，爸帮你出气，等思宽回来，我让他们俩给你赔罪。"

林杏秀一脸难过，但是一声不吭，心理活动却很丰富："对对对，就是这个意思！最好把他们俩吊起来打一顿！"

这时门铃响了，林静雨起身去开门。

林静雨一边准备开门，一边趴在门的猫眼上看了一眼来人。透过猫眼看到门外来客却是钟亦仁。林静雨没有意识到问题，就在门马上要打开的一瞬间，林静雨忽然反应过来，她迅速关上了门，撞得正要进门的钟亦仁一个趔趄。

钟亦仁急促地敲门："请问是林思宽家吗？"

林静雨压低声音："不是，你快走，再不走我报警了！"

家门外，钟亦仁一脸纳闷，转身正要离开。这时候林思宽神情黯然地从楼梯走上来。

"叔叔，您怎么在这儿？"

"你和可依的事情我都知道了，我来是想跟你谈谈。"

"您怎么不进去？家里有人，我爷爷、我奶奶、静雨、我姑姑都在家。"

第八章
人之大欲

"我刚才敲门了,可是里面的人说我找错了。"

"难道我奶奶又犯病了?不好意思,叔叔,我奶奶有轻微的老年痴呆症。"

林思宽掏出钥匙开门,两人走了进去。

林静雨闻声急忙躲在门后,走进来的林思宽和钟亦仁都没注意到门后藏着人。林静雨蹑手蹑脚地想要溜走,这时林思宽却转身,差点发现静雨,林静雨急忙藏在沙发后面。她转着沙发爬了一圈,总算躲过了钟亦仁和林思宽的视线。

钟亦仁是来帮忙解释的:"思宽,我就开门见山吧,你和可依的事,各自都有不对的地方,这一次,肯定是可依不对,但是别人对她的追求也不是她能控制的——"

林思宽情绪很低落:"叔叔,可依没有一点不对的地方,都是我不好,我没有房、没有豪车、没有日入斗金的事业,我对可依,只有爱,可是我对她的爱,却不能给她想要的生活。我仔细地想过了,如果我真的爱她,我就应该放她走,让那个有能力爱她的人去爱她,给她更好的生活。"

"思宽,你真是大错特错,如果肯努力,二十年后,也许十年后,你就会拥有你刚才说的一切物质生活,但是你跟可依携手共度的美好青春、你们相濡以沫的幸福时光、你们你侬我侬的耳鬓相依、你们共度患难的艰难岁月、你们为对方心甘情愿的所有付出,这所有的一切回忆,你却永远不可能拥有。我今天来,就是想告诉你这些话。"

林思宽没有回答,表情却很难过。

"我还可以帮你买一套房子,我有些积蓄,你知道,我弟弟是房地产开发商,这点忙他肯定会帮我,我可以跟他要求很低的折扣,我保证不会让你们做房奴。"

林思宽感动万分:"叔叔,谢谢您,虽然做不成您的半子,可我仍然感谢老天让我能认识您这样好的人。"

他哽咽了:"但是叔叔,我不想让可依在她生命最美好的这十年中,再遭受我现在带给她的这些委屈和——磨难。我心意已决。叔叔——再见!"

"你这孩子真是死心眼。你再好好想想,人生不是拍戏,没有重来的机会,如果你这样草率,多年后一定会后悔,因为你失去了生命中最美好的东西。"

思宽沉默了。

"我先走了,你想好了给我电话。"

钟亦仁离开了,林思宽站在原地,终于落下了眼泪。

一直听着动静的林静雨奔了出来。

林静雨情绪很激动:"思宽,你也能买得起房子啊,怎么就至于得被房子逼

成这样?"

"大姐,我买不起房子,是你能买得起房子,我已经答应过可依房产证只写她的名字,可是你却坚持让我写两个人的名字,我没法跟可依开口,也没法用你的钱买房。"

"姐——姐不就是怕你们俩分手了,怕你落个人财两空吗?"

"现在你不用怕了。"

林思宽回了自己房间,剩下林静雨一个人百感交集,她感到非常对不起弟弟。她原本希望思宽跟可依分手,一方面她认为可依跟耿家泰不清不楚,另一方面也希望自己能跟钟亦仁有未来,可是此时此刻,她觉得最重要的还是让思宽跟可依和好,而她必须要做的就是去跟钟亦仁告别。

这个时候,可依正在自己家中自怨自艾,她实在心烦,于是练钢琴,她弹的是丹麦女歌手 Agnes Obel 的 *Falling Catching*,她很难过。

梅秋灵听着她弹琴。忽然叹了口气。

"怎么了?"

"你这个身材是遗传了谁呀?怎么一点曲线都没有?"

可依哭笑不得:"我失恋哎!你不劝劝我吗?"

"你要是听我的,何至于有今天?"

"你很得意?"

"你怎么不哭啊?"

"我心里在哭。"

可依说话的时候一直在弹着琴。

梅秋灵很担忧:"你写言情小说呀?这么煽情?你别吓妈!男人嘛,去了还有来的,你这不是刚去了一个思宽,就来了一个小耿吗?我看小耿不错,人长得好,名校毕业、出国镀过金,现在也是事业有成,为人处世还稳重老成,而且家世又好,听他说他爸爸有自己的企业,妈妈是大学老师,简直就是书香门第外加小金库。小耿不就是传说中的高帅富吗?而且他已经过了玩乐的年纪,正是回归家庭的时候。虽然咱家不缺钱,但妈从小花大价钱送你学钢琴,不是想培养你做个小老师的。"

"那你逼着我学钢琴干吗?冬练三九夏练三伏,现在说起来我都一肚子冤情!"

"妈以为你以后能嫁入豪门呢,你想啊,你跟准婆婆第一次见面的时候,他们家大厅里正好摆了架钢琴,你就跟电影里那些女主角似的,优雅地走过去坐下那么一弹,就弹你现在弹的这个曲子,不就把他们那豪门给炸开了吗?"

第八章
人之大欲

可依停止弹琴:"就为了这么点不靠谱的想象,你就从小骂我打我逼我弹琴?妈,你可真有想象力!"

"有想象力有什么用?我也没想到有今天啊!你还不是被思宽给骗了吗?用谎言骗人,和用爱情骗人,本质其实是一样的。思宽没什么不好,穷点就穷点,妈也不挑他。关键是他对他那些姐姐姑姑爷爷奶奶的太好了!家人,要敬而远之!这样才能天下太平。"

"那我跟你敬而远之你乐意不?"

"咱们娘俩儿是特殊情况。"

可依没说话。

"你想通了?妈陪你去医院?"

可依掩饰地:"去医院干吗?"

"妈都看出来了,从你搬回来起,吐得都快水漫金山了。听妈的,这孩子,不能要。"

可依没有辩解,她趴在钢琴上。

梅秋灵激动起来:"可依,真的不能再拖了,再拖下去,对你,对孩子,都是终生大错!"

可依突然进出一句歌:"法海,你不懂爱,雷峰塔会掉下来。"

梅秋灵摸摸可依的头:"你想吓死妈啊?"

"不好意思,刚才你说了那些话,我脑子中一直盘旋着这句歌词,实在忍不住,就哼出来了。对不住啊!"

"别瞎扯了,收拾东西跟妈去医院吧。"

可依忽然起身回了自己卧室。梅秋灵追过来只见可依以掩耳不及盗铃之势背上书包穿好外套,她打开大门就要走。

"可依,你去医院?"

"我去我爸那儿,你让我一个人静一静。"

"不能再拖了,再拖孩子就大了。"

可依冷冷地:"你别管了,想管你也管不了。"

可依从未这样对待过梅秋灵,梅秋灵愣住了。她这一犹豫,可依离开了,梅秋灵很担忧。实际上可依并没有去老爸家,而是去了闺蜜师太家,她决定自己把这个孩子养大,谎称去老爸家,只是为了骗梅秋灵而已,可依觉得老爸跟老妈不好,老妈应该不好意思总往那儿跑,拖一阵子胎儿大了,老妈就不能强迫她打掉这个孩子了。

但梅秋灵却决定还是去找前夫钟亦仁谈谈。不过这意味着一定会出乱子,因

为这个时候林静雨正在给钟亦仁写信,她很难过。

"亦仁,没想到我们竟然以这种方式告别,我猜不中开始,竟也猜不中结局。其实,思宽是我的弟弟,刚认识你的时候我并不知道。但是后来我第一次去你那幢别墅吃夜宵的时候,我跟可依打电话,突然间意识到你是可依的爸爸,然后我一直想告诉你,却在第二次去你别墅的时候喝醉了,等我醒来的时候,你竟然躺在我的身边。我想了无数次,实在想不出到底发生了什么。上天既然安排我忘记,那就让我们忘记所有的一切吧。我不想那么自私,我不想思宽不幸福,为了思宽我愿意牺牲我自己的妄想和执念,我会祈祷、并尽我所能帮助思宽与可依和好。当我们再次相遇,我是思宽的姐姐,而你是思宽妻子的爸爸,希望来世再见的时候,君正当时,我亦好年华。希望再见到的时候,你我仍然记得今生初见那一照面。"

林静雨一直想着过去的事情,写到这里,林静雨哭了,后来林静雨去了钟亦仁的家里,她有钟亦仁给她的门卡,于是刷卡进了公寓楼。她错就错在写了太多不该说的话:"对了,还要跟你的前妻秋灵道歉——那次我扮作兔女郎躲在快递箱子里,想给你个惊喜,不巧被她撞见,为了避免相遇时候的尴尬,我猛地跳出来想逃走,却不小心撞晕了她,我不敢跟她道歉,只好跟你道歉,但是我想,你也不敢告诉她。"

林静雨用钥匙开门,把信、门卡和钥匙都放在了门内的地上,她看看房间,好似做告别样看着。林静雨想着自己的信,该说的都说了:"你给我的钥匙我第一次用,竟然也是最后一次用。流年似水,人生如梦,回首百年,已是白头,今生陌路,来生再见。亦仁,保重。"

林静雨关上了门。她的信静静等在那里,直到很久后,有人敲门,家中无人应门,门开了,门外是用钥匙开门的梅秋灵。她一直拿着前夫的钥匙,事实上她总觉得自己还没有离婚,前夫从精神到肉体还都是属于她的。

这时候梅秋灵看见了地上的信、门卡、钥匙,她好奇地捡了起来,坐在沙发上读了起来。梅秋灵的脸色越来越不好。她读完信,颤抖着掏出了电话,拨通"老钟"的名字。

电话接通了,传出钟亦仁的声音:"秋灵,我今天加班,有事吗?"

"有事吗?有事吗?你真是臭不要脸,全天下那么多女人,你偏偏跟你女婿的姐姐好上了?你们俩真是——哎,气死我了!"

梅秋灵忽然想起了那一幕,曾经有一次,在钟亦仁家门口,梅秋灵被快递盒子里跳出来的女人撞晕,梅秋灵模模糊糊看见了一个兔女郎的背影。

梅秋灵立刻挂断电话,把信揣在兜里,急匆匆地出门去了。医院里,正在

第八章
人之大欲

上班的钟亦仁对着电话,一脸茫然,他想了想,觉得事情很不对劲,于是起身跑了出去。

而梅秋灵去了思宽的家,她从楼梯上来,掏出钥匙,径直进了林思宽家。是的,这个女人爱好收集钥匙,不管前夫、女儿、还是女婿,从灵魂到财产,都是属于她的。

客厅里,静雨正背对门口在擦拭茶几等物,听见梅秋灵进来,静雨没回头,因为只有自己家人才能用钥匙开门呀。

"爷爷奶奶你们今天回来够早的,平常不是都要遛弯遛到腿快断才回来吗?"

梅秋灵没搭腔,她左右看看,冲进了静雨卧室。林静雨察觉不对,回头看看,并没看见梅秋灵,她茫然中。

爷爷奶奶现住在静雨房中,老人家不在家,梅秋灵上去一阵乱翻,衣柜中挂着许多老人家的衣服和破烂,梅秋灵连连拉开几层抽屉,终于找到了她曾经模模糊糊看见的兔女郎服装。快气死的梅秋灵冲了出去。林静雨看到冲出来的梅秋灵,又看到她手中的衣服,终于反应过来,曾经自己扮作兔女郎想要给钟亦仁个惊喜,却意外撞到了上门的梅秋灵,当时幸好逃脱了,没想到今时今日却仍要还债。

梅秋灵大怒:"奸夫淫妇!奸夫淫妇!"

在自己房中玩手机的杏秀冲了出来,她有些不明所以。这时候钟亦仁到了,门敞开着,他冲了进来,有点搞不懂状况。

"秋灵,你打电话说得不清不楚的?你到底什么意思?"

"什么意思?什么意思?"

梅秋灵把林静雨的信扔在了钟亦仁脸上。林静雨傻了,钟亦仁匆匆看了一遍,不由大惊失色,钟亦仁一不小心,信掉在地上,杏秀急忙把信捡起来,也看了一下,杏秀看看另外三个大人,明白了一切,她也很是吃惊。

林杏秀:"您三位不会心脏病发了吧?这是拍电视剧呢?梅大妈您也别生气了,是你的谁也抢不走,不是你的留也留不住!"

梅秋灵勃然大怒:"闭嘴!"

梅秋灵大奶气场爆发,吓得杏秀赶紧闭嘴。

四人面面相觑,不知如何收场。

此刻亲家们就是这样热闹,而可依正打起精神来去给自己的娃挣钱,之前她被学生苏西菁儿恶整关在楼门外被大雨淋透,可依原本打算放弃了,但现如今她需要钱,只好硬着头皮来上课,可是苏西菁儿却哭红了眼睛。

"可依老师,我以为你不会再来教我了。"

"老师得给孩子挣奶粉钱啊,你以为老师容易啊?哎哟,你怎么了?"

苏西菁儿忽然大哭:"我爸答应陪我过生日可是今早飞去了埃塞俄比亚,我妈答应陪我可是刚才去了斯里兰卡,就剩我一个人!一个人!每年都是一个人!我受够了!"

可依抱住菁儿:"别哭别哭,你们家做的这是什么生意啊?横跨亚非拉啊?"

之后可依煮了面给菁儿吃,只有两根可怜的青菜,可依就是这点厨艺,没办法。

"老师水平也跟亚非拉接轨,你凑合一下。"

苏西菁儿却感动了:"谢谢老师,谢谢你陪着我,我好害怕一个人,我真讨厌一个人,要是我有个姐姐妹妹或者哥哥弟弟的就好了,我们互相陪着,我就不会一个人难过了。也许,多一点人在一起,难过也不会显得那么难过了。"

可依愣住了。

"怎么了?"

"我好像突然明白,为什么我以前的未婚夫和他的家里人感情那么好了。他从小失去了父母,他跟家人在一起,也许难过,就不会显得那么难过了。"

"以前的未婚夫?你为什么离开你的那个大帅哥?"

"不是我离开他,是他离开了我。"

"你还爱他吗?"

可依掩饰着:"你懂的可真多!"

可依说完,却不争气地流下了眼泪。因为如果你曾经爱过一个人,你就会懂得,即使他离开了你,你却仍然爱着他。

"老师,你怎么了?"

可依犹豫了:"老师也害怕一个人。"

苏西菁儿分了一根青菜给可依吃,可依吃下青菜,哭得却更难过了。

孩子,做什么都行,没有爱情结婚,可万万不行。

就在这时候,丢人丢到弟弟老丈母娘家的林静雨还有另一个要命的问题要面对,这天她的上司万美华一直嫉妒她的能力,担心她鸠占鹊巢,于是拜托了日本的朋友调查她,此刻终于有了回音,原来听当地留学生风传,林静雨回国前霉运连连,先是被裁员,然后被警察调查,据称这次调查与她失业问题无关,可能涉及刑事案件。朋友说好继续打探,有消息立刻告知。

万美华眉头纠结,若有所思。这对她来说到底是不是好消息呢?万美华心思缜密,她决定利用这个秘密要挟林静雨。

第九章

残 缺 之 月

  思宽也很思念可依，加班后，他无法平复情绪，于是去了可依娘家楼下，他不敢上楼，也自问没资格上楼，于是就在楼下长椅上，想了很多很多，他们相识的时候还都是孩子，但她对他的善意，让他把她当成了最亲的人，他的父母是进城打工的农民工，非常忙碌，辗转各个城市，他完全都是自生自灭。而大姐静雨比他大了十几岁，从初中开始住校，相当于跟他没来得及有太多情感交流，静雨就离开了他上了大学，所以八岁的他没有长期相处的朋友，跟父母也疏于沟通，梅秋灵虽然同情他，但是高高在上，总是摆出一副救世主的姿态左右他，只有同龄的可依是真心把他当作朋友，关心他，希望他快乐，在他的心里，可依就是一个天使，虽然很懒，很贫嘴，很自我，但她永远都是他的天使。

  思宽想着他们之间一幕幕的往事，不知不觉天黑了，一轮残月挂在天空中，让思宽更加难过。人活一世，最无奈的是，所有的一切，都逃不过时间，就像月亮，即使你不愿，它却总会轮到残缺的时候。

  思宽看着十楼可依闺房的窗户，却没有灯光亮起。已经很晚了，为什么可依还没有回家，梅秋灵呢，又去哪儿了？

  那是因为梅秋灵还在思宽家发脾气，她坐在沙发上抽泣，满地都是擦过眼泪鼻涕的纸巾。钟亦仁在旁边给她递纸巾，她又用完一盒，不远处的静雨急忙从壁橱里找出一盒递给钟亦仁，钟亦仁再递给梅秋灵。

  钟亦仁很无奈："咱们走吧，你这都哭了一下午了！从天亮哭到天黑了！你是孟姜女呀？"

  "你还好意思跟我说话？你还好意思跟我说话？"

钟亦仁只好闭嘴。

林奶奶已经做好了晚饭："亲家母啊，该吃饭啦！"

"亲家母？你们就知道我是亲家母，不知道还有个亲家公啊？怎么就让你们家林静雨跟亲家公好上了呢？"

林奶奶也只好闭嘴。

梅秋灵的羞辱让林爷爷气愤极了："静雨你太不像话了，你真是——丢我和你奶奶的人，你——你——"

林爷爷随手拿起拖鞋就要打静雨，钟亦仁急忙护住静雨，连挨了爷爷好几下。钟亦仁和静雨连连退让，奶奶和杏秀急忙上来拉架，一时间混乱成一团。

梅秋灵怒了："好你个钟亦仁，你还帮她挡？你还帮她挡？你真是伤透了我的心啊！"

林杏秀忽然大吼一声："好啦！"

所有人都静止在原地。

林杏秀发号施令："首先，静雨认识这位大爷的时候，根本就不知道他是小可依的爹。其次，你们俩指着钟亦仁和梅秋灵，早！就！离！婚！了！所以，大妈，你根本就没有理由在这儿浪费我们家的纸巾！"

梅秋灵一时语塞，于是扑过来追打钟亦仁。

"你就这么看着别人欺负我？你是不是男人？你怎么连个小姑娘都打不过！"

钟亦仁只好紧紧抱住梅秋灵，终于她冷静下来，静雨看得很不是滋味。

钟亦仁很严肃："走吧！"

梅秋灵不依不饶："不行！除非你发誓，你跟她绝不会在一起！不然，不然我就死在这儿！"

钟亦仁和静雨四目相视，他们有百般情绪，却无法言说，可是他们的眼睛中都含着不舍。终于钟亦仁下定了决心，他突然拖着梅秋灵向门口走去，梅秋灵拧不过钟亦仁，被活生生地拖了出去。

梅秋灵仍旧发怒："你还没发誓呢！"

钟亦仁随口敷衍："都依你！"

"我要听你亲口说。"

"你说什么就是什么。"

两人争论的时候，钟亦仁成功地拖着梅秋灵离开了。闹剧就这样结束了，静雨默默回了房间，没有人敢去劝她。后来静雨告诉了思宽关于她跟钟亦仁的一切，思宽很震惊，他瞪着静雨。

第九章
残缺之月

"大姐,你打算怎么办?"

"没什么打算,我只想帮你把可依劝回来。"

"大姐,谢谢你,但是,不勉强了。"

"你会后悔。"

"后悔也是我的命。我只希望可依能够过上好的生活,过上我不能给她的生活。"

林思宽出去了,因为让弟弟的婚事雪上加霜,静雨很难过,不过还有更可怕的事情在等着她,她的上司万美华不停地给她增加任务,让她修改不归她负责的估值报告,尽管心情很差,静雨仍旧整夜未睡完成了工作。

万美华很满意林静雨的工作,但是林静雨申请升职跟涨工资的要求却没有任何回音。万美华谎称领导层正在研究,实际上她却掠夺了静雨的工作,她告诉上级Luke,所有一切估值报告都由她独自完成,静雨的价值得不到体现,升职加薪也就遥遥无期,而此刻的静雨,并没有心思去分析人心叵测。

幸好Luke明察秋毫,他当面提问万美华,万美华驴唇不对马嘴,Luke猜到是静雨做了报告,于是跟静雨打听实情,善良的静雨没有拆穿万美华,而是谎称跟万美华合作完成。Luke看到了静雨的善良跟努力,破格连升两级提升了她为市场研究部门副总监。他们的公司是一家不大不小的投资公司,静雨就负责对公司预备投资的项目进行数据分析,原本她做分析师,由于能力出色,Luke看在眼中,因此这次破格提升并非没有道理。可是这却让万美华对静雨心生芥蒂,她心中其实有些伎俩。

这一天,每个人都在慢慢堕落深渊,住在闺蜜家中的可依深感生活辛苦,加上荷尔蒙作祟,居然跑去医院堕胎。此刻她已经躺在了堕胎的手术台上。一个女医生正在旁边准备。

可依警惕地:"你干吗?"

女医生很凶:"问那么多干吗?我还能害你啊?"

"等等等等等!我还没考虑好——"

可依昏了过去。麻药劲上来了,可依晕乎乎的,渐渐地眼前浮现了幻象,幻象中都是思宽跟她的美好未来,还有一个宝贝孩子。幻象突然结束了,可依睁开了眼睛,却看见了靠近她的女医生。

可依突然很害怕,躺在手术台上两腿架起来的可依本能地一踢腿,正好不小心踢到了女医生的肚子,女医生尖叫一声倒在地上,她摔得有些疼,捂住腹部爬不起来。

可依爬下了手术台,她站不住,瘫在了地上,女医生想扶住她。打了麻药的可依好像恐怖片女主角一样大叫起来。

"放开我!放开我!救命呀!"

可依就这么爬着爬出了手术室,试图抓住她的女医生竟然被她拖了出去。手术室外,施黛娇和耿家泰正在等可依,他们看到可依拖着女医生出来的一幕,不由大惊。

可依大叫:"救命啊救命!"

耿家泰急忙从女医生手中抢过了可依,可依缩在耿家泰怀中呜呜地哭泣。

可依抽泣着:"她要害我!害我!"

女医生很生气:"谁有那个闲工夫害你呀?你们这是怎么回事?没想好就别来我们这儿!能生就不能好好养吗?"

女医生很生气地回去了。可依晕乎乎地哭泣着,耿家泰心疼地抱起可依,抱着她向外面走去。施黛娇忙不迭地跟上。

回到施黛娇家中,可依躺在施黛娇的床上,看上去很失落。耿家泰和施黛娇坐在旁边守护着可依。

"老耿,你怎么去医院了?我没告诉你我在医院啊?"

施黛娇解释:"可依,你别生气,是我通知他的,你非得去做堕胎手术,又不肯告诉你家里人和思宽,我一个人实在顶不住这么大的压力,我怕你做完手术跟我各种哭各种闹,只好让老耿也过来陪陪你。"

耿家泰安慰:"我仔细地想过了,可依,师太给我打电话让我去医院,开始的时候我还不知道为什么,可我在手术室外面等你的时候,我特别担心,特别害怕——失去你,我曾经失去了我的妹妹,我不想再次经历那一切。我求你,好好保护自己。我求你,让我保护你。"

可依呆呆地:"没有什么能让我放弃这个孩子。"

"我求你,让我保护你和孩子。"

耿家泰轻轻拥住可依,可依突然放声大哭。

可依抽泣着:"我不想这样的,不想。"

耿家泰一脸疼惜地拥着可依,等待她的平静。耿家泰对她如此深情,对待林杏秀却是快刀斩乱麻。

因为林杏秀一直对大风回避,让大风感到从小跟自己长大对杏秀已经消失不见了。大风真想小时候,那时候杏秀满脸鼻涕,头发乱七八糟,手上脚上都是泥,穿着肥得像麻袋一样的裤子,像只肥猫一样爬到自家的树上,然后跳到大风家的墙上,跟大风一起偷吃他们家的葡萄,那时候大风以为,那就是永远了。可是杏秀已经不是以前的她了,可大风还是以前的他。大风因此而离开了这个城市,耿家泰是个心怀天下的人,他一直希望大风能够建立信心拥有美好人生,因此他对

第九章

残缺之月

大风的离别感到惋惜,并怪罪于杏秀,可是杏秀满心希望耿家泰爱上自己,面对这样的指责,杏秀突然对自己感到了万分怀疑,纵然她肤白貌美大长腿,在他眼中却不过是红颜枯骨吧。这些话都是杏秀从言情小说里看来的,此刻她却觉得是如此应景。她忍不住去找了五岳,上一次见面,她觉得他把自己当作一个小三对待,所以觉得受了委屈,不料两人被拍了相拥照片还被恶意炒作,杏秀心里觉得是很不爽的,但是她喜欢甜言蜜语的帅男人,五岳刚刚符合,无聊的时候聊聊天也不差吧。没想到五岳突然跟她求婚了,原来五岳跟隐婚的前妻离婚了,受气的五岳于是赌气把前妻扔回来的戒指送给了杏秀,杏秀可不想嫁给他,但是钻戒太漂亮了,杏秀忍不住试了试,试完了她又舍不得脱下来,于是就说戴几天,五岳觉得这样就是搞定了杏秀,顿时觉得自己还是魅力十足,五岳其实不害怕冲动结婚,因为他名下没有财产,他有些艺术家气质,在前妻之前,他还有个前前妻,冲动闪婚闪离,被分走很多财产,所以上次跟前妻结婚前转移了大部分财产到姐姐 Lisa 名下,因此这一次五岳再度闪婚,其实没有任何负担。

杏秀当然想不到这么多,她只是想戴戴钻戒而已,她并不想嫁给五岳,她就算是个白痴,也知道五岳不是良配,更何况主动上门的,她都不喜欢,她就惦记那个看不上自己的耿家泰,因此就更加嫉妒可依,她想不通为什么耿家泰喜欢可依,其实连可依自己都想不明白。

耿家泰却像拍偶像剧一样对待可依,他带着她去环境优雅的露天餐厅吃饭,看着峡谷和山涧溪流,可依却无话可说,她吃了很久才发现整个餐厅空无一人,原来耿家泰把这里都包了下来。他只想让她开心一会儿。她却忍不住问出了一个萦绕心头的问题。

"其实,我一直想和你谈谈,你到底喜欢我哪儿?"

"话不是这样说的,如果我知道我喜欢你哪儿,我就不会拖到现在,还找不到可以结婚的人。"

"我能问你个问题吗?"

耿家泰笑了:"我爱过。"

"你怎么知道我要问你爱没爱过别人,果然是老司机,可是你看着不像啊。"

"爱有什么难?在你开始懂得爱的时候,遇到一个合适的人,你爱上她,她也刚好爱你,这就是爱了。"

"然后呢?"

"然后也许有个人会先不爱了,剩下一个人就会受伤害,也许两个人都不爱了,那么从此爱就随风散了,虽然有些东西永远刻在心上。不过还有一部分人,会把事情变复杂。"

"就像我跟思宽。"

"你们也是复杂的一种类型，但我个人觉得，那样不好。那不是爱，而是以爱为名的绑架。"

可依想了想："你到底想从我这得到什么？回应吗？我说有回应，你会信吗？"

"我说过，我只想保护你。"

"遇上你这样的真没辙。"

"怎么了？"

"你会让人，不舍得。不是因为爱不爱的，而是因为，你太好了。"

耿家泰继续绽放着他那优雅的笑容："其实我也不知道我们会走向何方，就让时间来决定一切吧，该来的会来，该走的也会走，你放心，无论未来发生什么，我都不会怪你，你也不会失去我对你的所有的——好。"

可依愣了愣："我上辈子积德了吧？"

"也许是上辈子我负了你，这辈子来还你的。"

"那我和思宽呢？谁又还谁的呢？"

可依看上去很难过，耿家泰不知如何回答。这天他送她去学生家里上课，还等着她收工，思宽看到了这一幕，他原本只是躲在楼下看可依一眼，可依和耿家泰的事情让思宽误会她已经真的开始了新生活，思宽非常痛苦。

为了思宽，静雨决定提出向可依主动道歉，而杏秀也勉为其难同意了。可依看到静雨、杏秀竟然跟自己低下了头，不由有些心软，但她还记得他们之间不愉快的情形，她很犹豫。

这几天梅秋灵跟可依一样，也是情绪低落，她在自己家里躺尸一般，她实在是太生气了，于是以自杀相威胁逼着钟亦仁跟静雨诀别。因为跟静雨的潜在亲戚关系，为了女儿的未来，钟亦仁狠下心来答应了梅秋灵的要求，他去跟静雨诀别，而静雨正在被万美华勒索，原来万美华真的发现了她的秘密，她提到了唐志龙这个人，这个名字就像是静雨心中的黑洞，只要一出现，就会把静雨吸引进最深的深渊。

静雨内外交困，同意了钟亦仁彻底诀别。与钟亦仁分开后，静雨神情恍惚地一路走下去，一直走到昏倒为止，幸好钟亦仁一直跟在她身后。他将她送进了医院，深夜里他守候着她，不知何去何从，却听到了她呢喃的秘密，她低语着道歉，他以为她只是跟他说对不起，她却说的是，她杀了一个人。

很多坏事都是突然发生的，让人连个准备都没有，人有悲欢离合，人生却像残缺之月，不管过程有多么艰难，但是总有一天，人们会等到月圆。缺了总会圆，圆了总会缺，不要着急，不要着急。

第十章

每天都有人伤了别人的心

　　静雨的秘密对钟亦仁来说犹如晴天霹雳，可她醒过来后却浑然不知，并再度装作昏厥过去。数日后钟亦仁将她送回家，因为静雨拒不坦白，钟亦仁很生气，他们的分手已经不可挽回。静雨决定放弃钟亦仁，她上门诀别，激动的静雨告诉他自己的过去并不平静，她精神长期紧张压抑，所以才会在梦中杀了人，请他不要追问，她还发誓她绝对没有杀人。异常震惊的他承诺永远保护她，尽管因为可依的缘故，他们无法成为情侣。

　　可是就算没有静雨跟钟亦仁的事情，思宽跟可依，也回不到过去了，思宽思念可依，内心无限痛苦，其实人很容易被伤害，每天都有人伤了别人的心，没关系，这是人的本性，习惯就好。

　　思宽独自咽下所有的痛苦，但又不敢打扰可依的生活，只能默默守护可依，他悄悄为她做了很多事情，他在她楼下等了很久，他帮她提前抢好计程车，一直等到她下楼的时候才离开。她在小区贴自己的招生简章，他帮她撵走其他想要招生的竞争对手。

　　思宽忙于守护可依，静雨精神状况堪忧，以至于两人没有关注杏秀的动向。杏秀戴着钻戒只是虚荣心作祟，她忍不住在朋友们面前炫耀，朋友们的艳羡却又让她觉得自己对五岳有些期待。他俊秀，对自己甜言蜜语，虽然不太靠谱，但是他有钱啊，作为她这样阶层的女孩，有这样一个归宿，就算他出轨出成筛子，又能怎样呢？

　　杏秀突然有些鄙视自己，她决定跟五岳说清楚，约他见面。误以为求婚成功的五岳很开心，他一直遗憾得不到杏秀，如果必须通过婚姻才能得偿所愿，似乎也不是不可以，更何况他现在真的很喜欢很喜欢杏秀，当然只是肉体，还有她不时冒出来的点滴情趣，至于灵魂，那不重要。

餐厅里，杏秀见到五岳，只是想把戒指拔下来还给他，却很神奇拔不下来，她跑到洗手间想要用些肥皂水，却意外看见原来五岳前妻宁书萍在跟踪她们，前妻宁书萍很生气，她想把钻戒要回来，虽然很尴尬，但是她的戒指不应该属于杏秀一个傻叉女人。宁书萍并不是一个情绪稳定的女人，她逼着杏秀还戒指，杏秀拔不下来，宁书萍以为杏秀故意挑衅，气得跑到厨房找了一把刀威胁杏秀：

"那我帮你切下来就不用拔了！"

宁书萍拿着刀就要切杏秀的手指，吓得杏秀惊声尖叫，正在这时有人夺门而入，那正是闻声赶来的五岳，五岳一见此情此景，不由肾上腺素上脑，居然扑过来夺刀。宁书萍也惊了，紧紧抓着刀不放手，争执之下，刀刃刺破了五岳的手，一时间鲜血横流，宁书萍愣住了，刀落在了地上。

宁书萍非常震惊："你居然为了她连命都不要了？你这么个自私的男人居然敢逞这种英雄？这对我宁书萍，真是普天之下最大的讽刺！也罢！也罢！我宁书萍今天就好人做到底，成全你们这对狗男女！"

戏剧范儿的宁书萍昂首挺胸地走了，剩下杏秀和五岳面面相觑。

"五大爷，五大妈是不是特爱看台湾电视剧？"

"说起来，这也是我们感情破裂的一个原因。"

"你脸色好难看。"

五岳看看身后的镜子，发现自己脸色惨白，浑身是血，他终于反应过来自己受了伤，顿时翻翻白眼，失去了意识，昏倒在地上。

"你别吓我呀！你就这么走了我可怎么办呀！"

林杏秀紧紧抱住五岳，她很害怕。她把他送到医院，护士帮五岳包扎好了，五岳仍旧不肯离去。

"护士小姐，救救我！救救我！"

"跟你说多少遍了，你死不了，一点事情也没有，回家休息休息就行了。"

"护士小姐，我真的不用住院了吗？难道你不怕我失血而死吗？"

"我跟南丁格尔发誓，就算南丁格尔复活了，你也死不了。"

林杏秀很好奇："南丁格尔是谁？"

五岳也不知道，他是个海归："是——嗯，护士小姐，南丁格尔是你亲戚？她死了你也不能拉我陪葬啊！"

其实五岳跟杏秀灵魂上是很相配的，护士气得哭笑不得，于是忙活别的去了，

第十章
每天都有人伤了别人的心

剩下杏秀和五岳面面相觑。

"别跟护士大姨生气,她可能更年期了。"

"好吧,杏秀,还是你最体谅我。"

"五大爷,刚才我以为你老婆要把我砍死了,我真没想到你居然拼了老命夺刀,我从没想过你竟然把我看得这么重要。"

"那个啊,哥哥我不是老命,哥哥我还很青春。"

"五大爷,我觉得咱们两个真是有缘分,也许这一切都是上辈子就定下的。也许这个戒指拔不下来,也都是命中注定的。"

"杏秀,哥哥我早就把你当作我的人。"

五岳抚摸着杏秀戴着戒指的手,很是感慨。而林杏秀也同样有些感动。他们四目相视,是否都已对彼此动了感情?

彼时杏秀不知道这场婚约只是个笑话,她有些陷入其中了。可是这时候深深沉浸在失恋痛苦中的思宽已经顾不上杏秀了,他只希望默默做些力所能及的事情,让可依能够活得更舒心,可最终的结果是,可依误会思宽做的这一切都是耿家泰做的。

尽管如此,尽管耿家泰确实也对可依很好,可依却放不下思宽,她还是决定接受静雨、杏秀的求和之意,她跟静雨、杏秀和好,并打算跟思宽再次见面长谈。

思宽却无意中发现耿家泰和可依一起逛街买婴儿用品的事情,而梅秋灵对他的敌意和对耿家泰的偏好更让他难过,他误会可依已经怀了耿家泰的孩子。他从未想过,那是他自己的孩子。备受打击的思宽悄悄躲了起来,他相信他对可依的成全,会让可依和她的孩子有更幸福的未来。可依找不到思宽,觉得缘分已尽,痛苦的她答应与耿家泰出国旅行散心。

这时候杏秀突然想起实际上可依早已怀孕,之前她看过可依孕吐,却把这事给忘了。静雨和杏秀终于在老家小时候捉迷藏的山里找到了思宽,思宽这才知道孩子是自己的。而这时候可依和耿家泰的航班已经要起飞了。

人总是不停伤别人的心,其实,人对自己才是最残忍的。

第十一章

有所舍，无所得

这边耿家泰和可依的飞机离开了国内，那边思宽和静雨、杏秀拼了小命赶来机场。飞机上，可依愁眉不展，耿家泰很无奈。

林家三姐弟终于赶到了机场，人流往来，林思宽盯着大屏幕上的航班讯息，根本不知道该往哪里追去。

林杏秀表示郁闷："如果今天你能追上小可依，我把脑袋给你当拖布用。"

话音未落，他们看到耿家泰独自一人从机场角落的咖啡厅走了出来，耿家泰表情憔悴。林思宽不顾面子扑了过去，揪住了耿家泰。

"可依呢？你这个骗子！你这个臭小三！你这个谋害他人感情的刽子手！"

"请你放尊重一点。小三也是有人格的。"

静雨和杏秀急忙拉开思宽，思宽仍旧很冲动："可依呢？耿家泰我告诉你，你要是敢骗我，我做鬼也不会放过你！"

"我不跟你说话，我只跟静雨说。"

林思宽不依不饶："你说，你把可依藏哪儿去了？"

耿家泰对着静雨长长叹了口气："可依在飞机上不停地流泪，我只好等到飞机落地后，又把可依送了回来，我已经把可依送回家了，可我想了想，还是决定一个人把剩下的旅程走完。现在我准备登机去了，希望静雨你这个文明人，看着思宽不要像某些野蛮人一样用屁股思考，希望静雨你能把这件事情和平解决。"

耿家泰离开了，林思宽想要扑过去，静雨杏秀紧紧拉住他。

第十一章
有所舍，无所得

林思宽涛哥附体一样大吼："耿家泰，你个骗子，我不会相信你！"

林杏秀火上浇油："行了，思宽，你是不是被附身了？大姐，老耿好有钱啊，这一来二去可依浪费的马尔代夫机票得多少钱啊？他怎么就跟去了趟铁岭似的？"

林思宽嘴硬："别跟我谈钱！庸俗！"

林静雨急忙调和："别吵了，赶紧去可依家吧，看样子还有机会。"

林思宽反应过来，急忙奔出去，静雨杏秀赶紧跟上。思宽和静雨、杏秀赶到可依家，可依却已心灰意冷，早已收拾行李，独自散心去了。思宽被梅秋灵怒斥，思宽承受了一切责骂，静雨卑躬屈膝，小妹妹插科打诨，但是都平息不了梅秋灵的怒气。更何况梅秋灵恨死了静雨这个狐狸精，更加掀起了轩然大波，思宽觉得自己是没希望了。

梅秋灵冷漠拒绝了林家人，因为她觉得有了耿家泰，她就可以把思宽从可依身边赶走，她就可以拯救可依不要沦落另一个阶层，她可真是天真啊。

还好我们的故事不是每一个都是傻瓜，总有些聪明人懂得何时该放下。郊外酒店房间，耿家泰在门外敲门，应门的人正是可依，可依看见耿家泰，有点意外，不过也没什么奇怪，梅秋灵肯定会告诉他可依身在何处。

之后可依和耿家泰在中式庭院里喝茶聊天。耿家泰沏着功夫茶伺候可依。

"老耿，跟我说说你有什么缺点吧。"

"你还没发现吗？"

"你说一个完美的人，是不是会让全世界的人爱上他？"

"当然不会。"

"为什么？"

"因为 1 加 1 等于 2 这种事，只存在于数学里。人的感情，是没有逻辑的。"

可依想了想："谢谢你能原谅我。"

"谢谢你给我机会，让我能够照顾你。我希望，我能永远都有机会。"

他们相视而笑，放下了所有的不悦。

这一天耿家泰跟可依分别后得知大风被打了，跟杏秀有关，原来大风在微博上看到了关于五岳跟杏秀结婚的一些新闻，虽然五岳不够红，订婚发发通稿、未婚妻又如此漂亮，其实也是博人眼球的，更何况他的经纪人姐姐还买了热搜，所谓营销，不就是花钱加不要脸地折腾嘛。

但是大风不懂，他不明白为什么杏秀要嫁给这种烂人，大风亲眼见过五岳的荒唐，所以他很生气地跑来找杏秀理论，原本大风已经从杏秀的生活中消失了，突然出现，杏秀没给他好脸色，两人拉拉扯扯，结果大风被杏秀在英文补习班的女同学 Rebecca 当作坏人，Rebecca 随手找了灭火器打晕了大风。

耿家泰得知杏秀答应嫁给五岳，不由很生气，他阅人无数，一看就知道五岳不是好人，耿家泰去劝杏秀，却被质问凭什么去管她，两人又是气氛不和睦，又被 Rebecca 误会了，结果耿家泰也被灭火器打晕了。

病房里，林大风旁边的病床上躺着晕乎乎的耿家泰。耿家泰阵阵干呕。

林大风安慰："男人吐吧吐吧不是罪。脑震荡都这样儿！别担心，不是有了。"

"这女神经病！她哪是神经病呀，她是奥运会扔铁饼的吧？我这脑子都被打成浆糊了。"

"还好只打了上半身。"

耿家泰感激地："大风，你考虑得也很周到！"

"男人何苦为难男人呢！"

之前因为耿家泰帮助杏秀离家出走，大风一直对他很有微词，此刻时过境迁，杏秀对待他们两人犹如草芥，两个人都觉得自己当时真多事，于是惺惺相惜地对视一眼，终于惨笑泯去了恩仇。

不过故事还没完，后来耿家泰还是放心不下杏秀，他就是这样操心的命，虽然外表看上去他应该已经看透一切。

而林杏秀却是永远放不下。校园里，林杏秀背着书包走在林荫小路上，忽然耿家泰挡在了她面前。杏秀不由得一愣。

"你烦不烦啊？"

耿家泰手中拿着一个汽车靠垫，他把靠垫顶在头上。

"耿大爷，你傻了？你干吗？"

"防你那个奥运会上扔铁饼的神经病朋友。她不在吧？"

"耿大爷，你被她打傻了吧？要顶你顶个锅呀，你顶个靠垫能防住什么呀？"

"顶锅影响形象。"

林杏秀无奈地："你都多大岁数了？你还这么肤浅？你真是太让我失望了！你找我干吗？"

"我思来想去，还是得跟你谈谈，我很担心你的未来。你不答应我离开五岳，我是不会放弃的。我不想看着你的人生走向不该走的岔路，我不想很多年后看着你生活在痛苦之中。"

"你怎么知道我会痛苦？我开心着呢！"

"你这个年纪，还没来得及体会感情的纯真与美好，却过早地陷入了物质、

第十一章

有所舍，无所得

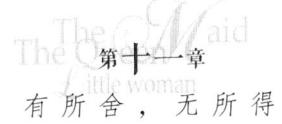

虚伪、欲望、利益、放纵等负面力量构成的陷阱，所有这些都会蒙蔽你的心灵，让你被虚荣所绑架，忘记该去何处寻找生命最宝贵的记忆。我怕的是，等你懂得什么才最值得珍惜的时候，你却已经回不了头了。"

林杏秀愣了愣："你对我这么好干吗？可——我已经答应五大爷的求婚了。"

"终身大事怎么能这么草率？"

"像你一样倒是不草率，你都四十了吧？有人跟你结婚吗？"

"不要血口喷人，我才三十六！可你才十八，你还不到法定结婚年龄呢！"

"真的吗？十八还不能结婚吗？"

"你怎么这么没文化？"

林杏秀气愤地："越有文化的越找不着对象，你没看那么多女博士白天愁论文，晚上愁嫁人吗？我告诉你，不是我想嫁给他，这都是上天注定的！你看，不管怎么拔，这个戒指就是拔不下来。"

耿家泰很好奇，他抓起杏秀的手，用力一拔，戒指竟然拔下来了。杏秀顿时愣住了，她觉得很不可思议。耿家泰研究着钻戒，阳光下，钻戒泛着光，让耿家泰的脸显得很模糊，杏秀看着他的侧脸，突然感到了内心对他别样的情感。那一刻她爱上他了，她动情地看着他，他还毫不知情。

除了钻戒，林杏秀的心里，又多了一个想要的东西。她想要的太多太多，想放下的却一个没有。

幸好静雨终于放下了，由于可依跟思宽的分崩离析，静雨觉得很对不起弟弟，她一直生活在悔悟和焦虑中，而上司万美华却利用静雨过去的秘密威胁静雨，让静雨帮自己做一切工作和杂事，静雨痛苦不堪，她决定去做义工解脱自己，希望通过帮助别人让自己的内心平静下来。

钟亦仁介绍她去了农民工子弟学校当老师，结果事事力求完美的她处处挑剔，给学生制定了超级苛刻的学习计划，搞得学生们痛苦万分，最后还跟校长起了肢体冲突。静雨意识到自己带着那个秘密根本无法继续平静的生活，她觉得自己此生无望，唯一的希望就是弟弟能够幸福。

静雨决定为了弟弟向梅秋灵低头，静雨保证永远不见钟亦仁，以此换回梅秋灵的原谅，静雨的委曲求全感化了梅秋灵，于是告诉了静雨可依藏身的地方。因此思宽找到了可依。

郊外酒店庭院，可依坐着发呆看风景，不经意间看到一个熟悉的身影，她没在意，忽然她意识到那是谁，又回头去看，那正是憔悴的林思宽。

两人四目相视，纵有千言万语，却无从说起。

林思宽扑过来紧紧抱住了可依。两人抱头痛哭。

可依呢喃:"没意思,没意思。"

"什么没意思?"

"吵架没意思,赌气没意思,我再也不跟你吵架了,我再也不跟你赌气了。"

"所有的错都是我的错。"

"那当然,不然你以为呢?"

"对对对,您说的都对。可依,我准备了好多道歉的话,可我现在都忘了,我什么都不记得了,我一想到你和我,还能像以前我们幻想的那样,去面对未来的生活,然后手牵手地慢慢变老,我就高兴得把一切都忘了。"

"我也是,我一看到你,就把所有的怨气都忘了。"

"早知道早点让你看到我了,我都不知道跟踪过你多少次了!我为了帮你抢出租车差点被一个大婶胖揍,还为了帮你公平竞争,跟那些撕你小广告的小孩打群架。"

"原来是你呀,我还以为是——算了不说啦!"

他们深情地望着对方,风波终于过去了。他向她倾诉他的歉意与深情,他这一生根本无法离开她,而她则为了自己的任性向他道歉,两人终于放下彼此的执念,决定相知相守,直到白头。

可依甚至打算慢慢接受静雨跟自己老爸的关系,就在一切归于和谐的时候,可依却偷听到静雨上司的勒索,她误会静雨跟其他人有婚外情,脚踏两只船欺骗自己老爸,可依激烈地在钟亦仁面前诋毁静雨。静雨对可依的付出,反而给自己培养了一个仇人。静雨很生气。此时的静雨,由于神秘往事、感情问题和上司的勒索,患上了严重的抑郁症。

第十一章

我的盛大混乱婚礼

由于积压的问题并没有解决,林家人的和好都只是表面的,可依接受了母亲的任务,务必对钟亦仁和静雨的关系严盯死防。可依开始一边筹备婚礼,一边偷听静雨的电话,有任何消息都汇报给母亲,果然被她打听到了一丝状况。

可依汇报给了母亲,两人鬼鬼祟祟捉奸,其实一切只是误会,梅秋灵搅黄了静雨和苏警官的晚餐。苏警官就是之前处理五岳前妻跟杏秀纠纷的帅警察,苏警官跟静雨两个相处和谐,苏警官喜欢高智商的女人,因此一直保持些微联系,好不容易约见面,却惨遭梅秋灵破坏,梅秋灵灰溜溜走了,林静雨很愤怒。

苏警官很担心:"到底怎么回事?"

"没什么,不好意思。"

"静雨,有心事你不要总是独自面对,看你总是心事重重,你看你瘦得像是非洲回来的,哪像是日本归来呀!"

"一看你就没接触过非洲大姐。你没看新闻里南非总统第五个老婆和第六个老婆加起来,能顶我国人民六个老婆了吗?"

"可怜我一个老婆还没找到。"

"那是你太挑剔了。"

"不是,我喜欢成熟的。"

"你多大?"

"三十。"

"不孝有三，无后为大，比你成熟的那还能生吗？赶紧吧。"

"我这不是赶紧呢吗？"

林静雨听出话中的意思，只好尴尬笑笑应对。

林静雨岔开话题："今天的天好蓝啊！"

苏警官哭笑不得地看着她，因为这时候天已经黑了，静雨颇有些尴尬。

静雨知道是可依背后搞鬼，这让两人的关系再度跌至低谷，静雨为了可依和思宽放弃了钟亦仁，却并没有得到应有的感激，反而被泼了许多脏水，静雨很气愤，这口恶气又为她们的关系种下阴霾。

她们的关系如此这般暗流涌动，可依很苦恼，唯一令可依欣慰的是，这时候为了给小夫妻私密的空间，静雨、杏秀和爷爷奶奶搬了出去，却就租住在思宽家的对门。尽管搬出去，双方的矛盾却一点也没少，可依想要有一个奢华的婚礼，家庭条件差距很大的亲家双方在细节等问题上根本达不成共识。

但是经历了许多磨难的可依不想再失去思宽，她悄悄取消了大量的婚礼用品和环节，思宽却偷偷买回了可依想要的一切。直到婚礼的那一天，他们都不知道对方为了自己做出的付出。

虽然思宽貌似得到了幸福，却没想到杏秀又给他添了个大麻烦。原来杏秀偷偷订了个无厘头的婚，还拿着五岳给的信用卡在朋友Rebecca的蛊惑下狂刷卡买奢侈品，杏秀以前就知道有钱好，但是年龄越大，她越来越知道有钱是这样的好。所以，她就更加放不下五岳。这样说不好，显得她很拜金，但是她不明白拜金这个字眼的意思，她只是出于本能而已，但并不意味着她因此爱上给她钱花的人。她是个看中灵魂的女人哦。

这时候杏秀发现了五岳的经纪人姐姐拿自己跟他订婚的新闻故意炒作以后，杏秀又对五岳产生了怀疑，于是她跑去找耿家泰求安慰，对方却为了可依结婚而神伤，她仍旧惦记耿家泰，越得不到的越喜欢，这就是杏秀，其实也是大部分人。

为了断了耿家泰的念想，杏秀决定带耿家泰参加可依的婚礼，让他最后一次见可依，也能彻底与可依有个了断。

婚礼上，思宽为了可依不得不让耿家泰参加仪式，但他心中不忿，婚礼场地角落，林思宽一边跟不同人假笑着打招呼，一边警惕地巡视着，他终于看到了目标，急忙奔过去，原来他要找的人正是耿家泰。

耿家泰一个人在角落里喝着红酒。

林思宽扑过去抢过红酒。

第十二章
我的盛大混乱婚礼

"这不是给你准备的!"

耿家泰抢过来一口喝光,又吐了半杯回来。

"我喝的是可依那一半,剩下的还给你。"

耿家泰把剩下半杯酒递给林思宽,林思宽自然不肯接,两人推杯换盏一样推来推去角着力,谁也不肯认输,一不小心那杯红酒飞了出去,只听一声尖叫。两人都吓傻了。

原来红酒洒在了不知何时赶来的可依身上。可依大惊失色。

"我的婚纱!我千挑万选的婚纱啊!你们对得起我老娘千挑万选的——好几个胸垫吗?我恨你们两个臭男人!"

愤怒的可依跑了出去,旁边的几个宾客不知所以,林思宽急忙追了上去,耿家泰也想追,跑了几步,想了想,还是停在了原地。他懂得分寸,虽然他不满思宽,但这个时候,他不能再让可依为难。

场地僻静处,林思宽终于追上了可依,他抱住她,跟旁边的宾客掩饰着:"我们俩排练下等会儿婚礼上的演说词,排练一下。"

可依噼里啪啦地打着紧紧抱住自己的林思宽。

林思宽尴尬地解释:"她的意思是,打是亲,骂是爱。"

林思宽费劲地终于把可依拉到了暗处:"可依,可依,千山万水都走过来了,婚纱上的一滴蚊子血有什么关系?"

可依激动地说:"我想要的一切都被我取消了,我只剩下这件婚纱是我想要的了,剩下的一切都不是我想要的。"

"明明没取消,玫瑰花不是都布置好了吗?像你想的那样,玫瑰花铺满过道,穿着长裙的姑娘为宾客演奏着协奏曲,婚礼的时候撒下漫天玫瑰花瓣,自助餐也是你想象中的那些食物,所有的冷盘、主菜、甜点、红酒都在,一个也没少呀。"

"那都是奸商吃饱了撑的赠送的,怎么可能有好货?"

"可依,那都是我在你取消这些以后,偷偷去补交了费用,奸商们才重新提供的,你没仔细看过那些玫瑰花吗?你要是不花钱,奸商还不用塑料花或者残花败柳对付你?怎么可能有那么完整的新鲜的玫瑰花?还有那些自助餐,那都是货真价实的呀。"

"那我本来想替你省的钱,一分钱也没省下?"

"我不想让你在这件事上退步了,我只能做到这么多,我想把我能做到的都给你。虽然这是多么空洞的一个诺言,但我是全心全意地向你许下这个诺言,这一辈子,我会用尽自己的全部力量去遵守。请你相信我。"

可依感动地抱住了思宽。

可依忽然想起什么："对了，思宽，你去给老耿道个歉吧。我刚才看到了，是你挑衅他的。"

"才不是。明明是他挑衅我。"

"我说你挑衅就是你挑衅。你有意见吗？"

林思宽不情愿地："好吧。"

可依和思宽在众宾客中寻找，终于找到了耿家泰，耿家泰正在自助餐处取甜点。耿家泰看上去有些醉意。

林思宽讽刺："你不怕肥死？"

"我是天然瘦，才不像某些人怕高热量，只好先天不足后天努力。"

可依掐了下思宽："赶紧道歉！"

林思宽嘴硬："我没空跟你在这儿玩幼稚，我为了可依，才来跟你道歉。"

思宽扭过头去："对不起！"

耿家泰："我也是为了可依才原谅你！"

耿家泰也扭过头去；"没关系！"

"你这个变态跟踪狂，你牛什么牛？"

"我怎么就是变态跟踪狂？"

"你还否认？那你电脑里那些失踪女孩的照片是怎么回事？你居然还偷拍可依的照片？你说你——"

林思宽忽然愣住了，耿家泰也愣住了。

"林思宽，你怎么能看到我电脑里的照片？"

"今天我结婚，有什么事，我明天再告诉你。"

"你说，你什么时候看到了我电脑里的照片？你怎么能打开我的电脑？"

可依只好劝和："误会，都是误会，既然如此，我也不能瞒你了，老耿，事情是这样的。很久以前，我还在那家事业单位的时候，在给学生上课的时候不小心睡着了，被学生家长拍了照片和视频，投诉到你们公司小黄易网站那里，我听她说的那个认识的人，似乎就是老耿同志你！然后我请你吃饭，想吸引住你的注意力，而思宽呢，就负责悄悄地把你的笔记本偷出来，哦不，是拿出来把照片删掉。当然了，最后的结果是，他什么也没看到。"

"当然没有了，我根本就不知道这事。"

"谁说我什么也没看到？我看到你电脑里有个照片文件夹。"

思宽想起当时自己看到的情景，餐厅洗手间里，思宽正在查看耿家泰的电脑，

第十二章
我的盛大混乱婚礼

E 盘照片文件夹,里面两个文件夹:一个标题是"编年",另一个却是"失踪的女孩们"。

林思宽好奇地打开了"失踪的女孩们"文件夹,林思宽大惊失色,因为他一眼就看到了可依在机场的照片,而且那分明是一张偷拍的照片,照片名字叫做"我的她"。"失踪的女孩们"文件夹里除了可依的照片,还有一个文件夹,叫做"从前"。林思宽打开了"从前"文件夹,看到了几个女孩的照片,照片名字就是女孩的名字。

想起这一切,林思宽索性脱口而出:"耿家泰,我对你怀疑很久了,今天你就给我说清楚,照片里的女孩们到底是谁?还有,你为什么把可依叫做'我的她'?"

耿家泰愣住了。

林思宽得意了:"你没话可说了吧?可依,我就跟你说他没安好心吧?"

耿家泰伤感地:"本来我不想告诉你们的,因为一切实在是太巧了。其实那些照片,是这些年来新闻里报道的在放学路上失踪的女孩,而我之所以保存那些照片,是因为十五年前,我妹妹也在放学回家的路上失踪了。我找了我妹妹很多年,却从没有任何结果,直到那天我在机场第一次碰见可依,我恍惚以为,我妹妹已经长大成人了。"

原来如此啊,当初的一见钟情原来是另有原因。

可依恍然大悟:"原来是这样?我一直纳闷,那天第一次遇到你,你怎么直勾勾地就扑向我了?我觉得我也没那个一见钟情的本事吧。"

耿家泰似乎自言自语、带着醉意:"但我跟可依一说话,我就知道,她不可能是我失踪的妹妹,尽管如此,她却那么像她,让我忍不住一直跟着她。慢慢地,我竟然对可依有了莫名的好感,直到有一天,我想我爱上了她。"

林思宽怒了:"你们俩接触有限,你能爱她什么呀?还不是贪图可依的美色!"

可依不好意思地:"哎哟喂!低调,低调。"

耿家泰动容地:"我爱可依,爱的是——她竟然那样全心全意地付出,至死不渝地爱着自己的爱人,无论发生了什么,她这一生只有一个目的,就是跟她的爱人在一起。在这个世上,林思宽,有一个人这样爱着你,你可知道你有多幸运?"

思宽愣住了。

耿家泰叹息道:"珍惜吧,兄弟。"

耿家泰端着甜点大快朵颐着走远了,思宽突然紧紧抱住可依。

"思宽,你没生气吧?"

林思宽感动地:"我开心还来不及。我终于要娶到你了。"

女仆女王小女人

两人紧紧拥抱在一起。思宽跟耿家泰终于冰释前嫌。这些傻乎乎的大人们为了感情问题吵个不停,却没人注意到有神秘的小男孩混了近来,他很胖,一个人躲在角落里吃自助餐。

如果静雨早点注意到这个小胖子,事情就不会闹到后来的地步,可惜婚礼上静雨不巧抑郁症爆发,表现特征是到处擦,这一日来到婚礼的酒店,撞见钟亦仁和梅秋灵在亲戚面前做出来的亲切样子,她气得半死,奔到洗手间,竟然发现酒店洗手间台面有污渍,索性锁上门擦起来。

静雨不知道,这之前正好梅秋灵感到肚子不舒服。梅秋灵冲进了洗手间的格子间释放存货,出来的时候梅秋灵才发现,静雨正在神经分兮地擦洗手间台面。两人一言不合,互呛起来。她们不知道,房门外的清洁员推不开门,误以为洗手间的门坏了,于是从外面锁上门,挂上了暂停使用的牌子。

两人对呛完了,才发现出不去了,这时候真是叫天天不应,叫地地不灵。锁在洗手间听到了婚礼开始的声音远远传来,她们面面相觑,决定停止争吵,合力用垃圾桶撞门出去。众人目瞪口呆地看着冲出来披头散发的两个人。为了面子,两人佯作和好。在亲戚面前,钟亦仁也装作和静雨不熟的样子。

婚礼继续进行,这时候那个神秘的小胖男孩看见了静雨,他一愣,然后跑上舞台中央。他一把抢过主持人的话筒,大声喊起来。

"大家好,我是新郎姐姐林静雨的儿子林天响!我今年十二岁。各位大叔大婶大爷大妈,我在这里久仰久仰!"

大家都莫名其妙,可依、思宽、梅秋灵、钟亦仁、前排的林爷爷林奶奶、杏秀全都愣住了。静雨本人更是愣在当场,这时她看到不远处有个人也愣在那里,那正是急忙赶来参加婚礼的苏警官。静雨紧张地看看钟亦仁,他也是瞠目结舌。

静雨回头看看林天响,他笑嘻嘻地看着她。静雨大惊。静雨再看看家人的表情和周围人惊诧的表情,不由感到天旋地转,周围所有都模糊起来。

如何才能得到爱?你要忘记一切、不顾一切、不怕一切,最重要的是,付出一切。

第十三章

情场如战场

　　原来静雨12年前偷偷有了这个孩子林天响,静雨回国前拜托朋友齐洁帮忙照顾一段时间,可是天响很叛逆,静雨的朋友怕出了乱子,于是悄悄把他送回来,他们到了机场,天响竟然溜走了,因为天响知道自己的舅舅这天结婚,他想在婚礼上昭示自己的身份,并让母亲丢脸,于是擅自跑到了婚礼上。

　　静雨很痛苦,决定向弟弟坦白自己的所有秘密。

　　谁知道可依看到天响的存在,更加对静雨的人品产生怀疑,她偷偷跟思宽告状,把自己曾经偷听到静雨和上司电话的事情告诉了思宽,只言片语让可依误会并怀疑静雨和其他有妇之夫有婚外情。思宽的质问让静雨很伤心。静雨最终没有告诉思宽自己的秘密。静雨很生可依的气。

　　跟思宽的矛盾让静雨觉得这里没有她留恋的东西了,她决定放下所有一切带着天响回日本,走之前约钟亦仁见面,决定在她走之前前,此生见最后一次,她想跟他解释清楚所有一切,包括天响,包括自己的秘密。

　　谁料到这次见面却被梅秋灵得知,梅秋灵和可依做局,破坏了这次约会,在梅秋灵刺激下,本已打算退出的静雨和梅秋灵当面宣战争取钟亦仁。生气的静雨径直去了钟亦仁家。钟亦仁开了门,静雨没说话,她忽然抱住钟亦仁,用力吻了他。一时间意乱情迷。他们拥吻起来,跌倒在沙发上。

　　该发生的就这么发生了吗?都等了好久哦,好不容易。

　　该发生的继续发生。静雨和亦仁深吻中,终于钟亦仁意识到问题:"静雨,这样不妥。"

　　"我跟思宽闹翻了。"

"我们这样是不对的。你现在很明显在闹情绪,我不能乘人之危。"

"什么是对?什么是错?你真的明白吗?从此我不再是思宽的姐姐,我只是一个不想终生遗憾的可怜人。也许明天我就会死,可我不想就这样带着遗憾死。我这一生,失去的太多,得到的太少,我不知道,什么才真正属于我。我只知道,我唯一能留下的,就是现在这一刻。"

林静雨说完,紧紧抱住了他。她很激动,有些颤抖,而他轻抚着她的头发,等她渐渐平静。所以该发生的还是没发生吗?是的,好可惜啊。

林静雨的生活却仍旧一团糟。在她上司万美华办公室,林静雨站在办公桌旁愁眉苦脸,万美华怒气冲冲地跟她发脾气。

"林静雨,你最近怎么回事?你看看你做的报告,什么破玩意?我以为你好歹也是个留美博士,怎么着也有一点水平,你帮我做的那版报告我看也没看,直接就发给了领导,结果Luke今天打电话跟我大发雷霆,说里面错误百出,甚至有很多计算错误!你到底是怎么回事?你别忘了咱们的约定,当初咱们说好,你好好帮我做事,我帮你保守以前你的那些肮脏的小秘密!我可是信守诺言,可是你呢?我知道你跟红成房地产老总钟亦言的哥哥钟亦仁关系好,要不然当初你也要不到那么多内部数据,你是不是想让我跟钟亦仁聊聊你的那些日本往事啊?你这点小秘密要是牵扯到钟亦仁,再牵扯到钟亦言这个知名人士,那可就变成了国际丑闻了你知道吗?"

林静雨紧张地:"您别瞎说了,我和亦仁不是私人关系好,只是有亲戚关系,他是我弟弟的岳父。"

万美华怀疑地:"我才不管你们是男女关系还是乱搞关系,赶紧把这份报告给我改好。"

林静雨点点头出去了,她去了公司楼梯间,犹豫许久,终于下定了决心。她拨通了钟亦仁的电话。

"亦仁,原谅我这么反复无常,我实在是舍不得你,才会这样反复无常。昨天见你的时候我还想,这辈子我都不要离开你,可我想了想,咱们还是不要见面了。我不想给咱们双方的家人带来困扰,我更不想给你带来麻烦,我命不好,我怕我把我的噩运传染给你,我不想害了你,但是请你记住,如果你能好好的,我愿意为你做任何事。"

"你是不是有什么难处?你跟我说,咱们一起解决。"

"没有,真的没有,希望你一切都好。"

静雨挂断了电话。她很难过。她爱他,所以必须离开他,她不能带给他混乱

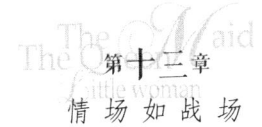

第十三章
情场如战场

和难堪，牺牲，是爱一个人基本的要求。静雨不甘心，可因为上司万美华不休止的勒索，静雨还是决定放弃这段感情，因为静雨意识到自己的秘密只会给钟亦仁带来麻烦，有的时候放手也是一种爱，他与她作别，他很不舍，但是却很无奈，静雨觉得，某种程度上他也是为了女儿而放弃自己。经过这次折腾，静雨觉得自己永远无法跟可依和解。

可静雨要面对的麻烦不止这些，还有天响这个叛逆期的孩子跟让她头大，母子俩争执后，天响跟静雨负气离家出走，住进了思宽家。为此可依很抑郁，自己的婚姻从没有两人世界的日子，而且马上孩子就要出生了，他们永远不会再有两人世界，可依很难过，反而把这笔账算到了静雨头上，她觉得她的蜜月被静雨毁了。看来她们是永远不会和好了。

林静雨爆出惊天大秘密，林杏秀也不甘示弱爆出了大事件。原来五岳送给她的那张信用卡是属于他姐姐Lisa的，当然还卡的钱都是五岳赚的，可是名义上杏秀确实犯了法，Lisa觉得弟弟精虫上脑，居然看上那样一个绣花枕头，五岳被讽刺智商低不由大怒，姐弟俩闹得不欢而散，五岳完全没想到自己的这种做法会害得杏秀大祸临头。

很快，林家的又一个狗血事件即将登场了。这一天，林奶奶正跟着电视唱京剧，咿咿呀呀的好不热闹，她还拿着一把剑，正在练着刀马旦的身手。林爷爷颇为欣赏地看着林奶奶。

"婉儿啊，你太有才了！"

林奶奶娇羞地："就你看人家什么都好。"

"真好，真好，是真的好。"

这时有人敲门，林奶奶拿着剑去开门，门外站着的，却是冷着脸的Lisa。

"请问这是林杏秀的家吗？"

"是的，请问您是——"

"我叫Lisa，我是——哎，说来话长，其实我跟杏秀不熟，是我弟弟五岳，他和杏秀打算订婚——"

林奶奶大惊："什么？"

"您还不知道？那我——我还是先闪吧。"

林奶奶一把揪住Lisa。她一手拿剑一手揪人，毫不费力。

"你给我说清楚。"

Lisa挣扎着："哎哟哎哟，你这个老人家怎么这么大劲儿？你是花木兰还是

穆桂英呀!"

林奶奶不由分说,把Lisa揪进来,丢在了沙发上,Lisa想站起来,林奶奶一把将她推倒。林奶奶撸起袖子,一手拿着剑,一手掐着腰,看上去很是威武。

"你叫什么来的,叫你什么傻的?你赶紧给我从实招来。"

Lisa眼神闪烁:"老人家您真会开玩笑,您别对我这么暴力呀,以后咱们就是亲戚啦。"

Lisa一边说一边想要站起来,当然被林奶奶一把推倒在沙发上。

Lisa盯着奶奶的剑,很忐忑:"杏秀跟我弟弟感情好,那就跟我的亲妹妹一样不是?我疼她还来不及呢,这不,她刚把我的信用卡给刷爆了,我一点都不在乎,好几十万人民币呢,就是她亲姐姐,对她也没这么好不是?"

林奶奶大惊:"你说什么?"

林爷爷惊讶地:"我这辈子都没见过几十万呢!"

林奶奶提着剑上前一步:"你是来要账的?"林奶奶看上去很是威武雄壮,吓得Lisa闭眼大叫:"不是不是不是。"

"那你来干吗?"

"我是来——我是来正式拜访亲家的。求求您二老了,我弟弟那可是个青年才俊,你就成全了他们俩吧。"

"我还没见过活人呢。"

Lisa急忙掏出背包中的一本五岳自传:"这是我弟弟的自传,你看他是不是又帅又有才华?"

林奶奶盯着五岳的大头帅画:"嗯,齐家呀,你看看,这小伙,还真是颇有你当年的风采。"

林爷爷不屑地:"也就有我一个小指头那么多的风采吧。"

林奶奶突然态度一百八十度大转变,笑容满面地靠近Lisa。

"杏秀她大姑姐呀,请多担待,照顾多有不周。"

Lisa盯着奶奶的剑:"周周周,非常周,大米粥、瘦肉粥、各种粥。"

林奶奶急忙把剑放在茶几上:"择日不如撞日,今天我们老林家就请你和你弟弟一起吃个便饭好不好?也让我们老两口好好看看这未来的女婿?订婚的事咱们以后再谈,杏秀她还不到国家法定结婚年龄,咱们不能违法是不是?"

奶奶的剑这时候"咣"地一声落在地上,砸到了Lisa的脚。

Lisa胆战心惊:"不能违法,不能违法。"

Lisa赶紧通知五岳来吃饭,五岳这人啊,天不怕地不怕,最害怕就是见女

第十二章
情场如战场

朋友的爸妈。不过他还是硬着头皮去了。五岳嘴甜人帅,又故意隐藏自己的花心属性,爷爷奶奶居然觉得他不错,这门婚事好像成了真的一样,但是Lisa却悄悄骂了杏秀一顿,她警告杏秀对自己弟弟好一点,不要红杏出墙,Lisa警告杏秀,如果敢不守妇道,就以盗刷信用卡的名义起诉她。杏秀当时被镇住了,没敢争辩,不过她回头想想,好像不对吧,出轨有瘾的那个是五岳啊,杏秀这口恶气无处消化,于是找了耿家泰出来见面,假装这样算是出了轨,让自己心里痛快一点。她不了解这个世界,她却感受到了世界足够多的恶意,她不懂为什么自己要承受这些,她想抗争,却不知如何去做,但是那并不代表她没有机会得到真正的爱。

第十四章

亲爱的，我好像出轨了

　　见过耿家泰以后，耿家泰仍旧对自己没什么男女之间的感觉，反而劝自己好好学习，这让杏秀觉得有些无趣，而且无能为力，她真的很喜欢他，可是没有结果，就这么算了吗？刚好五岳约她，她决定还是给五岳一个机会。或者说她想给自己更多与这世界接触的机会。

　　他们相约见面，五岳牵着杏秀的手进了自己的工作室。工作室很宽敞，室内挂了、摆了许多画。他的画多数是惟妙惟肖的肖像，以女性为主，女主角们或惆怅，或性感，或撩人，或迷茫，或空洞，还有一些江南小镇古色古香的美人，总之一片凄风苦雨。

　　"五大爷，你的工作室可真不错！这都是你画的？"

　　"你看我这才华不是横流，是上下左右流。"

　　"就看见下流的了。"

　　五岳大笑："宝贝啊，你还是那么风趣。"

　　五岳假笑着，抱住了杏秀："咱们要不要找个有床的地方？"

　　"不用，我喜欢这儿。"

　　"杏秀你真是没让我失望！我就喜欢在地上到处滚。"

　　"那你滚滚给我看呗！"

　　五岳无奈地："一个人滚没意思。"

　　"那两个人滚？你不早说！"

　　"两个人摞在一起滚最好玩了。"

　　五岳又笑嘻嘻地扑过来，杏秀却正好转身，他不小心扑了个空。

164

第十四章
亲爱的，我好像出轨了

林杏秀转身开门："小陈，进来一下。"

门外五岳的助理小陈进来了。小陈看上去很壮实。

小陈询问："您有事？"

"五大爷说一个人满地滚没意思，你跟他两个人滚滚给我看，我倒想看看，滚能滚出什么花样来？"

小陈奇怪地看看五岳，五岳太丢脸了，只好装模作样地在地上滚起来。

五岳振振有词："这是印度最新改良瑜伽，多滚滚有助于延缓衰老。"

林杏秀很开眼界："嗯，延缓衰老这个瑜伽确实适合你。对了，你不是说撂在一起滚最好玩了吗？"

五岳急忙答应着："对，对，对。"

小陈闻言趴在五岳身上，两人面对面很是暧昧。

小陈奇怪问道："五老师，是这样撂在一起滚吗？"

五岳大惊："不对不对。"

五岳转过身来想跑，却正好背对着小陈，小陈抓住五岳："那是这样滚吗？"

五岳哎哟一声扭了腰，被小陈按在身底下动弹不得。

这时Lisa推门进来："老远就听见你们在里面大声叫，叫什么呢？"

Lisa看见小陈趴在五岳后背上不由吃一惊，急忙捂住眼睛："小岳呀，你什么时候好这口儿呀？你就不怕得痔疮。"

林杏秀解释："他这是练印度改良式瑜伽呢，有助于延缓衰老，Lisa姐，你也得练练！对你有好处。"

Lisa一脸怒气："你怎么来了？你不知道你会打扰小岳创作吗？"

"我可没打扰他，他说他最近创作枯竭，他说我来了能带给他灵感我才来的，你别以为我上赶着求他！"

"小小年纪，谎话张嘴就来！小岳，你就这么由着她骗你？"

五岳慌慌张张："救命！救命！腰！腰！老腰！"

小陈这才反应过来，急忙把五岳翻过来。两人面对面四目相视近在咫尺，小陈一愣。

五岳奇怪："怎么了？"

"第一次这么近距离地看您的眼睛，终于明白为什么那么多女人爱上您了！"

五岳尴尬地："小陈呢，控制一下自己，还有别人在呢！"

小陈不好意思地："五老师，人家还没谈过恋爱呢！你就原谅人家的冲动吧。"

小陈抱着五岳放在椅子上。

五岳无奈地："哎，真是作孽呀！"
林杏秀关切地："五大爷，老腰没断吧？吓死我了。"
这时杏秀电话响了，杏秀一看是"耿家泰"来电。
杏秀不由羞涩一笑，急忙跑出去接听电话。
五岳没注意，Lisa却看在眼里。
Lisa紧张地："林杏秀出轨了！"
"你怎么知道？"
"你平常背着各种老婆出轨的时候，都是这副表情！"
"没有证据别瞎说。"
Lisa愤怒地："证据？出轨两字都写到林杏秀脑门上了！我就不信我找不出。"

Lisa还真的跟踪杏秀找证据去了，不过证据没找到，反而被发现跟踪，杏秀非常生气，于是故意去约耿家泰见面，她本意如何，自己都想不明白，就是觉得不能无端端被冤枉，可是这个傻子，也不能真的就去坐视污名吧，毕竟她还戴着五岳送的钻戒，大约是因为，五岳作孽太多，这次报应来了。

其实这一次，每个故事里的人都走在出轨的路上。这时候的静雨面临着很严重的母子关系问题，天响很想妈妈，于是用调皮捣乱的方式引起她的注意，她没有回应，最终让天响对她彻底失望。为了儿子能够原谅自己，她百般认错，却无力回天，天响总是使出各种法子惹怒静雨。苏警官帮了很多忙，天响的父亲成谜，也很显然他的成长过程中缺失了父亲的角色，苏警官迅速赢得了天响的好感，因为天响认为强壮的苏警官可以保护自己跟妈妈。

钟亦仁本想帮忙，却发现已经插不上手。钟亦仁默默接受了这一切，他想让静雨得到幸福。多疑的梅秋灵却怀疑钟亦仁出轨，怀疑他与静雨旧情复燃。这时候的可依非常希望母亲不要再这样忐忑度日，她去恳求父亲跟母亲复合，看着大肚子的可依，看着可依痛哭，钟亦仁心软了，他决定再给前妻一次机会。

这一天，曾经共同读本科的大学校园里林荫路上，梅秋灵正在徘徊，忽然有人喊她，来人正是钟亦仁。梅秋灵很惊喜，两人聊了几句家常，得知是可依安排两人复合，梅秋灵愣了愣："我们有多久没有这样平心静气地说过话了？"

"很久，久到我已经不记得上次是什么时候了。"

"你还记得咱们好的时候吗？"

"岁数大了，具体的事情有些不记得了，但是那些感觉，我却永远都记得。"

"那时候你会紧紧搂着我，就算一言不发，我也能明白你想什么。"

第十四章
亲爱的，我好像出轨了

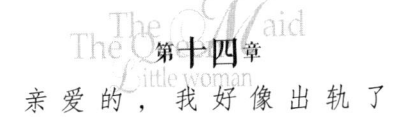

钟亦仁想了想，靠近她，搂住了她的肩膀。梅秋灵一愣，他们都很不自然。钟亦仁终于还是放下了手。

梅秋灵伤感地："过去离现在，到底有多远？"

"不是远，只是，回不去了。"

梅秋灵很悲伤："就这么算了吧，我认命了。"

她独自走远了。钟亦仁看她远去，也很伤感。他们都知道，过去结束了。

回到家里，梅秋灵已心如死灰，她表情很悲伤，但情绪却已经很平静。可是可依不甘心，她又去找老爸谈判："爸，求你了，咱们全家一定会幸福的。头掉了碗大个疤，不就是复个婚吗？"

钟亦仁无奈："我也以为是这样的，但是，不是的。"

"怎么就不是呢？"

"可依，以后不要总跟思宽吵架，也不要跟他相互隐瞒，一定要坦诚相待，一定要相濡以沫，一定不要互相伤害。因为伤害会把所有的爱都耗尽，伤害会把曾经相爱的人变成陌生人。美好的记忆只能是记忆，痛苦的往事也只能是往事，过去的就都过去了，人是很难回头的。记忆跟现实，就像两个平行世界的自我，尽管同样存在，但是永远无法相遇。"

可依愣了愣："你和我妈是过去，你和静雨是未来，是这个意思吗？"

钟亦仁摇摇头："如果你也曾经失望过，你就会明白我的意思，但是，可依，爸会为你祈祷，希望老天爷能保护你这辈子都不会被失望的痛苦所伤害。"

可依想了想："不管怎么样，你要是还跟静雨在一起，我就只能跟我妈统一战线了，老爸，天底下女人那么多，你要是再婚三婚七八婚，我都不会怪你，但你要是婚了静雨，那我只能跟你断绝关系了。你可别怪我不孝，那你这辈子可就做不成我儿子的姥爷了，到时候我们一家人幸福地生活在一起，静雨好几十岁了，又铁定是生不出来的，到时候你一定会看着我儿子后悔的。"

钟亦仁难过地："我明白。我早就明白。"

钟亦仁决定为女儿放弃自己的感情，其实他错了，他是他自己，女儿是女儿，都是独立的个体，怎么可以混为一谈，为什么要为彼此付出？女儿只是为了小小的面子而已，却要伤害自己的亲人？

钟亦仁跟梅秋灵无法复合，静雨却深知自己因为可依的缘故失去了钟亦仁，但可依仍然把父母失和这笔账算在静雨头上，因为梅秋灵恨静雨，她无法优雅走开，所以可依也无法释怀。

但静雨还要面对更麻烦的事情，原来这时候她的上司万美华因为一个失误害得公司亏损上千万,万美华被开除了,却误会是静雨从中捣鬼。可这时候不管万美华跟上级Luke说什么关于静雨的坏话,Luke都不肯相信她。万美华被赶出了公司,她临走前恶狠狠地告诉静雨,她一定会报复。

　　静雨大惊,她不在乎自己再受什么伤害,可她很担心万美华会因此而伤害天响。可天响却比她的想象成熟得多,他愤怒地离家出走,是为了吓唬静雨,让静雨不要过度管制他,他出走却不走远,只是住到对门的舅舅舅妈家,就是为了活得更加滋润。

　　这天早熟的天响闲得无聊,就忽悠思宽,不要告诉可依,思宽这次出差是跟女上级在一起。之前可依就为了这个女上级夏天跟思宽吵过架,思宽有些害怕可依再次动怒,于是听了天响的忽悠,决定瞒着可依。

　　谁知道思宽跟夏天出差的时候被关在有问题的电梯里,电话不通,杏秀误以为思宽出轨,帮忙掩饰,种下祸根。

　　而电梯里确实发生了一点暧昧的事。夏天告诉思宽:"你很优秀,相貌不凡,思维敏捷,虽然出身在一定程度限制了你,但也磨炼出你坚韧的性格,你一定会出人头地,钟可依没什么缺点,她是太平庸,她一定会用各种家长里短、柴米油盐拖你的后腿,把你陷入一个俗世主夫的境地。思宽,你需要的,是一个能帮助你实现人生价值的伴侣。"

　　林思宽严肃地反驳:"可依一点也不平庸,她懂什么才是人生真正的意义。"

　　"什么是真正的意义?"

　　"真正的意义,就是不追求意义,只是做一些无意义的事情,却仍能得到内心的平静和欢喜。"

　　夏天不屑地:"庸人之见!"

　　"即使可依真的平庸,我也愿意跟她做一对平庸的俗世夫妻,相知相守,直到白头。"

　　"那是你自欺欺人。你被拉低了,你可以更好。"

　　"自欺欺人也好,俗世主夫也罢,这都是我的世界。"

　　夏天想了想:"你放心,我不会让这件事情影响工作。而且我相信,有一天你会向往我的世界,到时候我们会有一个全新的开始。"

　　林思宽无言以对,气氛一时很尴尬,他又想哼歌,他刚张嘴,夏天就制止了他。

　　"不许哼歌!不然扣你工资!"

　　林思宽只好紧闭上自己的嘴。夏天和林思宽不小心对视上目光,林思宽急忙

第十四章
亲爱的，我好像出轨了

转过头去。

林思宽有些尴尬："其实我有缺点，一紧张就出汗，一出汗就脚臭。"

"我说怎么一直有股怪味呢！钟可依是怎么忍受的？"

"这就是婚姻。你不懂的。"

夏天不由皱起了眉头。对她来说，婚姻生活太真实了，会让她觉得自己从前的生活成了假象，而那假象，是她存在的理由。

由于真的有些不可言说的情绪发生，思宽回来后为了不让可依担心，也不承认自己出差陷入险境的事情。谁知道可依无意中从杏秀那里知道了真相。可依误会思宽撒谎，她还发现正是静雨、杏秀帮思宽隐瞒跟夏天在一起的事情，可依不由大发雷霆，她冲到静雨那里去发脾气。

"林静雨，你害得我爸妈复不了婚，我还没跟你算清这笔账，可你居然骗我？你说，你和林杏秀是不是帮着林思宽瞒着我？林思宽是不是跟他那个女上司夏天出轨了？"

静雨还没回答，可依忽然捂着肚子跌倒在地上，她流血了，流到了地面上。爷爷奶奶急忙奔过去。

林奶奶喊："快打电话叫救护车。"

可依大喊："我不去！你们别管我，我是个孕妇，我荷尔蒙失调！我要死了！我不活了！你们把林思宽给我叫来！你让他把话给我说清楚！他怎么能骗我呢？"

可依神经质地大哭起来。林奶奶无奈地抱住可依。

是这样的，你不信他，你会恨他一生。你若信她，她便是魔鬼。在耿家泰的家里，林杏秀故意装不幸吐槽自己的大姑姐Lisa，趁机灌醉了耿家泰。

耿家泰笑话他："你平时作的孽，这次都遭报应啦！"

"所以我要把气撒在你头上。"

耿家泰笑了："你怎么撒？"

林杏秀突然借着酒劲吻住了他，他也晕乎乎的，不由愣住了，他给了她回应，一时间柔情蜜意。半晌两人的嘴终于分开了。

林杏秀好奇："感觉怎么样？"

"我要是十八我就昏死过去了。可我已经两个十八了。"

"所以呢？"

"所以我还是睡死过去吧。"耿家泰跟跟跄跄走到沙发处躺下，"你回吧，太晚了，不送了。"

林杏秀扑过来意犹未尽，可他已经睡过去了。杏秀很气愤："你这样，是因为小可依吗？她都是孩子妈啦，你还为她守身如玉呀？她还能给你立贞节牌坊呀？"

耿家泰一直没反应，杏秀不由转转眼珠，打起了鬼主意。

沙发上，耿家泰沉沉睡去，林杏秀躺在他旁边，用手机自拍了很多暧昧照片，还在一块纸巾上涂了一点番茄酱。忽然耿家泰醒了。林杏秀急忙一副伤心状。

"杏秀，你怎么还没走？"

"是你拉着我不让我走！刚才你喝得兽性大发、毫无理智，抱着人家不撒手，人家说人家还是清清白白的女孩，可你说你会负责任的，就这么按住人家，活生生地把人家——把人家——呜呜呜——"

耿家泰摸着脑袋："不可能吧？"

杏秀急忙给耿家泰看手机里的照片："不信你看照片。"

"要是那个什么的话，那么忙，你怎么还有空拍照片？"

林杏秀掩饰地："不信你看！"，她指着手中纸巾上的番茄酱，"还有血！这个你不能抵赖吧？我不管，你要对人家负责任！"

耿家泰完全茫然失措，正要看那张纸巾，却被杏秀收起来，只好任由杏秀扑进自己怀里。他很担忧的表情，他不知道，杏秀还在他怀中偷笑。

后来耿家泰驱车来到林思宽家楼下送回了杏秀。

"杏秀，回去好好休息，今晚的事，我一定给你个交代。总之都是我不对。"

林杏秀却深情地望着他。

"怎么了？"

"原来所谓的爱情，真的很甜蜜。"

耿家泰有点尴尬地看看杏秀，她一脸笑容，而他仍旧满脸不解。

第十五章

马有失蹄，人有背运

思宽紧张地送可依入院，可是可依赌气不肯住普通医院，一定要父亲把自己送进高等病房，思宽不愿意用岳父的钱，但是此时无奈，只好从了可依。不过钟亦仁却一时冲动，在梅秋灵面前表现出了和静雨的关系，因此梅秋灵仍旧对静雨态度不屑，还为了思宽家经济基础太差等事情冷嘲热讽，这让思宽心中悄悄对可依母亲有一些微词。

静雨因此对梅秋灵不满，并进而也对娇纵的可依不满。静雨无意间表现出来，她觉得可依太娇贵，而梅秋灵教子无方。孕期的可依十分易怒，与静雨大吵，思宽心疼可依，为了安抚怀孕的可依，训斥了静雨。静雨很生气，与思宽断绝来往，打算带着天响远走他乡。

跟弟弟关系闹成这样，让静雨很痛苦，此外，静雨纠结于上司万美华的报复，纠结于天响的叛逆，导致抑郁症加重。无奈中静雨决定给万美华一笔钱，让她从此远离自己，并且作为对万美华失业的赔偿。抑郁的静雨一直水米不进，结果这天夜里胃病复发，她想让杏秀帮忙买药，但是杏秀却忘了，杏秀忙着见耿家泰呢。

杏秀从楼里跑出来，耿家泰的车停在楼下，杏秀上了副驾驶。

"亲爱的大爷，想我了吗？"

杏秀打趣那天夜里的事，那天她在纸巾上涂了番茄酱，以此忽悠耿家泰对自己负责，她喜欢耿家泰很多很多，对五岳只是有一点点喜欢，这两个男人都外表英俊事业有成，都是她所喜欢的，他们能给她生活上的安全感，可是五岳毕竟只是个备胎，从道德上来说五岳真的很差劲，当然杏秀跟五岳也

不过是五十步笑百步而已。

可是耿家泰还是对杏秀不上心："可依怎么样？"

原来他是通过杏秀发现可依住院，于是找机会过来跟着杏秀去医院的。

"没事，一点事都没有，你放心吧，她和孩子，都身体杠杠的。"

"你带我去看看她，看看我就放心了。"

林杏秀看着耿家泰英俊的侧脸，心里觉得很不爽，她决定出大招，忽然抱住了他。

"我好喜欢你呀，你要对我负责任呀！"

耿家泰看着杏秀的钻戒："可你不是都订婚了吗？"

"可是，可是你那天把人家给——给那个了嘛！"

耿家泰纠结地："我真的什么都不记得！"

林杏秀矫情地："可是我所有事情都记得，你把人家扑倒在沙发上，你说你没有人家不行，你说你单身很久，实在受不了啦，你说你欲火焚身，你让人家救救你，人家说不要不要，可你说女人说不要就是要，然后就把人家给——把人家给——呜呜呜——"

耿家泰尴尬地："你给我点时间，我一定给你个交代！"

林杏秀立刻破涕为笑："给你生个大胖儿子都没问题！"

耿家泰不由哭笑不得。

"快开车！就让你好好看看小可依的大肚皮！说不定已经长满妊娠纹啦，嘿嘿嘿。"

病房里，可依躺在床上抚摸着肚子生闷气。思宽帮她按摩小腿，不停地讨好她，但可依钻进被窝不理他，为了不耽误可依休息，林思宽只好出去了。

病房外走廊，林思宽刚出门要离开，就看到远处走过来一对男女，那正是杏秀和耿家泰。思宽急忙挡住耿家泰，不让他进门，还说了好多难听话。杏秀觉得思宽吃飞醋，胳膊肘开始往外拐，当然她心里可不觉得耿家泰是外人。

耿家泰急忙劝和："杏秀，别跟思宽犟嘴，我送你回去吧。"

林思宽抢答："我有车，我带你回去。"

林杏秀撅着嘴："我才不坐你那个破手动挡，坐在上面一颠一颠的，不知道的还以为自己得了帕金森综合症呢！"

林杏秀跟着耿家泰走了，剩下林思宽好不尴尬。

第十五章
马有失蹄，人有背运

耿家泰驾着车，杏秀坐在副驾上。

林杏秀崇拜地："我以前一直觉得思宽是全天下最好的男人，当然除了他比较穷以外。但是今天跟你一比，我才知道原来他根本就是个小肚鸡肠的小娘们儿嘛！头掉了碗大个疤，你不就是差点抢走他老婆吗，他至于对你这么恶毒吗？"

"思宽是好人，好人都有点妇人之仁，别这么说他。"

林杏秀有些动容："耿大爷，我决定了，我要取消跟五大爷的婚约，从此以后我要跟你在一起，因为原来我喜欢的人，是你呀！"

耿家泰无奈地："其实，只不过是因为你觉得我不喜欢你，所以你才喜欢我，越得不到的你越喜欢，如此而已。"

"不可能，我对你是真爱！"

"好吧，真爱。那我有什么爱好？我喜欢读什么书？喜欢看什么电影？我几点睡？有没有什么隐疾？"

"隐疾？难道你有生理问题？怪不得你号称单身主义者！没关系，耿大爷，我不在乎。因为我对你，是真爱！"

耿家泰无奈地："有没有生理问题你不知道吗？你不是说我把你那什么了吗？"

话音未落，耿家泰突然明白过来了，林杏秀眼神闪烁。

"当时人家又慌又乱，你当时就那么把人家扑倒在沙发上，你说你受不了啦，你说你欲火焚身——"

"好好好，我欲火焚身，那你当时看见我哪边屁股上长胎记了吗？"

"嗯，左边。"

"不对！"

"右边？"

"不对。"

"那——中间？"

"中间那是东非大裂谷，没地方长胎记。"

林杏秀皱着眉头："我没看见你的胎记呀！"

耿家泰假装生气："好啊，你没看见，那说明，你说谎！"

林杏秀一时语塞，急得承认了真相："耿大爷，你别生气，我就是跟你开个玩笑。"

"你是说，什么都没发生？"

"嗯。"

耿家泰得意地："那我可就不负责啦！"

林杏秀小伎俩露馅，不由很是懊恼："我不管，我就是要跟你在一起。"

"别闹。"

杏秀很郁闷。

第二天大清早，林思宽家客厅，杏秀正在看着天响打王者荣耀，天响谎称离家出走，不过只是跑到小舅舅家作天作地而已。

林杏秀盯着电视："你说姨奶奶漂亮吗？"

林天响看着电视："凑合吧。"

"不可能！就没有一个男人能逃出姨奶奶的手掌心。"

"得了吧，你以为我不认识耿家泰姥爷啊？"

杏秀一时语塞，这时林静雨捂着胃部开门进来，她看上去很不舒服。林天响仍然在玩游戏。

林静雨很奇怪："你俩起这么早？"

林天响："七点了啊！姨奶奶，该睡了！再打一会儿就睡。"

林静雨皱着眉头走过来，关上了插座总开关。不过林天响用的是电视机显示屏，玩游戏的机器却是笔记本。林天响立刻低头对着笔记本玩电脑游戏。

林静雨愤怒地合上了电脑。

林天响激动地："我要告你谋杀！"

话音刚落，林静雨就倒在地上。林天响和杏秀吓傻了，两人急忙摇晃静雨。

原来静雨胃病太严重所以昏倒了，医院病房，静雨躺在病床上醒了过来，林天响抱着笔记本在旁边打游戏。

"老妈哎，你醒了？你可把我吓死了，你可不能死啊，你还没告诉我，我亲爹是谁呢！"

"谁送我来医院的？"

"小舅舅呀！我看你昏倒了，吓得我半死不活，幸好小舅舅就在房间里，我急忙把他叫醒，他二话不说，抱起你就下楼了。你之前不是跟我说你们俩断绝关系了吗？你看我小舅舅多够意思，完全没跟你计较！你们女人呀，就是心眼小，多大个事，还断绝关系？你对得起我们林家列祖列宗吗？"

"你舅舅呢？你姨奶奶呢？"

"小舅舅去交住院费了，姨奶奶去买午饭了。对了，你有个朋友，叫万美华的，

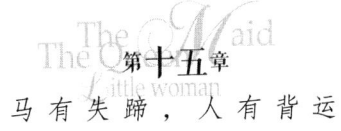

第十五章
马有失蹄，人有背运

刚才打电话给你，我说你住院了，她说她等会儿来看你。"

林静雨着急地："她不是个好人，以后防着她点。她好像知道唐志龙的事情。"

闻言林天响不玩游戏了，他很惊讶："她知道什么？"

"我不确定。她跟我说，她刚好在日本有个朋友的朋友的朋友，住在咱们那时候住的地方附近，听说过我被警察调查的事情。"

"被警察调查过不要紧,但你伤了姓唐的这件事情,只有你知我知耶稣大大知，你绝对不能跟任何人承认。"

林静雨看着年幼的儿子坚定的眼神，只好点了点头。

医院病房外，这时候万美华就站在门口偷听。她很吃惊。她转转眼珠，计上心来的样子。万美华来医院拿钱，却看出静雨更多端倪，知道了静雨更多秘密，她给静雨下了最后通牒，索要了更大的一笔钱，次日她将来拿钱。静雨没有钱，跟杏秀商量后，静雨决定向警察自首，杏秀坚决不同意，表示会想想办法，静雨很惆怅。

其实杏秀的方法就是用给那个不靠谱的未婚夫画家五岳当人体模特借了一笔钱，还好因为创作枯竭而焦虑的五岳在画完画以后，就营养不良昏倒了，无法对杏秀作恶。

赶来看弟弟的五岳姐姐Lisa却怀疑杏秀出轨给弟弟戴了绿帽子，杏秀继续跟五岳姐姐Lisa斗智斗勇，Lisa选择了跟踪应对，以考证她的判断，杏秀发现自己被跟踪，满不在乎，仍旧去医院探望静雨。Lisa爬上了病房外的窗台拍照，等着奸夫出现。

其实病房中那个令Lisa疑惑的男人却是前来探望静雨的钟亦仁，这时候梅秋灵却怀疑钟亦仁就在静雨病房中，她冲进了病房，幸好钟亦仁提前听到梅秋灵的声音，及时躲到了床底下。梅秋灵一直对他跟静雨的关系不能理解，还逼迫他跟她绝交，最近钟亦仁不知哪根筋搭错，动不动跟静雨冲动表白，更是被梅秋灵接连咒骂，因此钟亦仁此刻实在不想惹起争端，索性躲起来了。

梅秋灵进来东张西望，寻找钟亦仁的身影，这时她看见窗户外好像有个人影，她怀疑钟亦仁藏在窗户后，梅秋灵蹑手蹑脚地一推窗户，却导致探头看的Lisa向旁边跳开，Lisa一不小心把手机掉了下去。

谁知此时万美华赶来医院拿那笔勒索静雨的钱，正好经过楼下，手机掉下来差点砸到她，幸好她急忙闪身躲开，怎料她这一躲正好被一辆疾驰而来的汽车撞晕在地。万美华被撞成了植物人。

静雨的勒索危机因此解除了，静雨不用跑回日本了，却因为万美华的病情陷

入了深深的自责。静雨告诉了杏秀关于自己的秘密，她还跟她忏悔自己对于万美华的愧疚，杏秀很震惊。

林杏秀安慰静雨："有因才有果，如果不是她贪心，她也不会在那个时间出现在楼下，如果不是她恶毒敲诈你，那个酒驾的司机也不会撞到她。"

"话虽如此，灾难的起因，却是我的过错。"

"别想了，你好不容易才治好了胃溃疡，医生说了，坏心情会导致你的病复发，而且你的胃这么不好，你再也不能乱吃那些治疗抑郁症的镇静剂了，别想那么多了，这一切都是命运安排的。而且，敲诈你的万美华傻了，没有人会再威胁你，你不用带着天响回日本了，我想，这就是老天爷的安排吧，他老人家可怜咱们一家人这么多年不能相聚，才安排了这个巧合的发生，所以既然天意如此，那么你就踏踏实实地留下来吧。"

林静雨只好点点头。

林杏秀坐在静雨身边："我真高兴你相信我，我再也不想离开你。虽然名义上我是你的长辈，可我一直把你当作姐姐，希望你也真的把我当作亲人，其实我相信，你真的当我是亲人。"

林静雨抱住杏秀，有些激动："杏秀，谢谢你，谢谢。"

但是这件事并没有如预想中烟消云散，思宽日本的朋友也在这时调查到了关于她的一些秘密，原来静雨的未婚夫神秘失踪了，其后静雨就跑回了中国。

思宽的朋友想告诉思宽这个秘密，却失误告诉了可依。可依不由大惊。此时思宽正在准备考博士，可依思来想去，决定跟思宽隐瞒静雨的这件事。

第十六章

一个主人，一群奴才

妇产科产房，产床上的可依撕心裂肺地吼着。

可依大叫："我不生了！"

思宽在旁边紧握着可依的手。他忐忑地看着医生："可依，你要坚强，你是我的英雄，我会永远支持你，可依，坚持住——"

这时候孩子生出来了，医生拿出了血淋淋的孩子。林思宽颤抖了："可依，要坚强！"

思宽看着鲜血，强忍着害怕，却还是翻翻白眼，昏了过去。满头大汗的可依反而淡定了，她看着血淋淋的孩子，不由得感慨万千。她好像突然之间就长大了。

医生清洗孩子身上的血。思宽躺在轮床上被推了出去，他鼻子上还带着呼吸机。他很激动地似乎要说什么。推车的护士凑过去听。

林思宽喃喃低语："我的儿啊！快看看我的儿有没有屁眼啊！"

思宽看上去很焦虑。因为他曾经跟可依发誓再惹她生气就生儿子没屁眼，可是他惹她生的气生一百个儿子也没有屁眼。

还好生了个女儿，医院妇产科病房，可依抱着女儿，女儿大声啼哭，可依和思宽面面相觑，两人一筹莫展。幸好有梅秋灵帮忙，旁边的梅秋灵接过了孩子，她很娴熟地拍拍，孩子就睡着了。这是个胖嘟嘟的小孩，长得皱皱巴巴的，眼睛很小，笑起来很可爱。钟亦仁也在旁边，他看着梅秋灵抱着孩子的贤良淑德模样，不由得很是欣慰。就在此刻，静雨冲了进来。

林静雨激动地："生了是吗？"

静雨正撞见钟亦仁一家五口温馨状,不由觉得自己很多余。她急忙控制住激动的情绪:"全家都在啊?"

梅秋灵阴阳怪气地:"可是有些人觉得就缺你呢!"

静雨和钟亦仁都有些尴尬。

梅秋灵继续:"思宽,我都想好了,过两天可依出院,我就把她送到月子中心去,钱我都交好了,等她做完月子,我直接把可依接到我家去,我照顾她们母女俩一点问题都没有,我现在工作比较清闲——"

钟亦仁忽然插嘴:"你不是因为岁数大了职务被拿下了吗?"

钟亦仁意识到说走了嘴,急忙捂住嘴巴:"我不是故意的,我也不知道我最近怎么回事,总是不小心说些实话,哟!"钟亦仁急忙捂住嘴。

梅秋灵略带怒意:"就你懂得多,你怎么不去竞选总统啊你?"

林静雨帮腔:"他也是陈述下事实。"

梅秋灵含沙射影:"呦,你心疼了?我好感动啊,你们两个这份情,真是感动天,感动地,说不定还感动琼瑶阿姨呢!"

林静雨解释:"您别多心,事情不是您想的那样。"

梅秋灵不依不饶:"我有什么好多心的?我早就看透了,我现在的心思,全都在我大外孙女身上,谁有功夫跟那些狗男女生闲气?老天爷看不过去狗男女,自然有办法整治他们。"

林静雨有些生气:"什么狗男女?请您放尊重一点。"

钟亦仁又冲动了:"别理她!她更年期,看谁都不顺眼。"钟亦仁突然想到又说错话,急忙捂住嘴,他悄声咕哝着:"怎么又说出来了?"

梅秋灵可不会放过他:"好啊你!就是因为我更年期,你就换了个小的?你以为她就没有更年期?搞不好更年期早就到了!"

林静雨很生气:"不可能,我才三十五。"

梅秋灵出言讽刺:"认识你时你就三十五,我外孙女都这么大了你还三十五。"

林静雨也不是好惹的:"你这么厉害,怎么不发挥余热去当城管啊?你不是岁数大了职务被拿下了吗?"

争吵声中,可依和思宽面面相觑。可依看上去心情很不好。

转天该出院了,走廊里,可依抱着孩子坐在轮椅上,思宽推着她,静雨杏秀拎着大包小包,几人匆匆离开。可依很奇怪:"思宽,你这是干吗?我还没做完月子呀?这还不到满月!这还不到出院的时候呢!"

178

第十六章
一个主人，一群奴才

"我想瞒着妈，偷偷把你接回咱家，我怕明天你正式出院妈来接你，死活不让你回咱们自己家。"

可依犹豫地："可是我还没想好——"

"可依，我都想好了，咱们两个自己带孩子，正好你最近没工作，我也申请了这阵子在家办公，咱们两个奴才，没理由连一个主子都伺候不好。"

林静雨接话："我可以帮忙。"

杏秀没反应，静雨打了杏秀一下，杏秀不情愿地："我也想帮忙，你们敢用吗？"

可依却仍旧一脸忐忑。一直回到家中，可依情绪也不好，林思宽卧室里，房间乱成一团，满地是各种乱七八糟的东西。可依躺在床上流眼泪，初生婴儿就在旁边哭。思宽抱着一大堆纸尿裤和奶粉进来，急忙过来哄可依。

"可依，你怎么了？"

可依抑郁了："我不想活了！孩子怎么那么烦啊！"

"别瞎说，你不活了让我怎么办？乖，宝贝乖。"

旁边的孩子哭得震天响，思宽却只顾着哄可依。这时梅秋灵进来了，她一见这阵势，不由很不满。她急忙到婴儿床旁边轻拍着她入睡。

林思宽很纳闷："妈，你怎么来了？"

梅秋灵挥挥手中的钥匙："我有钥匙，有备无患哈哈。你们两个小兔崽子别以为能瞒着我偷偷跑回来，我的眼线多着呢！你们两个怎么回事？嘻嘻嗓子都哭哑了。"

可依不爽："我生出来的，我乐意她哑。还给我！她是我的！"

"你还是我生出来的呢！你是我的呀？"

可依一时语塞。

梅秋灵还是不死心："赶紧收拾东西跟我回家，你们这个小破地方，哪对得起我这貌美如花的大外孙女！"

孩子皱着小脸哭得满脸鼻涕，可依皱起眉头："就这还貌美如花？怪不得领导把你拿下了，你这眼睛也花得太厉害了吧？"

"你小时候更丑！赶紧收拾东西！"

思宽忽然挡在可依面前："妈，我们不去麻烦您了，我们两个能把孩子照顾好！"

"甭跟我说大话。我就不相信了，就凭可依，笨得跟个蛋似的，还能养孩子？"

林思宽抗争："可依虽然笨得像个蛋，但我是名牌大学毕业的研究生，我们那个学校，不是蛋能考上的，请您相信我！我已经申请在家办公了，妈，我一定

能养活老婆孩子!"

"嫁出去的女儿煮熟的蛋,我就不信我还治不了你这个蛋!你们俩想好了,我可是自带工资的免费保姆,你们要是不用我帮你们看孩子,就思宽挣那点律师费,就可依这个自由职业者那点自由的工资,我倒是要看看你们俩怎么养孩子!"

梅秋灵把孩子递给思宽,思宽很生疏地接过来,梅秋灵怒气冲冲地走了。

可依怂了:"要不,咱就从了这个免费保姆?"

"可依,咱们要是搬过去住,这辈子就逃不出你妈的魔掌了。"

可依忐忑地:"好吧。可——我没奶怎么办?"

"没奶还能愁死爹吗?嘻嘻有他爹呢!爹有奶!"

超市货架旁,思宽正在进口奶粉货架旁边,他看着价签,有些为难,思宽咬咬牙,拿了几罐奶粉放在购物车里。卧室里,林思宽盯着可依的胸部。可依正在用奶瓶冲奶粉。

可依奇怪:"想什么呢?"

"宝贝你怎么一滴奶都没有呢?你说还有可能二次发育吗?"

可依突然大哭:"好你个林思宽,原来你还是嫌我!你怎么不娶个奶牛啊!奶牛别说二次发育,二百次发育都行!"

林思宽急忙抱住"乖,乖,宝贝,奶牛二百次发育也比不上你。"

可依崩溃大哭:"你——你——你居然把我比成奶牛!"

林思宽小声嘀咕:"要是奶牛就好了。"醒悟过来不对,"你怎么能跟奶牛比呢?要比也跟可爱的小猫比。"

"猫都是平胸。"

"有大的。"

可依止住哭泣:"真的?"

"我保证,一定有大的。你想想加菲猫不大吗?"

"加菲猫那不是胸大,它是浑身大!"

可依就像中了邪一样呜呜地哭着。思宽手足无措,不知如何是好。这个月就像是噩梦,但是却甜腻腻的,也油腻腻的,因为月子里没洗头!一转眼,孩子已经一个月大了。林思宽家中客厅,可依正看着婴儿床上的孩子念叨,她看上去很憔悴,嘴中念念有词。

"嘻嘻啊,还好你是个女孩啊,你老爸当初跟我发誓,再惹我生气就生儿子没屁眼,结果嘞,他气得我就是生八十个儿子也没屁眼啊!还好老天爷对我不薄,让我生了你这么个小姑娘,笑起来眼睛嘻嘻的,真好玩,弯得就像——就像大娘

第十六章
一个主人，一群奴才

水饺似的！"

这时候有人敲门，可依开门一看，来人却是静雨。静雨抱着几罐奶粉进了门。

"可依，我又买了奶粉，你先给嘻嘻吃着，吃完了我再去买。你怎么这么憔悴？思宽呢？他怎么让你一个人看孩子？"

"思宽好几天没看书了，他正准备考博，今天必须得看会儿书了。"

"我这两天忙，你让杏秀过来帮你。她不肯读书，不肯上班，帮忙看看孩子也不行吗？"

可依皱着眉头："算了，不麻烦你们了，杏秀除了偷吃奶粉，别的也帮不上什么忙。"

林静雨识趣地："那好吧，你要是忙不过来就跟我说一声。"

"真不用，谢谢你，大姐。哎，杏秀要是能产奶就好了，白瞎了那么大的容器了。"

"容器不在大小，关键在产量。奶奶当初就是用小米汤喂大了我爸。"

"你当初产量怎么样？"

"我怎么知道，我还没——"忽然她眼神闪烁，"年头太久，我都忘了。"

可依忽然想起了什么。她记得老三说过的话："原来你大姐曾经跟一个中国留学生订过婚，但是她取消了婚约，谁知几年后她的前未婚夫失踪了，你大姐还被作为嫌疑人被调查过，然后你大姐就回国了。"

"大姐，你怎么一直没结婚？你曾经有过结婚的念头吗？你有过打算结婚的对象吗？比如未婚夫什么的？"

林静雨掩饰地："我是可怜没人要，哪像你这么幸福！"

可依怀疑地："那你爱过什么人吗？当然，除了我爸。"

林静雨尴尬地："我爱过刘德华，算吗？"

"那我还爱奥巴马呢！快说真话吧大姐。"

林静雨转移话题："嘻嘻尿了！"

可依看了一眼："尿就尿吧，她这一天除了屎就是尿，没别的爱好。"

"你不能这样，她是你的孩子，你要好好爱她。"

"我很爱她呀。"

林静雨解开嘻嘻的纸尿裤，发现嘻嘻的衣服都被尿尿浸黄了，她很是无奈，急忙换纸尿裤："爱她就要好好照顾她，知道吗？"

"你这么贤良淑德，不可能没人爱过你。"

静雨装作没听到，继续给孩子换纸尿裤。可依仍旧怀疑地看着静雨，可依小

声地:"你到底藏着什么秘密呢?"

"你说什么?"

"呵呵呵,我说啊,要是没有你这个甜心的大姐,我可怎么办啊!"

静雨笑笑,不过她的眼中有许多忧愁。

疗养院病房,紧锁眉头的静雨正在给病床上昏迷的万美华按摩身体。病房很是凌乱,地上有各种水果,床头柜上的各种日用品东倒西歪,沙发上堆放了很多衣物。这时一个四十多岁的很壮实的女护工走了进来。

护工不耐烦地:"不用天天按摩!你怎么天天来呀?"

"我在网上看了,这样帮她活动活动有助于预防褥疮。"

护工略带讽刺地:"你还真有心,我做了这么多年护工,像你这样的朋友,真没见过。"

"我只是不忍心看她这样。她真是倒霉,偏偏遇上了一个酒鬼开车,不然她不会伤的这么严重。"

"这都是命,河里死的井里死不了,水里该死的脸盆里就能呛死。"护工一边说话一边随手用毛巾给万美华擦擦脸。

"你不该这样对她!"

护工惊讶地:"我怎么了?"

"我观察过了,你那个毛巾是用来擦桌子的,你还用它擦过你的手。你应该多准备几条毛巾,一条擦手,一条擦桌子,一条擦脸,一条擦身子,一条擦脚,一条备用,一条——"

护工很生气:"我还九饼呢!"她忽然抓狂忽然冲向静雨,她一把拎起静雨,像拎小鸡一样把瘦弱的静雨丢了出去,"我看你不顺眼很久了。我擦过手怎么了?我还擦过脚呢,你管得着吗?这个病人归我管,你根本不是亲属,我问过家属了,他们说病人摔成这样跟你还有点瓜葛!麻烦你还是好好歇着吧!"

护工紧紧关上了门。

疗养院病房外走廊,静雨使劲敲门,这时钟亦仁赶了过来。

林静雨对着房间内大喊:"我现在是疗养院的义工!我有责任也有权利监督你!我告诉你,我不会放弃的,你这样是不对的!你看看那病房里乱的!你让病人怎么能有好心情呢?你以为她闭着眼她就什么都不知道吗?"

钟亦仁很担心:"怎么了静雨?你别跟他们生气,你的朋友发生了不幸,不能怪到别人头上。"

第十六章
一个主人，一群奴才

"我不怪别人，都怪我不好。"

"你有什么不好？跟你一点关系都没有，要真说有责任，我觉得是秋灵，如果不是她突然跑到窗户旁边吓唬五岳的姐姐，他姐姐也不会把手机掉下去吓到你朋友，你朋友要不是为了躲开掉下去的手机，也不会被酒驾的司机撞到。"

"其实她不是我朋友——哎，还是不说了。"静雨忽然冲着病房里大喊："我告诉你，我绝不会放弃的，我一定要帮你改正你的问题。只有改正了问题，你才会成为一个优秀的护工。"

护工很生气："你是不是闲得蛋疼？"

林静雨很奇怪："你的逻辑是有问题的，我怎么会有蛋呢？没有蛋怎么会疼呢？亦仁你懂的，有蛋才疼，没蛋不会疼。"

钟亦仁尴尬地："咱们私下讨论这个问题。"

钟亦仁强行拥着静雨离开了。静雨仍旧一脸不忿。他们去了疗养院花园，钟亦仁和静雨并肩穿过花园，静雨还是愤愤不平状，而钟亦仁的注意力却被盛开的鲜花吸引去，他的举动和情绪有些不同往日："没想到疗养院的花这么美，不知不觉，花就又开了。"

林静雨随口答道："有花开，有花谢，都是自然现象。"

钟亦仁情绪古怪地："花真美，就像你。"

林静雨吓了一跳，她摸摸钟亦仁的额头："亦仁，你最近一直不太对劲。"

"哪不对劲？"

"完全就是网络言情小说作家范儿，还是十八怀春那种。"

钟亦仁握住静雨的手："不知为什么，我最近总有很多感慨，就好像我明天就要死了，而我爱的一切却还没有机会拥有。"

林静雨煽情地："你拥有过，你忘了吗？"

钟亦仁夸张地："我希望的是，天长地久。"

"上次有人跟我这么说，我年纪还很小，我真的信了，结果那只是句空话罢了。"

"有花堪折直须折，过了这村没这店。那是他不懂珍惜。"

"你从来没问过我以前的事。"

"过去的就过去了，不管开心，还是难过，都已经不存在了。"

"不，还会存在，就像伤疤，如果伤痕足够深，伤疤永远都不会消失，直到死。"林静雨表情忽然很凝重，这让钟亦仁很奇怪。"不说我的事了，亦仁，你是不是最近身体不太好，你要不要去医院检查一下？"

"嗯,我正计划着呢,可是最近太忙,好多事情。"

"还是身体要紧。"

钟亦仁点点头。林静雨很担心。

静雨为了这件事去找了可依房间找她。可依纳闷:"大姐,你怎么也来了?你不是说你最近很忙吗?杏秀在里面帮忙看孩子呢。"

"我不是过来看孩子,我是想提醒你点儿事,我发现你爸爸,最近情绪有点不太对,还总是头晕,我劝他去检查,可他总说忙,你也劝劝他吧。"

可依很不悦:"你们俩怎么又联系上了?有完没完?"

"我们——我只是好心,麻烦你多关心下你爸爸,毕竟我是个外人。"

"你还知道呢?行了,谢谢你的好意,请回吧。"

可依说话这么冲,静雨也很不高兴,可依不悦地关上了门。

过了一会儿,卧室里,可依想着这件事,皱着眉头冲奶粉,一个多月大的嘻嘻躺在婴儿床上,杏秀正站在旁边逗嘻嘻玩。嘻嘻大哭着,哭得上气不接下气。

林杏秀很不着调地跟宝宝瞎扯:"嘻嘻呀,你怎么哭了?你为什么哭呢?你是不是有什么伤心事?你是不是嫌你自己长得丑?嗯,丑也没办法,人残还志坚呢,人丑也得开开心心活着呀!当然了,小姑奶奶不懂丑人的痛啊!"

可依皱着眉头拿着奶瓶进来,看此情形不由大怒:"让你帮忙看几分钟孩子,你这是干吗呢?"

林杏秀背着手:"我哄她呢。"

"你那两个手是隐形的翅膀啊?有你这么哄孩子的吗?"

"我用甜言蜜语哄。"

可依怒了:"林思宽!"

林思宽急忙闻声从隔壁书房跑过来,他手里还拿着一本书。一个耳朵上夹了一支笔:"怎么了宝贝?"

"你看看你们家林杏秀,说好了帮忙看孩子,可她就只会动动嘴,她那两个手还没斯蒂文霍金的使用率高呢!"

杏秀搭话:"哄死人不偿命,你没看霍金也能娶到媳妇吗?"

可依只顾和杏秀斗嘴,林思宽急忙哄嘻嘻:"嘻嘻乖,不要哭,你乖乖的,老爸才能安心看书呀,老爸安心看书才能考上博士,才能涨工资,才能把你养成大美人。"

林杏秀撇撇嘴:"能不能长成美女跟涨不涨工资,可没什么关系。看看嘻嘻

第十六章
一个主人，一群奴才

我看有点悬。"

可依猛地把奶瓶放在桌上，对杏秀怒目而视，吓得林杏秀急忙准备开溜："我回去看看大姐回来了吗？有她来帮忙，一个顶咱们仨。"

杏秀溜走了。可依一脸气愤，思宽安慰："宝贝别生气。你跟杏秀生气，还不如跟猪八戒生气，猪八戒还知道拍白龙马的马屁呢！杏秀那个脑袋，小时候可能被我奶奶摔过。"

"摔过就有理了？摔过就可以说别人长得丑？她凭什么呀？我们家嘻嘻怎么就丑了？看了一眼嘻嘻，不由有些气短，林杏秀她怎么知道嘻嘻以后长大就长不成美女了？林杏秀她摔过脑袋就可以欺负人？"

"宝贝哟，谁敢欺负你我跟她拼命。"

"那你跟杏秀拼命去。有她没我，有我没她。"

"宝贝呢，你又不是第一天跟杏秀生气，你跟她这气都生得能把神州十一号送上天了，怎么今天你这么激动呢？不要激动，不要激动，要给嘻嘻做出贤妻良母的典范。"

婴儿床上的嘻嘻瞪着眼睛看着可依，可依却突然把桌上的奶瓶等东西推到了地上。思宽吓了一跳："怎么了？"

"我也不知道啊！我就是——就是心里特难受，我也不知道哪难受，就是难受！"

可依呜呜呜地哭起来，思宽不知所措。不知不觉中，可依产后抑郁了，自己带孩子并没有想象中那么痛快。而林家的女人们对她的不满也与日俱增，这天晚上，静雨的卧室，杏秀没敲门就推门进来，静雨正在脱职业装，被吓了一跳，急忙挡住胸前。

"大姐，我跟小可依的关系真是彻底没救了——"

"你怎么不敲门？"

"你那两颗花生米有什么好看的？其实你跟小可依倒是挺像，无非就是两颗葡萄和两颗花生米的区别。你看看，果真那两颗葡萄没奶吧？你生天响的时候有奶吗？那时候你——也就二十三吧？说起来你也真不够意思，你居然从来都没告诉我你生过孩子的事。"

林静雨掩饰地："你跟可依又为什么生气了？"

"还不都怪你，非得说什么只要可依需要我，就赶紧过去帮忙看看孩子，结果呢？还不是被小可依骂回来。"

"你怎么看孩子的？"

女仆女王小女人

林杏秀背着手探头探脑地左看看右看看："我就这么看，这么看，再这么看，我看得可好了，我上下左右地看，把我那个大孙女全方位多角度地看过了，真像小可依。"

"可依没把你打出来？可见她现在当妈了，成熟了，要是以前，你敢跟她这么说，她非得把咱们祖爷爷都拉出来骂。可依那张嘴，无理都能辩三分，何况你还敢惹她？"

"我也是替他们考虑，早点告诉他们事情的真相，好让他们早点攒整容的钱，省得到时候嘻嘻怪他们。"

"你闯进来害我露点，就是跟我聊嘻嘻的未来吗？"

"那倒不是，你那两个基本点不看也罢。我是想跟你说，我觉得思宽现在很需要你帮忙。他被小可依支使得团团转，可他是个要考博的人呢，考博不是很难的一件事吗？我当初考个高中，都想自杀几百次了，最后我也没考上，何况思宽考个博士？那还不得扒层皮？我真心疼思宽，为了照顾嘻嘻，忙得跟个哈巴狗一样。"

"我是想帮忙，可我刚因为亦仁的事情被可依冷言冷语说了一顿，再说你不是也刚过去一会儿就被骂回来了吗？"

"我去了也是添乱，可是你有使用价值啊，你确实能帮上忙。"

"我想她不愿意我去打扰他们小两口的生活。"

"你再贱一点嘛！哦，不，再主动一点嘛！你上赶着伺候她，我就不信她不乐意。"

林静雨犹豫地："那我试试？"

林杏秀女共产党员上身一样地："你可以的！组织相信你！"

一转眼，只见林思宽家中窗明几净，本来混乱的房间收拾得整整齐齐，所有的衣服都叠放在晒衣篮里。嘻嘻也被收拾得干干净净，正躺在婴儿床里玩耍，看上去简直可以拍奶粉广告一样的可爱。可依神清气爽看着这一切："嘻嘻，妈妈好幸福，你知道妈妈把你养大，有多辛苦吗？但是妈妈仍旧觉得好幸福，妈妈觉得受的所有辛苦，都那么值得。"

而客厅中，静雨系着围裙，一头乱发，像个老妈子一样正在擦地。可依看也不看静雨："大姐，等会儿帮忙把思宽的书房也收拾了吧，就是你以前住的那个房间，现在给他做书房呢。"

林静雨干劲十足地："好的，没问题！"

第十六章
一个主人，一群奴才

可依欣慰地看着嘻嘻可爱的笑容，托静雨的福，可依总算体会到了母亲的快乐。被收拾干净的嘻嘻甜甜地笑着，看上去非常讨人喜欢。

时间过得还挺快的，思宽家中客厅，嘻嘻正嘻嘻笑着，爷爷正在逗弄婴儿床里的孩子玩，嘻嘻已经两个多月大了。自从有了静雨做保姆伺候着，日子似乎过得容易多了，可依则依依不舍地看着孩子。奶奶在旁边劝着她。林杏秀正四仰八叉地躺在沙发上发呆。

林奶奶劝道："可依呢，你快去睡吧，我们两个老骨头虽然没用，看看孩子还是没问题，再说等会儿静雨就下班了，你照顾嘻嘻忙了一天了，歇会儿吧！我和你爷爷养大了思宽爸和杏秀妈，还养大了静雨思宽杏秀，唐僧都只能养三个，我们养了五个呢！相信我，没问题！"

可依犹豫地："我就睡一会儿，嘻嘻有情况，一定要叫我呀。"

林奶奶打包票："放心，思宽不就在隔壁书房工作吗？我们四个奴才还看不了一个孩子？"

"哪有四个？爷爷、奶奶您还有思宽——"

"第四个就是我呀！"林杏秀指了指自己。

可依突然激动地："奶奶，绝对不能让杏秀碰嘻嘻！"

"放心放心，不瞒你说，奶奶也想把杏秀给屏蔽咯！你快去睡吧。"

可依不放心地回了卧室。

杏秀很不爽："奶奶，你还想屏蔽我？你知道什么叫屏蔽吗？"

林奶奶挡住眼睛："就是隔离你！"

"你跟谁学的？"

"跟我大外孙子天响。"

林杏秀撇撇嘴："你俩倒是挺有缘分呀！"林杏秀说完，凑过去揪揪嘻嘻的脸蛋："嘻嘻呀，小姑奶奶好喜欢你，你怎么长得丑乖丑乖的？好可爱呀！搞得小姑奶奶都想生一个。"

林奶奶急忙打掉她的手，林奶奶警惕地："说了要屏蔽你，你以为我是只说不练？你以为我是川普吗？"

"林天响小朋友真是教了你不少，他教没教你跳 HIP－HOP 呀？"

"黑炮没教"，奶奶跳了几下滑稽的 Trip-hop，"教了我锤炮。"

林爷爷劝阻："别跟她说英文，说了她也听不懂。杏秀呀，不是爷爷看不起你，你这个学术水平，实在是太低了。"

"爷爷你学历有我高吗？好歹我也混过高中的人，你不就是小学毕业生吗？"

林爷爷不屑地:"我们那时候含金量高,小学毕业就相当于现在的本科生,那时候我们哪像现在的大学生这么不值钱呀,那时候一个村子里,要是出了一个小学毕业生,那全村的祖坟都冒蓝烟!"

　　"是是是,就你含金量高,那你怎么没当国家主席呀?"林杏秀一边说一边出门去。

　　林奶奶奇怪:"你干吗去?"

　　"我被嘻嘻的尿味熏晕了,我出去遛遛。再说了,你们不是屏蔽我吗?我留在这儿干吗?讨人嫌啊?"

　　林杏秀走了,奶奶忍不住闻闻嘻嘻的屁股:"瞎说!我们嘻嘻的尿是香的!"

　　林思宽家楼下,杏秀出来晃晃荡荡很无聊,忽然她想到找谁玩去,急忙拨通耿家泰电话,却传来:"您拨打的电话不在服务区"。

　　杏秀很郁闷,忽然她想起了什么,不由得喜上眉梢。不知道五大爷最近忙什么呢?给他个惊喜。

　　五岳工作室门外走廊,杏秀正要敲门,忽然发现门虚掩着,她奇怪地推门进去了。工作室里,所有的窗帘都拉上了,室内光线很暗。这是个层高很高的仓库,隔出了一个阁楼,一层地面上有许多画架,形成了很多看不见的区域。

　　杏秀好奇地走进去,忽然吓得大叫一声。原来一个裸男躺在地上。那是个看上去胡子拉碴、身材走形的中年大爷。林杏秀急忙向外跑去,却有人追上来抓住了她。

　　林杏秀捂着眼睛:"我什么也没看见,什么也没看见,我不要负责,我负不了责!"

　　来人却是"杏秀,是我,是我。"

　　林杏秀定睛一看:"五大爷,刚才那是?也没多长时间不见,你的口味这么重了?"

　　"不重没灵感啊!"

　　"他——你——他那个样子,你不怕看得烂眼睛啊?"

　　"来来来,我给你看看我的最新大作!"

　　林杏秀捂上眼睛:"救命呀!救命呀!"

　　五岳已经把杏秀拽到了画布前:"你不看会对不起你的心。"

　　"我看了对不起我的眼。"

　　五岳无奈,伸手扒开了杏秀的眼睛,杏秀眯着眼睛,看到了五岳的最新作品,

第十六章
一个主人，一群奴才

那幅人体像油画中，是个饱经沧桑的中年男人，他肌肤的纹理在复杂的光线下显得很粗糙，而男人的眼神中，有许多无奈与悲伤。

"五大爷，这是你最新的爱人？"

五岳满意地："可以这么说吧。"

"你们怎么相爱的？"

"你别误会，我是按一次三千块付给他钱的。"

"什么？牛郎都这价了？"

"你什么思想？牛郎也是人，人家也是通过劳动赚钱的！不过这位大爷只是位农民工，是我在街上遇到的。你知道，我最近一直创作瓶颈，那天我又崩溃了，于是我就在大街上走，走着走着，我就看到他蹲在街角抽着烟，眼睛里都是泪水，他说他儿子得了重病，可他没有钱。那个黄昏，那一刹那，我突然明白我要画什么，我要表现什么，我要告诉世人什么。是的，我要告诉大家，这个世上，有些人被命运重击，但是他们从不言败！"

男模还躺在地上："老师，好了吗？这有个小姑娘，这多不好意思啊？"

"哦，光顾着讨论艺术，把您给忘了。您可以走了。"

男模不动，杏秀捂着双眼跟他说话："这位大爷，你可以走了。我今天来，是想跟五大爷聊聊人生哈。我跟你说呀五大爷，我最近有了一个小孙女，好可爱呀，你喜欢孩子吗？"

五岳把杏秀推出去："我是说，你可以走了。"

"什么？我在你心里，竟然比不过这个大爷吗？不就是裸个体吗？我不会呀？时代不同了，男女都一样！"

"你在我心里非常重要，但是，艺术，才是我灵魂的归宿。"五岳很煽情。

杏秀想要辩解，却已经被推出了门去。

五岳工作室是个小院，在一个艺术园区的角落里，藤蔓蔓延、绿树红墙，十分幽静，工作室门外挂着带有设计感的"五岳工作室"的牌匾。院门外是条小路，小路两旁是陈旧的建筑。杏秀从工作室的院门出来，一人无聊地走在路上，她唉声叹气，看上去很苦闷。有个小孩跑过，杏秀觉得很可爱，她嘿嘿笑起来，忍不住过去揪了一把小孩脸："德行！还挺好玩！"

小孩妈妈突然出现："你干吗？别碰我孩子！我要报警了！"

吓得杏秀头也不敢回，急忙一溜烟跑了。

林思宽家中客厅，折腾一圈没人理的杏秀进来了，一副无精打采的样子，奶奶和爷爷正在看着嘻嘻。

林奶奶奇怪："干吗去了？怎么一点儿精神都没有？"

"没人陪我玩，真无聊。你们又不让我玩嘻嘻，更无聊。"

"谁能陪你一辈子啊？生个孩子也陪不了你一辈子，人生啊，关键是自己找乐子！"

杏秀撇撇嘴："真的假的？我还想生个孩子陪我玩呢！"她打个哈欠，"好累，我也去睡一觉。"杏秀出门，回了对面自己家。

很快林爷爷躺在沙发上睡着了，而林奶奶抱着两个多月大的嘻嘻，坐在另一只沙发上也是睡意浓浓。

林奶奶哄着孩子："睡吧，睡吧，我最亲爱的宝贝，睡吧，睡吧——"奶奶唱着唱着睡着了，而嘻嘻还瞪着眼睛看着她。嘻嘻掉落在地上。满地鲜血。

卧室里，躺在床上的可依大叫一声醒了过来，原来刚才的一幕只是个梦。可依大惊失色，急忙跳下床跑出来。客厅里，奶奶果真睡着了，抱着嘻嘻的手越来越松弛，眼看着嘻嘻就要掉下来。就在这一刹那，可依从卧室里出来，她一见此景，立刻惊声尖叫。奶奶被吵醒了，她及时反应过来，紧紧抱住了嘻嘻。也在沙发上睡着的爷爷也惊醒过来，看到了这一幕，他不由得很是庆幸。

林爷爷夸奖奶奶："婉儿啊，你这一招，比降龙十八掌还快吧？真不愧是女中豪杰。"

可依已经愤怒了，她奔过来抢过嘻嘻："我还降龙三八掌呢！你们几个怎么一点责任感也没有？你们这样对得起我吗？对得起思宽吗？对得起林家列祖列宗吗？"

林爷爷不以为然："一个丫头片子，列祖列宗不会太介意的，放心。"

可依更加愤怒："你说什么？闹了半天还是因为重男轻女？女儿就随便摔吗？女儿就不是人了吗？"

这时思宽从书房出来了，他见到可依跟爷爷奶奶不敬，急忙过来劝架："可依，怎么能对爷爷奶奶这么不尊重？快点跟爷爷奶奶道歉！"

"为什么我要道歉？你知道前因后果吗？你知不知道嘻嘻差点被摔死？"可依愤怒地抱着嘻嘻回了卧室。

林思宽装腔作势："爷爷奶奶别生气，等会儿我就教训她。"

林奶奶拆穿画皮："甭跟我装了，你们老林家的男人什么怂样我还不知道吗？"

思宽与爷爷对视一眼，爷爷很是尴尬，林爷爷解释："怂者，上面一个从字，下面一个心字，乃是从心而为的意思，我让着你，那是我从心里看重你，对不对呀思宽？"

第十六章
一个主人，一群奴才

"爷爷你太有才了！"

这时候可依背着个大背包抱着嘻嘻出来了。思宽奇怪："你干吗去？"

"我去医院。"

林奶奶更奇怪："没摔着呀！"

"书里说小孩脑子还没长好，晃荡晃荡可能就晃坏了，我不能让嘻嘻冒这个风险。"

可依说完就走了，思宽急忙跟了出去。两人到了医生办公室，可依、思宽正带着嘻嘻看医生，可依很紧张，中年女医生一脸不耐烦："真没事，小孩要是晃晃就脑震荡了，那全人类早就灭亡了。"

可依抱着嘻嘻："你都没给她做CT呢。"

"就是我要给她做，你敢给她做吗？你以为做CT是做面膜呢？婴儿尽量别做CT。"

"可依，你都问过这楼里所有的儿科医生了，你要是再不走，人家就把你撵出去了。"林思宽拥着可依出去了。

可依激动地："林思宽，嘻嘻要是有个好歹，我跟你们姓林的没完！"

"没完没了好，没完没了才叫缘分呢！"

思宽费了半天劲总算把可依推出去了。林思宽回头跟医生解释："医生对不起，她头一次当妈，太紧张。"

医生无语："就是脚一次当妈，也犯不着紧张成这样呀。"

办公室门外走廊，思宽、抱着嘻嘻的可依刚出门，静雨就赶过来了："没事吧？我一听奶奶说差点摔了嘻嘻，就匆忙从公司赶来了。"

可依激动地："林静雨，我告诉你，要是嘻嘻出了事，我跟你们老林家没完！"

可依挥舞着手臂就要打静雨，林思宽急忙按住可依："哎哟喂，你现在怎么这么容易激动啊？你不会抑郁症了吧？"

可依连连捶打思宽："你才精神病！你才精神病！你以为我是你大姐啊！"

静雨不由很尴尬。

思宽也很难堪："大姐，你别生气，可依现在是特殊时期。"

"我理解。"

可依激动地："理解有屁用啊！"

林思宽安抚着："没屁用，没屁用。乖，乖哦！"他问静雨，"大姐，咱们一起回家吧？我开车了。"

林静雨有一丝忧愁："我还有点事。"

静雨去了疗养院，病房里，静雨正在擦一个暖壶，只见病房被静雨收拾得异常整洁。出事以来，她一直在照顾万美华。这时候之前跟她有矛盾的护工大姐回来了。静雨抬头看到她，急忙扑过去锁上了门："马上就好了，马上就好了。"

可惜静雨力气不够大，护工大姐闯进来，静雨一个趔趄摔倒在地上。

护工大怒："你干吗呢？我不是让你别来了吗？"

"我只是来打扫卫生，我觉得房间干净些，她会住得舒服一点。"

护工扫了一眼，只见病房被整理得像是酒店，所有的东西都摆放得像阅兵队一样整齐。床头柜上还摆了一摞毛巾，还有一个保温饭盒。

"这是我煲的汤。"

护工奇怪了："你见过植物人喝汤啊？"

"我给你带的。"

护工一愣，稍微有点感动："看不出来，你还真是个好人。"

"记住，毛巾要分类，我给你买了十条毛巾——"

护工刚刚缓和的脸色又怒了。静雨还在喋喋不休："给病人擦不同部位要把毛巾分开，而且你也不能把你的毛巾和她的毛巾混在一起。"

这时钟亦仁到了门口："静雨，咱们走吗？你还没忙完？要不我在楼下等你？"

护工把静雨推出去："赶紧把你们家的天字第一号大好人带回去吧！"她指指脑袋，"有病得治！学雷锋做好事也不是她这么个做法？你见过学雷锋学成神经病的吗？"

钟亦仁搭腔："有啊，不是有个叫陈什么光盘的吗？"

"你们家这位也差不多吧！赶紧上医院看看，人是大好人，就是这神经啊，可能让人下过毒！清华毕业的吧？"

静雨看上去精神状态很不好，钟亦仁很担忧。林思宽家楼下，钟亦仁和静雨两人并肩走着，静雨一直表情凝重。楼上的窗户里，有人正冷眼看着他们，那正是林天响。

钟亦仁很心疼静雨，他动情地看着她："静雨，你不能这样下去了！你怎么总是这么抑郁？你以前跟我说过，你要把你所有的往事都告诉我，但是后来你又不肯再提了。你不提我也不想逼迫你，但是你总这样郁郁寡欢，你的身体会承受不住的。静雨，我很担心你，你这么脆弱，我真怕你会出什么事，一想到你可能会出事，我就控制不住地担心。"

"其实我不想告诉你，我只能跟你说，我很害怕。"

"你得罪过什么人？你怎么会得罪别人呢？你这么好。"

第十六章
一个主人，一群奴才

"我没得罪过什么人，也许他是我上辈子作的孽。"

"他——是个男人吗？"

林静雨点点头。

"是因为感情问题吗？"

林静雨忧郁地："我——"

忽然有个人冲到了两人面前。真是不速之客啊，梅秋灵皮笑肉不笑："两位亲，好久不见啊！"

"秋灵？好巧！"钟亦仁也惊了。

"不是巧，我认为是必然，你想啊，我有好几天没来看可依了，怎么一来就撞见你们俩呢？可见你们俩是经常双宿双栖嘛！"

钟亦仁一愣，表情有点尴尬，却并没有反驳。梅秋灵这才意识到自己猜对了，梅秋灵激动了："竟然真的被我说中了？钟亦仁啊钟亦仁，你真是鬼迷心窍啊！她是你女儿的大姑姐，你要是娶了她，你打算怎么面对你大外孙女？"

林静雨尴尬地："我先回了，你们聊。"

静雨匆匆溜了。她回到家里，因为之前天响跟母亲和好了，所以他从舅舅家搬回来，天响住了杏秀房间，所以杏秀和静雨一个卧室。几乎落荒而逃的静雨刚进自己卧室，发现杏秀躺在床上发呆。

"大白天躺床上想什么呢？"

杏秀胡乱回答："想生个孩子。"

"你今天惹了可依，被可依打到脑袋了吧？"

"不是，我说真的呢，我是觉得人生太无聊了，没人陪我玩，我要是生个孩子，不就有人陪我玩了？对了，你说嘻嘻长成那样，还不都是因为遗传了小可依？要是我生一个，遗传了我，那得多好看呀。不过我得好好给他找个爹。谁知道想了半天，居然想不到一个合适的人选。其实吧，耿大爷不错，可是呢，他有点早泄，我怕遗传——"

林静雨大惊："什么？你怎么知道？"

"我看到的呀，难道你没看到过？"

"我怎么会看到？"

"他早早就有谢顶的趋势了，"杏秀比画着头顶，"难道你看不到吗？"

林静雨恍然大悟："你吓死我得了！"

林杏秀比画着额头："其实五大爷也有这毛病，他那个发际线，也不低呢！当然，他除了这毛病，还有别的毛病，比如，跟个神经病似的，今天我去找他玩，他居然把我给撵出来了。哎，我到底找谁生个孩子呢？"

忽然林天响推门进来了，静雨很不高兴："天响，你怎么跟杏秀一样不敲门？"

林天响毫不客气："近猪者猪，我也没辙。"

林静雨很是无奈："你今天都干吗了？"

"我能干吗呀？魔兽，CS，各种打打杀杀，就那样呗。佛经上怎么说的来着，一切有办法，好比泡泡堂。"

林静雨无奈地："是一切有为法，如梦幻泡影。上次我说咱们暂时不回日本，你高兴得不得了，我说送你去国际学校上学，你说你再好好玩几天，你都玩得成佛了，现在能不能去上学了？"

"你答应我绝对不跟钟姥爷在一起，我就上学。"

林杏秀奇怪地："你管那么多干吗？你怎么这么封建？你钟姥爷跟你，有一毛钱的血缘关系没有啊？"

"我不管，你要是想找男朋友，我只同意你找苏震夏叔叔。"

"为什么？"

"因为他是个警察，只有他才可以保护你。我跟你说过啦，钟姥爷他身体不行，打不过唐志龙啊！"

静雨听闻此言，没有说话，她陷入了思考。静雨探头看了一眼楼下，表情仍旧很凝重。钟亦仁仍旧在楼下挨梅秋灵的骂。

梅秋灵没完没了："我本以为你们俩也就是露水姻缘，可现在我看这阵势，你们俩是打算相亲相爱一辈子了？我告诉你，钟亦仁，我对你早就失望透顶了，你愿意跟什么静雨还是冰雹好，我都没兴趣知道，但是我不想让别人笑话嘻嘻有个精虫上脑的外公，你知道不知道？"

"你说话好听一点你舌头会发霉是不是？"

"话糙理不糙，你不承认吗？"

钟亦仁只好无奈地点点头："我和静雨没打算怎么样，只是聊聊人生。"

"行了，我不想知道你们怎么生人，我上去看嘻嘻，你去不去？"

"我本来就是来看嘻嘻的！"钟亦仁跟着梅秋灵走进了楼里。林思宽家，梅秋灵用钥匙开门进来，同行的钟亦仁很惊讶："你怎么有可依家的钥匙？"

"多新鲜？我还有你家的钥匙呢！只不过不好意思用罢了，跟可依有什么不好意思的？"

钟亦仁一脸无奈，两人向卧室走去。梅秋灵刚进门，就看见可依眼神直勾勾的，正抱着孩子坐在床上，思宽手足无措地站在旁边。

第十六章
一个主人，一群奴才

"离我远点，嘻嘻不能给任何人。"可依在发脾气。

梅秋灵奇怪："怎么了这是？"

林思宽焦急地："爸，妈，你们来了，太好了！不知道可依中了什么邪，从医院回来就一直抱着嘻嘻不放手，嘻嘻已经很长时间没喝奶了，你们快劝劝可依。"

梅秋灵更奇怪了："去医院干吗了？谁生病了？"

思宽解释："没人生病，就是我奶奶抱嘻嘻的时候手松了一下，差点把嘻嘻掉在地上，结果可依被吓到了，非得说晃荡大劲儿了，晃坏了嘻嘻的脑子，然后就非得去医院，医生当然说没事，结果可依回来就这样了。"

这时可依注意到梅秋灵来了，急忙扑向梅秋灵大哭起来："妈，妈，你帮我带嘻嘻吧，我不想活了，我好难过啊，我怎么这么难过啊？"

梅秋灵不知如何是好。

钟亦仁大惊："可依这是得了产后抑郁症吧！咱们得赶紧去医院。"

梅秋灵也震惊："可依乖，咱们去医院看看，看看就没事了。"

"那必须得带上嘻嘻。"

"还行，你这病应该还算轻的，你还知道照顾嘻嘻，一般产后抑郁症患者都想把小孩从楼上扔下去。"钟亦仁搭话。

梅秋灵生气了："瞎说什么呢？你那个舌头说点好听的也会发霉是吧？"

钟亦仁捂住嘴："心里想想而已，不知道怎么的，就说出来了。"

梅秋灵埋怨："你说你骨头老了也就算了，连舌头都老了，你没事闲的你还泡妞？你真是有闲心！"

钟亦仁尽管不悦，却没再争辩。他带着可依去了他的老同学那里。

医生当然觉得无所谓："老钟呀，可依没什么事，无非就是第一次当母亲太紧张太累了，才导致的精神压抑，家里人多陪她聊天，多分担照顾孩子的责任，让她多到户外走走，总之就是要尽量保持愉快的心情。"

可依很凶："你是不是看百度给我治病呀？就你说的这些，百度上全都有。"

钟亦仁劝阻："可依，你是产后抑郁，不是精神分裂，注意修养。"

医生处变不惊："没关系，我每天都跟精神病患者打交道，忍两句骂是职业道德。你们回去，也要这样照顾可依，要做到打不还手，骂不还口，可依就是你们全家人的天。知道了吗？"

思宽急忙回答："领旨！"

梅秋灵对他一肚子气："你还好意思说话，当初我说接可依回我家，我负责照顾她们母女，你偏不同意，要不是你偷偷把可依接回你家去，可依会落下这么个毛病吗？"

林思宽很自责，面对梅秋灵的怒气他有些胆怯，只好同意搬到老丈母娘家里去。

梅秋灵家中客厅，门开了，梅秋灵、钟亦仁、思宽抱着大包小裹进来了，可依抱着孩子。被迫住进了丈母娘家，思宽皱着眉头，看上去很不乐意。可是为了可依，思宽必须学会好好跟丈母娘相处。因为通过爱一个人，你要学会的是——牺牲，通过牺牲，一个人更加了解人性，也更了解自己，人间之爱，也因此而具有了意义。

同样也有个人对此醒悟了，那就是钟亦仁。疗养院里，静雨继续赎罪，她推着轮椅上的万美华晒太阳，静雨给万美华捶背。角落里，钟亦仁却在窥视着静雨，他的眼神充满爱意。

夜深了，林家静雨卧室的窗户亮着灯，钟亦仁正在楼下徘徊，他不时按住太阳穴，看上去他有些不舒服。

林静雨公司写字楼外，捧着花的钟亦仁等在门口。来往行人看见他，不由侧目而视，钟亦仁忍住尴尬。很快静雨下班从写字楼出来，看见钟亦仁和花，静雨吓了一跳。

"亦仁，你怎么了？你怎么这么冲动？"

钟亦仁单膝跪下："静雨，我想了很久，我是我自己，不只是一个父亲，我不想为了做父亲，牺牲我自己的后半生。作为一个单独的个体，我一定要告诉你，静雨，我爱你。"

静雨很震惊，她突然感动地抱住了亦仁。静雨和亦仁深深沉浸在激动的情绪中。静雨也激动了："我以为爱这个字早就离我远去了。这到底是为什么？可是为什么要问为什么？不过是爱嘛！我不想再问为什么，我也不想知道为什么，因为，我也爱你。"

两人激动地紧紧抱在一起，一时间千言万语无从说起。

就在这时，钟亦仁昏倒了。林静雨大惊："亦仁！亦仁！"

第十七章

失去的总是要失去

醒来的钟亦仁突然跟梅秋灵示好求和，决定忘记不快，他们一泯恩仇。梅秋灵却发现钟亦仁有隐情，一番调查，她得知钟亦仁得了脑瘤，正是这个脑瘤导致了钟亦仁最近总是做一些冲动的事情。梅秋灵想起了过去他们那些美好的记忆，决定忘记那些不快乐的往事，她希望回到他身边。

办公室里，钟亦仁正在办公桌前看着手机发呆，这时有人推门进来了，那正是梅秋灵。

"你是不是从来不知敲门为何物？"

梅秋灵哭肿了双眼："你还有心情说笑话？"

"你怎么了？"

"我都知道了！"

"你别误会，我跟静雨虽然相互表白了，但并不意味着我们有未来。"

"还有这事？哎，还真是色字头上一把刀啊，到了这个地步，你还有心思想你那个老妞？哎，罢了，你要真想和她好，你们就好吧，我也不拦你了。老钟，我跟老王谈过了，我知道你的脑子里长了一个瘤。"

钟亦仁掩饰地："没事的，死不了。"

"你别掩饰了，医生跟我说，你那个瘤的位置长得很不好，如果不切除，不知道什么时候它就会害死你。"

"是的，这个脑瘤影响了我大脑中负责情绪控制的部分，所以这阵子我才会不由自主地冲动，我说了一些不该说的话，做了一些不该做的事，因为生了脑瘤，我才忍不住跑去跟静雨表白，按照我平时做事情瞻前顾后的个性，那是万万不可能的，因为生了脑瘤，我还跟你说了些不好听的话，我不是故意的，惹你生气了，对不起。"

"我哪还有心情跟你生气呀？"梅秋灵握住钟亦仁的手哭了，"老钟，我再也不跟你闹了，都是我不好，我不该跟你没完没了地发脾气，其实我也不想的，不知道怎么的就总想发脾气，我——我——我好难过。"

梅秋灵呜呜地哭起来，钟亦仁只好抱住她安慰她："人说五十知天命，我这一生最遗憾的就是没有处理好跟你的关系，可事到如今，我们已经回不了头了，我只希望你能健健康康地活下去，希望你能看到可依幸福，看到嘻嘻快乐地长大。"

"你别瞎说，你一定会和我一起看着嘻嘻长大，你一定要死在我后面，你不能让我孤独地死！咱们以前说好的！"

这时候静雨回电，梅秋灵脸色一变，钟亦仁想了想，还是接通了电话。

"亦仁，你刚才打我电话了？"

"嗯。"

"亦仁，我一直想给你打电话，可我不知道你怎么想的？你为什么悄悄出院了？我听可依说，你跟她妈妈和好了，是真的吗？"

钟亦仁看着梅秋灵想了想："嗯。"

"所以，那天你说你爱我，我也说了我爱你，不过是脑子进水了是吗？"

"我——就算是吧。静雨，你还年轻，你那么好，一定会幸福，再见了。"

钟亦仁挂断了电话。"你不告诉她你不是脑子进水，你是脑子里进了脑瘤吗？"

"事已至此，不过是徒增烦恼。就算告诉静雨我生了重病，只不过是拖累她罢了，我不想耽误她。秋灵，我也不想告诉你，我不想麻烦你，让你担心，可是既然老王他跟你招了供，那么这件事就是咱们两个的秘密，好吗？"

梅秋灵难过地："老钟，老钟，你这么好，老天爷为什么这么不公平？本拉登都活到五十五，你才五十四周岁零十个月啊！"

梅秋灵抱住钟亦仁哇哇哇地哭起来，钟亦仁也紧紧抱住她，他也很难过。

"做手术把它切了好不好？也许就像猪肉上长了个肉瘤似的？"

"医生说，这个手术有风险，万一做得不好，很可能会变傻。"

梅秋灵愣住了："这——你也不打算告诉林静雨了？"

"嗯，求你别告诉她。"

梅秋灵愣了愣："好吧。"

钟亦仁不想耽误梅秋灵，他拒绝了梅秋灵，他也不想耽误静雨，于是谎称自己跟梅秋灵和好了，误会的静雨很难过。静雨无法跟钟亦仁在一起，让天响很满

第十七章
失去的总是要失去

意,天响一直希望母亲跟苏警官在一起,因为他觉得只有苏警官能保护母亲。因为天响深知母亲的秘密,这个秘密也许会害死她。失去了钟亦仁的静雨更加陷入了抑郁之中,她只好独自疗伤,独自吞下苦果。

又过了些日子,静雨正等在梅秋灵家楼下,思宽出来了。静雨迎上去递过手中的四桶奶粉。

思宽很感激:"大姐,嘻嘻出生的时候,你不是给过一个很大的红包吗?怎么又破费?"

"自家人,别见外,这是进口奶粉,我算计着上次拿来的快吃完了,这些能吃一阵子,我想能多帮你一点是一点。嘻嘻和可依都好吗?"

"她们挺好的,就是——"

"就是可依妈妈手太长,管太多?"

"你懂的。"

"为了嘻嘻和可依,就辛苦你了,姐帮不了你什么,说真心话,遇上这样的丈母娘,你只能自求多福了,姐走了,回头再来看你。"

"姐,你不上楼坐坐?"

"可依妈妈见了我总没好话,我不想自讨没趣。"

"咳,我妈见谁都没好话,你别往心里去,其实她心地挺好的。"

"这世上很少有人是坏人,但是有很多嘴坏的人,还是绕道走,比较安全。"

静雨走了,思宽若有所思。

一个深夜,梅秋灵家中可依卧室,可依和思宽正在梦中,婴儿床上的嘻嘻哭了起来,可依和思宽还没反应过来,忽然梅秋灵推门进来了,梅秋灵迅速抱起嘻嘻,以挥斥方遒的气势吩咐思宽。

"思宽,嘻嘻肯定是饿了,赶紧去冲奶粉。"

思宽不情不愿地爬起来,哈欠连天,一边冲奶粉一边嘴里小声嘀咕着:"明明锁门了?怎么又进来了?"

梅秋灵得意地挥着钥匙:"这世界有一种东西叫钥匙。"

思宽看着梅秋灵得意的样子,还是没忍住:"妈,我们已经成年了,能不能给我们留点隐私?"

梅秋灵放下嘻嘻、晃着奶瓶:"你还好意思的?都快中老年了,还成年?我还致青春呢!我就不明白了,你们俩搬到我家,我没要求跟可依睡一个屋,反而主动让你们俩睡一个屋,我怎么就不给你们留隐私了?"

"妈,我跟可依是合法夫妻,住在一间房里是我们的权利。"

梅秋灵给嘻嘻喂奶:"少跟我这儿整什么权利义务的,告诉你,在我家屋檐下,我就是法!"

"妈,我想很久了,可依的抑郁症康复得还可以,我们还是不在这儿麻烦您了。我回家后保证事事把可依和嘻嘻放在第一位,我那些爷爷奶奶姑姑姐姐的要是敢惹可依不高兴,我就跟他们没完。我现在心里头除了可依和嘻嘻,我是六亲不认!"

梅秋灵一愣:"可依,你信吗?"

"要不就暂时信信?"

"可依你别后悔,你相信妈,你的日子绝不会像你想的那样滋润,如果你回去,一定会有各种磕磕绊绊,让你有苦说不出,那种苦不是简单的头疼脚疼屁股疼,就是有种难受劲,沿着你浑身的经脉到处游走,你根本不知道如何解决,因为你知道有些东西,你即使没了性命也不能失去,而不能失去的这些东西,却正是带给你无限痛苦的根源。"

林思宽不由心有戚戚焉:"这个我倒是懂。"

"你为什么懂?"

林思宽没敢说话,偷偷瞟了一眼梅秋灵,示意可依自己的痛苦所在。

梅秋灵看在眼里:"好你个臭小子,你还学会眉目传情了?你信不信我把可依和嘻嘻藏起来,永远不让你见她们?"

林思宽急忙讨饶:"冤枉啊!我的青天丈母娘哎,我怎么敢呢?我那是眼睛抽筋,最近都没睡好!"

"谅你也不敢。"

梅秋灵白了一眼思宽,思宽却掩饰不住满脸的窃喜:"那我们明天就搬回去了。"

"你笑什么笑?"

林思宽憋着笑:"哪有,您是不是该配花镜了?"

梅秋灵被戳到痛处,急忙掩饰:"笑话,隔这么远,我都能看见你的发际线,思宽呀,不是我说你,知识分子最怕谢顶,你要是不注意保养,你对得起可依这么年轻貌美吗?"

可依尴尬地:"妈,在嘻嘻面前低调点!不要让她小小年纪就学会浮夸,嗯嗯,说说貌美就可以了。"

林思宽自己家中的卧室,可依抱着嘻嘻进了卧室,思宽提着大包小包进门。思宽满脸掩不住的幸福:"亲,我现在是全世界最幸福的人。"

第十七章
失去的总是要失去

"亲,我现在是全世界最困的人。"

"今晚你到书房睡,我带着嘻嘻睡,保证绝对不吵你,再说了,一般的妈还得半夜喂母乳,咱们家不用,亲妈没有奶,爹就当妈使!"

"可是你白天还要工作,我怕你熬不住。"

"为了你和嘻嘻,就算熬成阿香婆,我也不在乎!"

可是却又出了大麻烦,为了让可依多睡一会儿,心疼可依的思宽晚上负责哄孩子,他在家里加班的时候,因为睡眠不足导致工作出了纰漏,需要自己赔偿公司损失六十万。

过了几天,思宽坐在夏天办公桌旁,夏天教训他:"思宽,这个合同很简单,这是律所的一笔小生意,所有人,包括我们的客户,也就是甲方公司,都相信你能妥善完成这个工作,所以没有人复核这份合同,直接就发给了乙方,现在合同签了,首款60万付了,可是乙方拒绝履行义务,并以合同未规定退还首付款为由,扣下了这笔钱。谁也没有想到,你竟然会犯下这么个低级错误!"

"可是,按照工作流程,甲方公司应该审核一遍再签约呀?"

"很不巧,甲方公司负责此项目的员工是个关系户,他们不可能找他赔偿,目前来看,只有由我们律所来承担这笔损失。几个合伙人的意思是,由你个人承担赔偿三十万,然后你就引咎辞职、另谋高就吧。只要你赔偿了损失,我们对外会说,你是因为个人选择问题辞职的,不是因为犯了这种低级错误被开除的,我们也是为了你的未来考虑。"

林思宽震惊地:"律所这样,太无情了!"

夏天忽然抓住了思宽的手。思宽吓得缩回手。

夏天真诚地:"你别误会,我只是想说,我会帮你介绍一份新工作。你认识我这么久,应该知道我的,我之所以愿意推荐你,不是因为其他什么私人原因,而是因为我觉得你可以。"

林思宽略有些不自在,却又很感动:"谢谢你,夏天。"

思宽的失误让这个小家庭雪上加霜,陷入经济危机,房租和车贷马上就要断了。思宽不愿意用岳父母的钱。他们打算卖车,接下来连房租也成了大问题,因为思宽固执地拒绝岳父母的帮助,可依很生气。

可依决定找工作靠自己活下去。可是到处碰壁。幸好静雨的事业很顺利,在思宽跟可依要被房东赶出门的危急时刻,事业很好的静雨解了围。可依却觉得这样依赖静雨让自己失了面子,她更加努力找工作,可是她的情况很难找到合适的工作。

女仆女王小女人

心情低落的可依对思宽的失误很气愤,但是想到婚前的誓言,她决定坚持下去,而且为了不让思宽更加担心,她独自面对抑郁症的折磨。同时可依一直观察静雨,又考察几番,可是在家里这种经济状况下,她鼓不起勇气,把静雨逃回中国的真相告诉正在努力找工作的思宽。

而家中一团乱麻,杏秀也没老实。由于一直被冷落,杏秀打算跟五岳分手,再加上找了一份拍摄模特的工作,虽然做不好,但她打算闹独立,于是抱着一堆奢侈品袋子去还东西。五岳工作室,杏秀冲进门,而五岳正在画一幅新的作品,画中是另外一个农民工耿大爷,这个农民工耿大爷长得虚胖,画出来的线条很饱满。

杏秀抱了一大堆五岳曾经送给她的礼物,都装在各种奢侈品的袋子里。

五岳看了一眼:"杏秀乖,自己玩。哥忙着呢。"

"五大爷,我是来跟你分手的,我想好了",她摘下戒指塞给五岳,"我决定做一个像志玲姐姐那样独立坚强的女孩!我现在有了一份心爱的工作,我可以独立地活着,以后我会赚大钱,我会出名,我会出人头地!我不需要你的包,我不需要你的钻戒,我不需要你的钱,从现在起,咱们两个各不相欠!你就跟你的胖大爷从此情深深雨濛濛吧!原来你喜欢丰满的?怪不得你最近对我不闻不问!原来你喜欢肥而不腻的?肥而不腻非礼也啊!"

五岳却愣住了。杏秀撒完了气很得意,五岳却紧紧抱住她:"我不能失去你,我不能失去你,不能!"

"这也太电视剧了?这样不好,这样我会觉得你太软弱了,嘿嘿。"

五岳却激动地抱着杏秀上了二楼,杏秀害怕了,不由惊声尖叫。五岳工作室阁楼上,五岳把杏秀按倒在床上,随手从床头柜拿出了一副手铐。

"还好,还在。就一副?铐到用时方恨少啊!"五岳一边说一边把惊恐的杏秀锁在了床头的栏杆上。

"你要干吗?"

"不干吗,我就是舍不得你离开我。你不说你要离开我,我还不知道我这么不舍得。当初跟你求婚只是跟书萍赌气,没想到最后当了真的人,竟然是我。"

林杏秀假惺惺地:"五大爷,我也当真的呀!"

"那你为什么要离开我?你说,你是不是有二心?"

"我没有二心,只有一颗红心向着你啊!都是我不对,我就是觉得你最近冷落了我,所以我才吓唬吓唬你,说我要离开你,其实我一点也不舍得你,我也不

第十七章
失去的总是要失去

想离开你,你快放开我吧。"

"嗯,不行,开弓没有回头箭。"

"什么意思?"

"良辰美景奈何天,啊,好诗好诗!"

五岳开始亲吻杏秀,杏秀大叫,抬腿踢向了五岳,五岳痛得捂着下身倒在地上:"你——不是——说,你——离不开我吗?"五岳倒在地上,看上去很疼的样子。杏秀吓得大叫着挣扎起来:"救命!救命!出人命啦!"

五岳工作室外隔间休息室,这时候五岳的助理小陈听到响声冲了进来,他闻声跑来,阁楼上,杏秀被铐在床上,五岳瘫倒在地上。见此情景,冲上来的小陈吓了一跳,扑向了五岳:"五老师,五老师,你不能丢下我一个人啊,你让我一个人可怎么活啊!这个浮躁的乱世,人家一个人,是万万活不下去的啊!"他回头怒视着杏秀,"都怪你这个贱人,玩什么情趣游戏,现在出人命了吧?刺激了吧?有情调了吗?女人啊,祸水啊!我可怎么办啊!"

五岳半昏迷:"救救我,好疼,好疼!"

小陈抱着五岳就要冲下楼。

"你干吗去?"杏秀很奇怪。

"我们去医院。"

"你打120叫救护车呀!你这个救人的姿势太不专业了。"

"我才不会相信女人的话,尤其是你这样喜欢玩情趣游戏的坏女人!"

小陈猛地回身,不小心把怀中五岳的头撞在了楼梯扶手上,本已经晕乎乎的五岳大叫一声翻翻白眼彻底昏了过去。

小陈惊了:"五老师!五老师!你要挺住啊!咱们马上就到医院了!"小陈抱着五岳跌跌撞撞地跑了下去,一路上五岳的身体不停地撞在楼梯扶手和墙壁上。

杏秀目瞪口呆地看两人远去。她反应过来,坐起来把脚伸进床头柜的抽屉,抽屉里还有避孕套、用过的避孕套,杏秀看得直咧嘴,硬着头皮继续找,居然找到了钥匙。杏秀不由得大喜。

杏秀从工作室内奔了出来,她一直向外跑不敢停步。杏秀一直跑到公交车站处才停下来,她大声地喘着粗气,终于感到了害怕。

她拨打了大风手机,依旧传出:"您拨打的电话已关机——"

杏秀给大风发了个语音微信:"大风啊大风,你在哪儿啊?你不是说只要我找你,永远都能找得到你吗?"

杏秀在通讯录里找出"思宽"电话,想来想去,她还是不敢拨通。

杏秀哭了，最后杏秀却跑去找了耿家泰，耿家客厅，耿家泰开门，门外是表情惊恐的杏秀。

"你怎么来了？"

林杏秀冲进门，坐在沙发上，表情呆滞。今天五岳对她的打击很严重，让她不知道该如何自处，该如何面对这个世界。

"你怎么了？谁欺负你了？"

林杏秀忽然抱住耿家泰，耿家泰一愣。

杏秀魂不守舍："我是爱你的，让我爱你吧，我再没有别人可以爱了。"

"傻孩子，你才多大，你怎么会懂什么是爱呢？"

"你这话说的不对，最好的爱，都是第一次的爱，那之后，爱就变成了很多种类型，有人因为失去而放弃了，有人因为失去而瞎搞了，有人却因为失去而懂得珍惜了。"

"你是不是最近在看心灵鸡汤之类的书？"

"微博上这种话多了去了。"

"估计是有人闲得发霉，编出来的吧？"

"我跟你说正经的呢！你再这样，信不信我非礼你？"

耿家泰笑了："我像你这么大的时候什么都不懂，等我懂的时候，我爱的人已经爱上了别的人。这是人生的正常规律。"

"你爱的人是小可依吗？她怎么可能给你回应？如果你爱她，你只会不停地失去失去再失去，你什么都得不到！"

"爱不是用来交换的，爱是用来珍惜的，爱并不需要长相厮守，而是只要爱的人，好好地活在这个世界上。而失去，从这个层面来讲，并没有意义，因为不需得到，何谈失去呢？"

杏秀看着严肃的耿家泰，有点不太理解。

杏秀的表情很迷惑。

杏秀觉得自己失去了大风，她不明白，她不爱他，就不可以再做朋友吗？有人失去朋友，有人失去尊严。林思宽家客厅，静雨抱着几罐奶粉进门："这几罐奶粉够嘻嘻再吃一阵子，以后我来买奶粉，你和思宽现在没收入，别跟我客气。"开门的可依看上去表情很复杂。

有人正失去工作。这时候一个四十岁的男人正在面试林思宽，男人是文律师。

"小林，夏天推荐你来我这儿工作，说了你很多优点，其实我也对你很满意，

第十七章
失去的总是要失去

但我们律所目前不打算招人,你回去稍微等等,我再争取一下。"

"文律师,谢谢您!"思宽表情很焦虑。

有人则失去爱人。医院门口,钟亦仁急匆匆进了大门,门外的角落里有个人偷偷看着他,那正是忧伤的静雨。她好思念他。

而有人却要失去——生命。钟亦仁办公室,钟亦仁看着电脑正在工作,突然钟亦仁眼前一黑,他差点从椅子上摔下来,幸好他强行控制住自己。他摸着头,看上去头很痛。这时候梅秋灵推门进来了。

"老钟,我想好了,你一定要做手术把脑瘤切除,就算手术失败了,你不过是傻了,但你不会死,老钟,我保证我会照顾你一辈子!"

钟亦仁愣住了。梅秋灵表情坚定地看着钟亦仁。

只有一样东西不会失去,就是曾经存在的美好,即使美好,只是刹那。

第十八章

养家的小女人

家中穷成这副模样,可依只好出去找工作了,她本身能力不强,社会阅历也少,对她来说面试简直就是噩梦。尤其此刻,她的产后抑郁潜伏在她的身体里好像一个小恶魔。

这时候,一个中年女经理挑剔地看着可依的简历。可依坐在她对面。

"我不是拒绝过你吗?"

"没有呀,您绝对没见过我,要不然您的助理怎么可能安排我来面试?"

"不可能,就是你。"

"您真的记错了。"

"好吧,那没错,我现在拒绝你。你可以走了。"

忽然可依一拍桌子,她抬手就要一耳光扇过去,幸好还是控制住自己,她手停在半空中,愤怒地看着经理。经理大惊。

"你要干什么?"

"12345678,2345678,32345678——"

可依不停喘着粗气,总算平息了怒气,她假装用手扇风:"好热,好热,您先忙,我走了。"

可依拿起自己的简历溜了出去,剩下经理一人心有余悸。

露天咖啡厅里,可依跟闺蜜施黛娇诉苦:"我好像被思宽大姐传染了神经病。"

"你产后抑郁症还没好?你拿刀砍人了?"

"大概齐吧,今天我面试被拒绝了,差点一巴掌扇过去。要不是害怕她

第十八章
养家的小女人

以后影响我在钢琴教学行业里的名声,我非得打得她更年期提前结束。"

"你以前不是有个叫苏西菁儿的学生吗?收入不是还挺好?干吗急着找工作?"

"菁儿全家移民了。"

"你以前当正式钢琴老师的时候就没有攒下类似的学生资源吗?怎么当了这么多年钢琴老师,一个固定的学生也没有,你这样就相当于自由撰稿人不会用电脑。"

"姐以前没嫁人的时候不是有钱人吗?姐那时候根本没把那个破工作放在眼里。"

"你说你不是个千金大小姐,好歹也是中产阶级五百斤大小姐,就算你们家思宽现在出了点纰漏,你们的财务需要你大姑子帮忙,但你至于得为了五斗米折腰吗?"

"你不懂。你没跟别人伸手要过钱。"

"那倒是,我这个自由职业者,最不懂的就是没米下锅喝凉水填饱肚皮的感觉了。"

"喝凉水也比伸手花别人的钱好。我要钱,我要钱,老天爷啊,让我被钱砸死吧!"

可依一脸郁闷。一文钱难倒英雄汉。多少世人都渴望成为有钱人,世界终究是弱肉强食的,古时候人们用武力证明自己,现如今,金钱就是新的武器,没有钱万万不能活下去,而且金钱不止满足温饱那么简单,金钱代表的含义,远远超过成功这点浅薄的层面。

不过师太就很讨厌钱,因为她有足够赚钱的能力,她的微信公众号广告收入不菲,她靠着写骂男人的女权心灵鸡汤为生,对她来说不过是张口胡说而已,所以生存对她没有难度,自然她也就非常硬气。

施黛娇很嚣张:"别跟我谈钱!你不知道我们小清新最讨厌谈钱了吗?我呸,有钱就幸福了?有钱就成功了?有钱就活得有意义了?你这人怎么俗呢?"

可依耍着赖:"我就俗,我三俗,我俗俗俗!"

施黛娇很是无奈。

可依忙于奔波解决小家庭的困境,可是她的父母亲却在一个巨大的深渊里挣扎。病房里,钟亦仁躺在病床上,梅秋灵牵着他的手,梅秋灵表情很难过。

"秋灵,别难过了。"

"我控制不住。"

"我虽然决定做手术,但是手术也许会成功呀,我不一定会变傻。"

梅秋灵难过地:"嗯,我知道,我相信。亦仁——"

"怎么了?"

"咱们复婚吧。"

钟亦仁愣了，他想了想："不行。"

"为什么？"

"我死了也就罢了，我怕我傻了，拖累你一辈子。我希望等到我死或者傻了以后，你能有新的人生。"

"什么是新的人生？你就是我的人生，亦仁，我从二十岁认识你，就从来没想过我还会有别的人生。"

"秋灵，我很感动，但是，我不能那么自私。曾经我离开了你——"

"你没有离开我呀！我现在还有你们家钥匙呀！"

钟亦仁无奈地："这倒是。不过不管怎样，万一手术失败，我都不能让你的下半生被一个傻子拖累，我已经安排好了。如果我手术失败，我会被送进疗养院，我遗嘱里嘱咐可依把我的三套房子卖了，大部分钱留给你们娘俩，剩下的钱由可依交给疗养院，由专业护士照顾我，从此是生是死，听天由命。我不会自私地拖累你们。"

"亦仁，那不是自私，那是我的命，就算你是个傻子，但我还记得我们曾经有过的一切啊！就算你傻了，可每天看着你，每天照顾你，那就是我还能留住的唯一啊！"

"就这样了，我已经决定了，我这辈子大多数时间都听你的，这次你就听我的吧。"

"不——"

钟亦仁捂着头："头好疼。"

"你怎么样？我叫老王过来看看？"

"不用，我躺一会儿就好了。"

钟亦仁躺下了，闭上眼睛装睡，他拒绝交流，梅秋灵不知该怎么办才好。梅秋灵想跟可依倾诉，但是她却说不出口，她不想再让可依烦恼。

思宽卧室里，嘻嘻三个多月了，她已经睡着了，可依和梅秋灵正在聊天。

可依试探地："妈，要是我想跟你借点钱行不行？你别问我干吗？我保证还你，我就是想——想做点小生意。你要是非得问我干吗，我就不借了。"

这时可依发现梅秋灵根本没听自己说话，而是低着头暗自叹气。

"妈，你最近怎么了？你失恋了？失恋是好事，哭什么？人家老中医不是说，暗恋明恋身体好嘛！"

梅秋灵眼中含泪："可依，你爸得了脑瘤。"她忍不住，还是告诉了女儿。

第十八章
养家的小女人

可依大惊："怎么会这样？我爸人那么好，我爸脾气那么好，我爸是全天下最好的爸，怎么会这样？你脾气那么大，你都没——哦不是——"

"我宁愿得病的是我啊！"

梅秋灵抱住可依痛哭起来。

"我爸到底得的是什么病？"

有个人正趴在思宽卧室门上偷听，那正是林杏秀。杏秀常常趴在思宽门上偷听，好多事情就是这样泄了密，这一次也不例外。林杏秀皱着眉头离开了。

林家静雨卧室，静雨正在电脑前工作，忽然杏秀推门进来了。

"你保证你不会昏倒，我就告诉你一件事。"

林静雨忐忑地："你有了？"

"你这人怎么这么没有想象力？我告诉你，是钟亦仁大爷他——得了脑瘤。"

林静雨一愣："你怎么知道的？"

"我刚才过去找思宽，习惯性地先趴在他们卧室门口听了听，你懂的，我怕万一我进去，撞上什么不该看的东西亮瞎狗眼，比如什么舌吻啦、滚床单啦、鸳鸯戏水啦——"

林静雨焦急地："赶紧说重点！"

"总之呢，我就像以往一样先在门口听了听，结果听到梅秋灵大妈和小可依在说私房话，我就想听听她们是不是说咱们家人的坏话，结果嘞，我就听到这个惊天大秘密！听说钟大爷这个脑瘤位置很不好，临床症状呢，就是头晕、头疼、冲动、性格古怪，可以说他的病情很严重，可以说随时都有生命危险。"

林静雨震惊地："所以他才冲动地跟我表白，所以他才要偷偷出院，所以他才祝我幸福，所以他才骗我说，他跟他前妻和好了？"

"这最后一条跟前妻和好，也许是真的，可能是你想多了。"

林静雨瞪了杏秀一眼，杏秀急忙闭嘴。林静雨猛地站起来。

"你要干吗？"

"我要去找亦仁，梅秋灵能做到的，我也能做到。"

"哎哟喂，这又不是大奶二奶表忠心的时候。"

"那什么时候才是时候？"

"这个——钟大爷不是曾经祝你幸福吗？你就幸福去吧，别管那么多了。"

"我觉得也是。"不知何时，林天响进来了，就在静雨身后，静雨杏秀吓了一跳。

"乖乖,你这练的是什么功啊?你这个身材,是怎么做到的?一点动静都没有就进来了?"杏秀赞叹。

"哎,不是我动作轻,是你们两个岁数太大耳朵聋!我的老妈,你可长点儿心吧,你这辈子还没结过婚,难道你打算下半辈子就守着个傻子?"

"闭嘴,你怎么能这么说亦仁?天响,你太让我失望了,我一直努力地培养你,希望你能长成一个善良的人、博爱的人、伟大的人,可是没想到你的心,怎么能这样坚硬、这样无情?我都不敢相信,你居然是我林静雨养出来的孩子?"

林静雨怒气冲冲地走了。

林天响夸张地学着静雨:"你的心就不那样坚硬、那样无情?难道你就是个善良的人、博爱的人、伟大的人?"

林杏秀哭笑不得:"你考北京电影学院吧,你会红的。"

林天响夸张地:"我很受伤。"

"少来,你这膘肥体壮的,谁能伤你呀?"

"我说真的呢,我妈让我很受伤。"

林天响表情很伤感,他不停地解开衣扣、又系上衣扣,杏秀有点搞不懂这个小孩。

杏秀也搞不懂另一个人,虽然他不是小孩,已经是个老帮菜。思宽家楼下,五岳试图沿着水管爬上去,却几次掉下来,摔得很惨。

路人大妈很奇怪:"小伙子,你爬上爬下的,这是干吗呀?"

"不好意思大妈,忘带钥匙了?"

大妈却趁他一不留神扭住了他,将他按倒在地牢牢控制。

五岳惊了:"你干什么?你谋财害命?"

"我谋你个小贼什么财?你是不是想爬进别人家里去偷东西?去年有个又壮又傻的臭小子,我眼看着他爬到林思宽家去了,当时奶奶我就报了警!今天算你倒霉,也落在奶奶手里,实话告诉你,奶奶的老子老头子儿子孙子全都是警察!奶奶就是疾恶如仇一枝花!"

"饶命!饶命!我是林家未来的女婿啊!我只是跟我未婚妻有点不愉快,她不肯接我电话,我想爬上去给她道歉。"

大妈揪住五岳耳朵:"女婿?这年头,凶手都是配偶!"

还好有人解救五岳,那正是从楼里出来的杏秀:"吴大妈,您这是演穆桂英挂帅呢?"

"杏秀呀,你快来,这家伙想要爬进你们家,被我抓个正着!他说他是你们

第十八章
养家的小女人

家未来女婿,我没听说静雨有对象呀?这就急着要结婚?"

"他其实是——嗯,曾经是我的未婚夫。"

"什么?那不是——那不是乱伦吗?他当你爹都行了,杏秀呀,别怪大妈多事,你是不是贪图他们家的钱?你还这么小,不太好吧?"

"大妈,你真是个好人。"

"那是必须的。"

吴大妈放开了五岳:"清官难断家务事,那你们小两口好好谈谈吧。杏秀,一失足成千古恨",大妈拍了五岳后背一下,"小伙子,你这身子骨,虚啊!"

五岳被拍得连连咳嗽,大妈摇着头走了。

上一次五岳冒犯了杏秀,她运气好才逃出来,她没告诉任何人,但是心里早已恨起了他。林杏秀冷着脸:"你来干吗?"

"咱们找个地方好好谈谈。"

"不行。我再相信你我就是龟孙。"

"好端端的你骂奶奶干吗?杏秀,求你了,咱们找个没人的,哦不,有人的地方好好谈谈。我保证绝不动你一手指头,我动你的话,我不是龟的孙子,我是龟的脑袋,行不行?"

林杏秀迟疑地点点头。林杏秀不是一个特别有意志力的女孩子,除此之外其实她也很容易受到别人影响,她对自己没有自信,她过于依赖外界的标准,因此可以断定的是,她的一生必将与渣男纠缠,漂亮对于笨女人来说,就好像大街上拿出钱来给强盗看。

而林静雨,虽然很聪明,却也挣脱不了感情的泥沼。她至情至真,对于感情过于投入,也让她更加脆弱,而且愚蠢。钟亦仁的病房里,有个人躺在被窝里背对着门口,静雨冲了进来,她站在床边,看着他的背影,千言万语不知从何说起。

"亦仁,你的病情我都知道了,我有很多话想告诉你,可我不知哪一句才是最重要的,我只想跟你说,我对你的感情远远超过你的想象,那天你跟我说你爱我,当我回答你我爱你之前,我就想过了,我愿意为你付出一切。大概因为你对我一直那么和颜悦色,大概因为你给了我对未来的美好幻想,大概因为我们相处时候的那些温存,我真的不知道为什么!我就知道我得照顾你,就算你生了重病,我也不在乎。"

床上的人从被子里出来了,那人站了起来,却是冷着脸的可依。

林静雨大惊:"怎么是你?我明明问过护士,她们说亦仁就在病房里。"

可依冷笑着："我妈陪着我爸去做脑部CT，不巧我头晕，大概是今天哭得太厉害了，我爸妈非得让我在这儿休息，谁成想就看到了你演的一出好戏。"

林静雨豁出去了："我不是演戏，这一切都是我的肺腑之言。"

"我好感动！但是一个萝卜一个坑，老天也早就给我爸这个萝卜挖好了坑，我现在就要帮我妈这个坑——保卫萝卜！"

可依向静雨走来："对不起了大姐，就算你恨我，我也绝对不能把萝卜让给你。你走吧。"

可依把静雨推出门去，静雨没什么立场争辩，就这样被推了出去。可依脸上的表情很坚定。而静雨，实在没有什么立场去跟她吵啊。

那厢杏秀的谈判也不是很顺利。林家小区供住户活动的区域里，五岳被迫吊在单杠上，旁边的人侧目而视，杏秀站在旁边冷眼看着他。

五岳尴尬地："就算选个公共场合谈心，咱们哥俩儿也不用这么见外吧。"

五岳的臂力根本控制不住自己，时不时地掉下来。

"赶紧吊上去！不然不跟你说话！亏我以前那么相信你，谁知道你居然那么变态？你居然把我绑在床上？你居然——"

"妹妹，你不能怪哥，哎哟，要怪只能怪你太美丽。"

"好吧，这倒确实是个问题。说吧，你到底找我想说什么？"

"我想跟你道歉。哎哟又掉下来了！"

"赶紧给我吊起来！"

五岳费劲吊起来："杏秀，我对你的情意，难道你还看不出吗？如果不是爱你，哎哟，我怎么会——怎么会——吊得这么久？我的小身板——你——你是知道的！"

"可是我很生气，你怎么能那么对我？你不是说你爱吗？你把我绑在床上，难道就是爱我吗？"

五岳夸张地："我的妹妹哎，那样才是哥哥我最真实的爱啊！我一听你说要离开我，我的脑袋就懵了。原来爱让我无法自拔，爱让我控制不住自己，爱让我因为嫉妒而发疯，爱让我愿意为了爱——牺牲一切，爱让我的世界有了黑夜和白天，爱让有你的世界充满了光明，爱让没有你的世界好似坠入地狱，爱让——"

他一不小心掉了下来。

"行了行了，再说下去你成上帝了！赶紧给我吊起来！"

五岳费劲地吊在单杠上："宝贝，我的爱不是一句空话，我有能力，我也愿意养你一辈子，你想想，从我们认识以来，你在物质方面有需要时，我可曾为我

第十八章
养家的小女人

的付出有过一丝一毫的犹豫?"

"但是——我不知道哪里不对,反正就是不对。"杏秀一脸纠结。

路过的大妈,就是方才在杏秀家楼下揪住五岳的吴大妈突然出现了:"我观察你们好久了,杏秀呀,前面爱不爱的都是放屁,只有最后一句是大实话,这世界,男人不能相信,只有钱能相信。"

大妈一边说一边吊在单杠上做引体向上,而旁边被迫吊在单杠上又不停掉下来的五岳不由很是佩服。

"杏秀,你快听听大妈的话吧,姜还是老的辣!"

吴大妈轻松做着引体向上:"不光老辣,身材也辣,看见了没?(轻松地做着引体向上)小伙子,你太虚了,你看看,小姑娘犹豫了吧?光有钱也不行!"

五岳哭笑不得,而杏秀突然恍然大悟:"我知道了,我知道哪里不对了,我要自力更生,我绝不依赖任何人!"

"这话从你嘴里说出来怎么那么搞笑呢?"五岳笑了。

林杏秀一脸坚毅:"五大爷,这回姐就让你看看什么叫女强人!我现在可是抢手的网红,我拍一次照片,能赚好多钱呢!"

"能天天吃肯德基吗?"

"那倒不——怎么不能?哼!"

林杏秀的宏图大志遭人嘲笑,可依也是倒了八辈子霉。一个叫灵音琴行的地方,可依正在等待着面试。琴房装修很好,钢琴闪闪发亮,可依正在琴行角落隔间里等待,一个助理模样的姑娘进来打了个招呼。

"钟老师,您的简历我已经看了,我觉得您很适合我们招聘的这个职位,我们就想找一个有经验的钢琴老师,收费不要太高,专门针对一些在我们琴行买琴的客户,推出买琴赠第一年教学的服务。我觉得您很适合,但是我们老板还是要亲自面试一下,她最近很忙,好不容易抽出时间,她马上就到了,您稍等。"

"谢谢。"

助理出去了,可依等得无聊,坐在钢琴前弹了几下车尔尼749练习曲,确实有些生疏。忽然有人进来了,来人是个职业装打扮、妆容精致的三十岁女人。她皱着眉头,似乎有些不满。

"弹成这样免费赠送也得退货呀!"

可依闻声回头,两人都大吃一惊。

"钟可依!"

"程玉凌！"

"自从大学毕业后咱们好久没见了！"

可依有点尴尬："这么巧，你来买钢琴？"

"我来面试。"

"你也来面试？不会吧，咱们当年一个寝室的时候就争来争去，没想到找工作也要争啊。想当初我还跟你同台演出争名次，当时我得了一等奖还搞得你很不开心，现在想想当年真是傻，都是浮云争什么啊？算了，今天不争了，我让给你。"

"不是，我是来给应聘的钟老师面试的。钟老师不会就是你吧？我刚才没仔细看简历，不好意思，不然我就不会说什么弹得不好的话了，不过你可真的跟当年不一样了，当年大学时候你也是风风火火的，还说要以后要当什么女朗朗呢。"

"这——这不是头发一直炸不起来嘛！玉凌，你在这个琴行打工当经理？"

"不是，这家琴行是我开的，全市还有另外两家连锁店，说起来我弹琴没什么天分，家里也没什么背景，但是做生意居然很在行。那你呢？看样子现在也不搞艺术了，你忙着搞什么呢？对了，你男朋友林思宽怎么样？他现在在哪儿高就？年薪百万了吧？"

可依尴尬地："嗯，还不错，呵呵。对了，我有宝宝了。"

程玉凌惊讶地看着可依的胸："什么？那你为什么这里——还是一副解放前的样子？"

"这个——这不是为了出来工作减肥瘦身了吗？再说了，解放区的天是晴朗的天，这样凉快！"

"你老公当年连续拿奖学金的法律系高才生，难道还养不起你吗？何况你家里条件那么好，有必要刚生完孩子就出来工作吗？"

"我——我这不是有事业心嘛！钱不重要，重要的是，女人要有为之奉献终生的事业！"

"你这么有事业心，我们这个免费赠送的教学工作也不适合你呀？"

"适合适合。我逛超市的时候，最喜欢免费赠送的杯子盘子了。我一直觉得，那些杯子盘子特伟大，凭什么都是一样的身份，它就是免费赠送的？敢于被免费赠送，这得多么伟大的胸怀啊！"

"那就麻烦你留下工作吧！今天重逢老同学我真是太高兴了，咱们要好好聊聊，把这么多年错过的闲话八卦都补回来，你知道吗？隔壁寝室的贾林又离婚了，她上铺的枫枫傍大款了，咱们寝室的山山成了同性恋啦！怪不得当初在澡堂子里她总是最后一个洗完澡！"

第十八章
养家的小女人

程玉凌热情地揽住可依，可依却很不自在。后面的日子更不自在，可依得到了这份工作，因为她也没有更大的本事了。这天，愁眉苦脸的可依正在给学生上课。学生是个十岁左右的胖姑娘，弹《四小天鹅》弹得磕磕绊绊，可依一脸不耐烦："你这哪是四小天鹅？你这是四小肥鹅，你这是跳不动呀？"

胖姑娘突然哭了："你——你——你骂我肥，我要投诉你！"

"我哪说你肥了？"

"你说我是小肥鹅，你说我跳不动舞，你摧残了我的童心，你毁了我的童年！"胖姑娘哭得呜呜地跑出去，小肥肉不停地颤着。可依目瞪口呆。

这工作不会就这样黄了吧。

不过除此之外，可依头大的事情也是一桩加一桩。病房内，钟亦仁正躺在病床上昏睡，忽然有个人护士戴着口罩低着头进来了，钟亦仁惊醒，正要说话。护士却扑过来抱住了他。钟亦仁大叫："你再不放手我要喊人了。"

护士却捂住了钟亦仁的嘴，她摘下了口罩，来人却是静雨。

"静雨，你这是——制服诱惑？我——我现在扛不住啊。因为我——"

"我都知道了，我知道你生了脑瘤，我知道你最近说话做事那么冲动，变得跟之前的你那么不一样，也许包括你那么煽情地跟我表白，都是因为你得了怪病，我也知道你是为了我好才不告诉我，可是我一定得陪着你、照顾你，我们已经对彼此许下了诺言，我们就一定可以共患难，如果这个时候我离开你，我永远都会愧疚。我的人生曾经有过一次失败的感情，从此再没不敢开始另一段感情，这一次，我已经把我所有的感情都用尽了。亦仁，求你不要质疑我的决心。"

"静雨，我没有质疑你。我生了重病，我很难过，我也不想离开你，可人生就是时时刻刻不知如何是好，时间不多了，人世走一遭，最重要的是让自己开开心心的。人过五十，一切都在走下坡路，我有过美好的时光，可你还没有过，我希望你能找到一个好人，陪你度过一段美好的人生。"

"没有你，又何谈美好人生呢？"

忽然有人咳嗽，不知何时，可依冷着脸出现在病房门口。

医院楼下花园，静雨和可依沿着小路走过。

"大姐，你是不是年轻的时候琼瑶小说看多了？"

"我是理科生，没那个闲工夫。"

"那你怎么整天跟演戏似的？我爸一个大老头子，有你那么勾人吗？他都是姥爷了。早就应该退出恋爱届的历史舞台了。"

215

"你怎么能这么说你爸?"

"孩子心里的爸妈,就是不应该谈恋爱呀,不然为什么天响那么反对你谈恋爱?"

静雨一愣,没说话。

"只要我不同意,你和我爸不会有结果的。"

"我不是求个什么结果,我只是想照顾你爸。"

"他有很多人照顾的,他有前妻、有女儿、有女婿、有外孙女,不需要麻烦女婿的姐啦!"

"我怕你妈对他——嗯,你妈不是对他不好,你妈是太喜欢 manipulate 别人!"

"听不懂,大姐,我是音乐系毕业的,我最讨厌别人说英文了,OK? OK?"

"哦,manipulate 就是操控、控制,你妈根本就是个控制狂啊,你懂的。"

"这倒是。哎,不说了,走一步算一步吧,总之,我爸的病情,就不劳您操心了,我爸有各种保险、各种房产证、各种存款,有我妈这个为了他要死要活的有好多房子票子车子的大款前妻,还有我这个孝顺的大闺女,大姐,你放心,我真的一点忙都不需要你帮!"

静雨很纠结,却不好再说什么。

但是静雨却跟可依的世界永远无法分开。这天,思宽家中客厅,嘻嘻在婴儿床上酣睡,思宽正在跟静雨说着什么,一脸忧郁的可依回来了。

"可依,大姐给咱们送了五万块钱,她说上次帮我们交了房租,这几万块还能还几个月的车贷,还有咱们一家三口的生活费,她说让咱们俩慢慢找工作,找个称心如意的,不要为了经济上的事情着急。可依,快来谢谢大姐。"

可依很不自在,静雨的表情却有点微妙,稍微有一丝得意:"一家人客气什么。"

"我累了,你们坐。"可依很不高兴地回房间了。

"她怎么了?"思宽纳闷。

林静雨略带得意地:"女人嘛,谁知道呢?"

这件事情很微妙,静雨在可依父亲的事情上无话可说,而可依在赚钱养活自己这件事上,也是无可奈何。思宽完全不知静雨得意的是什么,他有点莫名其妙,急忙跟过去。

卧室里,思宽一进门,就看见可依在生闷气。

"怎么了?"

"我长这么大,从来没把钱放在眼里,没想到今天被你个贱人害得这么惨!"可依愤怒地丢过来一个枕头。

"主子,请您原谅,恕小的愚钝,请问主子这是生的什么气啊?"

第十八章
养家的小女人

"把你大姐的钱还回去!我不稀罕她的钱!"

"你们俩吵架了?"

"倒也不算。"

"咱们存的钱都赔给律所了,要是把这笔钱还回去,咱们下个月就还不上车贷,要不然就把车卖了?"

"不行!"

"大姐的钱和咱们的车,你只能选一样呀,主子。"

"那我跟我妈要钱去,要不我就跟我妈要个车开!"

林思宽为难地:"静雨虽然也不是什么温顺小绵羊,但静雨跟咱妈比起来,那至少也算是软刀子不是?至少静雨不会说咱们俩没用不是?你想象一下,咱妈会怎么说?可依呢可依,我跟你说过多少次,光有感情没有用,穷小子就会用感情骗人,你也不想想,他除了感情还能给你什么呢?你看看,现在都被我说中了吧?"

思宽学得惟妙惟肖:"哎,想想都难受。你能给我点时间,让我再努力一次吗?"

可依想想老妈,又犹豫了。

"再说爸现在生病了,咱们不能给爸妈添乱不是?可依,咱们的难关很快就会过去的,我同事帮我介绍的工作正在等待中,而我也在努力找其他工作,面试反馈还不错,这几年我攒下了不少工作经验,相信我,咱们一定会好起来。可依,为了你,为了嘻嘻,我一定拼了小命去努力,眼前的难关,就暂时让静雨帮咱们一把行吗?"

可依想想,很是无奈,气得躺在床上发脾气:"我恨苍天!我恨大地!我恨你们律所!我恨你那个上司夏天!她不是喜欢你吗?你怎么不跟她潜规则呀?潜规则就不用还钱啦!"

"主子,小的生是你的人,死是你的鬼,小的绝不会为了金钱出卖自己。"

可依想了想:"其实我不介意的。"

"要不小的就牺牲小我?"

可依又扔过来一个枕头:"好你个林思宽,我看你早就等着这一天啦!我不活啦!"

"主子,别闹啦,小的给您捶背,小的给您捏脚。"

"滚开,看见你就来气。"

"那我走。"

"你给我回来,你是不是想去找你那个春夏秋冬?"

"主子,走也不是,留也不是,你到底让小的如何是好啊?"

"哎，哎，哎。"可依一张苦瓜脸，长吁短叹着。

第二天可依同样一张苦瓜脸，正在琴行程玉凌的办公室里等人，这时她的大学同学也就是程玉凌进来了。

"可依，你现在这种工作状态不行呀，你知不知道，自从你来上班，已经连续被学生投诉三次了，如果换是别人，我早就请她走人了。"

"要不然你就开了我！"

"哟，还像以前说话那么冲！亲，咱都孩子妈了，能成熟点吗？"

"实话跟你说，我这是产后忧郁症。"

程玉凌惊讶地："什么？"

"不就是产后忧郁症吗？又不是神经病，你这么惊讶干吗？"

"我就是没想到，当年那么傲娇的可依公主，居然也有值得忧郁的事。不过，从你刚生完孩子就需要出来工作，我也应该想到，你现在的境况有些问题。"

可依掩饰地："哪能呢？我能有什么问题？我就是产后身材走形了，所以抑郁了。"

"问题是以前身材也不是玛丽莲梦露呀？现在不还是长安街吗？"

"长安街？"

"平平坦坦呀！"

可依一脸无奈。

"你说你有什么好忧郁的？可依，我支持你走出家庭追求自己的事业，但你也要自己努力，未来都是自己争取的！公主病患者是没有未来的！"

可依为难地点点头。

露天咖啡厅，可依跑去跟施黛娇倾诉。她俩是高中同学，关系更加亲密。

"我跟你说，程玉凌根本就是对我的一切幸灾乐祸，当年我琴弹得比她好，处处压制她，现在她看到我这么倒霉她就高兴，所以她才没开除我。要不是为了这点工资，我绝对不会忍下这份窝囊气。"

"我听你说的情况来看，她好像没那么多坏心眼吧？"

"女人的坏心眼都藏在大肠里，你根本就看不出，但是你一定能闻到！比如静雨，什么时候借钱给我们不行，非得在我豪气冲天表示能够照顾我爸、绝对不需要她帮忙之后，她就突然借了一笔钱给我们？这不是打我脸吗？比如程玉凌，口口声声说看在老同学面子上给我一份工作，可是隔三岔五就找我谈话，说什么学生投诉我？我怎么了？我不就是对学生严厉点吗？不就是上课时候抑郁症发作想打人吗？她凭什么说我是公主病患者呀？总之，男人不吹牛皮会死，女人不要

第十八章
养家的小女人

心计会死,知道吗?"

"你是甄嬛附体了吧?哪那么多心计、诡计、温度计的?我知道你最近有点不顺利,可你怎么变得这么神经兮兮、疑神疑鬼、冲动易怒、各种不靠谱,你到底是怎么了?"

可依打断她:"你知道时时刻刻想自杀是什么感觉吗?我现在,就想在这个咖啡杯里淹死!"

施黛娇急忙抢过杯子:"有什么大不了的?美国人次贷危机房子没了,还继续狂刷信用卡,中国人地沟油三聚氰胺样样全,也不耽误生孩子,巴勒斯坦以色列动不动人体爆炸跟放鞭炮似的,还欢天喜地过大年呢!你不就是暂时的经济危机吗?都像你这么脆弱,人类早灭绝了。"

"我不曾经是个中产阶级五百斤大小姐吗?五百斤大小姐是这世界上最脆弱的品种!你让我死吧,我不活了!"

"那你爸妈怎么办?你家嘻嘻怎么办?你家思宽爱怎么办怎么办,那可怎么办?"

可依想了想,突然抱住施黛娇:"师太,师太,我好怕!"

"你怕什么?你有思宽、有我、有嘻嘻,你怕什么?"

"我怕——失去我爸。"

施黛娇愣住了,可依放声痛哭起来。原来,产后抑郁、工作不顺、经济危机都是表象,可依痛苦的根源在于父亲的病,层层压力之下,可依就要崩溃了。

这种情况下,静雨仍旧不死心,仍旧给可依添乱。病房里,钟亦仁正躺在病床上,静雨鬼鬼祟祟地提着保温桶进来了,她左看右看,确定房间中没有别人,这才进了房门,她刚走到床边,钟亦仁就睁开了眼睛。

林静雨吓了一跳:"你没睡呀?"

"我就知道是你。"

林静雨煽情地:"咱们还真是心有灵犀。"

"静雨,我该说的话都说尽了。你不要再来了,万一被可依看到,少不了又是一顿冷言冷语,我倒无所谓,我怕你生气。"

林静雨装作没听到:"亦仁呀,人家说吃啥补啥,我炖了猪脑汤,这个适合你。"

"好像不太适合吧?"

钟亦仁很是无奈,但又奈何不得把汤碗递到眼前的静雨。他被迫喝光了汤。

"静雨,你怎么跟个孩子似的?人生不如意事十之八九,我不能再给你找麻烦了。"

"一点也不麻烦。"

"你怎么就不明白呢？静雨，你再不走，我生气了！"

"这就是你能表现出来最威严的表情吗？怪不得梅秋灵把你吃得死死的？你这是生气？你这是故作娇嗔勾引人吧！"

钟亦仁脸色忽然一变："掀开被子快！快上床！"

"什么？亦仁，我只是来送汤的，没——没这个心理准备。"

"我听见秋灵的脚步声了。"

静雨一惊，果然梅秋灵特有的高跟鞋的声音传了过来。梅秋灵走路虎虎生风，万年高跟鞋，因此非常有气势。

林静雨团团乱转："我藏门后？我藏床底下？"

门后显然没有位置，而床底下也没有床单遮挡，只有床上可以藏身了，静雨心一横，钻进了钟亦仁的被窝。静雨抱住钟亦仁，两人先是一阵羞涩，梅秋灵的脚步声却越来越近，两人大惊。

"没空害羞了！快！"

静雨急忙紧紧抱住他，几乎完全贴在他身上，钟亦仁赶紧把被子盖得严严实实，只把头露在外面。千钧一发之时，梅秋灵拎着保温桶到了。她巡视一圈，表情严峻，钟亦仁很紧张。

静雨即将迎来一场梅秋灵式的暴风雨般的洗礼，而这天杏秀也要面对人生的一盆冷水。此刻，杏秀穿着性感，表情很不自在，正在摄影棚候场。有个同样性感的模特，正一脸木然地拍摄中，摄影师椿椿工作中。那个模特让杏秀很紧张。

摄影师椿椿终于工作完了，他溜到杏秀旁边："你怎么还没走？"

"椿哥，我好紧张呀。"

"你今天不是表现很好吗？"

"我不知道原来模特应该是这样的表情"，杏秀做了几个痴痴呆呆的表情。"我以为模特应该是这样的"，杏秀做了几个性感表情。

"别紧张，表情没用。"

"为什么？"

椿椿把相机递给杏秀："因为照片是这样的！"

杏秀一看，原来每张照片拍的都是腿："我的照片呢？"

"刚才那张就是你呀！这张也是你！"

"什么？你不是说我以后会大红大紫吗？你整天拍我的大腿我红个屁啊？我这条腿和刚才那几条腿有什么区别呀？"

第十八章
养家的小女人

"怎么没区别？怎么认不出？你看，这条腿肥而不腻，这条腿滑而不油，你的腿呢，是细而不脆！"

"你以为你是卖烤鸡腿呢？观众连脸都看不见凭什么喜欢我呀，拍拍拍拍全都是大腿，我还红个鬼呀？"

"好看的姑娘千千万，你以为想红那么容易？实话跟你说，有我这么个伯乐，发现你这两条小细腿的与众不同之处，那都是你的造化！"

杏秀气得把相机丢给椿椿："老子不干了！"

"你不是跟我赌咒发誓，你要做出一番事业来，让姐姐外甥、外甥媳妇、爷爷奶奶、大外甥孙子、大孙女什么的看看吗？"

林杏秀停住脚步，她又犹豫了。

而静雨那边，梅秋灵竟然没发现钟亦仁被子里藏着静雨。但那并不意味着平静。

梅秋灵严肃地教训："医生不是让你闭目养神吗？你瞪着两个灯泡似的眼睛干吗呢？"

钟亦仁紧张地："我——等你呢。"

梅秋灵娇羞地："讨厌，你最讨厌了，就会说些好听的哄别人高兴。"

钟亦仁尴尬地："你高兴，我就高兴。"

梅秋灵倒了一碗汤："来，喝猪脑汤，喝什么补什么。"梅秋灵也带了汤。

"又是猪脑汤？"

"什么又是？"

钟亦仁赶紧喝光了汤："好喝！太好喝了！"

梅秋灵这时候看见了桌上的另一个保温桶。梅秋灵生气地："这是谁送的？"

钟亦仁急中生智："可依送的！"

"我还以为是林静雨送的！"

钟亦仁假笑着："呵呵呵，你太会开玩笑了。"

"我不是开玩笑，我听可依说，林静雨就是对你不死心，我真没想到，你们俩还玩上纯情了？你到底是怎么想的？你就是为了她才不肯跟我复婚？"

"怎么可能？我跟静雨有缘无分，不可能有什么结果。静雨还年轻，我不想耽误她，她身边还有更合适的人选，比如苏警官，他正当年，他跟静雨是多么好的一对！我想静雨还有机会得到新的爱情和人生。为了爱不顾一切，那是年轻人冲动不懂事才会相信的事情，而我这个年纪的人，还记得早饭吃了什么，就是幸运了。"

"可是我跟你是许过誓言的，你不相信小三，难道还不相信大奶吗？为什么

不肯跟我复婚?"

"秋灵,不是这样的。我万分感谢你不计前嫌照顾我,正是因为我感谢你,我才不能拖累你,就像我以前跟你说的,我不怕死,不怕傻,我只希望你能好好地活着,我希望能有个人替我照顾你。"

梅秋灵煽情地靠近他:"亦仁,我不需要别人照顾,求你,别离开我。"

"秋灵,我头疼,我得休息了,你先回吧。"

梅秋灵马上就要靠近藏在被子里的静雨,钟亦仁非常紧张。幸好梅秋灵停下了,她很动情:"你好好休息。我走了。"

梅秋灵拎着两个保温桶走了。

"你拿桶干吗?"

"可依这个懒鬼,也不知道把桶刷干净,我拿回去一起洗了。"

钟亦仁一脸忐忑,梅秋灵走了。这时候静雨从被子里钻了出来,两人保持着紧紧拥抱的姿势,看上去很暧昧,可是她眼圈红了。

"你怎么了?"

"原来你不相信我,我不需要什么新的爱情和人生啊!"

"我不是那个意思——不,我就是那个意思,你走吧。"

静雨黯然地离开了。钟亦仁也很难过。但是一切也只能如此了。

这天晚上,林家楼下,闯荡世界基本失败的杏秀垂头丧气地回来,忽然五岳从角落里窜出来,杏秀吓了一跳,惊声尖叫。

五岳嘻嘻笑着:"是我是我。"

忽然吴大妈不知从何处跳了出来,两下子打倒了五岳。

"哪来的小流氓?看老娘怎么收拾你!杏秀呀,你怎么总是招惹些老色鬼小流氓的?"

林杏秀尴尬地:"吴大妈,这个,还是上次被你打的那个。"

吴大妈定睛一看:"哎呦喂,不好意思呀,小伙子,天黑了,大妈眼神不好,你说说你没事闲的,怎么总假扮小流氓呢?"

五岳爬起来:"大妈,这叫情趣。"

吴大妈扶起他:"都怪大妈,大妈不懂情趣,大妈以后好好跟你大爷研究研究什么叫情趣。大妈先走了,你们两个慢慢聊。"

"大妈,不送,早生贵子啊!"

"借你吉言!"

第十八章
养家的小女人

大妈走远了，杏秀扶住可怜兮兮的五岳："你又来干吗？"

"你不是说你要当模特吗？我实在不放心，你知道那一行多乱吗？那简直就是后台打个地铺男人女人一起玩生孩子！打你电话你又不接，所以只好在你们家楼下守株待兔。"

"你管那么多干吗？"

"我这不是爱你吗？你虐哥哥千万遍，哥哥待你如初恋。"

林杏秀有点感动："你爱我什么呀？"

"我也不知道哎。我本来以为我爱的是你的肉体，可是天长地久走过来，好像又不是那么回事。"

"那是怎么回事？"

"哥哥还年轻，哥哥想不明白。"

"得了吧，你还年轻？看你这小身板，骨质都疏松了吧？"

"呵呵呵，杏秀，你还是那么风趣，哥哥跟你在一起，真是天天都开心，杏秀，让哥哥照顾你吧，就像我以前说的那样，首先就让哥哥从金钱上、从物质上照顾你。"

五岳给了杏秀一张卡："收下。"

"又来这套？上次冒名刷爆里傻姐的信用卡，差点被她报警抓起来，这次我可不敢了。"

"这是储蓄卡，里面存了二十万，密码是我的手机号码后六位，你钱不够了，就给我电话，我立刻就转给你。妹子，别花得太夸张，哥哥是艺术家，不是印钞机，况且最近创作状态也不佳，日子不好过啊。上次的卡让你随便刷，那是想用钱把你砸晕，现在哥哥把你当成自己人，给你钱，是心疼你。"

"五大爷——"

"别说了，我没有任何附加条件，只希望好好照顾你。此时无声胜有声，一切尽在储蓄卡。咱们一起去吃个晚饭？"

"我跟家里人约好了吃晚饭。"

"好吧，那咱们再约。"他掏出之前杏秀还给他的戒指，"收下这个。想你。"

杏秀收下戒指，犹豫地进了楼里面，有些时候，钱是有用的。可是此刻的五岳看着杏秀远去，眼中竟然有些许真情。

林家客厅，静雨、杏秀、爷爷奶奶、天响正在吃晚饭。

林奶奶奇怪问道："静雨呀，你最近怎么忙得团团转，动不动就加班，难得跟你吃顿饭，总书记也没你忙呀？"

"我最近升职了,而且还涨了很多工资,并且得到了年终分红的资格。收入高,自然工作压力大。"

"升职加薪怎么不早说?这是喜事!静雨,你真是奶奶的骄傲。爷爷奶奶这两把老骨头,现在都依靠你啊!对了,你最近好不容易回来还忙着熬汤,熬完汤还忙着往外跑,你是谈恋爱了吧?"

林爷爷帮腔:"赶紧谈,你再不嫁人,让我和你奶奶死了以后怎么——"

林杏秀和天响对视一眼,齐声接话:"见我们林家的列祖列宗!"

林爷爷无奈:"气死我了。"

林奶奶抚摸着爷爷后背:"齐家听话,齐家乖,别跟小兔崽子一般见识。"

忽然有人用力敲门,静雨急忙去开门。门外却是怒气冲冲的可依,可依手中提着保温桶。静雨什么都明白了。琐事重重,心事亦重重,她居然忘了这件事。可依走过来,把保温桶重重放在餐桌上。

林奶奶不明就里:"可依呢,你过来吃就行了,拿饭盒干吗?"

"奶奶,你快管管静雨,我爸小命都快没了,她还缠着我爸!让她离我爸远着点,她还熬汤送给我爸喝!熬熬熬,她以为她是阿香婆啊?"

爷爷奶奶很震惊,不过他们没说什么,倒是天响非常气愤,天响很生气:"妈,我跟你说多少次了,让你离钟姥爷远着点,你以为你跟他还能天天是个好日子呀?妈呀,你可长点心吧。"

林静雨生气地:"还轮不到你这个小屁孩来管我!"

天响皱着眉没说话,他不停地解开衣扣、又系上衣扣,杏秀注意到这一幕,她很费解。

可依怒了:"连个小屁孩都比你明白,你以为你还能跟我爸有什么好日子?你以为我爸做了手术就能好起来吗?告诉你吧,他的脑瘤长在了很不好的位置,这个切除脑瘤的手术可能会导致他变成傻子,傻子你懂吗?就是什么也不知道,什么也不明白,什么也不记得!他会忘记所有的一切,知道吗?"

静雨愣住了。

这天夜深了,静雨在卧室里,坐在桌前发呆,杏秀进来了:"你怎么了?"

"我害怕。"

"你怕钟大爷变成傻子?"

林静雨难过地:"我怕他,忘了我。"

杏秀抱住了静雨,静雨很难过。

思宽卧室里,可依也在生闷气。思宽在旁边讨好她:"可依,别生气了,你

第十八章
养家的小女人

跟静雨生气,不能殃及无辜呀,我又没惹你。"

"滚开!"

"就不滚。"

"滚不滚的,我眼里都没有你。"

林思宽哼着歌学着春春跳舞:"可是我的眼里只有你没有他——"

可依哭笑不得:"马上把你大姐给你的钱还给她。"

"我已经花了一部分还车贷。"

"我不管,现在我自己能赚钱,我凭什么受你大姐的气?"

"静雨哪敢给你气受?"

"她心里给我气受了!我能感觉到!绝对没错!明天我就跟我妈要一笔钱,总之,我能养家!我跟你大姐现在算是正式翻脸啦!你要是再敢用你大姐的钱,我马上就带着嘻嘻搬回娘家去。"

静雨的种种作为已经让可依无法再忍受了。尽管从另一个角度来看,静雨完全没有恶意。

"咱能不能别婚前婚后都用这一招呀?"

"一招鲜,吃遍天,你有意见呀?"

林思宽无奈地:"没意见,小的遵旨。"

可依仍旧一脸愤怒。

"不就是花了大姐一点钱吗?都是一家人,有什么关系?"

"我妈的钱也是一家人的钱,怎么就不能用?"

"那不是没面子吗?"

"我在你大姐那就不怕没面子?我的面子重要还是你的面子重要?"

"当然是主子的面子重要。问题是,你要是跟妈借钱,她肯定骂你没眼光嫁了我,你不也挺没面子的吗?可依,我只是暂时低谷,不是永远这么倒霉,你非得给咱妈落个口实吗?"

可依不说话了,她很犹豫:"我讨厌你,讨厌你!全都怪你!"

"怪我!都怪我!"

可依很生气,转过身去不理思宽。思宽很焦急。

金钱并不仅仅意味着物质的享受,它更意味着一种精神上的保护,金钱能保护你的尊严,金钱能让你保护家人,金钱还能保护你,永远都不被欲望伤害。

一整夜,杏秀都躺在床上玩着手中的钻戒,若有所思。

第十九章

同 谋 者

　　静雨并不知道钟亦仁的手术会有失去记忆的后遗症,她很担心钟亦仁的手术进展,加上她的工作很忙碌,导致她忽视了天响的病情,她还因为坚持做农民工子弟学校义务老师而耽误了工作。静雨的上级对她很不满,但因为静雨觉得自己要赎罪,她觉得对不起万美华,所以她仍旧坚持做义工。

　　就在这时万美华醒了过来,静雨的秘密也在继续发酵无时无刻不折磨她。疗养院病房,万美华眼神空洞地躺在床上,静雨忐忑不安地进来了。

　　"美华,你——"

　　"你是谁?"

　　"我是静雨呀。"

　　"我认识你吗?"

　　"我是你的下属。"

　　"我是谁?"

　　"你是万美华,你曾经是英辰基金的投资总监。"

　　"煎牛排还是煎猪排?总煎?那是两样都煎?"

　　"投资总监,是一个工作职位,你在工作上曾经很出色,你变成现在这样全怪我,我对不起你,不管你让我做牛还是做马,我都绝无怨言。"

　　万美华似乎想起了什么:"我想起来了!"

　　静雨很同情她,靠近她,忽然万美华抱住了静雨,她哭了,静雨也很动容。结果万美华大喊了一声:"妈!我好想你!"

　　静雨哭笑不得。但是她却意识到她必须做一件事情了。她必须辞职了。

第十九章
同谋者

万美华无法继续从前的工作,静雨受不了内心的折磨,最终决定辞职,她无法就这样占着万美华以前的职务,去面对这个已经变成傻子的女人。

钟亦仁无意中得知她辞职,想从经济上帮助她,他已经看出静雨内心的恐惧,他直接问她到底怎么了,她思来想去,她说为了保住他的清白,她不能告诉他真相。钟亦仁非常担心,可他也没有告诉静雨,也许他将会因为手术忘记所有的一切,变成一个傻子。他们知道此时只能告别了,因为本来也没有希望。

静雨家中也是不省心。静雨跟杏秀的卧室里,杏秀惊声尖叫,静雨急忙进来,发福的杏秀正提着裤子惊慌失措,原来她做模特失意,暴饮暴食,还学会了酗酒,不知不觉间发胖了。

"我不活啦!"

"怎么了?怎么了?你提着裤子干吗呢?你别吓我。"静雨很担忧。

"我的裤子,穿不上啦!"

原来杏秀不管怎么用力,裤子也拽不上去了。她的腰腹臀胖了一点,当然穿不进去最主要的原因是,她以前的裤子太紧了。

"你那裤子本来就跟两个衣服袖子似的,还是半袖,穿不上有什么奇怪!你换条松点的裤子不就穿进去了吗?"

林杏秀大惊:"那是我的必杀技呀,就好比你的博士学历一样,我的裤子尺码,就是我最骄傲的一件事呀!我要是穿不上一尺八的裤子我会自卑而死的!我是个骄傲的人!"

"切,你那么骄傲你就不能好好学习学习给自己争口气?没事,少吃几顿就瘦回去了,你呀,就是暴饮暴食又动不动绝食,把新陈代谢搞坏了,才会弄成现在这样稍微吃点东西就赘肉横生的体质。长肉容易减肥难,不过你这点肉最多一个月就能瘦回去,没事的。"

杏秀用力拽裤子,就是穿不上,一不小心倒在了地上,杏秀呜呜大哭起来。

"那我这一个月,腰上那么多肉怎么见人呢?我不活啦,我不要做个死胖子,死胖子凭什么活在这个世上啊?"

这时忽然窗户外楼下有人大声喊着林杏秀的名字,那正是激动的五岳:"林杏秀,你为什么不接我电话?你为什么不见我?你可知道,我的心,都因为你的绝情,碎成了八十瓣啦!你可知道,每一瓣上,都深深地刻着你的名字。"

林静雨无奈地:"你快下去见他一面吧,八十瓣呢,等会儿刻死了。"

"我不能见他,我这个肥婆样我怎么见他?我要把我最漂亮的样子,深深地刻在他的心里。"

"行了,你俩这是拍偶像剧呢?快下去跟他好好谈谈,这叫声这么销魂,他以为他是马景涛啊?"

"说不见,就不见。"

杏秀趴在地上不肯动,静雨也无可奈何。

不过杏秀失去身材,静雨却要失去生命,感情失败、内心的秘密、对万美华的内疚、杏秀酗酒、天响的古怪等重重问题让静雨的精神濒临崩溃,她在医院天台边游走,被路人误会她要自杀,路人报了警,还有护士认出她曾经是钟亦仁的女朋友,急忙通知了钟亦仁。

可依正好也在医院陪着钟亦仁,两人急忙赶到天台,可依还打电话给杏秀,正好杏秀因为找不到工作失意,在附近跟新认识的模特朋友喝酒,喝醉的杏秀也赶来了。谁料到喝醉的杏秀却惹怒了可依,原来此前思宽赋闲在家很是不顺,跟以前的女上司夏天有了些联系,他实际上是为了找工作的事情,却被可依抓个正着。思宽不想告诉可依自己拜托夏天找工作,反而更让可依误会。结果静雨和杏秀沆瀣一气帮思宽掩饰,可依当时虽心中怀疑,却还是忍下这口气。

没想到在天台上,静雨闹自杀的危急时刻,喝醉酒的杏秀竟然说漏嘴,可依得知静雨、杏秀帮助出轨的思宽掩饰,可依很愤怒,她的怒意却吓到了静雨,静雨往后一退,真的跌下了天台,关键是,静雨跌下去之前还不小心拽上了可依。

第二十章

咫尺天涯

　　静雨拽着可依从楼上跌下来，两人齐齐骨折，可依更恨静雨。而静雨的情绪也更不稳定，她们俩的结越结越深，似乎永远也打不开了，而且她们俩还有个更大的矛盾，那就是钟亦仁，他一直关心着静雨，他考虑很久，为了保留记忆决定拒绝手术，可是静雨和梅秋灵不约而同劝说他接受手术，即使忘却，但是她们已经拥有了那些回忆，此生已经无憾。为了让钟亦仁安心，静雨彻底拒绝了苏警官的追求。

　　在众人的劝说下，钟亦仁终于做手术了。谁也没料到，手术前一刻，情绪失控的静雨跑去手术室门口跟钟亦仁表白了。

　　"亦仁，我知道你马上就要进手术室了，我知道你手术后可能会忘记一切，我已经在鬼门关上走了一遭，我快死的时候最后悔的，就是没有告诉你，你对我有多重要！亦仁，从我得知你生病，我就一直好害怕！我怕你死了，我怕你傻了，我怕你忘了我，我怕这所有的一切，所以我现在一定要告诉你，我绝不会离开你，就算你忘记了一切，就算你死了，我也绝不会离开你。"

　　这一意外导致钟亦仁在手术后忘记了所有人，却竟然依稀记得静雨。可依当然不希望父亲与母亲分开，她逼着静雨退出，可是情绪失常的静雨却想通过种种方式让钟亦仁想起自己，因此又与可依产生了剧烈矛盾。

　　可依心疼母亲，跟父亲大哭。

　　病房里，可依正在喂钟亦仁喝汤。

　　"爸，你真是我爸，我出生的时候，我妈嫌我丑，你为了我第一次大声反驳她，害得我妈差点抱着我离家出走。"

可依持续不断地喂钟亦仁，钟亦仁被噎得半死，可依根本顾不得他："我五岁那年非得要上少林寺学功夫，你不得不带着我去了河南，结果路上钱包被小偷偷了，咱们爷俩风餐露宿，最后还是警察叔叔救了咱们。"

"行了，行了。"

"不行，你还没想起来，咱们还得继续回忆。"

"我说汤行了！再喝就喝一锅了。"

"哦。"可依放下碗，拿起相册，"喏，这是我八岁那年上小学二年级，跟同学打架打破了人家的脑袋，你带着我去医院道歉，我死活不肯，你就骗我说要是我去道歉，就给我买个新裙子照相，所以才留下咱们爷俩这张合影，你说这不是因祸得福？"

可依翻着相册，相册中都是各个年龄的可依和钟亦仁的合影。父女俩很亲密，可依有时候没大没小，钟亦仁有些动容。

"我年轻时候还挺帅的。"

"你现在也不错，就是有点傻。"

"我真是你爸吗？我怎么觉得你对我很不敬呢！"

可依揽住钟亦仁的肩膀："老爸哎，我这不是不敬，是您老人家跟人民群众打成一片呢！"她指着照片："你看，这是我十四岁的时候，那时候你跟我妈已经分开了，你怕我长大不认你，所以就加倍对我好。我要什么你给我买什么，我想怎么样你就让我怎么样，那天你来看我，我说我想每年这时候跟你拍张照，然后咱们就每年拍，一直拍到去年我三十，肚子里都有宝宝了，咱们还是一起拍照。"

一张张合影翻过去，可依越说越动容，钟亦仁看着她，似乎认出了她。

"爸！爸！爸！你要是想不起我来，我就天天这么喊你，一直喊到我吐血而亡！"

可依眼圈红了。钟亦仁有些感动。"傻孩子，就喊喊爸，怎么就能喊吐血呢？瞎说！"

这时候静雨拄着拐来送汤了："可依，你也在啊，我熬了汤。"

可依没好气地："已经喝过了。"

"静雨，真喝过了，喝了一锅了。"

"爸，你记住了吗？我跟你说了一千遍了，她叫林静雨，她是我老公的大姐。"

钟亦仁想了想："静雨，你腿脚不方便，以后别往医院跑了。"

"没关系。"

"万一因为来医院看我，影响你的康复就不好了。就让可依来照顾我吧，她

第二十章
咫尺天涯

不是外人。"

静雨闻言一愣,她看了一眼可依。

林静雨很失望:"哎,来来回回,折腾了一圈,不管忘记了谁,不管想起了谁,到最后,还是只能这样了。"

"什么意思呀?我最受不了王家卫的电影了,有话不直说,非得绕八百个弯,一句能说清楚的,非得分成五句说!你不就是想说,你抢不过我这个亲闺女嘛!"

钟亦仁很不舍:"静雨,对不起。"

"哦。"

静雨一瘸一拐地走了。可依很高兴,她扑进钟亦仁怀里。

"到底还是亲爹啊!"

钟亦仁看上去却很难过。

钟亦仁为了可依的缘故,压抑自己对静雨残存的记忆,同时由于对梅秋灵的感激,他决定再也不见静雨。静雨愈发痛苦。可还有更让静雨痛苦的事情,竟然直到这时,静雨才发现天响越来越古怪,她万分自责,带着天响四处求医。

就在这时静雨从杏秀那里得知耿家泰又出现在了可依的生活中,原来可依坚信思宽出轨,于是故意跟耿家泰见面刺激思宽。静雨一直对可依不满,得知此事,迅速跑到思宽那里告状。思宽非常嫉妒,其实他对于耿家泰的存在仍旧很介意,思宽和可依摊牌,两人说出了一直以来对彼此的不满。

气愤的可依赌气告诉了思宽静雨的秘密,那就是静雨的未婚夫在跟静雨见面后失踪了,因此静雨跑回中国。思宽很生气可依对自己隐瞒这么重要的事情,可依则认为自己是为了他好。两人为了这件事情又吵个不停,他们都觉得自己是为了对方好,都不认为是自己的错,最后两人决定分居,各自冷静一阵子。

为什么他们不能理解对方?因为他以为他是为她好,而她以为她是为他好。

就算他每天都在你身边,你还是看不透他,因为你总是按照自己的希望和恐惧,在扭曲一切。

医生办公室,一个中年女医生正在跟静雨交谈:"你儿子得的是自闭症,不管是低头玩纽扣、闷头吃零食、还是突然癫痫发作,其实都是自闭症的症状。"

"怎么会呢?怎么会呢?天响那么开朗,那么活泼!"

"如果家人疏忽了跟孩子的沟通,那么活泼的孩子一样有可能得自闭症,特别是单亲家庭。有可能是抑郁症引起的自闭,也不排除精神分裂症的可能性。也许是受过什么刺激?"

"精神分裂?怎么会这样?"静雨很痛苦。

第二十一章

冤家宜解不宜结

《旧约》里说了，发生过的事，以后还会发生；做过的事，将来还会再做。太阳底下没有新鲜事。谁能说，看，这是新事？不，在我们出生之前早就有了。以往的事没有人去追忆，今后的事也没有人去挂念。

医院里，钟亦仁要出院了。梅秋灵推着收拾好的行李接钟亦仁出院。

"咱们去哪？"

"去我家。"

"这——不好吧？"

"我跟你说多少次了，我是你老婆。"

"但我听别人说，咱们早就离婚了。"

"你做手术之前咱们说好复婚的。"

"我怎么不记得？"

"你还记得什么呀？你连你闺女都忘了！"

梅秋灵催着钟亦仁出门了。钟亦仁一脸纳闷。

他们要和好了，林家姐弟也要和好了，思宽为了姐姐的感情事，一直心有芥蒂，但是外甥的病情却让他担忧姐姐，思宽打破了两人间的沉默。

"天响恢复得怎么样？"

"不怎么样。"

"我在网上查过资料。治疗自闭症不能着急，要尽量不使用药物，尽量通过父母的参与来治疗。"

"这些我都知道，可是如果那么容易，这世界就不会有那么多悲剧。"

第二十一章
冤家宜解不宜结

"大姐,对不起,上次跟你吵架,全都是我不对,因为我最近工作压力很大,可依又总是骂我,所以我一时没控制,求你别往心里去。"

"没关系,我从小看你长大,这点小事算什么?我还记得我读大学那年,你为了帮我凑学费,傻不拉叽地跑到工地上当童工搬砖,那年你才八岁,那个黑心工头居然让你搬了砖!后来我和爸跑到工地上找到你,你累得几乎晕过去,却还抱着我大喊,姐你一定要上大学!我还记得你刚上初中第一次帮人家打工赚了五百块钱,却全都给姐买了考博士的资料!每次跟你生气,只要想想这些小事,姐就不生气了。"

姐弟俩都有些动容,忽然思宽想起了静雨的秘密,她曾经有过未婚夫,是否是天响的父亲呢?

"姐,你为什么不肯把天响的事情告诉他爸爸?天响的康复,也需要他爸。如果你当时跟他结了婚而不是取消了婚约,天响就会有一个完整的家庭。"

林静雨大惊:"你听到什么了?你为什么这么问我?"

"大姐,我——我听可依说,她也是听一个日本朋友说的,听说你在日本订过婚。"

"你还知道什么?"

"我还听说,你未婚夫失踪了。是不是警察还因为这件事情调查过你?"

林静雨愣住了。

林思宽抱住静雨:"姐,你有什么难处跟我说,你不跟我说,你还能跟谁说呢?"

静雨扑在思宽怀中,默默地流下了眼泪:"思宽,其实我一直都想告诉你,可是我告诉你,就是害了你。"

思宽很震惊:"姐,为了你,我什么都不怕,你告诉我,我才能想办法帮你解决,不然你这下半辈子都不会好过的,你心里的秘密,一定会害死你。"

林静雨很迷茫,她终于告诉了弟弟真相。原来她到国外留学的时候,曾经有个男人,叫唐志龙,他爱上了她。她当时不知道怎么跟家人开口,她离开亲人,离开家乡,是为了到国外求学寻求更好的收入和前途,结果却谈起了恋爱,所以一直不好意思告诉家里人。她和他都是初恋,他很狂热,他很快就跟她求婚,她也脑子发热答应了他,可她发现他喜欢控制一切,她以为是因为他太爱她,却不知道原来太狂热的爱,其实是一种病。原来他自小父亲因为盗窃被判刑,而母亲遗弃了他,他在国内受尽白眼,机缘巧合凭着过人天赋和努力拿到奖学金去了日本。他以为他是天才,直到跟她在一起,他才知道他心底住着恶魔。

很快她与他起了连番的激烈争执,她想办法躲了起来,逃了十年,却还是被

他找到了，她告诉他天响不是他的孩子，他非常愤怒，她害怕天响受伤害，惊恐的她砍伤了他。他受伤后，他吓跑了，等安静下来她回来收拾尸体，尸体却失踪了。警察登门调查后，静雨暂时洗清嫌疑，没有人知道她砍人的事情，她很害怕，于是逃回了中国。

"等一下，你刚才说，你逃离唐志龙以后十年他找到了你，可你坚持说天响不是他的孩子，难道你真的背叛过唐志龙？"

林静雨愣了愣："我不想说我的私事。"

"姐，你让我好好想想。"

"对不起，姐对不起你们。"

"姐，别瞎说了，你告诉我，是对我的信任，我一定会想出一个万全的办法来解决这一切。"

话虽如此，可姐弟俩看着彼此，都很茫然。

思宽很震惊，一时间不知如何面对。静雨自认罪孽深重，觉得失去钟亦仁是对自己的惩罚，而天响的自闭症又无药可救，还有万美华的伤情也让她背上沉重的十字架。她再次与钟亦仁诀别后打算自杀，感觉到事情不对的钟亦仁救了她。

医院天台，静雨坐在天台边上眼神放空，忽然有人坐在她旁边，来人正是钟亦仁。

"你怎么知道我在这儿？"

"手术后我忘了很多事，但我记得有一次，你要从这里跳下去。"

"你觉得我还会再跳下去？"

"你给我的感觉是这样的。"

"其实我真的很想就这样跳下去，就这样，一了百了。"

"别瞎说，生命很宝贵，就算有来生，我们也不会记得对方，这一生，能遇见，是非常重的缘分，一定要珍惜此生相见的机会。"

"我想了很久，如果我死了，我放得下你，因为你有家人爱你，可是天响，他只有我，我不能从这跳下去，只是因为我放不下天响。我这样说，你生气吗？"

"我是一个父亲，我怎么会不懂？但你不觉得，家人不能填满生命的全部吗？"

"生命的全部？还需要什么？"

钟亦仁突然煽情地："还需要爱情。"

第二十一章
冤家宜解不宜结

林静雨一愣："你——怎么好像跟以前不太一样？你这对白，有点鬼上身的感觉。"

钟亦仁煽情地："人就活几十年，一生那么短，那么难，没有爱情，我真的觉得好遗憾，不如——我们私奔吧。"

林静雨大惊："什么？"

手术后的钟亦仁性情变得很冲动，静雨这次差点死了，让钟亦仁很心焦，冲动的钟亦仁决定回到静雨身边，他想陪着她渐渐康复。这时候钟亦仁不记得梅秋灵和可依，只记得静雨，他当然把她视为最重要的人，他们相处甚欢，这让可依非常生气。她把这份气转移到了思宽头上。两人的和好更是遥遥无期了。

可依带着孩子搬回娘家。两家人分别劝和，爷爷奶奶准备了劝和宴。

这天夜里，餐厅包间，梅秋灵和爷爷奶奶、可依思宽正在聚会。

林奶奶问道："小梅啊，怎么可依爸爸没来？身体不太好？"

梅秋灵掩饰地："嗯，这两天他头疼。"

"哦，上了年纪难免有个头疼脑热的。吃菜，吃菜，别客气。"

林爷爷搭话："在家里吃多好，非得出来浪费。"

林奶奶训斥："行了，你别多嘴，小梅啊，你别笑话，老头子，小心眼。"

梅秋灵本性不坏："我也跟可依说别破费了，一家人，见什么外啊。"

"是呀，小梅呀，请你吃饭，就是想跟你商量商量，不管思宽跟可依闹了什么别扭，他们都是一家人，一家人就该和和气气地住在一起是不是？咱们做长辈的，不能由着他们胡闹嘛！"

可依不悦地："我可没胡闹，奶奶，你是不知道思宽现在多牛！男人三十一朵花啊，他现在可把他自己当回事了，以前我说东他不敢往西，现在我说北他不往南去他都不姓林！"

林奶奶急忙劝和："思宽，赶紧跟可依道歉，别跟你爷爷学那么小心眼，你们老林家是不是遗传啊？"

"可依，对不起，别生气了。"

"你怎么样做我才不生气，你心里知道。"

"可依，这件事咱们私下说。"

"为什么要私下说啊？我就是不想住你那个租来的破房子了，我要住我妈家的豪宅。"

"咱们以前说好了的。"

"你还会说别的台词吗？我现在反悔了。"

林爷爷不高兴："女人家的，说话做事就是不能信，你看你大姐，莫名其妙就跑到三亚去了，也不知道提前告诉家里一声，都飞到地方了才打电话,急死人！"

"什么？林静雨也去三亚了？"梅秋灵大惊，"钟亦仁这个老不羞给我留下一封信，说是去三亚住几天，我打他电话怎么也打不通，我还担心他出事，还打算今天再找不到他就报警，结果他是玩浪漫去了？"梅秋灵气得捂住胸口。

可依担忧："妈，你没事吧？"

"早晚得被这对不要脸的东西气死！"

林爷爷护犊子："你怎么能出口伤人呢？"

"你们家林静雨倒是不出口伤人，她是直接杀人啊！气死我了！你看看你们老林家养的这些破孩子！林思宽，你那个小自尊就那么高贵？住到我们家的房子就伤害了你的小自尊？还有你姐，不勾搭她弟弟的老丈人她就难受？可依，我们走，我没法再跟这儿吃饭了。我还吃饭，我吃个大鳖啊这是！"

梅秋灵怒气冲冲地走了。可依只好也跟过去。

林奶奶急了："思宽，快追啊！"

思宽急忙追出去。

餐厅外，可依等着梅秋灵去开车，思宽追出来。

"妈呢？"

"开车去了。"

"你别让妈开车了。她那么生气，别出事。"

"要你管！"

"可依，你别生我气了。"

"你除了会说这句还说什么？我妈说的没错，你那个小自尊就那么高贵？住到我们家就伤害了你的小自尊了？我看你就是觉得我现在生了孩子了，被你绑住了，不敢离开你了，所以你才这么肆无忌惮！我告诉你，你要是再不投降，咱们就离婚！"

林思宽一愣："可依，我爱你。"

"现在说这个有什么意思？爱就是说说的？"

林思宽情绪低落地："不管发生什么，都改变不了我对你的爱，我只是等着你明白。"

"我不明白，我永远都不明白。"

梅秋灵开着车停到了可依身边。可依上了车，梅秋灵把车开走了。思宽看她们远去，表情很痛苦。

第二十一章
冤家宜解不宜结

佛说，要智慧而不要愚痴，你就放下了执着。佛说，要布施不要索取，你就放下了贪婪。佛说，要随喜而不要嫉妒，你就放下了忧恼。佛说，用忍辱去替换报复，你就放下了嗔恨。佛说，要慈爱而不要贪爱，你就放下了心痛。

由于钟亦仁和静雨私奔的缘故，可依心中对林家人一肚子怨气，爷爷奶奶和可依妈妈各自护着自己的孩子，更是雪上加霜，聚会不欢而散，可依和思宽不仅没法和好，反而把矛盾越闹越大。

可依和思宽的争执没有影响到私奔到远方的男女，私奔的钟亦仁和静雨暂时忘却了一切烦恼，却不知道有一个神秘的人，通过跟踪静雨回国探亲的朋友，找到了静雨。

这时候在钟亦仁的细心照料下，静雨的抑郁症和天响的病情都有了好转，他们三个以为从此他们会幸福地生活，却不知道暗中窥视他们的人正在准备着恶毒的计划。

第二十二章

谁在爱着我，我在爱着谁

爱情是老天爷送给人们的大礼，一定要好好珍惜。如果生命无聊，那只是因为你没有陷入爱情。如果爱你的人没有按你希望的方式来爱你，那并不代表他们没有全心全意地爱你。

钟亦仁跟静雨的日子过得甜甜蜜蜜，可依很气愤，她给老妈支招，让梅秋灵假装自杀骗回老爸，梅秋灵很犹豫要不要这样，她为了此事非常郁闷。

看着梅秋灵为了感情这么苦恼，可依更是对静雨恨得牙痒痒，她逮不到静雨，于是把气撒到本就惹怒她的思宽头上，为了惩治思宽，可依暂时不打算跟思宽和好，思宽定期来看嘻嘻，但是可依仍然生气。

转天，一脸忧郁的可依从苏西菁儿家楼里出来，耿家泰正坐在车里等着。

耿家泰走下车："我问了苏西菁儿妈妈，她说你十一点下课，所以我准时在这儿等你。"

"有事吗？"

"带你去个地方。"

"我不去，我得回去照顾嘻嘻。"

"由不得你。"

耿家泰一把拎起可依，把她塞进了车里。可依吓得大叫："你干吗？你这是什么套路？"

"今天走狂暴虐恋总裁路线。"

耿家泰发动了汽车。

"你去哪儿？"

第二十二章
谁在爱着我，我在爱着谁

"我知道你最近心情不好，所以带你去散散心，我已经跟梅阿姨打好招呼了，今天你的任务，就是放轻松。"

"我不需要放轻松。"

"我说需要就需要！"

可依惊魂未定，耿家泰已经开车远去了。

他带了她去玩，可依、耿家泰穿着救生衣坐在小船上玩漂流。河水时而湍急，可依一直连连尖叫。耿家泰一直笑眯眯地看着可依，可依叫着叫着忍不住笑了起来，两个人落汤鸡一样，他们很开心。

然后他们去了河边看风景。

"谢谢你。"

"大恩不言谢。"

"你这样对我，我觉得很对不起你。"

"有什么对不起的？"

"我希望你也能遇到一个对的人，和她生一个孩子，你爱她，她也爱你。"

"你别操心了，有人的爱情是两情相悦，有人的爱情，就是一人犯贱。"

"那我和思宽这样呢？"

"我也不知道你们俩闹的是哪一出。说心里话，你别生气，我听说你和思宽吵得很厉害，我既担心你，却又有一丝高兴，因为我希望你能幸福，却不能免俗，其实一直暗暗地在盼你们俩分手，可是看你的样子，感觉上却又不太可能，你是怎么想的，可以说吗？"

可依想了想："我想让他绝对服从我。"

"我可以绝对服从你呀。"

可依一愣："话不是这样说的。"

"我不强求你，我会等你。"

可依有些感动，却没再接话。

思宽仍旧努力，可是这天梅秋灵给他吃了闭门羹，他回到家中遇见了杏秀。杏秀正在努力减肥，吃了很多苦，总算略瘦一些。

"咦，你今天没去看小可依和嘻嘻呀？"

"我去了，可依不在家，妈不让我进门。说是可依盼咐了，我什么时候想通了，什么时候同意搬过去住，什么时候才能看孩子。我还听说，耿家泰又帮可依介绍了学生。"

"要不我去帮你看看嘻嘻？我也很想嘻嘻啊，我还可以帮你打探打探敌情。"

"你敢吗？"

"我很怕梅大妈，但是为了你，刀山火海我也愿意。"

"谢谢。"

"别客气，为了亲爱的思宽，杏秀愿意下油锅。"

"不错，还会作诗了。"

"为了亲爱的思宽，杏秀她能怎么办呢？"

"嗯，可以了，我都懂了。"

"还有还有，帮了亲爱的思宽，杏秀才能乐呵呵。"

思宽既无奈又感激："杏秀，你长大了，谢谢你。"

"客气啥？救了亲爱的思宽，杏秀从此笑呵呵。"

思宽无奈地笑了，他很感激她。

健身房里，杏秀正在跑步机上跑步，她的腰围已经恢复得差不多了。耿家泰从外面跑进来。原来耿家泰一直在鼓励她减肥，他是个操心的命，无意中发现她怨天尤人，立刻出手相助。她胖成粽子，沦落谷底，他却仍旧对她如往昔，这让她对他更加芳心暗许，她真的开始爱他了。

"耿大爷，你又迟到了。"

"有点事情耽搁了。"

"耿大爷，不是我说你，不是你告诉我的吗？做人要持之以恒，要为了目标而努力！你看我现在多有毅力，我现在天天来锻炼，那真是冬练三伏，夏练三九。"

"是冬练三九，夏练三伏。"

"反正就是说我很努力很努力的意思。就我这么个人，居然也学会努力了，这都是托你们家八辈祖宗的福啊！你看我这锻炼得前凸后翘的，没有你的帮助哪有我的今天？反倒是你，你这阵子可没怎么锻炼！你看看你老人家的肚子，四十岁的男人，那可是一不留神，肚子上就扣个锅，再一不留神，肚子上就长个屁股！你可不能不长点心啊！"

"杏秀，你这么努力我很欣慰，这也是之前我一直鼓励你的原因，我的目的就是希望你能积极地对待自己的人生。我看你最近锻炼的效果不错，以后我就不陪你了。"

杏秀大惊，停在跑步机上，一不留神又被甩了出去。耿家泰急忙过去抱起杏

第二十二章
谁在爱着我，我在爱着谁

秀，林杏秀激动地："你怎么能这么不负责任？你怎么能说抛弃我就抛弃我？你就跟我妈一样，你要是不能陪着我，你干吗把我生下来啊！"

"这个——我好像生不出你吧。"

"我不管，我说生就生。"

"好好好，生生生。别哭了，你这样哭让别人怎么想？"

林杏秀："我就是爱你，我不怕别人听见！我爱你我爱你我爱你，你能把我怎么样？我对你的感情，我已经说了一千遍一万遍，你到底要我怎么样？"

"这话我也想对可依说。"

林杏秀愣住了，她突然止住了哭声。

"爱情就是犯贱，你同意吗？"耿家泰问她。

杏秀愣在那，不再说话了。

旁边的胖大叔忽然凑过来："太同意了！"

林杏秀愤怒地："关你什么事？"

"不关我的事，我就想用用这台跑步机。"

"不行！"

胖大叔只好灰溜溜地走了。杏秀非常生气。

"他不过是急着减肥，何必跟他生这么大气？"

"我不是生他的气，我是生我自己的气。"

"为什么？"

林杏秀痛苦地："我恨我自己，为什么要为了小说里面骗人的所谓爱情，成了这样一个低三下四的人？其实你根本就看不起我。"

"我怎么会看不起你？我为什么看不起你？"

杏秀很难过，她没回答，她从未露出过这样失望的表情，让耿家泰很担心。

林家小区，杏秀失落地走在小路上，她一直思索着什么，忽然她停住脚步，转过身来大喊一声。

"我知道你一直跟踪我！出来吧。"其实她一直都知道，她只是不想说，这段时间，她想要独立、找工作失意、酗酒暴肥、拼命减肥、痛苦彷徨，而他都在身边。

大风犹犹豫豫地从一辆路边停车后面走了出来。

"陪我做件事，我就原谅你。"

大风一脸纳闷："你想干吗？"

"我想知道我在这个世上，到底算是个什么东西？"

"什么东西？不是东西呗。你怎么会是个东西？"

"是不是东西不是你说的算,你问问你表叔,我那个臭爸具体在哪打工?我听说,他打工的地方,离咱们很近。"

大风一脸纳闷。

他们回了老家,大风很纳闷,是谁刺激林杏秀突然去找从未见过却近在身的生父。

"杏秀,你今天这样吓着我了?你怎么了?谁刺激你了?发生了什么事?"

"你害怕了?"

"没有,我就是奇怪,你突然要去找你爸干吗?你不是最恨他吗?当初要不是他弄大了你妈的肚子,又不肯离婚娶她,你妈哪会抛下你,嫁到那么远的地方去?"

"你能别讲这么清楚吗?你以为这是电视剧?人物关系越混乱收视率越高?其实,我很伤心。"

"对不起。杏秀你别生气,要不你打我一顿吧?"

林杏秀伤感地:"我不生气,我就想去问问他,他当年不负责任地把我生下来,有没有想过有一天我会这么恨他?我现在恨不得把他五花大绑、吊在村口的大树上,一会儿上下抽,一会儿左右抽,绝不让他身上有一块完整的肉!"

"那你是想让我跟你回去——教训教训他?"

"你不敢?"

"你让我打人我绝不打鬼,问题是,他是你爸呀。要是打了他,我以后还能进你们家的门吗?"

"我还想揍他呢!他当年勾搭我妈,又抛弃了我妈,回到他老婆身边,要是我是我妈,我不一把火烧了他们全家就算客气了!"

"那我可就不客气了。"

乡间小路,一个中年男人正喝着酒、晃晃荡荡地走在小路上,忽然他就被人打晕在地,拖进了跑边的树林里。

小树林中,杏秀正在发飙,那个喝醉酒被拖进小树林的中年男人被大风按倒在地上。

林杏秀愤怒地:"你知不知道我很需要一个爸!"

中年男人正是杏秀的生父,他叫张剑军,他虽然很邋遢,但是棱角分明、眉目俊朗。他很吃惊地看着杏秀:"杏秀,没想到你还能认我。"

"你哪个耳朵听见我认你了?"

第二十二章
谁在爱着我，我在爱着谁

"那你让大风把我拖到这儿来干吗？"

"我——我还没想好。"

林大风有些担忧："杏秀，你不会想让我毁尸灭迹吧？"

林杏秀突然掏出一把匕首："其实我想这一天想了很久了。"

杏秀拿着刀扑向了张剑军："我恨你！"

张剑军吓得惊声尖叫，可是他并没有受伤，受伤的人是林大风，原来大风徒手抓住了杏秀的匕首。杏秀吓傻了。

林大风大声劝阻："杏秀，你要是真杀了他，你这辈子就完了。"

"我现在就很好吗？我妈和这个贱人，就为了他们的奸情，就把我生下来，他们问过我的感受吗？"

"那个，杏秀啊，我们不是奸情，我们是真爱。"

"你闭嘴。"

张剑军赶紧闭嘴。杏秀看着大风的手鲜血直流，不由很担心："你会死吗？大风，你不能死，你得等我死了你再死。"

"我保证等你死了我再死。"

"那你都流血流成这样了，就跟两只手来了大姨妈似的，你真的死不了吗？"

"现在去医院我就死不了。"

杏秀急忙扶着大风离开。

张剑军感激得很："谢谢你的救命之恩啊，好女婿！"

林大风尴尬地："不客气。"

忙完这事，杏秀突然想起来自己还答应了思宽，要去刺探可依呢。可依那边虽然耿家泰仍在追求她，她却明确表示跟他只能是朋友，耿家泰却说他其实并不想要那么多，只要他爱的人，能活得好好的，他就知足了，可惜的是，现在他爱的人活的并不好。

但可依并不想因为自己的苦恼就接受耿家泰，她有了女儿，对人生有了不一样的看法，她独自面对着养育女儿的快乐与辛酸。这一天她心血来潮，教不满周岁的女儿弹钢琴，她以为自己的女儿是音乐天才，却被偷偷探望侄女的杏秀发现，回去跟思宽打了小报告，这让思宽大为光火，他认为这样会损害女儿的身体，他试图劝阻可依，却被故意找茬的可依激怒，思宽为了女儿与可依大吵一架，两人的关系更是雪上加霜。

这时候发生了一件事情更让两人的关系不可挽回，原来梅秋灵同意了可依的建议，打算用假装上吊挽回钟亦仁。谁知在具体实施这个花招的时候，静雨识破了可依母女的伎俩，故意耽搁钟亦仁时间，导致梅秋灵上吊时间过长，陷入了昏迷。静雨又成了罪人，被可依痛骂。

可依对静雨怒气更重，可依扬言要去告发静雨，她的威胁让她与林家人的关系跌至谷底。

梅秋灵一直昏迷不醒，钟亦仁给她按摩身体。

"秋灵，你一定要坚强，你不能扔下我和可依，还有嘻嘻，我们都不能没有你。上次我生病，是你鼓励我，我才能活下来。对不起秋灵，我一直都很感激你，但是我真的想不起来你是谁，我知道你是我老婆、是可依妈妈，但我想不起来你是怎么样一个人，我也想不起来你和我在一起的日子。我保证，我以后一定努力想，等你醒过来以后，你就每天跟我一起想，我要是想不起来，你就骂我，你就打我，好不好？秋灵，你快点醒过来吧，我不能没有你。"

说着说着，钟亦仁很难过，他哭了。

忽然门口有人敲门，钟亦仁一看，来人却是静雨。

钟亦仁想了想，起身出了病房。他跟她决绝地告别了，出了这么大的乱子，谁也没办法回到过去。静雨无奈地接受了现实。

静雨回到家中，天响正坐在角落的地板上对着墙数手指头。

静雨眼睛红肿："天响，妈刚回来就听奶奶说，你又不肯吃饭了？"她抱着天响，"天响，别坐在地上，起来！"

瘦弱的静雨根本抱不动天响，天响不肯起来，静雨反而被天响拽倒在地。静雨又急又气，呜呜地哭起来。连番重压让静雨崩溃了。

"天响，妈不想哭，可是妈忍不住，妈现在好痛苦，活着好难，妈只有你，可是妈却没有好好照顾你，对不起，妈对不起你——"

这时候天响却突然抱住了静雨。静雨不由得一愣。

"妈，别哭了，你还有我，我会保护你。"

静雨愣住了。谁也没想到天响的病情会以这样的方式出现转机，也许因为静雨现在的困境，对他来说是个刺激，而他觉得他要保护母亲，所以才主动从自我封闭的状态中走出来。医生建议静雨带着天响回日本治疗，也许会有新的转机，静雨下定了决心离开这里的一切。

这时候思宽为了静雨去跟可依道歉，病房中，梅秋灵仍然在昏迷中。可依守着母亲，看上去很痛苦。

第二十二章
谁在爱着我，我在爱着谁

"妈，都怪我不好，都怪我瞎出主意让你假装上吊吓唬我爸，我真的没想到会闹成这样，妈，你要是醒不过来，我真的没办法活下去。妈，没有你我怎么办呢？"可依突然神色一变，"妈，我想好了，你要是醒不过来，我就去杀了林静雨给你报仇，然后我就自杀去陪你。妈，我没跟你演电视剧，我说真的呢。"她哭了起来，"妈，你醒醒啊！你再不醒我就完了！妈，我保证以后全都听你的，我以后一定改掉邋遢的毛病，你不是不喜欢思宽吗？等你醒过来，我——我就离婚，你不是喜欢耿家泰吗？你要是醒过来，我——我就跟他在一起。"

这时候思宽到了。可依看了思宽一眼没说话。

"可依，你说什么呢？你真的是这么想的吗？"

"你听见什么就是什么。"

"静雨不是故意的。你要是非得找个人偿命，你就找我吧。"

可依忽然回头看着思宽，眼中充满了恨意："你为了你大姐愿意去死是吗？"

"我不是为了她去死，我是为了你。"

可依激动地："你为了我？你怎么是为了我？你倒是给我说说你为了我什么呀？"

思宽拽起可依："别在这闹，咱们出去说。"

可依挣扎着："难道你以为我妈还能被吵醒吗？我告诉你，我妈现在什么也不知道！她都是被你大姐害的！"

思宽强行把可依推了出去。可依和思宽在走廊里争执着。

"没用！你现在说什么都没用！我告诉你，只要我妈醒不过来，你不但没老婆了，你连你最爱的大姐都没了！"

"我最爱的人是你啊！"

"是吗？是吗？我不知道，我一点也不知道！如果你真的爱我，你现在就去把你大姐抓过来，把她绑在我妈面前，让她一直跪着，跪到我妈醒过来，我妈要是醒不过来，你就把你大姐从楼顶上扔下去！她不是没事就去跳楼吗？这次你就让她跳个痛快！"

"可依，都是一家人，能不能别这么狠？"

"一家人？我这辈子都不可能跟林静雨是一家人！她林静雨就不狠吗？她就那么几句话，就把我妈给害成这样！她怎么这么可怕？她的心到底是什么做的？她在日本是不是杀过人？她是不是杀了她以前的未婚夫？要不然怎么一个大活人就失踪了呢？我看她根本就是惯犯！"

"可依，你没有证据，别在这儿大喊大叫！"

"我就大喊大叫，怎么样？"

这时候钟亦仁和一个中年男医生走了过来,那正是之前给钟亦仁做手术的王医生。

"可依,你别在这儿跟思宽吵,有话回家再说。"

"王叔叔,你来了,你快看看我妈,你看看她,你一定要救她啊!"

"先别激动,咱们先进去看看秋灵。"

几人进了病房。王医生检查完梅秋灵,他给钟亦仁使个眼色,示意他出去说话。

"王叔叔,你有话在这儿说,你不要瞒着我。"可依很担忧。

"老王,你说吧,可依已经大了,她能承受。"

"好吧,我过来之前已经看过脑部CT的片子了,以我的经验,这次秋灵很危险,她窒息时间太长了,有可能影响到了脑部的功能。就算醒过来,也有可能是植物人。"

"不可能!你救救她啊!王叔叔!连我爸当时那么严重你都把他治好了,你看他现在谈恋爱谈得多热闹啊!你一定能救我妈的!"

"可依,这是由不得你我的!阎王要人三更死,不会留人到五更,事已至此,只能听天由命!从医越久,越知道自己所能做的很有限,现在只能看秋灵的命中,是不是注定能逃过这一劫。可依,亦仁,对不起。"

钟亦仁大惊,他流出了眼泪。可依则愣住了,她瘫倒在地上。

人不死,债不烂,也许只有永恒的沉睡,才能拆散在爱情中纠结的男人女人们。思宽紧紧抱住了可依,失神的可依没有反抗。尽管你在爱情中遍体鳞伤,但是能拯救你的,只有更多的爱。

可依忽然想起了什么,她用力地推开思宽,可依大吼着:"我要去报警!我要去告发林静雨!林静雨在日本杀过人!她现在又杀人了!她是连环杀人犯!"

所有人大惊,思宽急忙捂住可依的嘴,把她拖了出去。走廊里,可依试图挣脱开思宽,思宽非常紧张,他紧紧抱住可依。

"一命偿一命!不把林静雨送进监狱我誓不为人!"

"行了,可依,你别闹了,我答应你,我——我带静雨去自首!"

可依闻听此言,停止了挣扎:"你回去马上办这件事,要是明天上午你还没办完这件事,你就别怪我不客气!"

思宽很纠结地点点头:"可依,咱们俩怎么会变得跟仇人一样呢?我不想这样,我恨这样。"

可依一脸愤恨,没有回答。思宽很难过。关于爱情,什么都不是长久的,爱人会离开你,爱人会恨你,爱人会欺骗你,只有一件事永远不会变,就是为爱而牺牲。

第二十三章

心里的虫子

思宽还是下定了决心,他到了静雨房门外敲门,静雨开了门,思宽一脸难色。

"大姐,我找你有点事,我听杏秀说你在这儿。"

"嗯,我在收拾行李呢,我跟天响打算回日本住一段时间,如果找新工作的事情顺利的话,也许就不回来了,也许我会把爷爷奶奶和杏秀都接过去。"

"这决定太重大了,咱们以后再商量吧。我能跟你私下谈谈吗?"

思宽看了一眼卧室里的天响。天响看看思宽,表情很木讷。

"天响好点了吗?"

"好多了,就是反应有点慢。"

林天响呆呆地:"小舅舅好。"

"是有点慢。大姐,咱们到我家去聊?"

"妈,你别走,你别丢下我一个人!"天响忽然激动地跑过来抱住了静雨。

林静雨尴尬地:"这孩子,以前总是嫌我烦,我一跟他说话他就跟我说日本口音英文,现在却一分钟也离不开我,也不知道是怎么了。"

"天响,你羞不羞?这么大孩子还离不开妈。"思宽说了天响一句。

"你不懂,我要保护我妈,我不能离开她,我不能让坏人欺负她。"

静雨和思宽都是一愣。静雨眼圈红了:"虽然有很多不好的事,但是只要想想天响,我就觉得其实也没什么可怕的,只要想到我不是为了我一个人活着,我还要照顾天响,我就什么困难都不怕了。"

"姐,你还有我啊!不管发生了什么,我都会一直陪着你,保护你。"

林静雨感动地："谢谢你！思宽，我还记得爸妈去世的时候，我一直哭一直哭，哭得眼睛都快瞎了，那时候你还没有天响现在大，你却已经知道牵着我的手安慰我，还是个孩子的你对我说，你会永远保护我。思宽，姐永远不会忘记那些事情，如果没有你，姐根本支撑不到现在，也许早就被击垮了。"

"姐，最难的时候已经过去了，我以后一定会努力赚钱，我会照顾你和天响，你放心。"

"思宽，你这么懂事，姐就知足了，姐自己可以照顾我们娘俩，姐不会麻烦你的。对了，思宽，你找我有什么事？咱们到你家去谈？天响，乖，别闹，妈就到舅舅家说几句话。"

"嗯，没什么事，算了，我自己解决吧，你忙吧。"

思宽决定不逼姐姐去自首了，他匆匆走了，静雨有点奇怪，她关上了门。

思宽还是舍不得静雨，不忍心让静雨母子分离。可依不过是随便说说气话，但是她表面上不肯认输，说了很多狠话，可是她心里不是这样想的。

梅秋灵病房，可依正在给梅秋灵按摩身体。

"妈，你能听见我说话吗？我跟你保证，我以后一定乖乖听你的话，不管你说什么我都听，妈，我真后悔没听你的话，我以前以为思宽不过是没有钱而已，我不缺钱，为什么要为了钱找一个我不喜欢的人过一辈子？现在我才知道原来钱不是问题，猜不透他心里面想什么才是个大问题，我真的搞不懂他。前几天我跟他吵架，我威胁他要告发他大姐，他没说什么，但我知道他很伤心，其实我只是气气他，我就想让他跟我低三下四地认错，我就想让他保证跟他大姐划清界限，可是他怎么就是做不到呢？妈，你快醒醒吧，我错了，我全都错了！"

可依伏在梅秋灵身上哭了。这时候耿家泰捧着鲜花进来了。

可依急忙擦去泪水："你怎么这么会挑时候啊？"

"哭吧，好好哭吧，哭完了还要照顾梅阿姨，我知道现在说什么都帮不了你，坐在这儿听你哭，就是对你最大的帮助。"

可依闻言又哭了起来，她不停地流着眼泪："我现在才知道，原来眼泪是流不干的。"

耿家泰心疼地抱住了可依，可依呜呜地哭起来。

其实会流干的。

可依和思宽都很难过。而可依的威胁也让静雨惴惴不安，思宽也因此对可依真的产生怨气。

第二十三章
心里的虫子

静雨为了挽回思宽跟可依的关系,也为了赎罪,于是来到医院照顾梅秋灵。谁知梅秋灵醒过来了,可她故意装昏迷整治静雨。这时候可依来探视母亲,分外担忧中,梅秋灵却突然眨眼暗示可依,可依明白了,于是跟老妈统一战线。静雨被可依母女整治得很惨。可依总算出了一口恶气。

就在梅秋灵装昏迷的时候,梅秋灵看到了病房外有一个偷窥的人,那正是静雨的前未婚夫唐志龙,可是梅秋灵并不知道那是谁。

谁也不知道这个人未来会对他们的生活产生重大影响,可依他们还在日常的生活里忙碌着。医院楼下花园,可依推着轮椅上的梅秋灵晒太阳。

"我想嘻嘻了,明天你抱嘻嘻来给我看看。"

"领旨,老佛爷。"

梅秋灵动情地:"可依,我昏迷时,梦到你小时候了,我和你爸带着你逛公园,你在前面,你爸在后面追,我就看着你们俩跑,真幸福。"

"我也想那时候。"

"可依,别离开思宽,嘻嘻需要一个完整的家。"

可依还没来得及回答,忽然有人走近母女俩,母女俩都没有发现,那人正是钟亦仁。

"可依,你刚才是跟你妈说话呢?"

可依大惊:"不是,哦,是。"

"我也跟你妈说几句话,我也有很多话想跟她说。"

这时候钟亦仁发现梅秋灵惊讶地瞪着自己,钟亦仁忍不住叫起来。

"秋灵!你醒了!太好了!"

梅秋灵惊得无话可说,她跟可依挤挤眼睛,示意可依圆谎。

"哦,那个,不是,我妈就是,就是今天突然能睁开眼睛了,但是她还是像昏迷时候一样,你跟她说什么都没反应,不信,你听,林静雨是大美女,林静雨跟我爸最配了。"

梅秋灵气得嘴角抽筋,但她什么都没说。

"原来是这样!不过能睁开眼睛也是好事啊!我得赶紧告诉医生去!"

钟亦仁兴冲冲地走了。梅秋灵拧了可依一下。

"谁是大美女?谁跟你爸最配?"

"哎哟喂,老佛爷是大美女,老佛爷跟我爸最配。"

"算你有眼光!"

后来有一天钟亦仁推着轮椅上的梅秋灵散步，梅秋灵瞪大双眼，装得痴痴傻傻的样子。

"秋灵，最近我一直在考虑一件事，其实上次我手术以后，我真的不记得你是谁，可可依求我，让我跟你和好，我只好试着跟你相处，可是咱们两个性格不合，就算在一起，也很难开心，如果你健健康康的，我想我们还是适合分开生活，咱们可以各有各的乐趣。可你现在生了重病，我不想你病成现在这样子，还得一个人孤孤单单地生活，我想让你有个完整的家庭，以后我也可以名正言顺地照顾你。秋灵，咱们复婚吧。"

梅秋灵闻言不由一怔，她歪着脖子装傻装得更邪乎了。

"秋灵，你怎么这么激动？你听懂了？"

梅秋灵瞪大眼睛装傻，先是点点头，又摇摇头，又上下左右晃头。

钟亦仁忍不住抱住梅秋灵："秋灵，你真的是傻了，我好难过。"

这时候静雨到了，钟亦仁急忙放开梅秋灵，梅秋灵气得直翻白眼。

"哎哟，秋灵，你是不是难受？你怎么翻白眼了？你是不是——不愿意看见静雨？"

梅秋灵眼珠一转，点点头。

钟亦仁为难地："静雨，你以后别来医院了，你来了会惹秋灵激动，这样太影响她康复了。"

"我来是想帮忙的，最近我帮了很多忙。"

梅秋灵反应更强烈了，钟亦仁赶紧撵静雨。

"快走吧！以后千万别来了"，他压低声音，"有事私下联系！别惹她了！"

静雨只好不情愿地走了，梅秋灵总算恢复了平静。

"秋灵，冤家宜解不宜结，静雨也不是坏人。"

梅秋灵又开始装模作样地抽筋了。

"好好好，她是坏人，是全天下最坏的坏人。"

梅秋灵脸上总算有了一丝笑意，钟亦仁很无奈。

不过梅秋灵装病却留下了情敌。钟亦仁家中客厅，钟亦仁正要开门出去，门外却是林静雨。

"静雨？你来了怎么不敲门？"

"我在外面想了很久，可依妈妈不好起来，我心里永远都会不安，我不能就这样回日本，我决定了，如果她不能好起来，我要照顾她一辈子。"

第二十三章
心里的虫子

"静雨,那天响怎么办?"

"我跟他商量好了,天响最近很乖,他明白我的苦衷,他说他能理解,他甚至同意重新去上学。"

"天响能好起来,已经是万幸了,秋灵的事情,你就别操心了。"

"亦仁,你就给我一个赎罪的机会吧,我恨我自己,上次唐志龙出事,我觉得是因为他有阴谋,然后是美华出事,我还安慰我自己,一切都是巧合,这次我居然又害了可依妈妈!我想我真的是个不祥之人,我以后不会再打扰你,我只求你给我个机会赎罪。"

"唐志龙是谁?"

林静雨一愣,意识到了自己的失言。

"一个故人,你不认识。"

钟亦仁有些纳闷。

梅秋灵全然不知自己装病反而留下了静雨,病房里,可依正在给梅秋灵削水果。

"你爸太让我感动了!我终于知道怎么把你爸给骗回来了!我就这样装病,一直装到他死心塌地回到我身边!"

"你也知道你这是骗啊?万一被他发现,后果会很严重,你知道吗?"

"我不管,舍不得孩子套不着狼,舍不得装病骗不回郎。"

"还有,如果你整天这么装病,又这么能吃,你又不运动,你会变成肥婆的!到时候林静雨一定把你笑话死!"

梅秋灵急忙爬起来:"我做瑜伽!"

"你做剁椒鱼头都没用!胖蛋!"

梅秋灵一脸担忧。

老妈如此无厘头,可依的工作又出了差错。学生跟她作对,而她的老板,也就是她曾经的同学则有意无意地用优越感刺激可依。梅秋灵有些舍不得,劝可依回去跟思宽和好,毕竟他们已经有了女儿,还是有个完整的家庭对女儿更好。因为梅秋灵没出什么大问题,可依也觉得对思宽的惩罚应该差不多了,她回去找思宽,却发现了思宽和暧昧对象夏天在一起。实际上夏天跟思宽的老板有了更多合作,两人只是结伴工作而已。

可依不知实情,又遇上静雨神神秘秘,杏秀稀里糊涂,可依更是误会思宽,他们都不是彼此心中的虫子，都无法理解对方，她很愤怒，赌气去见耿家泰。

耿家泰家楼下，可依红肿着眼睛坐在楼门外的台阶上。耿家泰回来了，不由大惊："可依？你怎么在这儿？你来找我怎么不给我打电话？"

"我也不知道我是不是应该见你，但我就是想见你。因为林思宽，他现在跟夏天在一起。"

"他出轨了？"

"他说他没有，我也觉得他没有，但我就是心里不痛快，因为我觉得他们以后一定会发生什么。"

"那你现在想去哪儿？我陪你。"

"就在路上走走吧，我就想有个人在身边。"

"好吧。"

林荫小路上，可依、耿家泰并肩走过。

"可依，有句话我想了很久，我想我还是要告诉你。我不求你做个决定，只希望你能明白我在想什么，我不想万一我死了，我却从没有机会告诉过你我心里的想法。"

"要是思宽也能告诉我他心里的想法该有多好。"

"我真羡慕他，有个人永远这样惦记他。"

"如果你愿意，你也会有这样一个人。"

"我不需要，我已经习惯了一个人生活，我也习惯了默默地爱着你，我想如果有需要，我愿意为了你去死。"

可依很惊讶："不用，真不用，我一个小老师，又不用上天入海的，暂时死不了。老耿，你别对我这么好，我还不起。"

"爱怎么会需要还呢？你多幸运，你爱的人也爱你，可是你又多不幸，因为你爱的人不了解你。"

耿家泰心疼地抚摸着可依的头发，可依心情有些悸动，她没有拒绝他。

"我知道我太戏剧化了，但我心里想的一切不说出来，你又怎么能知道呢？可依，我说的都是真心的，相信我吧，我们以后会幸福的，如果你跟思宽幸福，我绝不会介入你们的感情让你为难，但是你现在幸福吗？"

可依愣住了，她看着他的眼睛，陷入了沉思。忽然有辆车冲出来撞向他们，危机时刻，耿家泰挺身护住了可依。血泊中，耿家泰昏了过去，可依惊声尖叫。

汽车开远了，那是五岳的汽车，开车的人是林大风，他很惊慌。大风想起今天早些时候，楼梯间里，五岳对他面授机宜。

第二十三章
心里的虫子

"你不是也想报复耿家泰吗?我想到了一个好主意,今晚你开我的车去撞他,然后你把车随便丢了就行,我今天正好有一个讲座,可以当做不在场证明,这样虽然有人会查到我的车,但我却有不在场证明,而你没有车,所以也不会有人怀疑你。"

大风犹疑地点点头。

小路的角落里,大风惊魂未定地停下车,大声地喘着粗气,他很慌乱。如何才能相信一个谎言?

渐渐地,大风镇定下来,似乎下了决心。首先你自己要相信它。

第二十四章

舌长三寸

小路上,可依抱着血泊中的耿家泰惊慌失措。

另一条小路的角落里,大风神情焦虑,正在不停地拨打五岳电话。原来车祸始作俑者是五岳跟大风,原来杏秀对耿家泰的爱刺激到了热情追求她的五岳,也伤害了爱她多年的大风,嫉妒的五岳利用大风,让大风开着自己的车去撞耿家泰。冲动的大风开车撞向了耿家泰,耿家泰拼命推开了可依,可依没事,耿家泰却重伤。

此刻一间教室中,许多学生正在听讲座。五岳站在讲台上。

"我想今天就讲到这里吧,其实我都是凭感觉在画画,理论知识懂得不多,讲得不好大家原谅。"

一位老师冲上讲台站在五岳身旁总结陈词,那个老师甚至有点谄媚:"五岳老师学贯中西,今天的一番演讲让我等大开眼界,让我们对艺术的境界有了新的理解,也让我们对人生的认识又上了新的台阶。您真是高屋建瓴——"

从小没有好好学习中文的美籍华人五老师回答:"不是高屋,我是五岳。"

老师尴尬地:"啊?呵呵呵,五岳老师真是幽默,让我们再次用热烈掌声感谢五岳老师带来的精彩讲座!"

学生中有很多十八九岁的女学生,她们激动而崇拜地热烈鼓掌,而五岳却心不在焉地笑着,他的手机一直在兜里震动,他掏出来看了一眼,是大风来电,五岳关上了手机。

但五岳看上去心事重重。学生的掌声中,五岳笑得很尴尬,人是无法保守秘密的,每一个笑容、每一次呼吸、每一个毛孔、每一次眨眼、每一个叹

第二十四章
舌长三寸

息，都会泄露你的秘密。

更何况，别人的嘴长在别人身上，可以随时随地，闲言碎语，胡编乱造。医院走廊，耿家泰躺在轮床上，输着血，被两个护士推着从走廊经过，可依一直紧握着耿家泰的手，直到护士进了电梯的门，可依被挡在了外面。

两个护士推着耿家泰进了电梯，按了9楼，电梯上升。两个护士闲聊。

"刚才那个女的是病人老婆？"

"好像是，这么年轻就要守寡，真可怜。"

"你以为是古代啊？现在谁离了谁不能活啊？"

很久很久手术做完了，可依站在玻璃窗外，看着监护室内插着各种仪器的耿家泰，他身上受了伤，头部和脸部没有伤痕，看上去像是睡着了。忽然一对六十多岁的老夫妇冲了过来。他们是耿家泰的父母，他们看上去衣着不菲、养尊处优。可依急忙挡住要冲进门去的耿母。

"阿姨，医生说咱们只能在外面看着他，他还没度过危险期。"

耿父惊诧："你是可依？肇事的司机跑了？报警了吗？"他们都认识可依，显然家泰常常提起可依。

"嗯，已经报警了，叔叔。对了，叔叔，咱们见过？"

耿母也惊叹："可依，你长得真像家澜，家泰常常说起你。"耿母动情地看着可依，可依有点尴尬。可依长得跟家泰的妹妹太像了，耿母忽然抱住可依哭了："我已经失去了家澜，我不能再失去家泰了！"

可依不知所措，耿父试图拉开耿母："她不是家澜，她是可依，是家泰的朋友，别难为人家。"

"没关系，叔叔，我知道阿姨很难过，我也很难过，如果不是家泰挡住了撞过来的汽车，我可能已经没命了，这么大的恩情，我不知道这辈子该怎么报答，我——我不知道该说什么。阿姨，万一要是——您就把我当成是家澜吧，就让我做您的女儿吧。"可依哭了。

"你别说了，我不想听！"耿母和可依抱在一起痛哭流涕。

这天夜里，另一个挖墙脚的人也不老实。酒店房间，出差的思宽正在翻阅各种厚厚的文件夹，不时打个呵欠。忽然有人敲门，门外正是夏天。他们一直是同事，他的新工作也跟她的业务有千丝万缕的联系。

"你还在准备明天的会议？你饿吗？咱们去吃点宵夜？回来再继续看材料？"

思宽想了想点点头。

大排档,夏天跟思宽两人喝着啤酒吃着海鲜。

"没想到你也会来这种地方吃饭。"

夏天笑了:"你没想到的事情多着呢!你最近怎么样?看你总是愁眉苦脸,当爹很辛苦呀?"

"没有,挺好的。"

"有什么困难可以跟我说,别跟我客气,我之所以愿意帮助你,是因为我知道你以后会有所作为,其实我是在做潜力股投资,免得以后我一个人孤独终老,连个送我去养老院的人都没有。"

林思宽感激地:"夏天,你人真好,帮了别人,还给别人留台阶下。"

"我跟你说真的呢,我带过那么多新手,你是最用心、最努力、最聪明的,只不过有一点不成熟,但是正因为这点不成熟,让你整个人显得天真、稚嫩、执着,却又值得信赖。"

林思宽动容地:"谢谢。"

"下次你老婆因为你的不成熟跟你闹别扭,你就这么告诉她,你就说是我说的。"

思宽暗道,她听到你的名字就会小宇宙爆发。

"你们两个现在还吵架吗?"

"不是吵,是我不懂她,她不懂我,我们过去很好的,但是好像所有的好都停在了过去,现在只剩下,她生气,我求她,她又生气,我又求她。"

"你很困惑?"

"当然了,总觉得哪都不对劲。不说了,再怎么说,一切也不会好起来。"

"很多婚姻都是这样的,告诉你个秘密,我的父母,就是你们这样的,他们是初恋,可他们还是不幸福,因为他们相爱多年后,我爸通过自身的努力,已经到了人生另一个层面,可我妈还是当年那个初中毕业生,她心中只有洗衣、做饭、国产家庭伦理电视剧,她不知道人生还有许多其他值得追求的意义,她不知道人的价值就是通过努力,突破各种限制,达到自我能力的极限。思宽,人的生命是很有价值的,不光是衣食住行、传宗接代、老婆孩子那么简单。"

思宽闻言没作声,而是喝光了杯中酒,夏天若有所思地看着他。

这时候,可依跟耿家泰父母守在重症监护室外,得知消息的杏秀,正好五岳跟她在一起,于是两人匆忙赶到了,她惊讶地发现大风也守在监护室外。

"你怎么在这儿?"

林大风眼神闪烁:"我去找耿大哥家里找他,结果听说附近有人被车撞了,

第二十四章
舌长三寸

我打听一下,觉得出车祸的人好像是耿大哥,我就给他打了个电话,竟然是可依姐接的,我问清楚,就急忙赶来医院了。你怎么也来了?"

"我打电话找他,是小可依接的,我一听说他出了事,我就急忙赶来了。"

林大风质问五岳:"我是说你怎么来了?"

"他给我当司机。"杏秀解释。

林大风质问五岳:"你怎么不接我电话?"

"他接你电话干吗?等你揍他呀?你不是见他一面揍他一顿吗?"

五岳假惺惺地:"哪有,我跟大风是好兄弟。"

五岳笑嘻嘻地搂住了大风:"我看是好基友更准确。"

"你们要说笑话出去说,这儿不欢迎你们!"可依怒了。

"不是不是,小可依,我好担心耿大爷,他不会傻了吧?耿大爷,你快点好起来吧,你再不好起来我的心都快碎了。"杏秀也很难过。

五岳别有所图:"大风呀,咱们好久没见了,咱们哥俩去楼梯间谈谈?"五岳推着大风走了。

耿父不悦地:"那是谁?如果他不关心家泰,他为什么来捣乱?"

"他是我男朋友,因为我一直喜欢耿大爷,所以他一直跟耿大爷不合,他今天能甘心情愿来看耿大爷,没有幸灾乐祸,已经很不容易了。"杏秀解释道。

可依偷偷踢了杏秀一脚。

"小可依,你踢我干吗?"

"你别胡说八道。"

"我说的都是真的,叔叔阿姨,哦,不,爷爷奶奶,我真的很喜欢耿大爷,他人特别好,他对所有人都那么好,不知道的人还以为他是个事妈呢!但我知道他是真的好,他看上去喜欢多管闲事,其实只是希望所有人都不要走错路,不要长歪了,不要到老了以后才后悔,却已经失去了最珍贵的东西。"杏秀趴在监护室玻璃上,"耿大爷,你怎么那么好呢?耿大爷,你不能死,你要是死了我可怎么办?哎,怎么你昏倒了还是那么帅?"杏秀哭了。

耿母无奈地:"这是作的什么孽啊!"

"杏秀,你走吧,我真后悔叫你过来。"可依很失望。

"小可依,你什么意思?难道只有你能照看耿大爷?我怎么就不能在这守着他?你们俩什么关系?别忘了你是有老公的人!说起来还真是奇怪,大晚上的,你个有老公的女人,怎么跑去跟别的男人散步?怎么着?老天爷都看不过去,出车祸了吧?"

耿母送客:"你走吧,我们耿家的人不欢迎你。"

耿父补刀:"请回吧,撕破脸就不好看了。"

"小可依,你是我们林家的人,你怎么能跟别人统一战线欺负我?你这样对得起思宽吗?对得起嘻嘻吗?对得起奶奶吗?对得起爷爷吗?你——"

"行了你,你快走吧,人家父母亲都这么说你了,你再不走有什么意思?"

杏秀被可依呛得很没面子,她愤怒地走了。

可依抱歉地:"叔叔、阿姨,对不起,我也不知道我小姑姑这么不懂事。"

耿母叹息:"可依,你真是个好孩子,我要是有那样的亲戚,我是万万不会结婚的,这样的婚,还不如一个人过到老。我以前不懂,家泰为什么打定主意要单身一辈子,这些年看了那么多年轻人分分合合、打打闹闹,还真是不如单身一辈子。"

耿父劝道:"人家的事情,你别多嘴。"

耿母不说话了,可依也很不自在。可依看着玻璃窗中昏迷的耿家泰,非常难过。

此刻五岳跟大风正在楼梯间争执。

林大风非常生气:"你为什么不接我电话?"

"我跟你说了几千遍几万遍,我刚才在给学生做讲座,我不能接电话。"

"你这个臭男人,你做了不认账,你怎么能这样呢?你让我去害人,你却能安心做讲座?我实话告诉你,我已经受不了心里的折磨了,我想到耿大哥曾经对我的好,我看到他躺在那里,我没办法面对这一切,我现在要去自首!我要告诉警察,是你嫉妒杏秀爱耿大哥,所以你忽悠我撞死他!"

五岳急忙捂住林大风的嘴:"我的大宝贝哎,话可不能乱说,这事情天知地知你知我知,我保证,只要你不说,没人会知道这件事。"

林大风挣扎着:"不!我觉得耿大哥被撞的时候好像看到了我!你放开我!放开我!"

这时杏秀推开了楼梯间的门,看见两个大男人抱在一起,她不由一愣:"要不然,我走,你们俩继续?"

五岳急忙松开手:"杏秀,你误会了。"

林大风也很尴尬:"我们之间什么也没发生。"

五岳表忠心:"杏秀,你相信我,我和大风的关系是纯洁的。"

林大风更是忠心耿耿:"杏秀,我对天发誓,不管发生了什么,我只爱你一个人。"

杏秀看着鬼鬼祟祟的两人,不由心生疑窦:"你们俩是不是有事情瞒着我?"

五岳和大风同时哈哈哈地假笑起来。

五岳笑得很假:"你真会开玩笑。"

第二十四章
舌长三寸

林大风更假:"杏秀,你太逗了。"

"奇怪,我哪逗了?"

"咱们走。"五岳揽着杏秀离开了,杏秀疑惑地看着大风,她不由起了疑心。

病房里,装病的梅秋灵不晓得女儿出了这么大的事情,她还趴在门口偷瞧,忽然蹑手蹑脚地跑回床上装晕。很快钟亦仁到了。梅秋灵一脸期待。钟亦仁一脸焦急:"秋灵,不知你能不能听懂,但我还是得告诉你一声,本来说好今天带你去复婚的,可是可依竟然出了车祸——"

梅秋灵大惊失色,正要挣扎着坐起来,钟亦仁没注意她的反常:"还好可依没事,出事的是耿家泰。"

梅秋灵这才定下神来。

"可依早上给我打了电话,说是昨天晚上她跟耿家泰散步,突然冒出来一辆车把他们俩撞了,耿家泰为了救可依挡在前面,结果被撞晕了,现在还没醒过来,可依一直守在重症监护室外,我现在去看看他们,你别担心,可依一点事情都没有。不过咱们今天是不能去复婚了,你别生气,来日方长,机会有的是。"钟亦仁匆忙走了,梅秋灵猛地从床上坐起来,她神色焦急地跳下床,正要出门,忽然有个护士进门,护士一见梅秋灵站起来,不由得惊声尖叫。

梅秋灵一惊,这才想起自己一直在装晕,她急忙扑过去捂住护士的嘴。护士拼命挣扎,还是挣脱开跑了出去。梅秋灵愣在那儿不知所措,护士却带进来一个人。

梅秋灵闭上眼:"老钟,我不是故意骗你的。"

来人却不是钟亦仁,而是梅秋灵的主治医生王医生:"那你是故意骗我们的?"

梅秋灵定睛一看:"老王!还好是你!我真的不是故意的,我就是——哎,我也不瞒你,你也不是外人,你认识我和老钟多少年了,我和他的事情你应该很清楚,这次因为我生病,他终于下定决心跟我复婚了,原本说好今天就去复婚,后来不巧我醒了过来,我就想等到我们复婚以后,我再告诉他我好了,免得节外生枝。"

"你不是不巧醒了过来,是你先醒过来,不知为了什么原因你没告诉他,然后他才说跟你复婚,你才决定等到复婚以后再告诉他你已经病好了吧?"

"哎哟喂,老王,你怎么这么冰雪聪明啊你?你不去当算命先生真是太可惜了!"

"行了别说好听的了,你不能再这么瞎胡闹,赶紧躺下,我需要给你做一些检查,你真是太胡闹了,你昏迷那么久,也不知道哪根神经会受到损伤,你就这么瞎折腾,谁知道会不会留下后遗症?"

"老王,求求你,别告诉老钟,要不然后遗症就算你的!反正你不答应我,

我坚决不检查！"

王医生无奈地："好吧。"

可依已经顾不上装病的妈了。此刻教堂中只有可依一个人正在祈祷，她交握双手、紧闭着眼："万能的天父啊，你是宇宙万物的真神，感谢你，赞美你，求求你，救救家泰。我是个懒惰的人，请原谅我疏于祷告，可我愿意永远忏悔，求求你，救救家泰。"

忽然有个人悄悄靠近她，那正是鬼鬼祟祟的梅秋灵："闺女哎，你什么时候走这个路线了？"

"嘘！"可依在胸前画个十字，"主啊，求你对我实行你的恩赐，并垂听我的祷告，奉耶稣基督我主的名。阿门。"

梅秋灵急忙也学着画个十字："嘘，阿门！"

可依无奈地牵着梅秋灵出门去了。教堂外小院，可依母女在夜色中聊天。

"你不是在装病吗？怎么敢跑出来找我了？你刚才打电话约我见面，吓了我一跳，我以为出什么大事了呢！"

"露馅了，被护士和王医生抓个正着。"

"那你跟我爸复婚的事情不是泡汤了？"

"那倒还没有，老王他们答应帮我再瞒几天。"

"大家这样帮你，你要是还不能如愿以偿把我爸骗回来，那可真是上辈子作孽。"

"行了，别说妈这点烦心事了，快说说你的事情，我听你爸说你一点也没受伤，都是因为小耿救了你？小耿这孩子可真——你说有没有可能，上辈子你是王宝钏，他是薛平贵，这辈子他来还你的情啊？"

"我看你不是装傻，你是真傻。"

"闺女哎，妈没傻，是你傻了吧？你刚才那样，你那走的是什么路线呀？"

"你别乱说话，我已经信奉基督教有些日子了。"

"什么时候？"

"你昏迷的时候。我很难，很痛苦，没有别的办法。现在，你好了，不是吗？我希望家泰也能好起来。当初就是他教我帮你祈祷的。"

可依很忧伤，梅秋灵很心疼："闺女哎，你是不是长大了？"

"妈，我不是长大了，我是已经开始老了，我有白头发了，我都不知道开心是什么感觉了，我好怕，我好怕家泰就这么死了。我不知道他竟然会愿意为了我去死，我也从来不知道我竟然这么在意他。妈，你知道吗？我就像你昏迷的时候

第二十四章
舌长三寸

担心你一样担心家泰,就像你生死未卜的时候一样,现在,我的心也会那样痛,是那种撕心裂肺的痛,回不去的痛,好不了的痛,你懂吗?"

"你爱上他了?"

"妈,我没办法再去想爱情这件事跟我还能有什么关系,我只希望家泰能好起来,我只有这一个愿望,其他我什么都没办法想。"可依伏在梅秋灵怀中呜呜地哭起来,梅秋灵很担忧。

"不说了,我要进去继续祷告了。"

"你什么时候回家?"

"我先不回了,我会在这儿祷告到深夜,医生说家泰今晚再不醒过来,就会很危险。黛娇在照顾嘻嘻,你别担心。"

"我回去看看,思宽呢?"

"出差了。"

"你没跟他说车祸的事吗?"

"说什么呢?怎么说呢?说了他又能帮什么忙呢?"可依神情黯然地进了教堂。

这时候耿家泰父母仍旧守在监护室外面。这时候大风来了。

耿父奇怪:"你怎么来了?"

"我担心耿大哥,这一天心里都很难受,所以一下班就赶过来了。"

耿母纳闷:"你跟家泰感情很好?"

林大风一愣:"耿大哥帮过我很多忙,他怕我想不开,他怕我学坏,他总是开导我,他告诉我除了追求杏秀,我还可以找到人生中其他乐趣。"

耿母很莫名其妙:"你也喜欢那个小女孩?我真搞不懂你们这些年轻人,还有昨天那个老男人,你们到底喜欢她什么?她长得是漂亮,可是你们跟她在一起,真的快乐吗?"

"您误会杏秀了,她不是看上去那么讨厌。"

耿母讽刺:"她本人相处起来其实更讨厌是吗?"

"不是的,她只是怕别人瞧不起她,所以她才会提前表现出对别人的瞧不起,这样就没人能伤害她。其实她很不容易,她的父母不负责任生下她,乡下女人喜欢嚼舌根,她在那样的环境下长大,只好学会用同样的方式伤害别人,才能保护她自己。"

耿母感叹:"你这么懂她,她错过你真是瞎了眼,小女孩怎么就是不认命呢?难道她还以为她能折腾出什么花样人生吗?"

耿父劝阻:"别人家的事情不要管,你还是坐下好好休息一会儿,医生刚才不是说了吗，家泰的各项指标都很稳定，说不定等会儿就醒过来了，你还是保存点精力，等会儿好照顾他吧。"

耿母只好坐下来。这时候五岳却又到了，耿母气得站起来："你又来干吗？你来看我们家家泰的笑话吗？你不是一直对家泰很嫉妒吗？"

耿父拽拽耿母，让她坐下："别人的事情不要管，他愿意来就来，不理他就是了。"

五岳赔着笑："叔叔阿姨，我很担心家泰，这一天吃不好、睡不下，所以就匆匆赶来了。"

耿母指着大风："你和他倒是好兄弟，他也担心了一整天。"

五岳搂住大风："我也担心大风，大风年轻，有时候容易冲动，一冲动就胡说八道，所以他说的话您二位可千万别往心里去。"

耿父奇怪地看着表情尴尬的大风和五岳。就在这时，耿母看见耿家泰睁开了眼睛，耿母惊喜地大叫："大夫！护士！我儿子醒了！"

大风和五岳也愣住了，两人面面相觑，既惊喜又担忧。

病房里，耿家泰坐在病床上，正在跟母亲说着话。

"家泰，你吓死妈了，妈要是再没了你，妈就不活了。"

耿父很冷静："人好好的，别总说什么死的活的。"

"不说，不说，都是我不对，我以后再也不说了。"

这时候可依冲了进来，紧紧抱住了耿家泰。可依激动地抽泣着："我的祈祷起作用了！我一整天都在教堂为你祈祷！我以为你就这么睡过去了，我以为你再也不能跟我说话了，我现在好高兴！我没办法形容我有多高兴！"

"腰！腰！"

"腰？腰？切克闹？"

"你压到了我的腰！"

可依急忙弹开："不好意思。"

"爸，妈，我没事，你们快回去休息吧，爸那么忙，公司一刻都离不开你，妈，你身体不好，快回去休息吧。"

"你要是肯来我公司帮我，我怎么会这么忙？就你那个小小的广告中心负责人，就那么有意思！"耿父劝导。

"我只是想自力更生，我想要自由而已。"

耿母又催生："家泰，快生个孩子吧，你要是有个孩子，你就不会这么不在意自己了。"

第二十四章
舌长三寸

"我很在意我自己,不信你问可依。"

"干吗问我?"

"可依最知道我了,我非常注意养生,我不吃肥肉,只喝红酒,健康饮食,坚持锻炼,怎么会不在意自己?"

"我怎么知道你怎么过日子?"可依奇怪。

"咱们俩不是在谈恋爱吗?"

可依大惊:"什么?"

耿家泰给可依使了个眼色,可依只好尴尬地跟耿家泰父母点点头:"嗯,是吧。"

耿母很高兴:"可依,阿姨非常非常喜欢你,可是,昨天那个小女孩不是说,你是有老公的人吗?"

"啊?嗯,哦——"

"可依和她老公在办理离婚手续,他们分居了,在老外看来,分居就跟单身一样,是可以跟别人谈恋爱的。"耿家泰解释。

耿父总结陈词:"我不管什么老外老中,总之你肯谈恋爱就是好事情,儿子,你人生前三十多年谈了几十个女朋友,然后就闹什么单身主义,现在快四十了,至少找了个异性谈恋爱,我已经很知足了,我先带你妈妈回家休息,她身体不好,就麻烦可依照顾你吧。"

耿母很开心:"可依,能有你这个媳妇,妈妈非常非常高兴。"

这时候护士进来了:"家属都出去",她指着可依,"你是他媳妇?你留下来,我要给他换个导尿管,你帮下忙。"

"什么?这不好吧?"

耿母笑嘻嘻地:"别不好意思,妈都懂。"耿母跟耿父走了。

护士奇怪:"怎么着啊?你还害羞啊?赶紧过来帮忙!"

可依只好硬着头皮过去了。

过了一会儿,护士正给耿家泰换导尿管,耿家泰疼得龇牙咧嘴。可依一边帮忙把被子举起来挡住耿家泰的关键部位,一边扭着头尽量不看到限制级画面。

护士吩咐:"拿着!"护士把换下来的导尿管和尿袋递给可依,可依一时没意识到那是什么,于是接过来。

"这是什么?"可依纳闷。

护士很不忿:"尿啊!难道是啤酒啊?"

可依闻言顿时一脸无奈。耿家泰也皱着眉头,很是尴尬。

医院楼下花园,可依正推着轮椅上的耿家泰散步。有个护士碰见两人笑着打

招呼:"小两口出来晒太阳啊?真幸福!"

"啊?嗯,不是——"护士已经走了,可依无从辩解,一副苦瓜脸。

耿家泰逗她:"你得对我负责任!我已经被你看光光了!"

"我眼睛都长疮了!我找谁说理去?"

"要不然我赔给你一辈子补偿你?"

"想进我们钟家的门,你只能当妾了。"

"妾身愿意。"

"这话你跟我开玩笑可以,千万别再跟你爸妈说了,你是怎么回事呀?就算嫌他们催着你生孩子,你也不能跟他们说你在和我谈恋爱呀?这要是传出闲话去,我还怎么做人啊?"

"你跟我们家老头老太太也相处过了,难道你不觉得他们两个功力特别深厚吗?就是一句狠话不说,但就是有本事让你觉得浑身骨头上有蚂蚁在爬,想抓又抓不到,不抓又难受得很。"

"这不是全天下爹妈的共性吗?你第一天给人家当儿子呀?"

"所以呢,最好的办法,就是让他们觉得我很幸福,他们就不会再来管我了。我是个悲观主义者,我不喜欢孩子,像我这样,一个人看书看电影做菜旅行,做些自己喜欢的工作,赚点钱,环游世界,到处生活,顺便帮助那些需要帮助的人,就这样活到死,我觉得也是很好的一生。"

"可我希望你能更幸福,有个人陪着你,虽然有点烦,但还是好过一个人走下去。"

"歌里都唱了,爱没那么简单,老天爷很忙的,没工夫给每个萝卜安排一个坑,一生遇不到爱的人,或者遇到了却晚了一步,这都是没办法的事,可我心里,永远都给你留了一个位置,你什么时候需要我,就来找我,我都会等着你。"

可依愣了愣:"你上辈子是薛平贵呀?"

"什么意思?"

"我妈说我上辈子是王宝钏,你上辈子欠了我,所以这辈子才会对我这么好。"

"我身骑白马走三关,我改换素衣回中原,放下西凉无人管,一心只想王宝钏。不管你信不信,反正我信了。"

可依摸摸耿家泰的额头:"那天车祸没撞着你的脑袋呀?这怎么跟李清照附身似的?"

耿家泰抓住可依的手:"我真没傻,我跟你说的都是真心的。可依,谢谢你帮我祈祷,我很感动,我真希望你只为我一个人祈祷。"

第二十四章
舌长三寸

可依急忙缩回了手，她很尴尬。

可依岔开话题："我已经去公安局录过口供了，他们找过你吗？你那天看到撞你的人了吗？"

耿家泰陷入了沉思。那天晚上，大风驾着车撞向耿家泰，耿家泰挡在可依前面，他看见了大风的脸。

但是耿家泰想了想，还是跟可依摇摇头："没有。"

梅家客厅，婴儿床上的嘻嘻睡着了。施黛娇也在旁边的沙发上倚着休息。可依轻声地："嘻嘻，对不起，妈这几天没能好好陪你，等耿叔叔好起来，妈保证一定天天陪你玩。"

施黛娇琢磨着："我都爱上嘻嘻了！可依，我替你打算好了，你跟思宽离婚，然后跟老耿再生一个，嘻嘻就归我了。"

"谁说我要跟思宽离婚了？"

"那你是想怎么着啊？我看你跟老耿好得就快要生死相许了，难道你还爱着思宽？"

"我是爱着思宽呀！"

"那你把老耿当什么？当充气娃娃？用完就放气儿收起来呀？"

可依急忙捂住嘻嘻耳朵："你这人怎么说话这么难听呢？嘻嘻要是早恋，我一定找你算账！"

"你放心，就咱们嘻嘻这个小模样，想早恋，那只能依靠心灵美了。"

可依对着嘻嘻："宝贝宝贝没听见，宝贝宝贝你最美。"

"行了，别岔开话题，你到底怎么打算的？我可是等着领养嘻嘻呢！我可是充满激情地等着你跟老耿出轨呢！说实话，当初你跟思宽刚好的时候，我就想开个盘口，赌下你们什么时候分手，现在也挺好，你虽然结婚生女吃了点亏，但我可以帮你接手嘛！就算是为我这个大龄单身女郎生了个大宝贝，以后我老有所依，你那也是为国家做了贡献不是？难道我还能指望着养老保险啊？"

可依抢回嘻嘻："你以为我是下了个鸡蛋呢？说给你就给你？我今天就把话跟你说绝了，我跟老耿绝对不可能在一起。你就死心吧。"

"难道老耿有什么缺陷？你试过了？"

"你能不能正经点？我这儿跟你谈爱情呢！实话告诉你，老耿人特好，我也喜欢他，我关心他的一切，但那不是爱。这一切不为什么，我虽然没什么大的优点，但我是个执着的人，在我心里，爱情一辈子只能有一次，到死不回头，不死不知悔。说句恶心的，我也是在网上看的，我相信，是爱让人为何存在这个问题，有了答案。"

施黛娇夸张地一抖："哎哟喂，我都起鸡皮疙瘩了！那——等我老了以后，嘻嘻能从精神方面关怀关怀我这个孤寡老人吗？"

"这个没问题！我妈就是你妈，我闺女就是你闺女。"

施黛娇笑了："那我就放心了。不过，您那个神仙姐姐一样的老妈还是自己留着吧，我实在是无福享用，嘿嘿。"

次日，民政局婚姻登记处，梅秋灵坐在轮椅上，一副痴痴呆呆的表情。钟亦仁推着她，两人正在办理复婚。工作人员是个二十多岁的女孩。坐在办公桌后。

工作人员问道："阿姨，您是自愿来复婚吗？"

梅秋灵想点点头，却又怕钟亦仁发现自己的秘密，只好呆呆地看看钟亦仁装傻。

"阿姨，您要不是自愿的，我是不能帮您办理复婚手续的。"

"秋灵，不是我不想复婚，如果你不能清醒过来，人家是不敢帮咱们办理复婚的，看来，咱们真的只能认命了。"钟亦仁推着梅秋灵要走，梅秋灵忽然拉住了钟亦仁。

"秋灵，你能听明白是吗？太好了！哎哟，不行，你要是能听懂，说明你已经完全清醒了？我得赶紧告诉医生，你等会儿，我出去给他打个电话。"钟亦仁匆匆出去了。梅秋灵扭过头去焦急地看着他的背影。

工作人员奇怪："阿姨，您是装的吧？"

梅秋灵豁出去了："姑娘！求求你，帮帮我！"

"哎哟，您别吓我！"

"姑娘，你每天见过那么多结婚离婚复婚的，阿姨相信你早就看透这些分分合合，阿姨求你，希望你能明白，阿姨所做的一切，都只是为了留住他！"

"阿姨，强扭的瓜不甜！"

"不是的，再过几十年你就会明白，人生其实只不过是机缘巧合，当初所做的一切都是赌气，不管什么结果，阿姨的初衷都不是故意气他离开我，这一次，只要你帮忙，阿姨就能挽回十几年前的错误，阿姨就算死，这一生都不会再有遗憾了！求求你。"梅秋灵眼圈泛红，工作人员一愣，这时候钟亦仁进来了，梅秋灵急忙放空眼神装傻。

"奇怪，秋灵，我给老王打电话说你好像有好转，可他一点也不兴奋，他说我可以帮你办出院了，那咱们现在回去？反正你没办法表态，婚也复不成了。"

第二十四章
舌长三寸

工作人员撮合:"要不然,我就帮你们把复婚手续办了吧?叔叔,我觉得,阿姨可能很爱您吧。"

钟亦仁看看梅秋灵呆呆傻傻的样子:"这样你也能看出来?"

工作人员答应着:"嗯,我在我这个工作岗位见多了,爱到深处无法自拔,不都是这副傻样吗?俗话不是说,只有女人昏了头才会结婚,要是女人不昏头,哪还有人结婚啊,人类早灭亡了。"

"那——好吧,那就麻烦你帮忙办下复婚手续吧。"

梅秋灵总算偷偷露出了笑容。

梅秋灵病房,钟亦仁收拾好了梅秋灵的行李,梅秋灵坐在轮椅上等着出院,忽然一个不速之客到了,来人正是林静雨,梅秋灵气得脸色一变。静雨注意到了她的神色。静雨一直怀疑她装病,这一次她决定坐实证据。

"静雨,你怎么来了?我不是不让你来吗?"

林静雨故意地:"我想你嘛!"

梅秋灵气得用力抓轮椅扶手,静雨都看在眼里。静雨故意搭住钟亦仁肩膀:"你想我了吗?"

钟亦仁尴尬地:"别这样,影响不好。"

林静雨更夸张地贴近:"有什么不好的,比这亲热的不是也有过?"

梅秋灵气得紧紧抓住轮椅扶手控制自己的怒气。她几乎就要气得站起来,静雨斜眼看着她,更坚定了揭发她的决心。静雨紧抱住钟亦仁,把嘴唇迎向了他的唇,软玉温香,让人陶醉,钟亦仁先是一愣,继而大惊,他推开静雨。

"那是以前,静雨,以前都算我这辈子欠你的,我下辈子一定还你,可现在,我和秋灵已经复婚了。"

林静雨大惊:"什么?为什么?"

"秋灵到了今天这个地步,都怪我没及时把她救下来,如果当初她闹着上吊的时候我当了真,我绝不会让她把自己吊起来,她也就不会变成今天这副痴痴呆呆的样子,所以我必须跟她复婚,我得照顾她一辈子。"

"亦仁,你被她骗了,她是装的!"

梅秋灵急忙装出更呆傻的样子。

"静雨,你别胡说,你快回吧,秋灵看见你就激动,你这样会刺激到她发病,以后你也别来看她了,我马上就给她办出院,我们就要回家了,你就放过秋灵吧。"

林静雨看看梅秋灵装疯卖傻的样子,只好忍下气。

女仆女王小女人

"好吧,亦仁,你误会了,我不是想刺激她,我只是想帮忙照顾她,你放心,我就算再来看望她,也只是为了照顾她。"

钟亦仁总算放下心来,静雨盯着梅秋灵的傻样若有所思。她下定决心揭穿梅秋灵。

这一天也在医院里,杏秀发现了一个可依的秘密,她兴致勃勃进了耿家泰病房:"耿大爷!你能醒过来我太高兴了!"

房中却没人。杏秀一愣,她拽住路过的护士,这正是之前给耿家泰插导尿管的护士。

"那个姓耿的病人呢?"

"听说他老婆推着他出去晒太阳了。"

"他老婆?他哪来的老婆?"

"不是老婆?为什么同意帮忙插导尿管?难道是小三?就是那个瘦瘦的女孩,叫什么可依的。"

"她怎么可能是耿大爷的老婆?"

"我听病人的父母说,他们有可依这个儿媳妇,非常非常高兴。"

"小可依是有老公的人啊!"

"这个我也听见了,听病人说,可依和她老公在办离婚手续,他们已经分居了,对吧?"

"这倒确实。气死我了!思宽哪里对不起她?可怜思宽一点都不知道,可怜我妈他们还苦苦地等着小可依回家呢!原来她却已经单方面决定离婚了!不行,我不能就这么由着欺负他们思宽!"

"爹妈都管不了孩子,你操什么心?"

"你不懂,思宽在我心中,那就跟我儿子一样,我绝不能让他受半点委屈!"杏秀急匆匆地跑了。

林家天响的卧室,静雨正在陪着天响画画。天响兀自画着油画,而旁边是一幅完成的色彩斑斓、看不出形状的画。

"天响,你这幅画太好了,妈妈觉得这些色彩,表现出了对未来的彷徨、对过去的怀念、对现在的热爱,妈妈真是为你骄傲。"

天响看了一眼:"噢,我刚才不小心把颜料盘洒在上面了。"

林静雨不由很尴尬,这时候杏秀闯了进来:"不好了不好了出大事啦!"

第二十四章
舌长三寸

"姨奶奶,你是不是觉得进门之前先敲门你就会死是吗?"

"大外孙你真是有天分,永远都能看清事情的本质",杏秀掐着天响的脸蛋,"姨奶奶真是喜欢你!哟呵,你还成了画家了"

天响解释:"医生说画画有助于治疗自闭症。"

"我看你肥肥壮壮、伶牙俐齿的哪有什么病?大外甥呀,想当画家你得先减个肥,你看看五大爷,他要是长得不帅,他就画几张破画,能有那么多女粉丝吗?"

"杏秀你刚才进来说出什么大事了?"静雨问道。

"哎哟,我怎么给忘了!大姐,出大事了,耿大爷出了车祸,我今天去医院看他,却听见护士说,耿大爷的父母亲已经把小可依当做儿媳妇看待了,听说小可依已经跟思宽办离婚手续了!你听说过这事吗?"

"我没听思宽说过呀,思宽还跟我说,等这次出差回来,就去把可依求回来呢!对了,家泰出了车祸?严重吗?"

"听说撞伤了脾,不过已经缝上了!你知道吗?他出车祸的时候正跟小可依在一起,如果不是他拼了小命挡在小可依前面,小可依也已经没命了!你说说,小可依整天都在干吗呢?思宽拼死拼活挣钱养家,她倒好,整天拼死拼活玩暧昧,暧昧就那么好玩?至于车都撞到眼前了还不知道?这可真是色字头上一把刀!"

林静雨很生气:"可依怎么这么不懂事?她是当妈的人,难道还想再跟别人来段生死恋?"她忽然想起了什么,"咱们别在天响面前说这些!出去说。"

日子平淡地过了几天,购物中心,杏秀正百无聊赖地在逛服饰店,忽然有个人注意到她,那正是五岳的姐姐Lisa,她也在逛街。Lisa看见杏秀立刻表情一变。杏秀换了一个店面继续逛街,Lisa鬼鬼祟祟地跟着她。杏秀从镜子中看到了Lisa,她不由一脸嫌弃。杏秀躲在试衣间故意大声打电话,其实根本没拿出手机。

"喂,亲爱的,你在哪儿呢?你怎么不来接我呀?我看上了一条项链,你快来给我付钱嘛,你要是不来我可刷五岳的卡买了,多少人排队等着给我买东西,到时候你可别后悔。"

隔壁试衣间的Lisa听到了这一切,不由大怒,她怒气冲冲地离开了。角落里,杏秀偷看着Lisa远去,不由得一阵窃笑。

Lisa气鼓鼓地去找五岳了,她眼中杏秀就是个应该浸猪笼的荡妇,可是五岳却把杏秀当作一个小妖精。

这一刻的五岳工作室,五岳正盯着画布发呆,却有个人闯了进来,来人正是大风,五岳助理小陈挡不住他,只好吊在大风身上,被壮硕的大风拖了进来。

小陈很着急："你干吗呀？你怎么私闯民宅呀？你再不走我就不客气了！"

大风一把将小陈拽下来扔到了旁边："那你就赶紧跟我不客气呀！"

凶狠的大风吓得小陈浑身一抖，五岳急忙解围："小陈，这是我朋友大风，不得无理。"

小陈打量着大风："老师，你什么时候喜欢上这种类型了？"

"各种口味搭配着来，才叫丰富多彩的人生，你快出去吧，我们要谈点事情。"

小陈只好出去了。

五岳问道："大风，我不是都跟你说好了吗？耿家泰已经醒了，咱们撞他这事就这么过去了，你还想干吗？"

"不行，我对不起自己的良心，我想去自首，可我不是罪魁祸首，我一定要拉上你。"

"大风，你要是去报警，杏秀会恨你一辈子。"

"我要是不去报警，我会恨我自己一辈子。"

"大风，求你了，哥哥还有大好人生，哥不能就这么毁了，你要多少钱，哥给你，哥保证让你这辈子再也不用卖苦力，就能活得好好的。"

"我这辈子图的不是活得好好的，我图的是问心无愧。"

"大侠！哥哥我上有老，下有小，你要是毁了哥的前途，哥全家就毁了，哥有三个前妻，每一个都养活不了自己，哥还有老父老母，没了哥他们所有人都只好自杀，哥还有个嫁不出去的姐姐，没了哥她就养不活自己，所以如果你毁了哥，你就是谋杀了哥全家，难道你就能问心无愧吗？哥求你了，既然耿家泰没事，你就放过哥吧！"

大风犹豫了，五岳很担心。

这时候又有人闯进来，小陈也跟进来试图挡住，来人却是Lisa。

小陈又着急了："Lisa姐，你不能进去，你要是看到什么不该看的，你要是闪瞎了眼，你可不能怪我。"

"有什么不该看的？"五岳纳闷。

小陈打量着大风："我不是怕你们正在搞艺术吗？"

五岳义正严词："艺术不用搞，也永远活在我们心里，你出去吧。Lisa姐，你急着找我有什么事？"

"你快去管管你那个小老婆林杏秀吧，我亲耳听到她给奸夫打电话，你要是再不管，不知道她要给你戴多少绿帽子呢！你到底要忍她忍到什么时候？"

林大风很生气："你瞎说八道什么呢？"

第二十四章
舌长三寸

Lisa 怒了:"这是哪来的搬运工?这有你说话的份儿吗?"

五岳很难过:"姐,我不知道我要忍到什么时候,我已经为她犯下了很多错,我也不知道我该怎么办。但是她越没心肝,我却越想知道,如果有一天,她有了心肝,她也爱上我,我该有多幸福。你懂吗?"

Lisa 诧异:"你有病啊?"

"我懂!"大风接话。大风和五岳惺惺相惜,四目对视,他们很理解对方。

五岳求情:"大风,我知道你懂我,求求你,放过我吧。"

大风愣在那,他很纠结,最后冲动地跑了。

Lisa 愣愣地:"那谁啊?"

五岳装模作样:"哎,冤孽,我该怎么办啊!"

"这都是什么人物关系啊?小岳,你可别告诉我,刚才那个彪形大汉,将会是你第五个人生伴侣?"

五岳一声叹息,他很焦虑,让 Lisa 更加摸不着头脑。

梅秋灵家楼下,钟亦仁正推着轮椅上的梅秋灵散步,梅秋灵几次欲言又止,却还是没说出口。这时候静雨又到了,梅秋灵大怒,却还得忍着。

"静雨,你怎么又来了?"钟亦仁问道。

林静雨故意煽情地:"说好了要一辈子帮你照顾秋灵的,说好一辈子,差一分,差一秒都不是一辈子。"

梅秋灵自然很生气,钟亦仁却有些感动:"别说这些了,离合聚散都是缘分,由不得人。静雨,你怎么脸色这么不好?"

"因为前阵子总跑医院照顾秋灵,回家又要陪天响去医院做治疗,还要带天响学画画,所以每天喝很多咖啡提神,结果神经衰弱的毛病又犯了,最近总是整夜整夜睡不着,甚至出现了奇怪的幻觉,总听到杂音,还看到奇怪的光圈。"

梅秋灵闻言不由得意地暗暗点头。钟亦仁的余光看到了,不由有些奇怪。

"我帮你介绍个医生,你快去看看吧,神经衰弱很难治,不能掉以轻心。"钟亦仁对静雨说道。

"亦仁,谢谢你对我这么好。"

忽然静雨一愣,她看到了远处有个熟悉的身影,那正是让她一直担心的前未婚夫唐志龙。

"你怎么了?"

静雨定睛一看,远处并没有人。

"没什么,可能又是幻觉吧。"

其实远处确实有个人藏了起来,在暗处偷窥着静雨、钟亦仁等人,那正是唐志龙。

梅秋灵家中客厅,钟亦仁推着梅秋灵进门,静雨也跟来了。

"可依啊,静雨来了,她想看看嘻嘻。"钟亦仁喊道。

静雨忽然一愣,原来她看见沙发上,可依跟耿家泰正在接吻。静雨大惊,她大叫一声:"可依你干什么?"

可依一愣,其实她抱着亲的人,却是婴儿床上的嘻嘻。静雨看到的只是幻象。

"我干吗了?我没干吗呀!"

静雨看清楚可依亲的是嘻嘻,不由一惊,这时候她却看到耿家泰真的站在旁边,她盯着耿家泰看,有些辨不清真假。

"小耿啊,你什么时候来的?"

"刚来一会儿,医生说我要多走动走动,我就过来看看可依和嘻嘻。"

原来耿家泰真的在可依家中,静雨盯着耿家泰,不由很紧张。

"你怎么总是盯着我?我有什么不对吗?"耿家泰很奇怪。

"没什么。"

林思宽家门外,出差回来的思宽拖着行李箱到了门口,住在对面的静雨打开门出来。

"大姐,你还没睡?"

"我一直在等你,想来想去,有件事我还是得告诉你!可依可能跟耿家泰好上了!可依还跟耿家泰父母说,她已经在跟你办理离婚手续了!真的吗?"

林思宽一愣。他立刻给可依打电话。

梅秋灵家中可依卧室,可依电话响了,是思宽来电,可依想了想,接通了电话。她准备跟他和好的,这段时间的冷落,只是为了整整他,让他以后不要再惹自己。

"你出差回来了?"

"钟可依,你是不是真的要跟我离婚?"

可依顿时怒了:"你什么意思?你跟女上司两个人卿卿我我出差,一回来就问我是不是要跟你离婚?我就是要跟你离婚了,怎么着吧?"

可依气得挂上了电话,她很难过。那么多闲话在飞,那么多秘密在传,舌长三寸,杀人无形。可你们是幸福的,在梦里——墙上挂着可依与思宽的结婚照,他们笑得那样灿烂。

第二十五章

坟墓里流着最悲伤的泪

思宽很不情愿地领着林奶奶走到了梅秋灵家楼下:"奶奶,我不想上去。"

林奶奶一巴掌打到思宽的头上:"臭小子,老婆孩子都快跟别人跑了,你还给我装大爷!你还真是你爷爷的孙子啊!"

"士可杀,不可辱。"

林奶奶又打了一巴掌:"我就辱你了,怎么着吧?少跟我废话,赶紧敲门!"

思宽不情愿地按了可依家门铃。可依接通了对讲机:"可依,奶奶和我一起来的。"

"奶奶,您怎么来了?"

林奶奶有点茫然,她之前住的是老式小区,没有用过这种可视对讲机,寻找着说话的方向:"可依在哪儿呢?我这得朝着哪儿说话呀?"

"随便哪儿都行!"可依搭话。

林奶奶痛苦地贴着对讲机:"可依,奶奶想你!"

"已经开门了,您快上来吧。"可依开了门,挂断视频,屏幕黑了。

奶奶立刻恢复正常神色:"臭小子!学着点奶奶的演技!不就是小两口为了爱不爱的吵架吗?不就是挨可依几句骂吗?为了自己的家,一个男人还忍不了这点委屈?"

"她都被耿家当媳妇了,我还上去找她,那不是自取其辱吗?"

"你当面跟她谈过吗?你跟她说过你怎么想的吗?你听过她是怎么想的吗?奶奶都快被黄土埋到脖子根了,听奶奶一句劝,人这一辈子,最可悲就是死了才知道后悔,原来那么多事你都没有争取过!原来那么多该说的话你

都没有说!"

林思宽愣住了。

"赶紧上去呀,你这孩子怎么跟个小娘们儿似的?你这也是遗传你爷爷了?"

林思宽急忙打开楼门进去,奶奶匆忙跟上。

梅家客厅,可依打开门等着奶奶,奶奶一进门就给可依跪下了,可依大惊,匆忙扶住奶奶:"您还让我活不活了?"

"没有你和嘻嘻,奶奶我就不活了!"

"有什么话起来再说。"

"你不答应我就不起来。"

可依只好"扑通"一下给奶奶跪下:"你不起来我就不起来。"

"你们俩这都是从哪学的?"思宽纳闷。

可依和林奶奶同时扭头看着思宽回答:"电视剧呀!"

林思宽无奈地:"既然二位领导同一个世界同一个梦想,那咱们还是站起来说话吧!"

"不行!可依不答应我搬回去,我就绝不起来!可依,奶奶不能跟你比,奶奶都八十来岁的人了,从脑袋顶到脚底心都是毛病!你跪到明天不起来也就是麻了两条腿,奶奶可能跪一个小时就见阎王爷了,可依,你就忍心让奶奶为了思宽这个臭小子搭上老命吗?"

可依很纠结,她想了想。奶奶看上去很坚定。

"奶奶,起来吧,我答应你!"

奶奶很感动,可依扶着奶奶站了起来。奶奶手脚利落地回身打了思宽几下。

"可依,以后他再惹你生气,奶奶就拿皮带抽他!我就不信打不服他!"奶奶的小拳头噼里啪啦地打过去,思宽抱着头东躲西藏,可依脸上总算露出了一丝笑意。

可依就这样搬了回去,好大的风雨好像都过去了,但也只是好像而已。这一天的林思宽卧室里,嘻嘻入睡了,搬回来的可依看着婴儿床上的女儿,若有所思,她看上去仍有一丝焦虑。思宽推门进来,拿起枕头出去了。

"你干吗去?"可依问道。

"我知道你不想见我,我去睡书房。"

可依一愣,思宽关上门,已经走了。可依气得把枕头扔到门上:"你他妈的是怎么知道我不想见你的?"

思宽还是没回来,可依一脸怒气。

这天夜深了,可依端着水杯从厨房出来进了客厅,忽然看见书房露出一丝光

第二十五章
坟墓里流着最悲伤的泪

线,可依走过去想敲门,却停住了,忽然她大惊失色。原来可依听见了女人的声音,可依仔细听,发现那是杏秀的声音。

"思宽,这事不能就这么算了!身为一个男人,要是你就这么睁一只眼闭一只眼,我会鄙视你一辈子!"

可依听得一脸纳闷,她趴在门上继续偷听。

书房里,思宽正在看书桌上的资料,杏秀正气得满地乱转:"思宽,你怎么还有心思忙工作?你老婆都要跟别人跑了,我亲耳听到护士说,耿大爷的父母已经把小可依当成儿媳妇了!耿大爷还说,小可依和你已经在办离婚手续了!"

思宽就是不回应,杏秀气得使出了杀手锏:"护士还说,小可依还帮忙给耿大爷换了导尿管呢!思宽,是导尿管啊!难道你以为导尿管是插在嘴里的呀?"

思宽闻言一愣。

"知道害怕了?知道痛心了?这事搁在古代,小可依那就得自挖双目!说不定还得自断双手!思宽,这事不能就这么算了!"

"那你说我该怎么办?"

"我有一个好办法,你听我说。"林杏秀靠近思宽,说起了悄悄话。

可依靠在门上,却听不见了,可依不由一脸愤恨。

可依立刻找来师太散步聊天。

师太很聪慧:"你是说你家小姑姑不知背地里使了什么阴谋诡计,正打算对付你?"

"总之没安好心。"

"说真的,你看到什么不该看的东东了没?我是说老耿啊!"

可依尴尬地:"你以为我想啊!我也是一失足成千古恨啊!"

"事已至此,只有一个办法了!"

"什么办法?"

"就是死不承认!而且,你还得理直气壮地面对思宽,绝对不能让思宽感觉你心里有愧的,你一定要表现得好像你跟老耿是清白的!"

"我们本来就是清白的。"

"你有证据吗?"

"没有。"

"所以咯,任凭他林思宽跟林杏秀雨打风吹去,你钟可依一定要嘴硬到底!"

可依一脸为难。

而静雨的悲剧,也要来了。这天她坐在出租车里,她能看到后视镜,她有些

疑心："师傅，后面那辆车，是不是一直跟着咱们？"

司机："怎么回事儿？"

司机一脸狐疑地从后视镜里看着静雨，静雨不知如何解释。

实际上后面的车确实正跟踪着静雨坐的出租车，开车的人正是唐志龙。

静雨这天去了梅秋灵家里，静雨还是想揭发梅秋灵装病，也不完全是因为嫉妒他们复婚的缘故，还有个原因是静雨的强迫症，她想做的事情，如果做不到，她一定会崩溃。

梅秋灵家楼下，钟亦仁正推着轮椅上的梅秋灵晒太阳。梅秋灵一脸纠结，忽然她拉住了钟亦仁放在轮椅扶手上的手。

钟亦仁大喜："秋灵，你的手能动了！"

梅秋灵欲言又止："我——"

钟亦仁更加激动："太好了！你能说话了，秋灵，咱们马上去医院，我上次跟老王说你有了好转，他说来日方长，让我不要激动，我说我听不懂他是什么意思，他还早晚我能明白，我当时以为他说你没救了，现在看来，他是说你快要好了！"

梅秋灵尴尬地："我——不——去医院。"

"为什么？"

"不！不！不！"

"你别激动，那咱们就不去医院。"

这时候却有人到了，那正是梅秋灵最不想见到的人林静雨："怎么能不去医院呢？难道是怕医生检查出什么秘密？"

梅秋灵表情一僵。

"静雨你别瞎说，你总说秋灵是装的，她好端端的，为什么要装痴呆啊？"钟亦仁嗔怪。

"为了跟你复婚呀！现在她已经得偿所愿了，所以她已经该有好转了吧！她是不是已经能跟你说话了？她是不是已经偶尔能表达下自己的想法了？这根本就是循序渐进地表演好转起来的过程嘛！她装病骗着你复了婚，难道等她好了，你还能再去跟她离婚不成？亦仁，你们已经离婚很多年，早就没有感情了，你做了脑部手术以后，甚至不记得她是谁了！这样的婚姻维持下去，有意义吗？"

静雨激动地拉住钟亦仁的手，钟亦仁陷入沉思。

钟亦仁疑惑地："秋灵，咱们去医院检查一下吧，要不然我放不下心。"

梅秋灵想了想，静雨虎视眈眈地看着她，梅秋灵只好点了点头。

得偿所愿的静雨脸上浮现一丝微笑。静雨并不知道，唐志龙坐在远处的车里

第二十五章
坟墓里流着最悲伤的泪

盯着她跟钟亦仁手牵着手,眼神中充满恨意。

副驾驶位置上,放了一把崭新的匕首。他的恨意完全落实在了伤害当中,只有伤害,才能平复他心中的怒火。

还有一个人也要被伤害了,她以为她这么美这么年轻这么肆无忌惮,可是伤害其实无时无刻就在等着她。这一天林思宽家楼下,杏秀穿着热裤和闪亮的吊带T恤,打扮得花枝招展,正准备出去玩。忽然大风窜到她面前,杏秀一惊。

林杏秀左右看看:"你从哪出来的呀?你是土拨鼠啊?"

"杏秀,我要告诉你一件事情!我一定要告诉你,不然我死了也不安心。"

"我知道,你不就是想跟我说你爱我嘛,我一直就知道!大风,我也很喜欢你,可我从小看你拖着鼻涕满村跑,你小时候动不动就尿床,你还经常穿着一股子馊味的大棉裤上我们家蹭饭吃,我看着你就想起过去的一切,所以,兄弟,咱们俩还是做兄弟吧!"

"可我就喜欢拖着鼻涕满村跑的你啊!我一点也不喜欢你现在这样,你看看你,你能不能别穿着睡衣出门?你穿的那是裤子吗?那是一块搓澡布剪了两个洞吧!"

林杏秀无奈地:"所以呢,我不可能爱你,不是因为你穷,是因为你不懂我!"

"反正怎么说都是你有理!可我来不是跟你说我爱你的,我来是告诉你一件事,耿大哥,是五岳让我开车撞的!"

林杏秀大惊:"什么?那你来告诉我是什么意思?"

"我想去自首,可我又不敢,我想让你陪我去。"

林杏秀想了想:"不行!你绝对不能报警!而且这件事,你不能告诉任何人,记住了吗?你要是敢把这件事说出去,我这辈子都不会原谅你。"

"为什么?"

"因为我不想你被抓起来,我不想你这辈子顶着罪犯的帽子活下去。"

大风很感动,他想说什么的样子。

林杏秀赶忙制止:"别问我是不是爱你。我不爱。"

这时候杏秀的朋友模特任斯文开着车到了。这个女孩之前跟杏秀在拍摄中认识,她是个糊里糊涂的漂亮姑娘,抽烟喝酒泡吧什么都会,但是她仍旧自认好姑娘。而杏秀很喜欢她。

"斯文姐!我在这儿!"

任斯文打量着大风:"这是你朋友?今晚也一起去 Pub 玩吗?"

"他不喜欢 Pub,他只喜欢保卫萝卜,咱们走吧!"林杏秀蹦蹦跳跳地上车走了。

大风很沮丧。

夜店里,音乐声中,杏秀与任斯文跳舞跳得很开心,有个壮硕帅哥挤到杏秀面前,两人颇为来电,缠绵热舞。而任斯文与另一个男人贴面热舞着,挤在人群中不见了踪影。

过了一会儿,吧台处,杏秀正在接五岳的电话。不远处,那个跟她跳舞的帅哥在一杯酒中放了一颗药丸。

"喂,五大爷呀,嗯,我在哪儿?我在学英语呀。嗯,为什么这么吵?嗯,嗯,因为我在练英语听力呀,不大点声我听不见,不说了,改天再联系。"

杏秀挂断电话,旁边凑过来的正是跟她跳舞的帅哥:"跟谁打电话呢?你干爹呀?"

"你以为都跟你一样?"

"对呀。"帅哥直接简单得像个白痴,可是脸长得真好。

杏秀笑了,喝了帅哥递过来的酒。

停车场,林杏秀脚步蹒跚,跟那个夜店认识的帅哥搂搂抱抱地晃到了一辆车旁边,帅哥掏出钥匙打开车锁。

"你酒驾啊?"杏秀纳闷。

"谁说车只能用来开呀?"帅哥打开车后门,把杏秀推进了后座,杏秀晕乎乎地被他按在身下,根本没反应过来。

忽然帅哥被人拽了出去,救了杏秀的人正是勃然大怒的五岳。五岳急忙抱起杏秀,杏秀依旧眼神茫然。

五岳骂那个帅哥:"臭流氓!"

"你别血口喷人,她情我愿,各取所需,我怎么就成了臭流氓了?"

"你给她喝了什么?你是不是在她的酒里下了药?你今天做的事情,是我五岳最看不起的行为!男人泡妞凭本事,你却耍这些下三烂的手段,你对得起自己的良心吗?"

帅哥一时语塞:"高科技嘛!"

"贱人!"五岳怒气冲冲地抱着杏秀走了。

停车场五岳汽车内,杏秀瘫倒在副驾驶上,五岳坐在司机位置上,一脸怒气。五岳大骂她:"你个二货!你以为全天下男人都像哥哥我这么有节操啊?今天要不是我用'我的iPhone'查找到你的位置,等会儿你就完蛋啦!"

"谁让你不陪我玩出来的?最近找你几次都不理我!"

"宝贝,哥是艺术家,哥每天要工作的,哥最幸福的事,是画画,不是泡夜店,所以哥才被称为艺术家,所以才有那么多美院女学生对哥的敬仰,犹如滔滔江水连绵不绝,你的,明白?求你了宝贝,以后别到这种地方玩了,虽然哥以前也常

第二十五章
坟墓里流着最悲伤的泪

来,但是哥用过来人的身份劝你,这种地方,是给男人鬼混用的,不是给小女孩荒废青春的。"

"我不管,你要是不陪我,我就天天出来鬼混!"

杏秀撅着嘴赌气的样子很好看,五岳忍不住亲了她,他要进一步动作,掀起她的上衣。杏秀却挣扎起来:"你要干吗?"

"不干吗。"五岳却并没有停下手中的动作,杏秀紧张地想推开他,却无力阻止。忽然有人敲车窗,五岳一愣,原来是刚才与五岳发生争执的夜店帅哥。

帅哥笑眯眯的:"谁是贱人啊?"

五岳尴尬地:"我们这是情到深处难以控制。"

"谁信啊?贱人就是矫情!"

"不关你的事。"五岳发动汽车走了,杏秀惊魂未定:"五大爷,送我回家吧。"

"好。"五岳的脸色忽然变得很阴沉。

五岳没有送杏秀回家,而是载着她去了自己的工作室,五岳扶着晕乎乎的杏秀进了门,杏秀有点清醒,发现自己被带到了五岳的工作室。

"你不是说送我回家吗?怎么送到你工作室来了?"

"杏秀,我不想这样,但我也没想到,看见你到处鬼混,我竟然会这么生气。"

林杏秀害怕了:"我是不是叫破了喉咙也不会有人来救我?"

"杏秀,你别说笑话了,我很认真地跟你说,你对我很重要很重要,我觉得我对你的感情,值得你尊重。"

"你就是个骗子!说好了送我回家的!"杏秀转身要走,却被五岳抓住,杏秀很害怕,不停地挣扎,两人同时跌倒在地,杏秀被压在下面,她的后脑着地,摔晕了。

忽然有个人从阁楼上下来了,那正是五岳姐姐Lisa,Lisa大惊:"小岳,你在做什么?"

"姐,你怎么在这儿?"

"是你约我在工作室见面的!我等你好久,打你电话也没人接,我就上楼去睡了会儿,你这是怎么回事?你杀了她?"

五岳摸摸杏秀鼻子:"还喘气呢!"

"小岳,你这样下去这辈子就完了!泡妞泡成老公也就算了,泡成强奸犯你是来搞笑的吗?赶紧送她去医院!"

这时候杏秀醒了过来:"我要回家!"

五岳却抱起杏秀上了阁楼,五岳用手铐把杏秀绑在了床上,还用胶带封上了杏秀的嘴,旁边的Lisa目瞪口呆:"小岳,你是不是疯了?"

"只有这个办法才能管住她。"

"小岳,姐看着你活了三十多年,姐从来不知道你还有这种爱好。小岳,你别闹了,快把她放了吧,姐知道以前都是你甩别的女孩,林杏秀不把你当回事,这是你第一次被别人踩在脚底下,所以你心里不平衡,可你这是在犯罪,你会毁了自己的,你要是进了监狱,你怎么画画呀?"

"姐,你别说了,就这样吧,我实在受够了追着她看着她猜忌她,只有把她锁起来我才能专心画画。以后怎么办?让我再想想。"

"那你怎么跟她家里人交代?以后呢?等到瞒不下去的时候你打算怎么办?杀人灭口?"

五岳陷入沉思,杏秀大惊失色。

"姐,你给杏秀家人打个电话,就说你带杏秀去香港陪你买东西了。你对杏秀无所图,她会相信你的。"

"小岳,你杀了姐吧,你这根本是自毁前程!"

"我管不了那么多,是你跟别人签了合同,你要是不听我的,我就没办法画画,到时候交不了画,你来赔偿违约金。"

Lisa 犹豫地:"那——好吧。"

杏秀吓得失魂落魄、不知所措。

没人发现杏秀失踪了。林思宽家中客厅,可依的手机在茶几上震动,思宽路过,偷看一眼,来电是"老耿"。思宽脸色立刻变了,这时候可依跑出来接了一个电话,可依看看思宽,本不想接,想了想,还是接了。

"喂,老耿呀,什么事?嗯,嗯,太好了!恭喜你!好的,嗯,好的,那就这样,我有空就来看你。"

可依挂断电话,思宽盯着可依,两人面面相觑,都有些不自然。

"耿大哥来电话呀?"思宽假装不在意。

"嗯,他说他今天去医院复查,医生说他康复得很好,一点后遗症也没有。"

"嗯,那你——打算去看他?"

"还不就是客气话嘛!"

"你要是想去看他,我可以陪你。"

"你这么大方?"

"我知道你以为我对他有看法,但我其实不想跟他闹得很僵,他是你的朋友,我愿意跟他和睦相处。杏秀给我出主意,让我偷偷监视你们俩,可我不想那样,

第二十五章
坟墓里流着最悲伤的泪

我想光明正大地告诉他，我相信你。"思宽这次显得很成熟。

可依很高兴："好吧，那我们就一起去看看他。"

耿家泰家中客厅，思宽跟耿家泰坐在沙发上四目相视，颇有些尴尬。

"好了，看到你好起来我们就放心了，那我们回了，你好好休息。"可依主动告别。

"吃了饭再走？"耿家泰挽留。

"不麻烦你了。"

耿家泰依依不舍地看着可依，可依不好意思地低下头去，思宽突然有些生气，忍不住故意咳了一声。

"思宽，没想到你会来看望我。非常感谢。"耿家泰急忙跟思宽客套。

"不用客气，听说你撞到了肾？"

"不是，是脾。"

林思宽竟然有点失望："哦，原来是脾。"

"好了，赶紧走吧，我还有事。"可依催着思宽。

"好吧，那有空再来玩。"

可依推着思宽匆匆走了。

耿家泰家小区，可依跟思宽并排走过，可依正在发脾气："你说什么呢？你不是说你要跟他和睦相处吗？"

"我什么也没说呀！"

"好好的，你咒人家肾坏了？你什么意思？"

"肾坏了你很担心啊？"

可依怒了："林思宽，你真是无聊！"

"我是无聊，我又不会给别人换导尿管！"

"林思宽，你什么意思？"

"我好心好意陪你来看他，可你们俩眉来眼去，你什么意思？"

这时候可依电话响了，手机显示是"老妈"的微信。

可依急忙看微信："可依，赶紧拦住你大姑子，她要陪你爸送我去医院检查身体，千万拦住她！"

可依回复："好。"

"我现在有事急着回去，没空跟你废话！"可依匆匆走了，思宽只好跟上。

这一天林家客厅，静雨正要出门去医院陪着钟亦仁和梅秋灵检查身体，奶奶从厨房出来喊住她。

"静雨，杏秀昨晚是不是没回家？"

"嗯，五岳姐姐Lisa给我打了个电话，说是想让杏秀陪她去香港买东西，我正想细问，她说飞机马上起飞了，然后就关机了，奇怪，杏秀什么时候办了港澳通行证？她户口又不在这儿，哪那么容易办证？"从官方角度来说，林家人并不知道五岳那么讨人嫌，他们以为五岳只是个心思简单的艺术家，再加上思宽忙于闹离婚、静雨忙于应付梅秋灵，都无暇自顾，所以杏秀跟五岳的婚事在不被强烈反对的搁置状态下，而Lisa也没有在林家人面前表现出过多的高傲跟攻击性，所以Lisa应该说是个可以被信赖的对象。

"这孩子，也不知道给家里报个平安，你抽空给她打个电话。你现在去哪儿？"

"我陪亦仁，送可依妈妈去医院检查身体。"静雨解释。

"静雨，别掺和人家的事了，人家都一哭二闹三上吊了，人家都被你气成傻子了，你还不放手啊？"

"她根本就是装的，我就不信我找不到证据揭穿她！"静雨一开门，就看见可依、思宽站在门口。

"你是要去医院吗？"可依问道。

"你怎么知道我今天要去医院？难道是你妈妈告诉你的？她是亲口告诉你的吗？她说话说这么利索，她可恢复得真好呀。"

可依掩饰地："这些都不麻烦你操心，总之拜托你，以后别去我家了，我妈都被你害成傻子了，你还想怎么样？你要是还把思宽当成你弟弟，你就好好想想我的话吧。"

林奶奶急忙跑过来劝架："两位小祖宗，都别说了。"

"你要是不这么说我还想给你和你妈妈留点面子，她根本就是装的，你敢摸着良心发誓，你跟你妈，没有联合起来撒谎，没有骗亦仁跟她复婚吗？"静雨毫不退让，这件事情她怀疑很久，不去证实简直就要气死她了。

可依一时语塞："林思宽！你倒是说句话啊！"

"好了，别吵了。"思宽的台词很苍白。

"都别吵了，都是一家人，何必那么见外？"奶奶帮腔。

"你大姐确实没把自己当外人！我妈跟我爸已经复婚了，你姐现在根本就是想进我们钟家当小老婆嘛！那样咱们可就真是一家人了！"

静雨愣住了。

"可依，赶紧跟大姐道歉！"思宽很生气。

第二十五章
坟墓里流着最悲伤的泪

"凭什么我道歉?我没错!我一点也没错!"可依转身要走,思宽急得抓住她的手腕。

"不道歉不许走!"

可依气得打思宽,思宽紧紧抓住可依的手不放,奶奶急忙上来劝架,可依一用力,却不小心把奶奶推倒在地。

"奶奶!"静雨扶起奶奶,奶奶却已经昏了过去。可依跟思宽都愣住了。

病房里,昏迷的奶奶躺在病床上挂着点滴,身上接着监护器等。静雨、思宽、可依紧张地围在旁边,医生正在跟她说话:"林奶奶,林奶奶,能听见我说话吗?"

林奶奶微微睁眼:"嗯。"

林奶奶低声说着什么,医生俯身去听。

"她说什么?"静雨问道。

"她说可依,别走。可依是谁,是她孙女?"

可依却皱皱眉头。

"医生,我奶奶怎么样?"静雨很着急。

"脑出血量15毫升,应该说不算很严重的中风,不知道为什么还是醒不过来。可能是病人年纪大了,再等等!对了,因为年龄太大了,以后她恢复起来会很艰难,你们要做好心理准备。"

思宽跟静雨都很担忧,可依却一脸怀疑地看着奶奶,思宽把可依的表情看在眼里。

医院楼下花园,可依跟思宽产生了激烈的争执,思宽质问:"你刚才那是什么表情?"

"没什么表情,我觉得奶奶根本就没事,医生都说了,根本就不严重,不知道她为什么醒不过来,我看她就是装的,她就是怕我带着嘻嘻离家出走,才演了这出苦肉计!你别忘了,前阵子就是她装病才把我骗回来的,可你看看她每天忙忙叨叨的,像是有病的样吗?"

"钟可依,我奶奶都病成那样了,你还能说出这种话?你的心到底是什么做的?我听杏秀说,耿家泰病危的时候,你在教堂祷告了一整天,就为了一个外人,你就那么要死要活!可现在我奶奶被你气得中风,你居然还好意思说这些风凉话?"

可依大怒:"我气得她中风?是我气得中风?要不是你打我,我会不小心推倒奶奶吗?"

"我打你?你真是睁着眼睛说瞎话!到底是谁打谁啊?"

"好了你别说了，没什么好说的，离婚！"

"我看你想离婚不是一天两天了，连耿家泰父母都知道你跟我要离婚了，我还是从杏秀那里听到，才知道原来我和你已经在办离婚手续了！我看就算我留你，也是留得住人，留不住心，好吧，那就如你所愿吧！"

可依这才一愣，她瞪着思宽，不知该说什么，怎么就走到了这一步呢？她不明白。她只是图嘴上痛快而已，他怎么就不懂呢？可依最后还是转身离开了，思宽看她远去，虽然伤心，但并没有去追她。他不知道她在赌气，他以为那都是真心话。

这种一团乱麻中，没有人发现杏秀已经生死攸关。五岳工作室阁楼上，杏秀嘴上缠着胶带，胶带有些松了，她被绑在床上，已经疲惫得睡着了，忽然有动静，她不由惊醒，来人却是Lisa。

林杏秀嘟嘟囔囔地："放我走！救救我！"

Lisa很为难："杏秀，虽然咱们俩一向不和，但我也不至于想要了你的小命，只不过我也没想到，小岳竟然这么重口味！我从小看他长大，确实发现过他解剖青蛙，当时他就把青蛙像现在这样绑起来，但我实在不知道，他居然真的有解剖人的打算！"

林杏秀口齿不清地："你们这是犯罪！杀人是要偿命的！"

"搞艺术的都有点不正常，梵高把自己耳朵都给割了，给你留个全尸，小岳算是对你不错了！"

Lisa靠近了杏秀。

杏秀更加惊恐："你要干吗？"杏秀大惊失色，连声惊叫，结果Lisa只是撕去了杏秀脸上的胶带。

"你要干吗？你们俩不会是姐弟连环杀人狂吧？"

"我是怕你的脸被胶带粘坏了，帮你透透气。"

"Lisa姐，你是全天下最好的姐姐，求求你放了我吧。"

"不是我不想放你，万一小岳等会儿回来发现你被我放走了，他肯定罢工，他罢工我就得给客户赔偿违约金，钱还是小事，我要是不顺着小岳的心意，万一他发起疯来从此放弃画画，这世界就少了一个毕加索，那我不是成了千古罪人？"

"他到底想怎么样啊？"

"我猜不透，他同意之前我也不能放你走，但我可以保护你。"

林杏秀看看手铐："你就这么保护我？"

"他要是想欺负你，可以从很多个角度欺负你，我不想小岳以后头上多一顶

第二十五章
坟墓里流着最悲伤的泪

强奸犯的帽子。所以你放心,从今天起我就住在这个阁楼上,全天候监视你们俩。"

"你以为他现在把我绑起来,就不是犯罪吗?"

"我就是想跟你商量这件事,我知道事情已经闹到了这个地步,你无论如何也不会原谅他,现在你无非有两个选择。第一,我说服小岳放你走,我还可以保证你目前的安全,但是你回家后绝对不能告诉任何人这几天发生的事。"

"那另一个选择呢?"

"另一个选择就是,如果你坚持报警,那我就不能跟你客气了,因为,只有死人才能保守秘密。"

Lisa 眼露凶光,杏秀大惊:"你爸妈到底是干吗的,怎么生了你和五岳这对神经病啊?我上辈子是作了什么孽啊!好吧,那我就答应你,你放我走,我绝不告诉任何人。"

Lisa 却上来试图脱去杏秀的衣服,杏秀震惊:"你干吗?"

"空口无凭,拍你几张裸照作抵押,免得你反悔。"

林杏秀无奈地:"你回头直走走到底,看到角落的画了吗?你把上面的布揭下去,好好看看画里是什么。"

Lisa 奇怪地走过去一看,原来那竟是杏秀的人体肖像半成品,那是曾经静雨被敲诈的时候,杏秀为了筹钱,给五岳做了人体模特,看到画,Lisa 不由一惊。

"这种模特我都敢做,你还怕你拍裸照啊?"

"可怜我一片苦心担心你,原来你们俩早就暗度陈仓了!"

"陈仓?是什么东西?没吃过。"

Lisa 无奈地:"小岳居然看上你,他是不是眼瞎了?我是说你们俩早就滚过床单了。"

"那倒没有。那天画完画他晕倒了,哎,年纪大了就是虚啊。"

Lisa 很奇怪:"那你和小岳到底是什么关系?"

林杏秀突然很激动:"我怎么知道我们是什么关系?他又不是第一次把我绑起来!上次他赌咒发誓这辈子都不会犯神经病这样对我,他说他一定会对我好!我这个傻叉,我居然信了!我怎么命这么苦啊!人家跟大爷谈恋爱都谈得容光焕发,我怎么就遇到一个神经病啊!"

Lisa 吓得急忙用胶带封住了杏秀的嘴:"别吵!再吵我就只好杀人灭口了。"

杏秀只好闭嘴,她很害怕。

Lisa 劝慰:"我答应你,一定想办法劝劝小岳,但你得给我时间。"

杏秀委屈地点点头,Lisa 看上去也很为难。

杏秀生死未卜，而静雨也是危机四伏。医院病房走廊，钟亦仁推着轮椅上的梅秋灵从走廊走过，忽然梅秋灵一愣，她看见一个男人正趴在一间病房门外向里面偷窥，那人正是唐志龙。梅秋灵有点奇怪，她已经几次三番遇到唐志龙。

钟亦仁注意到梅秋灵神色有变："秋灵，你认识他？"

梅秋灵装作听不懂："啊？"

钟亦仁正想再问，唐志龙看到钟亦仁等人，匆忙走了，钟亦仁不由得有些奇怪。钟亦仁和梅秋灵要去的病房正是唐志龙偷窥的那间，他推着梅秋灵进了门。原来唐志龙偷窥的是奶奶住的病房。因为静雨正在里面！

病房内，奶奶陷入昏迷，静雨、思宽正在旁边照顾奶奶，这时候钟亦仁和梅秋灵到了。

"爸，妈，你们怎么来了？"思宽迎接他们。

"我跟秋灵来医院复查，听静雨说奶奶也住在这儿，我们就过来看看，奶奶怎么样？"

林静雨红了眼圈："跟她说话，她好像懂，又好像不懂，医生说只能等她自己醒过来。"

"别着急，你不是说出血量只有15毫升吗？不算严重。思宽，可依呢？"

"可依——回家看孩子去了。"

"哦，那我去看看她。"钟亦仁担心可依跟外孙女。

"爸，你开车了吗？帮忙把静雨送回去吧，她没休息好，最近神经衰弱很严重，一直睡不着，刚才差点昏倒了。"思宽拜托钟亦仁。

"思宽，你回去休息吧。你明天还要上班。"静雨则心疼弟弟。

"我没事，爸，就拜托你了。"

"好吧。思宽，我送静雨回去，然后我去帮可依照顾嘻嘻，让可依来替你一会儿。"

林思宽表情有点尴尬："不用了，让可依歇着吧。"他不想让老丈人知道自己跟可依闹得那么僵。

"那怎么行？你一个人太辛苦了。"

"真不用了。可依最近很累，让她休息吧。"

钟亦仁有点奇怪。他带着静雨跟梅秋灵走了，医院停车场，钟亦仁推着轮椅上的梅秋灵，和静雨并排走到了车旁边。

"复查结果怎么样？"静雨问道。

第二十五章
坟墓里流着最悲伤的泪

"老王说，秋灵没什么事，虽然现在不能说话，反应也有点慢，但是多呼吸呼吸新鲜空气，很快就好了。"

"我就知道没事。"静雨随口说道。

梅秋灵不由一脸怒气。

忽然钟亦仁想起了什么："对了，老王还开了药，我忘记去拿了，你们在车里等我一会儿。"

钟亦仁走了，汽车内气氛很尴尬，静雨和梅秋灵并排坐在后座，梅秋灵有点不乐意，可是静雨很不舒服，她靠在车窗上睡着了。

忽然梅秋灵看见唐志龙出现车窗旁边，手中还拿着一把匕首，他打量着静雨和梅秋灵，梅秋灵大惊，大喊起来："救命啊！"

静雨惊醒，只见梅秋灵抓狂地叫起来："有人在那儿！他还拿着刀！"

静雨定睛一看，车窗那里并没有人。梅秋灵还在大喊着："救命！救命啊！快报警！报警啊！你愣着干吗呢？"

这时候有人打开了车门，梅秋灵吓得一把拽过静雨，躲在角落："他有刀！他有刀！"

静雨也很紧张。可是打开车门的人，却是钟亦仁："你们怎么了？"

"刚才有个人拿着刀在窗户那儿瞪着我们俩。"梅秋灵很慌张。

"我没看见有人啊！"钟亦仁一时没反应过来。

静雨下了车，钟亦仁和静雨左右看看，确定没人。梅秋灵也急忙下车看，确实没人。

"你是不是看错了？不对！秋灵，你会说话了！"钟亦仁纳闷。

梅秋灵一愣："嗯，可能，可能是受了惊吓。"

"太好了！咱们赶紧上去告诉老王。你也能走了？"

梅秋灵立刻装出腿软的样子："哎哟，哎哟，站不住，腿软。"

钟亦仁急忙扶住梅秋灵："还用轮椅吗？"

"嗯，不用也行，多锻炼，好得快！"

"咱们上去再让老王检查检查。"

钟亦仁锁上车门，欣喜地扶着梅秋灵走了。静雨打量着梅秋灵，不由一脸怒意，也跟了过去。走廊里，钟亦仁扶着梅秋灵走过，梅秋灵装出弱柳扶风样。

"虚啊？"钟亦仁担心。

梅秋灵轻抚额头："嗯，头晕、脚软。"

"靠在我身上，慢点走。"

梅秋灵顺势靠在钟亦仁身上，两人脉脉含情。静雨看不下去，不由心生一计："小心，那人又来了！"

梅秋灵突然警觉，手脚麻利地拽住钟亦仁往墙边一闪。可是走廊中只有他们三个人。钟亦仁怀疑地看着梅秋灵，梅秋灵发现静雨得意地看着她。

"您这病是时好时坏呀！"静雨可不是好惹的。

梅秋灵想继续装下去，钟亦仁却满眼怀疑："秋灵，这到底是怎么回事？"

"能是怎么回事儿？我早就看出来了，她根本就是装的，她早就好了，她根本就是为了跟你复婚，才装病装到现在的！"

"秋灵，你说话啊，你得给我个解释。"

"不能怪我！"

"那能怪谁？骗子！"静雨不依不饶。之前她被装病的梅秋灵整得很惨，一直憋着大招揭穿梅秋灵。

"要怪只能怪——医生！是老王告诉我，你还没康复，不能让你太激动。"梅秋灵瞎掰。

"谁要是信你谁就是傻子。"静雨继续进攻。

这时候钟亦仁发现旁边不知何时站了一个中年护士看热闹，于是钟亦仁跟护士打听。

"小任，你一直负责照顾秋灵，你在这个部门工作很多年了，咱们也认识有些年头了，你来告诉我，到底是怎么回事？"

"我什么都不知道！你去问小夏，我听她说，前阵子有一天她发现秋灵姐醒了，就急着想去告诉王医生，结果被秋灵姐卡住脖子捂住嘴，差点被掐死，别的我什么都不知道。"

"知道这些就够了！谢谢你了，这下真相终于大白了！"

钟亦仁很生气："你太胡闹了，你都五十多岁了，当外婆的人了，应该能分孰轻孰重，可是你却这样玩弄别人的感情，这样拿别人的真心实意当儿戏，就算对得起我，你对得起你自己吗？你想想你自己曾经是多么骄傲的人，可是现在呢，你成了一个骗子！一个为了自己的私欲欺骗所有人感情的骗子！"

"我没欺骗所有人感情，我就——欺骗了你的感情。"梅秋灵很心虚。

钟亦仁长叹一声，转身走了。静雨想跟上去，钟亦仁停住脚步："我想一个人静静。"

"好吧。"

钟亦仁走了，剩下梅秋灵跟林静雨面面相觑。

第二十五章

坟墓里流着最悲伤的泪

"你怎么知道我是装的？我觉得我演技挺好的。"梅秋灵很不爽。

"其实我没有证据，只不过刚才你在停车场闹得太厉害了，我觉得你戏太过了，大白天的，能有什么危险？我不知道你出于什么目的才演了那一出，但我觉得你肯定是装的。"

"我真不是装的，真的有个男人趴在车窗那儿，手里还拿了一把刀，而且我不是第一次看到他，我住院的时候就看到他往我病房里偷窥，我还在我家楼下看到过他，刚才我还看见他趴在思宽奶奶病房的窗口偷窥，说起来，每次你都在场！天啊，他不会是在跟踪你吧？"

林静雨一愣："他长什么样？"

"很高、很壮、粗眉、深目、方脸型，总是皱着眉头，表情很阴郁。"

林静雨大惊："是唐志龙！"

杏秀也像静雨一样处于危险中。五岳工作室阁楼上，杏秀被绑在床上，嘴上贴着胶带，Lisa 正躺在杏秀旁边看杂志，五岳在旁边溜达来溜达去。

"姐，你怎么这么悠闲？你平时不都很忙吗？今天怎么总在我这儿晃啊？"

Lisa 头也不抬："我想你了呗。"

"想我？那你倒是看看我呀，你一直看杂志算什么？"

Lisa："你永远活在我心里。行了，你快去干活儿吧，你不是急着交画吗？你在这晃荡什么？"

"姐，能让我跟杏秀单独待会儿吗？"

"有什么话就在这儿说吧，姐又不是外人。"

"姐，我把她绑起来，又不是为了让你们俩一起睡！"

"哎哟，我这老腰啊，疼，起不来。"

五岳被 Lisa 气得哭笑不得，忽然楼下一阵响动："有人吗？有人吗？"

杏秀闻声很激动，Lisa 急忙按住她。五岳随手拿了一个小型雕塑藏在背后。

Lisa 奇怪："你干吗？"

"以防万一，如果他发现端倪，我就把他砸晕。"五岳匆匆下楼去了。

来人正是大风。五岳背着手，藏着身后的小雕塑："你怎么进来的？"

"跳墙进来的。你们那个院墙别说防人了，七个矮人都防不住。"

"你这是犯罪你知道吗？"

"我又不是第一次犯罪，人我都撞过了，我还怕跳墙啊？"

"你找我有事？"

"杏秀呢?她两天没回家了。耿大哥那没有,日本卡那没有——"

"日本卡?是Rebecca吧?"五岳对大风的英文十分无奈。

"对,就是那个什么绿贝壳!她那儿也没有,杏秀不在你这儿,还能去哪儿?"大风十分焦急。

"你怎么对她的行踪一清二楚?"

"天下无难事,只怕有心人。锄禾日当午,汗滴禾下土。"

五岳无奈地:"你涉猎还挺广泛。你走吧,杏秀不在我这儿。"

忽然楼上传来一声响动,似乎是女孩的声音。

"楼上有女人?"大风问道。

"我楼上有女人奇怪吗?"

大风却义愤填膺地想要上楼去,五岳挡住他。

"你对得起杏秀吗?你不是说你只爱杏秀一个人吗?"大风骂五岳。

"你怎么操那么多心呢?"

"你对不起杏秀,就是对不起我。让开!"

"你说让就让,你把我当成什么?"

大风瞪着五岳,五岳很紧张,他握住身后的小雕塑,准备要砸过去。

这一天,民政局婚姻登记大厅,很多人正在排队登记,可依在门口等着人。这时候思宽到了。

"我以为你不敢来。"可依赌气。

"不是敢不敢,我是不想耽误你。"

"少来这套,甭跟我说什么跟我离婚是为了给我幸福,恶心!"

忽然办公桌内的工作人员发现两人争吵。工作人员是个中年女性:"吵什么吵?离婚还是结婚?结婚排左边,离婚排右边。不知道结婚还是离婚的,麻烦到走廊里吵架去,做人要有公德,别影响他人结婚,也别影响他人离婚!马上下班了,我们这儿赶时间呢!"

可依瞪着思宽,思宽看上去很疲惫,没有道歉的意思。

"快排队呀。"可依激将法。

"你排我就排。"

墙上的时钟已经指向了五点五十,离婚队伍前面还有三对。可依转转眼珠,打着鬼主意,她心想,反正快下班了,肯定办不到我们这里,吓唬吓唬他!可依看清楚状况,赌气地按照工作人员所指的方向排进了离婚的队伍里。

第二十五章
坟墓里流着最悲伤的泪

"排就排，谁怕谁啊？"可依排队了。

很快，墙上的时钟差一分钟就到六点，可依跟思宽前面还有一对正在办理离婚手续的夫妇，可依他们身后排了三对。可依小声嘀咕："效率怎么这么高？"

"你说什么？"

可依赌气地："我说，我好担心，万一人家下班了，明天还得来。"

"来就来呗。"

可依更气："来来来，谁怕谁！实话告诉你，我连离婚协议都拟好了！"

林思宽情绪低落："你想怎样便怎样！"

这时候前面的夫妇办完手续走了，工作人员看了一眼可依跟思宽，又看看墙上的时钟，已经过了六点。可依也看了看时钟，她表情终于放轻松。思宽亦是。

可依假装惋惜："哎哟，你们下班了。明天还得来，真麻烦。"

"是呀，到点了，不过为人民服务嘛，我们不怕辛苦，后面的同志，你们明天再来吧，对不起了！"

可依跟思宽的表情都放轻松了，他们正要走，工作人员却喊住了他们。

工作人员指着可依思宽："你们两个留下，今天我就加班给你们把手续办了！户口本、身份证、结婚证、离婚协议，拿出来吧。"

可依目瞪口呆，可是碍于面子，她还是把所有文件递给了工作人员。思宽看着她，表情很难过。

这时候在五岳工作室，五岳跟大风对峙着，眼看着五岳就要把手中的雕塑砸向大风，这时候Lisa从阁楼下来了。

"吵什么呢？这个小男孩，我是不是见过？"

"大风，这我姐Lisa，快叫人。"五岳介绍。

"你可真变态！你姐在你楼上，你非得说你楼上有别的女人！你是不是想要气死我啊？"大风快被五岳气死了。

"姐，别生气，大风害羞、不懂事，你别介意。大风，快叫姐。"五岳解释。

"你的人嘛，又不是外人，姐跟他生什么气？"Lisa有意帮五岳隐瞒。

林大风不情愿地："李姐，你好。"

"不是李姐，是Lisa姐，L-I-S-A,Lisa！"

"李傻？李姐，你这名字可真有创意！你爸妈真有才！既然杏秀不在这儿，那我就走了，有她消息麻烦立刻告诉我。拜拜！"

大风走了，Lisa急忙抢过五岳手中的雕塑："你这是要害多少人呢？"

"我不会杀人的,我就是想把他也绑起来。"

"你?就你这两条小胳膊,你绑他?你给他绑鞋带还差不多。"

五岳尴尬地:杏秀呢?

阁楼上,五岳看到杏秀晕了:"她怎么了?"

"她不停挣扎,我怕被发现,所以——我把她打晕了。"

"那她怎么还不醒呢?"

"是不是我下手太重了?说实话,我心里是很不喜欢她的,也许是无意识地太用力了?"

五岳吓得抱起杏秀,他摸到杏秀的后脑勺,发现自己的手沾了很多血。五岳和Lisa大惊失色。没有人知道结局会怎样。

师太家中客厅,师太开门,可依站在门外,一脸泪水:"我离婚了。"

"快进来!怎么回事?你不是赌咒发誓爱死思宽了吗?怎么还是离婚了呢?你俩不会是为了假离婚买房子吧?这么赶时髦呀?"

"我就是跟他赌气啊,我看已经六点了,我以为民政局的人就要下班了,我就故意吓唬思宽,一直站在那儿排队,谁知道确实到下班时间了,丫却加班给我把离婚手续办了!"

"那你傻啊?你不会说你不办了?"

"思宽就在旁边看着呢,我怎么能灭了自己威风呢?"

"那现在怎么办?就真的离了?"

"我也不知道怎么办,我好后悔!"

"那就去告诉思宽你后悔呀!"

"我从来没跟思宽服过软,从来都是他跟我低头,我从来没跟他低过头。"

"那——那——那我也不知道怎么办啊!"可依抱住师太,大哭起来。

可依找了师太,思宽去找了奶奶,医院林奶奶病房,奶奶仍旧在昏迷中。思宽守着奶奶。

"奶奶,我离婚了,我想留住她,可是我想如果离婚了,她会过得更好。奶奶,你能听见吗?奶奶,你睁开眼睛看看我呀!奶奶——"思宽抱住奶奶,哭了,"为什么我这么后悔啊?"

奶奶紧闭着眼,也流下泪。

坟墓里流着最悲伤的泪,有件事不要到死才明白,那就是,世上最美好的东西,不在你的眼睛里,而是在你的心里。

第二十六章

灵魂之畔

知道人们为什么离婚吗？人们离婚是因为他们结婚了。被骗复婚后的钟亦仁很生梅秋灵的气，钟亦仁家小区门口，钟亦仁从地库开车出来，梅秋灵忽然挡在车前面："亦仁，对不起。"

"算了，别说了，我生病的时候你照顾我，我非常感激你，你生病的时候我照顾你，也是我应该做的，可是你为了复婚，竟然装病骗我这么长时间——"

"不就是骗骗吗？那么见外干吗？被小小地骗一下又不会少块肉。"

"你知道吗？我以为你病得很严重，我非常非常担心，从你昏迷以后我没有睡过一个踏实觉，我到处帮你看医生、问偏方，我还到各种寺庙去帮你祈福，我甚至偷偷许下心愿，我愿意减我自己的寿换回你的健康，结果却是这样！哎，算了，过去的就过去了，就这样吧。明天下午你有空吗？有空的话，我两点钟在民政局门口等你办理离婚手续。希望你能去。"

"你等着吧，你等出八百条鱼尾纹我也不会去的！"

钟亦仁叹了口气，决绝地开车走了。梅秋灵很难过。她知道这次很难挽回了。怒气不是为了争个高低，只是因为人们憎恨自己，可为什么会憎恨自己呢？因为她觉得她别无选择，因为她只能爱你，因为她以为她的灵魂旁边，不能没有你。

露天餐厅里，有一桩故事要了结。静雨等在位置上，她看上去很忧愁，钟亦仁走过来坐下，两人有些尴尬。

"来很久了？"

"我也刚到。你约我见面有事？"

"静雨，我想当面跟你道歉，出了这么多事，我真是觉得不好意思，闹得跟孩子似的。"

"我也不好，只不过是为了跟可依妈妈赌一口气而已，却闹到大家这么不痛快，也许我早就应该放下了。"

"其实——"

钟亦仁发现静雨心不在焉，东张西望。

"你在找什么人吗？"

林静雨眼神闪烁："没有。你刚才跟我说什么？"

"我想说，其实我已经彻底放下过去了。"

"你的意思是——？"

"静雨，因为咱们俩的偶然相遇，因为命运的机缘巧合，因为你跟可依的关系，因为我生病性格大变，因为秋灵装病骗我复婚，过去的一切都太离奇了，让我一直疲于应付。但是自从我跟秋灵复婚以后，我才明白，在很多年前，我和她决定离婚的那一刻，我跟她的缘分就已经断了。我不想她受伤，我看不得她生病，我放不下她的安危，都只是因为我觉得我有照顾她的责任，而不是因为我还想跟她继续生活下去。静雨，可依已经长大了，她有她的幸福，每个孩子都会最终离开父母，而我可以放下这里的一切，跟你离开。"

"如果你早点跟我说这些，我会是世界上最幸福的人。我等这一天等了那么久，我本来应该兴奋地大声告诉你我有多开心，但是现在——"

但是现在，她知道，唐志龙又要毁了她的生活，为了保护亦仁，她必须离开他。

"怎么了？"

"我不能说！亦仁，我不想我和你的一切就这样带着遗憾结束了，但每个人有每个人都命，我的命不好，我不能拖累你。可依妈妈对你那么好，你就让她照顾你吧。"

静雨起身走了，这让钟亦仁很纳闷。

因为担心被跟踪自己的未婚夫报复，静雨决定离开钟亦仁。他们的关系本来有点起色，钟亦仁不知道为什么此时静雨放弃了。他决定尊重她的意见，只是两个人都为了分别而各自痛苦。

而可依跟思宽也同样痛苦。这一天，医院中，奶奶昏迷中，思宽守在旁边，可依进来了。

林思宽惊喜地："可依，你来了？"

"我来看看奶奶，怎么还不醒？"

第二十六章
灵魂之畔

就在这时,奶奶睁开了眼睛。思宽大喜,冲出去找医生。

"天呢!怎么回事?怎么你一来奶奶就醒了?我去找医生。"

可依小声咕哝:"你骗我的呗!我就说吧,奶奶根本就没事。"可依靠近奶奶,奶奶迷迷糊糊地抓住可依的手:"可依,奶奶梦到你和思宽离婚了,不会是真的吧?"

可依一愣:"嗯——"

奶奶捂着胸口就要昏过去,吓得可依赶紧改口:"不会,怎么会呢?"

林奶奶立刻恢复了:"那就好,如果是真的,奶奶只好去死了。可依,思宽是奶奶的命,你和嘻嘻是思宽的命,你走了,思宽的命就没了,奶奶的命就也没了。"

"我好像不是他的命,他没了我,一样好好的。"

"可依,你这么说,你是什么意思?"

可依掩饰地:"没什么,奶奶,您醒了,我就放心了,我看您思维还挺清楚的,看来这次中风没给您留下什么后遗症。"

"那就好,要是我不能动了,那我这个老累赘,不是害苦了静雨跟思宽?哟,我这左手是怎么回事?"

奶奶的左半个身子不会动了,可依呆住了,她哭了。

静雨跟思宽都忙于各自的问题,他们居然一直没发现杏秀失踪。这时候被禁锢的杏秀情况很危险,幸好五岳姐姐Lisa心怀愧疚,一直试图保护杏秀的安全。不过之前为了不让杏秀发出声音,Lisa失手打晕了杏秀,这时候杏秀正昏迷中,她躺在床上,不时发出呻吟,似乎有些意识。

五岳很焦急。Lisa同样很焦急:"赶紧送她去医院啊!"

"送她去医院,她就跑了。"五岳还是舍不得杏秀。

"我的小岳啊,你是真疯假疯啊?人命关天——"

忽然五岳从抽屉抽出一把裁纸刀。

Lisa大惊:"你干吗?你要割自己耳朵?还是割她吧!不不不,不行,谁的耳朵都是耳朵,谁的耳朵也不能割!"

五岳却在自己手臂上用力地划了一刀,他很煽情:"她疼,我也要陪着她疼!"

Lisa吓得急忙跟他夺刀,一时间情况很危急,Lisa一边夺刀一边抱怨:"哎哟喂,咱爸妈是作了什么孽啊?咱爸妈不就是美国唐人街刷盘子出身吗?怎么就生出个贾宝玉啊?"

一时间鲜血飞溅,姐弟俩闹得不可开交。

这时候五岳工作室小院中,大风翻墙进来,他听到了楼上传来Lisa的尖叫声。

"小岳！小岳！你别激动！媳妇会有的！杏秀跑了还有苹果，还有菠萝，可是咱们艺术家的手只有一双！小岳！小岳！你怎么了？"

大风不由很纳闷，他随手抄起一个大花盆，砸开房门，冲进房中上了楼，他看见杏秀躺在床上，而五岳躺在地上，Lisa紧张地抱着五岳，满地都是血，地上扔着一把裁纸刀。

林大风急忙抱起杏秀："杏秀，杏秀。"

杏秀微微睁开眼睛，看清楚来人："大风，带我回家。"

大风抱着杏秀就要出去，临走前大风咒骂Lisa："姓李的傻！你们姐俩就等着坐牢吧！幸好我上次从这儿回去以后越想越不对，我才赶回来，要不然你们俩就把杏秀害死了！"

Lisa绝望地："求你！这只是意外！你就原谅小岳吧，他最近一直创作瓶颈，又被杏秀刺激到感情，所以才万念俱灰。你懂杏秀的吧？她有各种本事瞎折腾。"

"我管你什么瓶颈瓶盖的！杀人偿命，伤人坐牢，你们俩就等着吧。"

"小岳已经知道错了，你看，他为了赎罪，已经割腕啦！"

这时五岳似乎要醒过来，Lisa急忙按住他的头，不让他起来："你看看，他小命马上就不保了，你忍心送他坐牢吗？他还年轻，他以后会是中国的毕加索！"

"我管你是中国门锁还是外国门锁呢！我现在送杏秀去医院，报警还是不报警，我全都听她的。"大风抱着杏秀走了。

这时五岳醒了过来："我怎么了？"

Lisa一脸怒气："你刚才一激动割伤了自己，又一激动就昏了过去，你以为你拍韩剧呢？"

"杏秀呢？"

"被那个大风救走了。"

五岳激动地："你怎么能让杏秀走呢？"

"我再不让她走，你就跟她化蝶双双飞了！你现在赶紧跟我去医院处理伤口，那个大风闹着要报警，搞不好会儿警察就来抓你了！你没看过监狱宣传图吗？入狱前阳光灿烂，入狱后愁云惨淡！唉，到时候你可怎么办？真是气死我了！这个林杏秀，真是个冤孽！"

Lisa生气地扶着晕乎乎的五岳出去了。

大风很快把杏秀送到了医院，她渐渐清醒，做了CT，头上缠着纱布。大风很着急，护士拿着杏秀的CT片文件袋进来了。

第二十六章
灵魂之畔

"医生看过病人的脑部CT片了，他说只是皮外伤，病人可以回家了。"

"谢谢您。"

医院走廊，大风扶着杏秀走过，杏秀情绪很低落。

"真的不报警？"大风纳闷。

"嗯，我答应了Lisa，如果她保护我，我就不报警。最主要的是，我怕思宽静雨骂我，我是在夜店被五岳抓走的。"

"杏秀，那种地方，以后不要再去了。"

"大风，我错了，我真的错了。"杏秀呜呜地哭起来，这个作天作地的姑娘终于害怕了，大风心疼地紧紧抱住她。

杏秀出了这么大事，思宽跟静雨却差点把她给忘了，他们为了奶奶的病情焦虑，而静雨还要担心那个变态唐志龙的袭击，后者则确实要出手了。

林思宽家小区，林爷爷急匆匆出去，有人不小心撞了他一下，从他兜里偷走了钥匙，爷爷并没有发现。那人急匆匆离开了，爷爷生气，却也无奈。那个人正是静雨前未婚夫唐志龙。

林静雨家门口，唐志龙拿着一串钥匙，挨个试着开门，竟然把门打开了。家中无人，唐志龙进门后，四处巡视。唐志龙找到了静雨卧室，打开静雨的衣橱门，审视着她的衣服，忽然发现里面挂着一件兔女郎的衣服，唐志龙皱起了眉头。

过了一会儿，客厅里，唐志龙用钥匙模印了钥匙形状，然后把钥匙放在了入口处的地板上。他随手关上门离开了。他这次什么都没有做，只是复制了钥匙，他要慢慢折磨静雨。

稍晚一些时候，思宽回家，正撞上爷爷拎着很多菜，在门口不停地找钥匙。

"爷爷，怎么了？"

"刚才出去买个菜，一会儿工夫，钥匙就不见了。"

思宽用自己携带的林家备用钥匙开了门，两人进门，看见入口地板上的钥匙。

林爷爷懊恼："这个脑子，不能要了。你回来干吗？你不是在医院陪你奶奶吗？"

"大姐在医院陪奶奶，我回来拿钱，我卡里的钱都用光了，平常大姐身上不带卡，她让我回来拿银行卡。"

"住院时不是交了押金吗？这才多长时间？都用完了？"

"爷爷，你别着急，奶奶已经醒了，不过，她的左半身不能动了。我回来拿钱去康复中心交钱，她得尽快做复健，还得用几种非常贵的进口药，才有可能恢复。"其实思宽收入还是可以的，他一年能赚二十几万，可是他的各种花销总是很突然，让他应接不暇。

"左半身不能动了？"爷爷听到奶奶半身不遂不由大为惊讶，结果爷爷一激动，昏了过去，思宽大惊。

医院林奶奶病房，爷爷躺在一张床上，奶奶坐在轮椅上。

林奶奶叹息："这下好了，咱们俩合起来只有两只手两条腿可以用了。齐家，我听大夫说，我坏了左半身，我还能说话，还明白点儿事，可你坏了右半身，连话都不能说了，记性也不行了，以后可怎么办啊？"

爷爷长叹了一声。他中风了，语言功能受损、口齿不清："死了算了。活着也是拖累。"

静雨跟思宽面面相觑，他们也很苦恼。

"爷爷，别瞎说，现在医学很发达，只要好好锻炼，还是有康复的可能的。"静雨劝慰。

林爷爷更苦恼了："白花钱。"

林奶奶也很难过："喘气就是钱，不想喘了，俩人加起来快二百岁了，再活就二百五了，还浪费钱干吗？"

"爷爷，奶奶，你们别这么想，你们把我养大，教育我成才，难道我这么点担当也没有吗？你们知道，我很会攒钱的，而且我也很赚钱，我不像思宽，哦，思宽，你别多心，你还年轻，还有成长空间。"

林思宽尴尬地："爷爷奶奶，我一定会努力的，求你们好好的，求你们给我机会，让我有一天可以凭自己的能力照顾你们。"

奶奶用右手握住爷爷的左手。两位老人很苦恼。

林爷爷忽然说了起来："思宽，思宽，你爸，你爸——"

"爷爷你说什么？"静雨奇怪。

林爷爷口齿不清地："你爸昨天给我打电话，说明天回老家看你。"

静雨、奶奶、思宽三人不由面面相觑。

林奶奶难过地："你爸都没了快二十年了，完了，你爷爷傻了。"

医院病房外走廊，静雨跟思宽从病房出来，沿着走廊走过。

"思宽，你不要为爷爷奶奶的医药费担心，我能把你和杏秀养大，就能为爷爷奶奶养老，这阵子我一直为了自己的问题浑浑噩噩，现在爷爷奶奶生了病，我一定会振作起来，我一定要打败所有困难，从明天起我就开始找新的工作，我决定不回日本了，我要留下来照顾你们。你和可依也不要再吵吵闹闹了，快去把可依和嘻嘻接回来，你只要负责把你的小家庭照顾好，爷爷奶奶杏秀的事情就不用

第二十六章
灵魂之畔

你发愁了。"

"姐,对不起。"

"怎么了?"

"我离婚了。不要告诉爷爷奶奶。"

林静雨大怒:"你怎么回事啊?嘻嘻没妈了!你自己十几岁就没了妈,你怎么忍心让嘻嘻也没有妈?"

"嘻嘻太小,可依不肯给我,暂时由可依抚养。但我想,等她稍微大一点,等可依有了新的孩子,我马上把嘻嘻接回来。我不会再结婚了,这辈子只要可依能得到她想要的幸福,只要我的女儿健康快乐地长大,我就知足了。"

"我真恨不得给你一巴掌!你——你——你气死我了!你是傻啊,还是傻啊,还是傻啊?你到底怎么回事?"

"我知道都是我不对,也许我们俩结婚对可依来说就是一场噩梦。虽然失去可依对我来说就像死了一次一样,但我不想看可依痛苦,所以我愿意放她走。而且,她自己也是愿意离婚的,她已经告诉耿家泰的父母,她一直在办理离婚手续,这不还是你告诉我的吗?"

"我告诉你是因为我怕你被骗啊!你为什么不去争取?你现在是没钱,可是你这么努力,你也有责任感,你一定能给可依她想要的一切。"

"可等我能给她的时候,她已经老了。"

"可依不是那样的女人,如果她那么需要物质的保障,她当初就不会选择你。"

"人生总是说着容易做着难,以前我也以为我和可依能扛过这一切,但是现实很残忍。"

"怎么说都是你有理!反正我不同意你这么草率,你不去求她,我去!"

"大姐,求你不要再干涉我们了。我跟可依经过了这么多风波,我已经认命了,不是一个世界的人,即使偶然相遇了,也只是擦肩而过而已。"

"你不是说过,你永远爱她吗?"

"我是永远爱她啊!爱她不是就要让她快乐吗?经过这么多次的争执和风波,我已经明白了,她不离开我们家,她就不会快乐。"

"你在怪我吗?"

"不,我怎么会怪你?我只怪我自己,还需要太多时间,才能有足够能力保护你们。"

思宽很难过,静雨也很无奈。他们两个都是有手有脚有能力,可是接连不断的支出让他们无力进行资产的储备,也就无法让自己有更好的生活。

女仆女王小女人

静雨决定为了弟弟做出牺牲。梅秋灵家中客厅，有人在楼下按门铃，可依在门禁视频里看见来人是静雨，有些惊讶。

"可依，我知道你不想见到我，但我是真心实意来跟你道歉的。你能给我个机会吗？"

可依想了想，开了门，很快，静雨坐在了可依家中沙发上。可依情绪很低落。

"可依，求你原谅思宽吧，你应该知道的，思宽什么都好，就是太幼稚。"

"我原谅他什么？他有什么错？他知道他错在哪儿吗？"

"他从脑袋顶错到了脚底板，总之全都错。求你跟他复婚吧。"

"他自己为什么不来求我？"

"可依，人生短短几十年，最美好的就是青春那一瞬间，一转眼就没有了。你跟思宽能在一起这么多年，是前世修来的缘分——"

"你不是觉得我配不上你们家林思宽吗？怎么现在虚情假意跑来装好人？"

"那是我误会了，我本来觉得你是个娇气的大小姐，无法好好照顾思宽，可我自己前几天遇到了一个人，一个我永远不想见到的人，一个毁了我前半生的人，我终于明白一段上天赐福的姻缘是多么值得珍惜，比如你跟思宽。可依，求你珍惜这一切吧，你们以前多好呀，你们以后会永远好下去，我保证再不掺和在你们的感情中，包括你的父亲，我绝不会再与他纠缠不清。"

可依态度有些软化："难道我自己低三下四地抱着嘻嘻回你们林家吗？你跑来求我算什么？"

这时梅秋灵从可依卧室中出来了："可依，嘻嘻睡着了，小点声。"她忽然看到静雨，立刻怒了。

"林静雨！你来干吗？钟亦仁早就不在我们家住了，你别上我们家碍眼来！实话告诉你，我绝对不会跟钟亦仁离婚的！就算我和他这辈子老死不相往来，我也不能让你们这对狗男女如了愿！相信我，我会让你们俩一辈子非法的！"

"什么狗男女？你说话怎么这么没素质？要不是你骗他复婚，我们会不合法吗？"

"胜者王侯败者贼，多说无益，可依，赶紧把她撵出去！和平相处？你以为你拍电视剧大结局呢？没戏！"

梅秋灵不由分说把静雨推了出去。

"亏你还是知识分子！亏你还是新时代女性！你怎么能动手呢？"

"知识分子最难缠！你要是没听说过今天就让你开开眼！实在不行我就打服你，枪杆子里面出政权，我跟你早就撕破脸啦，我还讲究什么斯文啊？"

"什么什么呀？我跟你什么什么了？你太过分了，我好心好意来求和，你却

第二十六章
灵魂之畔

这样暴力！我不会就这么算了——"

话音未落，静雨已经被赶了出去。可依有些于心不忍。

"你还心软了？你怎么胳膊肘往外拐？"

"那倒没有，妈，小三也是爹生妈养的，咱们是文明人，没必要动不动就上演全武行吧？"

"你不懂，小三都是打服的！"

"也许她早就放弃我爸了？"

"她跟你说的？你信吗？这都来来回回拉锯多长时间了？她真的退缩过吗？我告诉你，这就是缓兵之计，你想想以前她的表现，你想想你爸动手术之前，她不顾他的安危跑去跟他表白，害得你爸手术后把咱们娘俩都忘了，却只记得她！最毒妇人心！特别是四十岁还嫁不出去的女博士的心！总之，她说什么你都不能信！"

"每一次反复，可能都有她的原因。"

"你什么意思？你同情她？"

"我哪敢。"

"算你有良心，我去超市买点东西，你在家好好看着嘻嘻。"

梅秋灵出去了。

这时候，梅秋灵家楼下，林静雨恍惚地在梅秋灵家小区走过，这时她手机响了，她看见来电显示是"林大风"。

"大风！你怎么一直不接我电话？你这几天见过杏秀吗？嗯，她在你旁边？你让她听电话。嗯，嗯，林杏秀，我听五岳姐姐说你陪她去香港买东西了？你怎么不知道给家里打个电话？要不是今天Lisa打电话告诉我，我还不知道你回来了！你怎么不回家，反而跑去找大风？要不是Lisa告诉我你跟大风在一起，我还不知道去哪儿找你！喂喂喂！你怎么挂我电话？"

不远处，梅秋灵走了过来，她有些走神，打电话的静雨也没看见她。梅秋灵靠近静雨的时候才发现她，她认出静雨，马上一脸嫌弃，正要闪开，忽然她听到了静雨电话的内容。

林静雨又拨通电话："林大风！你给我听好！你马上带着林杏秀来见我，嗯，嗯，我现在在可依娘家楼下呢，嗯，嗯，我就不信我打不服她！反了她呢！嗯，嗯什么？你现在来不了？那你什么时候能带她过来？嗯，嗯，嗯，好的，早晚我要给她点颜色看看！不给她上大刑，她就不知道什么叫美丽人生！"

听见对话的梅秋灵不由得一愣。静雨并未看见梅秋灵，她气冲冲地走了。梅秋灵立刻打通了可依电话。

"可依，你大姐要找那个什么叫林大风的打我呢！嗯，嗯怎么不可能？她说她不信打不服我！还说要给我上大刑！让我知道知道什么叫美丽人生！嗯，嗯不行，不能听你的，我得报警！嗯，嗯嗯，嗯，好吧，那我去买个随身用的防狼喷雾，要不然实在不安心。"

梅秋灵挂断电话，一脸忧虑。她听得只言片语，却因为心虚，误会静雨要打自己。

这一天另一桩变故却又要让所有一切更混乱。思宽上司办公室门外，思宽敲门，夏天坐在思宽上司文律师办公桌对面。

"文律师，你找我有事？夏天，你来了？"

"思宽，从今天起，夏天正式跳槽到我们律所来了。"

林思宽惊讶地："夏天，你不是以前那家律所的合伙人吗？你怎么也跳槽？"

"人生有不同阶段，每个阶段有不同的目标，现在我有了新的目标，自然可以放下过去的一切。"

文律师继续介绍情况："思宽，夏天来了以后会正式接手之前她帮咱们运作的案子，你以后继续跟进夏天负责的项目，由你来协助她迅速熟悉律所的相关业务。你们两个是老同事，彼此了解，我记得以前你不就是她的助理吗？思宽，以后你就在夏天负责的部门工作，相信你们一定能合作愉快。"

思宽有些狐疑，还是点点头。

后来天色晚了，思宽正在加班，夏天从他的工位处走过。思宽意识到她过来，起身与她打招呼。

夏天笑眯眯地："这么晚还不回家？"

"明天要跟客户开会，想准备得更充分一点。"

"今晚你送我回家吧，我没开车。"

"嗯，我还没忙完。"

"那我等你，正好我也有些工作。这么晚了，我要是一个人回去，说不定遇到坏人。麻烦你还是送我一下吧。"

林思宽无奈地："那——好吧。"

夏天笑意盈盈地走开了，她回到自己的办公室，把宝马车钥匙塞进了背包深处。她明明开车了却还要搭顺风车，因为她是故意的。

这天晚上，思宽开着车，夏天坐在副驾。

"不好意思让你坐我这小车，比不上你的宝马宽敞。"

第二十六章
灵魂之畔

"车小好,环保,还显得人多,热闹。"

"那不是热闹,那是挤。"

"恢复单身的感觉怎么样?"

林思宽一愣:"你怎么知道我离婚了?"

"文律师告诉我的。"

林思宽懊恼地:"早知道他这么爱传八卦,我就不告诉他!"

"文律师是双子座,不说八卦会死的!实话说吧,我就是为了你才来这家律所工作的!"

林思宽一惊:"夏天,我没有你以为的那么好。"

"你的好你自己不知道,我已经跟你说过很多次了,你是那么温暖的一个人,每当看见你微笑着站在那里,眉目分明,眼神清澈,我就突然发现,人生原来可以这么美好。"

红灯处,思宽把车停住,他想了想:"我已经下定决心一个人过一辈子,不会再有什么美好了。"

"我知道你一直都跟可依有很多矛盾,但我认识你的时候,你们已经决定结婚了,而且你们也确实结婚了,作为女律师,我不能知法犯法,总算老天开眼,我现在可以合法介入了。思宽,我现在正式通知你,我喜欢你,我请求你给我一个机会,给你自己一个机会。人生有很多种可能,也许一转身,就是更幸福的未来。"

"夏天,首先,我是下定决心这辈子再不转身了,再说,我刚离婚还没几天,真的不该听这些。"

"我很着急吗?可能有一点,但是人生先下手为强,后下手遭殃,我尚且如此,别提万年男小三耿家泰了。我虽然没见过他,却帮你打听过他,我知道他可不是善类,尤其在男女关系上,你可不是他的对手。"

此时正是路口,思宽听到耿家泰的名字不由很紧张,他正要起步,手动挡汽车熄火了,他紧张地想要重新打火,手却一直抖,汽车起步了,却一顿一顿的,停在了路边。

"怎么了?帕金森了?"

"其实我永远放不下。"思宽很难过。

梅秋灵家中客厅,让思宽忧虑的耿家泰做好了一桌子菜,正端着最后一盘从厨房走出来,梅秋灵眉开眼笑地坐在餐桌处。而可依情绪低落地坐在一旁。

"梅阿姨,我的手艺不精,让您见笑了。"

"就这还不精？你让可依做顿饭试试，你就知道什么叫不精了，那何止是不精，简直就是神经！可依，你快跟小耿多学学，你看看小耿这孩子，可真是出得厅堂，下得厨房！"

"哦。"

"哎哟，闺女哎，你今天不跟我反唇相讥，还让我挺难受的。"

"没心情。"可依一直情绪低落。

梅秋灵岔开话题："对了，小耿，我想跟你打听个人，叫林大风。是林思宽家的亲戚吧"。

"我不是告诉过你嘛，这个人是杏秀小时候的朋友，是你想多了。"

"我可没想多，小耿呀，林大风这个人品性怎么样？他是不是那种会做坏事的人？"

"他不是坏人，但是也许，可能，他受了别人的蛊惑，会做一些不该做的事。"

"这不就对了嘛！我那天听到林静雨跟这个林大风打电话，说是让他到我们家来打服我！"

"这——应该不太可能。大风一贯尊老爱幼，肯定是您误会了。"

"不可能！实话跟你说，我已经买了防狼喷雾，他要是敢来我们家找麻烦，我绝不轻饶他！对了，我先报警，让警察埋伏在我家等着抓他，到时候让他吐出林静雨这个幕后黑手，我就不信法院不给他们俩判刑？他们这叫什么？这叫严重威胁他人人身安全！自从我听到他们说要来我家闹事，我就没睡过一个安稳觉！杀人要诛心！他们可真是手段毒辣！"

"您别着急！这样吧，我去跟大风谈谈，他一直很尊重我，就算他有这个打算跑到您家里来闹事，我也有把握说服他放弃。您先放下心来，好不好？"

梅秋灵一脸怀疑地点点头。

梅秋灵其实自作多情，林家乱成一锅粥，哪有人有时间揍她。这天林静雨卧室，杏秀头上缠着纱布躺在床上，静雨端了一碗汤进来："快起来喝点猪脑汤，吃啥补啥。你说说你是不是少了块脑子，好端端地走在路上也能把自己摔成这样！快跟我说说到底怎么回事。"

"能怎么回事？不就是有个小朋友过马路不看路，我想学雷锋做好事拉住他，结果没拉住，害得自己失去平衡摔倒了嘛。"

静雨一脸怀疑："你跟五岳姐姐Lisa在香港都买了什么？给我看看你的港澳通行证。"

第二十六章
灵魂之畔

"什么证？我落在Lisa那里啦！"

"那你们都买了什么？"

杏秀眼神闪烁，急忙岔开话题："我什么都没买，我哪有钱买啊？我不想用五岳他们家的钱，你看我多有志气。对了，大姐，你跟钟大爷最近发展怎么样？我啥时候才能抱上新鲜出炉的大外孙呀？天响这个大外孙我都看腻了。"

"别瞎说，我们已经不可能了。"

"为什么？你害怕梅大婶？思宽已经离婚了，除了梅大婶，还有谁能碍着你？女人，要对自己好一点，静雨，我支持你去追求自己的幸福，反正思宽跟小可依，就算没有你和钟大爷这档子事，他们也好不到哪去，就小可依那条沾满了七步断肠散的毒舌，就思宽那股爱你就要放你走的二傻子劲头，他们俩怎么可能不离婚？所以，你也就别自责了，快点跟钟大爷生孩子去吧！"

"我之所以离开亦仁，最重要的原因是，我觉得唐志龙回来了，而且他一直在跟踪我。"

林杏秀大惊："就是那个曾经虐待过你的变态未婚夫？你看到他了？"

"没有，他没有直接出现在我面前，但可依妈妈说，在她装昏迷的时候，她看到了一个男人数次跟踪我，她描述了那人的长相，我一听，分明就是唐志龙。"

"那怎么办？报警？"

"我不知道该怎么办，我不知道该告他什么？骚扰？威胁？我连人都没见到呢，我打算搬出去住，我不想给你们惹来麻烦。"

"那可不行。"

"别说了，听话。等我搬出去，你要好好照顾爷爷奶奶，我只是搬出去住，还会常常回来，你不用太担心。"杏秀很担忧，却也不知如何是好。

夜深人静，林家所有人都入睡了，有人开门进来了，那人正是唐志龙。他之前偷偷复制了钥匙，就是为了暗中观察静雨，他还没想好如何报复她。他轻轻推开静雨卧室房门，静雨跟杏秀已经进入了梦乡。他手中有把刀，眼看着他就要一刀刺过去，最后一刻他还是停住了。他想了想，转身走了。

这时候他心中只有一个念头，她背叛了自己，不能这么便宜了她。他决定要报复林静雨、钟亦仁，还有林天响，他知道这两个男人对林静雨的重要性，失去了他们，她会彻底崩溃。

梅秋灵家中客厅，还不知道唐志龙存在的钟亦仁从卧室出来，他来哄外孙女，而可依正在沙发上发呆："可依，我把嘻嘻哄睡了。"

"哦。"

"可依，你对嘻嘻怎么这么冷淡？从我进门到现在，我哄着嘻嘻玩了两个小时，你连看都没看她一眼，这样下去，嘻嘻缺少母爱，性格会有问题的。"

"没兴致。"

"可依，就算养条小狗你还得负责，何况生个孩子？我知道你跟思宽闹成这样，对你的刺激很大，但是也不能就这么万念俱灰、自暴自弃啊！"

"你别管我的事了，我已经不小了，我知道轻重。我都不管你跟我妈的事情，你也别管离婚不离婚了，你教训我，也不过是五十步笑百步。"

"咱们俩的情况是不一样的。我跟你妈，破镜难圆——"

"你跟林静雨也不会有可能了，她跟我说了，有个人出现了，所以她只好离开你了。"

钟亦仁惊讶地："原来是这样！怪不得她不接我电话。"

"要不然咱们俩一起诅咒她和林思宽单身一辈子？"

钟亦仁黯然地："我做不到，等你到了我的年纪，你就会明白，生命那么短，只要她开心，就够了。"

可惜不是每个人都懂得在爱情中付出，五岳家中客厅，精神状态很不好的五岳手中挥舞着一把水果刀，正试图割腕，Lisa紧紧抱着他。

五岳夸张地："我不活了！我活着还有什么意思？就让我一个人，孤单地来，孤单地去，不带走云彩，也不带走白菜。姐，你放开我，我画不出画，我失去了杏秀，我没办法面对那些画商，也没办法面对评论家的狗屁评论，我活着还能干吗？"

他因为拖稿崩溃，却把罪责怪到杏秀头上。

Lisa大为紧张："早知道这样就算死，我也不会放林杏秀走的！"

"现在说这些又有什么用？风萧萧兮易水寒，杏秀一去兮不复返！哎，你不要管我，就让我被相思活生生的折磨死吧！"

五岳一边说话一边挥着刀子满屋乱跑，Lisa无奈地被五岳拖着满屋乱窜。

"小岳！姐这就帮你去把杏秀找回来，求你了，别闹了。"

五岳安静了："说话算话，不然是小狗。"

Lisa无奈地："好吧。"

这一天在林思宽家楼下，大风正等着，杏秀鬼鬼祟祟地跑了出来，扑向了大风怀中。大风一脸受宠若惊。

"你是没看清楚，不小心撞进我怀里来的吗？"

第二十六章
灵魂之畔

"大风,我好害怕,自从你把我救出来,我一直睡不着。我一闭上眼睛,就看见五岳把我绑起来,吊在树上打。只有在你怀里,我才能感觉到安全。"

"好好好,我的怀就是你的怀,来来来,随便来。"

大风表情很享受。忽然他的头被人打了一下。来人正是林思宽。下班回来的思宽愤怒地拽过杏秀。

"你们俩干吗呢?早恋?我看是找打!林大风,我告诉你,你以后不许靠近杏秀,杏秀要不是小时候整天跟你混在一起,不肯好好学习,现在说不定考上北大了呢!"

林思宽心中杏秀还是个未成年的小孩,实际上杏秀懂的远比他以为的多。

"思宽哥,你这说的也太夸张了,杏秀就是整天跟爱因斯坦混在一起,她也就顶多考上蓝翔技工学校吧!"

"闭嘴!谁要跟那个什么死毯活毯舒坦的在一起?哥,哥,你别骂他,只有他才是真心对我好,要不是他救我,我根本就逃不出五岳的魔掌!"杏秀自知语失,不由一愣。

"你从哪里逃出来?你给我说清楚!"思宽怒了。

杏秀不得不告诉了思宽这一切:"就是这样!如果不是大风救了我,我已经被五岳害死了。"

"我早就跟你说五岳不是个好人!我马上报警。"思宽一直看不上五岳,可是因为杏秀的有意隐瞒,思宽并不知道杏秀跟五岳已经有了那么多接触。

"不行!我不想让大姐知道,也不想让爷爷奶奶知道。求你了!思宽,毕竟我没出什么大事,这件事就这么算了吧,我不想让爷爷奶奶和静雨担心,也不想让别人笑话。"

"哎!杏秀,是我对不起你,要不是奶奶中风昏迷不醒,可依又跟我闹离婚,然后爷爷又中风,这一件事接着一件事,我绝不会任由你失踪好几天也不过问,我当时只以为你跟着五岳姐姐Lisa去了香港,我觉得有点不对劲,但是当时的情况太混乱,所以我才一时疏忽,差点酿成大错。大风,谢谢你,如果不是你一直坚持不懈地寻找杏秀,杏秀肯定会受更大的伤害。我现在才知道,原来你才是最关心杏秀的人。如果你们两个真的决定在一起,我会帮你们说服爷爷奶奶。"

林大风激动地:"我从来没想过会有今天,谢谢你,思宽哥,哦,不是,谢谢你,大侄子!"

思宽闻听这个称号,不由很尴尬:"别急,别急,还早呢。"

杏秀看着大风,竟然有了一丝羞涩。大风揽住她的肩膀,而她轻轻依偎着他。

远处，来找杏秀的Lisa看到了大风搂住杏秀的一幕，她很气愤，立刻回家劝慰："小岳啊，你别想着林杏秀了，你在家要死要活害相思病，她却已经跟那个林大风好上了，女人嘛，对你来说不就跟割韭菜似的吗？一茬又一茬，永远都十八，十八的姑娘才最水嫩，林杏秀十九了？已经是老女人了，算了吧，别难过了。"

"既然如此，别怪我辣手摧花。"

Lisa大惊："小岳啊，别闹了，我知道你这辈子没被女人甩过，所以你才这么恨林杏秀，但是强扭的瓜不甜，天下何处无芳草，柳暗花明又一村，还有什么古诗来着？"

"我不是恨杏秀，我恨的是林大风！"

五岳一脸怒火，Lisa很担心。

这天耿家泰正在办公，忽然五岳闯进来，耿家泰的女助理拦也拦不住。

"耿总，实在拦不住。"

"没事，你出去吧。五老师，你来有什么急事？"

"我要爆料，只能告诉你。"

"是艺术品拍卖的黑幕吗？这个有卖点，我可以介绍你给我同事做一期专题报道。"

"不是，你怎么这么没追求？我的猛料关于你的生命安全！你知道吗？上次你出车祸，是人为的，而故意撞你的人，正是林大风。"

"你怎么知道他是故意的？"

五岳眼神闪烁："他自己告诉我的，他恨你抢走了杏秀，所以一时没忍住恨意撞了你，他撞了你以后很害怕，所以就跑来找我帮他想想解决办法。"

"大风哪来的车？"

"这——我也不知道。总之我来是提醒你，为了杏秀的安全，还是报警吧，林大风这人可不能小瞧，你没看过那种因爱生恨的血腥社会新闻吗？大风这种男屌丝，不一向都是这种社会新闻男主角吗？说不定哪天你就发现杏秀成了社会新闻女主角，到时候你后悔都来不及！"

耿家泰一愣，想起了梅秋灵的话："我那天听到林静雨跟这个林大风打电话，说是让他到我们家来打服我！"

耿家泰不由很忧虑。他很担心大风学坏，耿家泰是个非常善良的人，他希望每一个人都不要堕落，都要好好地活着，找到自己喜欢的方向，他也希望能够这样帮助大风。

耿家泰担心大风真的伤害梅秋灵，于是提醒梅秋灵注意，刚好耿家泰有一张

第二十六章
灵魂之畔

大风的照片，是之前他的一个同事准备采访90后农民工时候拍摄的，梅秋灵看到了大风的样子。

耿家泰不希望梅秋灵受伤害，尤其是大风的伤害，他不想大风因此而触犯法律。

耿家泰孜孜不倦挖墙脚，林思宽却并没有动摇。林思宽办公室，思宽正在办公室忙碌，夏天过来打招呼。

"还在忙啊？今天晚上我也加班了，等会儿能麻烦你送我回去吗？"

思宽看了看办公桌上可依跟嘻嘻的合照："不好意思，我车坏了。"

"那你打车送我回吧，太晚了，我一个人回去有危险。"

"嗯，我没带钱包，我坐公交车回去。"

"那我送你回去，我车没坏。"

"你之前不是让我送你回去吗？你怎么又有车开了呢？"

"思宽，我不想跟你兜圈子了，今天咱们就把话说清楚。"

"我以为我早就把话说清楚了。"

夏天很伤感；"这事真的没商量了吗？你们已经离婚了，你这么执着，又为了什么呢？"

"夏天，我在不懂什么是爱的时候，因为命运的安排爱上了可依，所以这一生都要遵守我的承诺，可依是老天给我安排的宿命，再爱其他人，我的生命是没有意义的。"

"我不懂。"

"不懂没关系，夏天，经过了这些事，我想通了，这世上百分之七八十的婚姻，不过是一个人遇到了一个人而已，他们没有遇到更好的人，于是就这么过到了死，他们的婚姻里有另一个人可以，换个人也行。但是我不是，可依是我灵魂旁边的那个人，老天眷顾，我有幸体会到了浓烈的情感，所以我也绝不能辜负这份情。"

夏天动情地说："好复杂，但是我好羡慕你，能懂得你说的这一切。"

静雨卧室日，静雨正在收拾行李，她准备搬出去一个人住，杏秀假装帮忙，她每次只从衣柜里拿一件衣服，拿给床边收拾东西的静雨，然后又跑回去，再拿一件小小的T恤到静雨那里。

"累死了，累死了。"杏秀抱怨着。

"嗯，是呀，多累呀，你要是一次拿两件你会累得直接升天的。"

这时候思宽到了门口："你们这是要去哪儿？"

"我打算搬出去住。"静雨解释。

"为什么?"

"因为唐——"杏秀脱口而出。

静雨拽了杏秀一下,杏秀急忙闭嘴。

"因为我不想这么大年龄还跟家人住在一起,我找到了新工作,很忙,不想受到别人干扰,也不想影响你们休息。我会常回来的,天响不会跟我搬出去,我打算送他去住校,他已经大了,应该学着照顾自己。你们两个也一样,我不可能照顾你们一辈子。"

"可是大姐,你一个人住在外边,我很担心。"

"没事,别瞎操心了,我一个人在日本住了那么多年呢。对了思宽,你来找我有事吗?"

"是这样的,嘻嘻马上要过一周岁生日了,我想麻烦你跟杏秀帮我想想,如何筹备一个形式新颖的生日聚会,我想把可依和她妈妈都请过来,咱们两家人的结,也应该努力解一下了。"思宽求援。

"你就是想找机会跟小可依和好吧?真搞不懂,你就不能实话实说吗?你放不下她,你就告诉她,整天搞这些没用的干吗?"

林思宽不好意思:"我就是想在庆祝生日的时候突然跪下来,重新跟她求婚。她离开的这段时间,我仔细想过了,一想到从此陪在她身边的人是耿家泰而不是我,我就心如刀割。我不能因为耿家泰能给她更好的物质生活而退出,也许可依跟我生的气都是一时之气,她不过是为了生活的不易而发发牢骚,并不是真的对我们的关系产生了怀疑。就算她真的想要放下过去,至少我也应该当面问清楚。"

林静雨无奈地:"你们俩就是花了十八块钱离婚又复婚建设祖国是吧?"

林思宽尴尬地:"我为祖国我光荣。"

静雨跟杏秀立刻投入到准备工作中,林思宽家小区,休息处的长椅旁,杏秀正在跟大风指挥工作,她打算准备一个生日的惊喜。

"听明白了吗?到时候我一关灯,房间全都暗了,我给你打电话,你马上就扮作哈利·波特来送蛋糕,你按门铃,我就让小可依去开门,你要学着哈利波特那样念着咒语在门口送上蛋糕。对了,你不能直接拿着蛋糕出来,你要拿着手杖站在门口,念完咒语再把蛋糕变出来。你说那么小的小孩能看懂吗?应该能看懂吧?"

"那我应该念什么咒语?"

"唔妈妈咪哄吧,咪唔嘛唔咪哄,大概齐吧。反正你给我好好表演,只有这个送蛋糕的环节是由我负责的,你可不能把这事搞砸了!"

大风一脸茫然。

第二十六章

灵魂之畔

一转眼就到了嘻嘻的生日。林思宽家客厅,思宽开门,门外正是抱着嘻嘻的可依跟梅秋灵。

"妈,可依,你们能来,我太高兴了。"

梅秋灵表情不悦:"你要不是嘻嘻的亲爸,我才懒得来你们家,我可不想被你姐欺负。她看着受气的包子一样,其实呢,她这个包子可是十八个褶子不简单!"

这时候静雨从厨房出来了:"梅阿姨,千错万错都是我的错,求您不要怪思宽,我知道上次咱们见面是我太冲动,我跟您道歉,我保证不管这次您说我什么,我都绝不顶嘴。"

"别叫我阿姨,我可担不起。"

"梅大妈,你是不是也觉得自己是大妈?我就跟静雨说吧,不要叫你阿姨,不要叫你阿姨,叫阿姨显得太不庄重。你都这么大岁数了,不叫大妈体现不出我们对你的尊重嘛!"杏秀说了一大坨。

梅秋灵脸色一变,杏秀意识到语失,急忙闭嘴。

"到点了,到点了,该吃蛋糕了。"杏秀跑过去关了灯,屋子里顿时一片黑暗。杏秀悄悄打了大风的电话,门铃立刻响起。可依回身正要开门,可她抱着嘻嘻不方便,梅秋灵示意她退后,自己去开了门。

门一打开,门外站着穿着哈利波特黑色大衣戴着头罩的大风,他一手背在身后,一手拿着手杖指着梅秋灵。

"唔妈咪妈咪哄吧,咪唔嘛唔咪哄,嗯,嗯,嘛咪吗咪吗轰!"

黑灯瞎火的,穿着黑衣的大风看上去很吓人,梅秋灵一愣,她仔细辨认大风,忽然想起了耿家泰手机中的照片。

梅秋灵还想起了林静雨的话:"林大风!你给我听好!你马上带着林杏秀来见我,嗯,嗯,我现在在可依娘家楼下呢,嗯,嗯,我就不信我打不服她!"

忆起旧事的梅秋灵忽然大惊。她随手掏出背包中的防狼喷雾,对着大风一阵猛喷。大风被袭击,顿时失去平衡,他跌倒时不小心重重地扑倒了梅秋灵。梅秋灵后脑着地,所有人大惊。

夜深了,医院走廊中,梅秋灵恍惚地感到自己躺在轮床上被推过去。你相信灵魂吗?你信不信你的灵魂旁边有一个伴,是老天给你安排好的?恍惚中,她看到了旁边推着她的人,正是钟亦仁。看到钟亦仁,梅秋灵很欣慰,彻底昏了过去。

别想那么多了,有人说过,灵魂那是神明的事,你所能做的,都是小事情。比如,热爱时间,思念母亲,静悄悄地做人,像早晨一样清白。

第二十七章

爱你爱到杀死你

病房里,梅秋灵头上缠着纱布,一脸怒气。静雨、杏秀、思宽刚要进门,就惹得梅秋灵大怒:"出去!出去!出去!"

梅秋灵气得站起来,却双脚发软,跌倒在地。旁边的钟亦仁急忙扶起梅秋灵,可依示意静雨他们离开:"你们先走吧,有什么事回头再说。"

静雨他们只好无奈地离开了。

"亦仁,还好你及时赶来了,要不然我就被林静雨他们害死了。"梅秋灵借机会哭诉。

"妈,你这不是胡说吗?分明就是你自己误会了大风——"

"哎哟喂,你这胳膊肘怎么往外拐啊!亦仁,你看看,孩子养大了真是白养,真是有了老公忘了爹娘!"

"秋灵,别哭了,你到底怎么样了?我刚才问过医生,他说你只是轻微脑震荡,你怎么这么大反应,你不会又是装病吧?"

"天地良心,我这回是真病,我只要站起来就脚软,我还耳鸣,头疼,真不是装的!"

梅秋灵说着就要摔倒的样子,她看着很虚弱,钟亦仁也只好信了她。他将梅秋灵抱起,放在床上,梅秋灵依偎着他,看上去有一丝幸福。

被撵出来的静雨、杏秀、思宽三人坐在思宽汽车里:"等会儿你们俩先回去吧,我得去我新租的房子那里,房东刚才给我电话,让我今天过去签合同。"静雨就要搬出去了。

林思宽叹口气:"也不知道我妈好点没。"

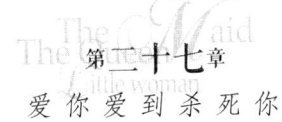

第二十七章
爱你爱到杀死你

"她分明就是故伎重演,你真以为她摔坏了?她就是演给亦仁看呢!算了,要是他们俩好好地过完下半辈子,那我也安心了。你再等等,等可依妈妈消了气,你再去跟可依她们道歉吧,不然现在去道歉,无异于往枪口上撞。"静雨安慰思宽。

思宽只好点点头。

"就在这儿停下吧,我租的房子离咱家不远,你们俩先回去,等会儿我自己走回去。"

下了车的静雨并不知道,有个人开着车跟在她后面,那正是她命中的冤孽唐志龙。唐志龙表情很阴郁。

五岳跟他一样阴郁。这世上有某种人格是共通的,那就是嫉妒别人拥有的一切,即使自己拥有全世界,别人只拥有一粒沙。

林思宽家楼下,天响、杏秀、大风三人正在嘻嘻哈哈丢沙包。不远处五岳坐在车里,表情阴冷地看着杏秀与大风说笑。天响笨手笨脚、东躲西藏、上蹿下跳,却仍然不停被沙包丢到。三人玩累了,走到旁边休息,大风像小丫鬟一样给杏秀扇着风,杏秀女王样派头。五岳一直偷窥着,他看上去很生气。

人有时候有种自己祸害自己的毛病,这毛病就像年轻人说的浪漫一样,这毛病的力量非常强大,挡也挡不住。挡住了,就没意思了。

故事继续发展着,医院梅秋灵病房,梅秋灵正在闭目养神,可依在旁边发呆,思宽进来了。梅秋灵看了一眼,不由一脸不乐意。

"你又来干吗?我头疼得厉害,你们姐几个要是再来那么一出好戏,我非得被气死不可!"

"妈,我来只是想跟您解释,静雨不是故意要害你的。其实我真的不明白,大风不过是在杏秀的忽悠下扮成了哈利·波特,为什么会把您吓得方寸大乱?"思宽解释。

"让你这么一说,是我小题大做了?"

"我怎么敢?"思宽说的是实话,他可不敢惹控制狂的老娘。

"今天我就跟你说清楚,免得你以为我用强权压迫你!那天你大姐跑到我家去,也不知道去干吗?"

"她去咱们家劝我复婚。"可依解释。

"谁知道她是真心还是假意,几句话就跟我吵起来了。我就把她轰了出去,结果她在楼下打电话给那个林大风叫他来闹事,还说让他打服我!老天有眼,他们说的这些阴谋全都被我不小心听见了！"

"不小心？您可真够不小心的。"思宽忍不住脱口而出。

"哎哟，你还跟我犟嘴！"

"妈，我不是那个意思，我是说，静雨不可能做这种事，大风也不是个蛮不讲理的孩子。"思宽赶紧解释。

"行了行了，别解释了，要不是我提前听到你大姐跟林大风的阴谋，要不是小耿这孩子好心，提前给我看了林大风的照片让我提防，我哪会知道防着林大风那个臭小子，要不然我何止摔出脑震荡，估计命都没了！哎哟，头好疼，你快给我出去！你就让我清净两天吧。出去出去，你要是想让我多活两天你就给我出去。"

思宽无奈，只好离开了："可依，我能跟你说两句话吗？"

可依想了想，她看看梅秋灵，梅秋灵不耐烦地挥挥手示意她出去。

"你们俩离婚可跟我一点关系都没有，别搞得好像我是刁钻势利丈母娘一样。"

可依跟着思宽出去了。

医院楼下花园，思宽跟可依走过。"咱们俩的事能不能别受咱妈的影响，只是一场误会。"思宽问道。

"总之就是你大姐不靠谱。"

"我姐哪里错了？刚才妈说的你都听见了，我姐哪有一点点不对的地方？"

可依很生气："这件事无凭无据，你凭什么就说我妈说谎？说不定你大姐真的想要让林大风来报复我妈！难道你有证据证明她不恨我爸妈复婚吗？"

"好了，我不跟你吵了，咱们搁置矛盾好不好？可依，回来吧，我好想你和嘻嘻，奶奶也好想你们，她总是哭，哭得眼睛都快坏了。"

"那你得承认，你大姐就是没安好心。"

"不行，静雨人那么好，为了我还低三下四去求你复合，还被妈给轰出来，我怎么能在背后说她坏话？"

"那你选一个吧，你是在背后骂你大姐，还是在我面前哄我高兴？"

"反正我不能说我姐坏话。"

"背后还骂皇上呢！你就当哄我开心不行吗？"

"那我说点别的哄你开心行吗？"思宽唱起了歌："爱你一万年——"

"你少来这套！你别以为犯个贱就能跟我蒙混过关！我以前就是被你蒙混得太多了，才会积攒下这么多气，你要是不跟我统一战线，不跟你大姐划清界限，不站在我和我妈这一边，你就别想跟我和好！"

第二十七章
爱你爱到杀死你

"可依，你能不能讲点道理？大姐养我长大，我尊敬她是人之常情，求你谅解一下好吗？"

"我就是谅解得太多了，我才落到离婚这个下场，我真后悔！我已经把话说尽了，咱们连婚都离了，现在你该怎么做，你自己想清楚！你不想清楚，咱们也就没必要再见面了！"

可依怒气冲冲地走了，剩下思宽一人很无奈。

另一对璧人也不顺利。公园里，大风正与杏秀在散步。大风走路虎虎生风，杏秀跟得气喘吁吁。

"你找我出来不是说要跟我约会吗？你就这么跟我约？"

"这不是挺健康的吗？公园门票很贵的！我说就在你们家楼下走走就得了，你非得上公园来约会，不就多了几棵树吗？就二十块钱一张门票？这树是圣诞老人种的？要不你说你想干吗？我没约过会，你不是约过吗？"

"约会就是吃吃喝喝呗。"

"那你想吃啥？咱们俩马上去。"

"好好好。"

大风带着杏秀去了一家装修精致豪华的中餐厅，大风正对着菜谱的价格大惊。

"你怎么了？嫌贵吗？"杏秀问道。

"不贵，你想吃什么你就点，我还不饿，我就看着你吃，你吃饱了就好。"

"算了，我不吃了。我也不饿，走吧。"

"杏秀，你生我气了？你嫌我给你丢人了？我不嫌贵，真的，只要你喜欢，我就不嫌贵。"

"我没生气，我知道你不嫌贵，我就是不想浪费你的钱，我知道你的钱都是一滴血一滴汗换回来的，你没日没夜地给人家贴瓷砖，每个月才能赚一万块，你就是连续干十年，你也赚不了——嗯，嗯，掰着手指头，哎哟，算不过来了，总之，你就是干十年，也赚不了一个房子啊。要是不帮你省钱，万一你去打劫怎么办？我可不能害了你。"

"杏秀，你怎么突然变得这么懂事？我还真是适应不了。"

"可能在五岳那儿把脑子摔坏了吧。也许过两天伤口长好了，就又恢复到以前了，到时候你可别嫌我势利眼。"

"我哪敢！对了，杏秀，我得跟你说句对不起，接下来一阵子我不能一直陪你了,我手上的活儿太多了,这几天为了陪你,我已经耽误了好几个活,我叔说我要是再不回去就别干了。你懂我们的,不开工就没钱。"

林杏秀有些不乐意:"钱钱钱,说来说去都是钱,在家也是整天听静雨说钱钱钱,爷爷奶奶看病要花钱,天响上学要花钱,租房子吃饭买衣服养孩子要花钱,静雨和思宽整天忙得团团转,可钱还是不够花,这日子真没意思,不说了。"

大风不由有些惆怅。杏秀知道钱的重要性,可是还没有建立起赚钱的观念以及如何赚钱,从正路上赚钱还是不义之财,这些她完全没有考虑,但是不代表她以后不考虑,这也是大风担心的问题。

故事里的静雨更是已经到了最危险的境地,可她还浑然不觉。林静雨独自租住的公寓洗手间里,静雨在洗澡。有人正在偷窥她。

静雨满身泡沫,忽然水停了。静雨急忙用毛巾胡乱擦擦身子,裹着浴巾出来检查。厨房里,静雨检查水闸,她旋转水闸,发现水来了,水没有停,只不过是水闸被人关了。静雨想了想,有些诧异,她奔出去。这是一室一厅的小公寓,静雨在每个房间检查,可是根本没有旁人。

静雨有些惊慌,这时她电话响了,她一看是杏秀来电。静雨急忙接通。

"你快回来看看!奶奶不知道是不是鬼上身了,一直闹呢!"杏秀听上去很紧张。

"怎么回事?你别慌,我马上回来。"

林家客厅,静雨一进门就看见奶奶抱着杏秀在痛哭流涕:"嘻嘻啊,怎么一转眼你就长这么大了?真是岁月催人老啊!奶奶不活了!"

"姐!爷爷稀里糊涂的,那是中风伤了脑子,可奶奶怎么也傻不拉叽的?这是鬼上身啦?从早上起来奶奶就拽着我,一直不停地喊我嘻嘻。"

"别瞎说,奶奶这是老天痴呆症又发作了?得赶紧去医院。"

林奶奶抱着杏秀:"嘻嘻,奶奶不去医院,奶奶看见你就好了,去医院干吗?"

"奶奶,我是杏秀。"

"什么?杏秀?老头子,你还记不记得杏秀是谁?"

林爷爷口齿不清地:"杏——?不认识,我只知道(哼起了歌)幸福万年长——"

林静雨无奈地:"爷爷,能不能不要这么搞笑呀?"

林奶奶看见静雨:"嘻嘻!奶奶对不起你呀,奶奶没好好看着你长大,你看看,你都有鱼尾纹了!"

林静雨难过地抱住奶奶:"奶奶,我不是嘻嘻,我是静雨。"

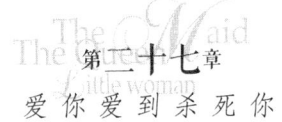

第二十七章
爱你爱到杀死你

林奶奶稀里糊涂:"静雨?静雨是谁?"

林爷爷也傻了:"静雨?大河她闺女?"

林杏秀惊喜地:"爷爷,你知道大河是谁?"

林爷爷口齿不清地哼起了歌:"大河向东流,天上的星星参北斗啊——"

静雨和杏秀无奈地对视一眼,静雨叹息:"爷爷,大河是我爸啊。"

"傻了,真傻了。"杏秀彻底无奈。

林爷爷奇怪:"谁傻了?婉儿!婉儿!我跟你,不能同年同月同日生,但求同年同月同日死!婉儿!"

林奶奶感动地:"齐家!"

林爷爷对奶奶视而不见:"婉儿!你别抛下我一个人呢!你在哪?你让我一个人可怎么办?(哼起了《清风亭》唱段)我二老年古稀无后实惨——"

爷爷不认识奶奶了,这让林奶奶愣住了,奶奶眼圈红了,但是她也很懵懂:"嘻嘻,嘻嘻,奶奶好想你。"

林静雨抱着奶奶:"奶奶,别难过了,我——我把嘻嘻给你偷回来!"

林奶奶很高兴:"真的吗?谢谢你啊,大妹子!"

林静雨哭笑不得,林杏秀大惊:"姐,你真的敢把嘻嘻偷过来?你不怕梅大妈揍扁你?"

"舍不得孩子套不着狼,舍不得挨打,偷不回嘻嘻。不过这事得从长计议。"

杏秀不由一愣。

林思宽家中客厅,眉头紧皱的思宽推门进屋,发现静雨正在给地板打蜡。房中整洁干净:"大姐?"

"思宽,你回来了?可依走了,你一个人住,我担心你住得太脏乱,就从杏秀那里拿了钥匙,过来帮你收拾一下。"

"谢谢姐,但是咱也不用打蜡吧?"

"就算是租的房子,咱也不能降低对生活质量的要求嘛!"

"虽然交了半年的房租,但说不定明天房东就把我赶走了。"

林思宽扶起静雨:"姐,我不是小孩了,放心吧。以后别帮我打扫了,你那么忙,不能再让你做这些家务活。"

"你不知道姐就好这口儿吗?你让我打扫卫生,比让我吃满汉全席还开心!就这样吧!我把屋子给你收拾得干干净净的,等哪天可依想开了回来了,她心情也好不是?她心情一好,说不定你们俩就和好了,就省得我帮奶奶去偷孩子了。"

"你说什么?"思宽很惊诧。

林静雨掩饰地:"哦,没有,我是说省得我还得溜到可依那儿去偷偷看孩子。"

这时候杏秀推门进来:"思宽,你回来了?静雨,爷爷奶奶都睡了,我饿了,我想吃夜宵,你给我做点吃的嘛!饿死了!"

"别往里面去!我刚打完蜡!"静雨急了。

思宽急忙拽住杏秀:"你踩了大姐擦过的地,就相当于往大姐的心里插刀子,我请你们出去吃吧。"

"好啊好啊好啊,最近天天在家里吃,为了省钱都把我吃成黄脸婆了,我要吃好的,思宽,你最好了!你最懂我了!你真是我的小棉袄啊!我觉得吧,我这辈子有你就够了,我只要能跟着你混吃混喝等死,我这辈子就知足了,思宽,你真是全天下最好的男人!静雨,你也是全天下最好的女人,哎哟喂,我怎么这么幸福?新闻联播怎么不来采访我呀?"

杏秀晃着思宽的手臂发嗲,思宽一直布满阴霾的脸上终于有了一丝笑意。他们一家人,纵然生活再多磨难,总归是彼此相爱的,这就足够了。

这天思宽正在书房加班,忽然夏天打来电话,思宽有些纳闷,接通电话。

"现在方便说话吗?我在你家楼下,你下来一趟方便吗?我有点工作要跟你商量。"

思宽很犹疑。

林思宽家楼下,夏天站在自己的车旁边等着,思宽从楼里走出来:"什么工作这么急?"

"临时决定,我晚上要出差,临走之前我得跟你沟通案子的一些相关背景。你吃午饭了吗?咱们边吃边聊。"

"嗯——这个——"

"就是谈工作,你别想多了,再说了,你现在不是处于单身状态吗?一个单身男人,周末跟同事吃个饭讨论工作,难道还要跟谁请示吗?"

"好吧。"

另一个挖墙脚的也在孜孜不倦地努力,梅秋灵家中客厅,可依从卧室出来,发现耿家泰跟梅秋灵在沙发处聊得正欢。

"可依啊,家泰又给你带了礼物,快来看看,是一台留声机!真是罗曼蒂克。"

"我还罗纳尔多呢!"

"可依,这是一台古董留声机,市面上很少见,我还买了黑胶唱片,我想你

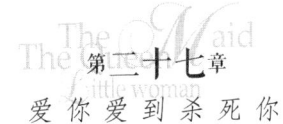

第二十七章
爱你爱到杀死你

是学音乐的,肯定会喜欢这些小玩意儿。"

"我就是没那个艺术细胞,才沦落到教小孩的地步呀。你是故意来戳我痛处的吧?"

"你这孩子,人家送个礼物哄你开心,还送出不是来了?快跟小耿道歉。"梅秋灵很不爽。

"妈,你不是头疼吗?你不是一站起来就脚软头晕吗?怎么一见了老耿,你就腰不酸脚不疼了?"

"赶紧道歉!小时候我也没少教你温柔乖巧懂礼貌,你怎么就长成现在这样一个刺头呢?"

"这不是反弹吗?就跟橡皮筋似的,你越拉,绷得越紧,你一松手,就弹得你越疼,这叫物理,很高端的,你个思想政治专业文科生,你不懂的。"

"你别以为小耿在这儿我就不好意思教训你!"

"梅阿姨,您别说可依了,这么点小事,我怎么会跟可依生气呢?我今天来,其实有一件重要的事要告诉可依。前阵子我看可依的学生很少,我想帮她扩大下招生规模,所以我私下里帮她成立了一家钢琴培训班,现在教室已经装修好了,连学生都招好了,就等着可依去上课了。"

可依有点感动:"嗯,这——不太好吧?"

"怎么不好了?你一个单身大龄女同志,谁还能挡着你自立自强不成?"梅秋灵煽风点火。

"妈,你也好意思的?就这还叫自立自强呢?那当二奶更自强,至少人家还付出了呢。我就这么收了老耿的大礼,算什么事呀?"

"就是租个房子当教室,没花多少钱。"耿家泰解释。

"我倒真想去看看。老耿,我就去看看行吗?"

"就是为你准备的,有什么不能看的。"

可依非常期待,却有些尴尬。

新的琴房装修得很漂亮,可依很喜欢,抚摸着各种摆设:"老耿,我真想收下你这个大礼,可是我不能!哎哟,这钢琴怎么这么亮啊!哎哟,这节拍器怎么这么可爱呀!哎哟!这地板,走上去怎么这么舒服啊!哎哟,我能弹弹这台琴吗?"

"谁还敢挡着你啊大小姐?所有这一切都是你的。"

可依坐下弹了一段肖邦。耿家泰看得有点陶醉:"真好听。"

可依有些羞涩:"姐还是有个优点的。"

"如果不是早就爱上你了,我也会因为现在这一刻爱上你。"

"咱能说点正经的吗?"

耿家泰笑了:"你说。"

"我真的好喜欢这儿,我从来没想过我可以自己当老板。老耿,我把装修的钱给你,我虽然没钱,但我妈有钱,我可以跟她借这笔钱。"

"可依,我不可能要你的钱,这是我送你的礼物。"

"我就知道你会这么说!那——咱们俩算合作办学好吗?你出钱负责装修和管账,我出力气负责教学,咱们五五分成,哦,不,三七分成,你七我三,资本家嘛,就是靠着资本发财的,你多分一点,我很同意。你要是不答应,我绝对不会收下这个大礼的。"

"好吧,你说怎样就怎样。但我要求五五分成,我不能让别人说我是周扒皮呀!"

"那——就这么说定了。"可依很雀跃,看她如此,耿家泰也很开心:"我请你吃个饭好吧?"

"好,给你这个机会收买我这个好搭档。"

某种程度上,耿家泰用钱打动了可依,可依虽然有钱,但是不知道自己想要什么,耿家泰却能准确投其所好,如果耿家泰没有钱,他不可能做到这一点。钱就是这样让人们掌控着自己的人生。

而杏秀还不明白其中道理,她渴望钱,只是渴望掌控自己的人生而已。户外购物中心,杏秀正漫无目的地逛街,看看橱窗里衣服的价格,却只看不能买,她有些郁闷。忽然有人大喊她的名字。来人正是她英文补习班的老友Rebecca。当时如果不是这个损友,杏秀不会去刷五岳的信用卡,她甚至不会刷卡,也就不会懂得买东西的感觉是这样的好。

"好久不见啦!"

"Rebecca!你怎么在这儿?"

"我在这儿能干吗呀?买东西呗!不然你来这儿能干吗?"

杏秀不由有些尴尬。

Rebecca很兴奋:"咱们找个地方坐下聊聊?好久不见了!好想你啊!打你电话你也不接,害得我还以为你出了什么事。"

林杏秀忽然很不悦:"算了,不聊了,没什么好聊的。"

"你怎么了?我不觉得我惹过你呀!"

"本来不想跟你说的,你既然这样说我就不客气了,要不是你教会我虚荣,

第二十七章
爱你爱到杀死你

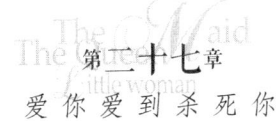

忽悠我跟五岳在一起,我怎么会差点被他害死?你知不知道他是个变态,我想跟他分手,他居然差点把我给打死!"

"怎么回事?"

"我不想跟你说了,总之,就是因为你,我才变得那么虚荣,要不是因为虚荣,我怎么会跟那个神经病一样的五岳纠缠不清?"

"明明你心里就是那样的人,你怎么能怪我?那个土鳖兮兮的林大风在你认识五岳之前,追求了你多少年,为了哄你开心做了多少事,可你还不是一直把他当成垃圾?"

"你瞎说,我现在跟他好得不得了!"

Rebecca冷笑:"又怎样?你还不是图个一时的新鲜?还不是受了五岳刺激,所以你暂时求个安稳?你问问你自己,难道你真的会一辈子跟林大风那个土鳖在一起吗?就凭你?林杏秀?你骨子里难道不是个虚荣的人吗?朴素使人落后,虚荣使人进步,难道你真的认为虚荣是个贬义词吗?"

"扁一次?扁十次我也不会跟林大风永远在一起!"杏秀忽然捂住了嘴。

Rebecca同情地:"你看看,还是我了解你吧。我可不是坏人,我为什么是个坏人?我家境那么好,我过得那么幸福,我长得虽然不是美若天仙,可也不差,我为什么要做个坏人?我真的是因为我觉得你是个挺有趣的姑娘,你完全可以凭你外表的资本,帮助自己换个阶层生活,所以我才劝你抓住五岳这个机会。我这么无私,你居然误会我?"

林杏秀被她一顿抢白,不知再说什么好了。

"我先走了,你好好想想吧,我还真是多管闲事。你不想过好日子,那就随你去吧,你说我操个什么心?"

Rebecca走了,杏秀却陷入了沉思。瞎说大实话的人最讨厌。

另一桩巧事又在上演了。餐厅角落里,耿家泰走进男洗手间,与此同时,夏天走进了旁边的女洗手间。他们不认识彼此,自然不会惊讶。

餐厅里,另外的两人却不是如此了。此时,思宽正坐在位置上翻着桌上的黑色文件夹浏览资料,可依走进了餐厅,领位的服务员领着可依走过思宽身边。

可依认出了思宽,本能地停下了,思宽意识到有人,他抬头看,不由一惊。思宽第一反应却是看了看对面座位,可依顺势看去,对面显然还有另一个人,座位上放着一个女用背包。

"你跟谁吃饭?"可依本能地反应。

"同事。"

"是夏天吗？"

"当然不是！"话一出口，思宽吓得捂住了嘴。他诧异自己说了谎，也许是心里有鬼，本能不想让可依知道自己跟她最在意的夏天一起吃饭。

"怎么了？"

"牙疼，最近上火。对了，你约了朋友吃饭？是谁？我认识吗？"

可依反应过来："哦，你认识，不认识。"

"到底是认识还是不认识？"

"不认识。"

"那我先走了，我还有事。"思宽匆忙要走。

"那你快走吧。"

思宽急忙收拾起对面座位上夏天的东西出去了。可依终于轻松下来。

这时候夏天从女洗手间出来，忽然从她身后跑出一个小女孩，冲撞了夏天，夏天一个趔趄，刚好跪倒在地上，这时候耿家泰正好从男洗手间出来，夏天恰巧跪在耿家泰面前，两人都愣住了。

闯祸的小孩也吓了一跳，没说对不起就跑了，夏天摔得头发都散乱了，一向注意风度的夏天很生气，她第一反应不是爬起来，而是坐在地上梳起了头发。耿家泰觉得夏天的反应挺逗的，脸上不由有一丝笑意。夏天注意到这一点。

"你笑什么呢？幸灾乐祸呢？亏你还穿得西装笔挺的好像挺有身份的，也不过是在酱缸里泡大的中国人一个！"

耿家泰被当面斥责，不由有些尴尬："不好意思，我没有幸灾乐祸的意思，如果让您误会了，我跟您道歉，需要帮忙吗？"

"用不着！"

夏天带着怒意试图爬起来，这时才发现自己扭到了脚，耿家泰急忙扶住她："你怎么样？送你去医院？你一个人？有朋友陪着吗？"

"有，我打电话给他。"

过了一会儿，耿家泰跟扶着夏天靠在墙边等人来。

夏天奇怪："你居然敢扶我？"

"为什么不敢扶？难道，一碰就变身超级玛丽？"

"新闻里不是说老太太摔倒了，就算死了也没人扶吗？"

"一时没想那么多。看你刚才摔得挺狠的，万一骨折就麻烦了。"耿家泰说的是真心话。

第二十七章
爱你爱到杀死你

夏天一直紧张的表情总算和缓下来。这时候思宽到了，耿家泰不由一愣。

"夏天，你怎么样？"思宽没看到耿家泰。

"被一个冒冒失失的小孩撞倒了，应该没事，可是今晚应该不能出差了，你替我去吧，这个案子很重要，你一直在跟，等会儿我跟你交代清楚你就出发，有事情随时打电话给我。"

"好吧，咱们先去医院？"

"来不及了，把工作交代清楚再去。"

"我送你去医院，咱们在路上说。"思宽从耿家泰手中接过夏天，这时候才注意到扶着夏天的人正是耿家泰。

"怎么是你？"

"你别误会，我是跟——跟朋友来吃饭的，刚好看见你朋友被撞倒了，我只是在这儿扶着她，等你来接她。"耿家泰解释。

这时候思宽最不敢见的人来了，正是可依："老耿，上个厕所而已，你怎么磨磨蹭蹭这么半天？真是岁数大了，啥都不好使。"

所有人都愣了，可依看到思宽扶着夏天，也愣住了，可依怒了："好你个林思宽！你不是说你不是跟夏天吃饭吗？"

林思宽看着耿家泰："你不是也说我不认识跟你吃饭的朋友吗？我和他，不能再熟了。"

可依反应过来，立刻态度软化："哦，是吗？没想到你们俩还挺熟的。"

"可依，你别误会，我们真的只是谈工作。"夏天解释。

"你也别误会，我也是跟老耿出来吃饭顺便谈工作。""哦，对了，我们俩合作投资了一个钢琴培训班。"耿家泰解释。

林思宽有些无奈："嗯，也挺好。"

夏天插话："我不想打扰你们两个叙旧，但是今天我要出差去处理的工作真的很紧急，思宽你既然答应替我出差，咱们现在就必须交接工作，不能再耽搁了。"

"那——可依，我真的要走了，夏天把脚扭了，我送夏天去医院，路上我们得交接工作，晚上我还得替她出差见客户，对不起。等我出差回来给你电话。"

思宽看看耿家泰和可依，一狠心扶着夏天走了。

可依看思宽远去："我觉得我们俩越来越像真的离婚了。"

可依情绪很低落，耿家泰没说什么，揽住了可依的肩膀，可依一愣，不着痕迹地往前跨了一步，耿家泰的手落空了，只好放下。

  过了些日子,这一天夜深了,酒店房间,出差的思宽正在翻阅文件,看着看着,他伏在一堆文件中睡着了。他的梦中,可依还在。他梦到了他们过去的日子:

  可依与思宽初次见面,在旧时可依家中餐厅,两个小孩在餐桌两头相望,他们审视着对方,都很警惕。
  思宽抿着嘴唇,神色紧张,看也不看满桌的饭菜。可依看着他,有点好奇。
  后来有一天,年少的可依拉着思宽的手在草地上奔跑,可依终于累得躺倒在草地上,思宽累得气喘吁吁地趴在草地上,仍旧紧抿嘴唇,神色惊恐,看着他的呆样,可依很开心地笑了,一直表情紧张的思宽看着可依的笑容,终于也笑了。
  在电子游戏大厅,他与可依正在玩砸土拨鼠,他太笨总是砸不到,气得可依抢过塑料锤子砸思宽。
  可依跑去玩赛车,思宽在旁边观战,可依输得很惨,气得可依连捶思宽出气。
  游乐场的大太阳底下,思宽拿着两个大大的冰激凌等着可依,可依姗姗来迟,冰激凌都已经快化没了,气得可依使劲揉乱了思宽的头发。
  在旋转木马上,他们各自坐了一匹木马,思宽扮各种鬼脸哄可依开心,可依总算舒展了眉头。
  还有在过山车上,就要启动的时候,思宽大为紧张,而可依则看着他的惨样偷笑。
  后来下了过山车,出口处,思宽哇哇大吐,可依哈哈大笑,像大姐大一样拍着思宽的肩膀。

  思宽还梦到,天色已暗,可依思宽沿小路走过。一轮明月已经升起,在白色的天空上显得分外皎洁。思宽背着可依沿着小路走过,她在他背上悄悄地笑。

  思宽的梦里,自己正在对着电脑加班,可依本来坐在旁边看着他,最后还是撑不住睡着了,一不小心跌在了地上,思宽急忙抱起她。可依还不知道发生什么,表情迷茫,思宽哭笑不得。

  思宽梦到了嘻嘻,那时候嘻嘻一个多月大,在床上大哭,可依在旁边大哭,思宽进门,急忙抱住母女俩安慰,可依神情抑郁,不停地捶打思宽,可是思宽还是好脾气地抱着她安慰。

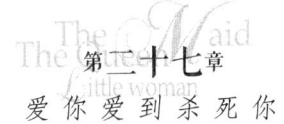

第二十七章
爱你爱到杀死你

思宽记不得那是什么时候了,思宽背着可依上楼梯,可依表情很幸福,故意揉乱了思宽的头发。思宽也很幸福。

梦中的思宽笑了,他自己却不知道。

故事就是这样继续着,心碎了,人们还得活着。一家购物中心家居卖场,Rebecca正在焦急的等人,杏秀终于姗姗来迟,她还一脸不情愿。

"你怎么才来呀?不是跟你说了今天是介绍你来面试的,不是让你来做Spa的!看你那个慢吞吞的样子,不知道的还以为你是出来练太极的呢。"

"我也没跟你说我想要一份工作呀,我还不想来呢,要不是怕你生气,我才懒得来呢!"杏秀有点不乐意。

"我们处女座就是操心的命!我妈一个朋友投资了这个家居店,她正在招售货员,我突然想到你可能想找个工作,上次我看你的意思,是彻底打算离开五岳这棵摇钱老树了!所以我立刻就给你打电话让你来面试。"

林杏秀迟疑地:"你这是要跟我和好的意思吗?我还以为你上次在大街上跟我发飙,是打算再也不跟我来往了!"

"我有发飙吗?是你骂我好不好?以前咱们不是说好做朋友的吗?互相骂两句又怎么了?骂你才是爱你呢!你也没少骂了我呀?"

林杏秀忽然感动地:"Rebecca,对不起。"

Rebecca纳闷地:"你怎么对不起我了?为什么要道歉?"

林杏秀晕乎乎地:"我就是觉得现在这个时候,我必须跟你道个歉,才能显出咱们俩感情深厚嘛!电视剧里不都是这么演的嘛,要不然观众怎么能被打动吗?我还打算让你打我一巴掌,我再打你一巴掌,你再打我一巴掌,然后我再打你一巴掌,然后咱们俩抱在一起呜呜大哭,才能显出咱俩的友情经过了生死考验,经过了各种磨难,咱俩才终于谅解了对方,然后从此过上幸福的生活。难道不应该这样吗?"

"别的都省了吧,只剩下我打你一巴掌,再打你一巴掌,再打你一巴掌,就可以了。"

杏秀皱着眉头把脸凑向Rebecca,她闭眼忍住害怕:"你打吧,只要你还把我当朋友。"

Rebecca觉得好笑,又有些感动:"好啦,你当然是我的朋友。赶紧进去面试吧,我才没生你的气。"

两个女孩相视一笑,阴霾终于过去了。

杏秀终于独立起来了，林家的问题却越来越多，真的希望她能早点成长起来，有足够的勇气面对人生的难。

思宽家楼下，静雨和走路歪歪扭扭的奶奶推着轮椅上的林爷爷晒太阳。这时一个五十多岁的大妈过来了。她是静雨的房东许阿姨。

"静雨呀，陪奶奶锻炼身体呢？您二老这可真是身残志坚！值得我们年轻人学习。"

静雨跟奶奶脸色有变，而爷爷却认出了许阿姨："小许！"

"爷爷，你认得许阿姨？"静雨很惊喜。

林爷爷口齿不清："认得！她是咱们的房东嘛！小许！好久不见！你又见老啊！你今年多大？五十？怎么看着跟六七十似的？你看我都这样了，我还得锻炼呢，你也得注意啊！人生五十是道坎，说不定一抽抽就过去了。"

许阿姨颇不自在："林爷爷，您岁数大了眼神不好，我不跟您计较。静雨，有件事我必须得通知你。你跟爷爷奶奶租的那套房子卖出去了，卖给了一对小夫妻，人家着急结婚装修呢，你得赶紧把房子给我空出来。放心，我赔给你违约金。"

"许阿姨，您怎么一点契约精神都没有？"静雨很不乐意，她签了三年长约，房东却说翻脸就翻脸。

许阿姨没客气："静雨，国内房产是卖方市场，你从国外回来的你不懂，你赶紧在规定时间内搬出去，阿姨就把该还的押金和租金还给你，你不知道多少房客连这点钱都被房东扣下呢！你碰上我这个大善人，那是你几辈子修来的福分！"

"好吧。那我只好尽快搬出去。许阿姨，其实我挺好奇的，就您这套房子居然还能卖出去，说实话，我走在楼道里，都怕楼塌了。怎么居然有人愿意花两三百万买这套老古董？"

"静雨，你真是读书读傻了。就这价格还多少人疯抢呢，我之所以答应卖了，是因为我儿子买了套新房首付不够，要不然我才舍不得，现在这年头，房子才能保值，你要是守着现金，今年能买个厕所，明年也就买个毛。"

"哦，原来世界已经变成了这样！"

"傻孩子，世界早就已经这样了，人生就是一步赶不上，步步赶不上。你看看你，何止买房赶不上，连个人问题都给耽误了，许阿姨是瞪大了眼睛天天帮你寻摸合适的男人，可惜啊，那真是大漠孤烟直，长河落日圆。"

"啥意思？"

"啥也找不着呗！"

第二十七章
爱你爱到杀死你

静雨不由哭笑不得。

他们只好搬家了，林思宽家的客厅，地上摆了很多行李和箱子，门敞开着，静雨和杏秀正在从对面往这边搬家，杏秀虽然只搬了一个很小的箱子，却哼哼唧唧地看着很辛苦，而静雨搬着一摞箱子干劲十足。

这时候拖着行李出差的思宽回来了，他急忙接过静雨手中的箱子："姐，你跟我打电话说要搬家的时候，我不是告诉你要请搬家公司吗？"

"搬家公司太贵了，我和杏秀能应付。"

林杏秀苦着脸："天地良心，我可从来没说过我能应付。"

"杏秀，咱家乱成这样，你就少说两句，就算是为大人解解忧愁，好不好？"静雨无奈得很。

"好好好，我把青春都献给你好不好？"杏秀只好继续不情愿地抱着那个小箱子装模作样。

"思宽，你别担心，爷爷、奶奶、杏秀就是在你家暂住一段时间，等找到合适的房子，我就把他们接出去。"

"姐，别麻烦了，就让爷爷奶奶在我这儿住吧，我这么大了，照顾老人是我应该做的。"

"我知道你是真心实意地照顾爷爷奶奶，可是，可依回家看到这么多人住进来，她又会生气了。"

"我估计，一时半会儿，可依不会回来了。"

"怎么了？你们俩又吵架了？上次你不是已经打算跟可依重新求婚，把她求回来吗？怎么还没付诸行动？"

"工作太忙，临出差之前跟夏天吃饭商量工作又被可依撞上，一直没有合适的时机，明天我又得出差。"

"等时机合适了，嘻嘻后爹都有了。"

思宽皱起了眉头。

这天后来的时候林家人继续忙着搬家，可是忽然正在收拾箱子的奶奶哭了。

"奶奶，你又犯病了？哪难受？"静雨很担心。

林奶奶抱着一件小棉衣："这是我用杏秀小时候的棉衣服改的，我还想着能给嘻嘻穿，眼看着，嘻嘻就穿不下了，那孩子又特别胖，这小衣服，她是穿不上了。"

静雨看着哭泣的奶奶，暗暗下定了决心，她要把嘻嘻偷回来。

这时候天色晚了，林思宽家楼下，可依坐在车中，看着楼上思宽家的窗户，

女仆女王小女人

思宽跟静雨的身影映在窗口，他们似乎正在交谈。可依拿出电话编了个微信。

"思宽，我明天也要出差，走之前能见一面吗？"可依编好了，想点"发送"，却又一个字一个字删除了，她犹豫了，这时她抬头看了一眼，忽然可依皱起了眉头。原来她看到窗口映出杏秀扑上了思宽身上，紧紧抱着思宽。可依非常生气，却又无奈。她想了想，一踩油门走了。

不过只是误会，林思宽家中客厅，杏秀半吊在思宽身上，大叫着："厨房有蟑螂！蟑螂！"

林思宽无奈地："你是农村长大的，蟑螂很稀奇啊？"

林杏秀反应过来："对哦，好久不见，有点新鲜。"

杏秀就是这么不着调，不过她的销售工作做起来竟然有一点点天分，第二天在购物中心家居卖场处，杏秀百无聊赖地跟着一个胖胖的中年女客户在展示一张床。女客户左边坐坐，右边坐坐。

"太太，这张床现在打折，只要三万八千八，真的很划算。"

女客户要求也是古怪："你躺上去我看看。"

杏秀无奈地躺了上去。女客户左看看，右看看："嗯，躺上去看着效果不错。"

"您是买给儿子和儿媳妇当婚床吗？这床简直太合适了。"

"我才懒得管他们，我给我自己和我老公买的。"

林杏秀小声嘟囔："那这床有点窄。"

幸好女客户没听见："我这不是结婚三十周年，得换个过法嘛，审美疲劳嘛，就算天仙，三个月也就看腻了。老婆不能换，咱就换张床嘛！"

女客户躺在上面，示意杏秀看她："怎么样？不错吧？"

"嗯嗯嗯，您跟这张床特别配，可是我觉得吧，不知为什么这床显得有点寂寞，您要是再配上这张贵妃椅，那就一定更好了。阿姨，您的气质，跟这张椅子特别配，贵妃椅，不就是给杨贵妃躺的嘛！"

女客户哈哈大笑："那就再要了这把贵妃椅。"

"还有这套大衣柜，难道您不觉得，有了新床，就要配大衣柜吗？我奶奶说了，人是旧的好，可东西是新的好呀，到时候叔叔一回家，看到整个房间焕然一新，再看到贵妃椅上躺了个杨贵妃，那不是美得成了唐明皇呀。"

女客户很高兴："买了买了，打包带走，钱就是个王八蛋，不花出去看着它就难受！小姑娘你怎么懂这么多呀？你研究生毕业吧？"

杏秀不由有些得意。

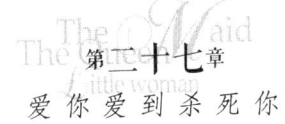

第二十七章
爱你爱到杀死你

这天下班后，林思宽家小区，杏秀和大风坐在长椅上聊天，大风看着很累。

"大风，我今天工作特别顺利，本来我还挺犹豫的，我以为我养活不了我自己，我以为我这辈子就是个寄生虫的命了，今天我才知道，原来我以前只是没找到适合自己的工作发挥天分，我今天卖了好多家具，好轻松，好简单，就卖出去了。我想好了，我以后就做一个伟大的销售员，甜言蜜语哄死人，又不偿命，对不对？从此以后，我就是一个自强自立的女强人咯！"

"还早还早，别急别急。"

"不早了，这叫就天分，哈哈。那个客户还问我是不是研究生毕业呢？我老板说今天按照销售额给我提成，算下来我一天就赚了好几千呢，这样下去我还有，还有……总之我很快就能买房了！太好了！真没想到我也是个有优点的人。你说那些研究生赚的有我多吗？听说他们不是很惨吗？毕业了连工作都找不到。"

"我也挣的比研究生多，但那又怎么样，他们哪像我这样累死累活的？人生怎么着都是一辈子，你要是愿意工作，喜欢工作，你就去，你要是不想工作，我就养你。这话我跟你从小说到大，你怎么就是不相信呢？"

"谁说我不信啊，心里的话非得说出口啊，笨蛋！"杏秀有些感动，她依偎在大风肩膀，大风表情忐忑地轻轻揽住杏秀，两人浓情蜜意。

五岳在黑暗中偷窥着，他看上去很难过，他表情阴郁地走了。得不到的最好，真是有道理。

得不到的偷回来，似乎也不是正常人所为，这天梅秋灵家小区里，梅秋灵推着婴儿车上十三个多月的嘻嘻在楼下散步，忽然梅秋灵一愣，原来对面来了个不速之客，正是林静雨。

"梅阿姨，可依在家吗？"

"她出差了。"

"那就好。"静雨踏实了。

"你什么意思？我们家不欢迎你。"

"这又不是你们家。"静雨故意还嘴。

"哎哟，你是来吵架的吗？说实话，我梅秋灵从小到大，吵架从来没输过，你别看我长得贤良淑德——"梅秋灵自知语失，急忙闭嘴。

"你自己都知道接不下去了，你就说说你怎么贤良淑德吧？是把老公骂走贤良淑德？还是把女婿骂走贤良淑德？"

梅秋灵大怒:"林静雨,你今天就是来挑事的对不对?"

"我不是挑事,我是义愤填膺,我看不过眼,我才来找你说理。上次你在我家不小心摔倒,完全跟我们家人没有关系,你却把这一切算到思宽头上,害得他和可依因此产生矛盾。"

"怎么就跟你们家人没有关系?要不是林大风,我会摔倒吗?"

"都是因为你怀疑我派大风暗中害你,你才会拿防狼喷雾喷他,大风才会摔倒,才会碰倒你,才会闹得这么不可收拾,我林静雨对天发誓,我绝没有报复你的想法,你这样想,都是因为你拿叉叉之心,度我们君子之腹,说难听点,就是因为你心里有这些黑暗的想法,才会害得你自己摔出脑震荡。"

梅秋灵气得怒火中烧,她抬手想打人,却还是努力控制自己。这时候杏秀已经悄悄溜到梅秋灵背后。

林静雨火上浇油:"怎么着?你还想打我?你打啊?你打啊?你要是不打,你就是心里有愧!"

梅秋灵愤怒地靠近静雨。她身后,杏秀已经抱起了嘻嘻。

"我心里有愧?!林静雨,亏你还是读书人,你害得可依离婚,害得我脑震荡,害得老钟魂不守舍,你居然还倒打一耙?我今天就替天行道!替老天爷教训教训你这个惹事精!"梅秋灵气得两步奔过来作势要打人,静雨急忙逃开,梅秋灵追了几步,忽然想起了什么。她回头看,婴儿车上的嘻嘻已经不见了踪影。梅秋灵大惊。

林静雨见状,急忙跑了,林静雨边跑边喊:"你别着急,嘻嘻被杏秀抱走了,我只是把嘻嘻抱回去给奶奶看看,过两天就还回来。还有,对不起,我不是故意惹你生气的,我只是想转移你的注意力,我刚才说的话,你别往心里去。"

这时梅秋灵反应过来,可是已经来不及了,她急忙给可依打电话:"可依,出大事了,嘻嘻被林静雨偷走了!"

可依在外地的一家琴行角落接听电话,不由大怒:"什么?嗯,嗯不不不,你别去跟她吵,到时候又闹得世界大战一样。我马上要带着以前的学生到外地参加钢琴比赛,等我出差回去,我一个人去要孩子!我非得好好教训教训她!这叫什么事啊?"

可依挂断电话,不由一脸怒意。

林静雨偷回了嘻嘻,回了自己独自租住的公寓,客厅里,静雨正在拖地,卧室中的电脑播放着音乐。音乐播放了一半,忽然换了另一首。静雨一愣,急忙冲

第二十七章
爱你爱到杀死你

进卧室。卧室中并没有人,而通往阳台的门却大开着。

静雨吓得不敢动弹。

第二天静雨正在加班,开放办公区里其他位置已经黑了灯,只剩她一人。忽然静雨头顶的灯灭了,静雨一惊。周围一片黑暗,看上去很可怕。静雨听到脚步声,她仔细听辨,脚步声却没了,静雨匆忙收拾东西跑了。

静雨回到了独自租住的公寓楼外小巷,她在小巷走过,有人跟踪她。静雨回头,却什么人也看不到。静雨很害怕。

公寓门外,静雨上了楼梯,感应灯应声亮了,静雨大惊。原来静雨家门口的墙壁上被泼了很多红色的血。静雨吓得跑了出去。

小巷里,静雨疯了一样跑着,却不小心跌倒了,静雨感到摔到了一摊黏黏的东西上,借着微弱的路灯,静雨发现,自己跌倒在一摊血之中。静雨吓得大声尖叫起来。

黑暗中,唐志龙看着这一切,脸上浮现一丝笑意。爱是能爱到杀人的,听人说,只有爱情和谋杀,才能让人们真心实意,并且忠诚。

第二十八章

记忆是首放肆的歌

深夜,林静雨独自租住的公寓卧室,静雨披着浴巾,失魂落魄地坐在床上,杏秀进来了:"警察说已经做过鉴定了,墙上的血、和地上的血,都是猪血。他们问,是不是你得罪什么人了?"

"唐志龙,是唐志龙干的,就是以前我跟你说过的那个人。"

"他想干吗?"

"我也不知道该怎么告诉你,总之,他想逼我跟他低头。我越痛苦,他越兴奋,如果我怕了,他就赢了。"

"真变态,咱们报警吧。"

"没用的。我看过很多新闻,这种人如果只是涉嫌恐吓,根本关不了几天,除非他们犯下大错,那时候一切都已经晚了,所以我只能自己保护自己。"

"我好怕,你搬回去跟我们一起住吧。"

"不行,我回去会害你们受到骚扰,就让我一个人在这儿面对这一切吧,如果他那么喜欢玩游戏,我又怕他什么?你放心,他不会杀了我的,他现在对这个游戏还很享受。而且我已经想好了该怎么对付他。"

"你不害怕吗?"

"怕又能怎么样?他就是要我害怕,从可依妈妈看到他跟踪我,到现在时间已经不短了,他却并没有对我进行实质上的伤害,我想他就是想看我终日惶恐不安的样子,他处心积虑,无非就是为了满足他扭曲的心理。他是我上辈子作下的孽,我一定会把这段孽,了结在这辈子。"

"你就是为了这个原因才跟钟大爷彻底分手的吗?我觉得,自从他发现

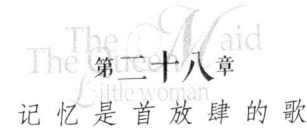

第二十八章
记忆是首放肆的歌

梅大妈装病骗他复婚以后,钟大爷已经对梅大妈完全失望了,他不是还来找过你,他是求复合吗?你就这么算了吗?"

"只能算了,如果我继续跟他往来,只会惹祸上身,唐志龙藏在暗处,他要是想害亦仁,简直易如反掌。杏秀,我的事情你不要告诉别人,其实我根本不想告诉你这些事,我怕吓到你,可是对不起,今天我被鲜血吓得乱了分寸,惊慌中只好打电话给你。"

"这有什么对不起的,你出了事情找我是应该的。"

"杏秀,你长大了,我很欣慰。"

"没有,我只有胸还在发育,人是长不大的。"

静雨忍不住笑了,眼睛中却有很多忧伤,她不能什么都告诉杏秀。每个人心里都有个地方,别人是进不去的,你以为你已经忘了那时的好,可是老了以后才知道,实际上,你永远也忘不掉。

可依开着车,梅秋灵坐在旁边。可依表情很气愤,母女俩此去是抢孩子。之前奶奶想孙女,静雨不得已把孩子偷偷抱了回来。可依到了思宽家楼下,可依刚停好车出来,就见静雨跟杏秀从楼里出来。可依大怒,冲过去,一把揪住静雨:"你这个骗子!快把嘻嘻还给我!"

"可依,你别生气,奶奶想嘻嘻想得天天哭,之前思宽去求你,你又不肯同意搬回来,我只好出此下策。等会儿我就把嘻嘻给你抱回去。"

"你还好意思说这事?要不是为了你,我跟思宽会闹成这样吗?我对他还有什么要求啊?我不过就是让他承认,你是故意破坏我们的坏人,他就是不肯答应!我就撒撒气罢了,可他连这点小事都不肯答应,我为什么要跟他复婚?"

林静雨不由一愣。

"小可依,静雨不是坏人,你别这么说她。"杏秀帮静雨说话。

"你闭嘴,你不是思宽的亲姑姑,你整天往思宽身上扑算什么?你就不能注意点影响?"杏秀不由一愣,她眼圈红了。

周围有很多围观群众,其中有老熟人吴大妈和静雨的房东许阿姨。两人窃窃私语。

吴大妈叹息:"我早就觉得老林家有点问题,那个小妹子,从头看到脚,就不是个省油的灯。"

许阿姨也操心的命:"你以为那个老大就清闲了,你不知道,她好像是跟她弟媳妇的爸好上了。"

静雨听到了这一切,她脸色很难看:"有话不能回家说吗?"

可依得理不让人:"我就是让大家评评理,我到底哪里做错了,你为什么把我孩子抢走?"

"奶奶那么大年纪了,你为什么不让她看孙女?你为什么把嘻嘻抱走,就是不肯让我们林家的人看到她?"

可依有些理亏:"我怎么就不让她看了?你听见我什么时候不让奶奶看嘻嘻了?"

"你没说,但你就是那样做的!奶奶身体不好,不能去你家看孩子,思宽去你家多少次,可你就是不让他把嘻嘻抱回来。"静雨一针见血。

"我就是怕你们扣下嘻嘻呀!被我说中了吧?"

这时候思宽下班回来了。杏秀看见思宽就扑了过去:"你快来管管你老婆吧,她都快把我骂死了。"

可依奇怪地:"我骂你什么了?我从头到尾跟你说过几句话?"

"你一句你就能把我骂死了,我早就说吧,你那个舌头是泡过断肠散的!她还骂大姐,她还骂我妈——"

可依气得要打人:"我什么时候骂奶奶了?今天你要是不跟我道歉,我非打得你原地满血复活不可!"

思宽急忙拉住可依:"好了,别闹了可依,你不嫌丢人吗?"

可依看看周围的好事群众们,也很窘迫,她气得推开思宽:"你嫌我丢人?我还嫌你们姓林的丢人呢!你知不知道,你姐和你姑姑,把嘻嘻从我们家偷走了!她们是偷!你知道吗?偷!是犯罪!我要是报警,她们两个是要被判刑的!今天我就光明正大地把嘻嘻抱回去,你们几个要是敢拦我,就别我不客气,小心我报警把你们全都抓起来!"

可依怒气冲冲地上楼了,思宽等人急忙跟进去。可依上楼敲门静雨租住的那间房,可是无人应答,这时候思宽、静雨、杏秀上来了。

"在这边。"

可依有些纳闷,思宽已经开了对面的门。思宽家中客厅,可依进门,发现爷爷奶奶正在客厅哄着嘻嘻。

可依纳闷:"你们怎么住到这儿来了?"

"可依,我还没来得及跟你商量,爷爷奶奶租的那间房被房东卖出去了,他们只好搬出来,可暂时找不到合适的房子,就在咱家先住一阵子。"

可依赌气地:"你别说咱家,这是你的家,可不是我的家。反正这个家我也

第二十八章
记忆是首放肆的歌

没打算再回来,你们一家人就在这儿其乐融融吧,也甭用再找别的房子了。"

"可依,你别说赌气的话。"

"你怎么知道我在赌气啊?我没赌气,我今天总算想通了,我跟你们家其实早就没关系了,我还有什么气可生啊?"

可依抱上嘻嘻就要走。奶奶很着急:"可依,思宽得罪了你,静雨得罪了你,可是奶奶没有得罪过你呀。"

可依一狠心:"可你是他们的奶奶啊。"可依抱着孩子走了。

思宽稍微愣了愣,急忙追了出去。

思宽家楼下,可依坐在汽车中,梅秋灵坐在后座抱着嘻嘻。思宽追过来,趴在车窗上,看见梅秋灵,思宽一惊:"妈,你居然一直都在?"

"你是不是很奇怪,我刚才为什么没冲出去跟你姐吵架?"

"是,哦,不是,妈,你到了怎么不上楼去坐坐?"

"甭跟我说客气话了,我上去坐,那不就是相当于广岛投了原子弹吗?思宽,咱们两家闹成这样,你得认真反思反思,说一千,道一万,还不是因为你不会做人?"

林思宽无奈地:"妈,我何止不会做人,我都不想做人了。"

"总之,我们家不是不讲理,你大姐偷嘻嘻的事情,我们家就不计较了,从此以后,麻烦你把你的姐姐姑姑什么的看紧点!要是再敢这样,别怪我不客气!"

"可依,你说句话呀。"思宽求援。

"说什么?能说什么?我现在说出来的话,除了火上浇油,又能有什么用?我看书里写了,心里有气,说话前就要沉默十五秒,一二三四五六七八——"

"那你刚才跟静雨吵架时,怎么不能沉默十五秒呢?"

"我才想起来这句话。"

"那下次能早点想吗?"

"看心情。反正看到你大姐,我心情就好不了。"

"可依,静雨不是坏人,你能别针对她吗?"

"人不是分好人坏人的,全天下你能遇到的,又有多少坏人?人只分合得来的人,合不来的人,你大姐就是跟我合不来的人。我早跟你说过了,要么你跟你大姐恩断义绝,要么你跟我恩断义绝,你选一个吧。"

林思宽沉默了。

"你说话呀。"

"一二三四五六七八——"

可依怒了:"你让开点,我要走了。"

"好了,思宽,可依在气头上,你让我们先回去。"梅秋灵劝道。

"妈,你都听到了,可依这样做对吗?你能帮我劝劝她吗?"

"你别跟我说这些,我也在气头上。有什么事回头再说,大家都冷静冷静。"梅秋灵并不看好思宽跟可依的关系。

可依开车走了,思宽很气馁。

林思宽家中客厅,爷爷坐在轮椅上,看着窗外,口齿不清地哼着戏:"我本是卧龙岗上闲散的人——"

静雨、杏秀、奶奶三人愁容满面,思宽情绪低落地回来了。静雨急忙迎上去。

"怎么样?哄好了吗?"静雨很担心。

"姐,你要是真的担心我,就不应该去偷孩子。"

"可奶奶总是哭啊,我实在不忍心。"

"那你可以等我出差回来,让我去跟可依谈啊,可依吃软不吃硬,你跟她这样闹,那不是把事情做绝了吗?"

"我以为她能理解,我不过是把嘻嘻抱回来让奶奶看看。"

"你这智商怎么跟杏秀似的?"

"哎哟喂,思宽,你是不是骂人呢?"杏秀不依了。

姐弟三人剑拔弩张,一时间气氛很紧张,奶奶急忙缓和:"思宽,你别怪静雨,奶奶活不了几天了,静雨怕奶奶到死也见不到嘻嘻,所以才做出这种事。"

"奶奶,你别这么说,你一定长命百岁。"思宽急忙安慰。

"祸害才活千年,奶奶心太好了,活不长。"奶奶宽慰思宽。

忽然杏秀闻到了一股味道,静雨也闻到了。

"咦,静雨,你是不是买了臭豆腐了?"杏秀很纳闷。

"什么呀!奶奶不小心方便出来了。"静雨反应更快一点。

林奶奶反应过来,突然哭了:"奶奶对不起你们,让奶奶死了算了。"

"别瞎说,奶奶,不就是一时没忍住吗?我们小时候祸害你,祸害得难道还少吗?"静雨急忙帮奶奶收拾。思宽看着姐姐忙碌的样子,不由心生不忍,他急忙过来帮忙。

林杏秀皱着眉头:"妈,你别生我气,我不是嫌弃你呀,有思宽和静雨在这儿,我想帮忙也插不上手,我约了朋友,先走了。"杏秀溜出去了。

"杏秀最近忙什么呢?"静雨纳闷。

第二十八章
记忆是首放肆的歌

"好像谈恋爱了吧。"

"跟大风?"静雨问道。

"你怎么知道?我还以为是个秘密。"

林奶奶却很难过:"你们说什么?杏秀跟大风?怎么逃来逃去,还是逃不过这一劫啊!"奶奶决定悄悄去打探打探。

这时候在林思宽家小区,杏秀跟大风正在长椅处聊天。

"我前两天被领导骂了。"杏秀抱怨。

"为什么?"

"她嫌我上班时候睡着了。"

"不就是上班睡着了吗?又不是把房子点着了!她凭什么骂你?我去揍她一顿帮你出气!"

林杏秀急忙拉住大风:"淡定淡定,毕竟我也有那么一点点错,虽然就一点点。这次就饶了她吧。你这几天过得怎么样?"

"还成吧,干活、吃吃、干活、喝喝、干活、睡睡。"

"你以后能勤着点洗澡吗?臭死了。"

"我为了不惹你不高兴,已经成了我们工地上洗澡最多的男人,他们都给我起外号,叫林娘娘了。"

林杏秀一脸嫌弃:"那你怎么还是臭烘烘的?是不是衣服臭?我告诉你哦,以后我可不负责给你洗衣服。"

"只要咱们有以后,别说洗衣服了,被衣服洗我也乐意。"

杏秀有些迟疑,她没回答。

忽然旁边有人咳嗽了一声,来人却是林奶奶和林爷爷。奶奶手脚略灵活些,她推着轮椅上的爷爷。

"爸妈,你们怎么来了?"

林奶奶接话:"我就是来看看,你在见什么朋友?"

"爷爷奶奶好,杏秀的朋友,就是我,我是大风,小时候常在您家混饭吃的,我不是外人。"

林奶奶教训:"大风,你没把自己当外人,我可是把你当外人,多少年前我就告诉你,别再来找我们家杏秀玩了,可你就是不听,那今天我就不跟你说客气话了,你跟我们家杏秀不合适。"

"怎么不合适了?"

"奶奶不是嫌贫爱富,奶奶喜欢的是像思宽、你姐那样的孩子,聪明、用功、

337

努力、上进。"

"那样的人会喜欢我吗?难道我喜欢看爱情玄幻小说,他喜欢看经济学物理学神经学,这样的夫妻俩才是天仙配吗?"杏秀不爽了。

"你本来文化水平就不高,要是再找个大风这样的,那你们俩生出的孩子,不还是傻乎乎的吗?更何况你俩辈分不对,你是他姑啊!"

杏秀闻言很伤心,她没有再争辩。

林爷爷含混不清地:"学习好又怎么样?像思宽、静雨那样,读了那么多书,还不是一个嫁不出去,一个整天闹离婚,都是孤孤单单一个人?还不如杏秀,不管怎么样,至少身边还有个大风这样的人疼她。只要杏秀说个不字,我猜大风绝不敢说个噎死(Yes)。"

林奶奶生气了:"你个老糊涂,你说什么呢?"

林爷爷清醒过来:"我说什么了?我什么也不知道。"

"真是跟你没有共同语言,白瞎了我这个人了。走吧,杏秀,你要是还想让妈多活两天,你就跟妈回去。"

杏秀一脸不情愿,大风却示意她先回去:"杏秀,你先跟奶奶回去吧,咱们的事,慢慢来。"

林奶奶可不是省油的灯:"大风,你是想把我熬死了再说是吗?你放心,不把杏秀嫁出去,我是绝对闭不上眼的。"

林杏秀怒了:"妈,我对你太失望了,我本以为你那么喜欢接受新事物,你应该是个很酷的老太太,什么家世背景、能力金钱、门当户对,在你看来都是粪土,可是到现在我才知道,其实你不过就是个法西斯,还是个势利眼的法西斯。"杏秀的知识水平停留在初中,就记得这些了。杏秀气得跑了,奶奶被一顿抢白,不由很尴尬:"法西斯是什么东西?是拔丝吗?吃的?"

"我也不太熟,不知道杏秀在哪本外国言情小说里看的,也许是男主角吧,还是个外国人。回头我问问她。"大风连初中也没念完。

林奶奶气得说不出话,只能看着杏秀跑远了。

这天夜里,思宽家客厅洗手间,杏秀忽然闯进来,静雨正在洗衣机处抻平被单。被单很大,静雨很辛苦。

"又在抻被单啊?我说你怎么就想不开呢?被单皱就皱嘛,就算你抻得再平,它还不是被睡的命!"杏秀抱怨。

"不抻平我看着就难受。"静雨很辛苦地一直忙碌着。

"我帮你。"

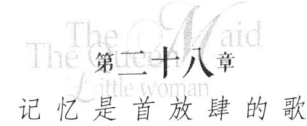

第二十八章
记忆是首放肆的歌

"这么乖？好吧。"

杏秀接过静雨递过来的被单，仍旧像石像一样定在原地不动，她只起到固定被单的作用，一点力气也不肯用，而静雨辛苦地来来回回地走来走去用力抻被单。

"你怎么了？哭了？"静雨发现不对。

"伤心了，妈说，如果我嫁给大风，以后只能生出个小傻子。"

"奶奶年纪大了，还有轻微老年痴呆症，有时候她也不知道自己说的是什么，我还想着，要是她病再严重一点，我就不能让她出门了，到时候只好雇一个保姆照顾他们。"

"你这样操劳，整天奔波，活着就是为了照顾我们所有人，你痛苦吗？"

"为什么痛苦？辛苦是有的，但我不痛苦。"

"可你不能跟你爱的钟大爷在一起。"

"只要他能好好活着，就好了，为什么一定要在一起？如果在一起会带给他危险和麻烦，那我宁愿不在一起。"

"为什么你这么好，我却这么不好？"

静雨换了一条被单递给杏秀，杏秀继续像个石像一样拽着被单一角假装帮忙，而静雨上蹿下跳地用力抻平被单。

静雨累得气喘吁吁："你哪里不好了？"

"因为其实我也不知道，我要不要跟大风在一起，我还没想好未来，可我却骗他，我想跟他在一起，而且刚才我还为了他跟妈吵了一架，其实只是因为妈干涉我，我才生气，并不是为了大风跟妈生气，可是这下子大风要误会了，我宁可跟家人闹翻，也要跟他在一起。但我根本就不确定，我对他，到底是什么样的感情。"

"别想那么多了，到时候，情绪到了的时候，自然而然，你就知道心里的真实想法了。"

"什么时候才是时候？"

"这种事，只能等，不能说。"

杏秀很纳闷。

第二天，在大风工作的工地，杏秀不情不愿的样子，大风牵着杏秀的手来到了工地，工人们都下班了，没有什么人。

"破工地有什么好看的？"杏秀嘟囔。

"等会儿你就知道了。"大风牵着杏秀向工地里面走去，杏秀一脸嫌弃。

他们楼顶，楼顶尚未完工，还有钢筋露在外面。天色渐渐晚了。林杏秀有点害怕："这是要干吗？大风，我可从来没害过你。"

"别瞎想,再等等。"

过了一会儿,太阳落山了,杏秀被美丽的落日余晖吸引住:"好美。"

两人并肩看着落日,气氛很美好。林杏秀很惊讶:"这就是你想让我看的?"

忽然大风跪下了,送上了一枚很粗的金戒指,杏秀愣住了。

"这是金的。"大风不知道该说什么,所以就不小心无厘头了一句。

"好黄。"

"杏秀,从十六岁起,我就在各个城市做装修工,我每天不停地重复着同样的活儿,除了干活,除了想你,我什么都没有,直到有一天——"

"你爱上了别的人?"

"没有,不是,怎么可能?我是说,直到有一天,我下班时忘了拿工具,就在太阳落山的时候上来拿,当时我看到的,就是这样的景色,原来每天的这个时候,整个城市看上去,是这样美。我从来不知道,美这个词,还会跟我有什么关系。可是那天太阳落山的时候,我突然明白,只要能在这样的时候,在这样红不红、紫不紫的光里面,告诉你,我有多爱你,我这辈子就值得了,就算死了,也值得了。"

"你可千万别跟我说,我要是不答应,你就跳下去。"杏秀有些担忧。

"我当然不会,我知道那样会让你很惨,我只想告诉你,我爱你,我爱你,我爱你,就算你不爱我,我也爱你,我只要能告诉你,我就心满意足了。"

"大风,这些话跟你这个人的感觉好不配!你是个那样有男人味——道的男人。这些话应该是偶像剧那些长得细脚伶仃的男主角说的。你这种类型属于猛男吧?"

林大风激动地:"猛男也是妈生的,猛男也有说爱的权利。"

"好吧,好吧。对了,你为什么爱我?有原因吗?"

"因为从小到大,我的脑子里都只有你,我现在闭上眼睛,想起过去,就只有你一个人,其他什么也没有,这就是我被生下来的理由吧,你信吗?人生下是有理由的吗?有的人有,有的人没有,但是我相信我有,我被生下来的理由,就是你。为了你,我愿意去死,我不是学脑残电视剧里面的台词,杏秀,我是说真心的!"

林杏秀一愣,她很感动,接过了戒指。

"你不想答应,没关系,我有心理准备。"大风安慰。

"我想答应,我真心想答应,因为我相信你,大风,我相信你说的一切,我相信你十八辈祖宗。我以前想不明白咱俩的关系,可静雨跟我说,时候到了,自然而然,我就知道心里真实的想法了,我想,现在,就是时候到了。"

杏秀戴上了戒指,两人相拥,坐在未封闭的大楼顶,看着窗外的夕阳,任时

第二十八章
记忆是首放肆的歌

间悄悄流过。

天色渐渐暗了。杏秀掏出手机。

"打给谁？"

"静雨。"

电话接通了，杏秀告诉静雨："你方便吗？我跟你说件事，我订婚了。"

"你不是没事老订婚吗？"静雨其实对杏秀挺失望的。

林杏欣欣喜地："不止订婚那么简单，像你说的，时候到了，我就知道了。真的，现在，就是到了！"

林大风稀里糊涂地："你把什么倒了？"

林静雨独自租住的公寓楼外小巷，天色晚了，静雨从小巷走过，她正在跟杏秀打电话："嗯，杏秀，你长大了，不管你做什么决定，姐都支持你，早点回吧。就这样。Bye!"

静雨继续走下去，忽然她回头看，她觉得有人跟踪，于是提高了警惕。后面跟踪她的人正是唐志龙。他跟着跟着，发现前面的静雨不见了。

唐志龙一愣，忽然他一阵抽搐晕了过去，原来是静雨用电击枪电晕了他。唐志龙倒在地上，斜靠在墙上，模模糊糊地看见了静雨。

"我以为你有多可怕，原来不过如此。"静雨鼓足勇气。

唐志龙忽然哈哈大笑："静雨，你不敢杀了我，可我却敢杀了你。"

"我不信，你这个懦夫，如果你敢，你早就杀了我，你别以为我不知道，你已经跟踪我很久了，上次偷偷断我们家水的人、断我办公室电的人、把我正在播放的音乐偷偷换了的人、在我家门口泼猪血的人、害我摔倒在猪血中的人，全都是你！唐志龙，我真没想到，你躲起来在暗中害我，想出来的却是这么小儿科的招数。"

"你错了，我只是在跟你玩，我就是喜欢看你惊慌失措的样子，其实我也很喜欢看你现在这副虚张声势的样子，太好玩了。说真心话，人活一辈子，有什么意思，传宗接代？争名夺利？以我的智商和努力，赚钱这件事并不难，我的各种投资和积蓄，早就可以保证我后半辈子的生活。曾经我也想忘记我过去的一切，忘记我年少时那些痛苦的经历，我想跟你生儿育女，好好地过完这一生，我对你那么好，我那么在乎你，可你是怎么回报我的？你一声不吭，就这么悄无声息地，跑了！"

"如果当时我不跑，早晚会死在你手里，你想想你当时是怎么对我的？你不

但在肉体上折磨我，还在精神上虐待我，还口口声声说什么爱我！真是太可笑了！"

"林静雨，你毁了我这一生唯一的美好记忆，我现在已经忘记了所有咱们在一起的日子，从你背叛我的那天起，我就找到了新的人生乐趣，那就是用我的恨，毁了你。我现在很成功，不是吗？我知道你一直在治疗抑郁症，你过着草木皆兵的日子，说白了，你现在就是个神经病！怎么样？日日担心、夜夜失眠的生活，很有感觉吧？"

林静雨有些崩溃："我没有背叛你。"

"笑话，哪个叛徒会承认自己的错误？你都有那么大个儿子了，你还没背叛我？你以为你离开我，你就能自由地恋爱生子吗？你休想！你的声音在发抖？你害怕？你现在还用不着害怕，因为时候还早，接下来，我还有更好的办法让你生不如死。"

唐志龙忽然颤抖着站了起来，静雨吓得跑了。唐志龙表情阴狠，他的身子不停颤抖，这让他看起来十分可怕。

静雨跑回独自租住的公寓卧室，这一夜静雨躺在床上辗转反侧，她还是发了个语音微信给钟亦仁："你睡了吗？"

很快他就回了微信语音："静雨，怎么这么晚还没睡，出什么事了吗？"

"亦仁，我——你现在好吗？你要小心，现在治安不好。"

他马上回了微信："我没事啊，咱们什么时候见一面吧，你是不是出了什么事？"

"不不不，你千万别来见我，我挺好的。总之你一定要注意安全，现在治安不好！一定要锁好门窗，多加小心！还有，千万别走夜路！"静雨匆忙关上了手机，她很忐忑。

这一刻，梅秋灵家中客厅，钟亦仁正在准备晚餐，他过来是为了照顾外孙女，挂断电话的他看上去也很纠结，似乎有很多心事。

梅秋灵从可依卧室出来了，梅秋灵冷嘲热讽地："发什么呆呢？又想你的雨呢？"

钟亦仁转移话题："嘻嘻睡着了？你怎么这么精神？今天没难受啊？"

梅秋灵赶紧装得很虚弱："嗯，吃得饱饱的，才睡，小丫头真能吃，抱着奶瓶就是不松手。"

"跟可依小时候一样。对了，可依怎么还不回来。"

"忙呢吧？这家伙还成了事业型女性？真是太阳从西边出来了，不，是太阳

第二十八章

记忆是首放肆的歌

从地里面出来了。"

"听她说最近招生势头很好,她还说是今年撞了大运,可我觉得这都是这些年她努力的结果,自从生了嘻嘻,我觉得可依变得成熟了许多,虽然跟思宽在一起时还是喜欢耍小孩子脾气,但是在事业上,她现在已经有了拼搏、努力的决心和毅力,也许她是想给嘻嘻做个榜样吧。看到她这么努力,我真是很欣慰。"

梅秋灵连连鼓掌:"领导总结的是!领导讲话太有水准了,真是高屋建瓴,简直一针见血!"

"你这样一说,倒让我想起了以前工作的时候,真是怀念那时候呀,每天一心扑在工作上,既忙碌,又快乐。算起来,从生病起,我就办了病退,已经歇了很久了,我觉得我恢复得还可以,等嘻嘻再大一点,我打算找个机会继续工作。当然最重要的是,我得重新拾起书本学习学习,自从做完脑部手术,我总觉得脑子里面空空的。"

"你愿意怎样就怎样,你就算现在想出去工作也没关系,有我照顾嘻嘻呢,想当年我也是管理过几百号人的国企副总裁,负责那么多的行政工作,难道这么一个小不点,吃喝拉撒睡这点小事,还能难住我不成?"

"谢谢你,秋灵,你跟过去真的不一样了,你现在居然这么善解人意,三十几年来,我何曾想过我跟你,竟然会有今天这样平心静气的日子,我感动得都想痛哭流涕了。"

"你想不到的好日子多了去呢!"

"可是我现在不能出去工作,你不是跟我说,你的病还没好,只要站起来就会头晕脚软吗?带你去医院又查不出什么,所以我想,我这段时间的任务不是出去工作,而是好好照顾你们祖孙三人。"

其实梅秋灵早已经好了,梅秋灵略有些尴尬:"那——好吧。"

"你不会又是骗我吧?仔细回想一下,这次咱们俩之所以和好,也是因为你打电话给我说你差点摔死,我才匆忙赶来照顾你。前后逻辑这么一考虑,我还真有点担心你在骗我。"

"怎么可能?上次因为装病骗你,惹你生那么大气,我怎么还敢再骗你?"

"好吧。"钟亦仁也不想跟她计较了,她开心就好吧。

"要不你搬过来住吧?"

"还是不了。"钟亦仁早就怕了梅秋灵的控制欲。

"你还在想着她?"

"咱们不说这事了。"

"凭什么不能说——"梅秋灵皱着眉头想要发作,却还是忍住了。

忽然钟亦仁摸摸太阳穴。

"怎么了?"

"刚才突然眼前一黑,可能是血压低。"

"去医院检查检查吧,是不是有后遗症?"梅秋灵非常担心钟亦仁的病情。

"去看过了,拍了片子,说是看不出有什么问题。算了,是福不是祸,是祸躲不过,其实现代医学解释不了很多临床症状,可能就是神经性头疼吧,也许真的没什么事。"

梅秋灵不由有些担忧。这时梅秋灵来了条微信,她看了看:"可依今晚不回来吃了。"

"怎么这么忙?"

"年轻人忙点儿不是好事吗?就你们家可依那个懒蛋,她要是愿意忙,我得去庙里烧香才是!我们养活了她这么多年,本来以为她也就靠着吃房租过一辈子了,谁知道居然有了事业心?不知道是不是祖坟冒蓝烟了。"梅秋灵就算夸奖女儿,也是这么毒舌。

可依的钢琴教室,可依送一个十岁左右的女学生和她妈妈出门。学生妈妈很感谢:"可依老师,谢谢您今天加班接待我们!我是去灵音琴行买琴的时候,听那边一个学生说,你是一个很好很风趣的老师,学生跟你学琴会特别开心,所以我才慕名前来,也没提前打招呼,急匆匆地就来了,没想到您正好在这儿,谢谢!"

可依故作端庄的笑容:"不客气。"

学生很可爱:"老师再见。"

"明天见。"

学生刚走,忽然可依发现她的老同学程玉凌来了:"玉凌,这么巧?"

程玉凌一脸怒意:"我就是来找你的。"

"你怎么看上去这么凶?"

"钟可依,当初你刚生完孩子就出来找工作,你的技巧根本就已经生疏了,我好心破格录取你,没想到居然养虎为患,现在你翅膀硬了,居然跟我们灵音琴行抢学生了?我还听说,你在我琴行那边安插了托儿,只要有人买琴,他们就会说你这边教得好,把学生都忽悠到你这边来上课了?"

可依有点惊慌:"首先,我没安排什么托儿托女的,那些学生都是主动过来的,再说你那边本来不是买琴免费赠送钢琴教学一年吗?你那边的教学是免费的,我

第二十八章
记忆是首放肆的歌

又没影响你。"

"第一年是赠送的,第二年不就开始收费了吗?这叫策略。"

"这就是你不懂学生家长的心理了,便宜没好货!所以他们才要舍近求远来我这儿啊,我这儿是专攻教学的,听上去很专业哎!"

"你别忘了,你当初就是我们琴行那个便宜的老师!"

"大家好端端地谈人生谈理想,你怎么能出口伤人?"可依很不高兴。

"出口伤人算什么?动手打人我也会啊!你别忘了,当初我白手起家,到现在已经开了三家琴行,我能走到今天,不知道见识过多少像你这样的对手!你甭跟我扮小白兔,我要是信了你,我就不叫程玉凌!"

程玉凌上前一步,她不过是吓她一下,但可依吓得一躲,刚好撞倒了一个很大的装饰花瓶,可依试图去接,却没接到,花瓶弹起来,砸到了程玉凌脚边,碎了,溅起的碎片划伤了程玉凌的腿。

程玉凌大惊:"你这是故意伤害罪!"

"是你先要动手的,我也没想害你,我这连正当防卫都算不上。"

"我根本就没想怎么着你,我只不过向前跨一步壮壮气势吓吓你,谁知道你居然这样对我?"程玉凌不依不饶。

"我怎么对你了?我一下都没动过你,我躲你还来不及呢!"可依欲哭无泪。

"反正你就是想害我。"

忽然程玉凌不说话了,原来她发现可依的腿也被捡起来的碎片划伤了,流血流得更多。可依顺着程玉凌的视线一看,发现自己的腿哗哗地流血,不由大惊失色。

可依匆忙去了医院,处理室外走廊,可依一瘸一拐地走着,耿家泰迎着她跑过来。

"你怎么来了?"可依纳闷耿家泰消息怎么这么快。

"我听培训班那里的大厦保安说的,他说你被花瓶碎片割伤,来这家医院包扎了。没事吧?"

"皮外伤。"

"我送你回去。"耿家泰很担心。

"好吧。这个点儿估计很难打车。"

"听说你跟别人起了争执,对方也受伤了?"耿家泰问道。

"死不了。"

"是谁跟你争执?我认识吗?"

"不认识,就是以前我跟你说的,那个曾经雇我在琴行教钢琴的程玉凌,以

前是我同学。她嫌我跟她抢生源，所以跑来跟我吵架。气死我了，大家公平竞争，凭什么砸我场子？"

"可依，你在我看来，什么都好，只有一样不好。"

"我哪不好？你说吧，要是说得不对，我会翻脸的。"

"可依，你有的时候，只为自己考虑，很少为别人考虑，凡事你总是先想到自己如何付出，从来不会想到别人也在为了你退让。"

可依一愣："我是独生女，我们这茬人都这样，可你不能怪我，我爸妈从小就娇惯我，我也是身不由己。"

"我不是怪你，我就是想，如果你能多为别人想想，你会是个多么完美的女人啊！"

可依低头看看胸部："那倒也不是，还差点高度。"

耿家泰看她如此，不由笑了。

"那你同意我对你的规劝吗？其实你就算不同意，你在我心里也是百分之九十九的完美女人，只差了那么一点点。"

可依尴尬地："还真是王八看绿豆，呦，不好意思，我不是说你。好吧，我同意改正，对了，老耿，为什么你说话我就觉得中听呢？思宽一说我，我就一肚子气。"

"他还年轻，他还不懂拐弯抹角。"

"是这样吗？搞不懂。想了想那我现在要去跟我朋友道歉吗？其实我很感激她曾经对我的帮助，我也不想跟她抢生源，以后我会注意就是了。"

忽然有个声音传过来，不知何时瘸着腿的程玉凌站在他们身后："我都听见了。"

"你怎么在这儿？"可依纳闷。

"我都快在这儿站成雕像了，你们俩你侬我侬的，哪还能看见别人！"

"玉凌，那——我跟你道歉，你能原谅我吗？"

"好吧，我也不对，今天一时冲动，害得你瘸了一条腿。"

"没事，你不也瘸了一条腿嘛，一报还一报，谁也不亏。"可依说话就是这么给力。

程玉凌闻言脸色有变，可依急忙解释："冤冤相报何时了，今天咱们将它了，虽然不了白不了，其实了了也白了。"可依摇头晃脑，耿家泰和程玉凌无奈地笑看着她。

为了表示感谢接送和对自己的规劝，可依打算请耿家泰吃饭。餐厅内，可依

第二十八章
记忆是首放肆的歌

正在看菜单,耿家泰坐在她对面。

"不许你抢着付钱,今天一定要我请你,你不知道,我今天连续收了四个新学生,开业大吉,所以一定要请你吃饭。"

"好好好,你要怎样就怎样。"

这时候可依电话响了,她一看是老妈来电,立刻接通:"喂,老妈啊,怎么了?嗯,嗯,嗯,我马上到医院。"可依挂断电话就要走。

"谁生病了?"

"嘻嘻发烧了。"

耿家泰也一惊,两人匆忙走了。

很快到了医院的婴儿病房,可依跟耿家泰走进来,嘻嘻已睡着了。梅秋灵急得都快哭了。

"医生怎么说?"可依很着急。

"医生还不都说没事?只要不是癌症、心脏病、脑出血,他们统统说没事。"

"到底怎么说的?"

"发烧,39度,挂了水,让嘻嘻留院观察。"

"好端端的,怎么就发烧了?"

"医生说我给她吃多了,积了食,引起了发热。"

"我就跟你说吧,你不能由着她吃,你得控制她,她那个大胃,你就是给她个大白鲨,她也吃得下啊!"

"你别埋怨梅阿姨了,事情已经发生了,她也不想,今天你不是还说以后你要改正缺点、宽以待人吗?"耿家泰劝慰。

"好吧,一二三四五六七八——"

"发火之前先数十五个数?"

"你怎么知道?"可依奇怪。

"这种话还不都是杂志编辑瞎编的。什么少抱怨、多感恩,什么你不能改变别人,你只能改变自己,都是一个套路。"

"呸,害得我数的数都能绕地球一圈了!"可依忽然想起什么,"对了,妈,我爸呢?他今天不是在咱家帮忙看孩子吗?"

"下午他说不舒服,我让他回去休息了。刚才我抽空给他打了电话,估计马上就要到了。"

"好吧,老耿,你先回吧,我跟我妈在这儿陪着嘻嘻。"

"我也陪着嘻嘻吧。"

"真不用，我送你。"可依不想耽误耿家泰的时间了。两人的工作已经合伙，可是自己女儿生病，他总在旁边照顾，他就进入了自己的家庭生活，可依心里悄悄幻想能跟思宽和好，所以她不想跟耿家泰有更多未来。

"好吧，梅阿姨，那改天再见。"

可依跟耿家泰走了，医院婴儿病房外走廊，耿家泰跟可依从走廊走过。

"前阵子不是听你说，阿姨摔出了脑震荡，一走路就头晕脚软，我看她挺精神的。"耿家泰纳闷。

"她是装的，为了骗我爸回心转意跟她和好才装病，其实她的病早就好了。"

"阿姨跟叔叔，这小日子过得真是有滋有味。"

"这才叫真爱。"

可依跟耿家泰走向远处的电梯间，他们经过了一个拐角，拐角处是楼梯，两人都没注意到，拐角处楼梯旁站着个人，那正是刚走上来的钟亦仁。

医院婴儿病房，钟亦仁冷着脸进来了，梅秋灵有点奇怪。

"嘻嘻怎么样？"钟亦仁问道。

"烧已经退了，医生说再留院观察观察。你怎么了？臭着一张脸！谁又惹你了？"

"不说了。"

"有话你就说啊，要不然以后又憋气憋出个脑瘤来！"

"听可依说，你的脑震荡早就好了，你装病装到现在，都是为了骗我？"

"这孩子，怎么拆我台呢！"梅秋灵很是郁闷。

"原来你真的又在骗我！秋灵，我不怕担负起照顾你的责任，但我最恨别人利用我的感情，反反复复，反反复复！这是最后一次了，就算你再生病，我也只是基于人道主义照顾你，不要再想别的了。"

"亦仁——"

"别说了，别吵着嘻嘻。"钟亦仁冷着一张脸，梅秋灵一句话也不敢多说。

不巧的是，在医院付款处，冷着脸的钟亦仁正在排队等着付款，忽然巧遇静雨。两人大惊。

"这么巧？"钟亦仁问道。

"是呀，你也来医院看病？你生病了？"

"不是我生病了，是嘻嘻生病了，秋灵在楼上照看她，我下来交费。"

"严重吗？"

"还好，只是发烧，现在烧已经退了。医生说再观察观察就可以回去了。"

第二十八章
记忆是首放肆的歌

"住在哪个病房?"

"儿科709。你怎么样?你生病了?"

"失眠,老毛病。"

"你是不是出什么事了?你看上去心事重重。"钟亦仁担忧问道。

"没有。"

"好久不见了,咱们找个地方说几句话?"

林静雨想了想:"好吧。"

医院楼下花园,林静雨和钟亦仁在花园散步聊天。

"好久没见了。"钟亦仁叹息。

"是呀,你最近好吗?头还疼吗?"

"不疼,只是有时候眼前一黑,查不出什么问题,没事的。"

"你得注意,别把小病拖成大病。嗯,你现在——生活还顺心吗?"

"你是想问我跟秋灵相处得怎么样吧?谈不上好,也谈不上不好,我只是基于人道主义照顾她吧。她总是利用我对她的担心骗我,我很不满,但也奈何不得她,毕竟她岁数也大了,我怕惹急了她,害得她又生了什么病,就不好了。"

"我上次跟你说,我希望你们和好,真的是真心的。"

"有些事不能强求,过去的就过去了,不是人力所能改变。对了,我听可依说,你跟她说,有个人出现了,所以你只好离开我了。你最近跟那个人还好吗?"

林静雨一惊:"我没这么说呀,我当时跟她说的是,我遇到了一个我永远不想见到的人,一个毁了我前半生的人,我羡慕别人有老天赐福的姻缘,所以我才祝福你跟可依妈妈能和好。"

"你说的那个人是谁?就是你一直想要告诉我的、关于你过去的那个秘密吗?"

林静雨点点头:"我不能再多说了,我是个被诅咒过的女人,求你离我远一点。"

"有什么问题咱们要勇敢面对,逃避不是办法。"

"我的记忆里有你,这就够了。你要小心,别让生人靠近你。以后咱们不要再见面了,我怕惹怒他。"静雨跑了,钟亦仁满脸犹疑。

远处,唐志龙藏在角落里,看到了这一切,他一直在跟踪静雨,到底该如何惩罚静雨,他不想简单地伤害她的性命而已,那太善待她了,无法缓解他长久以来内心的恨意。此外,除了惩罚必须足够狠毒,他还必须全身而退。所以他还在等待机会。

钟亦仁家楼下,钟亦仁从小区经过,唐志龙跟着他。唐志龙决定从这个男人打开突破口,钟亦仁并不知道有人跟踪。

而静雨认为唐志龙并不会真的在中国出手伤人,她深知唐志龙对他自己的爱,只能他害别人,不能别人害他,所以他不能知法犯法,他肯定在想着什么诡计,可是他很聪明,并非智商低下的冲动之人,他知道犯罪的恶果是伤害自身的自由。所以静雨笃信,唐志龙所要做的,只是诛她的心,让她永远不得安宁。天响已经被送去国际学校住校了,静雨目前觉得她必须鼓足勇气面对唐志龙,让他知道自己已经从精神上战胜了他,她不怕他,这就足以让他气愤。最终会走向何方呢?他那么爱自己,他不想为了报复赌上自己的后半生,她决定赌一把他会放弃跟踪和恐吓。

静雨回了家,她有些担忧嘻嘻,思宽家中客厅,静雨匆忙跑进门,思宽正在扶着爷爷锻炼。

"思宽,快去医院看看,嘻嘻生病住院了。"

"怎么了?"

"你别着急,只是发烧,现在已经退烧了。"

"那我马上去。"

静雨跟钟亦仁有意打听了病房号码,医院婴儿病房,思宽推门进来,正好看见可依跟耿家泰聊着什么,嘻嘻睡着了。三人都是一惊。

"你怎么来了?"可依纳闷。

林思宽有点生气:"我不能来吗?"

"你怎么知道嘻嘻住院了?"

林思宽靠近嘻嘻,一直盯着孩子看,他摸着嘻嘻的额头,很是担心:"我要是不听静雨说这事儿,你是打算永远不告诉我吗?你确实不需要告诉我,反正你这有闲人帮忙。"

"你说什么呢?"可依很生气。

林思宽下意识地捂住嘴:"我说什么了?我什么也没说。嘻嘻怎么样?退烧了?"思宽不想再去惹可依了,他最近在找机会跟她道歉。

"嗯,没什么大事,不小心吃多了,积了食,发烧了。"

林思宽心疼地摸着嘻嘻的脸:"下次嘻嘻生病一定要告诉我。"

"懒得给你打电话,再说又不是什么大病,当天医生就说没事了。"

"那你怎么不懒得给他打电话?"思宽对耿家泰很介意,可依应该避嫌的,可她觉得自己光明正大,她不知道爱人间的误会有多么容易。

第二十八章
记忆是首放肆的歌

"他正好在,我们俩当时正在商量工作,我腿受伤了不能开车,他就送我来医院,就这么简单,你不信吗?"可依并不觉得自己有错。

"你腿受伤了?怎么回事?让我看看。"思宽决定不跟可依计较耿家泰的事情。

可依不情愿地把腿给思宽看,思宽很心疼:"疼吗?"

"我又不是铁金刚,为什么不疼?"

"以后一定要小心。"

"这算什么?我的心更疼。"可依赌气。

"我今天没惹你生气呀?"

"以前惹的,一直伤到现在。"

"有外人,咱能别说这些吗?"思宽讨饶。

"我在这儿是不是影响你们了?"耿家泰问道。他这个墙脚挖得是真有水平。

"你才知道?"思宽态度不好。

"你怎么说话呢?你不是说你相信我说的话吗?你什么态度?我跟老耿正谈工作呢?"

思宽气得脸都快抽筋了,却还是忍下这口气:"我相信,我怎么会不相信?老耿,谢谢你照顾可依和嘻嘻,时候不早了,你请回吧,别耽搁你自己的事。"

"说好要送她们祖孙三人回家的,今天嘻嘻住院。"耿家泰解释。

"我也开车了。"思宽争取自己的机会。

"我的车宽敞。"

"我的车窄了点,但一家人挤在一起更亲近。"

"好了,别说了。老耿,既然思宽来了,就不麻烦你送我们回去了,这两天实在太感谢你了。"可依劝和。

耿家泰小声地:"你就这么原谅他了?"

可依小声地:"不是你让我学着多为别人考虑吗?我原谅他,难道还是我做错了?"

耿家泰不情愿地:"哎哟,我这可真是自己放火烧后院。"

"你走不走?不走我送你。"思宽得了可依欢心,立刻蹬鼻子蹬脸。

"好吧,那我走了,可依,有事给我电话。"耿家泰不舍地走了,思宽脸上忍不住流露出一丝得意的神情。

"你别得意,等会儿我妈要是知道她得坐你那台小破车回家,不知道要说什么难听话!你可提前准备好了。"

林思宽不由很无奈。

女仆女王小女人

果然出了问题，梅秋灵家小区，思宽驾着小车，载着可依、十三个多月大的嘻嘻、梅秋灵驶过。可依抱着嘻嘻。梅秋灵一脸不乐意，就在这个节骨眼上，思宽的手动挡小车一顿一顿地，熄火了。

思宽很着急，几次也打不着火。他急忙下车去看，梅秋灵也气得下车去看。就在梅秋灵站在思宽旁边一起检查车的当口，有个中年女人从旁边经过："哟，小梅呀，这是你女婿的车呀？这车——可真够环保的，肯定是国产的，你女婿可真爱国，不像我女婿，崇洋媚外，讨厌得要死，非得买个日本车，叫什么来着，本田还是本地来着？反正他呀，就是非得买进口车，你说他讨厌不讨厌？"

梅秋灵讪笑着："是挺讨厌的。"

"就是，哪比得上你这个爱国的女婿，我呀，就是没福气。"中年女人得意地走了。

思宽胆怯地看了一眼梅秋灵，果然丈母娘正瞪着自己。

"她女婿挺讨厌的嘛！"思宽尴尬说道。

"那是她没见过更讨厌的。"梅秋灵上了车，思宽忙不迭地跟上。思宽继续开车，小车车像得了帕金森一样，一顿一顿地开走了，梅秋灵一直冷着脸。

这天稍晚的思宽家中客厅，静雨、杏秀正在分别帮爷爷奶奶做复健，思宽苦着脸回来了。

"又跟可依吵架了？"静雨问道。

"没有，被丈母娘鄙视了一顿。"

"思宽，你怎么这么惨啊？是因为没买房吗？"杏秀觉得一切都是因为思宽没有钱。

"可能吧，车也不争气。上次坏了忘记去修，今天它就给我长脸了。"思宽苦恼地坐在沙发上，静雨看他失落的样子，觉得很抱歉。

"思宽，对不起，我不该去偷嘻嘻，帮不上忙，还一直给你添乱，惹了可依一次又一次，还偷了嘻嘻回来。"

"算了，姐，不管发生了什么，我都不会记恨你的，再说你也是为了奶奶。"

"我去跟可依和她妈妈道歉吧，都是我不对。"

"暂时别去了，上次你去道歉，闹得人仰马翻的。"

林奶奶劝慰："思宽，你别怪静雨，她虽然会读书，但是可能书读多了，又迂又腐的，你别跟她计较，她从小就直愣愣、傻乎乎的。"

一直沉默的林爷爷忽然一惊："杀？杀不得！"

静雨不由一愣："爷爷，你说什么？谁杀不得？"

第二十八章
记忆是首放肆的歌

林爷爷却哼起了《空城计》唱段:"杀不得!又恐怕中奸计内有伏兵——"

静雨等人都哭笑不得。林爷爷却是看上去什么都不记得了,他手舞足蹈看着心情很好。

敢于忘记过去的人,其实才是最幸福的人吧。五岳工作室里,蓬头垢面的五岳完成了杏秀的人体油画。那是从前她为了静雨跟他借钱所做的抵押物,此刻他在不停地修改,看上去疯疯癫癫的。

Lisa担忧地:"小岳,你别吓唬姐,你跟姐说句话,好几天了,你不吃不喝不睡不说话,只知道画这幅画,你这是得了失心疯吗?你可别吓唬姐,都是姐不对,姐不该把林杏秀放走,姐帮你把她抓回来?"

五岳一声不吭。

Lisa担忧地:"小岳啊,你怎么就是忘不掉她呢?是因为没有跟她经历过爱情里应有的一切,没有来得及互相憎恨,你就被她甩了吗?是因为这样你才忘不掉她吗?还是因为——你没得到她?"

五岳不回答,他一笔一笔地精心修饰着杏秀的画像。

忘不掉过去的人,总是希望回到过去。过去的记忆就像一首放肆的歌,它任意变换模样,就是不会消失。可为什么人们不愿意忘记过去呢?因为人们的过去,才是让人生——有意义的原因。

这天晚上,唐志龙悄悄进了钟亦仁家中,他左右张望着。钟亦仁坐在书桌前,表情很沉重,他摸着太阳穴,似乎很不舒服。唐志龙从他背后悄悄靠近他,手中还拿着一把匕首。就在唐志龙拿着匕首犹豫的一刹那,钟亦仁突然昏倒了,跌倒在了地板上。

正在纠结的唐志龙不由一惊。

第二十九章

疯魔之爱

钟亦仁家中书房,钟亦仁昏倒在地上,举着刀的唐志龙想了想,跑了。后来钟亦仁在地上昏了很久,电话响了起来,是梅秋灵来电,自然无人接听。

梅秋灵家中客厅,梅秋灵挂断电话,焦急地出去了。

"你去哪儿?"可依纳闷。

"打不通你爸电话,我去他家看看。"

"他那么大人了,能出什么事呀?你等会儿再打嘛。"

"你爸最近总说不舒服,说不定他晕倒了?我不看看他不放心,你不懂。"梅秋灵匆忙走了。她有些失魂落魄,因为实在太担忧他了。爱到疯狂,让人笑话。

梅秋灵赶到了钟亦仁家中书房,梅秋灵进门,看见钟亦仁倒在地上,不由大惊,她竟然急哭了,扑过去抱住钟亦仁:"老钟,老钟,你还活着吧?"

梅秋灵惊慌失措,她非常害怕,近似疯癫——可是疯狂,是爱的唯一方式。

梅秋灵把钟亦仁送到了医院。过了一会儿,病房里,可依冲进来,发现钟亦仁已经醒了,梅秋灵正在喂他喝水。

"爸,你怎么样?"

"没事。"

梅秋灵红肿着眼睛:"怎么没事?老王不是说你可能旧病复发了吗?"

"还没确诊,先别难过,可能只是血压低才昏倒的。"

"头疼也低血压,脚疼也低血压,亏你还是当医生的,就这么糊弄我们老百姓吗?"

第二十九章
疯魔之爱

"妈,你别说那么多了,我爸需要休息。"可依很难过地坐在钟亦仁旁边,这时候耿家泰到了。可依一惊:"你怎么来了?"

"是我叫小耿过来的,我刚才一看见你爸倒在地上,我就吓得方寸大乱,我打完120叫救护车,打完你电话告诉你,还是觉得心里特别慌,我就打了小耿电话。"

"你麻烦人家干吗?"

"不麻烦,我很乐意帮忙。"耿家泰很温暖。

"我想你爸晕倒了,就你和我两个女流之辈在医院,万一出了什么大事,咱们抱你爸都抱不动,叫小耿过来,咱们也能有个出力气的男人不是?"

"你怎么不给思宽打电话?"

梅秋灵闻言脸色一变,示意可依出去说话。可依只好出去了。

"叔叔,您喝水吗?"耿家泰关心钟亦仁。

"不用了,谢谢。"

耿家泰坐在钟亦仁旁边,两个男人略有些尴尬。

"叔叔,您好点了吗?"

"没什么事,放心。"

"叔叔,您吃水果吗?"

"不用了,谢谢。"

"叔叔,您需要按摩吗?我帮您捶捶背。"

"不用——"钟亦仁看看耿家泰一脸刻意讨好的样子,"哦,那好吧。"

耿家泰小心翼翼地给钟亦仁捶背:"捶这里,可以吗?需要用力一点吗?"

"嗯,可以。"

"需要再用力一点吗?"

"嗯。"

耿家泰加大力度,却捶得钟亦仁咳嗽起来。

"不好意思,叔叔,没想到您这么禁不起打,哦,不不不,不是那个意思。"

"小耿啊,你是不是有点紧张?"

"您怎么知道?"

钟亦仁小声地:"你个挖墙脚的,你能不紧张吗?哦,不是,我是觉得你可能有点不好意思面对我。我知道,秋灵很看好你,但是你在我面前,可能还是担心我会对你有看法。"

"是的,叔叔您真是明察秋毫,我和可依的事,还得请您多帮忙。"

"我以前总想帮她做决定,后来发生了很多事,让我觉得不管是亲爹也好,亲女儿也好，都是冷暖自知，谁也不能做谁的主。可依大了，她自己的事情，她自己决定。"

此刻钟亦仁病房外，可依面有怒色："我爸生病，你为什么不通知思宽，反而通知老耿？"

"小点声，我其实——就是不想让林静雨知道你爸住院了，看着她就烦。再说了，你跟思宽现在又不是正牌夫妻，你们俩要是没离婚我不会说你什么，可是现在你们赌气赌得婚都离了，就算见面了还是吵吵闹闹的，真没意思！已然如此，我还跟你客气什么？我觉得呢，过去的就让它过去吧。所以我就没告诉思宽你爸住院。"

"那你自己怎么不跟我爸过去的就过去呢？你们俩都纠缠多少年了？"

"我们俩不一样。"

"怎么不一样？我爸也是穷小子。当年还是你供他上的研究生呢！怎么到了我这儿，我就非得嫁个高富帅呢？"

"时代不同了，我们那时候都没钱，你们现在可不一样，不患寡而患不均，人比人气死人，我可不想让嘻嘻这一辈子活得比别人都差一个层次。这一转眼就要上幼儿园，凭什么别人家的小孩上贵族幼儿园，我们家嘻嘻就得上平民幼儿园，你要是跟林思宽复婚，他又摆出那张臭脸不肯用我的钱！我好不容易炒房炒股挣点钱，他林思宽凭什么一个子儿都不用！我又不是坑蒙拐卖骗来的钱！想想就来气。对了，听你这意思，林思宽又跟你求和了？"

"那倒还没有。"

"他这次就算跪下来求你，你也不能答应他，好不容易你想开了，脱离苦海了，我不能让你又往火坑里跳。"

可依有些不乐意，但没再争辩。

可依回去就要送走耿家泰，医院电梯间，可依正在陪耿家泰等电梯。

"不好意思，这么晚了我妈还把你找来，耽误你休息了。"

"这都是我应该做的。对了，可依，明晚你到我家来一趟好吗？请你吃个晚饭，我还有点事情想跟你商量。"

"现在说不行吗？"

这时候电梯到了。

"今天你就好好陪叔叔吧。明天咱们见面再聊。明晚六点半，不见不散。"

可依奇怪地："好吧。"

第二十九章
疯魔之爱

可依回了钟亦仁病房。可依和梅秋灵一边一个给钟亦仁按摩,钟亦仁忽然挣扎着起来。

"你想干吗?"梅秋灵纳闷。

"我想出去走走。"

"我陪你。"可依很担心。

"我想跟你妈出去走走。你别跟着了。"

可依窃笑:"这是要和好的节奏吗?对了,老耿今晚约我有事,老爸,明天我再来看你。那你们两个好好聊啊,千万别客气!"

梅秋灵不由有些羞涩。

他们去了医院楼下花园散步。

"秋灵,谢谢你送我来医院。"

"你记住我的好就行了,别总想着我不小心做错的那点小事。"

"我怎么会忘记你的好?虽然我记不得上次开刀之前的事了,但是在那之后,你一直在照顾我,当然你的有些方式上还有待商榷,但是我知道你是真心实意对我好。"

"那不就行了?为什么咱们就不能回到过去呢?"

"秋灵,来来回回,反反复复,我想我的意思已经说明白了。"

"你就是放不下林静雨。"

"我跟她,其实不可能在一起,她很坚持,她说她不想耽误我,我觉得可能她有些麻烦,我想尽量帮她解决,但是我和她,是没有在一起的可能了,因为即使我不是可依的父亲,即使我跟静雨没有亲戚关系,我也是个病怏怏的老人了,我不想耽误她。静雨很善良,你不要再针对她了,对了,她还祝我和你幸福。"

"那咱们俩幸福不就得了?"

"秋灵,希望你能理解我,上次大病一场,我就像死了一回,等我醒过来,我的世界一片空白,只剩了一个人,就是静雨。人生也许都是注定的吧!你能明白我的意思吗?"

梅秋灵哭了:"你是让我认命吗?"

"人的一生,又有多少,能由自己做主呢?"

"那你就不能装作记得我吗?反正你跟林静雨也没戏了。"

"那样对你不公平,我活不了多久了,可是你还有很长的时间,足够你去遇见自己的幸福。如果我给你希望,等我死了以后,你会永远活在痛苦中。"

"你不是说你的病还没确诊吗?也许你不会——"

"我的病情我自己心里有数,秋灵,你不是小孩子了,我不想再用假话骗你,更重要的是,我想让你做好心理准备,不要到时候被坏消息瞬间击垮。"

梅秋灵闻言忍不住呜呜地哭起来,钟亦仁不忍地搂住她。

可依不知道父母在做诀别,她以为他们在谈复合,这让她心情不错,这天晚上,可依去耿家泰家中赴约。耿家泰开门,可依站在门外,眉宇间有些喜色。

"怎么这么高兴?"耿家泰很奇怪。

"我老爸老妈和好啦!"

"恭喜啊!"

"有什么事非得让我来你家才能说呀?是工作上的事情?难道是咱们的教室出了问题?他们又要涨房租?真是黑心狼!"

"不是。进来吧!"

可依忽然愣住了,原来整个房间都是玫瑰,地上也铺满了玫瑰花瓣,还点了许多蜡烛。

"怎么样?很好吧?"

可依愣了愣:"天干物燥,小心火烛。"

耿家泰笑了。

"你这是什么意思?"

"烛光晚餐呀,这是我的看家本领,从来没有给你施展过,实在忍不住,想给你露露手艺。"

"你以前花花公子的名声就是靠着当厨子的天分混来的吗?你以前就是这么泡妞的?"

"我不泡妞很多年。"

耿家泰牵着可依坐到了位置上,耿家泰准备的是法餐。可依把玩着叉子,若有所思。

"怎么了?"

"有点恍惚。好歹我也是谈了十年恋爱的离婚女青年,可你的生活,跟我的生活,就是台湾偶像剧跟乡村爱情故事的差别。"

"多看看不同的电视剧,生活会更精彩。"

"那咱们开动吧。精彩不精彩的,都没吃饭重要。"

"好。"

很快,耿家泰家中餐厅,可依期待地拿着刀叉坐在餐桌前,耿家泰却倒了两杯白兰地。

第二十九章
疯魔之爱

"干吗?"可依纳闷。

"开胃酒啊。"

"咱们自己家吃饭,不讲究那些繁文缛节,什么开胃酒啊、汤啊、头盘啊就免了,直接上荤菜吧。"

"可是,法餐不就讲究个情调吗?我做的主菜是法式红酒炖鸡、茄汁牛扒、柠檬煎鳕鱼、香草烤羊排,甜品是樱桃布丁、提拉米苏蛋糕,你要是听我的话,把开胃酒、白葡萄酒、红葡萄酒,全部按照顺序喝下去,我就让你吃个痛痛快快。"

"你不是都做好了吗?我自己去厨房吃就是了。"

"早就料到你这一招,所以每样我都没加最后一味耿氏秘制调料。"

"老奸巨猾!喝就喝!"可依一饮而尽。

过了一会儿,两人已经吃完了,两人都有些微醺。

"你刚才好忙啊!"耿家泰感叹。

"是呀,一直在吃,都顾不上说话。对了,你不是有事跟我说吗?"

"看你太忙,怕你听不清楚,所以等你吃完再说。"耿家泰牵着可依走向阳台。

阳台很宽敞,被布置成了花房,同样点上了蜡烛,铺了满地玫瑰花,月光如水。耿家泰牵着可依来到阳台上。

"老耿啊老耿,你这辈子不结婚,不生孩子,真是对人类进化的犯罪啊!就你这手艺,要是传下去,那得造福多少吃货!"

"所以我要给你个机会造福人类呀。"耿家泰从兜里掏着什么,眼看就要跪下。

可依忽然反应过来,急忙扶住他。

"你这是想干吗?"耿家泰纳闷可依的反应。

"你对我太好了,我好感动。忍不住拥抱你一下表示感谢。"可依假意抱住耿家泰,把半蹲下去的耿家泰拽了起来。可依拍着耿家泰的背:"老耿,你对我太好了,好到我都觉得这世界不真实了。"

"有钱难买我乐意啊。"耿家泰又要跪下去,可依急忙又抱住他。

"又怎么了?"

"我,我还是觉得你对我太好了,我受不起,我无以为报,要不我把嘻嘻许配给你家当儿媳?"

"我可没这个打算,因为我想跟你——"耿家泰又要跪下去。

可依一惊,她急忙假装捂住肚子。

"怎么了?"

"拉肚子。"可依跑了出去。耿家泰急忙跟上。

可依钻进了耿家泰家中洗手间锁上门,她坐在洗手间里马桶盖上,她很忐忑。

耿家泰在外面敲门:"可依,你怎么样?"

"我——我——我拉得肠子都快出来了。"

"怎么搞的?难道牛排不新鲜?不可能呀!"

"我——我——你帮我找点药吧,再不吃药我就要死了。"

"好吧,你等着。"

可依趴在门上听见耿家泰走远了,她开了门,悄悄溜出去,可依看看客厅中无人,急忙拿着自己的背包溜走了。

不多时,耿家泰从卧室中出来,发现洗手间门敞着,玄关处可依的包也不在了。耿家泰苦笑一声,从兜里掏出了戒指,放在了茶几上。

耿家泰家小区,夜色中,可依独自漫步路上,她若有所思,心中百转千回。她想起了跟他在一起的一切:

他们餐厅初识的时候,她正在排队等位,转回身来,却差点撞上旁边的人,不知何时一个男人站在了可依旁边,那正是耿家泰。可依被吓了一跳,她退后几步,一脸戒备,很显然耿家泰觉得她很有趣,耿家泰的脸上浮现一丝笑容。

她想起他第一次跟踪自己闹出笑话:

她家小区,发现被跟踪的她怒气冲冲走了,耿家泰又悄悄跟上,怎料可依突然回头,耿家泰只好停下,可依继续走,耿家泰又跟上,可依索性一边怒视耿家泰一边倒着走,走着走着可依就被台阶绊倒了。就在可依马上向后摔倒的一刻,耿家泰几步冲上来拦腰抱住了可依。可依吓得愣住了。

可依还想起了耿家泰跟她当众表白的那一次:

他众目睽睽前告诉她,"今天各位都在,太好了,我明人不做暗事,也希望给我跟可依的所有一切都是明明白白地告诉你们。"耿家泰忽然单膝跪下,送上了一枚硕大的钻戒。包括可依思宽在内的所有人都愣住了。

耿家泰安排好的工作人员忽然放飞了气球,撒起了漫天的玫瑰花瓣,并放起焰火和音乐。背景音乐放的是 Johnny Mathis 的 Wonderful Wonderful。

第二十九章
疯魔之爱

"可依,我知道你有婚约在身,但我更知道你很不快乐,感谢杏秀,让我知道原来你在林家是这样不受欢迎,是杏秀的话让我坚定决心,一定要把你从那样的生活中拯救出来。我要让你知道,爱情是两个人幸福地生活在一起,不是单方面一味地退让,而思宽一直以来都在要求你做出这样的牺牲。你放心,我送你钻戒,并不是要你答应我的求婚,我只是想借此给你一个承诺,我答应你,永远不会让你难过。我名下的房子跟车都属于你,我知道你也不在乎这些,但是它们表达了我的诚意。可依,相信我,我一定会让你像公主一样快乐!你听见了吗?我对你的感情,就像这歌里唱的一样——"

可依晕乎乎地:"我英文很烂,听不懂。"

"歌里说的是,动情地这世上纵有美好万千,但若缺少你的陪伴,一切只如过眼云烟。"

可依看着耿家泰,她很震惊,不知该说什么。林思宽更是愣在当场。

她想起自己尝试打胎却放弃的那一次:

手术室里,可依爬下了手术台,她站不住,瘫在了地上,女医生乙想扶住她。打了麻药的可依好像恐怖片女主角一样大叫起来:"放开我!放开我!救命呀!"可依就这么爬着爬出了手术室,试图抓住她的女医生竟然被她拖了出去。

手术室外,施黛娇和耿家泰正在等可依,他们看到可依拖着女医生乙出来的一幕,不由大惊。耿家泰急忙从女医生手中抢过了可依。

"你这是找了个钢铁侠当老婆?劲儿真大啊!"医生感叹。

可依缩在耿家泰怀中呜呜地哭泣,她抽泣着:"她要害我!害我!"

"谁有那个闲工夫害你呀?你们这是怎么回事?没想好就别来我们这儿!能生就不能好好养吗?"医生很生气地回去了。

可依晕乎乎地哭泣着,耿家泰心疼地抱起可依,抱着她向外面走去。

她想起他答应保护自己跟孩子:

"可依,施黛娇给我打电话让我去医院,开始的时候我还不知道为什么,可我在手术室外面等你的时候,我特别担心,特别害怕——失去你,我曾经失去了我的妹妹,我不想再次经历那一切。我求你,好好保护自己。我求你,

让我保护你。"

可依呆呆地:"没有什么能让我放弃这个孩子。"

"我求你,让我保护你和孩子。"耿家泰轻轻拥住可依,可依放声大哭。

还有那一次,她劝他释怀放下自己,他们并排坐在河边看风景:

"谢谢你。"可依很感激他陪自己放松心情。

"大恩不言谢。"

"你这样对我,我觉得很对不起你。"

"有什么对不起的?"耿家泰并不这样认为。

"我希望你也能遇到一个对的人,和她生一个孩子,你爱她,她也爱你。"

"你别操心了,有人的爱情是两情相悦,有人的爱情,就是一人犯贱。"

"那我和思宽这样呢?"

"我也不知道你们俩闹的是哪一出。说心里话,你别生气,我听说你和思宽吵得很厉害,我既担心你,却又有一丝高兴,因为我希望你能幸福,却不能免俗,其实一直暗暗地在盼你们俩分手,可是看你的样子,感觉上却又不太可能,你是怎么想的,可以说吗?"

可依想了想:"我想让他绝对服从我。"

"我可以绝对服从你呀。"

可依一愣:"话不是这样说的。"

"我不强求你,我会等你。"

可依有些感动,却没再接话。

可依想起梅秋灵昏倒的时候:

病房里,可依伏在昏迷的梅秋灵身上哭了。

"哭吧,好好哭吧,哭完了还要照顾梅阿姨,我知道现在说什么都帮不了你,坐在这儿听你哭,就是对你最大的帮助。"耿家泰安慰她。

可依闻言又哭了起来,她不停地流着眼泪:"我现在才知道,原来眼泪是流不干的。"

耿家泰心疼地抱住了可依,可依呜呜地哭起来。

其实会流干的。

第二十九章
疯魔之爱

还有那一次耿家泰车祸的时候：

"你多幸运，你爱的人也爱你，可是你又多不幸，因为你爱的人不了解你。"耿家泰心疼地抚摸着可依的头发，可依有些悸动，她没有拒绝他，"我知道我太戏剧化了，但我心里想的一切不说出来，你又怎么能知道呢？可依，我说的都是真心的，相信我吧，我们以后会幸福的，如果你跟思宽幸福，我绝不会介入你们的感情让你为难，但是你现在幸福吗？"

可依愣住了，她看着他的眼睛，陷入了沉思。

忽然有辆车冲出来撞向他们，危机时刻，耿家泰挺身护住了可依。血泊中，耿家泰昏了过去，可依惊声尖叫。

可依还记得自己为了耿家泰祈祷的时候：

教堂中只有可依一个人正在祈祷，她交握双手、紧闭着眼。

"万能的天父啊，你是宇宙万物的真神，感谢你，赞美你，求求你，救救家泰。我是个懒惰的人，请原谅我疏于祷告，可我愿意永远忏悔，求求你，救救家泰。"

可依无法忘记，耿家泰醒来的时候，自己是如何的激动：

她冲进了病房，紧紧抱住了醒过来的耿家泰。

可依激动地抽泣着："我的祈祷起作用了！我一整天都在教堂为你祈祷！我以为你就这么睡过去了，我以为你再也不能跟我说话了，我现在好高兴！我没办法形容我有多高兴！"

"腰！腰！"

"药药切克闹？"

"你压到了我的腰！"

可依急忙弹开："不好意思。"

可依也无法忘记自己结婚那一天，耿家泰跟自己说的话：

"你们俩接触有限，你能爱她什么呀？还不是贪图可依的美色！"思宽很郁闷地对耿家泰说。

可依不好意思地:"哎哟喂!低调,低调。"

耿家泰动容地:"我爱可依,爱的是——她竟然那样全心全意地付出,至死不渝地爱着自己的爱人,无论发生了什么,她这一生只有一个目的,就是跟她的爱人在一起。在这个世上,林思宽,有一个人这样爱着你,你可知道你有多幸运?"

思宽愣住了。

"珍惜吧,兄弟。"耿家泰拿着酒杯走远了。

可依想到这些,她又返了回去。耿家泰在她的心里占据的位置,远远超过她的想象。也许她不知不觉爱上了他,只是她不肯承认,因为她已经爱上了思宽,所以她不可以再爱别人了。专一,忠诚,是人类可贵的品质,但灵魂深处的某个角落,其实可以悄悄留给自己吧。

耿家泰家中客厅,可依推门进来,门没锁。地上有两个酒瓶,耿家泰喝多了躺在沙发上。可依靠近他,突然好心疼。她忍不住摸了摸他的头发。对她来说,他已经像个亲人。

耿家泰看到了可依,他醉眼朦胧,吓得可依急忙系紧衣扣:"有话好好说。"

"难道你就真的没有感动过?"耿家泰借着醉意问她。

"感动,感动,每根汗毛都感动。"

耿家泰凑近她,吓得可依连连退后:"君子动口不动手。你就算得到我的人,你也得不到我的心。"

其实耿家泰只是拿起桌上的钻戒递给可依,他站不稳,拿着戒指晃来晃去,可依只好把戒指接了过去,随手放在沙发扶手上。

"哎哟,这是钻戒,不是破石头,你能不能别这么草率地对它?它会伤心的。"可依故意打岔。

"你应该知道我今天找你来,是想做什么吧,我是要跟你求婚的。"

"我当然知道,我最怕的就是这一天,因为我知道到了这一天我必须要做个选择,我不想做选择,我怕我说不,我就会失去你。你不是我生命中一个普通的过客那么简单,我已经把你当作一个像家人那样亲近的人。可是即使失去你,我也不能答应你,因为我就是这样一个人,认准的事情,我不会回头,爱过的人,我不会放手,像个疯子一样,就算头破血流。老耿,我跟思宽,不管怎么闹,还是会和好的,我觉得这就是人生必然的过程,吵吵闹闹,让步,改变,都只是过

第二十九章
疯魔之爱

家家，到老的时候，我们还是在一起。因为我和思宽早就说好了，他得死在我后面，而我会死在他怀里。"

这时候可依发现耿家泰睡着了："你到底听见我说话没啊？不管了，我就当你全都听见了。"

可依用湿毛巾帮他擦擦额头，帮他好好躺在沙发上。忽然耿家泰吐了一地，可依急忙奔去洗手间，她跑的时候一不小心把放在沙发扶手上的戒指碰到了地上，顺势被可依踢进了沙发下面。她没有注意到这个细节。

可依拿了一个脸盆给耿家泰，让他往里面吐。可是耿家泰醉得整个人埋在脸盆里，可依急忙把他拽出来。

可依打扫干净，将耿家泰安顿好，和衣坐在旁边看着他。很快可依在旁边的沙发上睡着了。可依放在茶几上的手机快没电了，手机自动关机了。

第二天梅秋灵家中客厅，一大清早，楼下有人按门铃，梅秋灵跑出来一看门禁视频，发现是思宽。

"你这么早来干吗？"

"妈，今天我放假，我想带嘻嘻出去玩，之前可依答应我的，她说这周我可以带嘻嘻去玩。"

梅秋灵不情愿地开了门。

可依卧室，思宽一进门看见嘻嘻，十分兴奋。

"你打算带嘻嘻去哪儿玩？"梅秋灵问道。

"带她去游泳。"

"这么早就学游泳？你吓死我得了。"

"有一种专门教父母亲跟孩子一起游泳的早教班，很有意思。"

"净整这些没用的，有时间你不会多打一份工，也好早点攒下首付啊！"

林思宽东张西望："哦，好吧。妈，可依呢？"

"我也正着急呢。昨天下午她说去小耿家聊点事情，十点多了她还没回来，我就先睡了，谁知道早上起来她还没回来——"梅秋灵说到这里，忽然愣住了。

思宽跟梅秋灵面面相觑。

"你别听我瞎说八道，我上次在你们家摔出了脑震荡，记性不好了。"

"妈，耿家泰家住在哪儿？"

"打死我也不说。"

"对了，杏秀知道。妈，你看着嘻嘻，我等会儿就回来。"思宽急匆匆出门了，惊得梅秋灵急忙打可依电话。

可是只传出：您拨打的用户已关机——

梅秋灵急忙拨打耿家泰电话，一直是忙音，无人接听。

"这——真是打算再给我生个大外孙？不会又是未婚先孕吧？我这生理教育怎么这么失败呀？"

这时候耿家泰家中客厅，耿家泰醒了，发现可依在旁边的沙发上睡着了。他看着她，轻轻吻了她。可依立刻惊醒了，她愣在那，一动不敢动。

"吓到你了？"耿家泰问道。

"尿急。"

可依奔向洗手间上厕所。

"要不要新牙刷？"

"要要要，切克闹，煎饼果子来一套。"可依肚子里都是老梗。

耿家泰被可依逗笑了。

过了一会儿，在耿家泰家小区，思宽正在停车，从后视镜里，他发现可依从小区里出来了。耿家泰陪着她，两人有说有笑。

思宽愣住了。

其实耿家泰只是送可依离开。

"昨晚我没做什么吧？"耿家泰问道。

"你倒是想，不过我打服了你。"

"真的吗？"

"骗你的。除了抱着脸盆一直吐，你也没怎么样，可能你把脸盆当成我了？嘿嘿，不用你送了，你昨晚喝那么多，要是被警察抓到，估计现在也是百分百酒驾，你长得这么讨男人喜欢，你要是被关起来，那可是苦了你这个小白脸，更苦了你的小白屁股，还是小心为妙。所以我还是自己打车回去吧。"

"我不过是要送你回家，你却扯这么长远，那我就不送你了，要不然估计你得把我的后半生幻想成周杰伦的歌。"

"为什么？"

"菊花残，满地伤呗。"

可依忍不住笑了，她上了一辆出租车走了，耿家泰看看手机，发现未接来电，立刻拨打了梅秋灵电话："喂，梅阿姨，您刚才打我电话？嗯，嗯嗯，可依昨晚在我这儿，她刚走。对了，梅阿姨，告诉你个好消息，我昨天跟可依求婚了，她没说是，也没说不是，可她把戒指收下了，还照顾了我一夜，今天早上还跟我嘻嘻哈哈的，我觉得她是不是不好意思？就没再追问，接下来我该怎么办？对了，

第二十九章
疯魔之爱

我应该筹备婚礼！我打算筹备西式婚礼，在教堂里举行仪式，阿姨您说可依会喜欢吗？"

耿家泰误会了，戒指只是掉进了沙发底下，他却误会她收下了。

梅秋灵家中客厅，梅秋灵正在接听耿家泰电话。梅秋灵担忧地："啊？可能吧？奇了怪了，可依这孩子什么时候不好意思过？今天有没有人上门揍你？没有？那你小心点吧。记住，阿姨是站在你这边的。实话跟你说吧，一直以来，阿姨都对思宽，还有他们家里人不满意啊！只不过阿姨心地善良，不好意思说出来而已！"

过了许久，林思宽家楼下，思宽晃晃荡荡地回来了，他喝多了，趴在角落里吐了起来。有人递给他一张纸巾，来人是静雨："怎么喝这么多？陪领导出台了？"

"没有，就是心情不好，一个人喝了两杯。"

"为了可依心情不好？她怎么你了？又跟你耍小脾气了？又骂你了？还是又跟耿家泰纠缠不清？"

"不说了，不想说。"

林静雨充满歉意："思宽，都是姐对不起你，都是因为姐，才害得你跟可依闹到现在这个地步。"

"你没有对不起我，就算没有你，我们也不应该在一起，是我太傻，想跟老天斗，可我还是输了，不是一个世界的人，就算再快乐，最后还是要回到各自的世界里去。"

静雨一脸担忧，思宽脚步蹒跚地走了，静雨只好跟上。

林思宽喝醉了，唠叨着："不是一个世界的人，就算再快乐，最后还是要回到各自的世界里去。"

这时候，大风工作的工地，工地上一片混乱，穿着热裤的杏秀一脸嫌弃地出现在工地上。她也显得跟这个世界格格不入。

忽然一个三十多岁的工头看见了她："大白天的，你不在家休息，跑工地来捣什么乱？你这个小模样，来这儿干吗？这儿跟你能有什么关系？这儿是你该来的地方吗？"

"我怎么就捣乱了？我觉得我还给你们这些家伙的眼睛带来福利了呢？"

"本来我还挺犹豫，现在我算是确定了，你什么价格？"

"裤子？还是T恤？买了你也穿不上，看看你那两条小粗腿儿。"

"我问你多少钱一晚？"

林杏秀一愣："你说什么呢？你个臭流氓！"林杏秀冲过去噼里啪啦地给了工头一连串的耳光。这时候远处的大风看到了她，急忙跑过来抱住她。

"大风，你快帮我打死这个臭流氓！"

"他是我领导，他怎么是臭流氓了？"

"他问我多少钱一晚。"

大风一听就怒了，立刻扑上去把工头一顿揍。然后他就被开除了。很快大风背着一个大行李，跟杏秀狼狈地走在小巷里。两人都挂了彩。

"大风，你真男人！"

"你要是还不解气，我再回去揍他一顿！"

"不用了，我已经很满意了。大风，我只是来工地找你玩的，谁知道惹出这么多麻烦，你就这么被开除了？你不会怪我吧？"

"我怎么会怪你？你就算跑去用头撞老天，天塌下来把我砸死了我也不会怪你。"

"大风，我好幸福哦。可是你没工作了，接下来该怎么生活呢？"

"我攒了一点钱。"

"那不是坐吃山空？我奶奶说，家有万贯，不如日进斗金。再说了，大风，就你挣那点钱，能撑几天呀？不行，我得帮你想想办法。你说我是不是命中注定操劳呀？以前五岳整天求着我给我花钱，可我就是看不上他，非得跟着你这个穷小子，我才觉得活着有意思，真是没辙。"杏秀口无遮拦。

大风闻言，不由一愣。

后来大风自己回了租住的民房，他推开门，皱着眉头走进去。环境很凌乱，让大风更加自卑，他从来不恨自己的出身，可是他想给杏秀更好的生活。

就在此刻，大风租住的民房楼梯口处，一身精致打扮、穿着高跟鞋的Lisa一脸嫌弃地走上楼来。她背着一幅画。楼里灯光昏暗，看上去有点瘆人。Lisa左右看看，忽然眼前冒出一个人影，吓得Lisa大呼："有坏人啊！救命啊！"

来人却是大风。大风急忙保护住Lisa："坏人在哪？"

"就是你啊！小贼，赶紧给我滚开！"

"我怎么会是小贼？我是顶天立地男子汉！"

两人定睛一看，认出了彼此。

"李傻姐！"

"林大风！"

"你来这儿找人？你还有住在这儿的朋友？我真是小瞧你了！"

"我就是来找你啊！我到你打工的工地上打听，他们说你因为打架被开除了，有认识你的人说，你搬到这儿来住了。"

第二十九章
疯魔之爱

"你找我干吗？上次五岳害了杏秀的事情，我还没找你们算账，你倒是跑来找我？有钱人肯定没安好心！"

Lisa转转眼珠："大风啊，姐姐找你，都是为了你好，姐姐不想你被人骗一辈子。"

林大风一愣："什么意思？"

Lisa把自己随身带的画给大风看，大风愣了。画中赫然是杏秀的人体油画，杏秀看上去明眸善睐，明显对画画的人并没有反感。这是曾经杏秀为了静雨借钱，抵给五岳的抵押物。

"这是五岳画的，没想到吧，她居然这么大胆！你看看，她是不是看上去很享受！傻小子，跟她分了吧，漂亮的女人都是骗人精。"

大风愤怒地摔碎了画，Lisa打不过他，与他产生争执："哎哟喂，我们家小岳一幅画能卖好几十万呢！"

画还是被弄坏了，大风失魂落魄地跑了出去。

购物中心家居卖场处，卖场无人，杏秀左右看看，斜靠在床上小憩，忽然手机来了语音微信，来自林大风："不要再找我。"

杏秀一愣，急忙回电，可是只有您拨打的电话已关机——

杏秀大惊，这时有个衣着朴素的中年女客户来看床："这床多少钱呀？"

林杏秀心不在焉地瞄了一眼："反正你也买不起，哦，不是，这床三万八千八。"

"你说什么？你再说一次！我要投诉！"女客户怒气冲冲地向着卖场里面走去。

"我真不是故意的！"忽然杏秀看见耿家泰正在不远处看床。

"耿大爷，你怎么跑来看家具了？这不是娘们儿才干的事吗？"

耿家泰笑眯眯地："我来看看婚床啊，你们这家店很有名气的！你在这儿工作了？挺好，自食其力！恭喜你！对了，我要结婚了。"

林杏秀一惊："跟谁啊？"

"跟——呵呵，我还是不告诉你了。"耿家泰一脸闷骚，杏秀很纳闷。

耿家泰笑眯眯地走远了。

后来耿家泰去了教堂，耿家泰正在低头祈祷，可依走到他旁边。耿家泰感觉到有人来，睁开了眼睛。可依小声地："你找我？"

"嗯。咱们出去说。"

两人向外走去，教堂庭院，可依有点纳闷的样子："你突然找我来这儿干吗？"

"咱们在这儿结婚好不好?你我都是基督徒,在这儿结婚很合适。"

可依大惊:"你说什么?"

"你不是收下戒指了吗?"

"我没有啊。"

"我亲眼看见你收下的!"

"你当时喝多了!你能看见什么呀?"可依郁闷了。

"你的意思是说,你没有同意?"

"老耿,对不起,强扭的瓜不甜,强娶的媳妇也就过一年。"

耿家泰很失落。

"嗯,但是,这里确实是个结婚的好地方,看了这里以后,我好后悔花那么多钱办了我那个华而不实的婚礼,花钱又多,也没起到百年好合的效果,最后还是竹篮打水一场空。我想,没有上天祝福的婚姻,是不会幸福的,如果有机会再结一次婚,我一定要在这里举行仪式。"可依幻想中,出现了她跟思宽在神父那里举行仪式的画面:

> 神父正在主持仪式,思宽跟可依幸福地看着彼此。
>
> "林思宽,你是否愿意与钟可依缔结婚约?无论疾病还是健康,或任何其他理由,比如她撒泼打滚、满地耍赖、蛮横不讲理、打你骂你、恨你怨你、骂你大姐、骂你小妹,等等,等等,你都爱她、照顾她、尊重她、接纳她、永远对她忠贞不渝直至生命尽头?"
>
> "我愿意。"思宽痛快回答。
>
> "钟可依,你是否愿意与林思宽缔结婚约?无论疾病还是健康,或任何其他理由,比如你跟他撒泼打滚、满地耍赖、蛮横不讲理、打他骂他、恨他怨他、骂他大姐、骂他小妹,等等,等等,他都爱你、照顾你、尊重你、接纳你,永远对你忠贞不渝直至生命尽头?"
>
> 可依幸福地:"我愿意。"

现实中的教堂庭院,可依闭着眼睛幻想得很开心,她脸上带着笑意。

耿家泰有些奇怪:"可依,我再问你一次,你既然已经收下了戒指,那么我想你还是愿意给我一次机会的,我只再问一次,不会再烦你了。可依,我跟你保证,我一定会终生爱你,凡事都把你放在第一位,我会照顾你一辈子,像疼自己女儿一样对待嘻嘻,请问你愿意嫁给我吗?"

第二十九章
疯魔之爱

可依一直沉浸在幻想中，没反应。耿家泰期待地看着她。

可依眼神迷茫地："我愿意。"

耿家泰笑了，开心地抱住可依，可依这时才反应过来："怎么了？怎么了？你怎么这么高兴？"

"你怎么会不知道我为什么这么高兴？你太坏了！"耿家泰非常非常开心。

可依莫名其妙，只好也跟着他傻笑。

他以为她答应了，而她还什么都不知道。

稍晚，梅秋灵家中可依卧室，回到家里的可依想了想，她决定原谅思宽。她是如此爱他，而她对耿家泰只是一时心动而已，如果任其发展，她会爱上他，可是思宽就完了，想到思宽会痛苦，可依也会痛苦。所以那就牺牲自己的心动吧，可是耿家泰呢，她已经对不起他了，也只好如此了。这是命运的安排，作为人，只能服从。可依想通了。

可依拨打了思宽电话，思宽却挂断了电话。很快一条微信发过来："不见了，再见只会更加痛苦，我马上要出差，让我一个人静一静，等我接受了这一切，咱们再见吧。"

可依先是一愣，然后大怒："我已经让步了！我怎么你了？难道还要我去求你吗？"可依呜呜呜地哭起来。她哭着哭着，停了，却发现还有哭声，她左右看看，发现哭声从外面传来。

可依满脸泪痕从卧室出来，却发现外面客厅里哭的人是梅秋灵。

"妈，你怎么了？"

梅秋灵眼神发直："你爸说我和他再也回不到过去了，我说反正他不会、也不能跟林静雨在一起，他为什么不能骗骗我，就这么跟我凑合着过了？可是他说，他不想让我后半生都在痛苦中度过，所以他不会留下一个假象给我，因为他觉得他的病，可能复发了。"

"妈，你到底想说什么？"

"可依，医生刚才打来电话说，你爸已经确诊了，他又长了一个脑瘤，这个瘤，可能是恶性的。"

可依闻言失魂落魄地瘫倒在地上。

母女俩匆忙赶去了医院。钟亦仁病房里，可依伏在钟亦仁身上痛哭："爸，求你了，做手术吧。我不能没有你！"

"可依，希望你能理解爸，同样的手术我已经做过一次，虽然醒过来了，但就像死了一次，什么都不记得，看着你们娘俩就像陌生人，看着这个世界也像冥

女仆女王小女人

王星,我看书看不进,睡又睡不安稳,我真怕再做一次手术,我就成了一个废人。"

"爸,不会那么倒霉的。对了,上次手术以后,你不是还记得静雨吗?要不,我让她来劝你?我知道,虽然我一直跟你说我妈是你老婆,我是你女儿,可其实你只记得她一个人,也许在你心里,她才是你的亲人。"

"可依,对不起。"

"爸,是我对不起你,是我太自私了,己所不欲,勿施于人,我明明知道你和大姐心里想着对方,却那么强烈地反对你们,我明明知道想见一个人见不到,是多么痛苦,我却一直监视着你们,不让你们见面,爸,我错了。"

"可依,别说这些了,跟自己爸有什么对错?"

可依伏在钟亦仁怀里,不停地流着眼泪。

"可依,还是跟思宽复婚吧。"

可依没说话。

后来可依去了钢琴教室,可依表情很悲伤,弹着那首她伤心时最喜欢弹的曲子:丹麦女歌手 Agnes Obel 的 *Falling Catching*,她想起了过去的事情:

>她跟思宽吵架,他来哄自己。
>
>那天可依奔到楼下。林思宽一脸尴尬地举着玫瑰,不知说什么才好。
>
>可依抢过玫瑰,左右瞪着看热闹的人们。
>
>"别看了别看了,没看过玩浪漫啊?"可依拽着林思宽跑到了暗处。
>
>"搞这么高调,你想选总统啊?"
>
>林思宽很真诚:"可依,对不起,对不起,一时语塞,嗯,嗯我什么甜言蜜语都不会说,但是,你能明白我吗?"
>
>可依感动了:"我——都明白。我也好想你。思宽,我喜欢你,喜欢你的样子,喜欢你看上去像个孩子一样的眼睛,喜欢跟你在一起的每时每刻,我喜欢你的所有一切,求求你,不要再伤害我。"
>
>她爱他,爱这种感情本身的单纯与美好。
>
>林思宽很动容:"好,对不起,都怪我。"
>
>他爱她,也爱如此至真至善付出真情的自己。
>
>为了这么美好的她跟自己,他决定付出一切。
>
>两人忍不住紧紧相拥。
>
>"有什么问题,我们一定能慢慢解决。"思宽安慰可依。

第二十九章
疯魔之爱

可依想起思宽为了自己去求老妈：

可依家的客厅里，梅秋灵女王般坐在沙发上，可依和林思宽老老实实地站在旁边，像两个小太监。

"结婚是我的自由，是受法律保护的。"可依争辩。

"我就是法！我说不行就不行！"

"您老本来不是答应了我跟思宽的婚事吗？"

"那时候因为你们撒了谎，我误以为思宽家里没有任何负担，所以愿意把你托付给他，现在你看看他家里那么多闲杂人等，另外不知道是不是有什么其他瞒着你的事，你还愿意嫁过去？"

"愿意啊。"

"哎，你傻，你妈不傻，好了这事就这样吧，太晚了我要休息了，思宽你回家吧，以后也不用再来了。"

林思宽走到门口，却又停住了脚步。

"阿姨，请您原谅我的鲁莽，但是我还是要感谢您一直以来对我的信任，我永远不会忘记小时候我爸爸妈妈不在身边，是因为您的关心，让我明白，我并不是完全被这个世界拒绝，让我知道我在世上并不孤独。老天眷顾，让我能够在成年后来到可依身边，让我们两个能够毫无障碍地在一起，请您相信我，我一定会珍惜可依，因为，我爱可依。这世上人再多，但只有跟她在一起，我才不会感到孤独。"

可依想起他吃醋的样子：

林思宽一直琢磨着耿家泰跟可依联络的这件事，直到洗完澡出来，他裸着上身，他用浴巾擦拭着头发，刚好可依跑到他房间上网，于是他故意在可依面前晃来晃去。

可依正在上网，表情有点神神秘秘，一点也没注意到林思宽。

"可依，我——嗯——你看看我。"

可依看了一眼："看什么看？我怕长针眼！"

"宝贝，你以前不是最喜欢看人家了吗？"

"看几千遍了，不会审美疲劳呀？"可依继续低头忙活，林思宽凑了过来："宝贝，干吗呢？"

可依突然关闭电脑微信聊天的窗口,表情有点惶恐不安。思宽却看见了跟可依聊天的人的名字,正是老耿。思宽一愣。

可依想起两人酒醉失控的那一夜:

他们都喝多了,可依搀扶着晕乎乎的林思宽进了卧室。
"你这家伙才喝了两杯,怎么就醉得好像拍《红高粱》似的?"可依嗔怪。
"我是——酒不醉人——人自醉!"
可依把林思宽放倒在床上,可依想离开,思宽却抱住了可依。
"干吗?"
"怕你离开我。"思宽紧紧抱住可依。
"要是想离开你,我早就离开了,难道你以为我钟可依没人追吗?我虽然没胸没屁股,但是这两年那些同性恋设计师就喜欢我这样的模特,所以现在流行中性美,其实我可是很抢手的,你可别小瞧我!"
思宽闻言更是紧紧抱住了可依,可依本来不耐烦,忽然眼珠一转,于是她给了思宽回应,两人拥在了一起,他们互相轻啄脸颊,春光渐渐旖旎起来。这一夜良辰美景无限。

她想起他对自己的宠爱:

在可依家小区林荫路,可依一路吃着汉堡走过来,思宽宠溺地在旁边看着她。
"看什么看?"可依责怪。
"你怎么那么能吃呢?"
"人活一世图个啥?"
"我就喜欢看你吃东西。"
"情人眼里出西施呀?"可依得意。
"不是,看你吃东西这么香,就觉得你特别好养活!"
可依哭笑不得。

她想起养孩子过程中他的付出:

第二十九章
疯魔之爱

思宽卧室,嘻嘻在床上大哭,可依在旁边大哭,思宽进门,急忙抱住母女俩安慰,可依神情抑郁,不停地捶打思宽,可是思宽还是好脾气地抱着她安慰。

她想起他在各种细节中宠爱自己:

思宽背着可依上楼梯,可依表情很幸福,故意揉乱了思宽的头发。思宽也很幸福。

她想起他们吵架后和好抱头痛哭的时候:

可依坐在庭院中发呆看风景,不经意间看到一个熟悉的身影,她没在意,忽然她意识到那是谁,又回头去看,那正是憔悴的林思宽。
两人四目相视,纵有千言万语,却无从说起。林思宽扑过来紧紧抱住了可依。两人抱头痛哭。
"没意思,没意思。"可依呢喃着。
"什么没意思?"
"吵架没意思,赌气没意思,我再也不跟你吵架了,我再也不跟你赌气了。"
"所有的错都是我的错。"思宽道歉。
"那当然,不然你以为呢?"
"对对对,你说的都对。可依,我准备了好多道歉的话,可我现在都忘了,我什么都不记得了,我一想到你和我还能像以前我们幻想的那样,去面对未来的生活,然后手牵手地慢慢变老,我就高兴得把一切都忘了。"
"我也是,我一看到你,就把所有的怨气都忘了。"
"早知道早点让你看到我了!"思宽郁闷了。

她想起他们第一次许下诺言的时候:

天色已暗,可依思宽沿小路走过。一轮明月已经升起,在白色的天空上显得分外皎洁。两人仰望天空。
"哇,月亮好圆。"可依感叹。

"月亮不是常常圆?"

"但这是我和你在一起以后,第一次看见。"

林思宽愣了愣,紧紧抱住了可依:"别激动!别激动!你这是什么情况?"

"不要离开我。"

可依拍着林思宽的头:"想得美!你是逃不出我的手掌心了!哈哈哈!"

她想起他的表白:

"可依,别说了,我不想在背后说静雨的闲话。我跟你说过,大姐对我来说,就像妈妈一样,我求你,别总是说她。就当是为了我,你就忍一下,行吗?"

可依不说话了。

思宽抱住她:"我就知道,全世界,你对我最好了。"

"比你大姐对你还好?"

"嗯,大姐虽然好,但那是不一样的。也许是因为代沟?我不知道,我其实不了解她,她也不了解我,但亲人不需要互相了解,只要我懂得尊重她、以后能报答她就够了。可正是因为在亲人之间我们找不到了解,所以我们才用尽全部力量,在这茫茫人海间寻找一个了解自己的爱人,不是吗?"

可依愣了愣:"没想到我跟你之间,还有这么多嘻嘻绕,不过我可没想那么多,反正我就喜欢你,我就是相信你,你可不能对不起我!不然我会恨死你!"

"我知道,我知道,不要离开我,可依,我不能没有你。"思宽动情地抱住可依,可依神色总算和缓起来,她也紧紧抱住他。

"思宽,我也是,求你,不要离开我。"

思宽更加用力地抱住了她,他们深爱着彼此,祈祷着此生不会分离。

可依沉浸在过去中无法自拔,他们有过那么多的美好,有过那么多的生死相许。她怎么可能放下他。忽然有人敲门,打断了可依的回忆,来人却是静雨。

"你怎么知道我在这儿?"可依记得自己不曾告诉过静雨钢琴教室的位置。

"可依,我问过施黛娇,她说你在这儿,我不敢去你家里,我一听你说你在这儿就跑来了,可依,我能跟你单独谈谈吗?"

"好。"

第二十九章
疯魔之爱

静雨一愣。

"怎么了？"可依纳闷。

"我以为你见到我，就会骂我一顿，没想到你答应得这么痛快！我都准备好负荆请罪了！你打吧！"

静雨从身后拿出了荆条，可依看得苦笑。

她们去了露天咖啡厅，静雨真诚道歉："可依，所有的错，都是我和思宽的错，我替思宽跟你道歉，求你原谅他吧，他没有你，真的活不下去。可依，求你大人有大量，如果你要怪，就怪我吧，你要我消失，我立刻带着爷爷奶奶杏秀一起消失，让你和思宽从此快快乐乐地过你们的小日子——"

"大姐，你不要说了，所有的事，大家都有错，我不管你错在哪，我也不想再挑剔你，我只想跟你认错，我不该那么苛刻，我应该早一点学会宽容，如果我愿意退一步，我就不会落到今天这么惨。"

"思宽又出差了，他正处于上升期，现在工作特别忙。等他回来，我就揍他一顿，我让他跟你道歉。我虽然不知发生了什么事，但我知道他在逃避。"

可依打断静雨："我现在顾不上这件事，大姐，你不来找我，我也要去找你，我想求你帮我个忙。"

"你说。"

"我爸的脑瘤又复发了。"

林静雨大惊："天啊！"

"他不肯做手术，他怕这次手术会害他忘记更多的事，你能不能去劝劝他？"

"我当然要去劝他，你不说，我也会去劝他。"

"你一定要劝他做手术，做手术的最坏后果不过是变成傻子，可是不做手术，他会死的！"

"其实，我愿意跟他一起死。"

可依一愣，她很诧异静雨如此激烈的反应。

"今天太迟了，明天上午八点咱们在我爸医院楼下花园见吧。我到时候把我爸带过去，我不告诉他，你会在那里见他，如果我告诉他，也许他不肯去。因为他说他不想再拖累任何人，所以他不想告诉你他的病情。"

"好。"

第二天一大早，静雨匆匆赶去医院，她独自租住的公寓外小巷，大清早，光线昏暗，静雨匆匆走过，她赶去见钟亦仁。而暗处的唐志龙等待着什么。

静雨急匆匆走过来了，唐志龙用力拉紧地上早已备好的绳索，绊倒了她，静

雨摔倒在地。迷迷糊糊中，静雨看见一个人靠近她。那正是唐志龙。他盯着静雨的脸，表情复杂而阴郁。

你信不信？这世上有个人，是你存在的理由，只有那个人。

这天清早，林思宽家小区外小巷，杏秀匆忙去上班，她很生气地拨打大风电话，仍旧关机，于是她发语音微信给大风。

"林大风，我告诉你，你要是再不回电话咱们俩就两拉倒！昨天就是因为打不通你电话，害得我跟客户发脾气，被领导扣了两千块，你妹啊，我一个月基本工资就两千块！我现在去上班，你要是今天我下班之前再不回我电话，我——我就辞职！气死你！什么自强自立？都是狗屁！气死我了！"

这时杏秀看见一个老熟人出现在面前，正是Lisa。

"你怎么来了？"

"杏秀，五岳出车祸了，求求你，去看看他。"

"什么？好，哦，不行，我还是不去了，我不敢见他，我害怕。"

"求你了。"

"真的不行，我想到他当时发狂的样子就害怕。"

Lisa怒了："既然如此，那你不要怪我。"

杏秀一愣，她已经被人用手帕捂住嘴迷昏了。动手的人是藏在他背后的小陈，小陈是五岳的助理。原来Lisa说五岳车祸只是想骗杏秀去看看他而已，杏秀拒绝，让Lisa下决心绑架她。

"Lisa姐，咱们是不是在犯罪呀？"

"不是，小岳的状态你也看见了，跟梵高转世一样，咱们就把林杏秀弄回去让他看一眼，他就死心了。"

小陈一脸忐忑。

杏秀已经彻底陷入了昏迷。

爱是会让人疯狂的。

不多时后，郊外农家小院的一间卧室里，唐志龙抱着昏迷的静雨进了门，静雨被捆得结结实实的。唐志龙把静雨放在床上，他看着昏迷的她，忽然紧紧抱住了她。

疯狂的时候，他躺在他爱的人身旁，在她的坟墓旁。

第三十章

完美，完美

这天上午，医院楼下花园，可依跟钟亦仁正在散步，可依似乎很焦灼："说好了八点见的，怎么还不来？"

可依发了个微信："你什么时候到？"她发给静雨。

"跟谁说好八点见？"钟亦仁好奇。

"啊？没有啊，你听错了。老爸，你可真是上岁数了。"

此刻，郊外农家小院卧室内，静雨被牢牢地绑在床上，唐志龙坐在他旁边，静雨终于醒过来。

唐志龙平静道："你终于醒了，不就是摔了个跟头吗？居然昏迷了这么久，你可真是上岁数了。对了，刚才你弟媳妇给你发短信，问你什么时候到，我帮你回了，我说你临时有事，不去了。我这样回答，可以吗？"

"你到底想怎么样？你杀了我吧。"

唐志龙忽然紧紧抱住林静雨，深深地吻着她，静雨用力挣扎，唐志龙放开了她。

"你个臭变态！你到底想怎么样！"

唐志龙一巴掌打在静雨脸上，静雨嘴角出血，他却又心疼了："静雨，对不起。"唐志龙拿出纸巾，惊慌地擦去她嘴角的血。

静雨有些崩溃："作孽啊！我真是上辈子作孽啊！"静雨既害怕又痛苦。

小的时候，我们总是以为长大了就不会受伤了，但是，活着本身，就是不断受伤害——唐志龙盯着静雨的眼睛，他看上去充满恨意，唐志龙忽然掐住了静雨的脖子："你作的孽，永远也偿不完！"静雨大惊，拼命挣扎，她再

次昏迷了。

这一生，爱那么短，伤害却那么长。

过了一会儿，郊外农家小院，唐志龙端着一碗水走过。室内，静雨从昏迷中醒了过来，房中无人："有人吗？"

来人自然是唐志龙，他端来了一杯水："想喝水吗？"

"嗯。"

唐志龙把水喝了："不给。"

静雨气得吐了他一脸口水："你到底想怎样？"

"静雨，对不起，刚才不小心把你掐晕了，你晕过去以后，我想了很久，我这辈子是不可能在仇恨中活下去的，你打电话叫钟亦仁来接你吧，他住院了，对吧？我知道他是你现在的情人，你叫他带着你儿子一起来，我也想见见他。"

"你以为我是傻子吗？你就算杀了我，我也不会骗他们来的。"

"这样啊？我马上就发微信给钟亦仁，怎么办呢？他们应该会来吧，为什么不来呢？你发的啊！"

唐志龙晃晃手中静雨的手机，静雨不由大惊。

"静雨，在日本的时候，一时疏忽居然让你伤了我，我不想被你看见我示弱的样子，所以我就藏起来了，我没想到，你竟然也藏起来了，等我好了以后，到处找也找不到你，我想你肯定是回国了。你知道最后我怎么找到你的吗？我跟踪的是齐洁，我知道你们两个关系好，只要她回国，肯定会找你，所以我就黑进了她的邮箱，我写程序出身，你该知道这对我很简单，有一天她订了回国机票，我马上订了同一个航班。果然，我回国后很快就找到了你。跟踪你的这段日子，我想了很久，我对你那么好，你却背叛了我！如果你伤害了我、离开了我，却跟这世上的另一个男人过着幸福的小日子，我这一辈子都会活在仇恨中。我尝过仇恨的味道，小时候，我被我妈抛弃的时候，我就知道了。这么多年过去了，如果我还在另一份仇恨里过完下半生，实在是太痛苦了，我仔细想过，只有一个办法能结束我的仇恨，就是你和你爱的那个钟亦仁，永远也不能在一起。"

可是唐志龙是骗人的，他的恨意比这深得多。

静雨惊慌失措，眼角已经流出了泪水，眼神中对唐志龙充满恨意。

"但如果你答应我一个条件，我就放过你们所有人。"

"什么条件？"静雨很紧张。

"你写一封道歉信，你就说，对不起，你有抑郁症，你吃不下，睡不着，你

第二十章
完美，完美

有好多可怕的幻听，你好痛苦，你对不起所有人，你害了你的儿子，害了你的爱人，所有一切都是你的错，你决定用自己的死，换回所有人的原谅。写完信你就自杀吧，你死了，我就不怨别人了。"

"好！"静雨承受折磨已久，也许死亡对她是种解脱。

唐志龙笑着："你的亦仁，看到你的道歉信的时候，该多伤心啊！哎！"

这时候的医院楼下花园，钟亦仁伸伸胳膊踢踢腿，而可依一边看手机一边咒骂着："已经八点半了，说的好好的，怎么能临时反悔呢？这不是害别人吗？"

"你到底跟谁约好了？"

"哎，跟你说实话吧，我跟静雨约好了，她说她会过来劝你做手术，谁知道她刚才居然发来微信，说她临时有事，不来了。"

"可能她很理解我吧，她知道，无论如何，我是不会再做手术了。她明白，对我来说，最可怕的并不是死亡。"

可依脱口而出："静雨说她愿意和你一起死。"

"真的吗？其实爸也活够了。"

可依自知语失："呸呸呸，太不吉利了，自己掌嘴！爸，你不能死，你死了我就没爸了。爸，就算是为了我，为了让我还有个爸，你做手术，好吗？"

"可依，爸从来没跟你聊过人生的意义，因为爸觉得不需要，书里说，生命最好的就是没有意义，这样才能让我们各自赋予意义。你可以选择有意义，也可以选择无意义，所以从小到大，爸从来不逼着你学习，每次你妈逼着你学习、弹钢琴，爸都会跟她吵一架。"

"我还以为，你是因为早就对我的智商彻底失望了，才不逼着我学习。"

钟亦仁笑了："全世界没有一个爸爸不觉得，自己的女儿是天底下最美丽、最聪明、最可爱的女孩。"

"那倒是，思宽也整天这么说嘻嘻，我总是劝他配副眼镜。"

"可依，跟思宽复婚吧。爸了解你，你是个固执的孩子，不管是错是对，你都不会回头，回了头，就不是你了，对你来说，人生的意义，就是永远跟你初次爱上的那个人在一起。"

"那你的意义呢？"

"我的意义，就是记住生命中所有的美好。上一次手术以后，我把你们全都忘了，这一次，我不想再忘了，就算死了，也不能忘了，你能理解吗？"

可依哭了："好。"

钟亦仁紧紧抱住了可依。

这时候耿家泰打来电话，可依接通了："老耿，嗯，嗯，我不去了，你自己去吧。那家店不是离你办公室很近吗？就这样，再见。"

"怎么了？"

"不知道老耿怎么回事？这两天老是让我陪他去装修市场和家居店。"

"他是打算结婚吗？"

"没听说啊，这个老耿，这是闹的哪一出？"可依一脸纳闷。

耿家泰办公室地下停车场，一脸喜庆的耿家泰走向自己的车，发现有个人等在那里，正是胡子拉碴、蓬头垢面的林大风。

"大风？你怎么来了？"

"我来跟你认罪。"大风看过杏秀的裸照，倍感痛苦，他躲起来回忆往昔，竟然觉得最对不起的是自己开车撞过的耿家泰。

耿家泰若有所思，忽然他想起了什么："你是不是这两天没洗澡？"

"你怎么知道？"

"你闻起来就像王致和腐乳。"

"男人嘛，不拘小节。喷香水的，那是娘们。"

耿家泰正要掏出包里的阿玛尼香水递给大风，闻言急忙把香水藏起来："你说的，倒是有点道理。"

"别扯别的，耿大哥，我来，是跟你认罪的。"

耿家泰想了想："要不咱们换个通风的地方说话？哥实在不喜欢吃腐乳。"

"那去什么地方？"

很快，两人包着浴巾，坐在桑拿室里，大风一脸不适应，耿家泰很享受的样子。

"把你洗得干干净净，我就舒服多了。"

"耿大哥，我想跟你说——"

"你要不要按摩？"

一转眼，浴场单间，大风被男按摩师压在身下，表情痛苦，叫声却很销魂："耿大哥，我要跟你说——"这时候按摩师用力一按，大风又是一声惊呼，再顾不得其他了。

"心里的话就不要说了，我都懂。"旁边的耿家泰早已适应的样子，同样既痛苦又享受。

过了一会儿，浴场休息室，耿家泰准备好功夫茶，正在等着大风，很快大风过来了。两人穿着一次性的浴衣。

"这个浴池子怎么什么都有？真新鲜。"

第二十章
完美，完美

"有的东西花钱就有了，有什么新鲜的？有的东西花钱也买不到，那才叫新鲜。"

林大风指着茶具："这是什么？这么小？过家家呢？"

"这叫茶道，传统文化。"

"不是只有小日本才搞什么武士道洗脚道前道后道这个道那个道吗？"

"那是跟中国人学的！递过一杯茶尝尝，西湖龙井，有没有感受到一股清香？"

林大风指着公道杯："我用那个喝吧，利索。"

耿家泰无奈地："我怕烫着你。"

"耿大哥，我现在顾不上这些娘们的事，我想跟你说的是，上次你出车祸，是我撞的！你要杀要剐，随便你，我只想跟你说，我对不起你，我八辈祖宗都对不起你。"

耿家泰摇摇头："我不是说了吗？有些话不用说，我也明白。"

"你早就知道是我？"

"你撞上我的时候，我看到你了。"

"那你为什么不报警抓我？"

"我没猜错的话，那辆车是五岳的，他把车给你，报警谎称车丢了，然后他去做了个完美的不在场证明，而你就负责来撞我，对吗？"

"你怎么全都知道？"

"我本来还不能确定幕后的人就是五岳，但是当你跟杏秀在一起以后，嫉妒的五岳曾经偷偷跟我告密，撞我的人就是你，是你一个人密谋做了这件恶事。我当时不由得对你的人品产生了怀疑，我还提醒可依妈妈要小心你，后来我仔细想想，实际上，暗中指使你的人，应该就是五岳，而动机，就是嫉妒，他既然能够因为嫉妒你而跑来跟我中伤你，他自然就能够因为嫉妒我，而暗中指使你害我。我知道你一定是被骗的，你放心，我不会报警，《圣经》里说，如果你的敌人打了你的左脸，那你就伸出右脸让他打。我做不到，但是我一定会原谅我的朋友，因为他只是被人利用，只要他以后能一心向善，那么我受的伤和痛苦就有了价值。"

林大风感动了："耿大哥，谢谢你能原谅我，我来找你就是想跟你道歉。我想做的事都做完了，我也就能踏踏实实地走了。我走了，你多保重。耿大哥，听我一句劝，以后别再把自己弄得香喷喷的了，跟喷过六神花露水似的。还有——"大风指着功夫茶杯，"这是娘们儿用的，男人喝水，要用大茶杯。"

耿家泰巨尴尬。大风起身要走。

"你要去哪儿？"耿家泰问道。

"不知道，死就死了吧，没什么意思，你的恩情，我只有来世再报。"

"你跟杏秀闹分手？"

"不是,是五岳姐姐李俊姐,给我看了一张油乎乎的画,说是五岳画的。我看了,实在受不了,我没法再面对杏秀。"

"是张人体油画?"

"啥叫人体油画?涂油了?"

"就是没穿衣服。"

林大风用力抓住耿家泰:"你也看过那幅画?"

"没有!没有!"

"那你怎么知道是张,嗯,什么人油的画?"

"难道杏秀在画里面打个酱油,能把你气成这样?大风,听我一句劝,你爱她,爱的不只是她的美丽、她的可爱、她的有趣,而是所有的她。"

林大风愣住了。

这时候,五岳工作室里,被Lisa绑架来的杏秀躺在沙发上,终于醒了过来,她看见头发胡子都乱蓬蓬的五岳坐在自己身旁,不禁大惊,她急忙低头审视自己,发现衣着完整,总算放下心来。

"不用检查了,我没碰过你。"

"你会那么好心?你这个臭淫魔!"

"对不起,是Lisa把你弄晕了抓回来的。她以为,我放不下你,是因为我跟你,不曾有过男女之间的实质关系,她真是看低我了。"

林杏秀愤怒地:"不是这个原因,难道还是因为人间有真爱,人间有真情呀?"

"失去你的这段时间,我想了很多,为什么我会这么痛苦?因为这是我第一次知道什么叫做失去,彻底的失去!佛经里说,人间最苦是爱不得——"

林杏秀打断他:"还剩下那——嗯,还剩下那七苦是什么?"

五岳想了想:"哎呦,没记住剩下那七个。总之,最苦最苦,就是爱不得。杏秀,求你相信我,我是真心爱你的,爱的就像——就像你看的那些傻不拉叽的言情小说里写的一样。"

"那你打算怎么办?永远把我关起来?难道你把我关起来就是真爱我?佛经里就是这么说的?你还好意思提佛经?也不怕观音姐姐劈了你?告诉你,我绝不会屈服的,大不了你把我杀了。"话一出口,杏秀后悔了。

杏秀讨好地:"五大爷,我就是开个玩笑,你别往心里去。"

"你跟那个林大风还在一起吗?"

"没有没有,绝对没有。"

"你走吧。刚才我还在犹豫,到底拿你怎么办?放你走,我不舍得,留下你,

第三十章
完美，完美

实在太自私，你快走吧，你再不走我会后悔的。"

林杏秀急忙慌慌张张地跑了。走的时候，杏秀的手机掉落在地上，两人都没注意到。

大风此刻正跟耿家泰告别，汽车里，耿家泰开着车，大风坐在耿家泰副驾位置。

"我说了这么多，杏秀的事情，你想通了吗？听我的，跟她和好吧。不是什么大事，过去的所有都不能代表现在。"耿家泰劝慰大风。

"嗯，我想通了，我明白你的意思了。耿大哥，谢谢你，今天见你之前，我已经没了活下去的勇气。"

"你还那么年轻，以后不要再轻易说这些消极的话。加油吧，有需要帮忙的地方，随时跟我说。"

林大风感动地："耿大哥，谢谢你！你是全世界最好最无私最善良的人。你帮了那么多人，却从来没见你求过任何回报。"

《圣经》里说，爱是恒久忍耐又恩慈，爱是不嫉妒不自夸不张狂，不作害羞之事，不求自己的益处。虽然不能完全做到，但我一直在努力。"

"耿大哥，你人太好了！我一定帮你求菩萨赐你一段美好姻缘，我们老家庙里的菩萨可灵啦！"

"这个嘛，菩萨跟我主，他们不是一家，就不麻烦你了。"

"都是神仙，别见外嘛！"他看看路旁，"耿大哥，你停车吧。我就在这儿下了。"

耿家泰停下车："大风，闲着没事，多看看书。回头我给你发个短信，给你列个书单，都是很简单的书，你不是上过初中吗？肯定能看懂。"

"我靠我的手艺能活下去，不需要再学习了。"

"看书不是为了学知识，而是为了继承人性里最好的一部分。"

林大风愣了愣："耿大哥，谢谢你，虽然我听不太懂，但你是个大好人，最好的大好人，我没见过比你更好的人了，你就是那个什么——性里面最好的一部分吧。"

耿家泰很尴尬："我不是。"

"不，你就是！耿大哥，你一定会长命百岁！再见。"

两个基友颇有些感动，他们相视笑笑，大风走了。

大风在马路边拨通杏秀手机。

这时候五岳正凭着记忆在画布上画一幅杏秀的炭笔素描。有手机铃声响起，他四处寻找，发现是地上杏秀的手机，他捡起来一看，发现来电显示是"最最亲爱的大风"，还有一张杏秀跟大风的亲密合影做来电显示。

385

五岳不由一脸怒意:"骗子!不是说绝对没在一起吗?"他气得接通电话:"你别找杏秀了,杏秀已经是我的人了!"

电话那边的大风惊了:"五岳!杏秀的手机怎么会在你那里?"

电话断了,大风很震惊,他随手打了个出租,上车走了。

大风赶去了五岳工作室,他还没到,五岳正对着画布发呆,杏秀的炭笔素描已经画完了。他想来想去,扔下笔,匆忙出去了。

五岳工作室外小路上,大风坐的出租车车刚刚停下,正好五岳开车走了。大风看见了,很着急:"师傅,跟上那辆车!"

司机急忙飞车追上。

而逃跑的杏秀已经回了思宽的家,杏秀跑回来,却看见钟亦仁站在楼下,正要进门。

"钟大爷,你怎么来了?"

"静雨发微信给我,要我接上天响去郊区的一个农家小院见她,她说想一家人聚在一起散散心,正好我也很想见她,就急忙从医院赶过来接天响。"

"天响不住在这儿啊,天响住校的,他上了一个国际学校,住宿条件还不错。"

"静雨只说让我接上天响,我还以为到家里来接,那你陪我去接他?"

"好,正好我也有事找静雨,我出了点事,我得跟她商量。"

"出了什么事?"

"有个追求我的人,是搞艺术的,像个神经病一样——"

就在这时候,五岳的车停在了不远处。五岳看到了杏秀跟钟亦仁,他有些惊讶,他不认识钟亦仁。

杏秀继续吐槽:"他动不动就威胁我,还试图把我关在小黑屋,他这样也就算了,她姐也是个坏人,她差点害死了我。我很害怕,我想问问静雨,我是不是要报警?钟大爷,这世上,真有他们这样的人?只有他们自己是人,别人都是他们随便祸害的玩具?只有他们的感情是感情,他们的性命是性命,其他的人,就都是狗屎?"

杏秀很激动地哭了起来,钟亦仁急忙抱住她安慰:"别哭别哭,世上有坏人,自然就有好人,你是个好孩子,一定会幸福的。我赞成你报警,等见到静雨,咱们就去报警,好吗?"

杏秀伏在钟亦仁怀中哭得很厉害。远处,车中的五岳大怒:"移情别恋也就算了,姐弟恋也就算了,隔代恋也就算了,林杏秀,你居然祖孙恋?你是不是急着做奶奶呀你?"

这时候杏秀上了钟亦仁的车,两人开车远去了,五岳急忙跟上。不巧的是,

第二十章
完美，完美

思宽家小区门口，钟亦仁开车带着杏秀出去，五岳的车跟在后面，这时候大风坐的出租车也到了。

出租车中，大风有些不满："师傅，赶紧跟上！差点就跟丢了！让你快点开！你非得问东问西！"

"快点开也跟不上呀，人家一个轮胎就买咱这一辆车了，还能送一年保险。"大风不由很无奈。

大风跟着前车一直开到了天响的国际学校，大风看着钟亦仁跟杏秀接着天响出来了，五岳跟着开车，大风也继续，他打不通杏秀电话，又担心到底发生了什么，所以只好继续跟着。

钟亦仁汽车中，钟亦仁开着车，天响闷闷不乐："姨奶奶，我不想跟钟姥爷一块玩。"

"是你妈说，让我们接上你，全家人一起到郊区玩玩，散散心。"

"我早就说了，我反对我妈跟钟姥爷在一起，只有苏警官叔叔才能跟我妈在一起。"

"为什么呀？你喜欢制服诱惑呀？"

"因为只有苏警官叔叔，才能赶走坏人，才能保护我妈。"

钟亦仁闻言不由若有所思。他一直担心的事情，看来是真的。

很快他们到了静雨微信中所说的农家小院，钟亦仁、杏秀、天响等人推门进来。这是个宽敞的四合院。

"钟大爷，你确定就是这儿吗？怎么阴森森的？"杏秀纳闷。

"没错呀，也问过邻居了，就是静雨微信中说的地址。"

林天响很诧异："中国也有这样的房子呀？邻居也住得那么远，就像住在另一个星球似的？从那个邻居家开车过来，有一千米？"

"这是农家小院，自建的房子吧，隔得远也没什么奇怪。"钟亦仁解释。

"静雨从哪儿借到这个房子的？我还以为是个郊区小别墅呢！这是拍鬼片的片场吧？还说一家人散散心，来这儿哪是散散心，是开开心、破破腹吧。"

"小孩在这，别乱说话。"钟亦仁制止杏秀。杏秀只好闭嘴，钟亦仁向正中间敞开房门的屋子里面走去："静雨，你在吗？"

钟亦仁刚一脚迈进屋子，就被暗处的唐志龙一棍子打晕了。杏秀和天响惊声大叫，却被唐志龙抓了回来。唐志龙很健壮，两个孩子都不是对手。

很快静雨、杏秀、天响、钟亦仁都被绑在椅子上，除了静雨，其他人的嘴巴都被胶带粘上了，这间房所有的窗户都被木板封上了。

唐志龙拿着刀在几人旁边转悠:"各位,人终于齐了。"

"你到底想怎样?"静雨又愤怒又害怕。

"我不是跟你说过吗?我不能在你过着幸福生活的前提下,平心静气地活下去,可是如果杀了所有我恨的人,我就犯了罪,我会被通缉,我的生活依旧无法平静地继续。其实我有好多次机会单独杀了你们几个,但我没有,我怕彻底毁了我自己的生活,所以我就冥思苦想,终于被我想到一个既能让你们所有人消失,又不影响我自己生活的法子。那就是在静雨面前,由我杀了杏秀——对不起杏秀,我没想让你也过来的,是你自己不走运,要怪就怪静雨吧。"

杏秀吓得哭出来,唐志龙轻轻擦去她眼角的泪:"然后我再杀了天响,当然逃不掉的还有你亲爱的亦仁,最后再抓着你的手,杀了你自己。相信我,我平时,最喜欢旅行和健身,对付你们几个,体力肯定没问题,而你这位亲爱的亦仁,在自己家里坐着,都能忽然晕过去!没想到,你居然喜欢这种类型的男人。"

钟亦仁想挣扎,却无力挣脱。

"你以为这样就能骗过警察吗?"静雨其实很害怕,但是仍旧嘴硬。

"可是你刚才写了一封道歉信啊,当然,你之所以写道歉信的原因是,我跟你说,假如你写了道歉信,我就只杀你一个人,不杀其他人,对不起,我骗了你,我跟你道歉。我给你念念",他掏出信,"对不起,我有抑郁症,我吃不下,睡不着,我有好多可怕的幻听,我好痛苦,我害了我儿子,害了我爱人,所有的错都是我的错,我决定用我的死,换回所有人的原谅。这样听上去,就好像你抑郁症发作害了所有人然后自杀,下面还有你的亲笔签名,林静雨。静雨,你的字,跟你的人一样,娟秀端正,看着就让人喜欢。"

"求你,放了他们吧,天响和杏秀还是孩子,亦仁也不是我的爱人,我们两个没有在一起。"静雨怕了。

"说到天响同学,我真的很生气,我这么恨你,跟他有非常大的关系,你怎么能背着我,跟别的男人生孩子呢?当初我跟你说好了,你只能给我生孩子。"唐志龙很生气。

"天响他——是领养的。"静雨不得不说出真相,她希望因此减轻唐志龙的怒气。

天响大惊。

"当年我第一次好不容易从你身边逃走,我躲到一个教堂里生活了一阵子,在那里我遇到了被遗弃的天响,他还在襁褓之中,当时我很绝望,照顾这个孩子让我重新有了活下去的勇气,为了让这个孩子有一个未来,我才鼓起勇气,重新找了工作,重新开始自己的人生。"

第三十章
完美，完美

天响哭了，含糊不清地喊："妈！妈！我以后再也不惹你生气了！"

唐志龙制止："别喊了，不管怎样，我是不会留下活口的，没有以后了。做男人，要对别人狠一点，对不起了，天响，有什么怨恨，你来生找我吧！"

静雨很绝望，她忽然大叫起来："救命啊！救命啊！唐志龙要杀人了！"

唐志龙一巴掌甩过去，打得静雨几乎晕过去："贱人！你拍戏呢？"

钟亦仁挣扎着跟跟跄跄想要扑过去，唐志龙一脚踢倒了他。忽然有人夺门而入，用一把铁锹打昏了唐志龙。来人却是五岳。所有人都愣了。

时光退回到之前。原来五岳跟踪钟亦仁而来，他把车停在很远的地方，他偷偷看着远处的钟亦仁、杏秀、天响下车，进了院门。

五岳想了想，开车跟过来，他把车开到院门口，下车，爬上了墙头。五岳小身板比较虚，爬了几次也爬不上，频频摔下来。最后总算爬上去了。五岳从墙头狼狈地跌下来进了小院，他四处看看，几个房间都紧闭着门，其中一间房的窗户都被木板封上了。

五岳很好奇，贴在门上听，门板很厚，一直听不清楚。终于，他听见静雨大叫："救命啊！救命啊！唐志龙要杀人了！"五岳大惊，他随手拿起旁边的铁锹，推门就进去了。

门居然没锁，五岳进去，正好看见唐志龙背对着门挥舞着刀，五岳想也没想，一铁锹就打了过去。就这样，五岳成了救人的英雄。

时光回到现在进行时。唐志龙被打晕了，所有人都看着五岳惊呆了。

"快帮我们解开绳子。"静雨吩咐。

五岳先跑去解杏秀的绳子，却解不开。静雨匆忙凑过去帮钟亦仁解绳子，但她被绑住受困，无法解开绳子。没有人注意到，唐志龙有些清醒过来。

五岳一直解不开绳子，"杏秀，我去找把刀！我得找把锋利的刀！"五岳跑了出去。

郊外农家小院，五岳刚跑出来，就被人一拳打晕了。来人正是大风。

时间再度回溯，原来大风坐着出租车跟踪五岳过来，远远看见五岳的车和钟亦仁的车都停在小院门口："师傅，快开过去，你这车怎么这么慢？都跟丢了！"

"有车就不错了，还嫌东嫌西的，你快下去吧，我跟你跑了这么半天，油都快没了，你上车前我就应该去加油，结果拖到现在，你赶紧下去，我再不加油就

回不了城了。"

大风很无奈。

过了一会儿,大风走到了院门口,他左右看了看,嗖嗖两下就爬上了墙。大风从墙头跳到小院的地上,身手很敏捷,他刚落地,就听到一间房内传出五岳的声音。

"杏秀,我去找把刀!我得找把锋利的刀!"

大风大惊,这时候五岳从房里跑了出来。大风想也没想,扑过去一拳就打晕了五岳。

时光又回到现在,五岳昏倒在地,大风冲进屋子里,见到房中景象,所有人被绑起来,地上躺着个人,大风立刻愣住了。在这时候,唐志龙彻底清醒了,唐志龙捡起手边的刀,冲着静雨就扑了过去。

旁边的钟亦仁大惊,几乎同时扑过去,用身体挡住了唐志龙的刀。一时间鲜血四溢,所有人都愣住了,顿时惊呼声四起。钟亦仁受伤严重,却仍拼命挡住唐志龙,静雨大风急忙过来夺刀,几人一番角力,钟亦仁命不久矣。

这时候,一声枪响,唐志龙被击倒了,警察叔叔终于到了。

两个警察冲进来,他们瞬间制服了唐志龙,可依就跟在警察身后,她见到钟亦仁受伤如此,大声尖叫着扑过去。

"爸!"

时光闪回:医院钟亦仁病房,可依进门,发现钟亦仁的病床空了。可依随手拉住路过的护士:"请问你看见这间病房的病人了吗?"

"你说钟主任吗?他上午接到一个微信就走了,他说一个朋友约他去郊区散散心,他是跟我们王主任请假的,本来不让他走,可他说要去见一个什么姓林的朋友,他必须得去,也许以后就见不到了。王主任说,知道他们俩能见面不容易,所以就让钟主任走了。"

可依闻言一愣。

以后就见不到了?什么意思?

她回想起以前跟父亲的对话。"她知道,无论如何,我是不会再做手术了。她明白,对我来说,可怕的并不是死亡。"

"静雨说她愿意和你一起死。"

"真的吗?其实爸也活够了。"

可依想起这些,不由很担忧老爸跟大姑姐殉情。可依拨打钟亦仁的电话,又

第二十章
完美，完美

拨打静雨电话。怎么都关机？两个老人家不会是真的想殉情吧？可依想到这，不由大惊，急忙跑出去。

可依去报警了，公安局办公室里，可依跟一个警察哭诉："求您了，帮我找找我爸爸，他可能跟女朋友跑去殉情了，求您了，他俩电话关机，我怎么找也找不到他们。"

"姑娘，你爸爸失踪时间太短，我们既不能立案，也无法申请手机定位，我们也找不到他呀。"

"对了，我帮他设置过手机，用'我的iPhone'查找功能就能找到他的位置。求求您，派个警察叔叔跟我一起去找找吧。"

"好吧。"

他们顺利找到了钟亦仁所在的位置，那个农家小院的卧室，两个警察和可依急匆匆冲进来。唐志龙正挥舞着刀作恶，一声枪响，唐志龙被击倒了，警察叔叔终于到了。警察叔叔冲进来，他们瞬间制服了唐志龙，可依就跟在警察身后，她见到钟亦仁受伤如此，大声尖叫着扑过去。

"爸！"

可依惊慌失措地抱住濒死的钟亦仁，他腹部不停流出鲜血。

"救护车！救护车！叫救护车！"可依快要疯了。

林静雨也抱住钟亦仁，同样惊慌。钟亦仁眼神已经涣散了。

"亦仁，亦仁，你跟我说句话，你不要睡。"

钟亦仁虚弱无力地："我是做医生的，流了这么多血，已经救不过来了。我知道，是时候了。你们不要哭，生老病死，都是人的必经之路。可依，告诉秋灵，因为做手术的缘故，我把她的一切都忘了，是我对不起她，请她不要伤心，她在我心里非常非常重要，求她一定要好好地活下去，她是个好女人，她应该更幸福。"

可依连连摇头："不，我不跟他说，你好了以后自己跟她说。"

"可依，听话。"

"嗯，嗯。静雨，求你不要怪自己，这一生，我们遇见过，这就够了！你要好好地活下去，因为命中的缘分，咱们遇见彼此，我是真心实意地爱着你，谢谢你，也给了我你的爱，我很遗憾，没时间报答你。静雨，你要答应我，你一定要好好地活着，如果早知道你的问题这么严重，我一定不会让事情发展到这个地步。现在那个人已经死了，我也放心了，你的一切都会好起来的，你还有天响，还有弟弟和杏秀，还有爷爷奶奶。静雨，答应我，要好好地活着。"

林静雨哭着："嗯，亦仁，我会好好的，你也要好好的。"

"可依，跟思宽复婚吧，不要再纠结于各种小事情，你一定会幸福的。"

"爸！爸！你别说这些！等你好了咱们再说。"

"可依，爸爱你。有你做女儿，爸这一生，非常非常值得。其实我很幸福，因为临别之前，我跟你们好好地，告别了。"

钟亦仁声音越来越低，终于没了声息。

林静雨激动地："亦仁！亦仁！亦仁！都怪我！都怪我！"

可依方寸大乱："妈！妈！我妈呢？我妈呢？"可依一着急，昏了过去。

酒店宴会厅，梅秋灵带着思宽走进来，他们全然不知道事情已经如此无可挽回。宴会厅里放着那首耿家泰在生日会上初次跟可依求婚时候放的英文歌，正是 Johnny Mathis 的 *Wonderful Wonderful*。耿家泰正在跟酒店经理模样的人商量着什么。

"梅阿姨？您怎么来了？"耿家泰纳闷。

"今天思宽去我家看嘻嘻，我跟思宽说，可依已经答应你的求婚了，他不信，所以我就带他来看看你正在布置的婚礼场地，让他感受下欢乐的气氛。"

"原来您带我过来，就是让我看这些？我直接给可依打个电话求证不就行了吗？"思宽终于明白为何梅秋灵一定要带他来这里，她想让他死心。

"可依这个人心软，不一定告诉你真相，你还是亲眼看看吧，婚礼已经开始筹备了，我们想尽快把事情办了，因为想给可依爸爸的病冲冲喜。"

"爸又病了？"思宽很担心。

"嗯，别告诉你大姐。"

"阿姨，咱们没必要来这里。"

"你不是亲眼看到可依大清早从小耿家里出来吗？你怎么还不死心？"

"那不一样，您知道吗？可依在耿家泰家住过以后，她还给我打过电话，我当时没接，因为我当时无法面对她。可我在出差的路上翻来覆去想过了，过去的一切，不是说忘就能忘的，我忘不了，可依也不可能忘。所以，我绝不会相信，可依打算和耿家泰结婚。"

耿家泰忽然走过来："思宽，要不咱们两个单独谈谈？"

"好。"

耿家泰跟思宽在宴会厅角落聊天，梅秋灵在远处窥视着他们。

"我知道，你不会甘心。"耿家泰坦诚。

"我不是不甘心，我是不相信。我反反复复想过我跟可依的一切，如果过去说的那些誓言都是假的，那么人活在这世界上，跟动物有什么区别？爱之所以珍

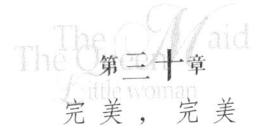

第三十章
完美，完美

贵，不就是因为我们对彼此有过承诺吗？"

"但是事实胜于雄辩，可依已经答应我的求婚了。"

"她亲口答应你的吗？她总是心不在焉，也许你求婚的时候，她不小心走神了？根本没听清你说什么。"

耿家泰一愣，他想起当时求婚的情形确实有些不寻常。

当时耿家泰就有些奇怪，还确认了一次："请问你愿意嫁给我吗？"

可依一直沉浸在幻想中，没反应。耿家泰期待地看着她。

"我愿意。"可依表情有些神往。

耿家泰想起这一切，不由恍然大悟。原来当时她是在发呆呢。

"你仔细回想一下，可依是不是真的亲口跟你表示过她爱你？"

耿家泰想了想，摇摇头。

"你认识她那么久，你应该了解她，无论如何，她都不会变心的。她就是那样一个人啊！"思宽相信可依。

耿家泰苦笑着："其实我一直都知道，她根本不可能爱我，只是我不想面对罢了。"

"你打算怎么办？"

"取消婚礼吧，其实我潜意识里是知道的，可依并没有答应我的求婚，我只是不想被她拒绝，我才不想跟她当面求证，这个婚礼才一直筹备到现在，其实我应该知道，根本就不会有举行婚礼的那一天啊！"

"一切都是命中注定的缘分，我不知该说些什么才能安慰你。我们平凡人所能做的，只有珍惜这些几世修来的缘分而已。"

Johnny Mathis 的 *Wonderful Wonderful* 一直在单曲循环着。耿家泰听着歌："这首歌真是你的幸运歌，上次我打算跟可依当众求婚，我的同事帮我选了这首歌做背景音乐，他是个男的，却疯狂迷恋《绝望主妇》，他说这部剧结束的时候响起了这首歌，当时他哭得眼泪鼻涕哗啦哗啦地流。我听了歌以后，也很喜欢，没想到，当时就在这首歌声里，可依拒绝了我，我不死心，这次婚礼又打算用这首歌做背景音乐，可惜，还是逃不脱失去可依的结果。"

林思宽不知该说什么，他拍了拍耿家泰的肩膀。两人相视一笑，终于一泯恩仇。

梅秋灵从远处看着两人和好，不由有些纳闷和担忧。这时她电话响了，是可依来电，她接听以后，顿时瘫倒在地。

医院太平间，钟亦仁的遗体摆放在太平间里，梅秋灵跟可依母女俩抱着遗体

大哭着。

"亦仁！亦仁！你怎么没跟我说句话就走了？你怎么能就这么丢下我啊？亦仁！亦仁！我受不了啊！这一切是为什么啊！亦仁！你怎么能就这么死了呢！我没有你了啊！我不能没有你啊！亦仁！亦仁！没有你我该怎么活啊！"

母女俩就这么大哭着，好久好久。

时间过得飞快，殡仪馆灵堂，梅秋灵和可依表情呆滞，守在灵堂里，钟亦仁的遗体摆放在室内正中。这时候静雨到了，旁边的思宽急忙迎上去。

"你滚！"梅秋灵很愤怒，她觉得钟亦仁的死都是因为静雨。

"我只想见亦仁最后一面。"

"你这个害人精！有什么好见的？你怎么不去死？你给我滚出去！我现在正用我残存的最后一点理智控制住我自己，我不想在亦仁面前跟你动粗，你他妈的赶紧给我滚出去！滚！你滚！滚！"梅秋灵声嘶力竭。

静雨还想说什么，思宽只好把她推出去了，可依一直呆呆地坐在旁边。

静雨被赶到了殡仪馆院内，静雨表情呆滞，思宽很担忧："姐，你还有天响，你还有我和杏秀，你还有爷爷奶奶，我知道我不可能劝你不难过，但是你不能就这么丧失了活下去的勇气，我爸在天之灵也不愿意看到你被击垮啊！"

"如果是以前的我，可能我没有勇气活下去，可是我在亦仁临死之前答应过他，我会好好地活着。亦仁，你在吧，我知道，你一直都在看着我。"

天空晴朗，白云轻轻浮着。

时光飞逝，梅秋灵家中客厅，所有的家具都铺上了白单，可依抱着嘻嘻，孩子已经十五个月了，梅秋灵拖着行李，母女俩都是神色悲伤，她们关上门走了。

日子悄悄过去，医院病房，静雨正在喂奶奶吃饭，奶奶半躺在病床上，已经行将就木。杏秀在喂爷爷，爷爷坐在旁边的一张轮椅上，表情也是痴痴傻傻的。

思宽神情沮丧地推门回来。

"找到可依了吗？"静雨问。

"找不到，可依和我妈就这样走了，消失得无影无踪。"

"思宽，姐对不起你。"

"姐，我不会怪你的，永远都不会怪你。要怪，只能怪我没有好好保护可依，才会让她受了这么多的苦。"

"你打算怎么办？"

"等着，我会等着，我相信可依，我相信她会回来，她只是需要时间。"

林奶奶颤巍巍地："孩子们，送奶奶回老家吧。"

第二十章
完美，完美

"为什么突然要回老家？"静雨纳闷。

"不想住院了，人老了，再怎么治也没用了，不是查不出什么毛病吗？其实就是老了，有什么好查的？奶奶的时候到了，奶奶最近特别想老家，奶奶想死在自己出生的地方。奶奶求你们了！"

静雨和思宽面面相觑，他们也很悲伤。

"我请长假陪他们回去住一阵子，你在这儿等着可依。"静雨告诉思宽。

"好吧。"

他们回了思宽老家的小院，那天爷爷奶奶分别坐在轮椅上，看着彼此，静雨正在喂两人吃水果。

林奶奶问爷爷："好吃吗？"

林爷爷口齿不清地："你是谁？你跟我说话干吗？"

林奶奶微笑着："老头子还是不认识我，这个傻瓜。以前还说同年同月同日死呢，结果连我都不认识了，还同时死个屁啊，就算同时死了你能知道？"

静雨闻言，抬头看着天空。

亦仁，你在吗？你看他们两个多可爱！亦仁，我们两个，在我的心里，就是像他们一样，幸福地生活在一起。亦仁，你真的在吗？你在那儿吧？求你，在那儿等我吧。

静雨哭了。

这时候的教堂里，梅秋灵正在低头祈祷，她信教了。

"万能的主啊，求你救我，从痛苦中解脱，让我能以心灵和诚实来祷告，用灵魂与悟性来祷告，求你应允我对你的呼救，让我口中的言语，心中的沉思与默想，能在你眼中蒙悦纳。主啊，你是我的力量，求你保佑亦仁的灵魂，能够永远不受折磨，能够在另一个世界好好的。求你垂听我的祷告，奉我主耶稣基督的名。阿门。"

梅秋灵老了许多，她祷告完，向外面走去，她走在一束由大门外射进来的光线里，她的背已经有些驼了。

长时间以来，加班后的思宽都在梅秋灵家楼下徘徊，可是家里一直黑着灯。思宽每天忙于工作、加班、等待可依，但是可依一直没回家。

夜深了，思宽在梅秋灵家楼下徘徊，家里依旧无人。其实她们去了可依叔叔家的别墅休养。这天可依正在陪嘻嘻玩积木，嘻嘻已经二十多个月大了。

梅秋灵买菜回来了："今晚给你们俩做香菇菜心和青椒炒肉，以前你爸最喜欢吃了，他小时候家里穷，没吃过什么好东西，整天想着吃这两个菜。"

话一说完，母女俩都是一愣，梅秋灵又哭了。可依急忙紧紧抱住梅秋灵："妈，别哭了，我有句话一直想告诉你，我怕你听不进去，却害你更伤心，但我不想再看这样下去了，我一定要告诉你。你不是问我，我爸临终前，有没有留下什么遗言吗？"

"你不是说，什么都没来得及说吗？"

"其实他说了，他跟每个人都说了，他让我跟思宽复婚，他感谢静雨爱过他，我知道你听到这里一定会生气，所以这几个月来我一直没有告诉你。但是我爸还让我转告你一些话，我一定得告诉你。他跟你说，因为做手术的缘故，他把你的一切都忘了，是他对不起你，请你不要伤心，你在他心里非常非常重要，求你一定要好好地活下去，你是个好女人，你应该更幸福。"

梅秋灵流着泪："没有别的了？"

"一个字都没落下。妈，不要再这么哭了，我爸对你有很深很深的情，可那不是男女之情了，也许因为一场大病，让他忘记了所有的一切，也许因为你们过去的不开心，害得他在手术后强行忘记了你。我知道，你跟他最终没有复合，你不甘心，但是没关系，他跟你好好地告别了，人生一世，不一定要求个结果，因为很多时候，根本没有结果，就记住他跟你告别的那些话吧。总之，好好地活着吧，他要你好好活着，你就好好活着，你有我，有嘻嘻，我们总有一天，会重新幸福起来的。"

梅秋灵有些发愣，她在消化钟亦仁的遗言，幸好她停止了哭泣。

"你爸不是让你跟思宽复婚吗？你怎么不跟他复婚？"

"我怕你恨林家的人。"

"恨不恨的，已经没有意义了，我会听你爸的话，好好地活下去。你去找思宽吧，我知道你早就想去找他了。"

"妈，谢谢你。"

"对了，有件事我要跟你忏悔，我曾经骗过思宽，你记得吗？有一次，你在小耿家彻夜未归，谁知道思宽第二天早上正好来家里看嘻嘻，我无意中说漏了嘴，他觉得你对他不忠，我当时不想让你们俩复合，我就没跟他把事情说清楚，所以我想，直到现在，他心里还有那个结。"

可依有些惊讶，不过什么也没说。她收拾了一下就去找思宽了。别墅门外，可依抱着孩子上了一辆出租车。梅秋灵目送她们远去。可依看着母亲的身影越来越小，母亲看上去有些年纪了，可依忍不住哭了。

这天在思宽老家小院，思宽、大风、杏秀天响来了，静雨迎上来："都回来了，

第三十章
完美，完美

车上人多吗？很挤吧？"

爷爷奶奶也在院子里，林奶奶虚弱地："这是都赶回来给奶奶送终了，奶奶真高兴。"

"奶奶，别瞎说。"静雨安慰。

奶奶的日子真的到了，很快奶奶意识模糊了，她躺在床上，眼神迷蒙。思宽静雨天响等几个晚辈簇拥在旁边。大风跟杏秀站在奶奶床边，大风有些忐忑。

"你们俩想牵手就牵吧，奶奶已经认了大风这个女婿了。"

杏秀很高兴，拉着大风的手："妈，你别瞧不上大风，他可男人了，能单手就把我抱起来，不像思宽似的，抓个鸡他都抓不到！"

"对你好就行了，我现在明白了，大风是个好孩子，他为了你，居然可以连命都不要了。希望你们俩这辈子都能这么幸福。"

大风跟杏秀相视而笑，他们的故事终于有了结果。

林奶奶叹气："唉。"

"怎么了？"静雨问道。

"见不到可依，咽不下最后这口气！"

林爷爷打岔："可吃吗？什么东西？咸吗？还是甜的？"

其余人等不由哭笑不得。杏秀、大风亦同样。

奶奶还是等到了。这一天，风轻云淡，杏秀跟大风正在老家湖边柳荫下聊天。"小时候咱们俩老是吊在树上比赛，看谁受不了先掉下来，输的那个就背着赢的那个走回村子里。"

"你哪次赢过我？"杏秀得意。

"我一辈子都会愿意被你赢过我。"

"算你识相，嘿嘿，赏香吻一个，来，接着吧。"

大风凑过去，杏秀却忽然一巴掌打开他。

"怎么了？"

"让开点，你挡着我了。"

"我挡着你什么了？"

"你挡着我的视线了！你看，那是小可依。"杏秀惊讶。

只见远处乡间小路上，可依拖着行李箱，抱着嘻嘻，正跌跌撞撞地走过来。

"快！我得回去告诉思宽。"大风和杏秀急忙跑回去。

可依抱着嘻嘻坐在湖边休息："嘻嘻，累死妈了，你怎么这么沉啊？咱们歇会儿。你看，这就是电视里演的大农村，这路够破的，可这湖还挺美的，是吧？"

就在这时,思宽从远处跑来了。思宽跑到可依面前,愣住了,他们什么也说不出口。终于思宽扑过去,紧紧抱住了嘻嘻和可依。

"我就知道你会来找我的!我就知道你会来找我的!可依,嘻嘻,我好想你们,想到我的心都已经碎成粉末了!"

"思宽,对不起,都是我不对,我不应该跟你赌气。"

"可依,都是我不对,都是我小心眼,我对天发誓,我以后再也不会怀疑你对我的感情,我再也不会傻乎乎地说什么爱你就要放你走的昏话。我这辈子,都不会再放你走了。"

嘻嘻叫了起来:"爸爸,爸爸!"

思宽紧紧抱着嘻嘻:"我好怕嘻嘻不认识我了,我太高兴了。我闺女原来是神童啊!"

"我每天给她看你照片,她当然不会忘了你。"

"可依,谢谢你,我好开心,我太开心了,怎么办?可依,我好开心!"思宽用另一只手紧紧抱住可依,可依也紧紧抱住思宽。

"思宽,咱们再也不要生气了。"

"相信我,可依,我们一家人一定会幸福的。"

"对了,我得跟你解释下,我从来没有跟老耿的爸妈说,我跟你在办离婚手续,那都是误会。还有,上次我妈跟你说我在老耿家过夜,我对天发誓,我们可真的什么也没发生,不然我生儿子没屁眼。"

"可依,我不在乎那件事,可能你不相信,但我说的是真的。当时我们已经离婚了,我既然选择了放手,你选择谁都是你的自由,可把你重新追回来,也是我的自由。可依,相信我,我已经不是以前的我了,我现在知道,我以前实在太幼稚了!可是经过了这么多波折,现在的我已经足够成熟,去面对人生的风风雨雨,只要我们一家人在一起,我的一生,就有了意义,就像那首Johnny Mathis的歌里面唱的一样,我投向你温暖的臂弯,此时此刻,这是我们的世界,这感觉如此美好,这世上纵有美好万千,但若缺少你的陪伴,一切都是过眼云烟。"

可依很感动:"思宽,我爱你。"

"可依,我也爱你,永远永远。"

可依和思宽紧紧地拥抱在一起。

奶奶后来还是走了,这天奶奶躺在床上,静雨、杏秀、思宽、可依、嘻嘻、大风等晚辈们守在旁边。爷爷也在,仍旧有些发呆。爷爷一直想出去,思宽只好

第二十章
完美，完美

拽着他。

林奶奶拉着可依的手："可依，奶奶知道你一定会回来的。看到你，看到嘻嘻，奶奶就能闭上眼了。你们都要好好的，静雨，你更要好好的！天响，你是个男子汉，你要好好照顾妈妈。"

天响紧紧抱住母亲，静雨很感动。忽然爷爷跑了出去，所有人大惊，奶奶更是着急，她大声喊着爷爷的名字。

林奶奶气若游丝："齐家，齐家，你们快去追他！"

思宽急忙追出去，大风还发愣，杏秀抬手给他一下子。

"赶紧去帮忙，就思宽那小身板，他能把爷爷抓回来？你快去把我爷爷扛回来！"

大风终于反应过来追了出去。

奶奶直勾勾地看着天花板，杏秀很害怕，她忐忑地伸手在奶奶眼前晃。奶奶忽然抓住了杏秀的手，杏秀吓了一跳。

林奶奶瞪大双眼："你爷爷不回来，我就是死也闭不上眼！"奶奶的眼角流下了泪水。剩下的晚辈面面相觑，他们既担心又悲伤。

爷爷正奔跑在乡间小路上，他脚步踉踉跄跄，东张西望，似乎在找着什么。思宽气喘吁吁地追了上来。

"爷爷，爷爷，你要去哪儿？快跟我回去吧。"

爷爷一直满地乱窜，东张西望，神态焦虑，颇为惊慌。

"你找什么呢？"

林爷爷非常难过："我找婉儿，婉儿，婉儿怎么不见了？你是谁？你快带我去找婉儿，刚才村长跟我说，思宽他爸妈出车祸没了！快！快带我去找婉儿！婉儿，婉儿啊！咱们的孩子就这么没了！没了！婉儿！你在哪儿啊！"

爷爷想起了儿子去世的时候，那是他心中最重的伤痛，他现在糊涂了，什么都忘了，但是忘不掉最爱的儿子。

林思宽也很激动："爷爷，爷爷，我爸妈已经没了十几年了，求求你，你别闹了，求求你！"他抱住爷爷痛哭着："爷爷！爷爷！求求你，别闹了！"

爷爷声嘶力竭地哭着，林思宽试图抱住他，却根本控制不住，正手脚慌乱间，有人把爷爷扛在了肩上就往回跑，那自然是大风。

"别讲理了，没用，扛回去吧。"大风匆忙回去了，思宽一愣，急忙跟上。

奶奶房中，大风把爷爷紧紧按在椅子上，爷爷声嘶力竭地哭喊着："婉儿！婉儿！你在哪啊？咱们的孩子出车祸没啦！两口子都没啦！"

林奶奶好心痛："齐家，别难过，我就要去见咱们的孩子了，他们等我很多年了。"

奶奶努力伸手抓住爷爷的手，爷爷一愣，止住了哭声。

"你们都在身边，我好知足。齐家，我不想来生再见你，我等不及了，我想黄泉路上等着你。"

爷爷这时候似乎明白了什么，他抱住奶奶，大哭起来："婉儿，婉儿，咱们说好了一起死的，你怎么丢下我一个人了？"

林奶奶微笑着："齐家，齐家，不哭，不哭，咱们会再见面的。"

奶奶永远地闭上了眼睛。

"马上送奶奶去医院，也许还有救。"思宽很着急。

林爷爷拽住了思宽："不！让婉儿去吧，时候到了。"

所有人都愣了。奶奶就这么去了。时候到了。

就在这一天，思宽老家小院，嘻嘻一个人在小院里玩耍，爷爷坐在轮椅上看着她，爷爷捂着胸口，看上去很难过，他咳嗽起来，吐了几口血，爷爷渐渐闭上了眼睛，他的手臂从轮椅上垂下来。爷爷跟奶奶在同一天离开了这个世界。

你实现了同年同月同日死的承诺——

嘻嘻不谙世事，笑声在蓝天下、阳光中响起，满院都是怒放的鲜花。

这世上有很多不好的事情，人们会争吵、人们会痛苦、人们会嫉恨、人们会死去，可这个时候，听到孩子笑声的时候，所有的不好，都不再重要——

爷爷安详地躺在轮椅上。

我们手牵手，走过那么多美好的时候，我投向你温暖的臂弯，此时此刻，这是属于我们两人的世界，这感觉多么美好——

思宽开着一辆小车，奔驰在景色优美的乡间小路上。可依抱着嘻嘻坐在副驾。

这世上纵使美好万千，但若缺少你的陪伴，一切都如过眼云烟——

可依幸福地看着思宽。

有时候我坐在你身边，感受你的情意绵绵，我才知道自己是如此幸运——

小车在路上奔向远方。

我不断告诉自己，这感觉多么美好，多么美好。

图书在版编目（CIP）数据

女仆女王小女人 / 杜书妍著. -- 北京：中国广播影视出版社，2018.1
ISBN 978-7-5043-8010-4

Ⅰ. ①女… Ⅱ. ①杜… Ⅲ. ①长篇小说－中国－当代 Ⅳ. ①I247.5

中国版本图书馆CIP数据核字(2017)第236976号

女仆女王小女人

杜书妍　著

出 版 人	王卫平
总 策 划	陈晓华　高　盛
项目总监	齐斌俊
图书策划	林　曦
责任编辑	王　萱　刘　洋
封面设计	艺海晴空
版式设计	成晟视觉
责任校对	谭　霞

出版发行	中国广播影视出版社
电　　话	010-86093580　010-86093583
社　　址	北京市西城区真武庙二条9号
邮　　编	100045
网　　址	www.crtp.com.cn
电子信箱	crtp8@sina.com

经　　销	全国各地新华书店
印　　刷	河北鑫兆源印刷有限公司

开　　本	710毫米 × 1000毫米　1/16
字　　数	460(千)字
印　　张	25.25
版　　次	2018年1月第1版　2018年1月第1次印刷

书　　号	ISBN 978-7-5043-8010-4
定　　价	58.00元

（版权所有　翻印必究·印装有误　负责调换）